HORIZONS PERSANS
série dirigée par Sorour Kasmaï

MON ONCLE NAPOLÉON

Ouvrage traduit avec le concours du
Centre national du livre

Titre original :
Daï djan Napoléon
Editeur original :
Entecharat-é Safi Alishah, Téhéran

ISBN 978-2-7427-9335-8

IRADJ PEZECHKZAD

Mon oncle Napoléon

roman traduit du persan (Iran)
par Sorour Kasmaï

ACTES SUD

PREMIÈRE PARTIE

I

Je suis tombé amoureux par une chaude journée d'été, précisément un 13 août, vers trois heures moins le quart de l'après-midi. Les souffrances de l'amour et de la séparation m'ont souvent fait penser que les choses auraient pu être différentes si ça avait été un 12 ou un 14 août.

Ce jour-là, comme tous les autres jours, on nous avait forcés, ma sœur et moi, à coups de menaces assorties de quelques promesses alléchantes pour le début de la soirée, à descendre au sous-sol pour la sieste. En pleine canicule à Téhéran, la sieste était obligatoire pour tous les enfants. Mais cet après-midi-là, comme tous les autres après-midi, nous attendions qu'Agha Djan s'assoupisse pour nous sauver et aller jouer dans le jardin. Lorsque le ronflement de celui-ci se fit entendre, je sortis ma tête de sous le drap pour jeter un coup d'œil à l'horloge. Il était deux heures et demie. Ma pauvre sœur s'était endormie entre-temps. Alors, je n'eus d'autre solution que de la laisser et sortir seul, à pas de loup, du sous-sol.

Leyli, la fille de mon oncle, et son petit frère nous attendaient au jardin depuis une demi-heure. Il n'existait aucune séparation entre nos deux maisons, construites dans un immense jardin. Comme chaque jour, nous nous mîmes à bavarder et à jouer discrètement à l'ombre du grand noyer. Soudain mon regard croisa celui de Leyli : une paire de grands yeux noirs m'observait. Je ne réussis pas à détacher mon regard du sien. Je ne sais pas depuis combien de temps nous nous regardions les yeux dans les yeux lorsque brusquement apparut ma mère, brandissant son martinet au-dessus de nos têtes.

Leyli et son frère s'enfuirent chez eux et ma mère, menaçante, me fit redescendre au sous-sol et dans le lit. Avant que ma tête ne disparaisse entièrement sous le drap, mon regard s'arrêta sur l'horloge. Il était trois heures moins dix de l'après-midi.

Avant de se glisser à son tour dans son lit, ma mère dit :

— Heureusement que ton oncle ne s'est pas réveillé, sinon il vous aurait mis en miettes tous les trois.

Elle avait raison. Mon oncle maternel était très strict quant aux ordres qu'il proférait. Il avait interdit aux enfants de faire le moindre bruit avant cinq heures de l'après-midi. Dans l'enceinte de la propriété, à part nous autres enfants qui connaissions le prix à payer si nous dérangions la sieste de mon oncle, pigeons et corbeaux évitaient également de s'aventurer dans les parages, car il les avait plusieurs fois massacrés à coups de fusil de chasse. Avant cinq heures de l'après-midi, colporteurs et marchands ambulants contournaient eux aussi notre rue, baptisée du nom de mon oncle, car il avait déjà flanqué de bonnes raclées aux muletiers et autres vendeurs de melons et d'oignons.

Mais, ce jour-là, mon esprit était fort occupé et le nom de mon oncle ne m'évoqua pas ses colères et ses grabuges. Incapable de me défaire ne serait-ce qu'une seconde du regard envoûtant de Leyli, je me tournais et me retournais, me forçant en vain à penser à autre chose, avec pour seul résultat ses yeux noirs, plus réels encore que s'ils avaient été véritablement devant moi.

Le soir, sous la moustiquaire, les yeux de Leyli m'apparurent de nouveau. Dans la soirée, je ne l'avais pas revue, mais son regard tendre était bien présent. Je ne sais combien de temps s'écoula, mais soudain une idée saugrenue me traversa l'esprit :

— Grand Dieu, pourvu que je ne sois pas tombé amoureux de Leyli !

J'essayai de me moquer de cette idée, sans y parvenir. Parfois on n'arrive pas à se moquer d'une idée stupide, mais cela ne signifie pas pour autant que l'idée en question ne le soit pas. Peut-on tomber amoureux de manière si inattendue ?

Je tentai de faire l'inventaire de toutes les informations dont je disposais au sujet de l'amour. Celles-ci, hélas, n'étaient pas très vastes. Bien qu'âgé de treize ans, je n'avais jamais vu un amoureux de ma vie. Les histoires d'amour ou les livres sur les amoureux n'étaient pas non plus très fréquents à l'époque. Par ailleurs, on ne nous autorisait pas à tout lire. Parents et proches, surtout mon oncle, dont la personnalité et les idées imprégnaient toute la famille, interdisaient à nous autres enfants de sortir non accompagnés, ou même de fréquenter les gamins de la rue. Par ailleurs, la radio nationale nouvellement inaugurée et ses deux ou trois heures de programmes quotidiens n'offraient pas non plus matière à éclairer les esprits.

En récapitulant mes connaissances sur l'amour, je croisai en premier lieu le couple Leyli et Majnoun, dont j'avais entendu l'histoire de nombreuses fois. Cependant, j'eus beau fouiller dans mes souvenirs, je ne trouvai rien sur la manière dont Majnoun était tombé amoureux de Leyli. On disait simplement : Majnoun s'éprit de Leyli !

Je n'aurais peut-être pas dû impliquer Leyli et Majnoun dans ma recherche, car l'homonymie de ma cousine avec Leyli m'influença sans doute inconsciemment dans les conséquences que j'en tirai ultérieurement. Mais je n'avais pas le choix, car c'était le couple d'amoureux que je connaissais le mieux. Sinon il y avait aussi Shirine et Farhâd, mais je ne savais pas grand-chose des circonstances de leur première rencontre. J'avais également lu une histoire d'amour parue en feuilleton dans un journal, mais, là encore, j'avais manqué les premiers épisodes, qu'un camarade de classe avait tenté de me résumer. Par conséquent, j'ignorais le début.

Les douze coups de l'horloge du sous-sol retentirent. Grand Dieu, il était minuit et je ne m'étais toujours pas endormi ! Cette horloge était là depuis toujours, mais c'était bien la première fois que je l'entendais sonner minuit. Cette insomnie ne confirmait-elle pas mon état amoureux ? Dans l'ombre de la cour, j'étais épouvanté par la silhouette des arbres et des massifs de fleurs qui, derrière la toile de la moustiquaire, m'apparaissaient comme d'étranges esprits égarés. Car, avant même de décider si j'étais bien amoureux, le destin qu'avaient subi les couples dont je venais de faire l'inventaire m'avait effrayé. Ils avaient presque tous été frappés par un triste sort, avec pour seul dénouement : la mort ! Leyli et Majnoun : la mort ! Shirine et Farhâd : la mort ! Roméo et Juliette : la mort ! Paul et Virginie : la mort ! Le feuilleton du journal : la mort !

Grands dieux ! Et si j'étais tombé amoureux, et si j'allais mourir à mon tour ? Surtout qu'à l'époque le taux de mortalité chez les adolescents prépubères était élevé. J'entendais parfois, dans des réunions de famille, les femmes faire le décompte de leurs enfants : ceux qu'elles avaient mis au monde et ceux qui avaient survécu. Soudain une lueur d'espoir éclaira mon esprit : l'illustre Amir Arsalân, dont on avait si souvent lu et entendu l'histoire, le seul à avoir été heureux en amour !

L'histoire d'Amir Arsalân et son heureux dénouement réussirent non seulement à atténuer ma crainte au sujet du destin fatidique des amoureux, mais contribuèrent également à répondre à ma question essentielle et à faire pencher la balance de mon raisonnement : j'étais bel et bien amoureux. Comment Amir Arsalân était-il tombé amoureux ? Il avait vu le portrait de la belle Farokh Lagha et en une fraction de seconde s'était épris d'elle. Par conséquent, il était possible aussi que j'aie eu le coup de foudre.

J'essayais de m'endormir. Je serrais mes paupières afin de retrouver le sommeil et d'échapper au dédale de mes pensées. Fort heureusement, lorsqu'on est encore enfant, même si on est amoureux, le sommeil finit toujours par l'emporter sur l'insomnie, réservant les affres des nuits blanches aux adultes amoureux.

Le lendemain matin, je n'eus pas le temps de réfléchir, car j'avais dormi trop longtemps. Soudain la voix de ma mère me réveilla :

— Lève-toi ! Lève-toi ! Ton oncle veut te voir.

Mon corps entier frissonna comme si on l'avait branché à une prise électrique. J'étais sans voix. Je voulus demander lequel des oncles, mais aucun son ne sortit de ma bouche.

— Lève-toi ! Monsieur a demandé que tu y ailles !

J'étais incapable de réfléchir. Persuadé, en dépit de toute logique, y compris la mienne propre, que mon oncle avait découvert mon secret, je tremblais d'effroi. La première chose qui me vint à l'esprit, pour retarder l'insupportable échéance, fut de dire que je n'avais pas encore pris mon petit-déjeuner.

— Dépêche-toi de manger et d'y aller !

— Vous ne savez pas à quel sujet mon oncle voudrait me voir ?

La réponse de ma mère me rasséréna légèrement :

— Il a convoqué tous les enfants !

Je poussai un ouf de soulagement. J'avais l'habitude des séances de remontrances de mon oncle. Il réunissait périodiquement tous les enfants de la famille pour nous faire la morale et, à la fin de son sermon, nous offrait à chacun une friandise. Je commençai à retrouver mes esprits, me disant que, en aucune façon, mon oncle ne pouvait avoir découvert mon secret.

Je pris mon petit-déjeuner dans un calme relatif et, pour la première fois depuis mon réveil, je revis, dans le nuage de vapeur du samovar, les yeux noirs de Leyli. Mais je m'efforçai de les chasser de mon esprit.

En me rendant chez mon oncle, je croisai dans le jardin son valet, Mash Ghassem, son pantalon retroussé, en train d'arroser les fleurs.

— Mash Ghassem, vous ne savez pas pourquoi mon oncle nous a convoqués ?

— Ma foi, fiston, à quoi bon mentir ? Monsieur m'a dit de réunir tous les enfants. Ma parole, je ne sais pas pourquoi il veut vous voir !

Les enfants étaient les seuls à être exceptionnellement autorisés à appeler notre oncle "mon oncle", sinon, tous les autres, parents, amis et voisins l'appelaient "Monsieur" tout court. Mon oncle possédait l'un de ces fameux titres de noblesse à sept syllabes. Ni plus ni moins que sept syllabes, c'est-à-dire qu'il fallait ouvrir et fermer la bouche sept fois afin de rendre tous les honneurs dus à son rang et sa noble personne. Son père possédait quant à lui un titre à six syllabes mais, à force de l'avoir toujours appelé Monsieur, les gens avaient fini par l'oublier. Pour ne pas nuire à l'union de ses sept enfants, mon grand-père maternel avait construit dans son immense propriété sept bâtiments qu'il leur avait légués de son vivant. A sa mort, ce fut mon oncle, l'aîné de la fratrie, qui hérita du titre de Monsieur. Du fait de la suprématie de l'âge, ou encore de son caractère et de son aura personnelle, il se considérait dorénavant comme le chef de famille. Un rôle qu'il assumait si bien que personne au sein de cette assez grande lignée n'osait chasser une mouche sans son autorisation. A force d'avoir mis son nez dans les affaires privées ou publiques de ses frères et sœurs, mon oncle avait réussi à les faire fuir : la majorité d'entre eux avait fini, sur décision de justice, par diviser leur parcelle et ériger un mur autour de leur maison ou par vendre et partir loin.

Dans ce qui restait de la propriété, il n'y avait plus que mon oncle et nous, ainsi qu'un autre de mes oncles maternels qui avait séparé sa maison de la nôtre par une clôture.

Mon oncle se trouvait dans le salon à cinq portes* et les enfants bavardaient et s'amusaient discrètement dans la cour intérieure.

Le regard de Leyli m'accueillit. A nouveau, nous nous fixâmes un long moment. Je sentis mon cœur battre la chamade, comme s'il martelait ma poitrine : boum, boum, boum, boum ! Mais je n'eus pas le temps de réfléchir et d'en tirer des conclusions. La longue silhouette squelettique de mon oncle sortit de la chambre. Il portait un caleçon de tricot moulant et une légère cape en lin sur les épaules, et son visage était renfrogné. Les enfants, même les plus jeunes, sentirent rapidement que l'heure était grave et qu'il ne s'agissait pas d'une leçon de morale.

Debout, face à nous, du haut de sa grande taille, il regardait, la tête haute, à travers ses épais verres fumés.

— Lequel d'entre vous a souillé cette porte à la craie ? demanda-t-il d'un ton sec et menaçant, en pointant son long doigt osseux vers la porte de la cour que Mash Ghassem, son valet, avait refermée pour se poster devant. Nous tournâmes machinalement la tête dans sa direction pour y découvrir, inscrit à la va-vite : "Napoléon est un con !"

Nous étions huit ou neuf enfants et notre regard à tous parcourut alors la même trajectoire, se tournant vers Siâmak, mais, avant même que mon oncle baisse les yeux, nous réalisâmes notre faute et détournâmes la tête. Nous n'avions nul doute sur le fait que c'était l'œuvre de Siâmak, car nous avions évoqué plusieurs fois l'amour de mon oncle pour Napoléon, et Siâmak, de loin le plus rebelle d'entre nous, avait promis d'immortaliser un jour la bêtise de Napoléon sur la porte de la maison de mon oncle. Mais un fort sentiment de compassion nous empêchait de le dénoncer.

Se tenant devant la rangée que nous formions, comme un commandant de camp de prisonniers de guerre, mon oncle commença son terrible discours parsemé de menaces effrayantes, sans jamais évoquer directement l'affront fait à Napoléon, se contentant uniquement de blâmer la souillure de la porte à la craie.

* Dans les maisons traditionnelles, petit salon un peu à l'écart pour recevoir les visiteurs sans qu'ils pénètrent à l'intérieur de la maison. *(Toutes les notes sont de la traductrice.)*

Après un bref et terrible silence, il s'écria soudain, d'une voix qui contrastait avec sa silhouette frêle :

— Qui a fait ça, je vous demande ?

Nos regards louchèrent de nouveau vers Siâmak, cette fois mon oncle les intercepta et fixa de ses yeux furieux le visage de celui-ci. A ce moment-là, un événement incongru se produisit (je suis confus de l'évoquer, mais j'espère que l'obligation de vérité excusera mon inconvenance). Siâmak se pissa dessus et se mit à bredouiller et à demander pardon à mon oncle.

Quand prit fin le châtiment du coupable, infligé aussi bien pour le délit principal que pour celui commis pendant l'interrogatoire, et que Siâmak s'en retourna en pleurant vers sa maison, nous nous mîmes à le suivre en silence. Un silence provoqué d'une part par la crainte que nous inspirait mon oncle, et de l'autre par le respect et la compassion que nous éprouvions pour Siâmak, tout en étant conscients de notre propre responsabilité dans son calvaire.

Lorsque, en larmes, il se mit à se plaindre à sa mère au sujet de son oncle, celle-ci, doutant ou plutôt ne doutant pas une seconde de la réponse à sa question, ne put s'empêcher de lui demander :

— De quel oncle s'agit-il ?

— L'oncle Napoléon ! répondit spontanément le petit garçon supplicié.

Nous en restâmes médusés. C'était la première fois que le surnom que nous donnions secrètement à mon oncle était prononcé en présence d'un adulte. Bien sûr, Siâmak fut puni une seconde fois par ses parents, mais nous poussâmes un ouf de soulagement car nous avions tellement murmuré ce surnom à voix basse, qu'il était en train de nous étouffer.

Mon oncle était, depuis son plus jeune âge, amoureux de Napoléon. Plus tard, nous apprîmes qu'il avait réuni dans sa bibliothèque tous les livres disponibles en Iran sur Napoléon, rédigés en persan ou en français (car il avait quelques vagues notions de cette langue). En vérité, les étagères de sa bibliothèque ne contenaient que des livres sur Napoléon. Il était impossible d'imaginer une discussion scientifique, littéraire, historique, juridique ou philosophique sans que mon oncle n'évoque une citation de Napoléon, au point que, influencés par sa propagande, la plupart des membres de la famille considéraient Napoléon Bonaparte comme le plus grand philosophe, mathématicien, politicien, homme de lettres et même poète de tous les temps.

Sous le règne de Mohammad Ali Shah*, mon oncle avait vraisemblablement servi dans les rangs de la gendarmerie de l'époque comme sous-lieutenant de grade inférieur, et chacun de nous avait entendu une cinquantaine de fois le récit de ses batailles contre les bandits et autres rebelles. Chacune de ses aventures avait été baptisée par nous autres enfants d'un titre particulier : par exemple la bataille de Kazeroun, la bataille de Mamasani, etc. Les premières années, il s'agissait essentiellement de l'affrontement de mon oncle et cinq six gendarmes avec des rebelles et autres bandits de grand chemin dans la bourgade de Kazeroun ou dans le village de Mamasani, mais, peu à peu, le nombre des belligérants avait augmenté et les batailles étaient devenues de plus en plus sanglantes. Par exemple, la bataille de Kazeroun n'était au début qu'une escarmouche d'une demi-douzaine de gendarmes dont mon oncle, encerclés et attaqués par une douzaine de bandits. Mais quelques années plus tard, elle fut transformée en une guerre sanglante dans laquelle cent cinquante gendarmes s'étaient vus encerclés par quatre mille brigands, manipulés bien sûr par les Anglais.

Ce que nous ignorions à l'époque, mais que plus tard, grâce à nos lectures historiques, nous finîmes par comprendre, c'était que, au fur et à mesure que la passion de mon oncle pour Napoléon prenait de l'ampleur, non seulement ses batailles s'intensifiaient de manière disproportionnée, mais elles commençaient à ressembler comme deux gouttes d'eau aux scénarios des batailles napoléoniennes : racontant la bataille de Kazeroun, il décrivait jusque dans ses moindres détails celle d'Austerlitz, n'hésitant pas à y faire intervenir l'infanterie et l'artillerie lourde. Plus tard, nous découvrîmes également que, lorsque fut créée la gendarmerie nationale iranienne, chacun reçut un grade selon ses mérites et ses aptitudes, tandis que

* Sixième roi de la dynastie Qâdjâr qui régna de 1906 à 1909. Approuvant au début le mouvement constitutionnel, il changea d'attitude ensuite, fit bombarder le Parlement et assassiner plusieurs des leaders populaires. Face aux forces de l'opposition qui marchaient sur la capitale, il fut obligé de se réfugier à l'ambassade russe avant d'être destitué et de quitter le pays.

mon oncle, malgré ses prétentions en la matière, fut mis au rancart et déclassé, faute de compétence.

Ma deuxième longue nuit débuta. Encore les yeux noirs de Leyli, encore son regard tendre et encore le tourbillon des pensées d'un adolescent de treize ans, avec la même question et le même souci, plus une nouvelle interrogation :

— Et si Leyli aussi était amoureuse de moi ? Dieu miséricordieux ! Si j'étais le seul à être amoureux, il y aurait peut-être un espoir de s'en sortir, mais si elle aussi...

Tout au long de notre garde-à-vous face à mon oncle, préoccupé, effrayé et tétanisé comme tous les autres enfants, sans la moindre assurance que mon oncle découvre la vérité et sans aucune confiance dans l'équité de sa sentence, j'avais continué à voir et à sentir le regard de Leyli sur moi.

Voilà désormais la nouvelle question à laquelle je devais répondre : l'amour doit-il être partagé ou non ?

A qui la poser ? A qui demander conseil ? J'aurais tant aimé que Leyli soit là ! Non, il n'y avait aucun doute : j'étais bien amoureux, sinon pour quelle raison avais-je envie que Leyli soit là ? Et si je demandais à quelqu'un ? Mais à qui ?

Et si j'interrogeais Leyli ? C'était vraiment ridicule. Lui demander si j'étais bien amoureux d'elle ou non ? Mais peut-être aurais-je pu lui demander si... si ? Demander si elle était amoureuse de moi ? C'était aussi ridicule. Je n'aurais jamais eu le courage de lui poser pareille question.

Je pensai à mes camarades du même âge. Non, impossible... Le frère de Leyli était plus jeune que moi et ne comprenait pas ces choses-là. Et si je demandais à Ali... Mais non, il était bavard et pourrait en parler à Agha Djan ou pire encore à mon oncle. Grand Dieu, je n'avais personne à qui demander si j'étais amoureux ou non !

Au milieu des ténèbres et de la confusion de mon esprit apparut soudain une lueur d'espoir :

— Mash Ghassem !

Oui ! Et si je demandais à Mash Ghassem ? Le paysan Mash Ghassem était le valet de mon oncle. Dans toute la famille, tout le monde vantait depuis toujours la foi et la dévotion de Mash Ghassem. Et en plus, je l'avais déjà testé. Un jour où j'avais cassé le carreau de mon oncle avec mon ballon, il m'avait vu mais ne m'avait pas dénoncé. Il était toujours de notre côté et nous racontait parfois des histoires fabuleuses. Il avait la faculté de ne jamais laisser une question sans réponse. Chaque fois que nous lui posions une question, il commençait toujours par :

— A quoi bon mentir ? La tombe n'est qu'à quatre pas.

Et il brandissait les quatre doigts ouverts de sa main. Plus tard, nous réalisâmes qu'il voulait dire par là qu'il est vain de mentir alors que la mort est si proche. Même si parfois nous sentions bien qu'il mentait lui-même, nous étions fascinés par sa capacité de répondre à n'importe quelle question, même si elle portait sur les sujets et les inventions les plus insolites. Lorsque nous lui avions demandé si les dragons existaient vraiment, il avait aussitôt répondu :

— Ma foi, fiston, à quoi bon mentir ? La tombe n'est qu'à quatre pas. Un jour, j'ai vu un dragon de mes propres yeux vu... Je me baladais du côté de Ghiass Abad de Qom... Au coin de la rue, j'ai vu soudain un dragon surgir devant moi et me barrer la route. Une bête, que Dieu m'en garde, entre le tigre, le buffle, le bœuf, la pieuvre et la chouette. Sa gueule crachait des flammes longues de trois mètres... J'ai pris mon courage à deux mains et je lui ai donné un coup de pelle sur la gueule à lui couper le souffle. Il a poussé un tel ronflement que toute la ville s'est réveillée... Mais à quoi bon, fiston ? Personne n'a dit : Merci Mash Ghassem !...

Tout événement historique, toute invention insolite de l'Homme, trouvait une explication chez Mash Ghassem. Si la bombe atomique avait été inventée de son temps, il aurait sans doute trouvé à expliquer les explosions nucléaires. Ce soir-là, le nom de Mash Ghassem brilla dans ma tête telle une lueur d'espoir au milieu des ténèbres et me permit de dormir assez paisiblement.

Le lendemain matin, je me réveillai de bonne heure. Heureusement, Mash Ghassem se levait toujours à l'aube et se mettait aussitôt à arroser les fleurs et à s'affairer dans le jardin. Lorsque j'allai le retrouver, il était monté sur un tabouret et arrangeait les branches de l'églantier grimpant qui débordaient tout autour de la tonnelle aménagée par mon oncle.

— Tu tombes du lit, fiston ?... Comment ça se fait que tu es si matinal aujourd'hui ?

— Je me suis couché de bonne heure. Je n'ai plus sommeil.

— Amuse-toi bien ! Bientôt, c'est la rentrée des classes.

J'hésitais encore, mais la perspective d'une troisième nuit horrible me décida. Je me lançai :

— Mash Ghassem, je voulais vous demander quelque chose.

— Vas-y, fiston !

— J'ai un camarade de classe qui croit être amoureux... Mais comment dirais-je ?... Il n'en est pas sûr. Et il n'ose pas non plus demander... Vous pouvez me dire comment on sait si on est amoureux ou non ?

Mash Ghassem faillit trébucher.

— Quoi ?... Comment ?... dit-il, stupéfait. Amoureux ?... C'est-à-dire qu'il a le béguin pour quelqu'un ? Un camarade à toi ?

— Eh bien quoi, Mash Ghassem ? l'interrogeai-je, anxieux. C'est très grave ?

— Ma foi, fiston, à quoi bon mentir ? La tombe n'est qu'à quatre pas, dit-il calmement, les yeux rivés sur son sécateur. Moi, ça ne m'est jamais arrivé... C'est-à-dire que si, ça m'est arrivé !... Enfin bref, je sais quelle calamité c'est ! Que Dieu en protège Ses créatures ! Au nom des cinq saints, que Dieu n'envoie à personne cette maladie. Les adultes y laissent leur peau, fiston, que dire d'un enfant ?

Mes jambes fléchissaient sous le poids de mon corps. J'étais terrifié.

J'étais venu lui demander quels étaient les symptômes et les présages de l'amour, et il était en train de me décrire ses horribles conséquences. Mais non ! Il ne fallait pas perdre courage. Mash Ghassem était la seule personne expérimentée qui pourrait m'informer sur l'amour et ses signes avant-coureurs. Il fallait donc que je tienne bon !

— Mais, Mash Ghassem, mon camarade de classe qui se croit amoureux voudrait d'abord savoir s'il l'est vraiment ou pas... Au cas où il le serait vraiment, il chercherait un remède à son mal.

— Mais, fiston, crois-tu que l'on trouve si facilement un remède à ce mal-là ? Ce foutu mal est pire que toutes les maladies du monde. Que Dieu t'en protège !... C'est pire que la typhoïde et la colique...

— Bon d'accord, Mash Ghassem, dis-je courageusement. Mais à part ça... comment savoir si on est vraiment amoureux ou pas ?

— Ma foi, fiston, à quoi bon mentir ?... A ce que j'ai vu, quand tu as le béguin pour quelqu'un... Si tu ne la vois pas, ton cœur est comme qui dirait un bloc de glace... Si tu la vois, une flamme s'embrase dans ton cœur, comme si on y avait allumé le fourneau de la boulangerie... Tu voudrais lui offrir le monde, tout l'or du monde, comme si tu étais le plus généreux des princes... Bref, tu ne baisses pas les bras tant qu'on ne te l'a pas promise... Mais il peut aussi arriver, à Dieu ne plaise, qu'on la marie à un autre, alors là, malheur à toi !... Je connaissais un gars au village qui en pinçait pour une fille... Un soir, on a fiancé la fille à un autre. Le lendemain matin, il a quitté le village et, au jour d'aujourd'hui, plus de vingt ans sont passés sans que personne ne sache ce qu'il est devenu... Comme qui dirait parti en fumée au ciel...

Rien n'arrêtait plus Mash Ghassem. Il était parti pour me raconter, l'une après l'autre, les histoires de son village, alors que j'avais hâte d'en finir, de peur que quelqu'un n'arrive.

— Mash Ghassem, l'interrompis-je, il ne faut surtout pas que mon oncle sache que je vous ai demandé ça... Sinon il chercherait à savoir de qui il s'agit et comment et pourquoi ?...

— Moi en parler à Monsieur ? Tu crois que je ne tiens pas à la vie ?... Si Monsieur entendait le moindre mot au sujet de l'amour et des sentiments, il ferait un malheur... Il pourrait même commettre un meurtre.

Puis il hocha la tête et ajouta :

— J'espère que personne ne tombera amoureux de Mlle Leyli, car Monsieur abolira sa lignée.

— Pourquoi dis-tu cela, Mash Ghassem ? demandai-je avec un pseudo-sang-froid.

— Ma foi, je me souviens, il y a des années, un pauvre garçon s'était entiché de la fille d'un des camarades de Monsieur...

— Et alors, qu'est-il arrivé, Mash Ghassem ?

— Ma foi, à quoi bon mentir ? La tombe n'est qu'à quatre pas. Je ne l'ai pas vu de mes yeux... Mais le garçon a disparu quelque temps après. Comme qui dirait parti en fumée dans l'air... Certains disaient que Monsieur lui avait tiré dans le ventre avant de le jeter dans un puits... C'était en pleine bataille de Kazeroun, du temps où...

Et il se mit à me raconter la bataille de mon oncle à Kazeroun...

Depuis combien de temps était-il au service de mon oncle, nous n'en savions rien. Mais, avec le temps, nous avions appris, d'une part, qu'il était entré chez son maître lorsque celui-ci avait terminé son service en province et regagné Téhéran ;

et, d'autre part, qu'il était, quant à son caractère, la copie conforme de mon oncle. Son imagination, comme celle de son maître, était bien fertile. Au début, lorsqu'il confirmait le récit de mon oncle concernant tel ou tel épisode de ses batailles, celui-ci le grondait en disant : "Tais-toi, tu n'y étais pas !" Mais Mash Ghassem ne se décourageait pas et, puisque personne n'était prêt à écouter ses fables et surtout à y croire, il s'appliqua de toutes ses forces, durant de longues années, à se faire passer pour une sorte de dauphin de mon oncle. De son côté, mon oncle, qui remarquait peu à peu que ses auditeurs n'accordaient plus beaucoup de crédit à ses récits, surtout ceux relatifs à ses différentes batailles, avait lui aussi conclu à la nécessité d'un témoin, ou encore cédé aux instances de Mash Ghassem, et il le voyait désormais sur le champ de bataille, en tout cas il avait fini petit à petit par croire à l'attachement de son valet à sa personne et à sa participation lors de ses batailles. D'autant plus que Mash Ghassem avait si bien assimilé les détails des batailles imaginaires de Kazeroun, Mamasani, etc. racontées par mon oncle, qu'il lui venait parfois en aide.

Cette consécration remontait à deux ou trois ans plus tôt.

Ce jour-là, mon oncle était très en colère contre Mash Ghassem, car, en essayant de réparer le circuit d'eau, ce dernier avait par mégarde sectionné d'un coup de pioche la racine de son grand églantier. Mon oncle, dont la rage frôlait la folie, l'avait frappé plusieurs fois à la nuque avant de lui crier :

— Va-t'en ! Tu n'as plus ta place dans cette maison !

— Pour me chasser de cette maison Monsieur, il faudra que vous appeliez la police, ou qu'on emporte mon cadavre, avait rétorqué Mash Ghassem, tête basse. Vous m'avez sauvé la vie… Tant que je serai en vie, je resterai au service de cette maison. Qui ferait ce que vous avez fait pour moi ?

Il s'était ensuite tourné vers les frères et les sœurs de mon oncle, réunis tous là avec leurs enfants pour solliciter le pardon de Monsieur sans pour autant oser dire un mot.

— Imaginez-vous… avait-il continué d'un ton exalté, lors de la bataille de Kazeroun, blessé par balle, je gisais par terre entre deux roches… Les balles pleuvaient d'un côté et de l'autre… J'avais fait ma dernière prière… Les corbeaux et les vautours, là-haut, m'avaient à l'œil… Soudain, que Dieu le bénisse !… Que Dieu récompense sa générosité de grand seigneur !… Au milieu de ce déluge de feu, il s'est débrouillé pour venir auprès de moi… Tel un lion, il m'a soulevé et mis sur son dos… Il m'a porté sur une distance d'une lieue, jusqu'à ce qu'on arrive à nos abris… Croyez-vous qu'on oublie des choses pareilles ?

Nous écoutions l'histoire lorsque soudain nos regards exaltés et chagrinés avaient été attirés par mon oncle. Les traces de la colère s'étaient estompées de son visage. Il fixait un point au loin, comme si la scène de la bataille se déroulait sous ses yeux. Peu à peu, un léger sourire s'était dessiné sur ses lèvres. Mash Ghassem aussi avait remarqué ce changement d'humeur et ajouté d'une voix douce :

— Si Monsieur n'avait pas été là, mes os auraient cent fois pourri comme ceux de Soltan Ali Khan.

— Pauvre Soltan Ali Khan… avait repris mon oncle à voix basse. J'ai essayé de lui venir en aide, hélas en vain… Que Dieu ait son âme !

Depuis ce jour-là et avec ces quelques mots, mon oncle avait officiellement validé la participation de Mash Ghassem à ses batailles et sous son commandement. Celui qui, quelque temps auparavant, ne voulait même pas admettre qu'il le connaissait à cette époque parlait désormais de lui, lors du sempiternel récit de ses batailles, comme de son ordonnance, lui demandant parfois le nom de tel ou tel personnage ou de telle ou telle localité. Quelques années plus tard, il lui ordonnait même de raconter, lors des soirées, comment il lui avait sauvé la vie. Ainsi Mash Ghassem, qui, pendant notre enfance, n'avait rien connu de plus exaltant que quelques bagarres avec des chiens errants de la ville de Qom, s'inscrivit-il dans la lignée des héros des batailles de Kazeroun et de Mamasani.

Ce jour-là encore, il se mit une fois de plus à raconter la bataille de Kazeroun mais, au milieu de son récit, je repartis doucement vers ma maison.

L'examen des pensées lointaines et confuses qui allaient et venaient dans ma tête confirma finalement l'idée que j'étais bien amoureux de Leyli, surtout lorsqu'en fin d'après-midi le marchand de glaces arriva et que j'offris volontairement la moitié de la mienne à Leyli. Les paroles pleines de sagesse de Mash Ghassem me revinrent alors : "Quand tu as le béguin pour quelqu'un, tu veux lui offrir le monde, tout l'or du monde, comme si tu étais le plus généreux des princes." Preuve était faite : de toute ma vie, je n'avais jamais cédé ma glace à quelqu'un.

Peu à peu, je commençais à ressentir les signes précurseurs que Mash Ghassem avait énumérés. Quand Leyli n'était pas là, je sentais réellement mon cœur se geler, et, quand je la voyais, la chaleur me montait au visage et aux oreilles. Quand elle était à côté de moi, je refusais de penser aux conséquences néfastes de mes sentiments. Mais à la tombée de la nuit, quand elle rentrait chez elle et que je restais seul, je repensais au tourbillon terrible de l'amour. Au bout de quelques nuits, la peur aussi avait fini par se dissiper et ma solitude nocturne ne m'effrayait plus puisque le souvenir de nos rencontres diurnes hantait totalement mes nuits. Un de nos proches parents, en poste au ministère des Affaires étrangères, avait rapporté de Bakou quelques flacons d'eau de toilette russe pour mon oncle. Le parfum de Leyli, cette odeur d'eau de toilette russe, me restait parfois sur les mains. Alors je n'avais pas envie de les laver afin de conserver son odeur. Peu à peu, je ressentais du plaisir à être amoureux. Après la misère des premiers jours, j'étais devenu quelqu'un d'heureux. Mais je conservais toujours une inquiétude. Je voulais savoir si Leyli aussi était amoureuse de moi. J'en avais l'intuition, mais je voulais en être sûr.

Malgré ce doute, mes journées se déroulaient dans le plus grand bonheur. Le ciel lumineux de cette félicité ne s'assombrissait qu'aux rares moments où je me demandais si mon oncle n'allait pas découvrir mon secret. Parfois je le voyais en rêve, debout à mon chevet, son fusil à la main, me dévisageant de son regard furieux. Effrayé, je me réveillais en sursaut, ruisselant de sueur. Même si j'essayais de ne pas penser aux conséquences de mon amour, je n'avais presque aucun doute sur le fait que mon oncle ne l'accepterait jamais. Le conflit qui l'opposait à Agha Djan était une affaire ancienne. D'une part parce qu'il n'avait jamais approuvé le mariage de sa sœur avec Agha Djan, persuadé que sa famille était de lignée aristocratique et que l'union d'une soi-disant aristocrate avec le commun des mortels, qui plus est originaire de province, n'était pas légitime. Au point que, si ce mariage n'avait pas eu lieu au temps de mon grand-père, il n'aurait peut-être jamais eu lieu. D'autre part, Agha Djan ne vénérait pas suffisamment Napoléon, et dans les réunions familiales, parfois même en présence de mon oncle, il n'hésitait pas à le présenter comme un aventurier qui avait causé la perte et l'humiliation du peuple français. Je crois que c'était là le plus grand péché d'Agha Djan et le plus grand point de discorde entre les deux hommes.

Cependant, le feu de cette brouille couvait sous la cendre, et ne s'embrasait qu'en diverses occasions notamment lors du jeu de jacquet. Et quelques jours plus tard, grâce à la médiation familiale, les choses rentraient à nouveau dans l'ordre. Les querelles entre mon père et mon oncle n'avaient pas beaucoup d'importance à nos yeux d'enfants, car nous continuions malgré tout à jouer et à nous amuser. Mais depuis que j'étais sûr d'être amoureux de Leyli, l'un de mes soucis principaux était de voir surgir un nouveau conflit entre Agha Djan et mon oncle. J'ignorais, hélas, l'imminence d'une de leurs plus grandes confrontations qui allait bouleverser ma vie entière.

L'origine de ce nouveau conflit fut la soirée donnée par l'oncle Colonel. Son fils, Shâpour, que toute la famille, suivant l'exemple de sa mère, appelait Pouri, venait d'obtenir sa licence universitaire. Dès le début de l'été, la grande soirée que l'oncle Colonel allait donner à cette occasion fut sur toutes les lèvres.

Shâpour, *alias* Pouri, bon élève depuis toujours, était le seul membre de notre grande famille à avoir obtenu un diplôme supérieur. Dans cette famille "aristocratique", selon mon oncle, les enfants avaient pris l'habitude d'achever leurs études en classe de troisième ou de seconde. Par conséquent, la licence de Pouri constituait un réel événement. Toute la famille parlait de son génie. A à peine vingt et un ans, ce garçon paraissait beaucoup plus vieux, à cause de sa grande taille et de la bosse qu'il avait dans le dos. Personnellement, je ne le trouvais pas très futé, mais il avait une excellente mémoire. Il apprenait les cours par cœur sans oublier une virgule et obtenait ainsi de bonnes notes. Jusqu'à ses dix-huit ans, sa mère continuait à le prendre par la main et lui faire traverser la rue. Il n'était pas vraiment laid, sauf qu'il avait tendance à zozoter. Toute la famille, surtout son père, nous avait tellement rebattu les oreilles avec son génie que nous lui avions donné le surnom de Pouri le Génie. On avait si souvent entendu parler de la grande soirée que l'oncle Colonel s'apprêtait à donner en l'honneur de Pouri le Génie, que, pendant les vacances d'été, le sujet avait nourri la moitié de nos conversations d'enfants.

Finalement, la nouvelle était tombée : la grande fête de la licence aurait lieu le jour de l'anniversaire de Pouri !

Ce fut la première fois de ma vie que, pour me rendre à une soirée, je commençai à me préparer à la mi-journée. Le bain, le coiffeur, le repassage du complet et de la chemise, le cirage des chaussures et autres menus détails occupèrent une grande partie de mon après-midi. J'avais décidé de paraître sous mon meilleur jour aux yeux de Leyli. Je m'aspergeai même copieusement du flacon de *Soir de Paris* de ma mère, un parfum féminin capiteux.

La maison de l'oncle Colonel se trouvait dans la même propriété, mais il l'avait séparée de la nôtre par une clôture en bois.

En réalité, l'oncle Colonel n'était pas colonel mais officier supérieur, ou comme on l'appelait à l'époque "major", sauf que quelques années auparavant, estimant qu'il méritait une nouvelle promotion, il s'était vu subitement adoubé par l'oncle Napoléon qui l'avait appelé "mon frangin, le Colonel". Depuis, toute la famille le considérait comme tel et l'appelait ainsi.

Arrivé dans la cour de la maison de l'oncle Colonel, je parcourus du regard les invités déjà sur place, à la recherche de Leyli. Mais elle n'était pas encore arrivée. J'aperçus d'abord Pouri le Génie : il portait un faux col à rayures sur sa chemise blanche et une cravate de couleur vive.

Outre l'accoutrement de notre génie, ce qui attira mon attention fut le duo instrumental constitué d'un joueur de *târ** et d'un joueur de *zarb***, assis sur deux chaises à part, près d'une table basse portant des friandises et des fruits. J'avais l'impression d'avoir vu quelque part le joueur de *târ*. Une seconde plus tard, je le reconnus. Il avait été mon professeur de géométrie et d'arithmétique à l'école primaire. J'appris plus tard qu'il arrondissait ses fins de mois en jouant du *târ* dans des soirées privées. Le joueur de *zarb* était un gros bonhomme aveugle qui faisait aussi office de chanteur. Vers huit heures du soir, la fête battait son plein et l'orchestre alternait des morceaux rythmés. Dans un coin, un petit groupe de convives s'étaient réunis autour de la table des boissons alcoolisées. Je tendais de temps en temps la main pour me servir des fruits ou des friandises. J'en prenais chaque fois deux : le premier

* Luth traditionnel iranien.

** Instrument de percussion.

pour Leyli, le second pour moi-même. La maison baignait dans la lumière vive des quinquets, c'est pourquoi je regardais Leyli discrètement et la servais avec prudence.

Pouri le Génie nous lançait, à Leyli et à moi, des regards pleins de haine et de fureur.

Un incident regrettable se produisit sur le coup des dix heures et demie. L'oncle Colonel présenta à ses invités le nouveau fusil de chasse qu'Asdollah Mirza, employé du ministère des Affaires étrangères, lui avait apporté de Bakou. Il décrivit longuement ses nombreuses qualités et attendit l'avis de l'oncle Napoléon.

Celui-ci l'examina de près en le manipulant dans tous les sens. Les dames de l'assistance le prièrent à plusieurs reprises de ne pas jouer avec, mais il leur rétorqua en souriant qu'il était expert en armes à feu et savait très bien ce qu'il faisait.

Alors qu'il tenait le fusil, mon oncle se mit peu à peu à se rappeler ses batailles glorieuses et finit par raconter ses souvenirs :

— Hmmm… J'avais exactement le même… Je me souviens, en pleine bataille de Mamasani, un jour…

Mash Ghassem, qui, en voyant le fusil entre les mains de mon oncle, avait deviné qu'il allait évoquer ses guerres et s'était positionné juste derrière lui, lui coupa la parole :

— C'était à Kazeroun, Monsieur !

Mon oncle lui jeta un regard furieux :

— Ne dis pas de bêtises ! C'était la bataille de Mamasani.

— Ma foi, Monsieur, à quoi bon mentir ? D'après mes souvenirs, c'était la bataille de Kazeroun.

Mon oncle releva là un point qui n'avait pas échappé aux autres convives : Mash Ghassem venait de rectifier le lieu de la bataille avant même de savoir de quoi mon oncle allait parler et cela jetait le doute sur l'authenticité des aventures qu'il s'apprêtait à raconter.

— Mais je n'ai encore rien dit ! marmonna-t-il d'un air furieux.

— Ça ne me regarde pas, Monsieur, mais c'était la bataille de Kazeroun.

Mash Ghassem se tut et mon oncle continua :

— Alors voilà… Un jour, en pleine bataille de Mamasani… Nous étions coincés au milieu d'une vallée. Des deux côtés de la montagne, des bandits armés nous encerclaient…

Tout en continuant son récit, mon oncle se levait et se rasseyait, tenant toujours le fusil sous le bras droit et expliquant la situation de la main gauche :

— Imaginez-vous une vallée large comme quatre fois cette cour… J'étais accompagné d'une cinquantaine d'hommes armés…

— Et de votre serviteur ! dit Mash Ghassem brisant le silence de l'auditoire.

— Oui, Ghassem était à l'époque, comme on dit aujourd'hui, mon planton.

— N'ai-je pas dit que c'était la bataille de Kazeroun ?

— Pas de bêtises, je te dis ! C'était la bataille de Mamasani. Tu as vieilli, tu as perdu la mémoire, t'es complètement gâteux.

— Mettons que je n'ai rien dit, Monsieur !

— Très bien ! Tais-toi alors !… J'étais donc là avec mes hommes armés… tous dans un piteux état… Comme disait Napoléon : un commandant se bat mieux avec cent soldats rassasiés qu'avec mille soldats affamés. Soudain une pluie de balles se mit à nous tomber dessus. La première chose que je fis fut de me jeter du cheval… Et j'attrapai Ghassem… ou peut-être un autre de mes hommes à côté… et le fit tomber du cheval…

— C'était bien moi-même, Monsieur ! intervint à nouveau Mash Ghassem avant d'ajouter avec une pudeur craintive : Sans vouloir vous offenser, je vous rappelle encore une fois que c'était la bataille de Kazeroun.

Pour la première fois de sa vie, mon oncle dut regretter d'avoir permis à Mash Ghassem d'intégrer le champ de ses batailles.

— Peu importe dans quel trou perdu, cria-t-il. Tu me laisses parler ?

— Mettons que je suis muet, Monsieur ! Ma parole, comme je suis bête !

Entouré de convives médusés par l'insolence de Mash Ghassem – une insolence qu'ils auraient sûrement attribuée à l'emprise de l'alcool, s'ils ne connaissaient pas sa fervente piété –, mon oncle continua :

— Donc, j'ai tiré du cheval cet imbécile, que j'aurais mieux fait de laisser crever… J'ai pris position derrière un rocher… Un rocher grand comme cette pièce… Bon, quelle est ma situation ?… Plusieurs de mes hommes sont blessés par balles…

D'autres ont pris position derrière des roches… A sa manière d'attaquer et de tirer, j'ai tout de suite reconnu la bande de Khodadad Khan*… Le célèbre Khodadad Khan… Ce vieux laquais des Anglais…

Exalté par le récit époustouflant de mon oncle, Mash Ghassem, devenu fou, l'interrompit à nouveau :

— J'avais bien dit que c'était la bataille de Kazeroun !

— La ferme !… Bref… Ma première décision fut de me débarrasser de Khodadad Khan !… Ces bandits sont braves tant que leur chef est en vie. Dès que le chef est supprimé, ils se mettent à fuir. J'ai rampé jusqu'au sommet de la roche… J'avais une toque en fourrure… Je l'ai enfoncée au bout d'un bâton et l'ai brandie comme pour leur faire croire que…

Mash Ghassem perdit de nouveau patience :

— Comme si c'était hier, Monsieur !… Je vois encore devant moi votre toque en fourrure… Si vous vous souvenez bien, vous l'avez perdue pendant la bataille de Kazeroun, c'est-à-dire qu'une balle l'a traversée… A Mamasani, vous n'aviez pas de toque de fourrure…

Nous craignions tous que mon oncle n'assomme Mash Ghassem d'un coup de machette, mais, contrairement à notre attente, il s'adoucit légèrement. Peut-être pour le faire taire et conclure son récit ou encore parce qu'il était plus simple de changer discrètement de lieu d'action dans son imaginaire.

— Ghassem a peut-être raison… dit-il posément. C'était plutôt la bataille de Kazeroun… plus exactement au début de la bataille de Kazeroun…

Un éclair de joie brilla dans les yeux de Mash Ghassem :

— Je l'avais bien dit, Monsieur !… A quoi bon mentir ? La tombe n'est qu'à quatre pas. Comme si c'était hier.

— Et donc… J'avais une idée fixe : supprimer Khodadad Khan… Lorsque j'ai brandi la toque au bout du bâton, la tête du bandit, tireur chevronné, est sortie de derrière la roche… Nous nous sommes alors retrouvés face à face… J'ai invoqué le prince des croyants, Ali, et j'ai visé…

Debout, du haut de sa grande taille, mon oncle avait mis le fusil sur son épaule droite et visait en fermant l'œil gauche…

* Bandit de grand chemin, qui semait le trouble dans les contrées du Sud de l'Iran au début du XXe siècle.

— Je ne voyais que le front de Khodadad Khan… Je l'avais déjà vu quelques fois… Deux épais sourcils… Une balafre au-dessus du sourcil droit… Je visais au milieu des sourcils et…

A ce moment précis, alors que mon oncle visait le milieu des sourcils de l'ennemi, il se produisit un événement insolite. Tout près de là où il se tenait, retentit un son. Un bruit étrange, comme celui d'un pied de chaise glissant sur la pierre… ou un grincement de vieille chaise, ou encore… Bien plus tard, je sus que, pour la majorité des convives, la chaise était à l'origine du bruit et que personne n'avait soupçonné d'autres phénomènes…

L'oncle Napoléon se figea subitement. Les convives aussi s'immobilisèrent, comme pétrifiés. Le regard de mon oncle se mit ensuite à circuler et, tandis que tout le sang de son corps affluait vers ses yeux, il se retourna du côté où le bruit s'était produit.

De ce côté-là, il n'y avait que deux personnes : Agha Djan, mon père, et Ghamar, la fille grosse et grasse d'une de nos proches, foldingue de surcroît.

Le silence ne dura qu'un bref instant. Soudain Ghamar éclata bêtement de rire. Son rire fit rapidement le tour de l'assistance : bientôt les enfants et certains adultes et même Agha Djan se mirent à rire. Même si je n'avais pas bien saisi l'incident, je sentis tout de suite l'orage dans l'air et serrai fortement la main de Leyli dans la mienne. Mon oncle braqua le fusil vers la poitrine d'Agha Djan. Tout le monde se tut. D'un air hagard, Agha Djan regarda autour de lui. Mon oncle jeta soudain le fusil sur le canapé de la cour et dit d'une voix étranglée :

— Comme dit Ferdowsi : "Hisser la tête du vilain en espérant qu'il fera le bien, c'est perdre la main sur son destin, c'est nourrir un serpent dans son sein."

Et, se dirigeant vers la sortie, il s'écria :

— On s'en va !

Sa femme se leva et lui emboîta le pas. Quant à Leyli, qui n'avait pas vraiment saisi l'événement, mais avait peut-être senti sa gravité, elle retira sa main d'entre mes doigts crispés et les suivit à son tour en me jetant un bref coup d'œil en guise d'adieu.

II

J'avais sans doute une nouvelle nuit d'insomnie devant moi. Je me retournais sous ma moustiquaire sans trouver le sommeil. Nous avions quitté la soirée de l'oncle Colonel depuis une bonne heure. Après le départ furieux de l'oncle Napoléon suivi presque aussitôt de celui d'Agha Djan, la fête avait pris fin. Quelques invités étaient probablement encore là, mais ils parlaient si bas que leurs voix ne dépassaient pas la cour de l'oncle Colonel. J'étais persuadé qu'ils causaient de l'incident regrettable qui venait de se produire.

Je passais en revue les événements de ces derniers jours : j'étais subitement tombé amoureux de Leyli, la fille de l'oncle Napoléon. Après les journées tourmentées du début, j'avais peu à peu fini par éprouver du bonheur et je me réjouissais d'être amoureux, mais ce déplorable incident venait de semer le trouble dans l'esprit de tout le monde. La réaction furieuse que l'attaque et l'accusation outrageuse de l'oncle Napoléon provoquèrent chez Agha Djan me fit comprendre qu'il n'était pour rien dans l'émission du son suspect. Sous la moustiquaire, je continuais à entendre Agha Djan et ma mère discuter à voix basse. La voix de mon père s'élevait de temps en temps pour prendre une tournure plus menaçante, mais je devinais ma mère lui mettant la main sur la bouche. Plusieurs fois j'entendis : "Que Dieu m'envoie la mort !... Ne parle pas si fort ! Les enfants pourraient t'entendre... Il est tout de même mon grand frère. Je t'en supplie !... Pardonne-lui !"

Et juste avant de m'endormir, je perçus encore une fois la voix clairement menaçante d'Agha Djan dire : "Je lui ferai voir une telle bataille de Kazeroun qu'il ne l'oubliera jamais !... Il me déclame du Ferdowsi maintenant !"

Le lendemain matin, effrayé et préoccupé par les événements qui devaient se produire, je quittai ma moustiquaire. Nous prîmes le petit-déjeuner en silence, ni Agha Djan ni ma mère ne disaient mot. Le jardin aussi était plongé dans le silence. Tout le monde, y compris les arbres et les fleurs, avait l'air d'attendre la vengeance de mon oncle. Même le valet de l'oncle Colonel, venu nous rendre les chaises et la vaisselle que nous leur avions prêtées, ne leva pas la tête.

Jusqu'à dix heures du matin, j'errai dans le jardin, dans l'attente de Leyli. Finalement je perdis patience et m'approchai de Mash Ghassem :

— Mash Ghassem, pourquoi les enfants ne sont pas venus au jardin ce matin ?

Il hocha la tête en roulant sa cigarette.

— Ma foi, fiston, à quoi bon mentir ? Je ne suis pas au courant... Mais il se peut que Monsieur leur ait interdit de mettre les pieds dehors. Tu n'étais pas hier à la soirée chez le Colonel ? Tu n'as pas vu ce qui s'est passé ?

— Mon oncle est très fâché ?

— Ma foi, à quoi bon mentir ? Je n'ai pas encore vu Monsieur ce matin, mais la vieille Belgheis qui lui a servi le thé disait qu'il était comme un lion blessé... Il a bien raison, fiston... Un accident pareil alors qu'il est en train de parler de la bataille de Kazeroun... Encore si c'était celle de Mamasani, on comprendrait, mais on ne peut rigoler avec Kazeroun... J'ai vu, de mes propres yeux vu, les exploits de Monsieur... Si le calme et la sécurité règnent aujourd'hui par là-bas, c'est grâce à Monsieur. Que Dieu le bénisse ! Lorsque sur son cheval alezan, le sabre à la main, il traversait au galop le champ de bataille... on aurait dit un lion déchaîné à l'assaut... Moi qui étais de son camp, j'avais la frousse, que dire de l'ennemi ?...

— Et vous pensez, Mash Ghassem, que le bruit d'hier soir c'était...

— Oui, fiston, c'était bien ça... A quoi bon mentir, je n'ai pas entendu de mes propres oreilles... C'est-à-dire que j'ai entendu mais j'étais captivé par le récit de Monsieur... Mais Monsieur lui-même a bien entendu... Et puis sur le chemin du retour, Pouri n'a pas arrêté de jeter de l'huile sur le feu.

— Il vous a raccompagnés jusqu'à la maison ?

— Oui, fiston, jusqu'à la porte... C'est-à-dire qu'il est même entré. Il n'arrêtait pas de répéter à l'oreille de Monsieur qu'on lui avait manqué de respect...

— Mais pourquoi, Mash Ghassem ? Quel est l'intérêt de Pouri dans le conflit entre mon père et mon oncle ?

La réponse de Mash Ghassem, dont plus tard je vérifiai la justesse, me cloua au sol.

— Ma foi, fiston, si tu me le demandes, ce M. Pouri a le béguin pour Mlle Leyli… Une fois même sa mère avait dit à la vieille Belgheis qu'elle voulait venir demander sa main… Alors, hier soir, comme vous vous amusiez et rigoliez entre vous avec Mlle Leyli, comme qui dirait ça l'a rendu jaloux… Mais il ne sait pas que, à treize quatorze ans, Mlle Leyli peut très bien se marier, mais toi, fiston, à quatorze ans tu ne peux pas encore prendre femme…

Je n'entendis plus la suite des arguments de Mash Ghassem. Dans ma réflexion à propos de l'amour, j'avais tout calculé sauf l'existence d'un rival. Alors que j'aurais dû y penser avant tout. Dans toutes les histoires d'amour que j'avais lues, il y avait toujours un amoureux, une bien-aimée et un rival. J'avais omis la rivalité, alors que j'avais devant moi Leyli et Majnoun, Shirine et Farhâd…

Mon Dieu ! Que faire à présent de cet adversaire ? Si seulement je pouvais aller lui donner une bonne paire de claques ! Le visage oblong et souriant de Shâpour, le grand génie, m'apparut alors devant les yeux, sauf qu'il était beaucoup plus moche que d'habitude.

Le premier recours qui me vint à l'esprit dans cette mer agitée fut encore une fois Mash Ghassem.

— Mash Ghassem, vous croyez qu'il soit possible que Leyli épouse Pouri ? demandai-je en me forçant à paraître calme.

— Ma foi, fiston, à quoi bon mentir ? Leyli est une demoiselle en âge de se marier. M. Pouri a fini ses études… On sait aussi que l'union des cousins germains est scellée au ciel… Même s'il est un peu trop gâté et pas très futé, il est tout de même assez malin.

J'étais de nouveau pris de panique. Je cherchais un moyen de me débarrasser de l'amour… J'avais raison dès le début d'avoir peur de tomber amoureux. Maintenant j'étais prêt à y renoncer, mais il était trop tard.

Vers midi, après un vif combat intérieur, je retournai, le cœur tourmenté, voir Mash Ghassem.

— Mash Ghassem, puis-je vous demander un service ?

— Vas-y, fiston !

— J'aimerais dire quelque chose à Leyli à propos de nos manuels scolaires… Pourriez-vous lui dire de venir juste une minute dans le jardin, pendant la sieste de mon oncle ?

Mash Ghassem resta muet, puis haussa les sourcils et m'observa un moment avant de sourire légèrement :

— D'accord, fiston… Je me débrouillerai !

— Merci Mash Ghassem… Merci !

L'après-midi, lorsque je sentis Agha Djan s'endormir, je me rendis au jardin. J'attendis une demi-heure. Leyli entrouvrit prudemment la porte de la cour intérieure et mit le pied dehors. Je la retrouvai sous ce même arbre, où, le 13 août vers trois heures moins le quart, j'étais tombé amoureux d'elle.

Ses premiers mots furent pour me dire qu'elle devait rentrer rapidement. Mon oncle lui avait interdit de mettre les pieds au jardin et d'adresser la parole à ma sœur et moi, faute de quoi il mettrait le feu à la maison.

Je ne savais pas exactement ce que je voulais lui dire. Pourquoi l'avais-je fait venir ? Aujourd'hui j'avais l'impression d'avoir quelque chose d'important à lui dire… Mais que dire ?

— Leyli, Leyli… Tu sais ce que raconte Mash Ghassem ? Il raconte que Pouri est amoureux de toi et voudrait…

Le regard de Leyli me fit comprendre qu'elle ignorait tout de l'affaire. Je me rendis soudain compte de l'absurdité de la situation. Avant même de déclarer mon propre amour à ma bien-aimée, je venais de servir d'intermédiaire à mon rival.

Leyli resta silencieuse un long moment. Elle non plus ne savait que dire. Nous avions tous les deux l'apparence d'adultes, mais nous étions encore des enfants.

Pendant que Leyli se taisait peut-être parce qu'elle ne trouvait pas ses mots, je dis :

— Pouri va te demander en mariage !

Bouche bée, elle me regarda un long moment.

— Que feras-tu dans ce cas ? finit-elle par dire en rougissant.

Que ferais-je dans ce cas ? Quelle question difficile elle me posait ! Je ne savais quoi faire tout de suite, comment aurais-je su ce que je ferais dans ce cas. Oh mon Dieu ! Quelle tâche difficile que de tomber amoureux ! Plus difficile même que les mathématiques et la géométrie. Je ne savais que répondre.

— Bah, rien… dis-je. C'est-à-dire que…

Leyli me fixa un instant les yeux dans les yeux et soudain fondit en larmes et partit en courant et en sanglotant vers sa maison et, avant que je ne trouve le temps de réagir, elle avait déjà disparu derrière la porte fermée.

Que faire maintenant ? Si je pouvais me mettre à pleurer moi aussi !… Mais non ! Je ne devais pas pleurer ! Depuis que j'étais venu au monde, même avant de commencer à parler et de comprendre le sens des mots, on m'avait murmuré à l'oreille : Tu es un garçon, tu ne dois pas pleurer !… Tu n'es pas une fille pour pleurer !… Hi hi hi ! Ce n'est pas un garçon, mais une fille qui pleurniche… Appelez le barbier pour qu'il lui coupe le zizi !

De retour au sous-sol, une fois recroquevillé sous le drap, je compris ce que j'aurais dû dire :

— Je tuerai Pouri comme un chien !… Je lui arracherai son cœur félon avec mon poignard !…

Je m'excitai de plus en plus et soudain l'intensité de ma propre voix me surprit :

— Il faudrait que je sois mort pour que cet imbécile puisse t'approcher… Tu es à moi ! Tu es mon amour !… Personne au monde n'osera nous séparer…

La voix furieuse d'Agha Djan me fit atterrir :

— Qu'as-tu à crier, andouille ? Ne vois-tu pas qu'on dort ?

La nuit fut difficile. Le lendemain matin, je me mis, encore une fois, à la recherche de Mash Ghassem. Mais il avait beaucoup changé. Le visage fermé, l'air sérieux, il s'appuyait sur sa pelle, près de la conduite d'eau, à l'endroit même où celle-ci se dirigeait vers notre parcelle de jardin.

Nos maisons étaient conçues et situées au sein du jardin de telle façon que la conduite d'eau pénétrait d'abord la parcelle de l'oncle Napoléon, pour irriguer ensuite la nôtre et se diriger enfin vers celle de l'oncle Colonel. Autrement dit, pour atteindre la maison de l'oncle Colonel qui était au fond de la propriété, l'eau devait d'abord traverser la maison de l'oncle Napoléon, puis la nôtre.

Je cherchais encore mes mots pour lui demander indirectement des nouvelles de Leyli, lorsque je vis arriver l'oncle Colonel, la veste sur les épaules et le pantalon de pyjama enfourné dans ses chaussettes.

Il interpella Mash Ghassem d'un air surpris et vindicatif :

— Mash Ghassem, notre valet a dit qu'hier soir tu as empêché l'eau d'arriver dans notre citerne.

— Ma foi, monsieur, c'est comme ça ! proclama Mash Ghassem d'un ton sec, sans regarder l'oncle Colonel et sans bouger, tenant toujours la pelle à la main.

— Comment ça, c'est comme ça ?

— A quoi bon mentir ? Je n'en sais rien !

— Qu'est-ce que ça veut dire ? Tu empêches l'eau d'arriver chez nous et tu n'en sais rien ?

— Demandez à Monsieur… C'est lui qui me l'a ordonné !

— Tu veux dire que Monsieur a ordonné de nous couper l'eau ?

— Demandez-lui. Je n'en sais rien !

Ne pouvant toujours pas croire que son grand frère ait donné un tel ordre, l'oncle Colonel essaya d'attraper la pelle de Mash Ghassem pour dégager la conduite d'eau, mais la mine impassible de celui-ci, qui, tel un soldat brave et dévoué, lui faisait barrage, lui fit comprendre que l'heure était bien plus grave qu'il ne le pensait. Soudain il interrompit son élan vers Mash Ghassem et se mit en marche vers la maison de l'oncle Napoléon.

— A vrai dire, vous payez pour un autre ! grommela Mash Ghassem.

Nous ignorons ce qui se passa ce jour-là entre l'oncle Colonel et l'oncle Napoléon, mais bientôt nous apprîmes que la pénurie d'eau chez nous et par conséquent chez l'oncle Colonel faisait partie du plan de vengeance de l'oncle Napoléon contre Agha Djan.

Et c'était la pire des vengeances que mon oncle pouvait nous infliger. Car à l'époque, en l'absence de canalisation d'eau potable, l'eau n'arrivait dans notre rue qu'une fois par semaine. Elle y coulait un jour et une nuit, permettant à tout le quartier de remplir ses citernes. De sorte que si, pendant cette nuit et cette journée où l'eau coulait dans le quartier, on ne remplissait pas les citernes, on n'avait plus d'eau jusqu'à la semaine suivante.

Depuis deux jours, je n'avais pas vu Leyli. J'avais même pleuré en pensant à ses yeux pleins de larmes, mais les tractations diplomatiques et les allées et venues destinées à résoudre le problème de l'eau étaient si prenantes que j'en oubliais presque mon propre chagrin. La citerne de la maison de l'oncle Colonel était à sec. Les arbres et les fleurs étaient presque desséchés. Agha Djan faisait exprès de ne pas protester, car il nous restait encore un peu d'eau en réserve et il attendait vraisemblablement le couronnement des efforts de l'oncle Colonel, dont le sort était étroitement lié au nôtre. De derrière les portes fermées, j'entendis plusieurs fois nos proches demander à Agha Djan de présenter ses excuses à l'oncle Napoléon. Mais chaque fois il refusait, l'air courroucé. Il disait même que, si mon oncle ne lui demandait pas pardon et continuait à empêcher l'arrivée de l'eau, il lui ferait entendre raison en ayant recours à la police et à la justice. Cette évocation faisait trembler toute la famille. Tout le monde s'offusquait de voir ainsi souiller l'honneur d'une famille aristocratique plusieurs fois centenaire. En tout cas, Agha Djan avait bien senti la solidité de sa position et non seulement il n'aspirait pas à demander des excuses à mon oncle, mais il réclamait au contraire que ce dernier lui présente les siennes devant toute la famille. Entre-temps, pauvre de moi ! Malheur à Leyli ! Et pitié pour l'oncle Colonel !

Le vendredi suivant, je sentis une grande agitation chez l'oncle Colonel. Espérant y rencontrer Leyli, je décidai d'y faire un saut. Elle n'y était pas et l'entrée du salon était interdite aux enfants. Ceux qui étaient autorisés à y pénétrer m'apprirent qu'il ne s'agissait pas d'une visite ordinaire, mais d'un conseil familial. Les deux autres frères de mon oncle étaient présents ainsi qu'Asdollah Mirza, employé du ministère des Affaires étrangères, les sœurs de mon oncle et Mme Aziz-ol-Saltaneh. Bref, en tout, une dizaine de membres éminents de la famille s'étaient réunis dans le salon de la maison de l'oncle Colonel. Quant à nous, les enfants, nous traînions dans les couloirs.

Lorsque le nom de Shamsali Mirza, qui n'était pas encore arrivé, fut plusieurs fois évoqué, nous réalisâmes que l'affaire avait une importance autrement plus sérieuse que celle que nous avions bien voulu lui accorder. Enquêteur, ou comme on dit de nos jours, juge d'instruction dans la province de Hamadân, Shamsali Mirza vivait depuis peu à Téhéran, dans l'attente de sa nouvelle affectation.

Une heure après l'arrivée de tous les invités, les formules de politesse de l'oncle Colonel nous avertirent de l'entrée de Shamsali Mirza.

— Veuillez entrer, Votre Honneur ! Par ici, Votre Honneur !

En dépit des recommandations parentales selon lesquelles il était strictement interdit d'écouter aux portes, toute mon attention s'était concentrée dans mon oreille que j'appuyais contre la porte du salon. Je méritais plus que tous ceux qui étaient à l'intérieur d'être au courant de ce qui s'y passait. Eux, ils ne risquaient de perdre que leurs arbres et leurs fleurs, ou peut-être l'union indestructible de leur famille, alors que, moi, je voyais mon amour et ma vie en péril.

Le discours exalté de l'oncle Colonel au sujet des avantages de l'union sacrée de la famille et des inconvénients de sa perte ne fut pas long et prit fin avec ces mots :

— Mon père, paix à son âme, se retournerait dans sa tombe ! J'ai fait tout ce que je pouvais pour la sauvegarde de l'unité de cette vieille famille. Je les ai priés tous les deux, mais ni mon frère ni mon beau-frère n'ont voulu entendre raison. A présent, je me tourne vers vous et vous implore de faire quelque chose pour sauver l'union sacrée de cette famille et ne pas laisser la police et la justice pénétrer dans l'enceinte de cette maison.

Je ne voyais pas le visage de l'oncle Colonel, mais le ton exalté de son discours témoignait de l'intensité de son amour pour ses fleurs et ses arbres fruitiers.

Après l'oncle Colonel, ce fut au tour de Shamsali Mirza de prendre la parole. Depuis la fondation du nouveau ministère de la Justice, il y avait exercé la fonction d'enquêteur et était profondément convaincu qu'examen et enquête étaient la clé de tous les problèmes sociaux, familiaux et autres. Par conséquent, selon sa formulation logique et efficace, il proposa d'élucider d'abord si le son suspect en question était d'origine humaine ou pas, et, au cas où son origine humaine serait affirmée, s'il avait été émis par mon père ou pas, et si oui, s'il était prémédité ou pas...

Lorsque Shamsali Mirza vit la majorité des invités contester sa méthode d'investigation, il remit son chapeau, comme à son habitude, et dit :

— Dans ce cas, mesdames et messieurs, avec votre permission, je prends congé...

Quant à Asdollah Mirza, employé du ministère des Affaires étrangères, chaque fois qu'il voulait inviter quelqu'un à ne pas perdre patience, il disait *"Moment ! Moment !"*, qu'il prononçait à l'anglaise : *momènte.* Une expression dont, plus tard, on apprit la traduction en persan : "Un instant ! Un instant !" Bref, lorsque celui-ci vit son frère Shamsali Mirza remettre son chapeau pour partir, il s'écria :

— *Moment ! Moment !*

Et comme les autres convives se voyaient aussi dans l'impasse, ils se joignirent à lui, enjoignirent à Shamsali Mirza de se rasseoir et acceptèrent de se laisser interroger pour son enquête.

La première question de celui-ci, celle de savoir si le son était d'origine humaine ou pas, ne trouva pas de réponse concrète : la majorité des invités, tous présents lors de la fameuse soirée, l'attribuait à la chaise, tandis qu'une petite minorité y décelait une origine humaine. Une ou deux personnes aussi hésitaient entre l'homme et la chaise.

La question secondaire, directement liée à la principale, se posa alors : quels étaient ceux qui se trouvaient à proximité du lieu où le son suspect s'était produit ? Agha Djan, l'oncle Napoléon, Ghamar la foldingue, et Mash Ghassem… Enquêter à ce propos auprès des deux premières personnes n'était pas envisageable, Ghamar non plus n'était pas en état de témoigner. Donc, Mash Ghassem détenait la clé de l'énigme. Sur l'ordre de Shamsali Mirza, on convoqua Mash Ghassem.

Tel un juge d'instruction qui interroge l'accusé, Shamsali Mirza lui fit d'abord prêter serment : dire la vérité, toute la vérité, rien que la vérité ! Et après lui avoir rappelé que son témoignage contribuait à l'union sacrée d'une famille noble et qu'il devait s'en remettre à sa conscience pour répondre aux questions, il demanda :

— Mash Ghassem, avez-vous entendu de vos propres oreilles le son suspect qui s'est produit en plein discours de Monsieur, lors de la soirée ?

— Ma foi, monsieur, à quoi bon mentir ? dit Mash Ghassem après un bref silence. La tombe n'est qu'à quatre pas. Je connaissais un gars au village, que Dieu ait son âme, il avait l'habitude de dire…

— Monsieur Mash Ghassem, vous êtes devant le juge… Je vous prie de ne pas dévier du sujet et de répondre à la question !

— A votre service… Vous avez dit que le son *suxpet*…

— Suspect !

— Et alors ?

— Comment ça, et alors ? Vous avez dit *suxpet*, je vous dis de dire suspect !

— A quoi bon mentir, monsieur ? Je suis analphabète… Mais j'aimerais savoir quelle est la différence ?

— La différence de quoi ?
— La différence entre ce que j'ai dit et ce que vous avez dit ?
A bout de nerfs, Shamsali Mirza se mit à hurler :
— J'ai dit suspect, tu as dit *suxpet*, je te dis de dire suspect !
— Mais que veut dire *suxpet* et que veut dire suspect ?
L'intervention inopinée d'Asdollah Mirza, farceur et plaisantin invétéré, employé du ministère des Affaires étrangères, qui expliqua précisément à Mash Ghassem ce qu'on entendait par un son suspect, mit hors de lui Shamsali Mirza et, sous prétexte qu'il n'était pas permis de plaisanter avec la justice, il remit son chapeau pour prendre congé. Les invités se levèrent précipitamment et le firent s'asseoir.
— Bon, Mash Ghassem. Maintenant que tu as compris de quoi il s'agissait, dis-moi, est-ce que tu as entendu le son suspect de tes propres oreilles ?
— Ma foi, monsieur, à quoi bon mentir...
— Oui, oui, l'interrompit Shamsali Mirza, je sais que la tombe n'est qu'à quatre pas, mais réponds à ma question !
— Ma foi, à quoi bon... c'est-à-dire vous voulez la vérité ou le mensonge ?
— Ça commence à bien faire ! Tu te moques de moi ou quoi ? Si on te pose la question, bien sûr qu'on veut la vérité !
— Alors je vais dire la vérité... A quoi bon mentir ? La tombe n'est qu'à quatre pas. J'ai entendu un bruit... De là à savoir s'il était suspect ou pas suspect...
— Je t'ai dit qu'on disait suspect.
— Mais qu'est-ce que je viens de dire ?
— Tu as dit *suxpet* !
— Ma foi, si je me souviens, j'ai bien dit suspect. Bref, j'ai entendu un bruit suspect.
— Tu penses que ce bruit provenait du pied de la chaise ou bien...
— Ou bien quoi ?
— Tu m'embêtes, voyons !... Ou bien ce que mon frère vient de t'expliquer ?
A l'énoncé de son nom, Asdollah Mirza intervint de nouveau, lui coupant la parole, hilare, pour raconter l'histoire de l'habitant de Qazvîn chez le marchand de tissus : “Un habitant de Qazvîn laisse échapper un bruit chez le marchand de tissus, alors il se met à déchirer plusieurs morceaux d'étoffe pour faire croire que le bruit en question provenait aussi du tissu.

“Pas la peine de déchirer mes tissus, dit le marchand en lui attrapant la main. Après quarante ans de métier, je distingue le bruit du tissu du reste.”

Les invités intervinrent de nouveau pour empêcher Shamsali Mirza de s’en aller. L’interrogatoire se poursuivit :

— Bon, tu disais ?… Mash Ghassem ! Nous attendons ta réponse.

Dans un silence absolu, tous les regards étaient rivés sur la bouche de Mash Ghassem.

— Ma foi, monsieur, à quoi bon mentir… Je crois que c’était bien ça.

Tel un juge qui, après un long interrogatoire, viendrait d’obtenir des aveux de la bouche d’un criminel dangereux, Shamsali Mirza se sentit soulagé et laissa apparaître un sourire de satisfaction.

— La première question est élucidée, dit-il en jetant un regard triomphal autour de lui. Passons à la seconde.

En réponse à la question de savoir qui était à l’origine du bruit, Mash Ghassem hésita un peu avant de dire :

— Ma foi, à quoi bon mentir ?… La tombe n’est qu’à quatre pas. J’écoutais de toutes mes oreilles Monsieur, qui était en train de raconter la bataille de Kazeroun… Il venait de viser le front de Khodadad Khan et allait appuyer sur la détente. La première balle passa à côté de son oreille…

— Mash Ghassem, mon frère n’en était pas arrivé là, l’interrompit l’oncle Colonel. Il s’était arrêté au moment où il visait la tête de Khodadad Khan…

— Oui, monsieur, mais comme j’ai vu la scène de mes propres yeux, je vous raconte la suite…

— Ce n’est pas la peine… Réponds seulement aux questions de Son Honneur !

— Ma foi, à quoi bon mentir ?… Quand le bruit est parti, toute mon attention était braquée sur Monsieur… Je me suis retourné et j’ai vu qu’il y avait l’autre monsieur et Mlle Ghamar… Ma parole, est-ce que c’est l’un ou est-ce que c’est l’autre ?… A quoi bon mentir ?… La tombe n’est qu’à…

— J’ai une idée, l’interrompit l’oncle Colonel. A condition que Mme Aziz-ol-Saltaneh soit prête à un petit sacrifice pour la sauvegarde de l’union sacrée de la famille…

— Que dois-je faire ?

— Acceptez qu’on dise à mon frère que ce petit truc provenait de Mlle Ghamar…

— De quoi ? Qu'a fait Ghamar ?

— Je veux dire… Si l'on disait à mon frère que ce soir-là Ghamar était un peu malade et ce truc…

Mme Aziz-ol-Saltaneh venait de réaliser ce qu'on lui demandait. Elle serra les lèvres et resta silencieuse un bref instant, puis se mit soudain à tempêter et injurier l'oncle Colonel et toute la famille :

— Vous n'avez pas honte ? Vous ne respectez même pas mes cheveux blancs. Ma fille ? Ma fille ferait une chose pareille ?…

Elle criait si fort que l'assistance s'affola et se mit à la consoler tous azimuts. Une fois sa colère retombée, elle fondit en larmes :

— J'ai élevé ma fille comme une fleur… A l'heure où on me demande sa main… A l'heure où son avenir est en train de se jouer… Sa famille veut lui tendre un piège… Elle veut la couvrir de honte… Au diable cette vie… Au diable l'union familiale…

Les convives plongèrent quelques secondes dans un silence de mort, en signe de respect envers l'infortune du futur mari de Ghamar et futur gendre d'Aziz-ol-Saltaneh plutôt que par souci de trouver une issue immédiate à la situation. La première à briser le silence fut Mme Farokh Lagha, l'une des commères de la famille, connue pour ses ragots et ses médisances. Elle se mêlait des affaires de tout le monde et son moindre commentaire sur le sujet le plus anodin provoquait toujours un esclandre. Qu'elle n'ait rien dit jusque-là avait déjà étonné tout le monde. Elle brisa le silence qui avait suivi les cris et les larmes d'Aziz-ol-Saltaneh :

— Vous avez bien raison, madame Aziz… dit-elle. Ils ne se préoccupent pas une seconde de la réputation et de l'avenir d'une jeune fille dans la fleur de l'âge…

Sans attendre la fin de sa phrase, Aziz-ol-Saltaneh se mit à essuyer ses larmes avec son mouchoir et dit :

— Merci, ma chère… Ils ne comprennent pas combien il est dur d'élever une fille et de la marier.

Mme Farokh Lagha, qui s'habillait toujours en noir et ne fréquentait que les cérémonies funèbres, continua sur le même ton calme et sec :

— Au fait, madame Aziz, que s'est-il passé avec son premier mari ? Leur affaire n'a pas fonctionné ? Il paraît que le mariage n'a même pas été consommé ?

Aziz-ol-Saltaneh se remit à pleurer et, à travers ses sanglots, dit :

— Mais, ma chère, c'était aussi à cause de cette famille… Ils ont ensorcelé son mari… Ils l'ont "verrouillé"… Ma pauvre fille a attendu une année entière… Son infortuné mari l'aimait à la folie… Mais bon, que peut bien faire un homme "verrouillé" ?

Tapi dans un coin du salon, Shâpour, le fils de l'oncle Colonel, demanda en zozotant :

— Que veut dire "verrouillé", ma tante ?

La question était stupide. Même nous autres enfants comprenions le sens de cette expression, pour l'avoir souvent entendue de la bouche d'Aziz-ol-Saltaneh, et l'avoir souvent interceptée dans les chuchotements des femmes de la famille. Mais avant que quelqu'un ait le temps de lui répondre, Asdollah Mirza se précipita :

— *Moment !* A ton âge, tu ne sais pas ce que ça veut dire "verrouillé" ?

— Comment le saurais-je ? répondit Shâpour, *alias* Pouri, avec son génie naturel.

— Tu veux dire qu'il n'y a pas eu San Francisco ? dit Asdollah Mirza d'un air sarcastique en clignant de l'œil.

A cette allusion, même les plus jeunes enfants, amassés derrière la porte, saisirent ce qu'insinuait Asdollah Mirza. En effet, chaque fois que lui-même ou quelqu'un d'autre racontait une histoire d'amour, dès que le couple entrait en intimité, Asdollah Mirza s'écriait : "Alors, il y eut San Francisco !" ou encore "Alors, ils partirent à San Francisco !".

Après sa petite phrase, il éclata de son rire fracassant et dit :

— Si j'avais su plus tôt, j'aurais fait quelque chose… Après tout, je possède un trousseau de clés capables d'ouvrir n'importe quelle serrure… Entre gens de même famille, je suis toujours prêt à tout sacrifice !…

Sa plaisanterie causa l'hilarité générale. Même Shamsali Mirza, toujours sévère et renfrogné, se mit à rire. Mme Aziz-ol-Saltaneh serra les dents quelques instants, mais soudain attrapa une part de melon et le balança avec son assiette au milieu du tapis :

— Vous n'avez pas honte ?… Respectez au moins mes cheveux blancs !… Que le diable t'emporte avec ton trousseau de clés !

Elle se leva brusquement et se dirigea vers la porte. Une seconde plus tard, la porte était grande ouverte, nous permettant d'assister à la scène sans entrave. L'oncle Colonel voulut la retenir, mais Mme Aziz-ol-Saltaneh l'écarta d'un geste de la main et, folle de rage, quitta le salon.

Après sa sortie, les regards et les commentaires des invités blâmèrent l'attitude déplacée d'Asdollah Mirza. Mais ce dernier renchérit en disant :

— *Moment, moment !*... Ne me blâmez pas ! Je n'avais que de bonnes intentions !... Sachez que, si par malheur le nouveau prétendant venait à être "verrouillé" à son tour, vous pourrez compter sur moi. Entre gens de bonne famille...

Et il éclata à nouveau de rire...

L'oncle Colonel lui jeta un coup d'œil furibond qui le fit taire.

— L'heure n'est pas aux plaisanteries !... dit-il. Que proposez-vous pour faire entendre raison à mon frère ?... Car cette situation de conflit au sein de la famille est insupportable pour tous.

Pour se faire pardonner la frivolité de sa conduite, Asdollah Mirza dit d'un ton sérieux :

— Revenons au son suspect... J'aimerais juste savoir pour quelle raison ce son suspect ne proviendrait pas de Ghamar... Une fille si grosse qui mange, Dieu soit loué, trois fois plus que moi-même... Il se peut que... Il se peut qu'à un moment donné...

— Je vois que l'affaire est sujet de plaisanterie... s'écria Shamsali Mirza de nouveau fâché. Dans ce cas, avec votre permission, je me...

— *Moment, moment !*... Je vous prie de ne pas vous fâcher, frangin... Je tente très sérieusement de trouver une solution... J'aimerais demander à M. le Colonel si l'accord de Mme Aziz-ol-Saltaneh est si indispensable ? Vous pourrez tout à fait dire à Monsieur que le bruit venait de Ghamar...

Cette proposition plongea l'assemblée dans la réflexion. Mais oui, quel besoin impératif y avait-il d'en informer Mme Aziz-ol-Saltaneh ?

— Mon frère n'y croira pas une seconde si c'est moi qui le lui dis ! dit l'oncle Colonel quelques instants plus tard, car je me suis donné beaucoup de mal pour rétablir la paix entre lui et mon beau-frère. Et si on demandait à Nasser-ol-Hokama de le faire ?

Tout le monde trouva l'idée excellente. Mash Ghassem alla chercher le Dr Nasser-ol-Hokama, le médecin de famille, qui habitait juste en face du jardin.

Avec ses yeux bouffis et son double menton, Nasser-ol-Hokama fit son entrée et se mit à saluer tout le monde par sa formule de prédilection :

— Portez-vous bien !... Portez-vous bien !...

Lorsque l'oncle Colonel l'eut mis dans la confidence et lui eut exposé sa requête, il accepta spontanément, et même, pour soulager sa conscience, il se mit à charger la pauvre Ghamar en disant :

— Mais oui, mais oui, j'ai dit à maintes reprises à Mme Aziz-ol-Saltaneh qu'il fallait soigner Mlle Ghamar... Elle est grosse, elle mange beaucoup trop et ne dédaigne pas tout ce qui est flatulent... En plus, elle n'a pas toute sa tête... Quand la tête est vide et le ventre ballonné, ce genre d'accident est inévitable...

Sous les remerciements de l'oncle Colonel et de toute l'assistance, sans plus tarder, le Dr Nasser-ol-Hokama se mit en route et, tout en distribuant des "Portez-vous bien", se dirigea vers la maison de l'oncle Napoléon.

Durant la demi-heure suivante, Asdollah Mirza débita force blagues et histoires salaces. Puis réapparut le Dr Nasser-ol-Hokama, satisfait et souriant.

— Portez-vous bien... Dieu merci, le malentendu est levé... Monsieur a regretté de s'être laissé emporter... Il a même promis d'arranger tout ça pas plus tard que demain... Bien entendu, j'ai beaucoup insisté... J'ai même juré sur la tombe de mon défunt père que, l'autre soir, j'avais entendu de mes propres oreilles le fameux bruit et identifié sa provenance.

La joie de tous, surtout celle de l'oncle Colonel, était indescriptible, mais la mienne était encore plus intense. J'avais envie d'embrasser la main du docteur. Asdollah Mirza claquait joyeusement des doigts et lui promettait de proposer sa candidature aux Nations unies. Je riais du fond du cœur à ses plaisanteries. Se levant pour prendre congé, il déclara en rigolant :

— *Moment !* L'unité familiale est sauvée, mais veillez à ce que le prétendant de Ghamar n'ait vent de ce qui s'est passé, car cette fois il serait de lui-même verrouillé. Et si cette fois encore elle rate San Francisco, madame sa mère nous verrouillera tous, clés et serrures comprises !

Alors que tout le monde prenait congé de l'oncle Colonel, j'aperçus la mine morose de Pouri le Génie. Je sentis que le dénouement heureux de la crise l'avait mis dans tous ses états. Mais j'étais si ravi que je ne lui accordai pas plus d'attention et me mis à courir vers notre maison pour annoncer la bonne nouvelle à Agha Djan.

Impassible, celui-ci se contenta de dire :

— La bêtise est une vraie bénédiction !

Ma mère se remit à le supplier :

— Maintenant qu'il veut se réconcilier, n'insiste pas non plus. Je t'en supplie ! Sur la tombe de ton père ! Laisse tomber !

Il était tard et je n'espérais plus apercevoir Leyli. Mais c'est en pensant à elle et dans l'espoir de la revoir que je plongeai dans un paisible sommeil.

III

Je ne sais combien de temps s'était écoulé quand je fus réveillé par un cri lointain. Quelqu'un poussait des cris étouffés, comme si on avait mis la main sur sa bouche :

— Voleur… Volllleee… euuurrrr…

Je sursautai. Mon père et ma mère se réveillèrent aussi. Nous écoutions attentivement. C'était sans doute la voix de l'oncle Napoléon qui venait de la terrasse donnant sur le jardin. Le cri s'interrompit mais nous entendîmes des bruits de pas et des clameurs. Ma sœur, mes parents et moi, nous nous dépêchâmes de sortir de nos moustiquaires. Notre valet attrapa le bâton de la moustiquaire et courut dans la direction de la maison de mon oncle. Nous le suivîmes en pyjama.

A peine réveillé, Mash Ghassem nous ouvrit la porte. Transie de peur, Leyli se tenait au côté de son frère devant la porte d'une chambre.

— Que se passe-t-il, Mash Ghassem ?

— Ma foi, à quoi bon mentir… Je…

— C'était la voix de Monsieur ?

— Comme qui dirait la voix de Monsieur.

Nous traversâmes en courant une série de chambres pour atteindre la terrasse où mon oncle avait l'habitude de dormir sur son grand lit en bois. Mais la porte qui séparait la chambre de la terrasse était fermée à clé de l'extérieur. Nous eûmes beau frapper, aucune réponse ne se fit entendre. La porte restait fermée.

Mash Ghassem se frappa la tête :

— Ciel ! On a enlevé Monsieur !

— Monsieur, Monsieur ! se mit à crier la mère de Leyli, qui était une femme assez jeune. Où es-tu ? Mon Dieu ! On l'a enlevé !

Agha Djan essaya de la consoler. Après treize ans de vie commune, mon oncle avait divorcé de sa première femme sous prétexte qu'elle ne pouvait lui donner d'enfant. Cette séparation, qui rappelait celle de Napoléon Bonaparte et Joséphine après treize ans de vie conjugale, eut un impact considérable sur la vie de mon oncle. Plus tard, nous remarquâmes qu'en vertu de cette similitude il s'attendait à un destin proche de celui de l'empereur de France.

A la demande d'Agha Djan, Mash Ghassem apporta une échelle. Il y grimpa le premier, suivi d'Agha Djan et de l'oncle Colonel qui, fusil à la main, venait de surgir en chemise et caleçon blancs. Pouri et moi, nous nous dépêchâmes de les suivre. L'un des deux cordons de la moustiquaire était déchiré et celle-ci pendouillait sur le côté. Mais il n'y avait aucune trace de l'oncle Napoléon.

— Que se passe-t-il ?... demanda d'une voix tremblante la mère de Leyli au pied de l'échelle. Où est Monsieur ?... Ouvrez cette porte !

— Ma foi, à quoi bon mentir ?... Comme qui dirait, Monsieur est parti en fumée...

Soudain un faible gémissement se fit entendre. Tout le monde se mit à scruter les alentours. La voix venait de sous le lit. Agha Djan fut le premier à se baisser pour regarder.

— Mais ! Que faites-vous là, Monsieur ?

La voix bredouilla quelque chose d'incompréhensible. Comme si mon oncle n'arrivait pas à parler. Agha Djan déplaça le lit avec l'aide de Mash Ghassem, attrapa mon oncle par les bras, le tira de là et l'allongea sur le lit.

— Que faisiez-vous sous le lit, Monsieur ? Où est passé le cambrioleur ?

Mais les yeux de mon oncle restaient fermés et ses lèvres exsangues frissonnaient. Mash Ghassem se mit à lui masser les bras. On ouvrit la porte qui donnait sur la chambre et les femmes et les enfants sortirent à leur tour sur la terrasse. En voyant son père dans cet état, Leyli se mit à pleurer, tandis que sa mère se frappait la poitrine et le visage.

— Comme qui dirait, un serpent a piqué Monsieur ! murmura Mash Ghassem.

— Ne restez pas les bras croisés ! dit la mère de Leyli. Faites donc quelque chose !

— Mash Ghassem, cours chercher le Dr Nasser-ol-Hokama... Dis-lui de venir immédiatement...

La sacoche à la main, le Dr Nasser-ol-Hokama arriva en pyjama et se mit rapidement à ausculter mon oncle. Il réfléchit quelques instants avant de dire :

— Portez-vous bien !… Portez-vous bien !… Ce n'est rien !… C'est dû à la peur !

Il versa quelques gouttes d'un petit flacon dans un verre et le fit avaler à mon oncle. Celui-ci ouvrit les yeux quelques minutes plus tard, et d'un œil hagard se mit à regarder autour de lui, avant de fixer le visage du Dr Nasser-ol-Hokama. Soudain il repoussa violemment sa main.

— Plutôt mourir que de voir à mon chevet un traître et un menteur déguisé en docteur, s'écria-t-il d'une voix étranglée par la colère.

— Portez-vous bien !… Portez-vous bien ! Que se passe-t-il ? Vous plaisantez ?

— Pas du tout. Je suis très sérieux !

— Je n'y comprends rien ! Que se passe-t-il ?

Mon oncle se redressa à moitié sur le lit et désigna la porte en criant :

— Allez-vous-en, monsieur !… Croyez-vous que je ne suis pas au courant de la conspiration ourdie chez mon frère ?… Un médecin qui a vendu son âme n'a plus sa place dans cette famille !

— Ne vous fâchez pas… Ce n'est pas bon pour votre cœur…

— Mon cœur ne vous regarde pas… Comme ne vous regarde pas non plus le ballonnement du ventre de Ghamar !

Tout le monde devina plus ou moins de quoi il retournait. Les regards tentèrent de dénicher le mouchard. Je vis Mash Ghassem fixer Pouri. Un peu gêné, celui-ci tournait la tête de droite à gauche pour éviter les regards.

— En plus, je me sens très bien, continua mon oncle d'une voix plus forte. Je n'ai pas besoin de médecin… Allez-vous-en, monsieur le docteur ! Pour mentir, il vous faut fomenter une autre conspiration !

— Que s'est-il passé, frangin ? C'était un cambrioleur ? demanda l'oncle Colonel en guise de digression.

L'oncle Napoléon, qui à la vue du docteur avait oublié l'affaire principale, balaya l'assistance de son regard effrayé :

— Oui, c'était un cambrioleur… J'ai entendu ses pas… J'ai vu son ombre… Fermez portes et fenêtres !

A cet instant, il aperçut Agha Djan et serra ses lèvres de colère.

— Que font-ils là, ceux-là ?… s'écria-t-il en détournant son regard. Ma maison n'est pas un caravansérail !

Et il désigna la sortie de son doigt maigre et osseux :

— Dehors !

Agha Djan lui jeta un regard noir et, se dirigeant vers la porte, marmonna :

— On nous a gâché le sommeil pour rien… Par peur d'un petit cambrioleur, le héros de la bataille de Kazeroun a failli rendre l'âme sous le lit !

Mon oncle fit un bond pour se lever et attraper le fusil de l'oncle Colonel qui le cacha prestement derrière son dos. Le docteur ramassa sa sacoche et se précipita vers la porte. Je me mis à suivre ma mère qui partait elle aussi. Au dernier moment, je jetai un coup d'œil à Leyli et emportai avec moi le souvenir de ses yeux pleins de larmes.

Sur le chemin du retour, j'entendais la voix de mon oncle expliquer la stratégie à mettre en œuvre pour trouver le cambrioleur. Une recherche qui ne donna aucun résultat et laissa mon oncle et ses hommes bredouilles. Une demi-heure plus tard, l'agitation était retombée.

J'étais si troublé que je n'arrivais pas à dormir. Il ne faisait aucun doute que Pouri avait ruiné les efforts de toute la famille pour résoudre le conflit entre mon père et mon oncle. Son attitude sur la terrasse de l'oncle Napoléon prouvait bien que c'était lui qui l'avait informé de la complicité du Dr Nasser-ol-Hokama. J'avais envie de lui casser ses dents de cheval ! Minable ! Mouchard ! J'espérais que l'oncle Colonel apprendrait la trahison de son fils. Sinon, je me chargerais moi-même de l'en informer !

Même si je n'avais dormi que la moitié de la nuit, le lendemain matin, je me réveillai plus tôt que d'habitude. La maisonnée dormait encore. Sans faire de bruit, je me rendis au jardin. La vue de Mash Ghassem en train d'arroser les fleurs me laissa bouche bée. Il avait relevé les jambes de son pantalon jusqu'aux genoux et travaillait, le fusil à double canon de mon oncle sur l'épaule.

— Mash Ghassem, ce fusil ne vous…

— Rentre vite chez toi, fiston ! dit-il en jetant des coups d'œil inquiets autour de lui.

— Pourquoi Mash Ghassem ? Que se passe-t-il ?

— C'est un mauvais jour, aujourd'hui ! C'est la fin du monde, aujourd'hui !... Dis aussi à ta mère et à ton père de ne pas s'aventurer par ici !

— Pourquoi, Mash Ghassem ? Il s'est passé quelque chose ?

— Ma foi, à quoi bon mentir ?... Je suis aujourd'hui très inquiet. Monsieur a ordonné que, si l'un d'entre vous met les pieds de ce côté-ci du noyer, je lui flanque une balle en plein cœur.

N'étaient son visage renfrogné et son regard glacé, j'aurais pensé qu'il plaisantait.

— Ce matin tôt, dit-il après avoir rajusté le fusil sur son épaule, Abbas Agha... tu sais le dresseur de pigeons... a attrapé le cambrioleur d'hier soir alors qu'il sautait de notre toit... Et il nous l'a ramené.

— Qu'est-ce que vous en avez fait ?

— Ma foi, à quoi bon mentir ?... Monsieur voulait l'achever sur-le-champ, mais je l'ai imploré de lui pardonner... Nous l'avons ligoté et jeté à la cave... Je suis chargé de monter la garde...

— A la cave ?... Pourquoi vous ne l'avez pas livré à la police ?

— Que dis-tu, fiston ? Il se peut que Monsieur le fasse pendre aujourd'hui même dans le jardin !

Je me figeai de frayeur.

— Ne me parle pas trop non plus... dit Mash Ghassem jetant un coup d'œil autour de nous. Si Monsieur apprenait que je t'ai parlé, il pourrait m'exécuter moi aussi...

— Dites Mash Ghassem, qu'est-ce que l'arrestation du cambrioleur peut bien avoir à faire avec nous ?... Pourquoi mon oncle est-il si remonté contre nous ?

Mash Ghassem hocha la tête :

— Qu'est-ce que ça peut bien avoir à faire avec vous, fiston ?... Si tu savais qui était le cambrioleur... tu comprendrais qu'on n'est pas sorti de l'auberge... Aïe aïe aïe !... Dieu miséricordieux !... Qu'Il nous préserve du pire !

— Qui est le cambrioleur, Mash Ghassem ? demandai-je au comble de l'angoisse. Qu'est-ce qu'il vous a volé ?

— Ma foi, à quoi bon mentir ? La tombe n'est qu'à quatre pas. Hé nondguieu ! Monsieur arrive... Sauve-toi, vas-y, sauve-toi ! Aie pitié de ta jeunesse, sauve-toi !... Ou bien cache-toi dans ces buissons !

Réalisant qu'il était trop tard pour que je m'échappe, Mash Ghassem me poussa vers un énorme buisson, dont les branches touffues me dissimulaient et se mit à s'occuper des fleurs. Lorsque l'oncle Napoléon arriva près de Mash Ghassem, l'expression de son visage m'effraya.

— Ghassem, tu devais monter la garde auprès du prisonnier ! s'écria-t-il d'une voix furieuse. Ce n'est pas le moment de jardiner !

— Soyez tranquille, Monsieur ! Même d'ici, je l'ai à l'œil…

— Comment tu l'as à l'œil d'ici ? Il se trouve à la cave !

— Je passe le voir toutes les minutes… Maintenant, qu'est-ce que vous voulez en faire, Monsieur ? On ne peut pas le garder comme ça, sans le nourrir… Le nourrir aussi coûterait trop cher. Et si on s'en débarrassait en le livrant à la police ?

— Le livrer à la police ? Je ne le laisserai pas partir avant d'avoir obtenu ses aveux… Surtout que je devine la main de cet homme derrière l'affaire !

En prononçant "cet homme", mon oncle pointa notre maison du doigt.

Je sentis le malaise de Mash Ghassem. Il jeta un coup d'œil discret vers le buisson qui me servait de refuge.

— Ce Hamdollah a été à son service pendant plusieurs années… continua mon oncle. Il était loin d'être voleur. C'était un homme pieux et honnête… Comment se fait-il qu'il soit venu me cambrioler ? Nul doute qu'il a été manipulé ! Nul doute qu'il y a complot !

— Ma foi, Monsieur, à quoi bon mentir ? La tombe n'est qu'à quatre pas. Je pense qu'il n'avait pas de travail, qu'il était dans le besoin, il a dû se dire qu'il se referait une santé en visitant la maison…

Mon oncle resta pensif un long moment et Mash Ghassem se remit au travail, non sans jeter de temps en temps un regard furtif vers mon abri.

— Tu sais Ghassem, je redoute la mauvaise langue de ce perfide, dit soudain mon oncle d'une voix sourde.

— Qui ça, Monsieur ?

Mon oncle désigna de la tête notre maison.

— "Celui qui a souvent causé le déshonneur ne se soucie guère de ton honneur…" Je crains qu'il n'aille raconter ici et là des bêtises sur moi !

— Ma foi, Monsieur, dit Mash Ghassem en hochant la tête, c'est une querelle, ce n'est pas un échange de politesses.

Puis, gêné par la proximité d'un témoin invisible mais bien présent, il tenta de changer de sujet afin d'éviter d'en dire trop :

— Et que diriez-vous d'oublier tout ça ?... Vous vous embrassez et vous faites la paix !

— Moi, faire la paix avec cet homme ?

Il y avait une telle violence dans l'expression de mon oncle, que Mash Ghassem en resta pantois :

— Mettons que je n'ai rien dit... Non, après tout, vous ne pouvez pas faire la paix... Il vous a fait un tel pied de nez...

— Il n'empêche que je crains qu'il ne se mette à jaser dans mon dos.

— Que je sache, Monsieur, vous vous êtes déjà tout dit...

— Tu ne comprends pas, dit mon oncle impatient. Tu te souviens de l'affaire d'hier soir... Je n'étais pas en forme et j'ai fait un malaise... Tu te souviens de ce qu'il a dit en partant ?

— Ma foi, à quoi bon mentir ? La tombe n'est qu'à quatre pas... Je ne me souviens de rien !

— Comment tu ne te souviens pas ?... Il a dit quelque chose qui laissait entendre que j'avais eu peur du cambrioleur.

— La peur et vous ? A Dieu ne plaise !

— Tu l'as dit !... Tu sais mieux que quiconque, toi qui m'as accompagné dans toutes mes guerres, mes voyages et mes diverses aventures, tu sais bien que la peur est étrangère à ma nature !

— Ma foi, à quoi bon mentir ? La tombe n'est qu'à quatre pas. Par la grâce de Dieu, on ne peut vous accuser d'une chose pareille. Je me souviens, la veille de la bataille de Kazeroun, Soltan Ali Khan, que Dieu ait son âme, disait : Monsieur a le cœur tellement bien accroché qu'un jour il en perdra la tête ! Vous vous souvenez de cette nuit où les brigands ont attaqué notre campement ?... Comme si c'était hier !... Dieu vous bénisse ! Avec une seule balle vous en avez fichu trois à terre !

— Surtout les brigands sauvages et impitoyables de l'époque... Comparés à ceux-là, ceux d'aujourd'hui ne sont que des nourrissons !

Mash Ghassem continua d'un air exalté :

— Moi-même qui passe pour un écervelé au cœur bien trempé, je ne vous cache pas que j'avais eu la frousse cette nuit-là... Et comment le chef des bandits vous suppliait à terre !... Comme si c'était hier !... Il ne s'appelait pas Seyed Morad ?

— Exact ! J'en ai vu d'autres, des Seyed Morad !

— Qu'il brûle en enfer !... Quel traître sanguinaire c'était !

Au comble de l'excitation, Mash Ghassem avait dû oublier ma présence dans les parages. L'expression de l'oncle Napoléon s'était éclairée. Lumineux et rayonnants, leurs visages à tous deux témoignaient de leur intime conviction que ce qu'ils racontaient était véridique, comme si les personnages et les scènes évoluaient sous leurs yeux.

Ils se figèrent un instant tous les deux, le regard lointain, l'air radieux et souriant.

— Cela dit, Mash Ghassem, toi et moi, nous connaissons la vérité... déclara mon oncle en se ressaisissant et en fronçant de nouveau les sourcils. Mais si... cette langue de vipère et ce crétin de docteur se mettaient à raconter ici et là que j'ai tourné de l'œil par peur du cambrioleur... Que deviendraient alors mon honneur et ma réputation acquis au fil de toutes ces années ?

— Qui les croirait, Monsieur ?... Qui, dans ce pays, ne connaît votre bravoure et votre courage ?

— Les gens ne croient que ce qu'on leur raconte. Je suis persuadé que ce type est prêt à tout pour nuire à ma réputation et mon prestige.

Mash Ghassem avait l'air de s'être à nouveau souvenu de ma présence au milieu des buissons.

— Nous en reparlerons plus tard... dit-il en y jetant un rapide coup d'œil. Jusque-là, tout va bien...

— Ne dis pas de bêtises ! Dès aujourd'hui la trompette de la calomnie va résonner sur les toits !

— Nous démentirons !... Nous dirons que vous avez fait un malaise.

— Oui, mais...

Mon oncle avait l'air songeur.

— On peut raconter aussi qu'un serpent vous a mordu, continua Mash Ghassem.

— Ne dis pas de bêtises ! On ne se relève pas si rapidement d'une morsure de serpent !

— Pourquoi pas ?... Je connaissais un gars au village...

— Bon bon, d'accord ! Tu connaissais un gars au village... Oublie le serpent !

Mash Ghassem se mit à son tour à réfléchir.

— J'ai trouvé ! On va dire que vous avez mangé du melon avec du miel et que le mélange vous a donné une colique…

Mon oncle ne répondit pas, mais il était clair que cette proposition non plus ne retenait pas son attention.

Mash Ghassem brisa soudain le silence :

— Vous savez, Monsieur…

— Quoi ? Qu'est-ce que je sais ?

— Si vous voulez mon avis, je dirais qu'il vaudrait mieux ficher le cambrioleur à la porte !

— Le cambrioleur ? Libérer le cambrioleur ?

— Si les gens apprenaient qu'on a arrêté le cambrioleur, tout le monde se mettrait à en parler, et les autres en profiteraient pour raconter l'histoire d'hier soir.

— Ne dis pas de bêtises !

— Ça ne me regarde pas !… Mais c'est mieux de laisser partir le cambrioleur. Il emportera sa malédiction avec lui. Pour l'instant, personne à part ce dresseur de pigeons n'est au courant de sa capture… Le dresseur de pigeons, je m'en porte garant, il ne dira rien !

Mon oncle réfléchissait intensément.

— Tu as raison, Ghassem… dit-il finalement. La grandeur d'âme et le pardon ont toujours été les valeurs de notre famille. Peut-être que ce malheureux a agi par misère. Pour la santé de mes enfants, nous ferions mieux de lui pardonner sa faute…

Il se tut à nouveau pendant quelques instants, puis ajouta :

— "Fais une bonne action au bord du Tigre, pour que Dieu te la rende en plein désert !…" Vas-y, Ghassem… Va le détacher et dis-lui de filer… Dis-lui aussi que tu le fais de ta propre initiative et que, si je l'apprenais, je te ferais la peau…

Mash Ghassem se dépêcha d'aller exécuter les ordres de son maître, tandis que mon oncle se mettait à marcher et réfléchir.

Quelques minutes plus tard, Mash Ghassem, fusil en bandoulière et sourire aux lèvres, vint rejoindre mon oncle qui s'était assis sur le banc de la tonnelle d'églantines.

— Que Dieu vous récompense pour votre grandeur d'âme ! Comme il était reconnaissant ! Cette grandeur est dans votre sang. Souvenez-vous de Seyed Morad, dès qu'il s'est mis à vous supplier, vous l'avez gracié. Vous lui avez même donné de l'argent pour la route.

— Qui se souvient de ces choses-là, Ghassem ?... dit-il avec tristesse, tout en contemplant le noyer. Si j'avais été cruel comme les autres, ma vie n'aurait pas été ce qu'elle est !

— Ne dites pas ça, Monsieur !... Tout le monde sait ce que je sais : c'était un coup des étrangers... Pas plus tard qu'avant-hier, on discutait de vous au petit bazar... J'ai dit que, si Lézanglé ne l'avaient pas empêché, Monsieur aurait réalisé beaucoup de choses.

— Hélas oui, si les Anglais et leurs laquais m'avaient laissé faire, j'aurais réalisé de grandes choses.

Mash Ghassem, qui connaissait par cœur la légende mille fois racontée par mon oncle de l'hostilité des Anglais à son encontre, l'interrogea une nouvelle fois :

— Mais dites-moi, Monsieur, pourquoi Lézanglé vous en veulent à ce point ?

— Ce loup rusé d'Angleterre en veut à tous ceux qui aiment leur terre et leur patrie. Tiens, Napoléon ! Qu'avait-il fait pour mériter un tel calvaire ? Pour qu'on le sépare comme ça de sa famille ? Pour qu'on le laisse mourir de chagrin ? Son seul tort était d'aimer sa patrie ! Et ça, c'est un péché impardonnable à leurs yeux !

Mon oncle parlait avec excitation et tristesse tandis que Mash Ghassem hochait la tête et les maudissait :

— Au nom de Morteza Ali*, qu'ils ne puissent vivre un seul instant sans souci...

— Leur hostilité envers moi a commencé le jour où ils ont compris que j'aimais ma patrie... que je me battais pour la liberté... que je me battais pour la Constitution**.

Je commençais à me sentir fatigué dans mon refuge. Mes jambes étaient engourdies. Sans faire de bruit, j'essayais de changer de position, mais un événement inattendu me cloua au sol : attiré par les voix de mon oncle et de Mash Ghassem, Agha Djan s'approchait doucement de la tonnelle d'églantines. Mon cœur s'arrêta de battre. Mon Dieu ! Qu'est-ce qui allait se passer encore ? Contrairement à mon oncle et Mash Ghassem qui, empêchés par plusieurs rangées d'églantines, ne voyaient pas Agha Djan, moi, je le voyais très bien de là

* Gendre du prophète Mahomet, quatrième calife musulman et premier imam des shiites.

** La révolution constitutionnelle de 1905.

où j'étais. Il cherchait sans aucun doute à écouter leur conversation, car il s'était approché discrètement… Dieu miséricordieux, aie pitié de nous !

Mon oncle continuait de se vanter de ses sacrifices pour le mouvement constitutionnel :

— Aujourd'hui, tout le monde est partisan de la Constitution… Tout le monde prétend avoir tout donné pour la Constitution… Tandis que moi, je me tais et je suis effacé des mémoires.

Soudain Agha Djan éclata d'un rire fracassant :

— Les cosaques du colonel Liakhov* aussi prétendent avoir combattu pour les idéaux constitutionnels ! s'écria-t-il au beau milieu de son rire forcé.

Un simple mur d'églantines les séparait. Effrayé, je me penchai pour voir la réaction de mon oncle. Il était devenu bleu de rage. Les muscles de son visage s'étaient tendus. Il resta immobile quelques instants. Soudain il fit un bond et se jeta sur Mash Ghassem.

— Le fusil… Ghassem, le fusil ! s'écria-t-il d'une voix furieuse qui peinait à sortir de sa bouche. Le fusil… je te dis !

Et il tenta d'attraper le fusil de Mash Ghassem, qui d'un mouvement d'épaule fit glisser la bandoulière sur son avant-bras et cacha d'une main le fusil derrière son dos, tandis que de l'autre il s'efforçait d'empêcher mon oncle de l'approcher.

La voix enragée de ce dernier fit comprendre à Agha Djan qu'il ne fallait pas perdre de temps.

Le cri de mon oncle retentit à nouveau :

— Imbécile de traître ! Passe-moi le fusil je te dis !

D'un geste rapide, Mash Ghassem se défit de mon oncle et, le fusil à la main, se mit à courir. Déchaîné, mon oncle le poursuivit au milieu des arbres. En courant, Mash Ghassem criait :

— Au nom de Morteza Ali, pardonnez-lui !… Sur la tête de vos enfants !… Il a commis une erreur ! Il n'a pas fait exprès !

J'étais à mon tour sorti de mon buisson et, bouche bée, j'observais la scène, incapable d'agir ou de réfléchir.

Le jardin était vaste avec beaucoup de voies pour fuir. Mash Ghassem courait avec une étonnante agilité, et mon oncle le

* Commandant russe de la garde impériale qui, à la tête d'une brigade de cosaques, joua un rôle actif dans l'oppression de la révolution constitutionnelle et le bombardement du Parlement.

poursuivait en soufflant. Soudain le pied de Mash Ghassem buta contre un rameau sec, il trébucha et un coup de feu partit.

— Aïe, je suis mort ! Aïe, Dieu tout-puissant !

Le cri de Mash Ghassem me tira de mon état d'hébétude. Je le rejoignis en courant. Horrifié, mon oncle se tenait près du corps inerte de Mash Ghassem qui gisait à plat ventre, sur son fusil.

— Monsieur, cher Monsieur ! Tu as tué ton Ghassem !

Mon oncle se pencha pour l'aider à se mettre debout.

— Non, non… fit Mash Ghassem d'une voix gémissante. Ne me touchez pas… Je veux mourir ici même…

Mon oncle recula et, m'apercevant à côté de lui, cria :

— Cours chercher le Dr Nasser-ol-Hokama, fiston… Vas-y ! Fonce !

Un sanglot dans la gorge, je courus de toutes mes forces vers la maison du Dr Nasser-ol-Hokama. Dieu merci, il en sortait au même moment, sacoche à la main, comme s'il partait en visite.

— Dépêchez-vous, docteur ! Mash Ghassem a reçu une balle !

Devant l'entrée du jardin, le valet de l'oncle Colonel était en train d'expliquer à quelques passants curieux ayant entendu la détonation que c'était sans importance : un pétard avait pris feu dans la main d'un gamin.

Nous rentrâmes au jardin, refermant la porte derrière nous.

Toute la maisonnée formait un cercle autour de Mash Ghassem et s'efforçait de le consoler.

— Aïe ! Quelle douleur ! gémissait-il d'une voix à peine audible. Ça me brûle !… J'emporte sous terre le rêve du pèlerinage à La Mecque !

Lorsqu'à la suite du docteur j'arrivai dans le cercle que formaient les spectateurs autour de lui, j'aperçus Leyli qui, les larmes aux yeux, épongeait de son mouchoir le front de Mash Ghassem, tombé sur la joue.

— Promettez-moi, Monsieur, de m'enterrer au cimetière de Sainte-Massoumeh !

Le docteur s'agenouilla auprès de Mash Ghassem, mais, dès qu'il s'avisa de le retourner, celui-ci se mit à crier :

— Ne me touchez pas !

— C'est le docteur, Mash Ghassem !

Mash Ghassem tourna la tête et, en voyant le docteur, le salua de sa voix gémissante :

— Bonjour à vous, docteur... Après Dieu, je compte sur vous...

— Portez-vous bien !... Portez-vous bien !... Que se passe-t-il Mash Ghassem ? Où es-tu touché ? Qui a tiré ?

Agha Djan, qui se tenait à l'écart, désigna de son doigt accusateur l'oncle Napoléon et déclara à voix haute :

— Cet homme ! Cet assassin ! J'espère lui mettre moi-même la corde au cou !

Avant que mon oncle ait le temps de répliquer, ma mère se mit à supplier Agha Djan de s'éloigner.

— Portez-vous bien !... Portez-vous bien !... Dis-moi, Mash Ghassem, à quel endroit es-tu touché ?

Immobile sur le ventre, Mash Ghassem continuait à gémir :

— Ma foi, à quoi bon mentir ?... Je dirais sur le côté...

Le Dr Nasser-ol-Hokama fit signe à l'oncle Napoléon de l'aider à le retourner.

— Portez-vous bien, doucement... Doucement... Vvvoiiiilà...

— Aïe, mon Dieu ! Après tous ces combats, ces batailles... Il a fallu que la mort m'attrape dans le jardin de mon maître ! Je vous en prie, docteur !... Si c'est sans espoir, dites-le-moi pour que je fasse ma prière !

Lorsque le docteur ouvrit la chemise de Mash Ghassem, la surprise fut générale. Aucun impact de balle sur le corps !

— Mais à quel endroit as-tu été touché ?

— Ma foi, à quoi bon mentir ?... Je ne sais pas trop... répondit Mash Ghassem sans regarder. N'avez-vous pas trouvé ?

— Portez-vous bien !... Portez-vous bien !... Tu es plus sain et sauf que moi-même !

Les spectateurs, qui jusque-là retenaient leur souffle, furent soulagés et des éclats de rire et de joie retentirent.

Mon oncle flanqua un coup de pied au derrière de Mash Ghassem qui était en train de se lever.

— Allez tire-toi ! s'écria-t-il. Tu mens maintenant même à ton maître, crapule !

— Je n'ai pas été touché ?... D'où venait alors cette douleur brûlante ?... Où alors la balle m'a-t-elle touché ?

— Elle aurait dû te toucher à la cervelle !

Le Dr Nasser-ol-Hokama, dont l'aide n'était plus nécessaire, referma sa sacoche et, sans dire un mot à l'oncle Napoléon, lança un “Portez-vous bien” en guise d’adieu et se mit en route. Mon oncle lui courut après. Il lui glissa quelques mots en aparté. On aurait dit qu’il lui adressait ses excuses pour ce qui s’était passé la veille. Il finit par prendre le docteur dans ses bras et l’embrasser. Une fois ce dernier parti, il vint rejoindre les autres.

Profitant de ces instants de répit, je m’étais rapproché de Leyli. Après les événements douloureux des deux derniers jours, il m’était si agréable de la revoir que je ne disais rien et la regardais en silence. Elle aussi me fixait de ses grands yeux noirs.

Avant que j’aie le temps de dire quoi que ce soit, l’oncle Napoléon nous remarqua et s’avança vers nous. Sans hésiter, il flanqua une gifle à Leyli et, pointant du doigt l’entrée de leur cour intérieure, lui ordonna sèchement :

— A la maison !

Ensuite, sans me regarder, il désigna notre maison et, d’un ton encore plus sévère, s’écria :

— Vous aussi vous rentrez chez vous et ne remettrez plus les pieds par ici !

Mortifié par le ton acerbe de mon oncle, la gorge étranglée par un sanglot, je me mis à courir vers ma maison. Je me réfugiai dans une chambre à l’écart et je fermai la porte de l’intérieur. Je m’allongeai sur le canapé. Désespéré, incapable de réfléchir, mais décidé à tout prix à trouver une solution.

Soudain, une grande agitation en provenance de la cour me réveilla. Il était environ midi. Après les événements extraordinaires de la matinée, je m’étais endormi sur le canapé. Je sortis discrètement de la chambre. Il y avait un va-et-vient inhabituel. Je retrouvai ma mère :

— Qu’est-ce qui se passe ? Qu’est-ce que c’est que ce remue-ménage, ces allées et venues ?

— J’en sais rien. Ton père a subitement décidé ce matin d’organiser un grand dîner de famille.

— Pour quoi faire ?

— J’en sais rien, je te dis, cria-t-elle. Demande-lui ! Pour fêter ma mort, *inch’Allah*, si Dieu le veut !

Au même moment, Agha Djan venait de rentrer de la rue. Je courus vers lui :

— Qu’est-ce qui se passe ce soir, Agha Djan ?

Il éclata d'un rire forcé et dit :

— Ce soir, c'est l'anniversaire de notre mariage avec ta mère... C'est la fête... Nous célébrons l'union avec cette famille aimable et soudée !

Je sentis qu'Agha Djan parlait trop fort, s'adressant surtout au jardin. Je tournai la tête dans la direction de son regard et, de loin, je vis l'ombre de Pouri rôder, il faisait semblant de lire un livre, mais en vérité il épiait ce qui se passait chez nous.

— Voilà... Ce soir, il y aura même des musiciens !... Tout le monde est invité !

Il s'adressa ensuite à ma mère et, de la même voix presque criarde, demanda :

— A propos, a-t-on prévenu Shamsali Mirza et son frère Asdollah Mirza ?... Et Mme Aziz-ol-Saltaneh aussi ?...

Agha Djan énuméra tous les invités à voix haute avant d'ajouter :

— Ce sera une belle soirée ! Je vais leur raconter de belles histoires !... Musique, chant et belles histoires !

J'avais deviné son plan. Il voulait raconter à tout le monde comment, effrayé par un cambrioleur, mon oncle était tombé dans les pommes. En me parlant, il s'adressait en fait à Pouri pour qu'il aille informer l'oncle Napoléon. Pouri obliqua lentement vers la maison de mon oncle. J'hésitai un court instant avant de le suivre. La porte de la cour était fermée et il n'y avait aucun bruit à l'intérieur. J'étais très curieux de connaître la réaction de mon oncle. Je réfléchis un instant. Je décidai d'écouter à la porte. J'entendais au loin une vague conversation !

J'eus finalement une idée. La maison d'une de mes tantes était mitoyenne de celle de l'oncle Napoléon et leurs toits en terrasse se prolongeaient. Avec le concours de Siâmak, mon cousin, je montai sur leur toit et m'allongeai discrètement sur le rebord.

A l'instant même où j'y arrivai, Pouri, ayant accompli sa mission de mouchard, quittait la cour, alors que mon oncle, désemparé et nerveux, y faisait les cent pas. L'air soucieux, Mash Ghassem se tenait dans un coin. Les gestes et l'expression du visage de mon oncle témoignaient de sa grande préoccupation.

— Pour l'instant, notre seule solution est de ne pas permettre que la soirée de cet homme ait lieu, ensuite nous essaierons d'arranger les choses. Je connais son plan... Il cherche à souiller notre honneur à tous les deux... Je le connais par cœur, ce perfide !

— Et si on disait aux invités qu'aujourd'hui c'est l'anniversaire de la mort de votre regretté oncle, peut-être qu'ils ne viendraient pas !

— Ne dis pas de sottises !... L'anniversaire de la mort de mon oncle est dans un mois...

Soudain, comme frappé par une idée, il se figea. Son visage s'illumina. Il conduisit Mash Ghassem à la porte et lui dit quelque chose dont je ne saisis rien d'autre que le nom de Seyed Abolghassem. Mash Ghassem sortit à la hâte. Mon oncle se mit à arpenter la cour en marmonnant tout seul. J'attendis en vain le retour de Mash Ghassem, alors je quittai le toit et, cherchant à élucider le mystère de sa mission, je redescendis au jardin. Comme il tardait à revenir, je rentrai chez moi. Aidé par un ouvrier, notre valet était en train de transférer les grands tapis au jardin.

La riposte d'Agha Djan se préparait tous azimuts. Il avait même décidé de recevoir ses invités dans le jardin pour que, de son côté, l'oncle Napoléon puisse tout entendre.

Vers cinq heures de l'après-midi, le théâtre des opérations d'Agha Djan était fin prêt. Une multitude de coussins avaient été installés au pied des arbres, sur les tapis. Des bouteilles d'alcool avaient été mises au frais dans un bassin de glace, recouvertes d'une toile de jute.

Je ne quittais pas des yeux la porte fermée de la maison de mon oncle, préoccupé par ce qui s'y tramait. Je savais qu'il ne laisserait pas l'offensive d'Agha Djan sans réponse et je pressentais le tonnerre et la foudre à l'horizon.

Soudain, la porte de sa maison s'ouvrit et Mash Ghassem, Pouri et la vieille bonne Belgheis se mirent à trimballer dans le jardin plusieurs tapis afin d'aménager leur propre scène à une vingtaine de mètres de la nôtre.

Je m'approchai discrètement de Mash Ghassem, mais, en réponse à ma question, il se contenta de lancer :

— Va-t'en, fiston, laisse-nous travailler !

Dès qu'ils eurent fini de tapisser la partie du jardin qui se trouvait à l'entrée de la maison de mon oncle, Mash Ghassem et Belgheis, portant une échelle, se dirigèrent vers le portail extérieur. Mash Ghassem grimpa à l'échelle et accrocha tranquillement au-dessus du portail une bannière triangulaire de couleur noire, celle-là même que mon oncle faisait hisser à l'occasion des cérémonies à la mémoire des martyrs. La bannière triangulaire se déploya en haut du portail, avec l'inscription : "Au nom de Hussein*, petit-fils d'Abdollah !"

— Que faites-vous, Mash Ghassem ? demandai-je surpris. Pourquoi hissez-vous la bannière noire ?

— Ma foi, fiston, à quoi bon mentir ? Ce soir, nous avons une cérémonie à la mémoire des martyrs. Il y aura beaucoup de monde... Au moins sept ou huit prédicateurs, un groupe de professionnels pour battre leur coulpe et porter le deuil.

— Mais c'est le deuil de qui ce soir ?

— Comment ? Tu ne sais pas ? Ce soir c'est le martyre de Sa Sainteté Moslem Ebn Aghil** ! Si tu ne me crois pas, tu n'as qu'à demander à Seyed Abolghassem !

J'entendis un bruit derrière moi. En me retournant, je vis Agha Djan, pâle, les traits tirés, les yeux exorbités de rage, qui regardait Mash Ghassem et sa bannière noire. Mon regard anxieux glissa plusieurs fois de l'un à l'autre. Mash Ghassem, qui avait senti la rage d'Agha Djan, craignait de descendre de l'échelle et continuait à secouer la bannière pour la dépoussiérer. Je craignais que, dans un excès de colère, Agha Djan ne renverse l'échelle.

— Ce soir, c'est le deuil de ton père ou quoi ? dit-il finalement d'une voix enrouée. Pourquoi tu hisses la bannière noire ?

— Si mon père avait su mourir un jour aussi saint ! dit Mash Ghassem du haut de l'échelle avec son calme habituel. Ce soir, c'est le martyre de Sa Sainteté Moslem Ebn Aghil.

— Que Sa Sainteté Moslem Ebn Aghil vous maudisse toi et ton maître et tous les menteurs de votre espèce !... C'est sans doute lorsque ton maître est tombé dans les pommes par peur du cambrioleur que l'archange Gabriel est venu l'informer !

* Troisième imam des shiites, tombé en martyr lors de la bataille de Kerbela en 680. Objet d'un véritable culte, il est le personnage central des cérémonies de commémoration des martyrs chez les shiites.

** L'homme de confiance et l'un des premiers partisans de l'imam Hussein. Il est surtout connu pour ses deux enfants, assassinés aux côtés de Hussein à Kerbela.

— Ma foi, à quoi bon mentir ? La tombe n'est qu'à quatre pas… Je ne connais pas ces détails… Mais je sais que ce soir c'est le martyre de Sa Sainteté Moslem Ebn Aghil… Seyed Abolghassem le sait aussi. Vous pouvez aller lui demander.

— Je vous donnerai une telle leçon à toi, à ton maître et à ce Seyed Abolghassem, que les martyrs eux-mêmes pleureront sur votre sort, s'écria Agha Djan, frissonnant de colère.

En prononçant ces paroles, il se mit à secouer l'échelle. Mash Ghassem commença à hurler avec force :

— Hé nondguieu ! A l'aide, ô Moslem Ebn Aghil, aide-moi !

J'attrapai les bras de mon père avec stupeur :

— Lâchez-le, Agha Djan ! Mash Ghassem n'y est pour rien, le pauvre !

En entendant mon cri, Agha Djan lâcha prise. Il jeta un coup d'œil enragé à Mash Ghassem et rentra précipitamment à la maison.

Transi de peur, Mash Ghassem m'adressa d'en haut un regard plein de gratitude.

— Que Dieu te bénisse, fiston ! Tu m'as sauvé la vie !

De retour à la maison, je retrouvai Agha Djan en train d'engueuler ma pauvre mère :

— Une alliance avec la tribu de Loth aurait été préférable à ta famille !… On va voir laquelle des deux soirées aura le plus de succès : ma réception ou la cérémonie des martyrs de Napoléon Bonaparte !

C'était la première fois que j'entendais le surnom napoléonien de mon oncle dans la bouche d'Agha Djan. L'hostilité avait atteint un point tel que les belligérants ne se refusaient plus aucun mauvais coup. Un grincement de chaise, ou même un son suspect, était non seulement en train de briser, comme dirait l'oncle Colonel, l'union de la famille mais de détruire le principe même de notre vie familiale.

Ma mère attrapa le bras d'Agha Djan :

— Je t'en supplie ! Laisse tomber !… Comment veux-tu donner une réception ce soir ? De l'autre côté du jardin, le battement des coulpes à la mémoire des martyrs, tandis que, de ce côté, chanson, musique et boissons alcoolisées… Qui osera y mettre les pieds ?… Les batteurs de coulpe du petit bazar te lyncheront !

— Mais je sais qu'il a inventé de toutes pièces cette histoire du martyre de Moslem Ebn Aghil ! Je sais que…

— Toi, tu le sais, mais pas les autres !... Les batteurs de coulpe professionnels, eux, ne le savent pas... Notre honneur sera souillé dans tout le quartier... Ils te lyncheront, ainsi que les enfants...

Agha Djan paraissait de plus en plus pensif. Ma mère avait raison. Il était impensable que, d'un côté du jardin, on fasse la fête, alors que de l'autre on célébrerait le deuil des martyrs. Agha Djan n'avait d'autre choix que de jouer seul le rôle de l'hôte et de l'invité, sans parler du danger qu'il courait.

Mash Ghassem, qui, à l'aide de la vieille Belgheis, était en train de rapporter l'échelle dans le jardin, entendit ce dialogue.

— Ma parole, madame a raison... dit-il tendrement en s'arrêtant. Reportez votre fête à un autre jour !

Agha Djan lui jeta un regard noir, mais soudain il changea d'attitude, essayant d'emprunter un ton plus conciliant :

— Oui, oui... Vous avez raison ! C'est une soirée bénie !... Le martyre de Moslem Ebn Aghil tu as dit, n'est-ce pas ?

— A Dieu ne plaise, quel calvaire il a subi !... Comment ils l'ont décapité, ces bâtards de mécréants !

— Dis seulement à ton patron que Moslem Ebn Aghil fut jeté du haut d'une tour !... Ces jours-ci, une autre personne sera jetée du haut d'une tour pour se retrouver écrabouillée !

Et il ajouta avec une tristesse toute feinte :

— En tout cas, c'est une soirée bénie ! J'ai d'ailleurs annulé ma réception pour être présent à la cérémonie des martyrs... Je ne la raterai pour rien au monde ! On ne peut manquer une telle soirée... J'y serai sans faute...

— Oui, c'est un acte pieux que de venir... dit d'abord Mash Ghassem d'un air crédule.

Mais, comme s'il venait subitement de deviner le dessein d'Agha Djan, il se précipita, inquiet, vers l'intérieur de la maison de mon oncle.

J'attendis quelques minutes avant de le suivre. Il était en train de ranger l'échelle dans le cagibi du jardin.

— Tu as sûrement compris, Mash Ghassem, ce que cherche à faire Agha Djan !

Il jeta un regard anxieux autour de lui.

— Va jouer, fiston ! Si Monsieur apprenait que je t'ai parlé, il me ferait la peau !

— Mais, Mash Ghassem, il faut faire quelque chose pour en finir avec cette querelle !... Ça empire de jour en jour... J'ai peur de ses conséquences.

— Ma foi, à quoi bon mentir ? La tombe n'est qu'à quatre pas. Moi aussi j'ai peur… Sans oublier que cent fois par jour je dois remplir l'arrosoir pour aller arroser les fleurs du Colonel.

— En tout cas, il faut faire quelque chose pour qu'Agha Djan ne vienne pas à la cérémonie des martyrs, ou, s'il vient, qu'il n'évoque pas l'histoire du cambriolage d'hier soir… Sinon il y aura un de ces grabuges dont personne ne sait comment ça va finir !

— Ne t'inquiète pas pour ce soir, fiston ! Monsieur a pensé à tout !… Je ne crois pas qu'on laissera ton père parler… Mais tu gardes ça pour toi !

— Oui, Mash Ghassem, rassure-toi ! J'ai même fait le vœu d'allumer un cierge à la fontaine publique, pour que cette querelle prenne fin !

— Alors ne te soucie pas trop de ce soir… Monsieur s'est arrangé avec Seyed Abolghassem pour qu'il ne laisse pas ton père parler, si jamais il vient !

Mash Ghassem avait bien senti que je souhaitais sérieusement que le conflit prenne fin et il me parlait avec sincérité.

— De ton côté, fiston, fais en sorte que ton père ne parle pas trop !

Soudain apparut la silhouette de Pouri.

— Hé nondguieu ! dit Mash Ghassem à voix basse. M. Pouri arrive ! Avec sa gueule de cheval de trait, il va sûrement dire à Monsieur que je t'ai parlé. Vas-y, file, fiston, rentre chez toi !

Ma mère dépêcha des messagers chez tous nos proches pour les informer de l'annulation de la réception pour cause de coïncidence avec la cérémonie des martyrs organisée par l'oncle Napoléon. Les invités ne s'en étonnèrent point, car, en recevant l'invitation de ce dernier, ils avaient eux-mêmes conclu à l'annulation de la première.

La cérémonie de mon oncle démarra en début de soirée. Sa cape noire sur les épaules, il était assis sur un coussin près de l'entrée. Les femmes étaient installées de l'autre côté de la tonnelle d'églantines. Lorsque Agha Djan se mit en route pour s'y rendre, j'avais un sentiment ambigu. D'une part, j'étais inquiet de la tournure que pourrait prendre sa confrontation avec mon oncle, de l'autre j'étais excité à l'idée de revoir Leyli.

Lorsque Agha Djan entra, mon oncle, qui se levait pour saluer chacun de ses invités, ne bougea pas d'un pouce, feignant de ne pas l'avoir vu. La plupart de nos parents qui habitaient le quartier étaient déjà arrivés. La seule absence remarquée fut celle d'Aziz-ol-Saltaneh et de son mari.

Agha Djan s'installa à côté d'Asdollah Mirza, qui s'était trouvé une place de choix à proximité de l'assemblée des femmes. Craignant mon oncle, je n'osai pas m'aventurer loin de mon père. Dès son arrivée, Agha Djan voulut raconter à Asdollah Mirza le cambriolage et les incidents de la veille. Mais celui-ci était fort occupé à flirter et faire rire discrètement l'une des dames se trouvant de l'autre côté de la tonnelle d'églantines. Il réussit finalement à perturber la conversation galante d'Asdollah Mirza…

— Hier soir, j'ai vivement regretté votre absence, Votre Excellence !… dit-il tandis que le prêcheur prêchait du haut de sa chaire. Quelle aventure nous avons vécue !

Je ne pus m'empêcher de jeter un coup d'œil dans la direction de l'oncle Napoléon. Il ne quittait pas des yeux le mouvement des lèvres d'Agha Djan. On lisait l'angoisse sur son visage. Il fit signe à Seyed Abolghassem qui déclara plus fort dans la direction d'Agha Djan et d'Asdollah Mirza :

— Messieurs, c'est une soirée bénie ! Ouvrez vos cœurs à la mémoire des martyrs !

Agha Djan fit plusieurs autres tentatives, mais chaque fois elles furent avortées par les interventions de Seyed Abolghassem. Le dernier orateur de la soirée ne fut autre que Seyed Abolghassem lui-même. Tout au long de son prêche, il ne quitta pas une seconde Agha Djan des yeux, et, dès qu'il sentait que celui-ci allait se mettre à parler, il lançait l'une de ces formules tragiques qui brisent le cœur des femmes et les font pleurer de douleur. Agha Djan le regardait, hors de lui.

Le prêche funèbre de Seyed Abolghassem avait duré plus d'une demi-heure et la voix éraillée du pauvre vieillard était déjà à peine audible. Il s'arrêta quelques instants pour reprendre son souffle. Agha Djan, qui n'attendait qu'un signe de faiblesse de sa part, en profita pour annoncer d'une voix suffisamment haute pour que son entourage l'entende :

— A propos, hier soir il y a eu un incident ici !

Mon oncle, qui s'était entre-temps rapproché de la chaise de Seyed Abolghassem, dut le piquer dans le dos, car celui-ci tressauta et fit signe à la douzaine de batteurs de coulpe professionnels, qui, en attendant leur tour, avaient dénudé leur poitrine. Il entama alors de toutes ses forces un chant funèbre et se mit à se frapper la poitrine :

— Ses deux jeunes orphelins* abandonnés… Ses deux jeunes orphelins abandonnés…

L'oncle Napoléon se martelait la poitrine d'une main en fredonnant, tandis que de l'autre il haranguait le groupe de batteurs de coulpe professionnels. Ces derniers se frappaient frénétiquement la poitrine et chantaient en chœur avec ferveur. Les invités étaient surpris de ce nouveau rituel, car il n'était pas courant de battre sa coulpe pendant le prêche. Ils échangèrent des regards dubitatifs, mais comme ils voyaient que mon oncle était debout, ils se levèrent aussi et se mirent à battre leur poitrine.

Frémissant de colère, Agha Djan ne bougea pas d'un pouce.

Alors, incité par mon oncle ou sur sa propre initiative, Seyed Abolghassem s'approcha de lui.

— Cher monsieur, si vous ne partagez pas ce deuil avec nous… s'écria-t-il. Si vous avez une autre profession de foi… Si vous êtes hostile au peuple des croyants, rentrez chez vous ! Allez-vous-en ! Retournez à votre religion !…

Exaspéré, Agha Djan n'était plus dans son état normal, mais, sentant le regard hostile des batteurs de coulpe professionnels, il se leva et se mit à se frapper la poitrine tout en se dirigeant vers notre maison. Quelques secondes plus tard, il claqua la porte de sa chambre avec une telle rage que, malgré tout le brouhaha de la soirée, je pus l'entendre de loin.

J'étais néanmoins soulagé, car on s'en était relativement bien tiré.

Les batteurs de coulpe firent plusieurs fois le tour du jardin avant de prendre la porte et laisser les invités regagner leurs places.

Les prédicateurs partirent à leur tour. Seul restait Seyed Abolghassem qui, harassé de fatigue, dégustait un bol de sirop et s'épongeait le front.

Mon oncle était inquiet. Je le soupçonnais de craindre le retour d'Agha Djan, mais, connaissant mon père, je savais qu'il était tellement fou de rage qu'il ne reviendrait pas.

* Les deux jeunes orphelins de Moslem Ebn Aghil ; cf. note p. 62.

IV

La soirée tirait à sa fin. L'assemblée des hommes ne comptait plus que quatre ou cinq parents très proches. Les femmes les avaient rejoints à leur tour.

Les invités avaient presque oublié l'objet de la réunion ; ils bavardaient et plaisantaient tout en dégustant du thé ou du sirop avec des sucreries. A l'instant même où, perfide, Mme Farokh Lagha demanda la raison de l'absence d'Aziz-ol-Saltaneh, de son mari et de leur fille Ghamar, soudain l'appel à l'aide d'un homme se fit entendre du côté du toit.

— Aidez-moi !… Au secours ! Venez !… A l'aide !

Nous nous retournâmes spontanément dans la direction de la voix. On distinguait sur le toit la silhouette d'un homme en chemise et caleçon blancs qui, affolé, courait dans tous les sens.

— On dirait la voix de Doustali Khan… dit l'oncle Colonel au milieu de la stupéfaction générale. Je crois que c'est lui !

La forte lumière des quinquets nous empêchait de voir distinctement à qui appartenait la voix. Les invités se précipitèrent dans sa direction presque en courant.

Il s'agissait bien de Doustali Khan, le mari d'Aziz-ol-Saltaneh, dont la maison était mitoyenne du jardin. On sentait une terrible frayeur dans sa voix. Il criait sans s'arrêter :

— A l'aide !… Sauvez-moi !

— Que se passe-t-il, Doustali Khan ? s'écria l'oncle Napoléon.

— Je vous en supplie, répondit-il. Vite une échelle… Aidez-moi !

— Pourquoi tu ne prends pas l'escalier ?

— Je ne peux pas, Monsieur… Aidez-moi… Une échelle… Je vous expliquerai après.

Il y avait une telle supplication dans sa voix que personne ne demanda plus rien.

— Ghassem, une échelle ! s'écria mon oncle.

Avant même que l'ordre en soit donné, Mash Ghassem avait soulevé l'échelle. Les autres ne quittaient pas des yeux Doustali Khan qui, tel un fantôme funambule, se déplaçait sur le toit. Mash Ghassem posa l'échelle contre le mur et gravit quelques marches pour aider Doustali Khan à descendre.

Quelques instants plus tard, Doustali Khan mit le pied à terre et s'évanouit dans les bras de Mash Ghassem. On le traîna à même le sol jusqu'aux tapis où on l'allongea.

Les invités se mirent à discuter et à commenter l'événement. L'oncle Napoléon donnait de petites claques sur la joue de Doustali Khan en demandant sans arrêt :

— Doustali ! Que se passe-t-il ? Qu'est-ce qui t'arrive ?

Ebouriffé et poussiéreux, Doustali Khan gisait par terre dans sa chemise et son caleçon blancs. Seules ses lèvres frissonnaient. Nous formions un cercle autour de lui.

— On dirait qu'un serpent l'a mordu, dit Mash Ghassem en lui massant les jambes.

Mon oncle lui jeta un regard noir :

— Ne dis pas de bêtises !

— Ma foi, Monsieur, à quoi bon mentir ?... Je connaissais un gars au village...

— Va au diable avec ton gars au village. Tu nous laisses voir ce qui se passe ?

Il redonna une tape plus douce sur la joue de Doustali Khan. Celui-ci entrouvrit les yeux, comme s'il avait repris connaissance, regarda autour de lui, posa d'un geste nerveux ses deux mains sur son bas-ventre et se mit à crier :

— Coupé... Coupé...

— Qui a coupé ?... Qu'est-ce qu'il a coupé ?

Doustali Khan ne répondit pas aux questions de mon oncle et continua d'une voix effrayée :

— Coupé... Elle voulait couper... A coups de couteau... Couteau de cuisine... Elle a failli couper...

— Qui a coupé ? Qui voulait couper ?

— Aziz... La maudite Aziz... Ma femme... Cette mégère... Cette meurtrière invétérée...

Asdollah Mirza, qui écoutait attentivement, s'approcha tout en essayant de contenir son rire :

— *Moment !... Moment !...* Attendez... Attendez voir, Mme Aziz-ol-Saltaneh voulait, si je ne m'abuse, vous...

— Oui, oui... Cette mégère !... Si je n'avais pas réagi à temps, elle l'aurait coupé !

— De bout en bout ? s'esclaffa Asdollah Mirza.

Le rire des invités fit bondir mon oncle qui s'était soudain rappelé la présence des femmes et des enfants. Il ouvrit les bras transformant sa cape en un rideau séparant Doustali Khan des autres.

— Les dames et les enfants, en arrière ! dit-il.

Ceux-ci reculèrent de quelques pas.

— Qu'est-ce que Mme Aziz voulait lui couper ? demanda Pouri d'un air niais.

Son père lui jeta un coup d'œil furieux :

— Qu'est-ce que c'est que cette question, gros bêta ?

Mash Ghassem lui répondit calmement :

— Elle voulait lui couper son honneur, fiston !

— Elle aurait causé sa propre perte en faisant cela !... dit Asdollah Mirza en se mettant à rire. On ne scie pas la branche sur laquelle on est assis !...

— Ça suffit, prince ! s'écria l'oncle Napoléon.

Et tandis qu'il tenait toujours sa cape comme un rideau séparant Doustali Khan des femmes et des enfants, il ajouta d'un air très sérieux :

— Explique-moi, Doustali ! Pourquoi voulait-elle le couper ? Qu'est-ce que c'est que ces bêtises !

Tenant des deux mains son bas-ventre, Doustali Khan se mit à gémir :

— J'ai vu de mes propres yeux... Elle avait caché le couteau de cuisine dans le lit... Elle l'a attrapé pour le couper... J'ai senti la fraîcheur de la lame sur ma peau...

— Mais pourquoi ? Elle est devenue folle ? Il y a eu...

— En début de soirée, elle a commencé à me chercher des noises... Elle n'est pas venue à votre cérémonie des martyrs... Elle disait qu'un membre de la famille lui avait rapporté que j'avais une liaison avec une jeune femme... Au diable une telle famille... Tous des tueurs... Mon Dieu ! Si je n'avais pas réagi à temps, elle l'aurait entièrement coupé.

— Ah ah, je vois ! dit soudain l'oncle Napoléon d'une voix enrouée.

Nous le regardâmes tous. Il serrait les mâchoires et sa voix tremblait de rage :

— Je sais quel scélérat est derrière l'affaire !... Cet homme veut porter préjudice à l'honneur de notre famille... Il complote contre notre honneur familial...

Il était évident que, par "cet homme", il entendait Agha Djan.

Essayant de se donner un air sérieux, Asdollah Mirza demanda d'une voix faussement inquiète :

— A-t-elle réussi à en couper un bout ?

— Je lui ferai la peau... marmonna l'oncle Napoléon sans prêter attention aux ricanements de l'assistance. On ne plaisante pas avec l'honneur de notre famille !

Soudain, Shamsali Mirza prit la posture sérieuse d'un juge d'instruction et leva les bras :

— Ne soyez pas pressé de juger !... D'abord l'enquête, ensuite le jugement !... Monsieur Doustali Khan, je vous prie de répondre à mes questions avec sincérité et précision.

La victime de l'attentat gisait toujours par terre, les deux mains sur le bas-ventre.

Shamsali Mirza approcha une chaise et s'assit pour commencer son interrogatoire, mais l'oncle Colonel l'interrompit :

— Laissez ça pour plus tard, prince ! Cet infortuné a eu trop peur, il n'est pas en mesure de parler.

— Le meilleur moment pour l'enquête et l'interrogatoire, c'est toujours les instants qui suivent le crime, dit Shamsali Mirza en lui jetant un regard sévère. D'ici à demain, les éléments permettant de se forger une intime conviction se seront dissipés.

Mash Ghassem, qui suivait la scène avec intérêt, confirma :

— C'est vrai, fiston ! Qui sait ce qui peut arriver d'ici à demain ? Je connaissais un gars au village...

Shamsali Mirza l'arrêta sèchement du regard et se tourna de nouveau vers Doustali Khan :

— Comme je vous l'ai demandé, répondez à mes questions avec le maximum de sincérité et de précision...

— Aucun doute ! dit l'oncle Napoléon fixant un point lointain. C'est l'œuvre de ce scélérat... Je lui avais expliqué la stratégie de Napoléon... Eh bien il est en train de me l'appliquer à moi-même... Napoléon disait que, dans une bataille, il faut toujours viser le point faible de l'ennemi... Il a compris que mon point faible, c'est Doustali. Il sait que je l'ai élevé, qu'il est comme mon fils, qu'il est de ma famille comme d'ailleurs sa femme...

Il parla longuement des attaches particulières qui le liaient à Doustali Khan. Il nous avait déjà dit à plusieurs reprises qu'il l'avait élevé, et, bien qu'il soit quinquagénaire, il le considérait comme son fils.

— Doustali, au nom de l'attention et des soins que je t'ai toujours portés, je te demande de répondre scrupuleusement aux questions de Shamsali Mirza, car la vérité doit éclater ce soir, conclut-il en se tournant vers Doustali Khan. Il faut que tout le monde sache clairement, comme je le sais moi-même, qui a rapporté une chose pareille à Aziz-ol-Saltaneh ? Ceci est d'une grande importance et nous nous trouvons à un moment crucial de l'existence de notre famille… Nous sommes au bord du précipice… Il faut surtout que ma sœur réalise avec quel genre d'individu elle vit pour ensuite pouvoir choisir entre lui et sa famille…

Les yeux fermés, Doustali Khan n'avait pas l'air d'écouter le discours de mon oncle et paraissait toujours aussi terrifié. Soudain il écarquilla les yeux et, d'une voix effrayée, se mit à crier :

— Aïe, coupé !… Au secours !… Coupé à coups de couteau de cuisine… aiguisé comme un diamant…

— Tais-toi, enfin !… dit l'oncle Colonel mettant la main sur la bouche de Doustali Khan. Tu nous déshonores !… Comment coupé ? Tu es là, bien en sécurité !

L'oncle Napoléon adressa un regard méprisant à Doustali Khan :

— Quelle époque nous vivons !… J'ai eu mille fois affaire au fusil, au poignard, au sabre, au shrapnel, sans prendre peur une seule fois… Regardez-moi ça : avoir peur d'un couteau de cuisine !

Mash Ghassem renchérit :

— Que Dieu vous bénisse, Monsieur, vous avez un cœur de lion !… Vous vous souvenez de la bataille de Kohguilouyeh, lorsque ce bandit de Djan Mammad s'est jeté sur vous avec son poignard ?… Comme si c'était hier… Que Dieu vous bénisse ! Un seul coup de sabre vous a suffi pour le fendre en deux, de la tête au nombril… Tandis que ce monsieur qui n'a vu qu'un couteau de cuisine est en train de rendre l'âme… On lui a rien coupé en plus… Qu'est-ce qu'il aurait fait si on le lui avait coupé ?

Asdollah Mirza, qui, craignant l'oncle Napoléon et son frère Shamsali Mirza, essayait à tout prix d'étouffer son rire, dit :

— Jetez-y un coup d'œil ! Peut-être qu'elle a quand même réussi à le couper !

Shamsali Mirza lui adressa un regard furibond :

— Frangin !

Sur l'ordre de mon oncle, Mash Ghassem approcha le bol de sirop des lèvres de Doustali Khan et lui en fit boire quelques gorgées. Shamsali Mirza souhaitait reprendre son interrogatoire, mais l'oncle Napoléon leva la main :

— Vous permettez, Votre Excellence ?... Les dames et les enfants n'ont qu'à rentrer chez eux !... Seule ma sœur peut rester !

Mon oncle saisit ma mère par le bras et la conduisit à l'écart. Il voulait que l'interrogatoire ait lieu en sa seule présence.

Sans mot dire, les dames exécutèrent les ordres et rentrèrent chez elles. Mon regard plein de désir raccompagna Leyli qui, sous son tchador de dentelle noire, me paraissait mille fois plus belle que d'habitude. Je m'apprêtai à rentrer chez moi, mais un vacarme éclata subitement, m'incitant à rejoindre discrètement la tonnelle d'églantines afin d'épier ce qui se passait. L'auteur du bruit n'était autre que Mme Farokh Lagha, qui refusait catégoriquement d'exécuter l'ordre de l'oncle Napoléon.

— Chère madame, vous ne pouvez pas rester ! dit mon oncle d'un ton sec.

— Pourquoi madame votre sœur peut rester et pas moi ?

— Ma sœur a des intérêts particuliers dans l'affaire !

Mon oncle avait visiblement oublié la langue acerbe de Mme Farokh Lagha.

— Attendez voir ! dit-elle. Aziz-ol-Saltaneh a voulu amputer le membre de Doustali Khan et votre sœur y a des intérêts particuliers ?

Asdollah Mirza ne put s'empêcher de murmurer tout bas :

— Toutes les dames y ont des intérêts particuliers ! C'est une tragédie douloureuse pour toute la communauté féminine !

Mon oncle lui lança un regard sévère et, résigné à tolérer la présence de Mme Farokh Lagha, dit :

— Commencez, Votre Excellence !

A l'instar d'un juge d'instruction au tribunal, Shamsali Mirza commença :

— Monsieur Doustali Khan, déclinez votre identité... Pardon, je veux dire racontez-nous en détail ce qui s'est passé.

Les yeux mi-clos, Doustali Khan se mit à gémir :

— Quels détails ? Elle était en train de couper !... Elle était en train de couper !

— Dites-nous d'abord à quel moment exact cela s'est produit.

— Je n'en sais rien… Ce soir pardi !… Nom de Dieu, quelles questions on me pose ?

— Monsieur Doustali Khan, je veux dire quelle était l'heure exacte ?

— Fichez-moi la paix ! Laissez-moi tranquille !

— Je répète, monsieur Doustali Khan ! A quelle heure précise cela est-il arrivé ?

— J'en sais rien, pardi ! Je n'ai pas noté l'heure !… J'ai juste vu qu'elle était en train de couper…

— Même pas approximativement ?

— J'en sais rien ! cria-t-il. Elle était en train de couper !

Shamsali Mirza aussi était en train de perdre patience :

— Cher monsieur… Vous avez été victime d'un attentat… Le crime s'appelle amputation… L'accusée s'apprêtait à couper un éminent organe de votre corps et vous ne connaissez pas l'heure ?

Doustali Khan sortit cette fois de ses gonds :

— Parce que mon éminent organe ne portait pas de montre !

Le rire fracassant d'Asdollah Mirza retentit. Il riait tellement fort que des larmes lui coulaient des yeux. Face aux signes impérieux qui l'invitaient à se taire, il ne put que répondre :

— *Moment !… Moment !…*

Son rire se transmit d'abord à l'oncle Colonel, puis à Mash Ghassem.

Shamsali Mirza remit son chapeau et dit d'une voix furieuse :

— Si ces messieurs me le permettent, je prends congé de cette joyeuse assemblée.

L'assistance eut beaucoup de mal à le retenir. Asdollah Mirza quant à lui eut beaucoup de mal à retrouver son calme. L'interrogatoire se poursuivit.

— Je passe cette question… Dites-nous, monsieur Doustali Khan ! Le couteau était un couteau normal ou plutôt un poignard ?

Doustali Khan frôla une seconde fois la crise de nerfs, mais on étouffa dans sa bouche ses premiers cris "Aïe, coupé !".

Quelques minutes plus tard, il répondit d'une voix haletante :

— Un couteau de cuisine !

Assis en cercle autour de Doustali Khan, tous ceux qui étaient présents écoutaient attentivement l'interrogatoire.

— Dans quelle main le portait-elle ?

— Mais je n'en sais rien ! Je n'ai pas fait attention à ces choses-là !

Mash Ghassem répondit à sa place :

— Ma foi, monsieur, à quoi bon mentir ? A ce que j'ai vu, les bouchers, pour couper la viande, tiennent toujours le couteau de la main droite.

Shamsali Mirza se retourna pour dire quelque chose à Mash Ghassem, mais le cri de Doustali Khan retentit :

— Aïe ! Boucher ! Tu as dit boucher ?... Le boucher !...

L'oncle Colonel remit sa main sur la bouche de Doustali Khan et Shamsali Mirza continua :

— Donc, elle tenait vraisemblablement le couteau de la main droite. Y avait-il quelque chose dans sa main gauche ?

— J'en sais rien... J'en sais rien...

Asdollah Mirza ne put garder plus longtemps le silence :

— Dans sa main gauche, elle tenait probablement l'éminent organe !

Mme Farokh Lagha perdit son sang-froid et, prétendant reconnaître dans ces propos une allusion à son gendre, elle quitta le jardin, malgré l'intérêt qu'elle trouvait dans cette conversation pour enrichir ses ragots à venir. Son gendre s'appelait M. Eminent.

— Ecoutez bien, monsieur Doustali Khan !... continua Shamsali Mirza. La question est très importante... Au moment de l'attentat, vous étiez...

Shamsali Mirza hésita un instant, puis il prit l'attitude d'un juge et continua :

— Pour cette question, je déclare le huis clos.

— Comment le huis clos, Votre Excellence ? protesta l'oncle Napoléon. Nous ne sommes pas étrangers à l'affaire. Je vais demander à ma sœur de s'écarter un peu... Ma sœur, veuillez vous éloigner un instant. Vous reviendrez ensuite.

— Je rentre chez moi, Monsieur... déclara d'un ton sec ma mère, d'habitude soumise à la volonté de mon oncle. On a dépassé les limites... Ces enfantillages sont ridicules à notre âge...

Mais l'oncle Napoléon lui jeta un regard furibond et confirma d'un ton impérieux :

— Je vous dis de vous éloigner un instant !

N'ayant pas la force de s'opposer davantage à son frère, ma pauvre mère exécuta ses ordres. Shamsali Mirza marqua un court silence, puis se leva, approcha sa tête de l'oreille de

Doustali Khan et lui demanda discrètement quelque chose. Doustali Khan se mit de nouveau à geindre :

— Mais laissez-moi ! Cette vieille sorcière… N'avez-vous pas vu sa tête ?

— A mon avis, la question concernait San Francisco ! ne put s'empêcher de dire Asdollah Mirza en clignant de l'œil et en éclatant de rire.

L'oncle Napoléon se mit en colère :

— Quelle insolence !

Puis il s'adressa à Shamsali Mirza :

— Mais il ne s'agit pas de ça, Votre Excellence ! J'aimerais que vous le poussiez aux aveux pour qu'il révèle le nom de celui qui a dit à sa femme qu'il avait une liaison. Alors que vous êtes en train de poser d'étranges…

Shamsali Mirza se leva et remit son chapeau :

— Alors interrogez-le vous-même. Je m'en vais. Le juge ne peut rester là où on manque de respect à la justice !

Tout le monde se débattait avec Shamsali Mirza pour le faire rasseoir, lorsqu'on entendit un cri en provenance du toit de la maison de Doustali Khan.

— Ah, ce misérable est chez vous !… Je vais lui faire la peau…

L'assistance se tourna dans la direction de la voix. Mme Aziz-ol-Saltaneh était montée sur le toit à la recherche de son mari qui n'était pas redescendu.

— Ne criez pas madame ! s'écria l'oncle Napoléon. Qu'est-ce que c'est que cette mascarade ?

— Demandez à cette misérable crapule… Je vais lui régler son compte…

Et elle se précipita vers son escalier intérieur. Tremblant de stupeur, Doustali Khan attrapa de nouveau son bas-ventre et se mit à crier :

— Elle va venir ici… Au secours !… Cachez-moi quelque part !…

Et il essaya de se redresser pour fuir mais les autres le maîtrisèrent.

— Calme-toi !… Nous sommes tous là… Il faut trouver une solution…

Doustali Khan continuait pourtant à se débattre pour se lever et s'enfuir. Mash Ghassem exécuta l'ordre de mon oncle et l'attrapa par les épaules.

— Assieds-toi, fiston !… Monsieur est là… Ce ne sont que de petites choses qui ne méritent pas de…

— Ah oui, de petites choses ?... l'interrompit furieusement Doustali Khan. Elle a failli me tuer, c'est une petite chose ?...

— Mash Ghassem parle probablement de ce qu'elle cherchait à couper, répliqua Asdollah Mirza. Il n'a pas tort d'ailleurs ! Ça ne doit pas être une grosse chose.

— A quoi bon mentir ? continua calmement Mash Ghassem. La tombe n'est qu'à quatre pas...

L'oncle Napoléon n'eut pas le temps de lui crier dessus, car le marteau du portail extérieur retentit avec fracas.

Doustali Khan attrapa le pan de la cape de l'oncle Napoléon.

— Sur la tombe de votre père, n'ouvrez pas la porte ! Je vous en supplie !... J'ai peur de cette sorcière...

Sa supplication était si touchante que tout le monde hésita un instant, mais le martèlement ne cessait pas.

— Dépêche-toi, Mash Ghassem, dit finalement mon oncle. Va ouvrir ! Elle nous fait honte avec ce tapage !

La peur au ventre et frissonnant, Doustali Khan se cacha presque sous la cape de mon oncle. Quand la porte fut ouverte, Mme Aziz-ol-Saltaneh, vêtue de sa robe de chambre, un balai à la main, fit irruption dans le jardin, tel un lion hors de sa cage.

— Où est ce minable, ce bâtard ?... Il va me le payer... Je le découperai en mille morceaux...

— Calmez-vous, madame ! dit l'oncle Napoléon d'un ton sévère et impérieux, protégeant Doustali Khan de son corps.

— Non, je ne me calmerai pas !... D'ailleurs, cela ne vous regarde pas... C'est mon mari ou le vôtre ?

L'assistance essaya de la consoler, mais l'oncle Napoléon leva les bras et invita tout le monde à se taire :

— Madame, l'honneur de notre famille est autrement plus précieux pour vous laisser l'entacher avec cette stupide querelle. Je vous prie de nous dire ce qui s'est passé ?

— Demandez-lui, s'il n'a pas avalé sa langue !... Demandez-lui, à ce dépravé...

— Veuillez nous dire de qui vous tenez l'histoire de sa liaison avec une jeune femme ?

— Celui qui me l'a dit n'a pas menti... Depuis un an, ce dévergondé n'arrête pas de prétexter la fatigue, la maladie, ou je ne sais trop quoi... alors qu'avec la femme de Shirali le boucher... Il va me le payer !...

A cet instant la bouche de Doustali Khan émit un bruit à peine audible.

— O Morteza Ali, aide-moi !... gémit-il ensuite de toutes ses forces.

L'oncle Colonel mit spontanément la main sur la bouche d'Aziz-ol-Saltaneh. Le nom de Shirali le boucher avait pétrifié tout le monde.

Shirali, le boucher du quartier, était un homme effrayant. Haut de plus de deux mètres, le corps entièrement tatoué, avec de nombreuses balafres et traces de couteau sur la tête. Son caractère était aussi terrible que son apparence. On racontait qu'il avait décapité d'un seul coup de hache l'amant de sa femme, mais, vu la situation intime dans laquelle il les avait surpris, il n'avait été condamné qu'à six mois de prison. Nous avions oublié cet épisode, bien qu'on nous l'ait raconté à maintes reprises. Nous étions néanmoins témoins que sa boucherie restait souvent fermée durant plusieurs mois, la rumeur l'expliquant par des séjours en prison. Il n'était pas méchant, mais il était jaloux et extraordinairement susceptible au sujet de sa femme. Celle-ci, unanimement reconnue comme l'une des plus belles femmes de la ville, continuait à s'amuser discrètement, malgré la férocité de son mari.

Une fois, j'avais interrogé Mash Ghassem au sujet de Shirali et il m'avait répondu :

— Ma foi, fiston, à quoi bon mentir ? La tombe n'est qu'à quatre pas. Shirali est dur d'oreille et n'entend pas les rumeurs. Il s'en rend compte seulement quand il surprend lui-même sa femme en train de le tromper... Alors il s'énerve et attaque les gens à coups de hache... A ce qu'il paraît, il s'est beaucoup calmé... On raconte qu'autrefois, dans son village, il a découpé à la hache quatre amants de sa femme.

Ce soir-là, de ma cachette, je vis clairement la stupeur de Doustali Khan et la surprise de l'assistance, lorsque le nom de Shirali le boucher fut prononcé. Une fois, au petit bazar, je l'avais vu moi-même lancer sa hache au petit mitron de la boulangerie... Heureusement qu'elle avait atterri dans la porte car, si elle avait fait mouche, elle aurait sûrement fendu sa cervelle en deux parts égales. La hache était si fortement enfoncée dans la porte de la boulangerie que seule la force du bras de Shirali lui-même avait réussi à l'en extraire.

Plongée dans l'hébétude et la peur, l'assemblée se ressaisit au son de la voix d'Asdollah Mirza :

— *Moment !*... Vraiment *moment* !... Ce morpion de Doustali est parti à San Francisco avec la femme de Shirali... Miracle !... Félicitations !...

Puis il s'adressa sans attendre à Aziz-ol-Saltaneh :

— Chère madame Aziz, ça aurait été vraiment dommage de le couper !... Il faut s'incliner devant Doustali !... Depuis le temps du poète Saadi, les bouchers ont toujours adressé leurs ignobles requêtes à la population y compris au malheureux Saadi lui-même. Souvenez-vous de son poème : "Mourir pour une bouchée de viande, plutôt qu'à l'ignoble désir des bouchers..." A présent que Doustali vient de venger le poète auprès d'un boucher, vous trouvez bon de le sermonner. A votre place, j'aurais offert une montre à son membre éminent...

Ne supportant plus ses sarcasmes, Aziz-ol-Saltaneh lui lança :

— Toi la ferme ! Prince miteux !

Et elle jeta son balai à la tête d'Asdollah Mirza. Le prince se baissa et l'évita de justesse.

— *Moment... Moment*... Pourquoi vous m'engueulez ?... dit-il en reculant. Cette bourrique emmène la femme de Shirali à San Francisco, et c'est moi qu'on engueule !... C'est une affaire entre lui, vous et Shirali...

Puis il se mit à crier dans la direction de la maison de Shirali :

— Hé Shirali !... Shirali ! Viens voir ce qui...

Doustali Khan se jeta d'un bond sur Asdollah Mirza et mit la main sur sa bouche :

— Je t'en supplie, prince !... Si cet ours sauvage t'entend, il me fendra la gueule avec sa hache...

Tout le monde s'était mis à en débattre... La voix d'Aziz-ol-Saltaneh était de loin la plus forte. Au même moment, j'aperçus, quelques mètres plus loin, blotti derrière un massif de fleurs, notre valet en train d'épier comme moi les conversations. Ce n'était pas un fouineur et je n'avais aucun doute sur le fait que c'était Agha Djan qui l'avait dépêché sur place pour s'informer de ce qui s'y passait. Ce n'était pas la première fois qu'il le chargeait de ce genre de missions.

La présence de l'espion de mon père m'inquiéta fortement, mais je ne pouvais rien faire. La voix de l'oncle Napoléon s'éleva soudain au-dessus des autres :

— En tant que chef de la famille, je vous prie, madame, de me dire qui vous a informée de la liaison de Doustali Khan avec la femme de Shirali le boucher ?

— Je vous en conjure, ne répétez pas le nom de cet homme ! l'interrompit Doustali Khan d'un air plaintif. Ma vie est en danger !

L'oncle Napoléon reformula sa question :

— Dites-moi qui vous a appris que cet imbécile a une liaison avec la femme de ce monstre !

— Je ne peux vous le dire ! répondit Aziz-ol-Saltaneh tout en essayant de retrouver son calme.

— Dites-le-moi, je vous prie.

— Je ne peux pas, je vous dis !

— Je connais très bien le scélérat qui est derrière cette affaire, mais je veux vous l'entendre dire : au nom du prestige et de la réputation d'une grande et noble famille, au nom de l'honneur de votre mari, je vous prie de…

La colère d'Aziz-ol-Saltaneh s'enflamma de nouveau. Elle jeta le balai à la figure de son mari, assis tête basse à côté de l'oncle Napoléon.

— Au diable l'honneur de mon mari !… s'écria-t-elle. J'aurais préféré ne jamais avoir de mari… Demain matin, j'irai tout raconter à Shirali pour voir s'il reste quelque chose de ce mari qui me trompe !

— Ne faites surtout pas ça !… dit l'oncle Napoléon d'une voix calme. Shirali… je veux dire, ce type, ignore toujours tout de son malheur jusqu'au dernier moment, parce que personne n'ose jamais rien lui dire… L'année dernière, Mash Ghassem lui a simplement dit : Surveille ta femme !… Shirali a fermé sa boucherie pendant une semaine et, armé de sa hache, est venu camper devant le portail de notre jardin. J'ai caché Ghassem, et j'ai tellement supplié Shirali, qu'il est finalement parti retrouver ses carcasses de mouton… N'est-ce pas Ghassem ?

Mash Ghassem eut enfin l'occasion de s'exprimer :

— Ma foi, à quoi bon mentir ? La tombe n'est qu'à quatre pas… Je ne lui ai même pas dit ça !… J'ai dit : Empêche ta femme de sortir souvent !… Car il s'était fait voler son tapis… Je voulais dire "Dis à ta femme de rester à la maison pour dissuader les cambrioleurs"… J'ai dit ça et ce mécréant, je vous le jure, m'a couru après, du petit bazar jusqu'à notre portail. Arrivé là, j'ai fermé la porte et je me suis évanoui… Que Dieu bénisse Monsieur !… Pendant vingt jours, fusil en bandoulière, il a monté la garde.

Asdollah Mirza sentit l'instant propice pour intervenir.

— Chère madame, dit-il d'un ton sérieux, même si je voyais Doustali en train de se démener, je n'en croirais pas mes yeux…

Cette poule mouillée respire à peine... Il est dans un piteux état... Comment pourrait-il...

Aziz-ol-Saltaneh sortit de ses gonds et se mit à hurler :

— Dis donc, toi... Depuis quand Doustali est-il vieux et infirme ?... Depuis quand il respire à peine ?... Et toi alors ? Si tu ne manquais pas de souffle, ta femme ne t'aurait pas quitté !

L'oncle Napoléon et l'oncle Colonel eurent beaucoup de mal à apaiser cette nouvelle querelle.

— Si vous le permettez, Monsieur, dit Shamsali Mirza, je vais poser à Mme Aziz-ol-Saltaneh une question qui va dissiper totalement la confusion régnant dans cette affaire.

Shamsali Mirza n'avait pas encore posé sa question, qu'on se mit à marteler de nouveau le grand portail. Tout le monde se regarda.

— Qui cela peut-il être à cette heure-ci ?... Va ouvrir Ghassem !

Tout le monde regardait dans la direction du portail et Mash Ghassem partit l'ouvrir.

Le portail s'ouvrit et on entendit le cri de Mash Ghassem :

— Hé nondguieu ! Shirali...

Un bref instant de silence puis la voix faible de Doustali Khan :

— Shirali... Shirali... Shir... Shir... Shi... Shi...

Et il s'évanouit sur les coussins.

Shirali, dont le crâne rasé était couvert de balafres et de traces de couteau, s'approcha d'un pas lourd. Il salua l'assistance et, s'adressant à l'oncle Napoléon, dit :

— J'ai vu que la lumière était allumée, je me suis dit qu'il fallait que je vienne vous saluer... Vous devez me pardonner, Monsieur, je n'ai pas pu venir à la cérémonie des martyrs... J'étais parti à Shah Abdolazim*.

— Que Dieu bénisse ton pèlerinage !

— Que Dieu vous rende votre générosité... Ce n'était pas pour le pèlerinage... J'avais des comptes à régler avec Kal Asghar, l'éleveur de moutons... Sauf votre respect... Ce bâtard m'avait vendu un mouton galeux...

— Ça s'est arrangé j'espère ! dit mon oncle à voix haute. Tu t'es fait rembourser ?

— Ah ça bien sûr, Monsieur... Personne ne peut m'arnaquer... Au début, il bougonnait et ne voulait pas me payer,

* L'ancienne ville de Rey, aujourd'hui lieu de pèlerinage, au sud de l'actuel Téhéran.

mais, quand je lui ai donné quelques coups de carcasse dans les côtes, il m'a non seulement remboursé le mouton, mais il a aussi payé mes frais de route jusque là-bas.

— Et le mouton était malade de quoi ?

— Je ne sais pas, mais il était dans un sale état... Je craignais que les habitants du quartier n'attrapent une saloperie. Sauf votre respect, son membre avait enflé ! Au début, je n'avais pas vu, et j'ai même vendu quelques filets... Enfin bref, ce soir quand je suis rentré, ma femme m'a dit que vous aviez la cérémonie des martyrs. J'ai vraiment regretté d'avoir raté ça !... Sur le chemin, je me suis dit si vous ne dormez pas, je fais un saut pour dire que j'étais pas là sinon je suis toujours à votre disposition... Vous devez vraiment m'excuser !

Asdollah Mirza ne put s'abstenir d'une petite espièglerie et, désignant Doustali Khan, dit :

— Tout à l'heure, Doustali Khan demandait après vous... Il vous aime beaucoup, vous savez... Il vantait vos qualités...

Mon oncle cherchait le moyen de lui couper la parole, car Doustali Khan était vraiment dans un piètre état et la plaisanterie d'Asdollah Mirza pouvait lui coûter cher. Tout le monde en était conscient mais personne ne savait comment intervenir. Asdollah Mirza renchérit :

— A propos, vous venez de dire que le membre du mouton avait enflé. Vous l'avez coupé au couteau ou à la hache ?

Dieu Merci, Shirali n'entendit pas cette question, mais Doustali Khan pressa des deux mains son bas-ventre et émit un léger gémissement.

Mon oncle adressa un regard noir à Asdollah Mirza avant de lui lancer tout bas :

— Un peu de pudeur, Asdollah !

Ensuite il se tourna vers Shirali et à voix haute lui dit :

— En tout cas, je vous remercie... J'espère que, la prochaine fois, vous serez des nôtres.

— Je suis votre serviteur... Que vos prières soient exaucées.

Heureusement, il ne traîna pas plus longtemps et, après avoir pris congé de chacun des convives, il s'en alla.

Mash Ghassem ferma la porte derrière lui et revint soulagé :

— Dieu soit loué ! Il ne soupçonne pas que M. Doustali Khan a... C'est-à-dire que j'ai eu très peur qu'il...

— Ne fais pas de discours !... l'interrompit mon oncle, démoralisé par l'irruption de Shirali. Je pense qu'on ferait mieux de laisser la suite à demain... En tout cas, tant que je n'ai pas élucidé cette affaire, je ne baisserai pas les bras...

Puis il se tourna vers Aziz-ol-Saltaneh :

— Madame, allez vous reposer jusqu'à demain.

— Allez, rentrons à la maison ! dit Aziz-ol-Saltaneh à son mari.

A peine remis de ses émois, Doustali Khan regarda autour de lui d'un œil hagard :

— Comment ?... Rentrer à la maison ?... Venir avec toi dans cette maison ?

— Je n'ai dit mot devant Shirali, car je souhaite régler cette affaire moi-même... Mais je te laisse tranquille cette nuit ! Allez, déguerpis, va te coucher !

— Je préfère me coucher sous la hache de Shirali qu'auprès de toi dans cette...

— Laissez-le dormir chez nous, madame, juste pour cette nuit, intervint l'oncle Napoléon... Demain nous en reparlerons.

Aziz-ol-Saltaneh voulait encore protester, lorsqu'on frappa de nouveau à la porte. Quand elle fut ouverte, on entendit la voix de la grosse Ghamar, la fille foldingue d'Aziz-ol-Saltaneh :

— Ma maman est là ?

A la vue de sa mère et de Doustali Khan, elle s'avança et se mit à rire bêtement :

— Maman, vous avez coupé la fleur de lys de papa Doustali ?

— Qu'est-ce que tu racontes, Ghamar ? dit sèchement Aziz-ol-Saltaneh.

En apercevant sa belle-fille, Doustali Khan perdit son sang-froid et cria :

— Quand la mère me courait après avec son couteau, la fille criait, maman coupe, maman coupe !... Il faut les jeter toutes les deux en prison !

Tout le monde s'était mis à parler et à donner son avis sur l'affaire.

— C'est vrai ? Vous n'avez pas coupé ? s'esclaffa Ghamar.

Asdollah Mirza éclata lui aussi de rire.

— Bravo ma fille... dit-il d'un air enfantin. Si ton mari est méchant avec toi, tu coupes ou pas ?

— Bien sûr que je coupe !

— A la racine ?

— A la racine !

— Tu ne laisses même pas un petit bout ?

— Je ne laisse même pas un petit bout !

Soudain le cri orageux d'Aziz-ol-Saltaneh éclata :

— Un peu de pudeur ! Un peu de respect ! Tu fais répéter ces choses-là à la gamine pour qu'on les rapporte à son prétendant ?... Dieu miséricordieux !... Maudite soit cette famille ! Vous n'êtes pas une famille, vous êtes une calamité !

Mais Asdollah Mirza n'était pas homme à reculer si facilement.

— *Moment !... Moment !...* s'écria-t-il. Attendez madame... Si ce n'est pas bien de couper, alors pourquoi vous vouliez couper ce pauvre misérable ? S'il n'avait pas réagi à temps, il serait devenu eunuque comme Sa Majesté Agha Mohammad Khan !...

— Tu invoques ton grand aïeul, prince miteux ?... Après tout, je fais ce que je veux avec mon mari !... Ça te regarde peut-être ? Tu n'es pas le préfet de police que je sache !...

Asdollah Mirza commençait à son tour à perdre son sang-froid. Au milieu des voix de mon oncle et des invités qui essayaient tous de calmer les choses, il s'écria :

— *Moment, moment*, qu'est-ce que j'en ai à foutre ? Qu'il aille au diable avec son membre éminent !...

Le cri d'Asdollah Mirza était tellement inhabituel, que tout le monde se tut. Mais celui-ci ne put se contrôler et, profitant du silence, ajouta d'une voix plus calme :

— Après tout, un membre vous ayant servi, madame, n'est plus bon qu'à être jeté aux ordures ou pendu...

En prononçant ces paroles, il sortit un petit canif.

— Mais la prochaine fois, ajouta-t-il en ouvrant le canif, je vous prie d'utiliser ce canif... C'est dommage de gâcher un couteau de cuisine !

Ghamar éclata bêtement de rire.

— Ces voyous ne méritent pas que je leur adresse la parole !... s'écria Aziz-ol-Saltaneh, frissonnant de colère. Viens, on s'en va ma fille !

Tirant sa fille par la main, elle se dirigea vers la sortie. En emboîtant le pas à sa mère, Ghamar se mit à rire :

— C'est dommage, hein, maman ! Vous auriez dû le couper ! On se serait bien marré !

Mash Ghassem secoua la tête :

— A quoi bon mentir ? Même si on me donnait un million, je ne prendrais pas Mlle Ghamar pour femme... Que Dieu ait pitié de son mari !

L'oncle Napoléon était sérieusement contrarié de n'avoir pas su tirer profit de l'affaire pour désavouer Agha Djan. Tout le monde attendait sa décision.

— En tout cas, nous avons perdu notre temps sans aucun résultat ! dit Shamsali Mirza qui jusque-là s'était tenu silencieusement à l'écart. Enquête et interrogatoire dans une telle atmosphère ne servent à rien. Avec votre permission, je prends congé. Allons-y, Asdollah !

Asdollah Mirza, à l'évidence mécontent de devoir quitter la soirée, se leva.

— Allons-y… Que Dieu exauce vos prières de ce soir ! Que M. Doustali Khan dorme bien et ne rêve pas de lions et de bêtes sauvages ! Que les cinq piliers de son corps restent sains et saufs ! Amen !

Shamsali Mirza et Asdollah Mirza se mirent en route. L'oncle Napoléon se dirigea à son tour vers sa maison :

— Allons, Doustali !… Tu restes cette nuit chez nous. Demain on trouvera une solution !

— Non, je refuse de rester !… Je m'en vais !…

— Tu vas où ?… Allez, ne dis pas de bêtises !

— Je ne reste pas !… Jamais !… Je ne veux plus voir personne !… Je ne veux plus voir cette famille !… Vous voulez tous ma mort !… Pire qu'Asghar le Tueur* !

L'oncle Napoléon perdit patience :

— Tais-toi Doustali ! Dépêche-toi, sinon je dirai à Mash Ghassem de t'emmener de force !

Doustali Khan se calma et, précédant mon oncle et Mash Ghassem, se mit à avancer vers la maison.

Ma mère était rentrée avant les autres. Sans tarder, elle avait regagné sa moustiquaire et s'était couchée. Je rentrai sur la pointe des pieds. Persuadé que tout le monde dormait, Agha Djan bavardait à voix basse avec notre valet. Je me glissai sous ma moustiquaire et me mis à les écouter. Comme je l'avais deviné, notre valet avait fait l'espion et il était en train de lui faire son rapport. De temps à autre, Agha Djan l'interrompait en disant : "Ça, je l'ai aussi entendu !" De là je déduisis que, en plus de la mission qu'il lui avait confiée, il n'avait pas manqué de se cacher lui-même dans un coin pour suivre les conversations de chez mon oncle,

* Tueur en série d'enfants qui sévit dans les années 1930.

y compris la querelle entre Aziz-ol-Saltaneh et Asdollah Mirza.

Lorsque Agha Djan regagna sa moustiquaire, sa conversation avec ma mère m'intrigua. Je distinguais dans sa voix une terrible rancœur, tandis que celle de ma mère était pleine d'angoisse et de tristesse.

— Monsieur, je t'en supplie ! Fais-le pour moi ! Laisse tomber ! Disons que je suis ton esclave et que tu as décidé de me libérer sans contrepartie… Cette fois-ci mon frère va rompre avec moi !…

— Oh, quelle noble personnalité !… Quel seigneur généreux !… Au fait, tu parles de quel frère ? Le héros de la bataille de Kazeroun ?… Le Napoléon de notre temps ?… L'homme de fer ?… L'homme de Dieu ? Eh oui, bien sûr, il est aussi un homme de Dieu… Ce soir, il a commémoré le martyre de Moslem Ebn Aghil. Bravo ! On appelle ça de la dévotion… On appelle ça de la bravoure ! Il a privé d'eau ses neveux, exactement comme Shemr* dans le désert de Kerbela !… Et il ose commémorer le martyre de Moslem Ebn Aghil !… Attends un peu, demain il se passera des choses !… Demain soir, tu prépareras un bon plat de poisson… Ça fait longtemps que j'ai promis à Shirali le boucher du riz au poisson.

Les supplications de ma mère ne réussirent point à calmer Agha Djan et ses larmes mirent un terme à la conversation.

* Assassin de l'imam Hussein à Kerbela qui, après avoir encerclé et privé d'eau Hussein et ses compagnons, les massacra lors d'une bataille sanglante. Dans la culture shiite, son nom est devenu synonyme de cruauté.

V

Confus, troublé, désemparé, j'avais perdu tout espoir de voir un jour le conflit entre mon père et mon oncle prendre fin. Mon Dieu ! Pourquoi n'avais-je pas apprécié à leur juste valeur les merveilleuses journées d'autrefois ? Ces journées où, sous la tonnelle d'églantines, adossés aux coussins, mon père et mon oncle jouaient au jacquet et fumaient le narguilé, tandis que les enfants s'amusaient aux quatre coins du jardin. Leyli et moi adorions nous asseoir à côté de nos pères et les regarder jouer. Plus que le jeu lui-même, c'étaient surtout les poèmes, les jeux de mots et les provocations qui nous amusaient. Lorsque mon oncle gagnait la partie, il tenait longtemps les dés dans sa main et, approchant sa tête de celle d'Agha Djan, il déclamait à la manière d'un poème épique : "Qu'as-tu à te mêler de cette héroïque guerre… Paysan, tu n'as qu'à cultiver ta terre !" Et Agha Djan l'invectivait avec impatience : "Allez, jette les dés ! Rira bien qui rira le dernier !…" Et lorsque c'était Agha Djan qui gagnait, il disait d'un air sérieux : "Ma chère Leyli, tu peux me rendre un service ?" Leyli acquiesçait naïvement : "Oui !" Alors, Agha Djan continuait avec le même sérieux : "Demande de ma part à ta maman d'apporter quelques petites noix à ton papa, pour qu'il joue avec !" Et, Leyli et moi, nous éclations de rire.

Je me souviens de ces journées formidables où on nous amenait au restaurant. De notre maison jusqu'au restaurant, c'était tout un voyage ! Une distance qui aujourd'hui en voiture prendrait quinze à vingt minutes, à l'époque, en fiacre, prenait une bonne heure. Souvent Mash Ghassem s'installait à côté du cocher pour éclairer, au retour, le chemin de mon oncle avec sa lanterne. La faible lueur des lampadaires électriques en était quasiment inexistante, et les rues n'étaient que trous et que bosses. Manger une glace et faire une balade en barque sur le plan d'eau du restaurant constituaient de doux et merveilleux souvenirs pour moi. A l'époque, je ne me rendais pas compte du bonheur que la compagnie de Leyli représentait pour moi. Mais ce soir-là, j'avais en tête le souvenir de chaque instant vécu auprès d'elle au restaurant.

Les voyages à Shah Abdolazim, les balades en tramway, les pèlerinages au sanctuaire de l'imam Davoud… J'avais suffisamment de souvenirs de Leyli pour remplir ma vie jusqu'à mon dernier souffle, mais il s'agissait de Leyli ma cousine, tandis que, de celle dont j'étais épris, je n'avais même pas une heure de souvenirs. Depuis le jour où j'étais tombé amoureux, les mésaventures et les embûches s'étaient multipliées. Ce maudit son suspect en plein récit de guerre de mon oncle… Ce maudit cambrioleur venu visiter sa maison… Ce maudit entêtement prétentieux à faire croire qu'il avait pris part au combat constitutionnel… Ce maudit colonel Liakhov, évoqué par mon père… Et, enfin, le maudit geste d'Aziz-ol-Saltaneh… Toutes ces histoires et leurs protagonistes, même Shirali le boucher, étaient désormais entrés dans notre innocente intimité… Au point que, dès que je pensais à Leyli, l'enchaînement logique de ma pensée m'amenait à Doustali Khan et au complot d'Aziz-ol-Saltaneh contre son membre éminent et bien sûr à Shirali le boucher. C'était un vrai calvaire que de ne pas pouvoir rencontrer Leyli et d'être obligé de me contenter de son souvenir. Un souvenir qui en plus aboutissait dans ma tête à Shirali le boucher.

Des coups frappés à la porte me réveillèrent. On demandait Agha Djan. Je dressai l'oreille.

— Je m'excuse de vous importuner à cette heure-ci… Je voulais savoir si le *mirâb** avait bien exécuté vos ordres ?

— Mille mercis, monsieur Razavi ! Tant que vous êtes là, je n'ai pas de souci… Nous avons rempli la citerne de la maison, le réservoir du jardin et même le bassin.

* Littéralement, "le maître de l'eau", responsable de la distribution et de la répartition de l'eau dans chaque quartier.

— Ce n'était pas facile pour le *mirâb* d'avancer d'une nuit le tour de votre quartier. C'est une grande responsabilité pour lui que de diminuer la ration d'un autre quartier pour vous la donner... Mais il était indispensable de satisfaire votre demande.

— Comment vous remercier, monsieur Razavi ?... Soyez tranquille, d'ici à la fin de la semaine, le dossier de votre transfert sera prêt. Ce soir même, j'irai voir l'ingénieur !

Tout de suite après le départ de M. Razavi, nous sortîmes tous de nos moustiquaires. Au milieu de la cour, le grand bassin était rempli à ras bord. L'air satisfait, Agha Djan contemplait l'eau et se pavanait autour. Nous attendions impatiemment qu'il s'explique. Finalement, un sourire de satisfaction se dessina sur son visage et il dit :

— Contrairement au vœu du vilain Shemr, l'eau a déferlé sur le désert de Kerbela... Seulement l'arrière-désert est resté à sec... Le Colonel sera désormais obligé de puiser l'eau chez nous.

J'étais stupéfait. Le problème de l'eau venait d'être résolu, mais je savais que l'oncle Napoléon n'accepterait pas facilement sa défaite.

Je me mis à épier l'autre extrémité du jardin, mais rien ne s'y passait encore.

Après le petit-déjeuner, pris en silence, je m'approchai pas à pas de la maison de mon oncle et, zigzaguant à travers les arbres, j'atteignis sa porte. Soudain, j'entendis un bruit en provenance de la terrasse où mon oncle dormait les soirs d'été. Je me cachai derrière un arbre.

Je reconnus la voix de mon oncle qui, tremblante de colère, sortait à peine de sa bouche. Je grimpai sur une hauteur pour jeter un coup d'œil sur la terrasse. La bandoulière de ses jumelles militaires autour du cou, l'oncle Napoléon, en pyjama, observait le bassin de notre maison et injuriait Mash Ghassem :

— Imbécile de traître !... Tu t'es endormi et ils nous ont dérobé l'eau... Le maréchal Grouchy a trahi Napoléon à Waterloo, toi, tu m'as trahi dans mon combat contre ce démon !

Derrière lui, Mash Ghassem le suppliait, la tête basse :

— Dieu m'est témoin, Monsieur, ce n'est pas ma faute ! A quoi bon mentir, la tombe n'est qu'à quatre pas...

— Le jour où, en pleine bataille de Kazeroun, je mis en danger ma vie pour sauver la tienne, si j'avais su que, comme

Grouchy, tu me trahirais un jour, je me serais coupé le bras pour ne pas porter ton corps de lâche.

— Que votre pain me soit interdit, si c'est ma faute… A quoi bon mentir ? La tombe n'est qu'à quatre pas… Ce monsieur dont vous parlez… Ce Gouchi… Je ne sais pas quel genre d'homme il était, mais moi je ne mords pas la main qui m'a nourri… Qu'il y ait encore cent batailles, je donnerai jusqu'à ma dernière goutte de sang pour vous… Mais j'ai été berné… La nuit dernière, ce n'était même pas à notre tour de recevoir l'eau… Ils ont dû payer le *mirâb*… C'est ce soir que l'eau doit arriver chez nous… Ils ont profité de mon sommeil pour ouvrir la conduite d'eau…

Mon oncle continua un long moment à le réprimander avec des mots tels que traître, espion, chien galeux, laquais des Anglais… avant de regagner sa chambre, suivi de Mash Ghassem qui continuait à se lamenter pour se faire pardonner. Je savais qu'il allait monter un terrible plan de vengeance contre Agha Djan, mais je plaignais surtout Mash Ghassem.

De retour à la maison, je trouvai notre bonne en train d'écailler le poisson fumé. Je compris que la décision d'inviter Shirali au dîner était sérieuse.

Ma mère discutait avec Agha Djan au sous-sol :

— Tu invites ce maudit Shirali à manger du riz au poisson, soit ! Mais je te supplie sur la tombe de tes aïeux, pas un mot de cette histoire… Ce fou a un couteau. Il est capable d'assassiner quelqu'un et tu devras répondre du sang versé… Tu l'as dit à Aziz-ol-Saltaneh, ça suffit !… L'infortuné Doustali Khan aura assez de fil à retordre comme ça !

— Je n'ai rien dit à Aziz-ol-Saltaneh, mais, si j'avais su, je lui aurais dit… C'est dommage de garder secrets les fabuleux exploits de la chaste famille !… Ce sont des élus de la noblesse. De honte, l'aristocratie iranienne ne pourra plus relever la tête. L'un de ses membres éminents a eu une accointance avec une femme de troisième classe. Il doit périr pour avoir souillé l'honneur de la noblesse !

— Agha Djan, mon cher, mon cœur, aie pitié de toi-même… Si tu le dis à ce fou de Shirali, tu seras la première personne qu'il découpera à coups de hache.

— Un : personne ne sait ce que je veux dire à Shirali. Deux : si j'ai envie de le lui dire, j'ai d'autres moyens pour le faire.

Trois : je ne suis pas un enfant pour prendre des risques inutiles. Quatre : je ne vais pas perdre mon temps à t'expliquer plus longtemps...

Agha Djan interrompit la conversation et s'en alla. Quant à moi, je me réfugiai dans une chambre déserte, pour écrire la lettre d'amour à laquelle j'avais déjà consacré une vingtaine d'heures sans qu'elle soit encore digne d'être envoyée.

Vers la mi-journée, le branle-bas et les différents bruits en provenance de la maison de mon oncle attirèrent mon attention. Arrivé au jardin, j'appris qu'un nouvel incident venait de se produire. Doustali Khan avait disparu pendant la nuit. La veille au soir, on lui avait préparé une chambre chez mon oncle. Il y avait bien dormi, mais le matin, lorsqu'on était allé le chercher pour le petit-déjeuner, il avait disparu.

Sur l'ordre de mon oncle, on avait téléphoné à tous les parents, frappé à la porte de tous les proches, sans trouver aucune trace de Doustali Khan.

Les recherches se poursuivirent jusqu'au soir, en vain. A la tombée de la nuit, les cris d'Aziz-ol-Saltaneh m'incitèrent à prendre le chemin de la maison de mon oncle. Celui-ci s'était visiblement caché afin de l'éviter. Alors elle fit de Mash Ghassem la cible de ses virulentes attaques :

— Vous avez fait disparaître mon mari... Vous l'avez tué... Vous me le paierez tous... Mon pauvre mari... Vous l'avez sans doute assassiné... Ou encore vous l'avez jeté dans un puits... Doustali n'était pas de ces hommes qui quittent leur foyer. Mais, grand Dieu, où est-il ?

— Ma foi, à quoi bon mentir ? La tombe n'est qu'à quatre pas. A ce que j'ai vu de mes propres yeux votre homme est entré dans cette chambre et s'est couché... Peut-être qu'il est allé prendre l'air !... Ma foi, je vous jure que Monsieur est encore plus inquiet que vous !

— Idiot, où serait-il allé prendre l'air en chemise ?

Et finalement, brandissant son doigt d'un air menaçant, elle dit :

— Tu peux dire à ton maître que vous avez forcé mon mari à passer la nuit ici, vous l'avez caché je ne sais où, mais je vous préviens, vous devez me le rendre sain et sauf, sinon demain matin j'irai au commissariat, j'irai à la Sûreté, j'irai arrêter la voiture du ministre de la Justice...

Et elle claqua la porte de la cour intérieure et se dirigea vers le portail du jardin. Près du portail principal, Agha Djan surgit soudain et lui barra la route :

— Calmez-vous, chère madame… Doustali Khan n'est pas du genre à aller bien loin… Venez donc à la maison prendre le thé… Je vous assure ! Il faut que vous veniez prendre le thé !

Soudain, Aziz-ol-Saltaneh fondit en larmes.

— Je sais bien qu'ils l'ont caché… dit-elle en sanglotant tandis qu'elle se faisait raccompagner par Agha Djan. Dès le début, ils ont envié notre ménage…

La conduisant au salon, Agha Djan dit d'un ton faussement compatissant :

— Pauvre de vous ! Pauvre Doustali Khan !… Mais ne vous inquiétez pas, il va revenir !

Agha Djan et Aziz-ol-Saltaneh entrèrent dans le salon et refermèrent la porte. J'attendis quelque temps leur sortie, mais comme l'attente me paraissait longue, je m'approchai de la porte et me mis à écouter attentivement…

— Vous avez raison, je dois dire qu'ils l'ont tué… disait Aziz-ol-Saltaneh. Ils avaient en plus un contentieux à propos du terrain… Si on ne les y force pas, ils n'avoueront jamais où ils ont caché Doustali… Demain matin de bonne heure, je ferai le nécessaire… Vous m'avez dit monsieur qui ?

Agha Djan prononça tout bas un nom, puis haussa la voix pour continuer :

— Le bâtiment de la préfecture… En entrant, à droite, vous demanderez le bureau de la Sûreté, brigade criminelle…

Après le départ d'Aziz-ol-Saltaneh, Agha Djan ordonna à notre valet d'aller inviter Shirali à venir dîner. Mais ma mère se mit à le supplier. Elle insista tellement que finalement Agha Djan accepta de faire porter chez Shirali la casserole de riz au poisson.

Quelques instants plus tard, l'oncle Colonel vint le voir. Il était le plus innocent de tous dans cette affaire, car ses arbres et ses fleurs étaient en train de sécher. Jusque-là, il espérait que la pénurie d'eau ferait reculer Agha Djan mais, à présent que celui-ci avait rempli bassin et citerne, mon oncle devait supporter la sécheresse une semaine de plus. L'arrivée de l'oncle Colonel m'apporta une lueur d'espoir. Nous avions tous deux intérêt à voir cette querelle prendre fin. Lui en raison de ses innombrables fleurs, moi en raison de mon unique fleur : Leyli.

Les supplications et les requêtes de l'oncle Colonel n'aboutirent à rien.

— Tant qu'il ne me demandera pas pardon devant la famille au grand complet, répéta Agha Djan, je ne reculerai pas d'un pouce.

Et l'oncle Colonel savait très bien que son frère n'était pas de ceux qui demanderaient pardon. Pourtant, à sa demande d'ouvrir la conduite d'eau desservant son jardin, il reçut une réponse presque positive, vu que notre citerne et notre bassin étaient déjà remplis à ras bord.

— Si Monsieur laisse arriver l'eau jusque chez moi, dit Agha Djan, je ferai peut-être de même pour vous !

Cette promesse suffit à dissiper tous les soucis de l'oncle Colonel qui répétait sans cesse que ses fleurs ne comptaient pas et que sa principale inquiétude était l'unité de la famille. Il rentra alors chez lui joyeux et confiant.

Mais, avant de prendre congé, il fit promettre à Agha Djan d'oublier momentanément l'évanouissement de l'oncle Napoléon face au cambrioleur, afin qu'il puisse le convaincre de lui présenter ses excuses.

Lorsque Agha Djan lui fit cette promesse, je sentis clairement que, malgré sa haine, les parties de jacquet avec l'oncle Napoléon commençaient à lui manquer sérieusement. Tous les membres de la famille connaissaient ce jeu, mais Agha Djan et l'oncle Napoléon ne jouaient qu'ensemble et, depuis que le conflit avait éclaté, personne ni dans la maison de mon oncle ni dans la nôtre n'avait entendu le bruit des dés sur le bois du jacquet. L'enchaînement de mes pensées me conduisit même à me dire que, au fond de leur cœur, mon père et mon oncle s'aimaient sans le savoir, mais cette idée stupide me fit rire.

En début de soirée, Agha Djan se rendit chez le Dr Nasser-ol-Hokama. Ma mère paraissait très soucieuse et troublée. J'allai vers elle. Dès que j'eus évoqué l'affaire, elle se mit à pleurer :

— Je te jure que j'ai envie de mourir pour en finir avec cette vie !

Les larmes de ma mère m'attristèrent. Son chagrin était si grand que j'en oubliai presque le mien.

— Je rêvais de vous voir grandir... continua-t-elle en larmes. Et, à vos vingt ans, je voulais demander la main de Leyli pour toi !

Je rougis de honte et fis tout pour retenir mes larmes.

Je regagnai ma chambre et me mis à réfléchir. J'étais amoureux de Leyli. Son père et le mien s'opposaient farouchement dans cette querelle et je n'avais rien fait pour y remédier. Un adolescent de treize quatorze ans n'a certes aucun pouvoir pour venir à bout d'un tel conflit, mais, dès l'instant où il tombe amoureux comme les adultes, il doit aussi tout faire comme un adulte pour protéger son amour. Je réfléchis longuement. Que pouvais-je bien faire ? Je ne pouvais donner l'ordre d'arrêter les hostilités ni à Agha Djan, ni à mon oncle. Mon Dieu ! Si j'avais eu l'âge de Pouri, j'aurais épousé Leyli et on serait partis ensemble loin de ces gens-là ! Mais j'étais encore trop jeune. Pourtant… Pourtant, si je me concentrais bien, je trouverais peut-être une solution au conflit d'Agha Djan et de l'oncle Napoléon… Ça y est ! J'avais compris ! J'avais besoin d'un complice !

J'eus beau chercher dans ma tête, je ne trouvai personne d'autre que Mash Ghassem ! Pourquoi ne pas mettre Mash Ghassem, un homme bon et gentil, dans la confidence et lui demander de l'aide ? Oui, mais serait-il prêt à me l'accorder ?

Je subtilisai une petite pièce dans le sac à main de ma mère et, prétextant un achat de livres, me rendis au petit bazar. J'achetai un cierge que j'allumai sur l'autel de la fontaine publique.

— Dieu ! Tout d'abord pardonne-moi de T'offrir ce cierge avec de l'argent volé ! Ensuite, soit Tu m'aides à résoudre le conflit entre Agha Djan et l'oncle Napoléon, soit Tu le résous toi-même !

Je savais que, si Dieu devait choisir l'une ou l'autre de ces deux solutions, Il préférerait la seconde, mais j'avais proposé la première par politesse. De toutes les manières, je L'avais imploré avant tout de retrouver le porté disparu, Doustali Khan.

Tôt le matin, on frappa à notre porte. Le bruit me réveilla. J'essayai d'écouter attentivement. Je reconnus la voix de M. Apothicaire, en train de saluer Agha Djan.

Mon père avait une pharmacie au petit bazar et M. Apothicaire en était le gérant. Il touchait un petit salaire mensuel et un pourcentage sur les bénéfices. Par conséquent, Agha Djan ne se mêlait pas des affaires de la pharmacie, dont il percevait la rente à la fin du mois. On sentait une vive angoisse dans la voix de M. Apothicaire.

— Hier soir à la mosquée, Seyed Abolghassem, le prédicateur, a annoncé du haut de sa chaire que tous les médicaments et les sirops de notre pharmacie étaient fabriqués à base d'alcool et que leur consommation était prohibée... Je ne sais pas quel est l'infâme scélérat qui est à l'origine de cette provocation. Je vous prie de régler cela aujourd'hui même ! Ce Seyed Abolghassem est le locataire de votre beau-frère. Dites-lui de demander à son locataire d'arranger le coup, car je suis sûr que plus personne ne mettra les pieds dans notre pharmacie.

Agha Djan était silencieux. M. Apothicaire continua :

— Non seulement ils ne vont plus nous acheter nos médicaments... Mais il se peut que les habitants du quartier mettent le feu à la pharmacie et me découpent en morceaux !

Lorsque la voix d'Agha Djan s'éleva, je fus frappé de la colère et de la rancune qu'elle contenait :

— Je connais le vaurien qui est derrière cette provocation !... Je lui donnerai une telle leçon que, dans cinq générations, sa descendance s'en souviendra encore... Ne vous en faites pas. Je m'en charge personnellement.

— En tout cas, je n'ose pas ouvrir la pharmacie aujourd'hui ! Le discours d'Agha Djan vantant les mérites du courage et de la ténacité ne fit aucun effet et M. Apothicaire ne changea pas d'avis. Alors Agha Djan se rendit.

— D'accord. Restez fermé aujourd'hui. On verra bien demain... Mais mettez un panneau sur la porte !

— Qu'est-ce que j'écris sur le panneau ?

— Je n'en sais rien ! Quelque chose de religieux ! Mettez, par exemple, fermé pour cause de voyage à Qom et pèlerinage au sanctuaire de sainte Massoumeh... Car, si vous ne mettez pas ça, ils vont trouver une autre astuce !

— A votre service, mais n'oubliez pas de demander au frère de madame de rappeler à l'ordre le prédicateur.

— Non, non, je n'oublierai pas le frère de madame... marmonna Agha Djan, la mâchoire serrée. Je lui donnerai une leçon, au frère de madame, qu'il ne sera pas près d'oublier d'ici à la fin de sa vie !

M. Apothicaire, qui n'avait visiblement pas compris grand-chose à cette allusion, partit, laissant Agha Djan seul, à faire les cent pas dans la cour.

Un silence de mort régnait sur le front adverse. Après l'offensive efficace de la veille par Seyed Abolghassem, visiblement tout le monde se reposait. Même Mash Ghassem était invisible. Il avait sans doute arrosé les fleurs tôt le matin et était rentré à l'intérieur. Ce silence m'angoissait. Je m'approchai à plusieurs reprises de la porte de la cour intérieure de mon oncle, sans relever aucun bruit. Finalement, c'est dans la rue que je croisai Mash Ghassem. Il avait acheté de la viande et rentrait à la maison.

— Mash Ghassem, pas de nouvelle de Doustali Khan ?

— Ma foi, fiston, à quoi bon mentir ?… Le malheureux a disparu, comme qui dirait parti en fumée dans le ciel… Nous l'avons cherché partout où on pouvait le chercher, mais personne n'a de ses nouvelles !

— Il faut faire quelque chose, Mash Ghassem. Mme Aziz est allée ce matin à la Sûreté… Ils pensent que Doustali Khan a été tué dans votre maison…

— Hé nondguieu ! Ils vont sûrement nous aligner une compagnie d'enquêteurs !

Et il se dépêcha de rentrer sans me laisser finir ma phrase. Une heure plus tard, je le retrouvai en train de rentrer à la maison.

— Fiston, dit-il dès qu'il me vit, je sais que tu aimerais voir ce raffut retomber. Monsieur a demandé à tout le monde, au cas où les enquêteurs viendraient, de ne pas dire que Doustali Khan connaissait la femme de Shirali, ou que Mme Aziz-ol-Saltaneh voulait lui couper, si j'ose dire, son honneur. Ne dis rien toi non plus !

— Sois tranquille, Mash Ghassem ! Je ne dirai rien à personne, mais…

Mash Ghassem rentra de nouveau à la hâte et ne me laissa pas dire ce que j'avais à lui dire…

Vers la mi-journée, la voix d'Aziz-ol-Saltaneh, en provenance de la cour de notre maison, me précipita dehors :

— Ils vont voir à qui ils ont affaire… Justement le chef de la brigade criminelle se trouve être un ami du regretté Monsieur… Il a promis de nous envoyer le lieutenant Teymour Khan avant midi… C'est le fameux inspecteur qui a déniché et arrêté le célèbre Asghar le Tueur… Avec quel respect m'a-t-il reçue ! Madame, m'a-t-il dit, le lieutenant Teymour Khan retrouvera en vingt-quatre heures votre mari, mort ou vif ! D'après lui, la méthode du flagrant délit du lieutenant Teymour Khan est connue dans le monde entier !

Agha Djan conduisit Aziz-ol-Saltaneh au salon et referma la porte derrière lui. La curiosité me titillait. Je me mis à écouter à la porte :

— Madame Aziz, si vous voulez mon avis, vous devez insister sur le fait qu'ils ont tué Doustali Khan... Qu'ils l'ont même enterré sous le grand églantier ! Si les agents touchent à la racine de l'églantier, il avouera tout, la cachette de Doustali et tout le reste... Car cet homme est amoureux de son églantier... Il le chérit même plus que ses enfants.

— Mais pour enterrer quelqu'un de la carrure de Doustali, ils auraient dû creuser une fosse. Or, la terre étant intacte au pied de l'églantier, c'est difficile à croire !

— Ne vous en faites pas ! Mon estime pour vous et mon envie de retrouver rapidement Doustali Khan m'ont incité à tout arranger... Il faut que l'on retrouve Doustali Khan le plus vite possible car, vous le savez mieux que moi, ils aimeraient vous séparer de lui pour lui faire épouser leur vieille sœur avec laquelle il devait se marier autrefois.

— C'est ça ! Qu'ils rêvent ! Leur vieille sœur épousera bientôt l'ange de la mort ! Je leur montrerai de quel bois je me chauffe ! Je leur donnerai une leçon qui restera dans les annales ! D'abord je réglerai son compte à Monsieur, ensuite viendra le tour des autres... Surtout à ce prince miteux : *moment, moment !*

Quelques minutes plus tard, Ghamar, la fille d'Aziz-ol-Saltaneh, conduisit au jardin l'inspecteur de la Sûreté, le lieutenant Teymour Khan.

Agha Djan se dépêcha d'aller l'accueillir :

— Bonjour, monsieur !... Je vous prie d'entrer... Hé, garçon, apporte-nous du thé !

— Si je peux me permettre... Merci beaucoup... Pas de thé pendant le service !

Le lieutenant Teymour Khan déclina sèchement l'offre d'Agha Djan. Il avait une tête étrange. Son visage et ses mains étaient anormalement grands et disproportionnés comme s'il était atteint d'éléphantiasis. Son pince-nez paraissait minuscule au milieu de son gigantesque visage et il parlait le persan avec l'accent des habitants de la péninsule indienne. S'appuyant sur sa canne et fixant un point lointain, il dit :

— Si je peux me permettre… Nous ferions mieux de commencer. Je vous prie, madame, de me conduire sur le lieu du crime.

— Par ici, je vous prie. Par ici…

Agha Djan ne voulait pas laisser échapper l'inspecteur.

— Avec votre autorisation, je vous donnerai préalablement quelques explications à propos de l'affaire…

— Si je peux me permettre… Inutile de m'expliquer !… l'interrompit sèchement le lieutenant Teymour Khan. Au besoin, je poserai moi-même des questions.

Et il se mit à suivre Aziz-ol-Saltaneh dans la direction de la maison de l'oncle Napoléon. Ghamar et moi, nous les suivîmes à notre tour. Je prenais un risque, mais je devais suivre l'affaire, même si cela devait me valoir les foudres de mon oncle. D'autre part, j'espérais ainsi apercevoir Leyli un bref instant.

Mash Ghassem entrouvrit la porte de la cour intérieure. Mme Aziz-ol-Saltaneh l'écarta d'un revers de la main :

— Pousse-toi ! Monsieur est l'inspecteur de la Sûreté !

Mash Ghassem recula sans opposer la moindre résistance. A l'époque, non seulement un homme comme Mash Ghassem mais des hommes beaucoup plus importants que lui craignaient l'inspecteur de la Sûreté.

Le lieutenant Teymour Khan, Aziz-ol-Saltaneh, Ghamar et moi pénétrâmes à l'intérieur de la maison de mon oncle. Visiblement, celui-ci s'attendait à la visite de l'inspecteur, car, par-dessus son caleçon napoléonien, il portait sa veste militaire, et sa cape de lin sur les épaules. Shamsali Mirza était présent aussi. Mon oncle avait dû faire venir cet ex-enquêteur en attente d'affectation pour ne pas se trouver seul face à l'inspecteur de la Sûreté. Et dès l'arrivée de celui-ci, il prit le soin de lui présenter Shamsali Mirza en tant que juge de la province de Hamadân. Le lieutenant Teymour Khan le salua sans autre forme de cérémonie.

Dès qu'il m'aperçut, mon oncle montra la porte du doigt :

— Toi, dehors !

Mais avant que je n'aie le temps de faire un pas, l'inspecteur de la Sûreté s'écria :

— Non, non… Qu'il reste ! Qu'il reste !

Et, sans plus tarder, il démarra son enquête.

— Si je peux me permettre... Veuillez m'indiquer la chambre où la victime a passé sa dernière nuit !

— La victime ?... Vous voulez dire Doustali Khan ? protestèrent presque de concert mon oncle et Shamsali Mirza.

— Comment saviez-vous qu'en disant la victime je parlais de Doustali Khan ? s'écria l'inspecteur, comme s'il venait de les surprendre en flagrant délit. Bon, passons !...

Et il se tourna aussitôt vers Aziz-ol-Saltaneh :

— Montrez-moi la chambre de la victime !

Mon oncle voulut de nouveau contester :

— Monsieur...

Mais l'inspecteur ne l'autorisa pas à intervenir :

— Silence !... Aucune ingérence ne sera tolérée dans l'enquête !

— Cher monsieur, comprenez-moi, comment saurais-je où ils ont fait dormir mon défunt mari ?... répondit Aziz-ol-Saltaneh avec une tristesse feinte. Si je le savais, je n'en serais pas arrivée là !... Peut-être Mash Ghassem...

— Qui est Mash Ghassem ? demanda sèchement l'inspecteur.

— Ma foi, à quoi bon mentir ? La tombe n'est qu'à quatre pas... répondit Mash Ghassem tête baissée. Mash Ghassem, c'est moi, votre serviteur !

L'inspecteur lui jeta un regard suspicieux :

— Si je peux me permettre... Qui t'a accusé de mentir ?... Tu cherches peut-être à mentir, hein ?... Réponds ! Réponds !... Parle ! Parle !... On t'a peut-être dit de mentir, hein ?... Allez, vite, et que ça saute !

— Ma foi, à quoi bon mentir ?... Vous ne m'avez pas encore posé de question !

— Alors, pourquoi tu as menti ?

— A quoi bon mentir ? La tombe n'est qu'à quatre pas... Quand est-ce que j'ai menti ?

— Je ne dis pas que tu as menti. Je dis pourquoi tu as parlé de mentir ?

— Pardonnez-lui, monsieur... s'interposa Aziz-ol-Saltaneh. C'est son habitude... Dès qu'on lui demande quelque chose, il dit à quoi bon mentir...

— Bon, Mash Ghassem, où la victime a-t-elle dormi pour la dernière fois ?

— Ma foi, à quoi bon mentir ? La victime a dormi dans cette...

L'inspecteur fixa Mash Ghassem par-dessus son pince-nez :

— Alors tu avoues qu'il y a eu victime ?... Qu'il y a eu meurtre ?...

— Ne faites pas dire à mon domestique ce qu'il n'a pas dit ! s'écria l'oncle Napoléon hors de lui.

— Vous, silence !... En temps normal, ce monsieur est votre domestique, mais, aujourd'hui, il est mon témoin.

— Mais ce pauvre homme est en train de vous...

— Silence !... Mash Ghassem, conduis-moi dans la chambre de la victime.

Mash Ghassem jeta un coup d'œil accablé à mon oncle et se dirigea vers l'une des chambres, suivi de l'inspecteur, d'Aziz-ol-Saltaneh, de mon oncle et de Shamsali Mirza, qui se rongeait les sangs en silence. Je leur emboîtai le pas à mon tour.

Dès que nous entrâmes dans la chambre, le lieutenant Teymour Khan leva les bras pour demander le silence :

— Si je peux me permettre... Voyons voir ! Où est le lit de la victime ?

— Ma foi, à quoi bon mentir ?... répondit Mash Ghassem. C'était un lit de fortune. Le matin même, lorsque j'ai vu que Doustali Khan n'était plus là, je l'ai rangé.

L'inspecteur resta silencieux pendant quelques instants. Soudain, il attrapa le menton de Mash Ghassem entre son pouce et son index et s'écria :

— Qui t'a dit de ranger le lit de la victime ? Hein, hein ? Qui, qui ? Vite, réponds ! Et que ça saute !

— Ma foi, à quoi bon mentir ? dit Mash Ghassem confus. La tombe n'est...

— Encore mentir ? Qui t'a dit de mentir ? Hein, hein ? Réponds, réponds, allez, vite, vite, et que ça saute !

— Monsieur l'inspecteur ! s'écria Shamsali Mirza, le visage en feu, votre méthode d'investigation est inédite ! Vous cherchez à presser les gens pour leur faire dire n'importe quoi !

— Si je peux me permettre... Je vous prie de ne pas vous mêler de ça... Demain vous demanderez autour de vous qui est le lieutenant Teymour Khan !... Aucun meurtrier ne résiste à ma méthode internationale du flagrant délit... Vous, Mash Ghassem, vous ne m'avez pas répondu !... Qui vous a donné l'ordre de ranger le lit de la victime ?

— Ma foi, à quoi bon mentir ? La tombe n'est qu'à quatre pas… Tous les matins, la gouvernante Belgheis et moi-même, nous rangeons tous les lits. Hier, nous avons aussi rangé celui de Doustali Khan.

— Celui de la victime ?

— Bah oui…

— Ah bon !… Si je peux me permettre… Tu as avoué une seconde fois que Doustali Khan était bien la victime… Si je peux me permettre… C'est un vrai progrès… Un vrai progrès !… Le meurtre est avéré… Passons au meurtrier…

— Ce ne sont que des balivernes ! protesta mon oncle. Monsieur, vous…

— Si je peux me permettre… Vous, silence ! Mash Ghassem tu as dit que, le matin, tu ranges les lits. Qui t'a demandé de le faire ? Ton maître ? Ta maîtresse ? Ce monsieur ? L'autre monsieur ? Qui ? Silence ! Pas besoin que tu répondes ! Qui a vu la victime en dernier ? Toi, Mash Ghassem ?… Réponds ! Vite ! Vite ! Tu as vu Doustali Khan avant qu'il soit assassiné ?… Pas besoin que tu répondes !… Si je peux me permettre… Pourquoi Doustali Khan a-t-il dormi ici ? N'avait-il pas de domicile ?

— Ma foi, à quoi bon mentir ? La tombe…

L'oncle Napoléon se dépêcha de l'interrompre :

— Avant-hier soir, jusqu'à une heure tardive, Doustali Khan…

— Vous, silence ! Mash Ghassem, réponds à ma question !

Mash Ghassem se trouvait coincé dans une situation inconfortable :

— Qu'est-ce que vous m'avez demandé ?

— J'ai demandé pourquoi la victime a dormi ici au lieu de rentrer chez elle ? Réponds ! Vite, vite, vite ! Hein, pourquoi ?

— Ma foi, à quoi bon mentir ? Tout le monde était là. M. Asdollah Mirza était là, monsieur…

— Qui est Asdollah Mirza ? Réponds ! Vite ! Vite !

— Asdollah Mirza est un parent proche de Monsieur.

— A-t-il un lien de parenté avec la victime ?

— Oui, il est aussi parent de la victime !

L'oncle Napoléon serrait ses mâchoires de colère :

— Que tu crèves de répéter le mot victime ! Imbécile ! Idiot ! Te rends-tu compte de ce que tu dis ?

— Ma foi, Monsieur, ce n'est pas ma faute ! dit Mash Ghassem désemparé. M. l'inspecteur me bouscule ! Je voulais dire que M. Asdollah Mirza…

L'inspecteur, qui dévisageait Mash Ghassem les yeux dans les yeux, l'interrompit :

— Parle-moi un peu d'Asdollah Mirza !

— Ma foi, monsieur, Dieu est témoin qu'Asdollah Mirza n'y est pour rien !…

— Si je peux me permettre… Lorsqu'il y a meurtre, je soupçonne le monde entier… Chacun peut être le meurtrier… Ce monsieur… L'autre monsieur… Ce garçon… Même toi !… Tu peux avoir tué Doustali Khan !… Oui, toi ! Toi ! Avoue-le !… Reconnais-le ! Je te donne ma parole que tu auras une remise de peine !… Vite ! Vite ! Hein !

— Moi, un meurtrier ?… s'écria Mash Ghassem à la fois en colère et effrayé. Par le sang de Dieu ! Pourquoi moi et pas les autres ?…

Le lieutenant Teymour Khan approcha son gigantesque visage de Mash Ghassem :

— Ah bon ! Les autres… s'écria-t-il. Qui sont les autres ? Parle ! Parle !

— Ma foi, monsieur, à quoi bon mentir ? La tombe n'est qu'à quatre pas… J'ai… C'est-à-dire que… J'ai dit ça comme ça ! Vous étiez en train de parler de M. Asdollah Mirza et d'un seul coup vous avez changé de sujet…

— Oui, oui, Asdollah Mirza… l'interrompit une nouvelle fois l'inspecteur. Quel genre d'homme est-il ?

— Laissez-moi vous dire qu'Asdollah Mirza est mon frère ! dit Shamsali Mirza d'une voix étranglée de rage.

— Si je peux me permettre… Et alors ? Votre frère ne peut-il pas être le meurtrier ?… Votre frère Asdollah Mirza ne pourrait pas avoir assassiné Doustali Khan ? Au fait, pourquoi vous vous mêlez de mon enquête ? Hein ? Répondez, allez ! Vite ! Vite !

Shamsali Mirza était sur le point de s'évanouir de colère. Il ouvrit la bouche pour dire quelque chose, mais le bruit de la porte d'entrée et la voix d'Asdollah Mirza ne lui en laissèrent pas le temps :

— *Moment ! Moment !* Que se passe-t-il ici ? Est-ce qu'il s'agit encore de l'éminent membre de Doustali ?

— Asdollah Mirza ! murmurèrent-ils tous en chœur.

Le lieutenant Teymour Khan tressaillit. Puis il se figea, écarta les bras pour demander le silence et dit :

— Tiens ! Tiens ! Asdollah Mirza ! L'assassin revient toujours sur le lieu du crime ! Silence ! Silence absolu ! Que personne ne respire !

VI

Asdollah Mirza, qui n'avait entendu aucun bruit venant de la maison, hésita quelques instants à la porte avant d'appeler :

— Holà ! Il y a quelqu'un ?... Mon frangin Shamsali n'est pas là ?

Le lieutenant Teymour Khan, qui avait toujours les bras levés en signe de silence, avança à pas de loup vers la porte de la chambre et répondit à voix haute :

— Si, si, il est là !... Tout le monde est là !... Entrez, je vous prie, monsieur !

Le matin même, l'oncle Napoléon avait prévenu toute la famille de l'arrivée de l'inspecteur, excepté Asdollah Mirza qui était déjà parti au travail. Par conséquent, ce dernier n'était pas au courant de cette visite.

Apercevant une personne inconnue sur le pas de la porte, Asdollah Mirza rajusta des deux mains son nœud papillon et dit :

— *Moment !*... Vous êtes le nouveau laquais de Monsieur ?

Et sans attendre de réponse, il continua :

— Pauvre Mash Ghassem, c'était un homme bon ! Mais il a dû être sacrifié pour le membre éminent de Doustali !

Les mâchoires serrées de colère, le lieutenant Teymour Khan essaya d'adopter un ton doux :

— Entrez, je vous prie... Entrez par ici...

Légèrement surpris, Asdollah Mirza s'avança et entra dans la chambre.

— Tiens, bonjour, bonjour... Voyons, c'est encore un conseil de famille ?... Pourquoi restez-vous debout ?... Allons nous asseoir dans l'autre pièce...

Et, se tournant vers le lieutenant Teymour Khan, il ajouta :

— Et toi, va vite demander qu'on prépare le thé !

— Monsieur n'est pas un domestique... dit Shamsali Mirza d'une voix sourde... M. le lieutenant Teymour Khan est l'inspecteur de la Sûreté.

Asdollah Mirza, qui se dirigeait déjà vers la pièce voisine, s'arrêta.

— Mille pardons ! dit-il. Serait-il alerté par la disparition de Doustali ? A propos, madame Aziz, Doustali n'est pas rentré ? Où peut-il être, ce malheureux ?

Aziz-ol-Saltaneh n'avait pas encore répondu, lorsque le lieutenant Teymour Khan commença son offensive :

— Oui, oui, toute la question est là ! Où peut-il être ? Vous, cher monsieur, vous n'auriez pas des informations ? Vous ne savez pas où il pourrait être ?

— *Moment, moment !* Ça me revient... Si, si, je sais quelque chose...

— Allez, vite, vite, dépêchons, parlez, où ça, où ça ? s'écria l'inspecteur, approchant son énorme visage d'Asdollah Mirza.

L'oncle Napoléon et Shamsali Mirza essayaient, sans se faire remarquer par l'inspecteur, de faire signe à Asdollah Mirza de se taire, mais celui-ci ne leur prêtait pas attention.

— Est-ce qu'il y aura une prime ? demanda-t-il d'un air mystérieux.

— Qui sait, peut-être, allez, vite, et que ça saute, répondez, parlez !

— Si vous donnez votre parole de m'accorder la prime pour avoir retrouvé Doustali Khan, je vous dirai qu'il n'est pas très loin d'ici...

Et en disant ces mots, il se mit à fouiller ses poches :

— Ça par exemple ! Dans quelle poche je l'ai mis... *Moment ! Moment !* Je croyais l'avoir mis dans celle-ci !... Alors peut-être dans celle-là !

Le lieutenant Teymour Khan, qui de rage était devenu rouge comme une tomate, marmonna les dents serrées :

— Tiens ! Tiens !... Meurtre !... Dissimulation du corps... Outrage à agent dans l'exercice de ses fonctions... Entrave à l'enquête judiciaire... Je vois bientôt une corde autour du cou de monsieur, à la place de ce nœud papillon !

Légèrement surpris, Asdollah Mirza fixa d'un air hébété le gigantesque visage du lieutenant Teymour Khan. Au même moment, dans le dos de l'inspecteur, l'oncle Napoléon et Shamsali Mirza lui faisaient signe en montrant la main droite qui telle une scie coupait le poignet de la main gauche et en agitant aussitôt les deux mains de bas en haut comme pour l'inviter à ne rien dire. Même moi, je saisis qu'ils voulaient signifier à Asdollah Mirza de ne pas mentionner l'attentat d'Aziz-ol-Saltaneh contre son mari, mais, abasourdi par l'inspecteur, Asdollah Mirza ne prêtait pas attention à leurs gesticulations.

— Plus tôt vous avouez, mieux c'est pour vous !... continua le lieutenant Teymour Khan s'apercevant de l'efficacité de ses menaces. Répondez ! Allez, vite, et que ça saute ! Comment c'est arrivé ? Vite, dépêchons ! Répondez !

— *Moment, moment*, vraiment *moment* ! Moi, je dois avouer ? Qu'est-ce que j'ai à faire dans cette histoire pour avouer ? Demandez à sa femme qui a failli couper...

Le lieutenant Teymour Khan tressaillit.

— Quoi ? Comment ?... Couper ?... s'écria-t-il en levant les bras. Qui a coupé ? Qu'est-ce qu'on a coupé ?... Sa femme a coupé ?... Madame, vous avez coupé ?... Qu'est-ce que vous avez coupé ? Vite... Vite, dépêchons, et que ça saute ! Répondez !

Tous échangèrent des regards consternés. Soudain, Ghamar, la fille foldingue d'Aziz-ol-Saltaneh, qui avait les yeux rivés sur sa poupée, ricana bêtement et dit :

— La fleur de lys de papa Doustali !

Le lieutenant Teymour Khan fit un bond vers Ghamar, attrapa son menton et se mit à la secouer :

— Parle ! Allez, vite, et que ça saute ! Réponds !

— Sachez, monsieur, que cette fille est débile ! l'interrompit Shamsali Mirza.

A peine avait-il prononcé ces mots qu'Aziz-ol-Saltaneh se mit à crier :

— Débile toi-même ! Débiles ton frère et ton père... Vous faites tout pour nuire au mariage de cette pauvre fillette !

— Allez parle, quel lys ?... s'écria l'inspecteur sans prêter attention à leur querelle et sans lâcher le menton de Ghamar. Où est le lys ?... Qui l'a cueilli ?... Allez, vite, et que ça saute ! Si tu réponds vite, tu auras une remise de...

Soudain, il poussa un terrible hurlement. Ghamar lui avait mordu le doigt et le serrait encore entre ses dents. Lorsqu'on réussit à desserrer sa mâchoire pour libérer le doigt de l'inspecteur, le sang gicla de la blessure.

Aziz-ol-Saltaneh se frappa la tête :
— Nom de Dieu ! Que le diable m'emporte !
— Chien enragé ! Assassin ! Meurtrier !… Allez, vite, dépêchons, un chiffon ! De la teinture d'iode ! Vite, et que ça saute ! Complot… Entrave à l'enquête… Coups et blessures à agent dans l'exercice de ses fonctions !… Trois ans de réclusion disciplinaire !
Lorsque, dans un gigantesque vacarme, au milieu des allées et venues et une fois passées la consternation et les excuses des uns et des autres, le doigt de l'inspecteur fut pansé, un calme relatif s'installa à nouveau. Tous les yeux étaient rivés sur le lieutenant Teymour Khan qui faisait les cent pas dans la pièce. Finalement, il se mit à parler. Sa voix laissait paraître une rage extraordinaire :
— Association criminelle… Dissimulation du corps… Outrage à agent dans l'exercice de ses fonctions… Entrave à l'enquête judiciaire… Coups et blessures au représentant de la loi… Je vois votre fille aussi tout près de la corde !… Dès à présent, vous êtes en état d'arrestation, en tant que complice du meurtre… Mais revenons au criminel n° 1 !
Il s'arrêta brusquement devant Asdollah Mirza :
— Si je peux me permettre… Monsieur, vous disiez… Qui voulait couper ?… Qu'est-ce qu'on voulait couper ?… Quand voulait-on couper ?
— Monsieur l'inspecteur… intervint l'oncle Napoléon. Maintenant, avec votre permission, que les enfants sortent… Je veux dire cet enfant…
Et il me pointa du doigt. L'inspecteur lui coupa la parole :
— Pourquoi cet enfant doit-il sortir ?… En plus, ce n'est pas un enfant… Il est plus grand que moi ! Pourquoi doit-il sortir ? Hein ? Quoi ? Répondez ! Allez, vite, et que ça saute !… Peut-être que sa présence vous gêne ? Avez-vous peur qu'il ne révèle quelque chose ?… Hein ? Comment ? Répondez !… Allez, vite… Inutile de répondre !… S'il y a d'autres enfants, qu'ils rentrent aussi !… Les enfants disent toujours la vérité ! Vous avez d'autres enfants à la maison ? Comment ? Allez, vite, et que ça saute ! Répondez !
Mon oncle bouillait de l'intérieur mais tâchait de ne pas perdre son sang-froid.
— Non, monsieur… dit-il en haussant les épaules. Il n'y a pas d'autres enfants ici !

— Si, il y en a ! dis-je sans réfléchir. Il y a Leyli !

L'inspecteur se rua sur moi :

— Où est-elle ?... Qui est Leyli ?... Réponds ! Allez, vite, et que ça saute !

— Leyli, la fille de mon oncle ! répondis-je, désemparé.

Et je jetai aussitôt un coup d'œil dans la direction de l'oncle Napoléon. La colère qui enflammait ses yeux m'effraya. Il avait cherché à se débarrasser de l'espion de son adversaire, il s'était au contraire laissé prendre à son piège.

— Appelez Leyli ! ordonna l'inspecteur impérieusement.

— Aucune loi morale ou judiciaire ne permet de convoquer un enfant de dix ans...

Sans savoir ce que je disais, je creusai davantage encore le fossé entre mon oncle et moi, excité par le désir de voir Leyli :

— Elle a quatorze ans ! dis-je.

Je n'osais plus regarder mon oncle. J'entendis juste sa voix :

— Il dit n'importe quoi, monsieur l'inspecteur ! Ma fille n'a que douze ans et je ne permets pas que...

— Meurtre !... l'interrompit l'inspecteur. Dissimulation du corps... Outrage à agent dans l'exercice de ses fonctions... Entrave à l'enquête judiciaire... Coups et blessures au représentant de l'Etat... Non-respect des ordres du représentant de l'Etat... Votre situation n'est pas mieux engagée, monsieur !

Le visage tendu, mon oncle cria furieusement :

— Leyli ! Viens ici !

L'arrivée de Leyli me réchauffa le cœur comme le soleil au milieu d'une froide journée d'automne. Comme si je ne l'avais pas vue depuis une éternité. Ses yeux noirs croisèrent enfin mon regard plein de désir, mais je n'eus pas le temps de goûter longtemps à la saveur de sa présence. Le cri de l'inspecteur mit fin à mon extase amoureuse :

— Monsieur Asdollah Mirza, ne vous réjouissez pas ! Je n'ai pas renoncé à ma question ! Qui coupait ? Et qu'est-ce qu'il coupait ?

— *Moment*, monsieur l'inspecteur ! Je ne suis tout de même pas l'intendant des membres de Doustali Khan ! Pourquoi vous m'interrogez moi ? Interrogez sa femme !

— Justement, c'est vous que j'interroge ! Répondez ! Allez, vite, et que ça saute !

Je crois que, au milieu de l'agitation créée par la morsure du doigt de l'inspecteur par Ghamar, l'oncle Napoléon et

Shamsali Mirza avaient réussi à faire comprendre à Asdollah Mirza de ne rien dire au sujet de l'attentat d'Aziz-ol-Saltaneh contre Doustali Khan, car il répondit calmement :

— A vrai dire, je ne sais pas grand-chose !

— Tiens ! Vous ne savez pas ?... Au début vous saviez que vous ne saviez pas et vous avez prétendu que vous saviez ou bien vous ne saviez pas que vous saviez ? Hein ? Répondez ! Allez, vite, et que ça saute !... Vous ne savez rien !... Meurtre, dissimulation du corps, outrage à agent dans l'exercice de...

— ... ses fonctions... continua Asdollah Mirza. Entrave à l'enquête judiciaire...

— Raillerie contre le représentant de l'Etat dans l'exercice de ses fonctions... l'interrompit l'inspecteur d'un ton menaçant.

— *Moment, moment !* N'allez pas monter un dossier contre moi !... La vérité est que...

— Quelle est la vérité ? Hein ? Quoi ? Répondez ! Allez, vite, et que ça saute !

— Oui, allez, vite, et que ça saute ! La vérité est que... Comme Doustali Khan n'avait pas été circoncis, sa femme avait décidé de le circoncire.

— Tiens ! Tiens ! Mais quel âge avait le regretté Doustali Khan ?

— Le regretté Doustali Khan avait environ...

— Ah ah ! Alors vous avouez que Doustali Khan est mort ?... Encore un aveu !... Parlez ! Répondez, allez, vite, et que ça saute ! Quel âge avait-il ?

— *Moment !* Je ne suis pas le responsable de son état civil !... On lui donnait dans les soixante ans !

Aziz-ol-Saltaneh perdit patience :

— Toi-même dans les soixante ans !... Tu n'as pas honte ?... Monsieur, le pauvre Doustali Khan n'avait que cinquante ans.

Indifférent à la réponse d'Aziz-ol-Saltaneh, l'inspecteur poursuivit l'enquête auprès d'Asdollah Mirza :

— Vous disiez... Allez, vite, et que ça saute ! Répondez ! Ils ont fait appel à un barbier pour circoncire Doustali Khan !... Le nom du barbier ? Vite, dépêchons, et que ça saute ! Répondez !

— Le nom du barbier était... Aziz-ol-Saltaneh !

Mme Aziz-ol-Saltaneh ouvrit la bouche pour crier, mais l'inspecteur l'en empêcha :

— Vous, silence madame !... Quel était le nom du barbier, vous avez dit ? Allez, vite, et que ça saute ! Non, ne répondez pas ! Vous, monsieur Mash Ghassem... parlez ! Allez, vite, et que ça saute ! Où est le barbier Aziz-ol-Saltaneh ?

Mash Ghassem baissa la tête :

— Ma foi, à quoi bon mentir ? La tombe n'est qu'à quatre pas... Mme Aziz-ol-Saltaneh est cette dame ici présente...

— Ah bon ! Tiens !... Ça devient encore plus *intérestant* !

— Vous voulez dire *intéressant*, bien sûr ! s'en mêla Asdollah Mirza.

— Silence, vous !... Ne me faites pas la leçon !... Je connais le russe et le turc par cœur.

Puis, il se pencha de nouveau sur la chaise d'Asdollah Mirza et dit :

— Alors, à votre avis, c'est madame qui... ? Silence ! Vous vous moquez de moi ?... On cherche à circoncire un homme d'une soixantaine d'années, et c'est sa femme qui avec une lame de rasoir...

— Ce n'était pas une lame de rasoir, monsieur... le corrigea Mash Ghassem. C'était un...

— Silence !... Ce n'était pas une lame de rasoir, c'était quoi alors ? Allez, réponds, vite, et que ça saute ! Réponds !

— Ma foi, à quoi bon mentir ? La tombe n'est qu'à quatre pas... c'était un couteau de cuisine !... L'un de ces couteaux à manche court pour couper la viande.

Le lieutenant Teymour Khan dit en ricanant :

— Ça devient encore plus *intérestant* !... On cherche à circoncire un homme d'une soixantaine d'années... Et c'est sa femme qui s'en charge avec en plus un couteau de cuisine...

— Remarquez, ces gens-là sont économes, l'interrompit précipitamment Asdollah Mirza. Pour ne pas avoir à payer le barbier, madame a accepté de s'en charger personnellement... Après tout, madame a une certaine expérience en la matière. Elle a aussi circoncis feu son premier mari. On peut même dire qu'elle l'avait joliment retouché. Une fois aux bains, j'ai eu l'occasion de...

Aziz-ol-Saltaneh fit un bond vers Asdollah Mirza, et, si l'inspecteur ne l'en avait pas empêchée, elle aurait roué de coups le malheureux prince.

— Silence ! Retournez à votre place, madame ! rugit le lieutenant. Allez, vite, et que ça saute !

Il se tourna ensuite vers Asdollah Mirza :

— Continuez, monsieur ! L'affaire est de plus en plus *intérestante* !

Asdollah Mirza avait l'air choqué. Il regarda autour de lui en quête de secours, mais mon oncle et Shamsali Mirza, frissonnant de rage et d'angoisse, baissaient la tête. Alors il fut contraint de continuer :

— Mais je dois dire que madame n'a pas réussi à exécuter l'affaire, car, avant qu'elle lui coupe sa fleur de lys, l'intéressé avait pris ses jambes à son cou.

Le lieutenant Teymour Khan, qui faisait des rondes dans la pièce, s'arrêta brusquement devant Mash Ghassem tel un maître d'école qui veut prendre en flagrant délit un élève distrait.

— Toi, dis-moi ! s'écria-t-il. Pourquoi il s'est enfui ?... Hein ? La raison de la fuite de feu Doustali Khan ? Allez, vite, et que ça saute ! Silence !

— Ma foi, à quoi bon mentir ? La tombe n'est qu'à quatre pas...

— Silence !... Parle, dépêche-toi ! Pourquoi il s'est enfui ?

Ce fut Asdollah Mirza qui répondit à la place de Mash Ghassem :

— *Moment, moment !* A sa place, vous ne vous seriez pas enfui, vous, si une femme pareille voulait vous couper votre fleur de lys avec un couteau de cuisine ?

Le lieutenant Teymour Khan jeta un regard furieux à Asdollah Mirza :

— Qui vous a autorisé à parler ?... Bon, bon, allez-y, parlez ! Vous avez l'air de détenir d'amples informations sur l'affaire ! Allez-y ! Dites-moi pourquoi madame voulait circoncire Doustali Khan à cet âge ?

— Ah ça ? Demandez-le à madame...

— Silence ! Je sais mieux que vous à qui le demander ! Je vous le demande à vous : pourquoi elle voulait le circoncire ? Répondez ! Allez, vite, dépêchons, et que ça saute !

— Ça, je ne peux vous dire... Peut-être qu'il avait causé des problèmes de circulation sur la route de San Francisco !

Le lieutenant Teymour Khan fit un bond du centre de la pièce et se jeta sur Asdollah Mirza en criant :

— Tiens !... Alors il y a aussi des secrets à San Francisco !... Oui ! Oui !... San... Fran... cisco ! Répondez vite ! Que s'est-il passé à San Francisco ? Allez, vite, dépêchons, et que ça saute !

— Ça suffit !… intervint l'oncle Napoléon sur le point d'exploser de rage. Monsieur l'inspecteur, permettez aux enfants de sortir !… C'est une honte ! Je ne peux permettre qu'en leur présence…

— Silence ! Silence ! s'écria le lieutenant.

Il plissa les yeux et, fixant les lunettes fumées de mon oncle, se mit à articuler chaque mot séparément :

— Vous vous rebellez parce que vous voyez que, grâce à la méthode scientifique du flagrant délit, j'ai découvert un indice important !… Qu'est-ce qui prouve que vous n'êtes pas vous-même complice du meurtre ?

Shamsali Mirza attrapa le bras de mon oncle :

— Permettez, Monsieur… Laissons cette mascarade se terminer, ensuite je réglerai le compte de ce monsieur…

Le lieutenant Teymour Khan, qui était en train de s'approcher d'Asdollah Mirza, se redressa brusquement et, sans se retourner, se mit encore une fois à exposer la situation désastreuse de l'assistance :

— Meurtre… Dissimulation du corps… Outrage à agent dans l'exercice de ses fonctions… Entrave à l'enquête légale… Coups et blessures portés au représentant de l'Etat… Et enfin menaces à l'égard du représentant de la loi !

Asdollah Mirza leva les bras et essaya de s'interposer :

— *Moment ! Moment !* Excusez-moi, monsieur l'inspecteur !… Mon frère est un peu nerveux…

Le lieutenant Teymour Khan sortit de ses gonds :

— Vous qui n'êtes pas nerveux, racontez-moi le secret de San Francisco ! Allez, dépêchez-vous, vite, et que ça saute ! Mon sixième sens me dit que la clé de cette énigme criminelle se trouve à San Francisco ! Répondez !

— C'est tout à fait exact ! Mais vous permettez que je vous le dise à l'oreille ?

— Silence ! Pas de chuchotement à l'oreille !

Asdollah Mirza, qui avait du mal à étouffer son rire, se gratta la nuque et dit :

— Comment dire ?… San Francisco est une ville… Une très grande ville où…

— Silence ! Ne me faites pas de leçon de géographie !… San Francisco est une grande ville en Europe. Je le sais très bien… Et après ? Répondez !

— *Moment*, peu importe en Europe ou en Amérique, mais San Francisco est un port… Or, le bateau de Doustali Khan ne pouvait accoster dans le port… Est-ce parce qu'il avait pris l'eau ?… Est-ce parce que le port était délabré ?…

Soudain les cris de protestation d'Aziz-ol-Saltaneh l'interrompirent :

— Ta gueule, prince miteux !… Tu veux que je t'en colle une pour t'écrabouiller les dents ?

Et elle se mit aussitôt à pleurer et feindre des sanglots.

Le lieutenant Teymour Khan s'approcha d'elle :

— Je comprends votre chagrin, madame, mais soyez patiente !… L'assassin ne pourra pas m'échapper !

— Oh, merci, monsieur, pour votre gentillesse !… Mais je… je… j'ai le pressentiment… je suis persuadée que l'assassin de mon pauvre mari n'est autre que ce prince… Depuis l'époque où cet homme me faisait la cour, il déteste mon mari !

Asdollah Mirza fit un bond :

— *Moment !* Mais vraiment *moment* !… Vous parlez de qui, madame ?… Moi, je vous faisais la cour ?

— Bien sûr ! Avec tes yeux de loup dépravé, regarde-moi les yeux dans les yeux et jure que tu ne m'as pas fait la cour !

— Que Dieu me plante dans les yeux le couteau de cuisine avec lequel vous vouliez couper l'éminent membre de Doustali Khan !

— Je crache sur ta face de rat, insolent !… A l'époque où mon regretté premier mari était encore en vie, déjà tu me tournais autour. Il était sur son lit de mort, quand tu m'as embrassée dans le couloir !

— Que mes lèvres embrassent un samovar brûlant !

Aziz-ol-Saltaneh bondit sur Asdollah Mirza, mais le lieutenant Teymour Khan et l'oncle Napoléon se dépêchèrent de s'interposer. Dans la confusion extraordinaire des voix qui discutaient toutes en même temps, la voix d'Aziz-ol-Saltaneh prit le dessus :

— Monsieur l'inspecteur !… C'est cet homme qui a tué mon mari !… Je le sais, j'en suis informée, je vous le dis. Il n'en a pas l'air mais ce prince miteux est un dangereux meurtrier. Un assassin sans pitié… Je sais même où ils ont enterré mon mari !…

— Silence !

Le hurlement du lieutenant Teymour Khan fit taire tout le monde.

Il approcha ensuite son immense visage de celui d'Aziz-ol-Saltaneh et murmura :

— C'est un moment crucial, madame !… Vous prétendez savoir où le meurtrier a caché le corps ?

— Oui, oui, je le sais !

— Pourquoi ne l'avez-vous pas dit plus tôt ?

— Pour que vous arrêtiez d'abord le meurtrier !… Pour que cet assassin ne vous échappe pas !

— Silence !… Où est le corps ? Répondez ! Allez, vite, dépêchons ! Et que ça saute !

— Ils l'ont enterré dans le jardin !

— C'est une honte, madame ! s'écria l'oncle Napoléon. Vous ne racontez que des âneries !

— Vous, silence !… Allons au jardin !

Le lieutenant Teymour Khan palpa des deux mains les poches d'Asdollah Mirza à la recherche d'une arme :

— Vous êtes en état d'arrestation ! Sans mon autorisation, vous n'avez le droit de faire aucun geste ! Silence !

Tous suivirent Aziz-ol-Saltaneh jusqu'au pied du magnifique églantier que mon oncle chérissait plus que tout au monde.

Jetant un coup d'œil un peu attentif autour, je remarquai au milieu des branches le profil de mon père qui, un sourire satanique aux lèvres, tendait l'oreille, dans l'attente de l'événement qu'il espérait tant. Mais je me tenais à l'écart des autres, main dans la main avec Leyli, et rien ne m'importait plus.

— Ils ont enterré Doustali sous cet églantier ! déclara Aziz-ol-Saltaneh en tapant du pied.

— Une pelle et une pioche ! ordonna le lieutenant à Mash Ghassem.

Embarrassé, Mash Ghassem regarda mon oncle d'un air hagard. L'oncle Napoléon, qui écumait de rage, attrapa l'inspecteur par le collet et s'écria :

— Que voulez-vous faire ? Vous voulez creuser au pied de mon églantier ?…

Le lieutenant Teymour Khan se dégagea violemment des mains de mon oncle et hurla à son tour :

— Silence ! Ce sont des ordres !… C'est un aveu on ne peut plus clair !… Pelle et pioche ! Allez, vite, dépêchons ! Et que ça saute ! D'ailleurs on voit bien que le sol y a été récemment creusé !

Frissonnant de stupeur, mon oncle hurla :

— Si vous touchez à la racine de cet églantier, je vous écrase la cervelle à coups de pioche !

— Tiens ! Tiens ! En voilà une menace !... Meurtre... Dissimulation du corps... Entrave à l'enquête légale... Insultes, coups et blessures à agent dans l'exercice de ses fonctions... Et maintenant, tentative d'assassinat du représentant de la loi !... Silence ! A partir de maintenant, vous êtes aussi en état d'arrestation !... Silence !...

Le lieutenant Teymour Khan avait semé une vraie panique dans le cœur de tous ceux qui étaient présents. Shamsali Mirza, lui-même blanc de rage, prit la main de mon oncle et le fit asseoir sur le banc de pierre... Au milieu de ce silence, le lieutenant Teymour Khan se dressa devant Mash Ghassem et lui cria :

— Silence ! Où diable est la pioche ?

— Ma foi, monsieur, à quoi bon mentir ? La tombe n'est qu'à quatre pas... C'est à mon maître de m'ordonner de l'apporter...

— Comment ? Mon ordre ne suffit pas ?... s'emporta le lieutenant. Meurtre... Dissimulation du corps... Refus de coopérer avec le représentant de...

Des coups insistants frappés au portail l'interrompirent. Le lieutenant fit un bond et mit le doigt sur ses lèvres :

— Silence ! Tous, silence ! Défense de respirer !... Ouvre doucement la porte... Si tu fais le moindre signe, tu auras affaire à moi !

Puis il se mit à suivre Mash Ghassem sur la pointe des pieds et se cacha à côté du portail. Lorsque le grand portail s'ouvrit, le lieutenant faillit sauter sur le nouvel arrivant. Mais en le voyant, son mouvement s'arrêta brusquement à mi-chemin.

— Idiot !... Tête de nigaud !... Où étais-tu tout ce temps ?

Vêtu d'un costume civil fripé, le nouvel arrivant claqua des talons, porta la main en guise de salut militaire à son couvre-chef et dit :

— Je vous salue, chef !

Le lieutenant Teymour Khan et le nouvel arrivant chuchotèrent discrètement pendant quelques secondes, avant de rejoindre ensemble l'assistance qui, dans un silence médusé, les attendait.

— Silence ! s'écria le lieutenant. Les ordres de mon adjoint, l'aspirant Ghiass Abadi, sont les miens.

Excité, Mash Ghassem s'approcha du nouvel arrivant :

— Vous êtes originaire de quel Ghiass Abad ? Ghiass Abad de Qom ?

— Oui, pourquoi ?

— Bienvenue à vous !... J'aime tous les habitants de Qom ! Moi aussi je suis de Ghiass Abad de Qom !... Comment allez-vous ? Vous allez bien ? Pas de souci ? Comment va votre santé ?... Dans quelle partie de Ghiass Abad...

Le cri de rage du lieutenant Teymour Khan retentit :

— Silence !... Va plutôt chercher une pioche pour ton concitoyen !

— Ma foi, monsieur, à quoi bon mentir ? La tombe n'est qu'à quatre pas... Notre pioche est tombée en panne, on l'a envoyée en réparation !

— Tiens ! Tiens !... ricana, les lèvres serrées, le lieutenant Teymour Khan. Votre pioche est tombée en panne et vous l'avez envoyée en réparation ?... Elle avait grillé un fusible peut-être ? Réponds, vite, dépêche-toi, et que ça saute ! Réponds ! Ou alors elle avait cassé un ressort ? Hein ?

— Ma foi, à quoi bon mentir ?... Je suis analphabète, je ne comprends pas ces choses-là... Au milieu, c'est-à-dire sur le côté... Disons, voilà la pioche... Là où le fer touche le bois... Disons qu'il y a là le bois et là le fer...

— Silence ! Que son bois t'atterrisse sur la tronche ! Tu te moques de moi ou quoi ? Silence !...

L'oncle Napoléon tenta d'intervenir, mais il n'avait pas encore prononcé un seul mot qu'on entendit le lieutenant hurler :

— Vous, taisez-vous ! Aspirant Ghiass Abadi !... La pioche doit être dans le débarras ! Va la chercher !

— Lieutenant ! Ceci relève de la violation de propriété privée ! protesta Shamsali Mirza d'une voix étouffée. Vous êtes conscient de ce que vous faites ?

— Silence ! Lorsque votre frère attentait à la vie de la pauvre victime, il en était conscient ? Silence !

— *Moment, moment !* contesta Asdollah Mirza. Ils sont vraiment en train de m'inculper du meurtre de ce mufle ! Qu'il aille au diable avec sa putain de vie !

De nouveau le cri du lieutenant retentit :

— Silence !

L'aspirant Ghiass Abadi, qui, malgré les protestations générales, était allé chercher la pioche, revint, claqua des talons à nouveau et dit :

— Chef, la porte du débarras est fermée à clé.

Le lieutenant tendit la main vers Mash Ghassem :

— La clé ?

— Ma foi, monsieur, à quoi bon mentir ? La tombe n'est qu'à quatre pas... La clé de ce débarras est...

— Peut-être la clé a-t-elle aussi grillé un fusible et vous l'avez envoyée en réparation ?

— Non, monsieur ! A quoi bon mentir ? Cette clé... C'est-à-dire, je dois vous dire que la clé est tombée dans le bassin... J'ai essayé de l'attraper avec un crochet, mais je n'ai pas réussi...

Les traits tirés, le lieutenant fixait Mash Ghassem sans ciller. Celui-ci enchaîna :

— Vous savez, cette clé est toute petite... Elle passe à travers le crochet... Voulez-vous que j'apporte une serviette pour que M. Ghiass Abadi aille la chercher dans l'eau ?... Mais peut-être qu'il ne fait pas assez chaud, mon concitoyen attraperait un coup de froid...

— Silence !... Meurtre, dissimulation du corps, outrage, coups et blessures à agent dans l'exercice...

Le lieutenant Teymour Khan se tut brusquement... Puis, avançant sur la pointe des pieds vers les buissons, il continua :

— ... dans l'exercice de ses fonctions... Raillerie du représentant de la loi... Ah ah ! Que faites-vous là ?

Il venait de prendre en flagrant délit Agha Djan, caché dans les buissons, en train d'épier les conversations.

— Silence !... Que faisiez-vous là ? Répondez ! Allez, vite, et que ça saute !

L'oncle Napoléon tressaillit et, les yeux remplis de haine et de stupéfaction, il se mit à observer la scène. Je quittai spontanément Leyli pour m'approcher d'Agha Djan. Le lieutenant fit le tour du buisson et s'arrêta juste devant mon père. Il approcha son énorme visage du sien et dit :

— Pourquoi dans les buissons ? Pourquoi n'êtes-vous pas venu de ce côté ? Hein ? Répondez ! Allez, vite, et que ça saute !

— Car, de ce côté des buissons, je suis chez moi, tandis que, de l'autre, je serai chez des gens qui, pour un différend insignifiant de propriété, assassinent sauvagement un jeune homme innocent, le découpent en morceaux… et l'enterrent dans le jardin.

Au comble de la colère, la voix de l'oncle Napoléon ne sortait plus de sa gorge mais, à quelques mètres de distance, j'entendais sa respiration précipitée.

Brusquement Aziz-ol-Saltaneh éclata en faux sanglots :

— Dieu miséricordieux ! Ils ont enfoui le corps mutilé d'un jeune homme innocent dans la terre froide !

Asdollah Mirza, imitant grossièrement ses pleurs, ajouta :

— Dieu miséricordieux ! Son gros bide n'a pu goûter aux mille délices de la fête de sa circoncision !

Le cri du lieutenant Teymour Khan coupa le souffle à toute l'assistance :

— Silence ! Qu'est-ce que c'est que cette mascarade ?

Agha Djan profita du silence :

— Comme je vous l'ai dit, monsieur l'inspecteur, j'ai des informations précises concernant cette affaire… Si vous le permettez, je vous vois deux minutes en privé…

— Silence ! Pas de conversation privée !

— Mais vous, dont la méthode du flagrant délit est célèbre dans toute la ville, vous savez très bien que, si je parle devant le meurtrier et ses complices, la quête de la vérité en pâtira !

La flatterie d'Agha Djan fit son effet. Le lieutenant jeta un coup d'œil vers l'assistance réunie au pied de l'églantier en attente de sa décision, et dit :

— Personne ne quitte cet endroit jusqu'à mon retour. Silence ! Aspirant, surveille-les jusqu'à ce que je revienne !

L'oncle Napoléon, qui avait du mal à conserver son calme, dit :

— Vous permettrez, j'espère, que ma fille aille déjeuner ?

— Qu'elle y aille, mais qu'elle ne sorte pas de la maison ! Au cas où j'aurais besoin de l'interroger !

Invitée par mon oncle, Leyli se dirigea vers l'intérieur de sa maison. J'étais content qu'elle rentre, car je ne voulais pas que ses oreilles innocentes entendent ces paroles tristes et stupides.

Asdollah Mirza se précipita vers Agha Djan et s'écria :

— La plaisanterie a des limites, mon ami ! Ce mufle de Doustali est quelque part en train de se la couler douce, tandis qu'on veut me charger de son meurtre… Sa femme est folle, sa fille est débile, dis quelque chose au moins, toi ! En quoi ça me regarde si tu as un problème avec Monsieur ?... En quoi ça me regarde si toi ou un autre a produit un son au milieu de son récit ?... En quoi ça me regarde si madame voulait circoncire son mari ?... Tu sais très bien que je n'y suis pour rien !

Sans le regarder dans les yeux, Agha Djan hocha la tête et dit :

— Je n'en sais rien du tout... Où se trouve Doustali et qui l'a tué, je n'en sais rien. Je mettrai mes informations à la disposition du lieutenant Teymour Khan. Il est maître de son enquête et il en tirera les conséquences qu'il voudra. La justice doit parler. N'est-ce pas, lieutenant ?

Ayant dit cela, il s'éloigna en compagnie du lieutenant Teymour Khan.

Pour attirer encore plus de compassion, Aziz-ol-Saltaneh s'était blottie au pied de l'églantier, à l'endroit où elle prétendait que son mari avait été enterré, et, ayant mis un doigt à terre en signe de deuil, elle murmurait la prière des morts. Le lieutenant Teymour Khan l'appela :

— Madame, venez avec nous !

Je les suivis à mon tour mais, devant la porte de notre salon, l'inspecteur me renvoya et ne me laissa pas entrer.

De retour au jardin, je vis de loin l'oncle Napoléon et Asdollah Mirza, assis sous la tonnelle d'églantines, en train de parler à voix basse. Non loin d'eux, dans un autre coin, Mash Ghassem était en conversation avec l'adjoint de l'inspecteur. Shamsali Mirza faisait nerveusement les cent pas devant l'entrée de la maison de mon oncle.

J'étais fortement tenté de me cacher pour écouter clandestinement la conversation mystérieuse de mon oncle avec Asdollah Mirza. Sans faire de bruit, je pris place derrière le mur d'églantines.

— Vous vous rendez compte de ce que vous dites ? Comment pourrais-je...

— Tu ne m'as pas écouté, Asdollah ! Je suis presque sûr de l'endroit où Doustali se cache ! Ce perfide a fait dire à Aziz-ol-Saltaneh de faire creuser au pied de cet arbre. Il sait combien j'y tiens. Si on touche la racine de l'églantier en cette saison, il se desséchera définitivement. Si tu regardes bien, la terre y a été un peu retournée...

— *Moment !* Vous voulez dire que je dois avouer le meurtre de Doustali pour éviter le dessèchement de votre églantier ?

— J'ai juste besoin de deux trois heures pour retrouver Doustali sain et sauf. Pour que je le retrouve, il suffit que tu reconnaisses le meurtre et que tu éloignes cet imbécile d'inspecteur sous prétexte de lui montrer le cadavre... La situation nécessite que je le retrouve personnellement et que je lui parle avant.

— Supposons que vous ne le retrouviez pas, ou bien que vous le retrouviez, mais que l'inspecteur m'arrête pour avoir menti au représentant de l'Etat. Imaginez-vous quel déshonneur j'encourrai au ministère ?

— De toute façon, ils t'accusent déjà, Asdollah !... Ils peuvent aussi t'arrêter !

— *Moment, moment !* On ne peut tout de même pas arrêter les gens sur la foi de cette folle ! Je ne le leur permettrai pas !

— Mais s'ils t'arrêtent, tu ne pourras rien faire ! En attendant le tribunal et le procès, tu moisiras en prison !... Je te donne ma parole que je retrouverai Doustali avant ce soir. Pour le reste, ne t'inquiète pas, j'ai beaucoup d'amis à la Sûreté. Je ne te laisserai pas y passer la nuit !

— Comment, avec votre brillante intelligence, pouvez-vous faire une telle proposition ? s'écria Asdollah Mirza. J'aurais souhaité m'être cassé la jambe ce matin et n'avoir jamais mis les pieds ici !

— Ecoute, Asdollah ! Je t'en supplie ! C'est très simple ! Lorsque l'inspecteur sera de retour, tu feras semblant d'avoir des remords et tu reconnaîtras tout de suite avoir tué Doustali et l'avoir enterré dans la cave de ta maison. Ensuite, comme je suis quasi certain de l'endroit où il se cache, je le retrouve et j'envoie Mash Ghassem vous prévenir qu'il a été retrouvé. Je te donne ma parole de veiller à ce que tu n'aies aucun problème !

— Je vous prie de m'excuser, mais je ne peux accepter !... Même si le lieutenant Teymour Khan m'arrête !... On peut emmener un innocent au pied de l'échafaud, mais on ne le fera jamais monter dessus ! Je ne peux pas me convertir en meurtrier pour sauver la racine de votre églantier !

Et il se leva pour partir.

— Assieds-toi, Asdollah ! annonça sèchement mon oncle. Je n'ai pas fini. Doustali m'a laissé un message.

— Un message ?... Pourquoi vous n'avez rien dit ? Pourquoi vous avez gardé le silence et permis que l'on me...

— Ecoute-moi bien !… La nuit où il a dormi ici, je suis allé le voir tôt le matin. Il n'était pas dans son lit, mais j'y ai trouvé un billet à mon nom. Doustali y écrivait qu'il allait se cacher un certain temps et que nous autres, membres de la famille, devions calmer sa femme et étouffer l'affaire de Shirali le boucher…

— *Moment, moment !* Tandis que ce bourricot court les femmes, les malheureux membres de la famille doivent étouffer le scandale de sa débauche.

— Attends, Asdollah ! Les membres de la famille ne sont pas si malheureux que ça. Si Doustali a des ennuis, nombreux sont ceux qui s'y verront impliqués.

— Je m'en fiche ! Je ne suis pas responsable des faits et gestes des membres de la famille…

— Je pense qu'il est préférable que je te lise son billet.

Mon oncle glissa la main sous sa cape et sortit de la poche de son pantalon un papier plié en quatre, visiblement arraché d'un cahier d'écolier.

— Bravo à Doustali ! Quelle belle écriture !

Mon oncle recula sa main et tint le papier devant ses yeux, de sorte qu'Asdollah Mirza ne puisse le lire.

— Ouvre bien tes oreilles, dit-il à voix basse. Il écrit : "Si, dans deux trois jours, les choses ne se calment pas, je serai obligé de révéler le nom de tous ceux qui ont profité des faveurs de Tahéreh…"

Asdollah Mirza tressaillit.

— Tahéreh, la femme de Shirali le boucher ?

— Oui, la femme de Shirali le boucher… acquiesça mon oncle lui jetant un regard taquin. Ecoute… Ensuite il révèle quelques noms qu'il a entendus de la bouche même de cette femme…

Asdollah Mirza mit la main sur sa bouche et éclata de rire :

— *Moment !* C'est délicieux !

— Oui, c'est vraiment délicieux ! Surtout quand tu sauras que ton nom y figure aussi !

— Quoi ? Comment ?… Je ne comprends pas ! Mon nom ?… Mon nom ?… Sur le pain que nous avons rompu ensemble, je vous jure… Sur ma vie… Sur la vôtre…

— Jure-le sur la tête de ton père !… Insolent ! Doustali a vu chez cette femme l'agate de ton père que tu avais montée en bague, et que tu prétendais avoir perdue. Tu n'es pas aveugle, vas-y, lis-le toi-même !

Asdollah Mirza était totalement désemparé.

— Je… C'est-à-dire… Dieu m'est témoin ! Réfléchissez-y vous-même…

Puis, il se tut, bouche bée. On devinait son désarroi face au terrible fantôme de Shirali le boucher. Mon oncle ne le quittait pas des yeux.

— Vous savez très bien que l'on ne peut pas me coller cette étiquette-là ! dit Asdollah Mirza le visage blême et la voix tremblante.

— Au contraire, si, parmi tous les noms cités, il y en a un à qui on peut coller cette étiquette-là, c'est bien toi, le dépravé sans vergogne !

Asdollah Mirza se tut à nouveau, puis il demanda avec une certaine excitation :

— Quels sont les autres noms ?

— Ça ne te regarde pas ! dit mon oncle en lui arrachant le billet des mains.

— *Moment !* Comment ça ne me regarde pas ?

Puis comme s'il venait de ressentir un certain apaisement, il ajouta :

— Je dois le lire en entier, sinon je n'accepterai jamais de jouer le jeu.

Mon oncle hésita quelques instants, mais, comme si son regard venait à nouveau de contempler son églantier, il tendit sèchement le billet à Asdollah Mirza.

Celui-ci se mit à le lire attentivement. Parfois, stupéfait, il se mordait le doigt, parfois, il se frappait le genou et, parfois, il éclatait de rire :

— Tiens ! Bravo le Colonel ! Je n'aurais jamais pensé que votre frère… Tiens ! Ça alors ! Mad Hossein Khan aussi…

Asdollah Mirza mit soudain la main sur sa bouche pour étouffer son rire car, s'il l'avait laissé éclater, on l'aurait entendu à l'autre bout du quartier. Tandis que des larmes lui coulaient des yeux, il dit d'une voix saccadée :

— Ça ?… Ça alors !… C'est incroyable !… Mon frangin Shamsali… *Moment, moment !…*

L'oncle Napoléon posa une main sur la bouche d'Asdollah Mirza et de l'autre lui arracha le papier des mains :

— Doucement ! Si Shamsali l'apprenait, il ferait un scandale… Tu comprends maintenant pourquoi je ne l'ai pas montré à l'inspecteur ?… Tu comprends maintenant qu'il n'y a pas que mon églantier ?… Imagine-toi que ce perfide mette la main dessus... Tu crois qu'il aurait pitié de toi et des autres, surtout de mon frère ?...

Asdollah Mirza, qui avait du mal à contenir son rire, dit :

— A propos, où est le Colonel ?

— Depuis que je le lui ai dit, il a tellement honte qu'il n'est pas sorti de la journée.

Asdollah Mirza, qui ne se retenait plus, dit en ricanant :

— Que la tempête nous emporte tous ensemble !

— Réfléchis bien, Asdollah ! dit mon oncle en le prenant par le bras. Il se peut que Shirali le boucher ne croie pas pour les autres, mais toi, le coureur de jupon, le débauché, le libertin, le beau gosse... Tu seras le premier à qui il rendra visite avec sa hache ! A toi de voir !

Asdollah Mirza parut soudain soucieux.

— Comme vous voudrez !... dit-il quelques instants plus tard. D'accord !... A partir de maintenant, je serai le meurtrier. C'est moi qui ai décapité Doustali ! Quelle résistance en plus !... J'aurais vraiment voulu que ce mufle soit là pour que je le décapite... Quel dommage que la belle Tahéreh soit la proie de ce vieux chacal ! Ou plutôt de cette meute de chacals !

— Je te promets que tu n'auras aucun ennui ! Mais il ne faut pas permettre à ce perfide de nous nuire à nouveau dans cette affaire ! Tu verras ! Lorsque cette histoire sera terminée, si ma sœur ne divorce pas de cette sale crapule, je ne lui adresserai plus la parole. Comme disait Napoléon, parfois reculer et déserter le champ de bataille est la meilleure des stratégies... Mais qu'est-ce qui se passe ? Pourquoi la conversation de l'inspecteur avec ce perfide dure-t-elle si longtemps ?... Pourvu qu'il ne mijote pas une nouvelle affaire !... En tout cas, Asdollah, toute ma stratégie, tout mon espoir de sortir vainqueur de cette épreuve tient à toi !

— Soyez tranquille ! Je jouerai parfaitement mon rôle. A vrai dire, si je n'avais pas peur, j'aurais aussi étranglé de mes propres mains cette mégère d'Aziz-ol-Saltaneh... Mais si l'inspecteur me demande quel était le motif du meurtre, que dois-je répondre ?

— Peu importe ! D'abord, je suis persuadé que ce perfide lui a déjà raconté l'histoire de la propriété d'Ali Abad, dont Doustali Khan avait acheté la moitié et le scandale qui s'ensuivit. Donc tu es déjà suspecté... A part ça, tu peux aussi répéter ce qu'a dit Aziz-ol-Saltaneh.

— *Moment !* Vous voulez que je reconnaisse avoir fait la cour à cette hideuse sorcière ?

L'oncle Napoléon n'eut pas le temps de lui répondre, car on frappa à la porte et le prédicateur Seyed Abolghassem entra. L'air soucieux et le visage fermé, il vint retrouver mon oncle.

— Au secours, Monsieur !... dit-il d'une voix haletante. Après ce que j'ai évoqué à propos des médicaments de la pharmacie de votre beau-frère, M. Apothicaire, son gérant, a fermé la boutique. Mais ce matin, il est venu me voir pour me prévenir que si d'ici à ce soir je ne retire pas ce que j'ai dit, demain matin il lancera la rumeur selon laquelle mon fils a une liaison adultère avec la femme de Shirali le boucher.

Asdollah Mirza fit un bond de stupéfaction.

— *Moment, moment !* Votre fils aussi ?... Bravo... Je veux dire bravo à la belle Tahéreh !

— Que Dieu m'en garde ! Jamais ! Jamais de la vie !... C'est une calomnie ! Une accusation mensongère ! Ce sont des rumeurs infondées ! De la malveillance !...

Imitant le lieutenant Teymour Khan, Asdollah Mirza approcha brusquement son visage de celui du prédicateur et s'écria :

— Le salut est dans la vérité ! Avouez ! Reconnaissez ! La vérité ! Les faits ! Allez, plus vite, et que ça saute !

Effrayé, Seyed Abolghassem recula sa tête et dit :

— Mensonge... Calomnie... Peut-être que dans son esprit d'adolescent ignorant et naïf...

Asdollah Mirza eut de nouveau recours à la méthode du flagrant délit de l'inspecteur pour l'accabler :

— Que se passe-t-il dans son esprit d'adolescent ignorant et naïf ? Allez, plus vite, et que ça saute... Un départ pour San Francisco ? Allez, vite, et que ça saute !

— Asdollah, tu laisses parler monsieur ?...

Mais Asdollah Mirza ne laissa pas mon oncle finir sa phrase :

— *Moment !* Plus vite, et que ça saute ! Répondez !

— J'ai longuement interrogé cet enfant ingrat... dit Seyed Abolghassem, l'air surpris. Il dit que, si jamais un jour Shirali divorçait de sa femme, il la prendrait bien pour épouse !... Mais une liaison adultère, que Dieu nous en garde !...

Asdollah Mirza leva victorieusement la tête et se mit à ricaner :

— Après tout, pas si mauvaise la méthode du flagrant délit de l'inspecteur !... Toutes mes félicitations, monsieur !... Encouragez-le !... Une femme si belle, si douce, si bonne maîtresse de maison ne doit pas rester avec cet ogre monstrueux de boucher, que personne n'ose regarder de travers. Cette femme a besoin d'un mari tendre et attentionné comme votre fils, qui ne fasse pas fuir les gens… Toutes mes félicitations !… D'ailleurs on ne le voit pas souvent, votre fils ?… Dites-lui de passer me voir de temps en temps !… Surtout après le mariage, qu'il vienne avec madame…

Le cri de mon oncle s'éleva :

— Tu la fermes enfin ou non ?… Rentrez chez vous, monsieur ! Je passerai vous voir avant ce soir ! Soyez rassuré ! Nous trouverons une solution à cette affaire !… Partez vite ! Nous avons ici un autre problème que nous devons résoudre en premier ! Partez je vous prie ! Je vous en supplie !…

Craignant l'arrivée de l'inspecteur et l'apparition de nouvelles complications dans l'enquête provoquées par la présence de Seyed Abolghassem, mon oncle mit littéralement le prédicateur à la porte. Mais il n'eut pas le temps d'en dire plus, puisque, dès qu'il se tourna vers Asdollah Mirza, le hurlement du lieutenant Teymour Khan retentit :

— Holà ! Où est cet imbécile ? Cette tête de nigaud !… Aspirant Ghiass Abadi ! Idiot ! Au lieu de surveiller les accusés, tu racontes ta vie à Ghiass Abad de Qom ?

L'aspirant se présenta devant le lieutenant aussi rapidement que le lui permettaient ses maigres jambes, claqua des talons et se mit au garde-à-vous :

— Chef, tous les accusés sont présents !

L'inspecteur et Aziz-ol-Saltaneh s'approchèrent de mon oncle et d'Asdollah Mirza. Aziz-ol-Saltaneh affichait toujours un air triste et larmoyant. Le lieutenant brandit soudain son doigt accusateur sous le nez d'Asdollah Mirza et cria :

— Monsieur Asdollah Mirza, les indices et les motifs qui vous accablent sont si nombreux que, à votre place, j'avouerais tout de suite !… Avouez ! Allez, vite, et que ça saute !

— Oui, monsieur l'inspecteur ! dit Asdollah Mirza d'une voix étouffée en baissant la tête. Vous avez probablement raison !… J'avoue avoir tué Doustali !

VII

Après l'aveu soudain d'Asdollah Mirza, le lieutenant Teymour Khan se figea un instant de stupéfaction. Puis, sans ouvrir la bouche, il se mit à rire :

— Silence !… Encore un succès de la méthode internationale du flagrant délit !… Encore un meurtrier aux mains de la justice !… Aspirant Ghiass Abadi, les menottes !

Personne ne bougeait. Sans faire de bruit, je m'approchai des autres. La voix étranglée de Shamsali Mirza, comme sortie du fond d'un puits, brisa le silence :

— Asdollah !… Asdollah, qu'est-ce que j'entends ?

L'oncle Napoléon, qui n'avait pas eu le temps de prévenir Shamsali Mirza de son accord secret avec Asdollah Mirza et qui visiblement le regrettait, dit :

— Prince… Votre Excellence !… Ne vous en faites pas ! Ça doit être un malentendu !…

Soudain, ce fut la panique. On eut toutes les peines du monde à retenir Aziz-ol-Saltaneh qui prétendait se jeter sur Asdollah Mirza :

— Alors tu as vraiment tué Doustali ?… Salaud ! Assassin !

Shamsali Mirza s'affala sur le banc. Tout le monde parlait en même temps. Même mon oncle, par souci de crédibilité, adressait les pires invectives à Asdollah Mirza.

— Silence !… hurla enfin le lieutenant Teymour Khan. J'ai dit : Silence !

Mais Aziz-ol-Saltaneh s'entêtait à vouloir se jeter sur Asdollah Mirza qui baissait la tête.

— Je te crèverai les yeux de mes propres ongles… Que Dieu t'expédie le plus tôt possible à la morgue !… Je ne suis pas la fille de mon père si je ne te tue pas de mes propres mains…

Monsieur l'inspecteur !... Monsieur le lieutenant !... Laissez-moi l'étrangler de mes propres mains !... Que la peste t'emporte ! Qu'est-ce qu'il t'avait fait, cet ange innocent, pour que...

Sur un signe du lieutenant, l'aspirant Ghiass Abadi, qui était derrière elle, posa ses deux mains sur la bouche d'Aziz-ol-Saltaneh. Elle mit quelques instants à se calmer. Le lieutenant Teymour Khan essuya la sueur de son front et dit :

— Madame ! On ne doit pas rendre justice soi-même !... L'ange de la justice veille !... Ce tueur sera châtié pour ses actes infâmes !... Je vous en donne ma parole ! Dans un mois, je l'amènerai pour vous sur l'échafaud !

Il se tourna ensuite vers son adjoint :

— Aspirant, où sont les menottes ?

— Chef, je suis passé au bureau, on m'a dit de me rendre à cette adresse... Sur le chemin, je voulais aller chercher les menottes, mais je n'ai pas eu le temps... Si vous vous rappelez, la serrure était abîmée, je les ai données à réparer.

— Idiot !... Tête de nigaud !...

Mash Ghassem l'interrompit :

— Vous voulez que j'aille chercher la corde à linge pour lui attacher les mains ?

Mon oncle intervint :

— Monsieur l'inspecteur... Je n'arrive toujours pas à y croire... Mais je supplie Votre Excellence de laisser de côté menottes et corde... Je me porte garant qu'Asdollah ne fuira pas... Regardez-le ! Lui qui a un sens moral si élevé, lui qui a avoué avec une telle sincérité, il ne fuira pas !... Regardez-le seulement !

Asdollah Mirza affectait un air si confus et repenti que, si je n'avais pas connu l'affaire, j'aurais sûrement cru qu'il était bien l'assassin de Doustali Khan.

L'inspecteur fit mine d'accepter, du reste il n'avait pas le choix car l'aspirant Ghiass Abadi n'avait pas apporté de menottes.

— Si je ne te passe pas les menottes, tu me donnes ta parole d'accepter courageusement ton destin et de ne pas tenter de fuir ?

— Parole d'honneur !

Mash Ghassem proposa d'aller chercher de l'eau pour asperger Shamsali Mirza, mais l'inspecteur l'en empêcha.

— Silence !... Ce monsieur est trop impulsif... Mieux vaut qu'il reste dans cet état jusqu'à ce que nous ayons fini les investigations.

Il s'arrêta ensuite face à Asdollah Mirza, entreprit de nettoyer son pince-nez avec son mouchoir froissé et déclara d'un air victorieux :

— Avec la méthode du flagrant délit, il est impossible pour le criminel de ne pas passer aux aveux… Et toi, je vois que tu n'es pas stupide, car tu as vite compris qu'il était plus raisonnable d'avouer. Maintenant, je souhaite que tu répondes très attentivement à mes questions. Il est évident que la sincérité et la franchise ne seront pas sans impact sur ton sort.

Aziz-ol-Saltaneh se rua de nouveau sur Asdollah Mirza, mais l'aspirant Ghiass Abadi la maîtrisa à temps et, sur ordre du lieutenant, il la fit asseoir sur le banc de pierre et se jeta presque de tout son poids sur elle afin de l'empêcher de se lever. Le lieutenant continua son enquête :

— Silence !… Je t'ai demandé quand est-ce que tu as tué ce malheureux ?

— Le soir même où il s'est enfui de son domicile… répondit Asdollah Mirza sans lever la tête.

— Dis-moi ! Pourquoi la victime s'est-elle enfuie de son domicile ? Réponds ! Allez, vite, dépêchons, et que ça saute !

— *Moment !… Primo*, maintenant que j'ai avoué, à quoi sert de faire vite, dépêchons, et que ça saute ?… *Secundo*, combien de fois dois-je vous le répéter ?… Je vous ai dit que madame voulait circoncire la chose…

— La chose ?… Quelle chose ?… Réponds ! Allez, vite, dépêchons, et que ça saute !

— Je veux dire la victime. Ma mauvaise conscience m'empêche de prononcer son nom.

— Bon, ensuite ?

— Lorsqu'il est arrivé ici, il craignait de rentrer chez lui, de peur que madame ne veuille à nouveau le circoncire…

— Mais ne l'avait-elle pas circoncis déjà la première fois ? Pourquoi recommencer ?

— Non, monsieur… Je veux dire qu'il avait peur qu'on ne le circoncise. Il a dit qu'il ne rentrerait pas chez lui. Monsieur a insisté pour qu'il passe la nuit ici. Comme j'ai vu qu'il était réticent, je lui ai discrètement proposé de venir dormir chez moi, une fois que tout le monde serait endormi.

— Est-il venu, oui ou non ?

— *Moment*, monsieur l'inspecteur ! Quelle question ! S'il n'était pas venu, l'incident ne se serait pas produit.

— Bon, ensuite ?… Il est venu… Que s'est-il passé après ?

— Eh bien… Il est venu vers trois heures du matin… Mon frère dormait… Le moment était propice, alors je l'ai décapité…

Un seul mouvement suffit à Aziz-ol-Saltaneh pour jeter l'aspirant Ghiass Abadi par terre et se ruer sur Asdollah Mirza :

— Je te crèverai les yeux… Que tu sois enterré vivant !…

Elle fut de nouveau neutralisée, non sans difficulté.

— Alors comme ça tu l'as décapité ?

— Eh bien oui ! Je l'ai décapité !

— Qu'as-tu fait ensuite ? Allez, vite, dépêchons, et que ça saute !

— Allons, vite, dépêchons, et que ça saute, je me suis débarrassé de sa tête !

Mash Ghassem se frappa la cuisse :

— Que Dieu ait pitié de nous !… Evidemment, quand on consomme du vin et de l'alcool, on ne peut s'attendre à une meilleure fin !

— Ferme-la, Ghassem ! lança l'oncle Napoléon, impatient.

— Silence !… Tout le monde se moque de moi ici !… Comme ça, tu t'es débarrassé de sa tête ?… Ce n'était pas une tête de courge pourtant ?

— Je veux dire que je l'ai décapité.

— Avec quel instrument ?… Au couteau ?… Au canif ?… Au poignard ?… Silence !… Quel était le motif ? Pourquoi as-tu tué la victime ?

— Ma parole…

— Allez, vite, dépêchons, et que ça saute ! Réponds !

Asdollah Mirza baissa de nouveau la tête :

— J'ai tout dit, mais, ça, je ne peux pas le dire !

L'inspecteur plissa les yeux et approcha son énorme visage de celui d'Asdollah Mirza :

— Ah bon ! Tu ne peux pas le dire !… Tiens !… Monsieur ne peut pas le dire !

Lorsqu'on fit de nouveau asseoir Aziz-ol-Saltaneh, dont les yeux, rouges de rage et de haine, ressemblaient à deux bols de feu, l'inspecteur reprit :

— Ainsi, tu ne peux pas révéler le motif ?… Voyons !… Peut-être qu'il y a d'autres crimes en coulisses ! Hein ?… Allez, vite, et que ça saute ! Réponds !

— *Moment !*… Vous cherchez à faire de moi Asghar le Tueur ?

— Silence !… Tu es pire qu'Asghar le Tueur !… Lui, il n'a jamais coupé la tête d'un gaillard !… Pourquoi l'as-tu tué ? Réponds ! Allez, vite, et que ça saute !

— Je suis désolé, monsieur l'inspecteur ! Je ne peux pas répondre à cette question !

— Silence !… Tiens !… Tu ne peux pas répondre !… Nous allons voir !… Aspirant Ghiass Abadi !

— *Moment ! Moment !* D'accord !… A vos ordres !… Si vous m'y obligez, je vais répondre… Je… J'ai tué… Doustali… J'ai tué Doustali… parce que…

— Parce que ? Allez, vite, et que ça saute !

Asdollah Mirza baissa encore plus la tête et, avec la pudeur d'un petit garçon, répondit :

— Parce que j'aimais sa femme… Parce que Doustali m'avait enlevé mon amour… Parce qu'il m'avait infligé ma plus grande blessure au cœur…

Tout le monde se tut. L'inspecteur demeura bouche bée. Je regardai spontanément dans la direction d'Aziz-ol-Saltaneh. Les yeux hagards, la bouche grande ouverte, elle était comme pétrifiée.

— Cette dame-là ? demanda l'inspecteur à voix basse… Tu aimais cette dame-là ?

Asdollah Mirza poussa un profond soupir et dit :

— Oui, monsieur l'inspecteur !… Ma vie touche à sa fin… Que tout le monde le sache !

Aziz-ol-Saltaneh dévisageait Asdollah Mirza, toujours bouche bée. Elle ferma finalement la bouche et avala sa salive.

— Asdollah ! Asdollah ! gémit-elle.

Un peu trop ému par son propre rôle, Asdollah Mirza récita avec exaltation :

— "Saadi, dont le cœur en intimité avait souvent saigné, déchira enfin le voile du secret."

Et l'assemblée, à son tour très émue, demeura silencieuse.

— Mon Dieu, Asdollah !… dit Aziz-ol-Saltaneh d'un air désolé mais aguicheur. Oh, Asdollah ! Qu'as-tu fait ?… Pourquoi tu ne me disais rien ?

— Madame, ne ravivez pas ma blessure !… répondit Asdollah Mirza d'un air amoureux. Ne retournez pas le couteau dans la plaie de mon cœur !

— Oh, Asdollah ! J'aurais préféré mourir plutôt que te voir dans cet état !… Pourquoi tu ne me l'as pas dit ? Mais pourquoi tu l'as décapité ?

— Ça suffit, Aziz ! Cesse de me torturer !

— Que Dieu m'envoie la mort, Asdollah !... Ne t'en fais pas !... Si je dois pardonner ce crime, je le pardonnerai !... Après tout, c'est un accident qui peut arriver !

A bout de nerfs, le lieutenant Teymour Khan explosa de colère :

— Silence !... Le meurtrier doit subir son châtiment, madame ! Votre pardon n'y fera rien !

Aziz-ol-Saltaneh s'emporta soudain et se jeta sur le lieutenant Teymour Khan :

— Silence toi-même ! Quoi encore ?... La victime était mon mari, ou le tien ?... Si je veux, je pardonne le meurtre !

— Silence ! Comment vous pardonnez le meurtre ?

— A ma guise !... Après tout, le regretté avait vécu sa vie ! Il prétendait avoir cinquante ans, mais il en avait au moins soixante...

— Silence !... s'écria le lieutenant en approchant son énorme tête de la sienne. Dans ce cas, il se peut qu'il y ait eu complot et conspiration de votre part à tous les deux pour éliminer ce pauvre innocent !... Silence !... Depuis combien de temps, vous... Aïe !...

Le lieutenant ne réussit pas à terminer sa phrase, car Aziz-ol-Saltaneh enfonça ses ongles dans la chair de son large cou :

— Je vais te supprimer aussi ! Qu'est-ce que tu crois ?

— Assassin !... Tueur !... Silence !... Vous me prenez aussi pour cette pauvre victime innocente ?...

— Assassin toi-même !... s'écria Aziz-ol-Saltaneh. La pauvre victime était aussi innocente que toi !... Avec la femme de Shirali le boucher...

Subitement l'oncle Napoléon et Asdollah Mirza se mirent à faire du tapage pour éviter que l'inspecteur ne relève le nom de Shirali le boucher. Resté silencieux, l'inspecteur feignit d'abord de n'avoir rien entendu. Mais, quand les voix retombèrent, il bondit soudain vers Asdollah Mirza :

— Qui est Shirali le boucher ? Réponds ! Allez, vite, dépêchons, et que ça saute !

L'oncle Napoléon et Asdollah Mirza hurlaient en chœur et faisaient grand bruit.

— C'est sans aucune importance ! dit enfin l'oncle Napoléon... Il s'agit de Shirali, le boucher du quartier, mort il y a quelques années !

— Paix à son âme ! ajouta Asdollah Mirza, l'air affligé. C'était un homme bon, ce Shirali !... Il est mort de typhoïde, il y a deux ans !

— Silence ! Qu'est-ce qui prouve que ce n'est pas toi qui l'as tué aussi, ce pauvre gars ?

— *Moment ! Moment !* Vous voulez dire que je n'ai pas d'autres occupations que de massacrer les gens ?... Le meurtre de Doustali me suffit amplement, vous savez !

— Tiens ! Tiens ! Bon, tu n'as pas dit où tu as caché le corps ?

— Je l'ai enterré dans mon jardin !

Le lieutenant l'attaqua de nouveau :

— Qui t'a aidé ? Allez, vite, dépêchons, et que ça saute ! Réponds !

— Personne, monsieur l'inspecteur ! Je l'ai porté moi-même jusqu'au bord du jardinet.

Puis il mit les mains sur les hanches et fronça les sourcils :

— Oh, j'ai mal aux reins ! Mon dos ne s'en est pas remis !... Si vous saviez combien il était lourd !

— Il bouffait sans arrêt, le regretté glouton ! dit Aziz-ol-Saltaneh en haussant les sourcils.

— Ça suffit, madame ! s'écria l'oncle Napoléon. Ça devient indécent à la fin !

— Silence !... ordonna l'inspecteur. Vous aussi silence ! Silence tous !... Nous partons sur le lieu de la dissimulation du corps !... Personne ne quitte le jardin avant notre retour ! Silence ! Madame, vous restez là aussi et vous nous attendez !

— Pas question ! Je viens avec vous !

— Madame, la vue d'un corps décapité ne vous serait pas très agréable ! Il est préférable de...

— Je ne vous laisserai pas emmener ce jeune homme comme un agneau de sacrifice ! l'interrompit Aziz-ol-Saltaneh d'un air impérieux, désignant Asdollah Mirza. Non, monsieur ! Je vous accompagne !... Allons-y ! Après tout, c'est la tête de mon mari, pas du vôtre !

Tandis qu'il s'apprêtait à les suivre, j'entendis Asdollah Mirza murmurer :

— O Morteza Ali, aide-moi !... J'avais tout prévu sauf ça !

Dès le départ de l'inspecteur et de son adjoint en compagnie d'Asdollah Mirza et d'Aziz-ol-Saltaneh, l'oncle Napoléon mit immédiatement Shamsali Mirza au courant de son plan puis lança une vaste opération pour retrouver Doustali Khan. Il envoya ses hommes à deux ou trois adresses qu'il imaginait pouvoir abriter Doustali Khan. A son tour, l'oncle Colonel, qui ne s'était pas montré de toute la journée, sortit de sa maison et, apprenant l'affaire, chercha frénétiquement une solution pour mettre un terme au conflit opposant l'oncle Napoléon et Agha Djan. Sa première initiative fut de préparer le terrain pour un prochain accord. Il annonça fermement à l'oncle Napoléon que, si la paix n'était pas revenue d'ici à la fin de la soirée, il quitterait sans plus attendre la propriété de ses ancêtres et louerait sa maison à des voyous du quartier. Il incita ensuite ma mère à menacer Agha Djan de mettre fin à ses jours en avalant de l'opium, si jamais il ne réussissait pas à conclure un accord avec l'oncle Napoléon.

Pendant que lui et ses messagers s'affairaient tous azimuts à la recherche de Doustali Khan, et qu'Aziz-ol-Saltaneh et Asdollah Mirza étaient embarqués par l'inspecteur et son adjoint au domicile de ce dernier pour y découvrir le prétendu corps de Doustali Khan, l'oncle Colonel réunit chez lui, en séance extraordinaire, un conseil de famille.

Les négociations débutèrent sans attendre. L'oncle Colonel et Shamsali Mirza effectuèrent plusieurs allers-retours chez l'oncle Napoléon et chez Agha Djan.

De nombreux points de désaccord trouvèrent des solutions et les parties adverses ne se montrèrent pas trop exigeantes. L'oncle Napoléon acceptait de ne plus bloquer l'eau. Agha Djan était prêt à passer l'éponge sur l'attentat d'Aziz-ol-Saltaneh sur son mari et sur la supposée liaison de Doustali Khan avec la femme de Shirali le boucher. L'oncle Napoléon acceptait de demander au prédicateur, Seyed Abolghassem, de lever l'opprobre jeté sur les médicaments de la pharmacie d'Agha Djan soupçonnés de contenir de l'alcool, et Agha Djan de licencier pour un temps M. Apothicaire, son gérant, et d'en embaucher provisoirement un nouveau afin de faciliter la démarche du prédicateur. Agha Djan s'engageait à s'abstenir de vilipender Napoléon Bonaparte en public, sans pour autant se résigner à faire sa louange. Après de nouvelles tractations de l'oncle Colonel et de Shamsali Mirza, il finit même par accepter de déclarer en séance ouverte que les agissements de Napoléon n'avaient certes pas été avantageux pour la France, mais qu'il aimait son pays.

Cependant, malgré l'insistance de la famille, Agha Djan refusait toujours de reconnaître l'engagement de mon oncle dans la révolution constitutionnelle. Il avait cédé sur un seul point : il ne remettait pas en cause son courage lors de la lutte contre les brigands des contrées du Sud de l'Iran ainsi que lors des batailles de Kazeroun et de Mamasani.

Le seul différend qui persistait, c'était le son suspect. Mon oncle souhaitait qu'Agha Djan déclare devant tout le monde qu'il était bien à l'origine du fameux son, mais que ce n'était pas un acte prémédité. Tandis qu'Agha Djan ne voulait pas en entendre parler, exigeant au contraire que mon oncle lui présente ses excuses quant au poème épique de Ferdowsi qu'il avait cité pendant la soirée et par lequel il se sentait visé. Au bout de quelques heures, une solution s'imposa : attribuer le son à une tierce personne à condition que celle-ci démontre, preuve à l'appui, qu'elle en était bien l'auteur.

Cette idée rencontra presque l'unanimité, mais trois points continuaient à poser problème. Le premier : aucun de ceux qui, comme l'oncle Colonel ou Shamsali Mirza, se disaient prêts à un tel sacrifice ne se trouvait à proximité de l'oncle Napoléon lors de la fameuse soirée. Quant à Ghamar, sa mère refusait catégoriquement de la sacrifier à la paix familiale. Par conséquent, la première difficulté consistait à attribuer le son à quelqu'un qui le soir de l'incident se trouvait près de l'oncle Napoléon. La deuxième difficulté était de persuader l'individu en question d'avouer qu'il en était l'auteur. La troisième difficulté des partisans de la paix familiale était de prouver à l'oncle Napoléon que ladite personne disait la vérité et qu'elle était véritablement à l'origine du son suspect.

— Attendez !... s'écria soudain Shamsali Mirza au beau milieu des discussions. Rappelez-vous, ce soir-là, à part ces deux personnes, il y avait aussi Mash Ghassem, juste à côté de Monsieur.

— Il n'était pas à côté de Monsieur mais derrière lui, protestèrent certains.

— D'accord, s'écria Shamsali Mirza exaspéré et impatient. Mais Monsieur n'avait pas de boussole acoustique pour définir la provenance du son.

Petit à petit, les uns et les autres se rappelèrent que ce soir-là, pendant que l'oncle Napoléon racontait la bataille de Kazeroun et l'épisode où il avait mis en joue le chef des bandits, et précisément au moment où le son suspect avait été émis, Mash Ghassem se trouvait bien derrière lui.

— Ne vous réjouissez pas trop vite ! annonça l'oncle Colonel d'un air soucieux. Je connais bien Mash Ghassem ! Il n'acceptera jamais d'endosser une telle responsabilité ! Pour lui, émettre ce genre de sons est déshonorant.

Shamsali Mirza réfléchit quelques instants et ajouta :

— C'est vrai ! Si vous vous en souvenez, à maintes reprises, il a raconté l'histoire de sa cousine qui s'est suicidée parce qu'un tel son était sorti de son corps lors de son mariage.

— Et si on lui proposait une jolie somme ?… Sauf qu'il n'est pas vénal !

Refusant de voir partir en fumée la perspective de paix qui commençait à pointer à l'horizon, je lançai avec excitation :

— Vous savez, mon oncle, il y a quelque temps il disait avoir un seul rêve dans la vie : construire une citerne publique à Ghiass Abad, son village natal, et l'offrir à la population locale.

Des approbations bruyantes s'élevèrent de toutes parts, chacun laissant entendre que Mash Ghassem pourrait accepter de collaborer dans le but de réaliser cette œuvre de bienfaisance.

Avant d'appeler Mash Ghassem pour les pourparlers, nous nous demandâmes comment rendre l'affaire plausible aux yeux de l'oncle Napoléon. Après une longue discussion, quelqu'un suggéra :

— Veuillez m'excuser… J'espère ne pas vous heurter avec ma proposition, mais c'est la seule solution… Mille pardons mais nous tous ici réunis, ainsi que tous ceux qui étaient présents à la fameuse soirée, nous devons jurer sur la tombe de feu le Grand Monsieur, que Mash Ghassem est bien l'auteur de l'acte.

— Sur la tombe de feu le Grand Monsieur ?

— Sur la tombe de feu le Grand Monsieur ?

— Sur la tombe de feu le Grand Monsieur ?

Deux personnes perdirent connaissance. Ce fut un remue-ménage indescriptible ! Quelques instants plus tard, tout replongea dans un lourd silence. Les yeux exorbités, tous dévisageaient l'auteur de la proposition.

Feu le Grand Monsieur était le grand-père de l'oncle Napoléon et, dans toute la famille, personne n'était autorisé à prêter serment sur sa tombe, même pour affirmer la plus banale des évidences.

Tandis que l'oncle Napoléon œuvrait chez lui pour sauvegarder l'union sacrée de la famille et prévenir son éclatement et que, de son côté, Asdollah Mirza, pris en tenaille entre les griffes du représentant de la loi et celles d'Aziz-ol-Saltaneh, apportait également sa contribution, une personne avait osé souiller la tombe du Grand Monsieur, symbole de l'union sacrée de la noble famille. Montant de sa tombe, l'écho plaintif de la voix de feu le Grand Monsieur semblait bourdonner dans toutes les oreilles.

L'infortuné auteur de la proposition était si désemparé qu'il ne savait plus où se mettre. Finalement, aidé par quelques convives apitoyés, il jura sur son honneur, sa conscience et par tous les saints du paradis n'avoir jamais prononcé le mot "Grand", et avoir juste dit "Monsieur", sous-entendant le père de l'oncle Napoléon et pas son grand-père. Après moult blâmes et remontrances à son encontre et d'accablants discours contre sa personne, et à la suite d'une contre-proposition prônant l'élargissement de la citerne de bienfaisance de Mash Ghassem d'un ou deux mètres, ce qui revenait ainsi beaucoup plus cher, l'assemblée prit la décision de le convoquer pour lui en faire part.

Avec des mots efficaces et émouvants, Shamsali Mirza démontra à Mash Ghassem l'importance de la décision qu'il devait prendre pour sauver la grande et noble famille de l'éclatement qui la menaçait.

— Vous devez faire preuve de dévouement et d'abnégation, ajouta-t-il en le fixant droit dans les yeux. Acceptez-vous, monsieur Mash Ghassem, de nous aider à atteindre cet objectif sacré ?

— Ma foi, monsieur, à quoi bon mentir ? La tombe n'est qu'à quatre pas ! Premièrement, j'ai partagé le pain avec cette famille, deuxièmement, Monsieur, que Dieu récompense sa générosité de grand seigneur, m'a sauvé plus de cent fois des griffes de la mort, troisièmement, je ne dis jamais non à ce genre de chose… Je me souviens, en pleine bataille de Kazeroun, l'un de nos hommes a reçu une balle qui est entrée par-devant, entre les deux yeux pour sortir par-derrière, au milieu de sa nuque. C'était un natif de Malayer. Je voulais le charger sur mon cheval et l'évacuer du champ de bataille, mais il refusait. "Sauve-toi, Mash Ghassem, a-t-il dit, il ne me reste pas longtemps à vivre !" Mais est-ce que je l'ai laissé ?…

— Monsieur Mash Ghassem, je vous prie de remettre ces histoires à plus tard... s'impatienta Shamsali Mirza. Répondez-moi ! Etes-vous prêt à nous aider dans un moment aussi crucial ?

Déçu de constater que l'on refusait toujours d'écouter ses aventures, Mash Ghassem se renfrogna et dit :

— Bien sûr, je suis là pour vous servir !

Shamsali Mirza commença en détachant chaque syllabe :

— Mash Ghassem, nous avons trouvé une solution à presque tous les problèmes qui s'interposaient entre ces messieurs, sauf un, à savoir le son suspect de la soirée du Colonel.

Mash Ghassem se mit soudain à ricaner :

— On n'en a pas encore fini avec ce son suspect ? Qu'à Dieu ne plaise, quel succès !

Face aux visages renfrognés et sérieux de l'assistance, il cessa de rire.

— Maudit soit le responsable !... dit-il. Si celui qui l'a fait s'était un peu retenu... sauf votre respect, ce déshonneur ne serait pas arrivé et personne ne se serait fâché !

— J'ai entendu dire, Mash Ghassem, que vous rêviez de faire construire une citerne à Ghiass Abad pour la mettre gratuitement à la disposition de la population, n'est-ce pas ?

— A quoi bon mentir ? J'en rêve depuis que je suis haut comme trois pommes, mais Dieu n'a pas voulu m'accorder les deniers pour le faire... Les malheureux habitants de Ghiass Abad puisent toujours leur eau dans le caniveau... Pas plus tard que tout à l'heure, j'ai demandé à l'adjoint de l'inspecteur si quelqu'un y avait construit une citerne, il m'a dit que non !...

L'oncle Colonel l'interrompit :

— Eh bien, Mash Ghassem, si on te donnait l'argent nécessaire pour le faire, tu serais d'accord pour nous aider ?

— A quoi bon mentir ?... Si on me disait d'aller crapahuter, passez-moi l'expression, jusqu'au sommet de la montagne de Qaf* pour que cela se fasse, j'accepterais.

Shamsali Mirza se leva et dit :

— Le service que nous vous demandons, Mash Ghassem, est d'accepter de dire à Monsieur que le son suspect de l'autre soir provenait de votre côté.

* Montagne mythique dans la tradition mystique iranienne ; symbolise ici un lieu inaccessible.

— C'est-à-dire du côté de notre village ?

— Mais non, tu n'as pas compris !... Je veux dire que le son venait de toi... sans faire exprès bien sûr...

Mash Ghassem devint soudain écarlate et, sous l'effet d'une agitation extraordinaire, s'exclama :

— Dieu m'est témoin que je n'y étais pour rien... Je vous le jure sur le pain que j'ai partagé avec vous... Sur le linceul de Monsieur que j'aime comme la prunelle de mes yeux... Ce n'était pas moi... Vous pensez que je n'ai pas d'honneur ?... Vous croyez que je suis capable de...

— Assez, Mash Ghassem ! s'écria Shamsali Mirza. Tu n'as pas compris ! Nous savons tous que tu n'y es pour rien, mais nous te demandons de faire le sacrifice de dire que c'était toi. Pour mettre fin à ce conflit !

— Que j'aille mentir ? Que j'aille mentir à Monsieur ?... Que Dieu m'en garde !... Combien me reste-t-il jusqu'à la tombe ?

— Réfléchis un instant ! La citerne publique... La citerne de Mash Ghassem, les prières de la population de Ghiass Abad, la récompense posthume... Ne serais-tu pas d'accord pour...

Mash Ghassem s'empressa de l'interrompre :

— Me déshonorer par une telle honte pour que les habitants de Ghiass Abad puissent boire de l'eau ?... Qu'ils crèvent de soif !... Si les habitants de Ghiass Abad apprenaient que j'ai construit la citerne avec l'argent du déshonneur, ils ne toucheraient pas à son eau même si leur caniveau venait à s'assécher... Mais... Je viens d'avoir une idée qui arrangerait peut-être vos affaires...

Tous se mirent à scruter attentivement Mash Ghassem en attendant qu'il parle :

— Si vous vous en souvenez, ce soir-là, Malous, le chat de Mlle Leyli, n'arrêtait pas de traîner dans les pattes des invités... Qui sait si le son ne venait pas du chat ?

Le cri de Shamsali Mirza s'éleva :

— Arrête tes bêtises, Mash Ghassem ! Tu trouves que des gens aussi sérieux que nous pourrions aller raconter à Monsieur qu'en plein récit de la bataille de Kazeroun, juste au moment où il visait le front du chef des bandits, le chat de Leyli a lâché un son pareil ?

Des protestations d'un côté et des éclats de rire de l'autre mirent l'assemblée sens dessus dessous. Mash Ghassem tentait de s'expliquer mais personne ne l'écoutait. J'étais furieux contre lui. J'avais envie de lui donner une claque pour avoir osé calomnier le chat de Leyli.

J'étais dans une colère proche de celle de la famille lorsqu'elle avait entendu profaner le nom du Grand Monsieur. Finalement Mash Ghassem réussit à se faire entendre :

— Permettez… Permettez… J'ai quelque chose à dire… Si on dit que le son venait de moi, ce n'est pas grave, mais si on dit qu'il venait du chat, c'est grave ? L'honneur du chat est plus important que le mien ?

— Mais ça n'a rien à voir avec l'honneur ! Un animal si minuscule…

Mash Ghassem coupa la parole à l'oncle Colonel :

— Pas du tout ! Pas du tout ! La taille ne fait rien à l'affaire ! Premièrement, il faut bien reconnaître que tous les animaux se permettent ce genre de déshonneur… Deuxièmement, à quoi bon mentir ? Des hirondelles aux buffles, j'ai entendu de mes propres oreilles toutes sortes de sons suspects… Troisièmement, la taille ne fait rien à l'affaire. En plein milieu de la bataille de Kazeroun, j'ai moi-même vu un serpent. Ce bâtard a lâché un tel son que, sauf votre respect, le lieutenant Gholamali Khan qui dormait à proximité s'en est réveillé. Une fois j'ai vu deux verdiers, qui le faisaient comme qui dirait en duo…

— Je te dis d'arrêter !… hurla l'oncle Colonel. Que des bêtises ! Que des âneries ! Ferme-la une fois pour toutes ! Va-t'en ! Allez sors… Je ne veux plus te voir !

Affligé, Mash Ghassem sortit. Après son départ, la réunion familiale s'étiola, chacun prétextant une obligation pour la quitter.

Dans le salon de l'oncle Colonel, il ne restait plus grand monde à part lui-même, son fils Pouri et Shamsali Mirza. Désespéré et frustré, je faisais les cent pas dans le couloir en attendant une étincelle chez les têtes pensantes qu'étaient l'oncle Colonel et "l'inspecteur en attente d'affectation"… Mais leur conversation laissait penser que leur intelligence n'opérait plus dans une telle situation.

VIII

De retour au jardin, j'aperçus l'oncle Napoléon qui allait et venait, l'air soucieux et pensif, et Mash Ghassem qui s'occupait tranquillement des fleurs.

Lorsque l'oncle Napoléon m'aperçut, son regard m'effraya. On aurait dit qu'il me considérait comme le complice des crimes de mon père. Je m'écartai afin d'éviter ses yeux qui me fusillaient. Je dressai une nouvelle fois l'inventaire des solutions possibles pour échapper à cet amour. Sans succès ! Pour la première fois dans cette affaire, je m'adressai sincèrement à Dieu. C'était la seconde fois de ma vie que son souvenir me remontait du fond du cœur. La première fois, la nuit du tremblement de terre, je L'avais imploré de ne pas laisser le toit s'effondrer sur nous. Mais, à présent, j'étais un peu désemparé. Je ne savais pas très bien ce que je devais Lui demander. Je Le suppliais de me libérer de l'amour de Leyli, et aussitôt je m'en repentais, m'en mordais littéralement les doigts et soufflais dessus. D'où ce signe de repentance nous venait-il à nous autres enfants, je ne sais ! Mais c'était la solution la plus simple, car, si je Lui demandais l'inverse, je devais énumérer beaucoup de choses : Dieu, faites que l'oncle Napoléon autorise le passage de l'eau jusqu'à notre maison et qu'Agha Djan fasse de même pour la maison de l'oncle Colonel... Dieu, faites qu'Agha Djan soit convaincu du courage et du génie de Napoléon... Dieu, faites que mon oncle oblige le prédicateur Seyed Abolghassem à lever l'anathème jeté sur les médicaments de la pharmacie de mon père. Dieu, faites qu'Agha Djan reconnaisse les sacrifices de mon oncle lors de la révolution constitutionnelle et qu'il confirme que la sécurité et le calme qui règnent dans les contrées du Sud sont dus à son courage...

Dieu, faites qu'Aziz-ol-Saltaneh n'attente plus à l'intégrité du membre de son mari... Dieu, faites que Doustali Khan revienne !... Dieu, faites qu'une fois revenu il se tienne tranquille et ne tourne plus autour de la femme de Shirali le boucher... J'étais plongé dans mes pensées lorsque le grand portail, dont le loquet n'était pas baissé, s'ouvrit et que Mme Aziz-ol-Saltaneh entra. Elle avait l'air furieuse, un vrai coq de combat ! Quand elle croisa l'oncle Napoléon, elle le regarda fixement sans desserrer les dents.

— Que s'est-il passé, madame ? l'interrogea mon oncle d'un air inquiet.

— Je peux passer un coup de fil d'ici ? demanda-t-elle sans répondre à sa question.

— Qui voulez-vous appeler, madame ?

— Le chef de la Sûreté.

Elle marqua un bref silence avant de hurler :

— Ces inspecteurs sont en train de torturer un jeune homme innocent... J'ai beau dire à cet imbécile de lieutenant qu'il n'a rien fait, il ne veut pas m'écouter. Alors je vais appeler son chef pour certifier que ce pauvre Asdollah est innocent... Je veux qu'il sache que l'un de vous a supprimé Doustali. Je veux qu'il sache que le pauvre Asdollah se sacrifie pour vous sauver la vie... Si seulement vous étiez de sa trempe ! Mon Dieu ! Un homme aussi pudique, aussi raffiné, aussi sensible, pourrait-il tuer quelqu'un ?...

— Chère madame, je vous prie de ne pas crier...

— Je crie, je hurle, je gueule... Vous croyez que je n'ai pas compris ?... Soit vous avez tué Doustali et vous faites porter le chapeau à ce pauvre innocent... soit vous l'avez caché quelque part pour lui faire épouser votre vieille sœur.

Mon oncle réussit non sans mal à calmer Aziz-ol-Saltaneh :

— Madame, je ne sais pas quel perfide vous a mis cette idée dans la tête. Personne n'a tué Doustali... Il est sain et sauf... Il se cache car il a peur de vous...

— Depuis quand je suis si terrifiante et je fais tellement peur à Doustali qu'il doit se cacher ?... s'écria-t-elle en se jetant sur mon oncle. Tu te rends compte de ce que tu dis, vieillard ? Je plains Asdollah de faire partie de cette famille. Vous me laissez téléphoner ou je dois aller au petit bazar ?...

Mon oncle se donna encore beaucoup de mal avant qu'Aziz-ol-Saltaneh retrouve son calme.

— Je ne sais pas où se trouve Doustali, dit-il calmement, mais je vous donne ma parole qu'il n'est pas allé très loin. D'ici à demain, je vous le livrerai sain et sauf… Permettez qu'on envoie chercher le lieutenant. Quand il arrivera, vous lui annoncerez que vous avez retrouvé Doustali, tout du moins que vous savez où il est… Si vous perdez du temps, le pauvre Asdollah Mirza sera jeté en prison !

— Que Dieu me foudroie sur place si je dois voir un jeune homme si adorable en prison… Je vais dire à l'inspecteur que j'ai retiré ma plainte.

— Cela ne sert à rien, madame ! Il faut lui dire que Doustali est vivant, qu'il vous a parlé, enfin, qu'il vous a téléphoné et vous a parlé… Je vous donne ma parole que, d'ici à demain, je le…

— Qu'il aille au diable, Doustali ! l'interrompit-elle furieusement. Et si je ne veux plus vivre avec votre cher Doustali, je fais comment ?

Elle se tut un instant puis appela :

— Hé, Mash Ghassem ! Viens une minute, s'il te plaît ! File chez Asdollah Mirza et dis-leur de rappliquer… Doustali a été retrouvé !

— Je vous félicite, madame ! dit Mash Ghassem en posant l'arrosoir. N'oubliez pas mon pourboire pour cette bonne nouvelle !

— Attends, mon vieux, attends que Doustali soit vraiment de retour ! Je vous donnerai à chacun un coup de matraque sur la tête en guise de pourboire !

Le soir tombait lorsque le lieutenant Teymour Khan, suivi d'Asdollah Mirza, de l'aspirant Ghiass Abadi et de Mash Ghassem, retourna au jardin…

— Silence ! s'écria l'inspecteur de la Sûreté à peine rentré. Où est la victime ? Allez, vite, dépêchons, et que ça saute ! Silence !

— Lieutenant, je suis heureux de voir que le malentendu est levé, dit l'oncle Napoléon en allant à sa rencontre. Le mari de madame se trouve sain et sauf chez un proche…

— Vous, silence ! Où est la victime ?… Allez, vite, et que ça saute.

Il approcha ensuite sa tête de celle de l'oncle Napoléon et ajouta d'un air suspicieux :

— Etes-vous sûr que la victime est en vie ?

— Dieu merci, lieutenant, il s'avère que Doustali est en vie… intervint Aziz-ol-Saltaneh. Il ne lui arrivera jamais rien à ce diable !… Ce bourricot ne crèvera pas tant qu'il ne m'aura pas tuée !

Asdollah Mirza, qui depuis son entrée était occupé à dépoussiérer son costume, poussa un soupir de soulagement et dit d'un air harassé :

— Dieu soit loué ! Mille mercis au ciel d'avoir réuni à nouveau le mari et la femme !

— C'est trop tôt pour remercier Dieu… bondit le lieutenant. Dites-moi ! Si la victime est en vie, pourquoi avez-vous avoué son meurtre ? La raison de vos aveux ? Hein ? Allez, vite, dépêchons, et que ça saute ! Répondez !

— J'ai dû rêver que…

— Silence ! Vous vous moquez de moi ?… On assassine un homme, ensuite le meurtrier séduit malicieusement sa femme, puis celle-ci prétend que son mari est vivant et, à la fin, l'inspecteur chargé de l'enquête souhaite sagement bonne nuit à tout le monde et rentre chez lui ! Silence !… Si Dieu le veut, je te passerai bientôt la corde au cou !

— Comment ? La corde ?… l'attaqua Aziz-ol-Saltaneh telle une tigresse. Tu n'as qu'à la passer au cou de ton père !… Je te crèverai les yeux de mes propres mains !

— Chère madame, madame… s'interposa l'oncle Napoléon d'un air soucieux. Je vous en prie, je vous en supplie, le lieutenant ne fait que son travail… Il faut juste lui expliquer et pas…

— De quoi vous vous mêlez, vous ? En quoi ça vous regarde ?… Mon bourricot de mari est allé se livrer à la débauche… Nous faisons venir un inspecteur… Il est si bête qu'il ne trouve rien de mieux à faire qu'accuser un jeune homme innocent… Alors je lui réponds… En quoi ça vous regarde ?

— Silence ! Silence tout le monde ! Silence j'ai dit !

— Foutaises ! Je vais te balancer un coup de râteau sur la tête pour enfoncer tes lunettes dans tes yeux bigleux !

Aziz-ol-Saltaneh joignit le geste à la parole et leva le râteau, prête à l'asséner sur le lieutenant.

— Chère madame, calmez-vous, je vous prie ! dit Asdollah Mirza en lui attrapant le bras.

Aziz-ol-Saltaneh, qui telle une tigresse s'était préparée à l'attaque, se calma subitement.

— Comme il te plaira, Asdollah ! dit-elle avec une douceur inédite.

Surpris de cette attaque, le lieutenant s'efforça de reprendre ses esprits.

— Silence !... Madame !... Je ne peux libérer l'accusé tant que je n'ai pas vu la victime de mes propres yeux ! Aspirant Ghiass Abadi ! Emmène l'accusé !

L'aspirant Ghiass Abadi claqua des talons et saisit Asdollah Mirza par le bras :

— En route, monsieur !

Mais soudain, à la surprise générale, il poussa un cri de douleur. Aziz-ol-Saltaneh venait de lui asséner un grand coup de râteau dans le dos.

— Silence ! s'écria le lieutenant d'une voix tremblante de colère. Coups et blessures à un agent de l'Etat lors de l'exercice de ses fonctions ! Vous aussi madame, vous êtes en état d'arrestation ! Aspirant Ghiass Abadi, arrête aussi madame !

Les traits tirés par la douleur, l'aspirant se tenait le dos.

— Chef, ayez l'obligeance d'arrêter madame vous-même ! Moi, je conduirai l'assassin !

Sur ces entrefaites arrivèrent l'oncle Colonel et Shamsali Mirza, mais, en voyant la détermination d'Aziz-ol-Saltaneh qui brandissait le râteau, tout le monde retint son souffle.

— Fais quelque chose, Asdollah ! dit à voix basse l'oncle Napoléon.

— *Moment ! Moment !* répondit Asdollah Mirza d'une voix encore plus basse. Je ne suis pas dresseur de bêtes sauvages que je sache !

Il se dirigea néanmoins vers Aziz-ol-Saltaneh et dit à voix haute :

— Madame Aziz, posez ce râteau !... Laissez-nous expliquer l'affaire au lieutenant Teymour Khan. La bagarre ne nous mènera à rien !

— Je leur pardonne seulement parce que tu me le demandes, Asdollah !

Dès qu'Aziz-ol-Saltaneh reposa le râteau, l'aspirant Ghiass Abadi, qui n'avait d'autre souci que d'exécuter les ordres de son supérieur, s'approcha discrètement d'Asdollah Mirza et lui dit gentiment :

— On ferait mieux d'y aller ! Vous êtes un homme raisonnable…

— Lâche-moi, cria Asdollah Mirza en dégageant son bras d'un mouvement brusque, sinon madame va s'énerver à nouveau.

— Voyez-vous lieutenant, intervint l'oncle Napoléon, Doustali Khan a été retrouvé. Il a appelé madame pour donner de ses nouvelles. Par conséquent l'enquête, la plainte et tout le reste n'ont plus lieu d'être.

— Vous êtes vraisemblablement le doyen ici, dit le lieutenant en hochant la tête. A vous de leur expliquer que, lorsqu'il y a meurtre, une enquête ouverte pour cause de plainte privée ne se referme pas simplement parce que la plainte a été retirée… J'arrête le meurtrier et, demain, vous vous présenterez au bureau en compagnie de la victime pour le faire libérer !

— *Moment ! Moment*, lieutenant ! dit Asdollah Mirza qui n'y tenait plus. Et si jamais la victime n'acceptait pas de venir me chercher ?…

— Silence ! s'écria le lieutenant. En route vers la prison ! Aspirant Ghiass Abadi !

— Et vous deux, en route vers le cimetière ! s'écria Mme Aziz-ol-Saltaneh d'une voix plus forte encore.

Et d'un geste rapide, elle attrapa le râteau que Mash Ghassem venait de ramasser.

— Allons téléphoner à leur chef pour qu'il règle leur cas ! Viens avec moi, Asdollah !

Elle prit Asdollah Mirza par la main et se dirigea vers la maison de l'oncle Napoléon. Le lieutenant et l'aspirant Ghiass Abadi les suivirent à une certaine distance, nous précédant tous.

Pendant les quelques minutes passées dans le couloir de la maison de l'oncle Napoléon, où Aziz-ol-Saltaneh, le râteau à la main, essayait d'obtenir la ligne du supérieur de l'inspecteur, tout le monde resta debout autour d'elle, respectant une certaine distance, sans oser s'en approcher. Seul Asdollah Mirza se tenait à son côté. Le contact finit par s'établir :

— Allô !… Bonjour, Monsieur… Je vous remercie… Oui, on l'a retrouvé, il était fâché et s'était réfugié chez l'un de nos proches… Merci, je vous suis reconnaissante… Mais, voyez-vous, le lieutenant Teymour Khan ne l'entend pas de cette oreille… Vous vous rendez compte ?… Il s'entête à considérer que Doustali a été tué et veut à tout prix arrêter Asdollah Mirza… Comment ?… Oui, oui, c'est ça… L'arrière-petit-cousin de Rokneddine Mirza… Vous ne vous en souvenez pas ? L'année où vous étiez venu à Damavand, il nous accompagnait… Oui, oui, exact… Vous ne le connaissez pas : c'est un ange ! Respectueux, humaniste… Bien sûr ! Je vous passe le lieutenant…

Aziz-ol-Saltaneh tendit le combiné au lieutenant :

— Tenez !

Et comme celui-ci n'osait pas avancer, par crainte du râteau, elle s'écria :

— Approche, je ne te toucherai pas !

Le lieutenant prit le combiné et claqua des talons :

— Je vous salue, chef !… Oui chef… Bien sûr, j'exécute chef… Mais je vous fais remarquer, chef, que, dans le dossier que nous avons constitué, la plainte de madame est enregistrée pour le meurtre de son regretté mari… Tant que je n'ai pas vu la victime et n'ai pas établi son identité, je… Comment chef ?… Madame ? Comment madame pourrait-elle se porter garante de l'accusé ?… Comment chef ?…

Aziz-ol-Saltaneh bouscula le lieutenant d'un coup d'épaule et lui arracha le combiné :

— Allô !… Oui, je me porte garante pour Asdollah… Pas question !… Après tout, je vais le garder chez moi cette nuit. Votre agent aussi peut rester dormir chez nous…

— *Moment, moment !* dit Asdollah Mirza les yeux exorbités. Que dites-vous madame ? Comment vous me gardez chez vous cette nuit ?…

Aziz-ol-Saltaneh mit la main sur le combiné :

— Calme-toi Asdollah, dit-elle d'un air taquin. Laisse-moi voir ce que dit M. le directeur… Les chambres du premier sont toutes vides… Tu iras dormir là-haut… Tenez lieutenant ! M. le directeur veut vous parler…

— Allô ?… Oui chef ?… Entendu, à vos ordres ! Exactement, chef ! Qu'on n'enfreigne pas la loi !… A vos ordres, chef !… Bien sûr… Grâce à votre générosité !…

Le lieutenant Teymour Khan raccrocha. Il approcha son large visage de celui, pétrifié et anxieux, d'Asdollah Mirza.

— Silence ! Je vous laisse libre cette nuit grâce à la garantie de madame, mais vous ne devez pas sortir de sa maison !

L'aspirant Ghiass Abadi restera avec vous pour vous empêcher de sortir !... Silence ! Aspirant Ghiass Abadi !... Ouvre bien les oreilles ! Tu passes la nuit au domicile de madame. L'accusé n'a pas le droit d'en sortir, sinon tu en seras seul responsable !

— Il faudrait me passer sur le corps pour t'envoyer en prison, Asdollah ! dit tendrement Aziz-ol-Saltaneh, qui savourait sa victoire.

Essuyant son front en sueur, Asdollah Mirza se laissa tomber sur le meuble du couloir et dit avec stupeur :

— *Moment, moment*, vraiment *moment* ! Que se passera-t-il si jamais ce mufle de Doustali rentre à la maison ?... Et les gens, que vont-ils dire ?... Autorisez-moi à dormir ici... M. l'aspirant m'y surveillera...

— Silence ! J'ai bien dit silence !... L'assassin n'a pas été écroué grâce à l'intervention de madame, qui s'est portée garante, par conséquent il doit être placé sous son contrôle !... Madame est votre tutrice légale !... Aspirant Ghiass Abadi, emmène l'accusé ! Silence !

— C'est une honte, messieurs !... s'écria Shamsali Mirza, le visage empourpré. Comment un gaillard comme lui pourrait-il passer la nuit au domicile d'une dame respectable dont le mari est absent !... Vous êtes sur le point de faire partir en fumée l'honneur et la réputation de la famille !

— Ne crie pas, Shamsali ! l'interrompit l'oncle Napoléon. Laisse le calme se rétablir... Asdollah n'est pas souris à se laisser bouffer par le chat !

— Que dites-vous, Monsieur ? Il n'est absolument pas contraire à la loi de laisser Asdollah passer la nuit chez lui, ou au moins chez vous !

— Silence ! rugit le lieutenant. Qui vous a autorisé à vous mêler des affaires du représentant de la loi ? Hein ? Répondez ! Allez, vite, et que ça saute ! Silence !

Shamsali Mirza fit un grand effort pour garder son calme.

— Je ne suis pas étranger aux lois non plus, monsieur l'inspecteur ! dit-il. Vous êtes un homme intelligent. Je vous demande pourquoi mon frère ne pourrait pas passer la nuit chez lui, si nous tous, Monsieur, moi-même ou encore madame, nous nous portions garants ?

Face au calme de Shamsali Mirza, le lieutenant Teymour Khan répondit calmement :

— Silence ! Votre garantie ou celle de Monsieur m'importe peu. Seule Mme Aziz-ol-Saltaneh est la garante légale de monsieur. Si elle est d'accord, je n'y vois pas d'inconvénient. Madame, êtes-vous d'accord ?

Aziz-ol-Saltaneh, qui jusque-là n'avait pas éprouvé le besoin d'intervenir, s'emporta soudain :

— Comment être sûr qu'ils ne vont pas le faire fuir comme Doustali ? J'en répondrai seulement si je l'ai sous les yeux.

Shamsali Mirza, les veines jugulaires gonflées de colère, se tourna vers Asdollah Mirza :

— Pourquoi tu restes muet ? Dis quelque chose !

— Que puis-je faire contre la force de la loi, frangin ? dit Asdollah Mirza en hochant la tête d'un air innocent.

L'assistance fut sidérée de sa réponse car jusqu'à présent tout le monde pensait qu'il fallait le sauver des griffes d'Aziz-ol-Saltaneh, mais on apprenait tout à coup qu'il acceptait la fatalité, et peut-être même qu'il n'en était pas si contrarié que ça.

Réputé dans toute la famille pour sa coquetterie et ses œillades amoureuses, Asdollah Mirza était le sujet principal des potins féminins. Même lorsqu'elles le blâmaient pour sa conduite avec des expressions telles que "maudit dépravé !" ou "qu'il aille au diable avec ses yeux de velours !", on sentait dans leur voix une certaine malice laissant entendre qu'elles avaient plus ou moins été l'objet de sa convoitise.

Tout le monde connaissait les penchants d'Asdollah Mirza pour le libertinage et la débauche, mais personne ne pouvait supposer qu'il ne dédaignerait pas une femme de vingt ans son aînée.

La voix du lieutenant Teymour Khan mit un terme à la stupéfaction générale.

— Silence ! Prenez ce papier et ce stylo et écrivez ce que je vais vous dicter.

Aziz-ol-Saltaneh posa le râteau et prit le papier et le stylo.

— Ecrivez : Je soussignée… Vos nom et prénom… certifie par la présente accompagner M. Asdollah Mirza… Son nom et celui de son père… demain matin à la première heure… à la brigade criminelle du bureau de la Sûreté… Ça y est ?… afin de le livrer aux autorités compétentes…

— *Moment ! Moment !*… Elle doit préciser que j'étais sain et sauf à la réception, comme je dois l'être à la livraison.

— Silence ! Qui vous a dit de vous en mêler ? Hein ? Qui ? Allez, vite ! Silence !

— Comment ça silence, cher monsieur ?... Je suis en pleine forme. Tous mes organes, qu'ils soient éminents ou médiocres, sont sains et saufs. Que l'on ne vienne pas raconter après qu'il y avait des déficiences.

— Petit coquin ! dit Aziz-ol-Saltaneh en mordillant d'un air aguicheur le bout du stylo. Qu'est-ce qu'il a la langue bien pendue, cet Asdollah !

— Monsieur l'inspecteur, afin de respecter pleinement la loi, vous devez joindre au procès-verbal la liste de mes organes présents.

Aziz-ol-Saltaneh éclata de rire.

— Qu'est-ce que tu es drôle avec tes blagues, Asdollah ! fit-elle, coquette.

— Silence ! Je vous accompagne moi-même jusqu'au domicile de madame. Aspirant Ghiass Abadi, en route !

Asdollah Mirza se rassit rapidement et s'agrippa fermement aux accoudoirs du fauteuil.

— Je refuse d'y aller sauf si on m'y emmène par la force ! annonça-t-il le regard malicieux.

— Silence ! Aspirant Ghiass Abadi !

Le lieutenant Teymour Khan et son adjoint attrapèrent les bras d'Asdollah Mirza qui faisait semblant de résister, l'obligeant à se lever et à se mettre en route.

Marchant entre les deux agents, il se tourna vers l'oncle Napoléon et dit :

— *Moment !* Si par malheur il m'arrive quelque chose, vous en serez l'unique responsable car vous avez fait de moi un assassin... Aspirant Ghiass Abadi, en avant vers San Francisco !

Shamsali Mirza, prêt à s'évanouir de colère, lâcha d'une voix étouffée :

— Tu me fais honte, Asdollah !

— *Moment, moment !* C'est incroyable ! J'étais venu ce matin juste pour dire bonjour... On a fait de moi un assassin, on m'a insulté, on a creusé mon jardin sur un mètre de profondeur, et maintenant je suis sur le point de partir en voyage et on m'engueule.

— Félicitations ! dit Mash Ghassem avec un large sourire. Vous partez en voyage ? Quelle est votre destination ?

— Un petit tour du côté de San Francisco.

— Que Dieu vous garde... Pensez à me rapporter un cadeau !

— Sans rien vous promettre, si Dieu le veut, dans neuf mois, vous aurez votre cadeau !

— Silence !… J'ai dit en route ! Adieu, messieurs !

Dès que le lieutenant Teymour Khan et l'aspirant Ghiass Abadi eurent emmené l'accusé à la suite d'Aziz-ol-Saltaneh, l'oncle Colonel se mit à réprimander l'oncle Napoléon.

— Et vous restez les bras croisés et ne dites rien !… Vous êtes le chef de cette famille ou pas ?… Combien de temps encore devra-t-on tolérer un tel déshonneur ?… Combien de temps encore allez-vous vous entêter ?… Il faut trouver une solution !… Maintenant que l'autre s'est rétracté, faites de même de votre côté !… Il se dit prêt à laisser l'eau venir jusque chez moi… Il se dit prêt à passer l'éponge…

A bout de nerfs et de patience, l'oncle Napoléon cria à la manière de l'inspecteur :

— Silence ! Vous cherchez à me poignarder dans le dos ! Je n'en peux plus !… D'un côté cet homme… cet homme perfide !… De l'autre, vous tous ! Que dois-je faire ? Comment m'en sortir ?

— Cher frangin, dit l'oncle Colonel d'un air plus délicat, maintenant que cet homme perfide est prêt à oublier le passé, pourquoi vous ne…

L'oncle Napoléon ne le laissa pas terminer :

— Tu es vraiment naïf ! Ne connais-tu pas ce fourbe ? Ne connais-tu pas cette dangereuse vipère ?… Comme dit Napoléon, le moment le plus périlleux, c'est quand le silence règne sur le champ de bataille. Je suis sûr qu'il est en ce moment même en train de mijoter un nouveau plan diabolique.

A cet instant, tout le monde était réuni dans le jardin devant la cour intérieure de l'oncle Napoléon. Je jetai spontanément un coup d'œil vers notre maison. Quelque chose me disait que mon oncle n'avait pas tout à fait tort, mais je ne vis nulle trace d'Agha Djan ni de notre valet, qui lui servait d'espion. Même si j'étais resté à bonne distance de mon oncle afin d'éviter son regard, je craignais toujours qu'il ne me voie. Comme je n'avais plus rien à faire là, je partis sur la pointe des pieds vers ma maison, pour rechercher Agha Djan et voir ce qu'il mijotait.

Aucune trace de lui, ni dans la cour ni dans le bâtiment. Le grand portail était entrouvert. Je jetai un coup d'œil dans la rue. En scrutant la pénombre, je l'aperçus soudain, caché derrière un grand arbre, apparemment dans l'attente de quelqu'un ou de quelque chose.

Quelques instants plus tard, je le vis s'agiter. Je suivis son regard. Le lieutenant Teymour Khan sortait de la maison d'Aziz-ol-Saltaneh et allait passer devant la nôtre. Lorsqu'il fut tout près, Agha Djan surgit de derrière l'arbre, faisant mine de rentrer chez lui.

— Bonjour, monsieur l'inspecteur !... J'espère que vos investigations ont porté leurs fruits !

— Silence !... Ah pardon, c'est vous ?... Comment allez-vous, monsieur ?

— Je vous remercie, lieutenant !... Alors que donne l'enquête ? Une personne de votre renommée ne devrait pas rencontrer trop de difficultés... A propos, il y a une heure, j'ai croisé un ami qui, dès que j'ai prononcé votre nom, a dit : Le lieutenant Teymour Khan est unique dans tout le pays... Alors, où en est l'enquête ?

— A vrai dire, la plaignante affirme que la victime est en vie, alors nous avons...

— Incroyable ! Comment avez-vous pu gober ça ? Vous avez vu Doustali Khan ?

— Non... Mais... Je dois vous dire qu'en principe je suspecte toujours toute parole et tout acte. Je n'ai pas vu personnellement la victime, mais elle a appelé la plaignante et nous avons provisoirement laissé l'accusé en liberté.

— Vous avez libéré l'accusé ? Il est étonnant de la part de quelqu'un de votre...

— On ne l'a pas complètement libéré non plus. Avec la garantie écrite de la plaignante, on l'a autorisé à passer la nuit chez elle sous contrôle de mon adjoint... A vrai dire c'est M. le directeur qui a insisté, sinon j'aurais sûrement arrêté l'accusé.

Ainsi Agha Djan fut-il informé des progrès de l'enquête et de l'assignation d'Asdollah Mirza au domicile d'Aziz-ol-Saltaneh. L'inspecteur parti, il rentra à la maison et se mit à arpenter la cour d'un air pensif. Ses pas de plus en plus rapides témoignaient de sa grande nervosité ; il attendait peut-être quelqu'un.

De ma cachette, j'entendis la porte s'ouvrir et se refermer. C'était notre valet qui rentrait. Il vint directement retrouver Agha Djan.

— Crétin ! lança Agha Djan d'une voix furieuse qu'il essayait de ne pas trop élever. Je t'attends depuis midi ! Tu veux une claque ?…

— Je prendrai d'abord l'argent que vous m'avez promis, car j'ai trouvé la cachette de Doustali Khan !

— Quoi ? C'est vrai ?… Vite ! Dis-moi où il est.

— J'ai juré de ne pas le dire.

Agha Djan tendit la main, saisit la grande oreille de notre valet et dit d'une voix étranglée :

— Tu vas parler ou j'arrache ton oreille d'âne ?

— A vos ordres, à vos ordres… Il se cache chez M. le docteur.

— Quoi ? Chez le Dr Nasser-ol-Hokama ?

— Oui monsieur… Mais sa bonne, Sedigheh, m'a fait jurer de ne le dire à personne.

— Ah le bâtard, quelle belle cachette il a dénichée !… murmura Agha Djan sans faire attention à ce que le valet venait de dire. Juste sous notre nez… Le diable n'aurait pas trouvé mieux ! Ecoute-moi ! Va vite chez le Dr Nasser-ol-Hokama… Dis-lui que j'ai à lui parler. Dis-lui que c'est urgent, tu as compris ?

Quelques minutes plus tard, le Dr Nasser-ol-Hokama arrivait chez nous dans son large pyjama à rayures. Agha Djan le prit par la main et le conduisit dans le salon à cinq portes. J'attendis que notre valet s'en aille, pour me cacher derrière la porte et les écouter. Ils étaient en pleine discussion :

— … d'accord, mais comment pourrais-je le chasser de ma maison ?… Je ne peux tout de même pas lui dire de…

— Ecoutez-moi, docteur… A mon avis, voici la meilleure solution pour que Doustali Khan quitte votre maison et vous débarrasse des difficultés que j'ai énumérées. Dites-lui que tout le monde croit qu'il a été assassiné et que l'inspecteur de la Sûreté suspecte Shirali le boucher de son meurtre et qu'il veut le faire arrêter… Dites-lui que, si Shirali est arrêté, ils seront forcés de l'informer qu'il est suspecté parce que Doustali était l'amant de sa femme. Dès que vous aurez prononcé le nom de Shirali le boucher, vous pouvez être sûr que Doustali va se montrer…

Le malheureux Dr Nasser-ol-Hokama était sérieusement troublé. Le ton angoissé de sa voix laissait entendre qu'Agha Djan lui avait dépeint un tableau bien noir des conséquences néfastes que pouvait entraîner l'hébergement de Doustali Khan. Il ressortit, l'air affecté et le visage fermé. Agha Djan se posta dans l'entrebâillement du portail pour épier la rue et surveiller la sortie de Doustali Khan.

Son attente dura environ une demi-heure. Soudain il fit un mouvement, sortit la tête par la porte et courut dans la rue. J'étais sur le point de me décider à le suivre, mais il rentra en compagnie de Doustali Khan. Il renvoya le Dr Nasser-ol-Hokama qui s'apprêtait visiblement à se joindre à eux.

— Vous pouvez vous reposer à présent ! Dieu merci, tout est arrangé.

Il conduisit ensuite Doustali Khan dans la pièce où il avait reçu le docteur.

Ecouter leurs pourparlers était primordial pour moi. J'ignorais les plans d'Agha Djan mais je me doutais que tout ne devait pas être si bien arrangé qu'il le prétendait.

Après avoir longuement blâmé Doustali Khan pour sa fuite, il ajouta avec compassion :

— Vous êtes tous de vrais enfants ! Vous ne vous rendez pas compte qu'on ne peut pas disparaître et abandonner sa femme pour un simple conflit qui arrive dans tous les couples !

— Je m'en passerais volontiers, d'une telle femme ! Vous appelez ce démon une femme ?

— Mon cher ami, mon frère, reprit Agha Djan d'un air paternel. Vous avez vécu de longues années ensemble, vous avez partagé le meilleur et le pire, et vous devez continuer à vivre ensemble...

Le ton d'Agha Djan était si affectueux que je me sentis honteux de lui avoir prêté de mauvaises intentions.

— Le jour où tu seras seul et abandonné, continua-t-il sur le même ton, elle sera ton seul soutien et, à son tour, elle n'aura d'autre soutien que toi... Après tout, elle est ta femme... Elle est ton honneur... Ta réputation... Tu ne crois pas qu'en disparaissant ainsi tu laisses le champ libre à ces loups rusés qui cherchent à pénétrer ta maison.

— Que les loups la dévorent ! dit Doustali Khan désenchanté.

— Tu dis ça Doustali, mais réfléchis un instant... Les gens sont méchants... Les gens n'ont pas d'honneur ni d'humanité... Je suis comme ton frère aîné... Je souhaite t'éclairer... Si par hasard tu apprenais, que Dieu nous en garde bien sûr, que pendant ton absence quelque chose était arrivé... Qu'un incident s'était produit... Sache que ce n'est pas la faute de ta pauvre femme.

Doustali Khan se mit à écouter attentivement :

— Je ne comprends pas bien ce que vous insinuez… Quel genre d'incident ?

— Je ne veux pas t'affliger, mais les gens de cette famille ne sont pas très clairs… Ce monsieur par exemple, qui en est soi-disant le chef…

Doustali Khan demanda, l'air inquiet :

— Vous avez l'air d'insinuer quelque chose ! Qu'est-ce qui est arrivé ?

— Il faut me jurer de ne pas le répéter !

— Je vous prie de me dire ce qui est arrivé ! Qu'est-il arrivé ?

— Je le jure sur ta tête et sur celle de mes enfants, ce n'est que par bienveillance que je te le dis…

— Que se passe-t-il ? Qu'est-il arrivé ? Pourquoi vous ne dites rien ?

— Lorsque tu as disparu… La rumeur a couru que tu étais mort… Alors Monsieur a demandé à ce coureur de jupon rusé et dépravé de prince Asdollah Mirza de passer la nuit auprès de Mme Aziz-ol-Saltaneh pour la rassurer… Bien sûr, Mme Aziz-ol-Salatneh n'est pas de ces femmes à qui on pourrait coller ce genre d'étiquette, d'accord, mais les mauvaises langues du voisinage…

Doustali Khan resta un instant muet…

— Le prince se trouverait dans ma maison ce soir, auprès de ma femme ? demanda-t-il frissonnant de colère.

— Ne t'inquiète pas !… Le prince non plus n'est pas de ceux qui…

— Il n'est pas de ceux qui ?… Moi-même je n'oserais rester seul avec ce débauché… Je vais lui montrer à ce prince… Je… Je…

Agha Djan fit asseoir Doustali Khan et continua à lui parler.

J'en restai pantois. C'était effrayant ! Dans son conflit avec l'oncle Napoléon et sa famille, Agha Djan était prêt à tout. Je pris rapidement une décision et, sans plus attendre, je partis en courant vers la maison de Doustali Khan.

Je frappai à la porte de toutes mes forces. Quelques instants plus tard, Aziz-ol-Saltaneh en personne vint ouvrir. Je me jetai à l'intérieur et refermai aussitôt la porte derrière moi. Aziz-ol-Saltaneh portait une chemise de nuit en dentelles. Asdollah Mirza apparut à la fenêtre du premier étage pour voir qui était là.

Je montai l'escalier à toute vitesse. Aziz-ol-Saltaneh me suivit en hurlant :

— Que veux-tu ? Que se passe-t-il ? Qu'est-ce qui t'arrive ?

Arrivé devant Asdollah Mirza, je lâchai tout essoufflé :

— Tonton Asdollah, sauvez-vous ! Agha Djan a retrouvé Doustali Khan et lui a dit que vous passiez la nuit ici, auprès de madame.

Ebahi, Asdollah Mirza me dévisagea un instant sans ciller, puis il se précipita vers la chaise où il avait posé sa veste et son nœud papillon et, tout en s'habillant, dit :

— *Moment*, vraiment *moment* ! Maintenant je dois répondre à ce mufle !

Aziz-ol-Saltaneh lui saisit le bras :

— Laisse-moi m'en occuper ! Ne crains rien !

— Laissez-le fuir madame ! dis-je tétanisé. Les yeux de Doustali Khan ressemblaient à deux bols de sang… Où est passé l'adjoint de l'inspecteur ? Dites-lui de le retenir s'il arrive.

— Je l'ai envoyé faire une course.

Asdollah Mirza fit rapidement son nœud papillon.

— Madame Aziz, ma chère… dit-il. Ce sera, *inch'Allah*, si Dieu le veut, pour une autre fois !

Soudain on se mit à marteler la porte.

— Mon Dieu, que je sois foudroyée ! dit Aziz-ol-Saltaneh avant de regarder autour d'elle. Le voilà !

Asdollah Mirza ne savait que faire et cherchait un abri. Une idée me vint à l'esprit.

— Et si vous passiez par le toit ?

— Oui ! Grouille-toi, Asdollah !

Attrapant sa chaussure dont il ne parvenait pas à défaire le lacet, il courut, un pied chaussé et l'autre non, vers l'escalier menant au toit. Je le suivis. Aziz-ol-Saltaneh ferma à clé derrière nous avant d'aller ouvrir la porte d'entrée que l'on martelait.

Nous entendîmes alors le cri de fureur de Doustali Khan en provenance de la cour :

— Où est ce salopard ?… Où est ce voleur de l'honneur des gens ?

— Quelle voix rauque, ce mufle !… chuchota Asdollah Mirza à voix basse. Chapeau, tu m'as sauvé des griffes de cet ours sauvage !… Longue vie à toi, jeune homme !

Les cris de Doustali Khan et d'Aziz-ol-Saltaneh s'entremêlèrent dans un tumulte incompréhensible. Aziz-ol-Saltaneh jurait au nom de feu le Grand Monsieur que c'était pur mensonge et Doustali Khan rugissait, vérifiant les chambres une à une. Soudain, le marteau de la porte retentit. Aziz-ol-Saltaneh insista pour ne pas ouvrir, prétendant que c'était un visiteur tardif et qu'il gênerait leur repos, mais Doustali Khan, toujours très remonté, ouvrit la porte et se trouva nez à nez avec l'aspirant Ghiass Abadi.

— Il n'y avait plus le vin que vous vouliez madame, dit-il dès l'ouverture de la porte. J'ai pris celui-ci… Dites-moi, où est M. Asdollah Khan ?…. Hein ? Où est-il passé ? Allez, vite, dépêchons… Répondez !

— O Morteza Ali !… murmura Asdollah Mirza, allongé au bord du toit pour les épier. Allez, on se sauve ! Quelle catastrophe !

Tandis que le vacarme des voix de Doustali Khan, d'Aziz-ol-Saltaneh et de l'aspirant Ghiass Abadi battait son plein, nous nous baissâmes pour fuir. Nous venions de franchir un premier toit en terrasse lorsque nous entendîmes des voix s'élever depuis l'escalier de la maison d'Aziz-ol-Saltaneh.

— La clé… criait Doustali Khan. Où as-tu mis la clé ?

Nous traversâmes rapidement deux ou trois autres toits et nous nous arrêtâmes face à un mur étroit qu'il fallait enjamber afin de passer sur le toit suivant. Dans l'obscurité, alors que nous cherchions une issue, une voix rauque me figea sur place :

— Tu es venu nous cambrioler, hein, salopard ?

Je me retournai. Une ombre gigantesque attrapa Asdollah Mirza par-derrière, le souleva et, avant même que le prince puisse protester, l'emporta vers l'escalier. Je lui courus après. Lorsqu'à la lueur des lampes de la cour les visages s'éclaircirent, je reconnus Shirali le boucher, qui lui-même venait de reconnaître Asdollah Mirza.

— Je vous demande pardon, monsieur Asdollah Mirza… dit-il en le reposant doucement par terre. Je ne vous avais pas reconnu… Mais que faisiez-vous là-haut ?

— Tu m'as fait peur, Shirali Khan ! s'écria Asdollah Mirza, encore stupéfait de cette attaque imprévisible.

— Navré… Je suis votre serviteur… Votre dévoué… Mais que faisiez-vous là-haut ?

— Que dire, Shirali ?… Que dire ?… De la cruauté et de la vilénie des gens ?… Afin de se venger, toujours à propos de ce conflit de propriété, Doustali m'avait invité chez lui. J'y suis allé. Ce vaurien n'était pas là ! Alors en attendant son retour, je me suis mis à discuter avec Mme Aziz-ol-Saltaneh. Soudain il est arrivé et il s'est mis à m'accuser de déshonneur…

— C'est vrai ce que vous dites, monsieur ? Je crache sur son honneur !

— Imagine-toi que, pour contrarier les autres, il est capable de jeter le déshonneur sur sa propre femme…

Shirali ramassa le grand couteau qui se trouvait au bord du bassin et proclama d'une voix terrible :

— Un seul mot de votre part et je lui mets les tripes à l'air.

— *Moment ! Moment !* Pas de scandale, s'il te plaît !… Je me cacherai quelque part cette nuit et demain ce vaurien sera calmé.

— Restez chez nous cette nuit… Vous êtes le bienvenu… Je suis à votre service… Je ferai votre lit au sous-sol… N'y pensez pas !… Vous reprocher une telle infamie à vous… Je vous confierais volontiers l'honneur de ma mère, de ma sœur et de ma femme…

— Merci Shirali… Vous êtes vraiment un frère pour moi…

Puis il se tourna vers moi :

— Rentre à la maison, fiston !… Et surtout tu ne sais pas où je me trouve !

Et il s'adressa aussitôt à Shirali :

— Sans ce jeune homme, ce vaurien ne m'aurait pas raté ce soir… Tu t'imagines ? Me coller de telles accusations sur le dos, à moi ? Surtout avec sa mégère de femme !

— Que Dieu nous en garde, monsieur Asdollah Mirza ! dit Shirali.

Et il ajouta en ricanant :

— Ça ne colle ni avec vous, ni avec cette Mme Aziz qui a l'âge de votre mère… Après tout, c'est à la femme d'être sans reproche. Vous êtes un frère pour moi. Mon épouse pourrait être la petite fille de Mme Aziz… Elle la vaut cent fois…. –Avez-vous déjà aperçu rien que son ombre dans la rue ou au bazar ?

— Jamais, jamais ! Pour l'amour du ciel ! Pourquoi comparez-vous votre épouse à cette mégère ? Que Dieu la garde ! Que Dieu la préserve !

— C'est une jeune femme, après tout… Les gens, quoi qu'on en dise, n'arrêtent pas de lui tourner autour… Mais d'abord, mon épouse ne sort jamais de la maison, ensuite tous les matins, avant de partir, je la confie aux cinq saints de la lignée du Prophète, et je m'en vais en toute confiance au travail. Je ne regarde jamais de travers la femme des autres et, en réponse, Dieu préserve la mienne…

— Bravo ! Bravo ! Que Dieu la protège ! C'est la meilleure garantie… Longue vie à toi ! Confie-la aux saints et sois tranquille !

Shirali monta à l'étage chercher de quoi faire un lit pour son hôte imprévu. Je me préparais à partir lorsque je vis une lueur malicieuse briller dans les yeux d'Asdollah Mirza. Je suivis son regard et j'aperçus dans la pénombre du perron les yeux étincelants de la belle Tahéreh, la femme de Shirali, qui de sous son léger tchador à fleurs contemplait la scène, un joli sourire aux lèvres.

— Au revoir, dis-je. Vous n'avez besoin de rien, tonton Asdollah ?

— Non, mon cher ! répondit-il sans quitter des yeux la jolie frimousse de Tahéreh. J'ai absolument tout ici ! Va te coucher, mais n'oublie pas ! Tu ne sais pas où je suis ! Surtout pas un mot à cette mégère d'Aziz-ol-Saltaneh sur l'endroit où je me trouve…

Et tandis qu'il continuait à glisser son regard pénétrant sur la silhouette de la femme de Shirali, il ajouta :

— Dieu aime les extrêmes… N'oublie pas de venir voir tonton, si un jour tu as besoin d'un coup de main. Ce soir, tu m'as rendu un grand service. Longue vie à toi, mon garçon !

Redescendant de l'étage avec une grande pile de matelas, couette et tapis sur les bras, Shirali traversa la cour. Je me dirigeai vers la porte. Avant de l'ouvrir, je jetai un dernier coup d'œil vers Asdollah Mirza. Les yeux rivés sur la poitrine de Tahéreh, il dit en souriant :

— Ces deux-là vont enfin me tuer… Ah ! qu'ils me tuent rapidement pour me délivrer !… Ah ! qu'ils me tuent enfin !

— Il faudrait qu'ils me passent sur le corps avant de vous tuer !… répondit Shirali d'une voix rauque. Si quelqu'un jette un regard de travers à la porte de cette maison, votre serviteur le découpera en deux… On m'appelle Shirali !… J'en ai déjà découpé deux ! Ça ne fera qu'un de plus !

IX

Je parcourus discrètement la distance séparant la maison de Shirali de notre jardin. La porte était entrouverte. Je me glissai à l'intérieur pour me retrouver nez à nez avec Agha Djan, qui avait l'air de se cacher.

— Où étais-tu ?

— Chez ma tante.

— Tu n'aurais pas dû y rester si tard… Va vite dîner et te coucher.

— Vous ne mangez pas ?

— Non, j'ai à faire. Vas-y !

Je compris qu'il était impatient de voir le résultat de son dernier complot. Je dînai en compagnie de ma mère et de ma sœur et je retournai dans ma chambre, mais je n'imaginais pas les aventures de cette folle journée se terminer de sitôt.

J'étais rassuré quant à la situation d'Asdollah Mirza chez Shirali, mais j'étais taraudé par d'autres interrogations. Que s'était-il passé chez Doustali Khan ? Que se passait-il chez l'oncle Napoléon ? Et le plus important, quel était le nouveau plan d'Agha Djan ? Harassé de fatigue, je me dirigeai vers la moustiquaire pour aller dormir. Je doutai pourtant d'y parvenir avec l'angoisse et la curiosité que je ressentais, surtout qu'Agha Djan continuait à monter la garde devant la porte de la cour intérieure. Mais, à peine installé sous la moustiquaire, je n'eus pas le temps de réfléchir plus longuement car je sombrai dans un profond sommeil.

Le matin, au réveil, un lourd silence régnait sur la maison. Impatient d'apprendre ce qui s'était passé pendant la nuit, je me rendis au jardin à la recherche de Mash Ghassem. Aucune trace de lui. J'ouvris le portail, dans l'espoir de le trouver dans la rue. J'aperçus soudain Aziz-ol-Saltaneh qui se précipitait vers le jardin. J'allai à sa rencontre.

— Heureusement que je te vois, mon cher ! dit-elle dès qu'elle m'aperçut. Je venais te chercher pour savoir ce qu'était devenu Asdollah ?

— A vrai dire, madame Aziz, nous sommes partis par les toits jusqu'à la douve. Là, nous avons sauté du haut d'un muret. Une fois dans la rue, Asdollah Mirza est parti de son côté.

— Il a sauté du haut d'un mur ? De quoi est capable ce filou d'Asdollah !... Tu ne sais pas où il est allé ?

— Non ! Peut-être qu'il est rentré chez lui !

— Non, hier soir il n'est pas rentré chez lui. Je suis très inquiète. Cet imbécile de Doustali s'est imaginé des choses, il a juré qu'il tuerait le pauvre Asdollah. Il n'en est pas capable, mais bon on ne sait jamais... Des fois sur un coup de tête... Je voulais te prier de ne rien lui dire, si jamais il te le demandait !

— Soyez sans crainte, madame Aziz ! Moi, je n'ai rien vu. A propos, qu'est devenu l'adjoint de l'inspecteur ?

— Oh rien ! Je l'ai jeté à la rue et j'ai refermé la porte... Avec le retour de Doustali, il n'avait plus rien à faire chez moi ! Je vais passer tout de même chez Asdollah pour le prévenir de ne pas se montrer par ici aujourd'hui. Qu'il n'aille pas au bureau non plus, car ce fou de Doustali est capable de faire un scandale... En tout cas, n'oublie pas de ne rien dire à Doustali, si jamais il te pose la question !

— Soyez sans crainte !

Sans plus attendre, Aziz-ol-Saltaneh se mit en route. Quant à moi, je retournai au jardin, où Mash Ghassem s'occupait des fleurs.

Il m'apprit qu'il s'était passé des choses pendant mon sommeil. Armé d'un fusil, Doustali Khan avait débarqué chez l'oncle Napoléon pour fouiller toutes les chambres à la recherche d'Asdollah Mirza. Mon oncle s'était tellement énervé qu'il lui avait donné une bonne raclée, mais Doustali Khan avait juré qu'il ne baisserait pas les bras tant qu'il n'aurait pas vidé tous les plombs de son fusil dans le ventre d'Asdollah Mirza.

— Mais on sait au moins où est Asdollah Mirza ? demandai-je pour m'assurer que Mash Ghassem ne savait rien de la cachette de celui-ci.

— Ma foi, fiston, à quoi bon mentir ? La tombe n'est qu'à quatre pas… Tôt le matin, Monsieur m'a envoyé chez Asdollah Mirza. Il ne s'y est pas montré de la nuit. Shamsali Mirza est très inquiet. Lui-même ne va pas tarder à arriver.

— Mais qu'est-ce qu'il est devenu alors ?

— Ma foi, fiston, comme qui dirait parti en fumée au ciel… Ou bien il s'est caché on ne sait où par peur de ce M. Doustali Khan.

— Alors ça va encore nous faire des histoires pour le retrouver.

— Mais oui, fiston ! Ton père aussi aime bien raconter des craques. En pleine nuit, il a entraîné ce Ghiass Abadi ici. Je l'ai entendu lui raconter que Doustali Khan avait tué Asdollah Mirza… Dieu a permis que je l'entende, car j'ai expliqué à mon concitoyen que ces gens-là se détestaient entre eux et cherchaient à raconter des craques les uns sur les autres. Si je n'avais pas été là, ce matin l'inspecteur serait revenu.

— Que Dieu vous bénisse, Mash Ghassem !

Après un moment de doute et d'intense irritation, je réussis à lui demander d'aller prier Leyli de venir une minute au jardin. Je ne savais pas ce que j'allais lui dire mais j'étais impatient de la voir. Elle me manquait beaucoup. Les événements se succédaient à une vitesse telle que je n'avais même pas le temps de penser à elle. J'étais pourtant très amoureux et je devais absolument la voir.

Mash Ghassem hocha la tête, un sourire en coin :

— Si je ne me trompe pas, fiston, tu as le béguin pour Mlle Leyli.

J'eus beau protester avec véhémence, la couleur changeante de mon visage permit à Mash Ghassem de comprendre ce qu'il devait comprendre.

— Bon, d'accord, fiston ! fit-il gentiment. J'ai dit ça comme ça. Ce n'est pas grave…

Quand Leyli arriva au jardin, Mash Ghassem me glissa à l'oreille :

— Je suis devant l'entrée de la cour. Si je vois Monsieur arriver, je tousse un coup et tu te sauves !

J'avais l'impression qu'il connaissait mon secret, mais le regard chaleureux et les yeux noirs de Leyli dissipèrent ma crainte de le voir éventé. Après tout, n'avais-je pas décidé de mettre Mash Ghassem dans la confidence ?

— Bonjour, Leyli !
— Bonjour, tu voulais me voir ?
— Oui, je veux dire non… Tu me manquais.
— Pourquoi ?
Le regard tendre de Leyli allait pénétrer ma gorge et extirper des fins fonds de celle-ci les mots que je n'osais prononcer. Je m'étais évidemment décidé à avouer ma flamme mais je ne trouvais pas la phrase adéquate. En un éclair, les déclarations que j'avais lues dans les livres défilèrent dans ma tête : je t'aime, je t'aime d'amour, tu es mon amour… Finalement, tout en me sentant rougir, je bredouillai :
— Je t'aime, Leyli !
Et je détalai à la vitesse du vent de sorte que, une fraction de seconde plus tard, j'étais rendu dans ma chambre. Mon Dieu ! Pourquoi ai-je fui ? Pourquoi ne suis-je pas resté pour voir sa réaction ? Je n'arrivais pas à me comprendre moi-même. J'essayai de me rappeler. Je n'avais jamais lu ni entendu qu'un amoureux se sauve en coup de vent juste après sa déclaration d'amour.

Après m'être adressé de vifs reproches, et après avoir beaucoup réfléchi, je me dis finalement qu'il était préférable de finir ma lettre d'amour et de la remettre rapidement à Leyli.

J'en rédigeai plusieurs versions, mais chaque fois je les déchirai. Quelques heures s'étaient écoulées, lorsque des voix s'élevèrent du côté du jardin. La quasi-totalité des oncles et des tantes était réunie près de la tonnelle d'églantines. Shamsali Mirza aussi était là. Apercevant ma mère parmi eux, je me hâtai de les rejoindre.

Des bribes de conversations m'apprirent que l'oncle Colonel avait pris la tête d'une démarche collective et que, à son instigation, les membres de notre famille avaient décidé de se rendre ensemble chez l'oncle Napoléon et de ne pas en sortir tant que toutes les querelles ne seraient pas réglées. Cependant, la disparition d'Asdollah Mirza avait perturbé les esprits. Je les suivis jusqu'à la maison de l'oncle Napoléon.

En plein milieu du discours grandiloquent de l'oncle Colonel, le cri de l'oncle Napoléon s'éleva :
— Vous n'avez pas trouvé une autre cible que moi pour vos reproches ? Pourquoi n'allez-vous pas manifester chez ce perfide ? Ne vous demandez-vous pas quel est son nouveau plan diabolique ? N'avez-vous pas compris que c'est lui qui a

retrouvé Doustali et l'a renvoyé chez lui pour déclencher le scandale ? Savez-vous que, depuis hier soir, le pauvre Asdollah se cache par peur de Doustali ?

L'oncle Napoléon criait avec une telle rage sur le visage et un tel trémolo dans la voix que personne n'osa piper mot. Seulement, lorsque Shamsali Mirza se mit à exposer ses soupçons sur la disparition d'Asdollah Mirza, l'assemblée se remit à protester. Tout le monde avait bien compris que la fuite d'Asdollah Mirza était due à l'arrivée inopinée de Doustali Khan chez lui. De son côté, pour éviter la colère de son mari, Aziz-ol-Saltaneh prétendait qu'Asdollah Mirza avait quitté son domicile avant l'arrivée de Doustali Khan, passant ainsi sous silence sa fuite par les toits.

— Dès hier soir, ce perfide a tenté de persuader l'adjoint de l'inspecteur que Doustali avait tué Asdollah, dit l'oncle Napoléon d'un air plus serein. Au lieu de me menacer avec votre ultimatum et de vous réunir ici, allez donc chercher Asdollah.

Il se tut quelques instants, puis se tourna vers Mash Ghassem et, lui dit, les traits tirés :

— Dis ce que tu sais !... Votre attention, mesdames et messieurs ! Voyez quelles difficultés je dois surmonter... Ghassem, raconte l'histoire d'Asdollah Mirza !

— Ma foi, à quoi bon mentir ? La tombe n'est qu'à quatre pas... dit Mash Ghassem en se grattant la tête. J'étais au petit bazar, et l'apprenti boulanger a raconté que le matin, en livrant le pain chez Shirali le boucher, il avait aperçu M. Asdollah Mirza, dans l'entrebâillement de la porte...

— Quoi ?

— Comment ?

— Vraiment ?

Tous ceux qui étaient présents demeurèrent bouche bée, puis ils se mirent à protester et à invectiver Asdollah Mirza. Des mots tels qu'idiot, ingrat, vaurien, voyeur abondèrent sur les lèvres.

L'oncle Colonel finit par crier :

— Taisez-vous ! Laissez-le parler !... L'apprenti boulanger était sûr de lui ? Tu n'es pas allé vérifier ?

— A Dieu ne plaise, monsieur ! dit Mash Ghassem en hochant la tête. Je suis allé à la boucherie de Shirali pour lui demander si c'était vrai. Ce bâtard, dès qu'il a entendu le nom d'Asdollah Mirza, il a poussé un hurlement... comme qui dirait un buffle ! Qui te l'a dit ? me demandait-il. Puis il s'est mis à me poursuivre la hache à la main. J'ai juste balancé le nom de l'apprenti boulanger et pris mes jambes à mon cou.

— Il est certainement allé régler l'affaire de ce pauvre apprenti !

— Non, j'ai croisé plus tard l'apprenti dans la rue voisine et l'ai prévenu d'éviter de se montrer du côté de la boucherie de Shirali.

— Faites quelque chose, Monsieur !... dit l'oncle Colonel d'un air renfrogné. Il faut envoyer quelqu'un dire à cet imbécile de quitter la maison de Shirali... Le prestige plusieurs fois centenaire de la famille est bafoué par ce crétin d'Asdollah ! Vous vous imaginez ? Un honorable prince chez ce boucher...

C'est à ce moment qu'arriva Doustali Khan. Plutôt calme apparemment, il était venu se joindre à la désapprobation familiale sur l'invitation de l'oncle Colonel. Il avait visiblement perdu le désir de se venger. Mais dès qu'il apprit qu'Asdollah Mirza s'était réfugié chez Shirali, il sortit de ses gonds et se mit à l'insulter, lui et sa race princière.

— Je ne suis pas... Je ne suis pas un homme si je ne tue pas ce type... dit-il à la fin d'une voix étranglée de colère. Cet effronté... Ce voleur d'honneur...

— Assez ! s'écria l'oncle Napoléon. L'honneur de votre femme est intact, monsieur ! Vous avez l'air de vous préoccuper davantage de celui de la femme de Shirali !

— C'est l'honneur de notre famille qui m'inquiète... L'honneur de notre quartier... Imaginez-vous : un homme de notre famille dans la maison de Shirali... Un homme appartenant au fleuron de la noblesse de ce pays dans la maison de Shirali... Seul avec une jeune femme... Si je l'avais retrouvé hier soir, aujourd'hui il n'aurait pas pu causer ce nouveau déshonneur... Il faut tuer le serpent, sinon il vous mord ! Vaurien ! Crapule !

La seule personne qui avait relativement réussi à conserver son calme, c'était l'oncle Napoléon. Quant aux autres, hommes comme femmes, ils étaient tous très remontés contre Asdollah Mirza, et hurlaient à tue-tête qu'il fallait coûte que coûte le forcer à sortir de la maison de Shirali.

Finalement, après avoir exposé la stratégie de Napoléon dans des cas similaires, mon oncle proposa d'envoyer une délégation pour négocier avec Asdollah Mirza, le rassurer et aussi le convaincre à tout prix de mettre fin à son siège. L'oncle Colonel et Shamsali Mirza présentèrent leur candidature mais l'oncle Napoléon conclut d'un ton impérieux :

— Pas question, restez ici ! J'irai moi-même !

Des protestations s'élevèrent :

— Ce n'est pas à vous d'y aller !... Ce n'est pas digne de votre rang d'aller chez Shirali !

L'oncle Napoléon les interrompit :

— Au contraire, c'est bien à moi d'y aller ! Il faut quelqu'un de neutre et d'impartial.

L'oncle Colonel voulut s'y opposer, mais l'oncle Napoléon répéta d'un ton sec :

— J'ai dit qu'il fallait être neutre et impartial !

Et il souligna particulièrement les mots “neutre et impartial”. Ensuite, il rajusta sa cape sur ses épaules et lança :

— Viens, Ghassem ! Viens me montrer la maison de Shirali... Dépêche-toi ! Avant qu'il ne rentre chez lui, il faut raisonner cet idiot d'Asdollah !

Je suivis mon oncle et Mash Ghassem, discrètement, telle une ombre. Mon oncle marchait comme s'il se promenait, pour ne pas trop attirer l'attention des voisins. Ils frappèrent plusieurs fois avant que la voix douce de Tahéreh, la femme de Shirali, se fasse entendre derrière la porte :

— Qui est là ?

— La maison de M. Shirali, c'est bien ici ?

— Il n'est pas là, il est parti au magasin.

Mon oncle approcha sa tête de la porte et, s'efforçant de ne pas hausser la voix, ordonna :

— Madame, dites à Asdollah Mirza de venir.

— Qui ça ?... Il n'y a personne de ce nom ici.

— Ecoutez-moi, s'il vous plaît, madame ! Nous savons qu'il est là. C'est une affaire très importante... Il va le regretter s'il ne vient pas !... C'est une question de vie ou de mort !

Après un instant de silence, la voix d'Asdollah Mirza retentit de derrière la porte :

— Vous vouliez me voir ?

— Sors de là, Asdollah ! J'ai à te parler.

— *Moment !* C'est vous, Monsieur ? Comment allez-vous ?

— Ouvre la porte, Asdollah !

— Je n'ose pas, Monsieur, répondit Asdollah Mirza d'une voix terrifiée. Je ne suis pas en sécurité. Ma vie est en danger...

— Ecoute, Asdollah ! Ouvre cette porte ! Je te donne ma parole que l'affaire est réglée... Il y a eu un malentendu... Doustali m'a promis de passer l'éponge.

— *Moment, moment !* Vous prenez peut-être pour argent comptant la promesse de ce mufle sauvage et violent mais pas moi !

— Je te dis, je t'ordonne d'ouvrir la porte, Asdollah ! dit l'oncle Napoléon d'une voix qui tremblait de fureur mais qu'il essayait de contenir.

La peur et l'angoisse se faisaient de plus en plus sentir dans celle d'Asdollah Mirza.

— Je ne veux pas enfreindre vos ordres, Monsieur, répondit-il d'un air exalté. Mais ma vie est en danger. Je sais que je ne peux échapper aux mains de mon impitoyable bourreau... Je suis à deux doigts de la mort, mais j'aimerais prolonger ma vie de quelques heures.

— Ferme-la Asdollah et ouvre-moi la porte !

La voix d'Asdollah Mirza se fit plus implorante :

— Ayez pitié de moi !... Si vous me voyiez, vous ne me reconnaîtriez pas !... Par peur de mourir, en une nuit, j'ai vieilli de vingt ans... Dites à mon frère de m'accorder sa bénédiction !... J'ai une idée pour faciliter la tâche de Doustali.

— Que le diable t'emporte ! Que le diable t'emporte avec ton frère !

Les artères saillantes de fureur, le visage noir de colère, l'oncle Napoléon tourna les talons et prit le chemin du retour. Je m'approchai de la fente de la porte pour jeter un coup d'œil à l'intérieur. J'étais curieux de voir le visage vieilli d'Asdollah Mirza. J'avais envie de lui dire que ce n'était pas moi qui avais révélé sa cachette et que je n'étais pour rien dans sa tristesse et son vieillissement. Sur son pantalon, il portait une chemise déboutonnée jusqu'en bas. Son visage était plus que jamais lumineux et souriant. Du bout du doigt, il faisait tourner le glaçon dans le bol de sirop qu'il tenait à la main. Un peu plus loin, Tahéreh, la femme de Shirali, retenait son rire, les doigts sur ses dents blanches et brillantes. J'étais maintenant rassuré.

De retour au jardin, je trouvai l'oncle Napoléon en train de rapporter, d'une voix étranglée, l'échec de sa mission aux membres de la famille.

Après quelques minutes de confusion, au milieu des cris et des paroles incompréhensibles, la voix de Mash Ghassem se fit entendre :

— Il faut trouver rapidement une solution ! Le pauvre monsieur le prince est dans un sale état... Qui sait s'il ne va pas faire une bêtise et mettre sa vie en danger ?...

— Pour l'instant, c'est la nôtre qu'il met en danger ! s'écria l'oncle Colonel. C'est nous qu'il déshonore ! Sinon, lui, quel est son problème ? Où pouvait-il se trouver mieux que là-bas ?

— Ma foi, à quoi bon mentir ? La tombe n'est qu'à quatre pas... Derrière la porte, sa voix était très triste... Comme qui dirait elle avait vieilli de trente ans... Comme si sa tête s'était coincée dans la gueule d'un lion...

— Arrête de raconter des bêtises, Ghassem !... dit l'oncle Napoléon impatient. Je pense que, si cet homme est indifférent à l'honneur de sa famille, il faut chercher une autre solution.

De nouveau les voix s'entremêlèrent et les esprits s'enflammèrent dans un vacarme indescriptible. Presque tous étaient d'avis d'envoyer chercher Shirali le boucher et de lui signaler que le séjour d'Asdollah Mirza chez lui n'était pas convenable et ferait jaser le quartier. Bien entendu, aucun de ceux qui étaient présents ne voulait se porter candidat pour une mission si périlleuse. La seule personne qualifiée pour une telle tâche était bien sûr, de l'avis général, l'oncle Napoléon.

Celui-ci refusant de s'engager, ce fut Doustali Khan qui, dans un élan de bravoure, se proposa :

— Faites-le venir. Je lui parlerai.

La haine d'Asdollah Mirza le hantait tellement qu'il s'était transformé en un homme hardi et courageux.

Mash Ghassem fut envoyé à la recherche de Shirali.

En attendant l'arrivée du boucher, les hommes se mirent à proférer les pires invectives au sujet d'Asdollah Mirza, tandis que les femmes protestaient vivement contre son attitude déplacée. Finalement la porte s'ouvrit et Mash Ghassem rentra seul.

— Ma parole, la providence divine arrange bien les choses !... Personne ici-bas ne peut échapper aux conséquences de ses actes !

— Que se passe-t-il, Mash Ghassem ? Où est Shirali ?

— A quoi bon mentir ? Sa boucherie était fermée pour cause de bagarre. Il s'est fait embarquer au commissariat... Il faut dire que l'apprenti boulanger a dit au mitron que M. Asdollah Mirza se trouvait chez Shirali… Alors le mitron a balancé un quolibet à Shirali, auquel celui-ci a répondu par un coup de gigot sur la tête… Le mitron est tombé dans les pommes et a fini à l'hôpital. Les agents ont embarqué Shirali au commissariat…

Plusieurs cris s'élevèrent simultanément :

— Au commissariat ?

— Shirali embarqué ?

— Combien de temps vont-ils le garder ?

Lorsque le tumulte cessa, Doustali Khan, qui venait de réaliser quel problème essentiel posait la nouvelle situation, grommela d'un air stupéfait :

— Alors… C'est-à-dire… s'ils emmènent Shirali en prison… cet homme pourra… y rester… dix jours… vingt jours… six mois…

Il se tourna ensuite vers mon oncle et s'écria :

— Faites quelque chose, Monsieur !… Trouvez une solution !

Face à lui, l'oncle Napoléon répondit en criant à son tour :

— Qu'est-ce que tu as ? Pourquoi tu brailles ?… Depuis quand chéris-tu à ce point Shirali ?

Cette nouvelle querelle n'eut pas le temps de s'embraser, car la porte s'ouvrit et Mme Aziz-ol-Saltaneh entra. Plus tard, on apprit qu'elle était auparavant passée au bureau de la Sûreté pour retirer sa plainte de la veille. En voyant sa femme, Doustali Khan vint rapidement la rejoindre.

— Tu sais que Shirali le boucher a été arrêté ? dit-il d'un air excité.

— Tant mieux !… Qu'il aille au diable avec sa viande pourrie.

— Mais ce voleur d'honneur, ce prince de l'insolence, est dans la maison de Shirali, dit-il avec encore plus d'ardeur en lui attrapant le bras.

— Ah, quel coquin, cet Asdollah ! répondit Aziz-ol-Saltaneh avec un rire espiègle.

Mais comme si soudain une étincelle avait jailli dans son esprit, le rire se figea sur ses lèvres. Elle fixa de ses yeux hagards la porte et marmonna les dents serrées :

— Quoi ?… Asdollah ?… Seul… avec cette mégère ?

Dans un silence stupéfait, tout le monde fixait le visage tendu d'Aziz-ol-Saltaneh. Doustali Khan aussi s'était tu, mais sa lèvre supérieure et sa moustache rectangulaire tremblaient de colère.

— A la fin de sa vie, dit-il finalement sans desserrer la mâchoire, que Dieu ait son âme, Rokneddine Mirza déshonora toute notre famille… en faisant un bébé à la fille de son jardinier !

— Laissez les morts tranquilles, monsieur Doustali Khan ! protesta avec ardeur Shamsali Mirza, les traits tirés.

— Les morts, eux, sont tranquilles, répondit Doustali Khan avec encore plus de véhémence. Seulement ils ne fichent pas la paix aux vivants… Si votre regretté père avait bien tenu sa ceinture, cet Asdollah ne serait pas venu au monde et tout le monde aurait été plus tranquille. Femmes et enfants n'auraient pas servi de proies à ce loup affamé !

— Je vous en prie, monsieur Doustali Khan, épargnez-nous le chapitre des ceintures mal tenues ! Mme Aziz-ol-Saltaneh a eu recours à son couteau de cuisine pour vous le rappeler, je crois !

Sans prêter attention à la remarque de Shamsali Mirza, Doustali Khan, qui avait oublié la présence de sa femme et les événements de la soirée de commémoration des martyrs, laissa exploser sa colère :

— Ne défendez pas ce voleur invétéré ! Il est votre frère, soit ! N'empêche que c'est un voleur… Un voleur d'honneur ! C'est vrai, monsieur ! Son Excellence le prince Asdollah Mirza est un voleur d'honneur !

Aziz-ol-Saltaneh, qui, perdue dans ses pensées, n'entendait pas ces bruits, se ressaisit à la mention d'Asdollah Mirza.

— Tais-toi, Doustali ! s'écria-t-elle d'une voix terrifiante. Si tu arrivais ne serait-ce qu'à la cheville d'Asdollah ! Si tous les voleurs pouvaient lui ressembler !

Et d'ajouter à voix basse :

— Je suis sûre que cette mégère a tendu un piège à ce gamin !

Puis elle s'adressa brusquement à l'oncle Napoléon :

— Et vous restez là, les bras croisés ? Un membre respectable de la famille est emprisonné dans la maison de Shirali le boucher et vous ne faites rien ! Que feriez-vous si cette sorcière l'empoisonnait ?

— Ne vous énervez pas, madame ! dit mon oncle calmement. Je viens à l'instant de chez Shirali. J'ai parlé avec Asdollah à travers la porte. Il refuse de sortir. Je l'ai supplié, je l'ai menacé… Il n'a rien voulu entendre !

— Pourquoi ? Que disait-il ?

— Qu'est-ce que j'en sais… Mille balivernes ! Mille bêtises ! Il prétend que c'est par peur de Doustali qu'il n'ose pas sortir…

— Par peur de Doustali ? Qui est Doustali pour oser lever la main sur mon cousin ?… Je vais aller le chercher personnellement… Je dois y aller, car cette mégère, avec sa gueule de sorcière, va l'ensorceler de mille façons… Si ce n'est déjà fait, autrement Asdollah n'y serait pas resté si longtemps…

— Madame, dit l'oncle Napoléon, dites-vous bien qu'il est consentant pour être ensorcelé…

— Assez de blablabla ! l'interrompit Aziz-ol-Saltaneh… Quelque chose peut arriver à ce garçon !

Mash Ghassem profita de l'occasion pour glisser :

— Madame a raison… Quand j'ai entendu la voix d'Asdollah Mirza de derrière la porte, il tremblait comme un gamin… Il était dans un sale état. Comme qui dirait il avait attrapé la typhoïde… La voix ne sortait pas de sa gorge… Comme qui dirait sa tête s'était coincée dans la gueule d'un lion…

Aziz-ol-Saltaneh se frappa le visage :

— Que Dieu me foudroie sur place ! Qu'est-ce qu'il doit endurer, ce pauvre garçon !… Ah, elle est belle sa soi-disant famille !

Elle avait à peine fini sa phrase qu'elle se mit en route :

— Je sais qu'un mot de ma part suffira pour le faire sortir… Ce garçon n'a jamais été gâté par cette famille. C'est pour ça qu'il ne vous écoute pas !

Doustali Khan se leva à son tour :

— Alors, je viens aussi pour lui dire que je lui ai pardonné… Je dois lui prouver que…

— Reste à ta place, toi… Si le garçon entend ta voix de fauve, il va rendre l'âme !

Aziz-ol-Saltaneh était encore dans le couloir lorsque l'oncle Napoléon s'écria :

— Ne lui dites pas, madame, que Shirali est en prison… Je n'ai rien dit non plus, car, s'il l'apprenait, il n'en sortirait plus jamais.

— Si vous saviez si bien comment le faire sortir, pourquoi êtes-vous rentré bredouille ?

Aziz-ol-Saltaneh prit le chemin de la maison de Shirali. Je lui emboîtai le pas discrètement, telle une ombre, comme la fois précédente.

La rue était déserte et je la suivais à distance. Elle frappa longuement à la porte avant d'entendre la voix de Tahéreh, la femme de Shirali. Aziz-ol-Saltaneh marchanda un certain temps et finit par proférer des menaces avant que la maîtresse de maison accepte d'aller chercher Asdollah Mirza.

— Asdollah, ouvre la porte ! dit Aziz-ol-Saltaneh d'une voix qu'elle voulait calme et aguicheuse. J'ai deux mots à te dire.

— Chère madame, demandez-moi ce que vous voulez, sauf de sortir de cette maison. Ma vie est en danger !

— Je te dis d'ouvrir ! Doustali n'osera jamais lever la main sur toi !... J'ai pardonné sa faute et il a pardonné la nôtre !

— J'ai peur, chère madame ! dit Asdollah Mirza, des trémolos dans la voix. Je suis sûr que Doustali est à côté de vous... Je suis sûr qu'il tient son poignard prêt à l'enfoncer dans mon cœur...

— Asdollah, entrouvre la porte et tu verras qu'il n'est pas là... Pense aux ragots !... Que dira-t-on de toi seul avec une femme dans une maison vide...

— *Moment ! Moment !* On ne peut pas me coller ce genre d'étiquette ! Shirali est un frère pour moi. Sa femme et ses enfants sont comme les miens !... Attendez qu'il revienne pour que je lui remette sa famille saine et sauve... Je sortirai ensuite !

— Mais tu ne sais pas qu'il s'est bagarré et qu'on l'a embarqué au commissariat ? Comment veux-tu...

— Nom de Dieu ! Nom de Dieu ! Shirali en prison ?... Il est exclu à présent que je sorte d'ici... Il est de mon devoir moral et humain de rester. Mon Dieu ! Quelle lourde responsabilité !

D'après le ton de sa voix, il était déjà au courant de l'arrestation de Shirali et jouait la comédie devant Mme Aziz-ol-Saltaneh.

Elle approcha la tête de la porte et continua d'une voix douce :

— Sors, je t'en supplie, Asdollah ! Ne me renvoie pas bredouille devant les autres.

— Je donnerai ma vie pour vous, madame. Mais j'ai une responsabilité morale. Ne me demandez pas d'abandonner la femme et les enfants que Shirali m'a confiés alors qu'il a été lui-même jeté en prison.

— Mais, Asdollah, Shirali n'a pas d'enfants !

— Oui, mais il y a bien sa femme ! Elle est comme une enfant ! La pauvre est en train de pleurer toutes les larmes de son corps… Même si je ne vois pas son visage sous le tchador et le voile, j'entends ses sanglots. La pauvre petite !

Aziz-ol-Saltaneh insista encore un moment, sans succès. Finalement, adressant les pires injures à Shirali et à sa femme, elle rebroussa chemin, rugissant comme un volcan.

Je la suivais comme une ombre, lorsque j'aperçus M. Apothicaire, le gérant de la pharmacie d'Agha Djan, qui entrait chez nous. L'affaire était importante à mes yeux. Du portail du jardin, je me dirigeai discrètement vers notre maison. Agha Djan conduisit M. Apothicaire dans le salon à cinq portes près de l'entrée. Ayant pris mes repères ces derniers temps en matière d'écoute clandestine, je collai aussitôt l'oreille à la fenêtre.

Essuyant la sueur de son front à l'aide de son mouchoir, M. Apothicaire dit :

— Il faut faire une croix sur la pharmacie, monsieur ! Malgré la journée de fermeture pour cause de pèlerinage, rien n'y fait !

— Le prédicateur n'a-t-il pas annoncé ce dont nous étions convenus ?

— Mais si ! Le pauvre l'a même fait deux fois du haut de sa chaire à la mosquée, mais personne n'a l'air d'y prêter attention… Quand quelque chose est entré dans la tête des gens, impossible de l'en extirper.

— Mais que disent-ils ? Quel est leur problème ?

— Rien, rien ! Ils ne disent rien, mais personne ne pousse la porte pour acheter ne serait-ce qu'une once de sulfate de soude… Ce matin, un passant allait entrer, il s'est tellement fait insulter et maltraiter par les commerçants qu'il a renoncé…

Par la fente de la fenêtre, je distinguais la tête que faisait Agha Djan. Il avait le teint pâle et la mâchoire serrée.

— Il faut trouver une solution, finit-il par dire d'une voix éraillée. Il faut faire quelque chose.

— Rien à faire, monsieur ! Je connais bien les gens du quartier ! Quitte à en crever, ils ne nous achèteraient pas nos médicaments qu'ils soupçonnent de contenir de l'alcool… Et moi non plus, je ne peux pas rester plus longtemps dans ce quartier… Partout ils disent que je suis un mécréant sans religion… Pour l'instant, j'ai fermé la boutique en attendant une issue…

Le visage fermé, Agha Djan tournait en rond dans la pièce. Puis soudain il s'arrêta.

— Cet hypocrite, ce vaurien a pourri ma vie !... dit-il d'une voix rendue méconnaissable par la colère. Je vous donne ma parole qu'il me le paiera !... Je vous donne ma parole que je ne baisserai pas les bras avant de l'expédier dans sa tombe ! Vaurien !... Ingrat ! Je lui ferai rentrer Napoléon dans la gorge !

— Que dois-je faire, moi ?

— Rien, monsieur Apothicaire. Rentrez chez vous jusqu'à nouvel ordre... Pour le moment, coupez l'électricité, et baissez le rideau de fer... On verra après !...

L'air abattu, M. Apothicaire prit congé. Agha Djan continua à faire les cent pas. Il était tellement mal en point, que je décidai de rester quelques minutes pour m'assurer qu'il n'allait pas faire de malaise. Lorsqu'il me sembla avoir retrouvé son calme et ses gestes habituels, je partis chez l'oncle Napoléon pour m'informer de la suite des événements. Tout le monde s'y trouvait encore. Ghamar, la fille foldingue d'Aziz-ol-Saltaneh, qui depuis la veille avait été confiée à des proches, les avait rejoints aussi.

Le débat battait son plein. Aziz-ol-Saltaneh et Doustali Khan étaient les plus remontés de tous. Ce dernier avait même téléphoné au commissariat en mon absence afin d'essayer de faire libérer provisoirement Shirali, mais on lui avait répondu que, tant que l'état de santé de la victime, en l'occurrence le mitron, restait incertain, il ne pouvait être libéré.

A mon arrivée, Aziz-ol-Saltaneh était en train de déclarer :

— Je suis sûre que cette mégère a ensorcelé le pauvre Asdollah, car ça ne lui ressemble pas de ne pas m'obéir... Et si on envoyait chercher M. Khorassani pour asperger la porte de Shirali de son vinaigre anti-magie au carbonate de sodium ?

Doustali Khan laissa éclater son exaspération :

— Quelle magie, madame ? Qu'est-ce que c'est que ces bêtises ?... Ce gros porc est resté là-bas pour cajoler la femme de Shirali.

— Quoi ? Qu'elle aille au diable ! Dédaigner les femmes nobles et de haute lignée pour aller fricoter avec cette affreuse saleté ? Un homme comme Asdollah !

Doustali Khan n'osa pas défendre la beauté de la femme de Shirali, mais il adressa un torrent d'injures et d'invectives à Asdollah Mirza, au point qu'Aziz-ol-Saltaneh s'emporta :

— Je vais t'en coller une dans la gueule, Doustali, et tu verras que tes dents pourries vont y rester ! Si tu insultes mon arrière-petit-cousin, c'est comme si tu m'insultais moi-même.

L'oncle Napoléon n'eut d'autre solution que d'intervenir :

— Silence ! Pourquoi vous ne rentrez pas chez vous pour vous chamailler ? Qu'est-ce que j'ai fait au ciel pour avoir à écouter vos bêtises ? Qu'Asdollah reste autant qu'il veut chez Shirali ! Tant pis pour lui ! Cela ne vous regarde pas ! Vous n'êtes pas, que je sache, les tuteurs d'Asdollah, et encore moins ceux de Shirali ?

— Frangin, dit l'oncle Colonel, je vous implore de ne pas vous énerver !... Restez calme... Nous sommes venus pour...

— Pourquoi vous êtes venus, hein ? Que voulez-vous de moi ?

— Ne vous fâchez pas ! Nous sommes venus régler les conflits... Mais reconnaissez qu'un problème autrement plus grave est survenu. La réputation et l'honneur de la famille sont en jeu. Il faut coûte que coûte faire sortir Asdollah de la maison de Shirali... Je propose que l'on aille rendre visite au mitron qui a reçu le coup sur la tête... Peut-être que ce n'était pas si grave et qu'il joue au martyr pour se venger de Shirali... Dans ce cas, nous pourrions peut-être nous entendre avec lui, lui promettre quelque chose pour qu'il retire sa plainte... Shirali serait libéré dans la journée.

— Dans ma situation actuelle, je dois en plus aller rendre visite au mitron pour qu'il fasse la paix avec le boucher ? s'écria l'oncle Napoléon exaspéré.

— Pas vous, bien sûr... L'un de nous... Ou par exemple Mash Ghassem...

— Il a raison ! l'interrompit Doustali Khan. C'est tout à fait logique ! Ce n'est évidemment pas digne de nous d'aller rendre visite à un mitron... Mais nous pouvons très bien envoyer Mash Ghassem.

— Pourquoi faut-il à tout prix libérer Shirali ? s'écria furieusement l'oncle Napoléon. Il n'avait qu'à ne pas frapper les gens avec une carcasse de mouton... Il harcèle tout le quartier. Pour une fois que l'Etat veut le punir, pourquoi l'en empêcher ?

— Ce n'est pas Shirali qui nous préoccupe... Qu'il aille au diable ! Il l'a bien cherché ! Qu'il crève en prison... Ce qui nous préoccupe c'est l'honneur de la famille. Ce qui nous préoccupe, c'est Asdollah... Imaginez-vous : le prince Asdollah Mirza dans la maison de Shirali le boucher ! Demain, comment regarder les habitants du quartier en face ?

— Messieurs ! dit l'oncle Napoléon en contenant sa colère, ce n'est tout de même pas la première fois qu'Asdollah s'introduit chez les gens… Ce n'est pas la première fois qu'il met les pieds chez Shirali… Après tout, faites ce que vous voulez !… Voilà Mash Ghassem… Pourquoi ne pas l'envoyer rendre visite au mitron, au boulanger, au marchand de tissus, à l'épicier ?…

Ghamar, la fille d'Aziz-ol-Saltaneh, qui jusque-là léchait sa sucette, demanda :

— Maman Aziz, Asdollah Mirza a été jeté en prison ?

— Non, ma petite chérie, il n'a pas été jeté en prison… Une personne abjecte l'a emprisonné !

— Quel dommage ! Pauvre Asdollah Mirza !… J'espère qu'il va être libéré bientôt, car il voulait m'emmener en voyage !

— Quoi ? Voyage ? Où voulait-il t'emmener ?

— L'autre soir, répondit Ghamar en léchant goulûment sa sucette, il m'a dit si tu es gentille et si tu ne le dis à personne, je t'emmènerai un jour à San Francisco… Dis, maman Aziz ! C'est joli San Francisco ?

Aziz-ol-Saltaneh lui jeta un regard sévère pour la faire taire, mais Ghamar ne l'entendait pas de cette oreille :

— Hein, maman Aziz ! C'est joli ?

— Non… C'est pas pour les enfants !

Ensuite, sans se mettre en colère, elle hocha la tête et grommela :

— Qu'il aille en enfer, Asdollah, avec ses plaisanteries !

— Vous voyez ? dit Doustali Khan d'une voix frémissante de colère. Et vous continuez à le défendre, ce voleur d'honneur !

Aziz-ol-Saltaneh le regarda d'un air menaçant.

— Toi, la ferme ! Il n'a fait que plaisanter, le pauvre !

L'oncle Colonel reprit le fil :

— Maintenant que Monsieur nous y a autorisés, il ne faut pas perdre de temps… Vas-y, Mash Ghassem ! Fonce, mon garçon ! Fais un saut chez ce mitron… Voilà de l'argent… Convaincs-le à tout prix de retirer sa plainte !

— Il y a un problème ! dit Mash Ghassem sans lever les yeux.

— Quel problème ?

— Ma foi, à quoi bon mentir ? La tombe n'est qu'à quatre pas. Il y a environ une heure, j'ai vu le petit mitron rentrer chez lui, la tête couverte de bandages… A l'instant où je vous parle, le Dr Nasser-ol-Hokama doit être à son chevet…

— Alors, il ne va pas si mal.

— Pas trop mal, mais le problème c'est que, depuis une dizaine de jours, nous ne nous parlons plus… Vous vous souvenez de la fois où on a trouvé un morceau de toile de jute dans le pain ? Je me suis engueulé avec le mitron, il m'a lancé à la tête le poids de la balance… qui m'a heurté là… J'ai failli tomber dans les pommes ! Alors je lui ai balancé un coup de panier sur la tronche ! Finalement on nous a séparés… Mais depuis je le boude ! Je ne lui adresse plus la parole !

— Comment ça tu le boudes ?… A ton âge, on ne boude pas comme un enfant !

— Ce n'est pas une affaire d'âge ! Prenez Monsieur, il boude bien son beau-frère !

— Pas de bêtises ! Allez, file !

— Ma foi, monsieur, à quoi bon mentir ? Vous pourriez me couper la tête que je n'irais pas lui cracher dessus, alors ne me demandez pas d'aller le dorloter !

L'oncle Colonel, Doustali Khan, Aziz-ol-Saltaneh et même Shamsali Mirza insistèrent auprès de Mash Ghassem et le supplièrent, sans succès :

— Nous, les habitants de Ghiass Abad, nous ne nous abaissons pas à ce genre de déshonneur. Je connaissais un gars au village… D'ailleurs, il n'était pas natif de Ghiass Abad même… Il venait de l'autre côté de Qom, du côté du Tekiyeh Moussa Mobarghaa…

— C'est bon, n'y va pas, mais ne raconte pas d'histoire non plus, s'écria l'oncle Colonel. Au diable toi et tes concitoyens !… J'y vais moi-même !

Sur ce, l'oncle Napoléon intervint, interdisant sèchement à son frère de se prêter à une telle humiliation, mais, quand il vit la détermination de l'assemblée à obtenir à tout prix l'accord du mitron afin de faire libérer Shirali, il se tourna vers Mash Ghassem :

— Mash Ghassem, je t'ordonne d'exécuter cette mission. Comme les ordres que je te donnais sur le champ de bataille et que tu exécutais… Aujourd'hui, je te donne l'ordre d'y aller… Imagine qu'on est à la bataille de Kazeroun.

— A vos ordres, Monsieur ! dit Mash Ghassem en se redressant. Mais regardez la toute-puissance de Dieu !… Comme les temps ont changé… Autrefois, vous me donniez l'ordre d'aller faire la guerre à Lézanglé… Maintenant je dois aller combattre le petit mitron… Je me souviens une fois, en pleine bataille de Kazeroun, je tenais le fusil…

— Ça suffit, Ghassem, tais-toi ! Vas-y ! Ton commandant te l'ordonne. Exécute les ordres, vite !

Lorsque Mash Ghassem fut de retour, tous ceux qui l'avaient attendu en arpentant impatiemment la pièce de long en large l'entourèrent.

— Alors, Mash Ghassem ?

— Ma foi, Monsieur, à quoi bon mentir ? La tombe n'est qu'à quatre pas… Comme je ne lui parle plus personnellement, j'ai appelé son frangin à la porte et lui ai passé le message… Il a fait plusieurs allers-retours, mais ça n'a rien donné !

— Comment ça, rien donné ?

— Ma foi, il a dit que Shirali devra lui baiser la main devant les commerçants du quartier pour qu'il lui pardonne.

Harassé et désespéré, Doustali Khan s'affala sur un fauteuil.

— Eh bien, cet effronté n'a plus de raison de sortir de la maison de Shirali !

Mash Ghassem continua :

— En plus, je viens de croiser Ousta Esmaïl le cordonnier, qui m'a dit qu'il avait vu Shirali au commissariat. Il l'avait chargé de passer chez lui dire à sa femme de ne pas s'inquiéter et de servir de tout son cœur leur hôte jusqu'à son retour !

— Excellent ! Excellent ! dit l'oncle Colonel en hochant la tête. Déjà qu'il ne se gênait pas, en plus il se fait prier de rester !… Vraiment… Vraiment *moment*, comme il dit !…

X

En plein débat sur la querelle de Shirali le boucher et du petit mitron, il se passa soudain quelque chose d'insolite qui laissa tout le monde pantois, le souffle coupé, comme si chacun doutait de ce qu'il voyait : Agha Djan apparut dans l'encadrement de la porte du salon de l'oncle Napoléon. Je jetai un coup d'œil à ce dernier. Sa taille élancée paraissait plus haute que d'habitude. Immobile, les yeux exorbités et la bouche ouverte, il regardait l'intrus. Agha Djan tendit les bras à mon oncle et, d'une voix exaltée, déclara :

— Je suis venu baiser votre main et vous demander pardon… Veuillez m'excuser, Monsieur !

Et il se dirigea vers l'oncle Napoléon, mais s'arrêta à deux pas de lui. Ce dernier ne bougeait pas. Mon cœur battait la chamade. J'avais envie de crier et de supplier mon oncle de ne pas laisser sans réponse le geste d'Agha Djan. Peut-être que tous les autres aussi avaient le même désir. Une minute qui me sembla interminable s'écoula. Soudain, mon oncle ouvrit les bras à son tour. Ils s'étreignirent de toutes leurs forces.

Des cris de joie éclatèrent. Ma mère se jeta sur eux et les embrassa l'un et l'autre.

Je courus vers la chambre de Leyli, que je savais enfermée.

— Leyli, Leyli ! m'écriai-je. Viens voir !… Mon père et mon oncle font la paix !

Leyli sortit d'un pas hésitant, mais, lorsqu'elle vit de loin Agha Djan aux côtés de son père, elle prit ma main et la serra très fort.

— Je suis très content, Leyli ! dis-je tout bas à son oreille.

— Moi aussi !

— Je t'aime, Leyli !

Elle rougit et, d'une voix que j'entendis à peine, murmura :

— Moi aussi je t'aime !

Tout mon corps frissonna. Une onde brûlante me parcourut de la pointe des pieds jusqu'au sommet de la tête et réchauffa tout mon être. J'ouvris spontanément les bras pour serrer Leyli contre moi, mais je me ressaisis et la conduisis vers le salon. Agha Djan tenait la main de mon oncle dans ses deux mains et continuait à demander pardon pour ses actes et ses paroles. Mon oncle hochait lentement la tête en répétant que ce n'était pas bien grave et qu'il avait tout oublié.

J'étais arrivé près d'Agha Djan, mais j'avais lâché la main de Leyli pour ne pas attirer l'attention de l'assistance.

Lorsque tout le monde se rassit, Agha Djan fixa les ornements du tapis et dit d'une voix étrange :

— Aujourd'hui, il s'est passé quelque chose qui m'a profondément bouleversé. J'ai croisé un célèbre dignitaire. Lorsque votre nom est venu dans la conversation, il a dit quelque chose qui m'a ébranlé. Vous devez être fier, m'a-t-il dit, d'avoir une telle personnalité dans votre famille. Vous auriez dû voir avec quelle ardeur il parlait de vous. Il disait tenir du major Saxon, qui durant la Première Guerre mondiale a été longtemps en poste ici, que, sans vous, les choses auraient été bien différentes dans ce pays. Sans vos combats et votre patriotisme, les Anglais y auraient eu les coudées franches. A l'époque des guerres du Sud, disait-il, les Anglais étaient prêts à payer une prime d'un million de livres à qui vous supprimerait.

Le visage de mon oncle s'éclaira sensiblement. Petit à petit un sourire radieux se dessina sur ses lèvres. Il ne quittait plus des yeux Agha Djan qui continuait sur le même ton :

— Cet homme a parlé aussi de vos combats contre les partisans de la dictature. Sans vos multiples sacrifices, disait-il, peut-être que l'on n'aurait pas eu droit à la constitution aujourd'hui...

— Qui était-ce, cet homme ? demanda mon oncle, dans un état d'excitation infantile.

— Vous m'excuserez mais je ne peux révéler son nom... Comme il m'a rapporté les propos du major Saxon, ce serait délicat pour sa sécurité. Vous savez très bien que les Anglais sont impitoyables, surtout maintenant qu'ils sont engagés dans une si grande guerre et que, chaque soir, Hitler leur envoie une pluie de bombes sur la tête...

Bouleversé, mon oncle était sur le point de sauter au cou d'Agha Djan pour le couvrir de baisers.

Ecoutant attentivement la conversation, Mash Ghassem s'exclama :

— On dit que la lune ne reste jamais cachée derrière les nuages !... Je sais mieux que quiconque comment Monsieur s'est vengé contre Lézanglé... Au jour d'aujourd'hui, si on le laissait faire, il serait trois fois plus dangereux que Hitler pour Lézanglé.

— Je me suis senti réellement fier, continua Agha Djan. Je suis confus du malentendu qui s'est produit. Le hasard de la vie m'a donné une nouvelle leçon.

L'assistance devinait probablement qu'Agha Djan ne disait pas la vérité. Tout le monde savait que les combats de mon oncle contre les bandits du Sud, sa lutte contre les étrangers, son engagement pour la révolution constitutionnelle n'étaient que le fruit de sa propre imagination. Tout le monde savait aussi qu'Agha Djan était celui qui parmi tous prêtait le moins de crédit à ses aventures imaginaires. Néanmoins, ces paroles élogieuses vides de sens avaient rendu heureuse l'assistance qui supposait qu'Agha Djan avait inventé cette histoire pour mettre fin au conflit. Mais mon esprit s'assombrissait de minute en minute. La vague idée qui, dès les premiers compliments d'Agha Djan, m'avait traversé l'esprit devenait affreusement claire au fur et à mesure que je ressassais dans ma tête le dialogue d'Agha Djan avec M. Apothicaire. Je perdais petit à petit confiance dans la bonne foi de mon père.

Dieu ! Pourvu que je me trompe ! Pourvu qu'Agha Djan en ait vraiment assez de la querelle ! Dieu, je T'en supplie de tout mon cœur, qu'il ne fomente rien en coulisse !

Le torrent de paroles élogieuses continuait à se déverser de la bouche d'Agha Djan :

— Cet homme disait que, si aujourd'hui les Anglais n'étaient pas si occupés par leur guerre contre Hitler, ils ne vous auraient pour rien au monde laissé tranquille. Il disait que, dans tout l'Orient, personne n'avait jamais porté autant préjudice aux desseins des Anglais que vous... Il disait qu'il avait entendu le major Saxon en personne dire que les Anglais avaient jeté l'éponge face à deux personnes : vous dans la Première Guerre mondiale et Hitler dans celle-ci...

Celui qui une heure plus tôt avait vu l'assemblée de la maison de mon oncle ne l'aurait certainement pas reconnue maintenant. Les mines défaites et renfrognées s'étaient complètement transformées. Tout le monde était gai et souriant. Seul Doustali Khan faisait la tête, regrettant de temps en temps l'absence d'Asdollah Mirza. Mais je devinais que c'était l'idée de la présence de celui-ci dans la maison de Shirali qui le rongeait. En général, Doustali Khan n'aimait pas beaucoup Asdollah Mirza. La raison en était peut-être que, lors des soirées familiales, Asdollah Mirza ne manquait jamais une occasion de plaisanter et de se moquer de Doustali Khan. Il lui avait même donné le surnom de Doustali le Couillon. D'autre part, Doustali Khan, qui avait un réel penchant pour la débauche, détestait Asdollah Mirza car toutes les femmes de la famille et de l'entourage appréciaient sa compagnie. Chaque fois que le malheureux Doustali Khan racontait une histoire drôle, il rencontrait la réticence de celles-ci :

— Ne copie pas sur Asdollah, s'il te plaît !

— Il a un bon bagout, Asdollah !

— Asdollah est unique… Même quand il est insolent, il reste raffiné.

Doustali Khan perdait parfois patience et le traitait de tous les noms. L'autre raison de la haine qu'il portait à Asdollah Mirza était que, auprès de chaque femme qu'il convoitait, il relevait une trace ou un signe de son passage. Surtout la femme de Shirali auprès de laquelle il n'avait visiblement pas eu beaucoup de succès.

Lorsque Agha Djan se mit à vanter le courage et la bravoure de mon oncle, Doustali Khan donna à nouveau des signes d'impatience.

— Faites aussi quelque chose pour Asdollah ! dit-il. Jusqu'à quand va-t-il rester chez ce voyou de boucher ?…

— Doustali, un peu de respect, s'il te plaît ! l'interrompit l'oncle Napoléon avec véhémence. Tu vois bien que monsieur est en train de parler !… Continuez, je vous prie !

— Oui, en pleine Première Guerre mondiale, le major Saxon a été envoyé chez nous… continua Agha Djan.

Mash Ghassem, qui écoutait attentivement la conversation, interrogea mon oncle :

— Ce n'est pas le grand gaillard que vous avez attaqué au sabre ? Celui qui était borgne ?

Mon oncle le fit taire d'un geste de la main :

— Attends une seconde... Et la personne dont vous parlez a vu récemment le major Saxon ?

— Oui, oui... Il y a deux ou trois mois à Istanbul... Il était de passage, arrivant du Caire pour se rendre je ne sais où... Si Dieu le veut, une fois les problèmes résolus, je l'inviterai à la maison pour qu'il vous raconte lui-même les propos du major Saxon à votre sujet... Vous me pardonnerez, mais il vous a aussi calomnié... Il a par exemple dit que vous aviez des attaches avec des chancelleries étrangères...

— C'est tout à fait normal... dit mon oncle planant sur son nuage de bonheur, un sourire radieux aux lèvres.

Le contraire aurait été étonnant... Cela dit, je ne me rappelle pas ce major Saxon. Mais bon, les Anglais ne révèlent jamais le nom de leurs agents...

— Comment, vous ne vous souvenez pas ?... l'interrompit Mash Ghassem. C'est le grand gaillard qu'on a croisé il y a deux trois ans dans l'avenue Tcheragh Bargh. Rappelez-vous, je vous ai même dit : Cet étranger vous a lorgné bizarrement ! J'ai tout de suite pensé, comme qui dirait...

L'oncle Napoléon l'arrêta avec agacement :

— Non, Mash Ghassem, ne dis pas de bêtises !... C'était peut-être l'un de leurs agents... En tout cas, je ne me rappelle même pas l'étranger dont tu parles.

— Vous l'avez peut-être oublié. Mais à quoi bon mentir ? La tombe n'est qu'à quatre pas... Je le vois encore comme qui dirait là devant moi... Il avait deux yeux comme deux bols de sang... Il vous a jeté un regard si terrifiant que j'ai failli rendre l'âme. Sur le coup, je me suis dit : O Morteza Ali, préserve Monsieur du mal que Lézanglé lui veulent !

Mon oncle ne prêta pas attention aux propos de Mash Ghassem. Il fixait un point lointain, avec toujours le même sourire radieux aux lèvres :

— Oui, j'ai pris conscience de mes devoirs d'humanité et de patriotisme, et j'en ai assumé pleinement les conséquences... Vous croyez que je ne savais pas ce que signifiait combattre les Anglais ?... Vous croyez que je ne savais pas qu'ils allaient empêcher ma progression ?... Que je ne savais pas qu'ils n'oublieraient jamais leur rancune et leur hostilité ?... Evidemment, je savais tout cela, mais j'ai accepté la misère et l'infortune et j'ai continué la lutte... Je ne vous dirai pas combien de médiateurs ils m'ont envoyés, combien de propositions...

Bref !... Je me rappelle la dernière fois que j'étais en mission à Mashad... Un soir, à la tombée de la nuit, je rentrais chez moi, Mash Ghassem m'accompagnait peut-être aussi...

— Bien sûr que je vous accompagnais !

— Voilà... Tout en marchant, j'ai remarqué une espèce d'Indien qui me suivait. Je n'y ai pas prêté attention. En début de soirée, j'étais à la maison lorsqu'on a frappé à la porte. Mon planton est allé ouvrir... C'était peut-être Ghassem d'ailleurs...

— Bien sûr que c'était moi, Monsieur !

— Il va voir et revient en disant qu'il y a à la porte un Indien qui prétend être pèlerin, il dit avoir rencontré des difficultés par ici et aimerait me parler une minute... J'ai tout de suite deviné que c'était l'un de leurs agents... Sur la tête de Leyli, je ne me suis même pas déplacé jusqu'à la porte... Dites-lui qu'il pourra seulement voir mon cadavre ! me suis-je écrié. J'ai refusé de lui parler.

— Je me souviens bien... intervint Mash Ghassem. Monsieur a crié et, moi, je lui ai claqué la porte au nez si fortement qu'il a failli en perdre son turban.

— Je l'ai chassé avec hargne et lui ai crié : Va dire à tes maîtres que je ne suis pas à vendre !... continua, exalté, l'oncle Napoléon.

Mash Ghassem acquiesça :

— Avant de partir, l'Indien nous a jeté un regard qui m'a fait frissonner... Je me suis dit : O Morteza Ali, garde bien Monsieur de ces gens-là !

— En revanche, aujourd'hui vous marchez la tête haute, dit Agha Djan. Votre famille est fière de vous.

Doustali Khan, toujours en ébullition, ajouta :

— Mais si l'honneur et la réputation sont acquis, il ne faut pas les laisser entacher. Maintenant, l'un des membres de cette famille se trouve dans la maison d'un boucher malfrat et personne ne...

— Monsieur Doustali Khan, intervint Shamsali Mirza exaspéré, ne taquinez pas mon frère. Ce malheureux s'est réfugié auprès du boucher pour fuir votre cruauté et vos injures. Si votre cœur est inquiet pour la femme du boucher, c'est une autre affaire.

Aziz-ol-Saltaneh bondit brusquement :

— Que son cœur aille au diable, ça soignera son inquiétude... S'il dit encore un mot sur le compte de mon cousin, je lui casse ses dents pourries...

Puis elle se rassit et ajouta :
— J'ai parlé avec Asdollah. Le pauvre est embêté d'abandonner la femme et les enfants de Shirali seuls et sans soutien.
— Shirali n'a pas d'enfant, madame ! s'écria Doustali Khan.
— Sa femme elle-même est une enfant… Asdollah est quelqu'un de très sensible.
— Qu'il aille au diable avec sa sensibilité ! marmonna Doustali Khan, les dents serrées et la mine tendue en quittant le salon d'un pas nerveux et précipité.
Aziz-ol-Saltaneh le suivit de son regard méprisant :
— Je vais faire en sorte qu'Asdollah soit rassuré et quitte cette maison… La belle-mère de Shirali habite non loin d'ici. Je vais l'envoyer chez sa fille pour lui tenir compagnie jusqu'à ce que cet ours de Shirali soit libéré.
La mine de l'oncle Colonel s'éclaircit. Lui non plus n'appréciait pas le séjour d'Asdollah Mirza chez Shirali mais dissimulait son mécontentement.
— Très bonne idée ! dit-il avec excitation. Car c'est dommage qu'il ne prenne pas part à notre joie collective.
Il s'adressa ensuite à l'assemblée :
— Je voudrais prier tout le monde de venir dîner ce soir chez votre serviteur. Pour célébrer la fin des malentendus, j'aimerais vous faire déguster mon fameux millésime, vieux de vingt ans…
— Non, monsieur le Colonel, ne vous donnez pas cette peine !… On se réunira, si Dieu le veut, une autre fois…
— Aucune peine pour nous ! Tout est déjà prêt. Madame a préparé un bon plat de riz aux herbes, si vous avez aussi préparé quelque chose pour le dîner, vous n'avez qu'à l'apporter, on mangera ensemble.
La proposition de l'oncle Colonel fut joyeusement accueillie.
La conversation de mon père et de mon oncle continua et quelques minutes plus tard retentit à nouveau le bruit des dés sur le bois du jacquet, qui s'était tu depuis de nombreux jours.
Bien que sceptique à propos de la bonne foi d'Agha Djan et très inquiet quant à ses desseins ultérieurs, j'étais tout de même fou de joie de me retrouver en compagnie de Leyli autour de la partie de jacquet de mon père et de mon oncle. Les regards discrets et furtifs de Leyli me faisaient frissonner de plaisir. Agha Djan défiait son adversaire avec la jubilation d'antan :
— Vous vous êtes battu contre l'Angleterre, mais avouez que vous ne savez pas jouer au jacquet… A votre place, je n'y

toucherais plus… Ma petite Leyli, apporte quelques noix à papa, pour qu'il s'amuse avec… Ciel, envoie-moi un double six, pour en finir avec cette partie !…

Et l'oncle Napoléon de rétorquer :

— Allez, jette les dés !… "Qu'as-tu à te mêler de cette héroïque guerre… Paysan, tu n'as qu'à cultiver ta terre…"

Leyli fut appelée par sa mère pour une tâche ménagère. Je fis un saut au jardin. Comme si la paix établie entre les belligérants en avait aussi transformé l'atmosphère, les fleurs et les plantes me paraissaient plus fraîches. Mais, à travers les arbres, j'aperçus Doustali Khan qui parlait avec vivacité à l'oreille de Mash Ghassem. Leurs gesticulations laissaient deviner l'insistance de l'un et le refus de l'autre. Finalement, les arguments de Doustali Khan ou peut-être ses promesses eurent visiblement raison de la résistance de Mash Ghassem. Il déroula les jambes de son pantalon qu'il avait retroussées pour arroser les fleurs et se dirigea vers la sortie. Je devinai que Doustali Khan l'envoyait raisonner le mitron afin de faire libérer Shirali. Plus tard, mon hypothèse se révéla exacte. Si Shirali ne rentrait pas ce soir et qu'Asdollah Mirza passait la nuit seul avec Tahéreh, Doustali Khan en crèverait sûrement de chagrin. A en juger par ses faits et gestes, il était prêt à tout pour obliger le prince à quitter la maison du boucher !

En fin d'après-midi, Mash Ghassem rentra au jardin et appela Doustali Khan à l'écart. J'étais curieux de connaître le résultat de sa mission. Je m'approchai sur la pointe des pieds et, de derrière les branches, me mis à épier leur conversation.

— Vous m'obligez, monsieur, à faire des choses déshonorantes… Je le boudais ce mitron, mais je suis allé le voir… Il a bien pris l'argent, mais il a fait mille chichis avant d'accepter de venir avec moi au commissariat pour retirer sa plainte contre Shirali…

— Alors ? dit-il impatient. Il est libéré ?

— Ma foi, monsieur, à quoi bon mentir ? La tombe n'est qu'à quatre pas… Le mitron a déposé une lettre au commissariat, mais le chef était absent. Sans le chef, ont-ils dit, nous ne pouvons pas libérer Shirali.

— Quand est-ce que le chef revient ?

— Ma foi, pas avant demain… Mais ils ont dit qu'il pouvait aussi passer ce soir !

— J'ai donné tout cet argent pour qu'il soit libéré demain ? grommela-t-il tout bas d'une voix tremblante de rage. Alors, cet effronté, ce vaurien, passera encore une nuit…

— Tant mieux !… Il n'avait qu'à ne pas sauter sur les gens avec sa hache !

— Je ne parle pas de lui, hurla Doustali Khan. Qu'as-tu dans la cervelle ?

Il attrapa ensuite Mash Ghassem par le bras et ils sortirent ensemble du jardin.

Une demi-heure plus tard, comme je ne les voyais pas revenir, je sortis aussi. La rue était sombre et complètement déserte. D'un pas décontracté, j'avançai dans la direction du domicile de Shirali. Tout près de chez lui, je vis le fantôme de Doustali Khan qui se cachait derrière les arbres. Je l'épiai un moment à distance, mais comme il ne se passa rien, je fus obligé de rentrer.

La réception de l'oncle Colonel battait son plein. Proches et parents au premier degré étaient presque tous là. L'oncle Napoléon et Agha Djan, tel un couple de jeunes mariés, occupaient la place d'honneur et bavardaient allégrement. Le gramophone de l'oncle Colonel diffusait une jolie musique. Certains accompagnaient le rythme en tapant dans les mains. L'oncle Colonel insistait pour que tout le monde déguste son vieux millésime. Les joues étaient enflammées, preuve qu'il avait réussi à les faire boire tous, y compris les dames. Aziz-ol-Saltaneh paraissait très en forme même si de temps en temps elle évoquait le retard inquiétant de Doustali Khan. Par contre, l'absence d'Asdollah Mirza s'était presque effacée des esprits, et même son frère Shamsali Mirza n'en parlait plus. Le grincheux inspecteur en attente d'affectation affichait pour la première fois une mine déridée. Il invita même Ghamar, la grosse fille foldingue d'Aziz-ol-Saltaneh, à danser.

Pour la première fois depuis longtemps, je flottais dans une mer de bonheur, car sous le regard enragé de Pouri, fils de l'oncle Colonel, je chuchotais à l'oreille de Leyli et nos éclats de rire retentissaient dans l'air. L'oncle Colonel donna l'ordre d'allumer le feu du barbecue pour les brochettes. Au même moment arriva le Dr Nasser-ol-Hokama, proférant des "Portez-vous bien !" à droite et à gauche. A peine installé, l'oncle

Colonel lui fit avaler un verre de vin. Le docteur jeta ensuite un regard à l'assistance et dit :

— Portez-vous bien !... Portez-vous bien !... Mais où est passé le prince Asdollah Mirza ?

— Comme d'habitude, dit en souriant Aziz-ol-Saltaneh, au service des veuves, maudit filou !

— Vous ne deviez pas appeler la belle-mère à la rescousse pour aller tenir compagnie à sa fille et libérer Asdollah ? demanda l'oncle Colonel, un sourire factice aux lèvres.

— La maudite est partie en pèlerinage à Qom !

Le mot Qom m'interpella. Je regardai autour de moi. Pas de trace de Mash Ghassem. Etonnant ! Aucune réception ne se déroulait sans que Mash Ghassem ne traîne au salon ou dans les parages à commenter les dires des invités.

Le dîner n'était pas encore servi lorsque les cris de joie de quelques dames retentirent du côté du jardin :

— Grâce à Dieu ! Asdollah Mirza...

Une seconde plus tard, Asdollah Mirza entra précipitamment dans le salon et s'écria :

— Qu'est-ce qui vous arrive, frangin ?

Mais, apercevant la mine ravie et décontractée de Shamsali Mirza, il resta pantois.

Une fois retombé le vacarme joyeux des formules de bienvenue, Asdollah Mirza dit :

— Alors pourquoi m'a-t-on dit que vous aviez fait un malaise ?

— Je n'ai jamais été aussi en forme et aussi gai, dit Shamsali Mirza, éclatant d'un rire fracassant qui n'était pas dans ses habitudes.

Asdollah Mirza fronça les sourcils mais retrouva aussitôt sa bonhomie habituelle :

— *Moment !* Alors ce bâtard de Mash Ghassem a rusé pour m'attirer ici !

Et il se mit aussitôt à fredonner une chanson populaire :

— "Je suis venu, oh !... Je suis venu... En musique et en danse, je suis venu..."

Aziz-ol-Saltaneh lui pinça la joue et dit :

— Que le diable t'emporte avec tes manières !... Tu l'as finalement délaissée ?...

— *Moment ! Moment !* Je suis juste venu dire bonjour et j'y retourne.

Aziz-ol-Saltaneh fronça les sourcils :

— Tu veux retourner chez ce boucher ?

Asdollah Mirza prit un air innocent :

— Imaginez-vous, madame Aziz... Cette malheureuse, dont le mari a été jeté en prison, est terriblement seule et abandonnée. Elle n'a aucun soutien... Vous devriez vous-même vous opposer à ce que je l'abandonne !

Asdollah Mirza, qui au milieu de l'agitation générale et des allées et venues n'avait pas remarqué que l'oncle Napoléon et Agha Djan se trouvaient côte à côte, se figea brusquement.

— Tiens, tiens ! s'écria-t-il en les fixant. Toutes mes félicitations !...

Et il se mit aussitôt à claquer des doigts et à chanter la fameuse chanson du mariage :

— "*Ey yar... mobarak bada !...* O mon ami ! Félicitations ! Mille milliers de félicitations ! Quel royal mariage ! Mille milliers de félicitations !... Un festin grandiose ! Mille milliers de félicitations !..."

Les invités l'accompagnèrent en chœur. Asdollah Mirza vida d'un coup sec son verre de vin et, tout en claquant des doigts, reprit :

— "*In hayato oun hayat !...* De maison en maison... De sucre candi en bonbons... Pourvu qu'arrive San Francisco !"

Le fixant de son regard aguicheur, Aziz-ol-Saltaneh s'esclaffa :

— Qu'est-ce que je l'adore avec ses manières !

Les réjouissances avaient atteint leur paroxysme. Tout le monde se tortillait et dansait au milieu du salon au rythme des cris de joie d'Asdollah Mirza.

Soudain, un événement inattendu se produisit. Haletant, Mash Ghassem fit irruption dans l'entrée :

— A l'aide !... Il veut le tuer !... Le décapiter !... O Morteza Ali, au secours !

Tout le monde s'immobilisa, le souffle coupé.

— Courez !... dit-il, blême et haletant. Allez l'aider !... Shirali veut tuer Doustali Khan.

— De quoi ? Qui ? Pourquoi ? Qu'est-ce qui se passe ? Parle !

D'une voix saccadée, Mash Ghassem expliqua :

— Il paraît que Doustali Khan est entré dans la maison de Shirali... Il cherchait, sauf votre respect, à embrasser sa femme... Mais le mari est arrivé au même moment et l'a passé à tabac...

— N'était-il pas en prison ?

— Ils l'ont libéré... Le mitron a signé la décharge et ils l'ont libéré.

— Et où est Doustali maintenant ?

— Il s'est enfui et s'est réfugié chez nous. J'ai vite refermé le portail derrière lui... Mais Shirali se trouve de l'autre côté, une hache à la main. Il est en train de casser le portail... Ne l'entendez-vous pas ?

On se mit à écouter attentivement. Des coups très forts martelaient le portail. On les entendait clairement de là où on était. Les hommes en premier, les femmes ensuite, se précipitèrent au jardin.

— Dépêchez-vous, cria Mash Ghassem... Le pauvre Doustali Khan a tourné de l'œil...

Arrivés devant le portail, toujours secoué par les coups de pied et de poing de Shirali, nous trouvâmes Doustali Khan affalé au pied du mur, les vêtements en lambeaux et le nez ensanglanté.

Dès qu'il nous vit arriver, il bredouilla d'une voix faible :

— Appelez le commissariat... Faites venir la police... Il voulait me tuer... Et là, il m'a poursuivi avec sa hache... Aidez-moi... Appelez la police !

Mon oncle l'attrapa par les épaules et le secoua :

— Qu'est-ce qui se passe ?... Qu'est-ce qui t'arrive ? Pourquoi es-tu allé chez Shirali ?

— Ce n'est pas le moment... Téléphonez au commissariat... Cet ours va casser la porte et me tuer... Appelez la police.

— Ne dis pas n'importe quoi ! Appeler la police pour lui dire que tu étais allé retrouver la femme d'un autre dans sa maison ?

Les martèlements continuaient et la voix rauque de Shirali résonnait :

— Ouvrez, sinon j'arrache la porte !

— Il y a vraiment des gens étonnants dans ce monde !... remarqua Asdollah Mirza au milieu de l'agitation générale. N'as-tu pas honte, Doustali, d'aller t'en prendre à l'honneur d'autrui ?

— Toi, la ferme ! s'écria Doustali Khan en lui jetant un regard noir.

— *Moment ! Moment !* Alors permettez que j'ouvre la porte pour voir à qui souhaite causer M. Shirali.

Doustali Khan se mit à hurler :

— Je vous en supplie, ne le laissez pas ouvrir... Cet ours va me tuer.

A ce moment-là, Aziz-ol-Saltaneh donna un tel coup de chaussure sur la tête de Doustali que le pauvre bougre s'étrangla.

— Va au diable avec ta gueule insolente... Tu t'adonnes maintenant à la débauche devant tout le monde ?

Asdollah Mirza saisit sa main, prête à frapper un nouveau coup :

— Pardonnez-lui, madame ! Il vous demande pardon ! C'est un imbécile, un idiot, un crétin, un mufle ! Faites preuve de grandeur d'âme !

Aziz-ol-Saltaneh baissa la main :

— A quoi bon me fatiguer ?... dit-elle. Je vais crier vengeance auprès de celui qui l'attend derrière la porte avec sa hache.

A peine avait-elle prononcé cette phrase, qu'elle fit un bond vers le portail et, avant que personne puisse faire le moindre geste, en souleva le loquet.

La silhouette colossale de Shirali le boucher surgit à l'intérieur du jardin, traînant derrière elle la menue Tahéreh, qui d'une main tenait son tchador et de l'autre le bras gigantesque de son mari. La chute fut si brutale que, si cette masse de cent vingt kilos avait croisé quelqu'un sur son chemin, elle en aurait fait de la bouillie de viande et d'os. Heureusement, il ne se cogna que contre le noyer, et en fit tomber quelques noix. Son terrifiant rugissement retentit alors dans tout le jardin :

— Où est passé ce salaud ?

— Shirali... Shirali... crièrent de concert l'oncle Napoléon, Agha Djan et Shamsali Mirza.

La voix de Tahéreh s'éleva aussi :

— Lâche-le, Shirali ! Pour l'amour du ciel !

Asdollah Mirza, qui se tenait à l'écart et ne quittait pas des yeux la silhouette de Tahéreh, marmonna :

— Pauvre petite chérie !

Tous s'agitèrent dans un vacarme généralisé, mais, d'un geste prompt, Shirali souleva comme un bébé Doustali Khan qui se cachait derrière mon oncle et se mit en route. Les supplications de Tahéreh et les remontrances de mon oncle et de toute l'assistance n'eurent aucune emprise sur celui qui continuait à rugir et à avancer vers le portail en emportant Doustali Khan qui se débattait entre ses bras puissants. Soudain Aziz-ol-Saltaneh lui barra la route :

— Pose-le par terre !

— Poussez-vous madame, sinon…

— Ta gueule ! Tu me menaces maintenant ? Pose-le sinon je te donne une raclée qui te fera ravaler tes dents pourries !

Et elle se mit à frapper Shirali avec ses poings. Mais ses coups restaient inefficaces et atterrissaient plutôt sur la tête de Doustali Khan qui, de peur, serrait les mâchoires.

— Asdollah, dis quelque chose ! cria Aziz-ol-Saltaneh.

Asdollah Mirza s'avança, sans quitter des yeux Tahéreh :

— Shirali Khan, je vous demande de lui pardonner… C'est un crétin, un paumé, un imbécile, un mufle !

— Monsieur Asdollah Khan, demandez-moi tout ce que vous voulez, sauf ça !… dit Shirali sans lâcher Doustali Khan. J'ai des comptes à régler avec cet infâme !

— Shirali, je connais cet homme mieux que vous. Il ne cherchait pas à vous faire du tort… Seulement c'est un mufle, un crétin, un pauvre paumé… Il a agi par bêtise…

Puis il s'adressa à Doustali Khan :

— Dis-lui Doustali… Dis-lui que tu es bête, que tu es un idiot… Vas-y mon garçon ! Dis-lui !

Doustali Khan marmonna laborieusement :

— Je suis bête… Je suis un idiot…

— Dis-lui que tu y es allé par bêtise !

— J'y suis allé… par… par bêtise !

Asdollah Mirza posa la main sur le bras de Shirali :

— Tu vois, Shirali ?… Alors je te demande de lui pardonner… Pardonne-lui au nom de Mme Tahéreh qui la pauvre tremble comme un moineau.

— Imaginez-vous… dit Shirali en se décontractant légèrement… Tahéreh est comme votre sœur… Même si je pardonnais à ce vaurien, vous ne devriez pas lui pardonner !

— Je ne le lui pardonnerai jamais ! Je lui montrerai de quel bois je me chauffe !… Laisse-le juste pour ce soir… Je lui donnerai moi-même une leçon inoubliable !… Malheur à ce nigaud d'imbécile !

Asdollah Mirza finit sa phrase et donna un coup sur la tête de Doustali qui se trouvait toujours dans les bras de Shirali.

Ce dernier baissa les bras et posa Doustali Khan debout en le frappant si fortement contre le sol que le pauvre bougre émit un sanglot.

— Voilà ! dit Shirali. Grâce à la grandeur de Votre Excellence qui êtes le plus noble des seigneurs !… Il y a des hommes comme vous pour donner de l'argent à ce chien de mitron pour signer la décharge et m'éviter la prison… Et d'autres comme ce dévergondé qui, dès qu'il voit ma maison vide, pointe son nez pour zyeuter ma femme…

— Je vous en prie, monsieur Shirali Khan… Vous êtes un frère pour moi… Votre femme est comme ma sœur, la prunelle de mes yeux… Vous allez voir quelle leçon je vais lui donner, à ce Doustali !

— Je suis votre serviteur, vous êtes mon seigneur !

Tout le monde poussa un soupir de soulagement.

— Maintenant, monsieur Shirali Khan, pour me faire vraiment plaisir, dit Asdollah Mirza en regardant discrètement Tahéreh, venez dîner avec nous chez M. le Colonel… Nous avons une soirée de réjouissance…

Shirali baissa la tête :

— Je vous en prie, je suis votre dévoué mais je ne veux pas vous importuner.

L'oncle Napoléon jeta un regard furibond à Asdollah Mirza.

— Ne dis pas de bêtises, Asdollah !… lui murmura-t-il à l'oreille. Un boucher dans le salon de mon frère ?

— Si vous permettez, je vous expliquerai après !

— Pas la peine de m'expliquer !… dit mon oncle d'une voix basse mais exaspérée. Comment un boucher peut-il partager notre repas ?

— D'accord, d'accord !… dit Asdollah Mirza en hochant la tête. Alors laissons-le emmener Doustali… Monsieur Shirali…

— D'accord ! Qu'il vienne… Qu'il vienne !… murmura l'oncle Napoléon en mettant la main sur la bouche d'Asdollah Mirza.

— Monsieur Shirali Khan, je serai vexé si vous refusez… continua Asdollah Mirza. Mme Tahéreh est comme notre sœur… Ne vous inquiétez pas pour Doustali… Je vais l'envoyer se coucher !

Quelques minutes plus tard, la soirée de l'oncle Colonel s'était à nouveau animée. Asdollah Mirza fit avaler à Shirali, assis en tailleur sur le tapis, deux trois verres du vieux millésime de l'oncle Colonel. L'oncle Napoléon, dont l'humeur avait été ternie par la présence du boucher à la réception familiale, avala le dernier verre qu'Asdollah Mirza lui servit et, jetant aux oubliettes le prestige et la grandeur de la famille, se dérida enfin. Grâce à la médiation d'Aziz-ol-Saltaneh, Doustali Khan fut autorisé à venir au salon, mais, la mine défaite, le malheureux se tapit à l'écart. Asdollah Mirza servait sans arrêt à boire à Shirali. Lorsque l'éclat tonitruant des rires de Shirali s'éleva, et qu'Asdollah Mirza fut rassuré sur l'efficacité de l'alcool, il suggéra que sa femme Tahéreh danse et, à la surprise générale, Shirali y consentit.

Un nouveau disque fut choisi et la jolie petite silhouette de Tahéreh se mit à se tortiller. Asdollah Mirza tapait dans ses mains et répétait tout bas : Ah que j'adorerais la… Ah que j'adorais la…

Et pour tous ceux qui n'étaient pas encore trop éméchés, ces quelques mots suffisaient pour laisser deviner la chute de sa phrase. La joie d'Asdollah Mirza avait égayé même les femmes de la famille. Pour la première fois, leur regard sur Tahéreh ne contenait ni haine ni rancune.

Après le dîner, Agha Djan, qui paraissait plein d'entrain et de bonne humeur, prit de nouveau place à côté de l'oncle Napoléon et le pria de raconter la suite de la bataille de Kazeroun, dont le récit avait été interrompu par un bruit suspect lors de la fameuse soirée de l'oncle Colonel. Dans un premier temps, l'oncle Napoléon rechigna en prétendant que ce n'était pas bien important, mais il finit par céder devant l'insistance d'Agha Djan. A l'évocation de la bataille de Kazeroun, Mash Ghassem aussi s'approcha.

L'oncle Napoléon rajusta sa cape sur les épaules et commença ainsi :

— Eh bien, dans le temps, les guerres étaient autrement plus ardues… Aujourd'hui avec les nouvelles inventions comme les mitraillettes, les chars et les avions, le courage et l'initiative individuels sont relégués au second plan. Nous ne possédions que quelques fusils de fabrication nationale… Nos hommes n'étaient pas suffisamment équipés. Le ventre vide, en manque de rations, en retard de salaires… Le secret de notre réussite ne se trouvait que dans notre dévotion et notre foi. Face à nous, au contraire, l'ennemi était bien équipé. Le bandit Khodadad Khan n'était pas isolé. Tout l'Empire britannique le soutenait… Les quelques bons fusils que l'on possédait, c'était le butin qu'on avait pris au camp d'en face… Personnellement, j'en possédais un, j'en avais donné quelques-uns aussi à mes hommes.

— Vous m'en aviez donné un, l'interrompit Mash Ghassem.

— C'est ça, j'en avais donné un à Ghassem… Pas parce qu'il tirait bien, mais parce qu'il était mon ordonnance, chargé de ma protection… A l'époque, croyez-moi, les Anglais avaient plusieurs fois attenté à ma vie… Surtout lorsque j'ai tué Khodadad Khan…

— Soyez-en remercié ! dit Mash Ghassem… Si vous n'aviez pas tué cette vermine, combien d'autres troubles aurait connus la région ?

— Mais vous n'avez toujours pas raconté comment vous avez réussi à le tuer ? dit Agha Djan.

— Ce fut la volonté de Dieu !… On était à une distance de cent mètres maximum… J'ai minutieusement visé son cou…

— Entre ses deux sourcils, protesta Mash Ghassem.

— Oui, c'est ça !… C'est-à-dire que mon fusil tirait toujours un peu trop haut, alors j'ai visé son cou pour atteindre le milieu de son front…. J'ai imploré le prince des croyants* et j'ai appuyé sur la gâchette.

Mash Ghassem se frappa le genou :

— Wouaaah ! Dieu miséricordieux !… Lorsque la balle a frappé son front, il a poussé un rugissement qui a fait trembler la montagne et le désert…

— Les cris et le tumulte des bandits m'ont fait comprendre que j'avais atteint ma cible… Il y a eu une telle pagaille… Ils couraient dans tous les sens… Mais on ne les a pas laissés fuir. On a fait pas moins d'une quarantaine de captifs.

Un sourire espiègle apparut sur le visage de Mash Ghassem :

— Comment une quarantaine, Monsieur ?… Vous avez tellement bataillé que vous ne vous en souvenez plus… Je les ai comptés personnellement… Il n'en manquait que dix pour faire trois cents… Parmi eux le frangin de Khodadad Khan.

— Ah que je l'adore… le frangin de Khodadad Khan ! murmura Asdollah Mirza qui faisait les yeux doux à Tahéreh.

Non loin de lui, Leyli et moi éclatâmes de rire.

— On ne rigole pas pendant les conversations des adultes, fiston ! dit Asdollah Mirza en m'adressant un regard taquin.

* Le surnom d'Ali, le premier imam shiite.

Et il reprit aussitôt son dialogue espiègle avec Tahéreh.

— Vous croyez vraiment que, après avoir passé des années à dresser Khodadad Khan, les Anglais l'oublieraient ?… dit l'oncle Napoléon le regard rivé au loin. Un an après, un fusil a disparu. Ils ont monté un tel dossier contre moi que j'ai failli y laisser ma peau…

— "Prépare-toi aux souffrances quand l'affaire prend de l'ampleur… Autour du troupeau, rôdent les yeux noirs du loup…" déclama Agha Djan d'un air philosophe.

— Ah que j'adore… les yeux noirs du loup ! dit Asdollah Mirza le regard rivé sur Tahéreh.

— Que dis-tu, Asdollah ? demanda l'oncle Napoléon.

— Rien ! J'approuve… J'approuve les yeux noirs du loup.

— Oui, relança Agha Djan, mais vous n'avez pas affronté les Anglais que dans les guerres du Sud… Vous leur avez aussi porté des coups mortels en d'autres lieux… Un tigre est beaucoup plus dangereux quand il est blessé.

— Je n'avais pas froid aux yeux, dit mon oncle avec un sourire mystique. Je veux dire que je ne les ai pas épargnés… En pleine révolution constitutionnelle, malgré mes innombrables sacrifices, ils ont voulu me déshonorer… Me traîner dans la boue… Ils ont annoncé partout, ils ont même, m'a-t-on rapporté, écrit dans les journaux que j'étais complice du colonel Liakhov lors de l'offensive blindée contre le Parlement… Tandis que, en vérité, j'étais certes membre de l'armée cosaque, mais, sur la tombe de mon père, jamais aucune balle n'a été tirée de mon fusil. Pas besoin d'aller chercher bien loin ? Mash Ghassem était partout avec moi… Demandez-lui ce que j'ai dit à Shapshal Khan ?

— A quoi bon mentir ? La tombe n'est qu'à quatre pas… dit Mash Ghassem avant même qu'on lui pose la question. Que Dieu bénisse Monsieur ! Il a dit des choses si graves à Shapshal Khan que le gars a failli disparaître au fin fond de la terre…

Asdollah Mirza, qui promenait son regard sur la silhouette menue de Tahéreh, marmonna :

— Qui était ce Shapshal Khan ?… Ah que je l'adore… Que Dieu te pardonne… O mon Shapshal Khan à moi !

L'oncle Napoléon, qui l'avait entendu, se mit à expliquer :

— Tu ne connais pas Shapshal Khan ?… Le Russe Shapshal Khan était le précepteur du roi Mohammad Ali Shah. Dans tout l'Iran, il n'existait pas plus grand ennemi de la Constitution.

— Qu'il soit maudit !... Qu'il aille en enfer ! dit Asdollah Mirza à voix haute.

Et, sans quitter Tahéreh des yeux, il ajouta :

— Ah que j'adore... la Constitution !

L'oncle Colonel, qui s'était rendu compte de son manège, le sermonna sérieusement :

— Un peu de pudeur, Asdollah !

— *Moment ! Moment !* Il est interdit d'aimer la Constitution ?... Seriez-vous partisan de la dictature ?

Doustali Khan ouvrit la bouche pour la première fois :

— Mais tu insinues autre chose !

— *Moment !* Qu'est-ce que j'entends ? Ce voleur d'honneur se permet de discourir... Hé, où est M. Shirali Khan ?

Délaissant sa conversation avec le valet de l'oncle Colonel dans l'entrée, Shirali apparut dans le cadre de la porte :

— Vous avez besoin de quelque chose, monsieur Asdollah Mirza ?

— Non, non... On était en train de vous faire des compliments... Retournez à votre discussion, je vous prie !

L'oncle Napoléon continua son récit :

— Au crépuscule du jour où Malek-ol-Motékalémin, Mirza Djahanguir Khan et d'autres combattants de la Constitution ont été emmenés au jardin royal, le roi Mohammad Ali Shah a convoqué le colonel Liakhov et d'autres responsables de l'armée cosaque afin de les remercier... Quand il a passé en revue notre rang, j'ai crié : Vous vous trompez, Votre Majesté ! Ceux-là sont innocents !... Ne versez pas leur sang !... Le roi s'est arrêté brusquement et a froncé les sourcils en demandant à voix basse à son chancelier, ministre de la cour : Qui est celui-là ?... Lorsqu'on lui a expliqué qui j'étais, fils d'un tel, celui qui a rétabli le calme dans les contrées du Sud... Je vous jure, sur l'honneur de mon père, qu'il est devenu rouge comme une tomate. Il est parti sans un mot, mais le lendemain on m'a nommé au Khorassan... Vous pouvez vérifier cet épisode... Je n'étais pas seul... De nombreuses personnalités peuvent en témoigner... Il y avait feu Mad Vali Khan, que Dieu ait son âme !... Il y avait feu Alireza Khan Azdolmolk, que Dieu ait son âme !... Qui d'autre ?... Feu le regretté Aligholi Khan, le commandant Asaad... Il y avait de nombreuses personnalités...

— Moi aussi, j'y étais ! dit Mash Ghassem.... A quoi bon mentir ? La tombe n'est qu'à quatre pas... Comme si c'était hier… Dès que Monsieur a dit ça, je vous jure sur la lumière de cette lampe que Shapshal Khan s'est mis à frissonner comme si la terre avait tremblé sous ses pieds… Comme il n'osait rien dire à Monsieur, il s'est mis à me traiter de tous les noms… Comme je ne pouvais pas répondre, j'ai imploré celui qui est là-haut de s'en occuper !

Sans faire attention à l'intervention de Mash Ghassem, l'oncle Napoléon continua :

— Alors malgré un tel bilan de bravoure, lorsque, partout dans les salons et les réunions, on laisse entendre que j'ai participé, sous le commandement du colonel Liakhov, à l'offensive blindée contre le Parlement, qui d'après vous pourrait être l'auteur d'une telle rumeur ? Qui d'autre que les Anglais ! Qui d'autre que les Anglais chercheraient à venger leurs défaites ?

— Oui, c'est absolument vrai ! dit Agha Djan en hochant la tête. Ils ont agi de la même façon avec Napoléon et beaucoup d'autres. Ce vieux loup rusé d'Angleterre n'oublie jamais les coups qu'il a encaissés.

Le visage de l'oncle Napoléon s'assombrit :

— Leur animosité face à Napoléon était si grande qu'ils ont même refusé que son fils lui rende visite avant son départ pour Sainte-Hélène… Le jour où j'ai commencé à lutter contre les Anglais, je connaissais le destin de Napoléon, mais ma décision n'en a pas été ébranlée pour autant.

Bien qu'exalté par la compagnie de Leyli, je ne pouvais m'empêcher de suivre la conversation de mon oncle avec Agha Djan. Je doutais de plus en plus de la sincérité et de la bonne foi de celui-ci. Il n'avait pas l'habitude d'accepter et de cautionner les aventures imaginaires de mon oncle. J'aurais voulu déchiffrer le fond de sa pensée pour comprendre son but.

Le cri d'Asdollah Mirza retentit :

— *Moment !* Ce soir il n'y a pas d'Anglais dans les parages !… Laissons Hitler régler leur affaire !… Je voudrais faire jouer encore une fois cette mélodie rythmée pour que Mme Tahéreh danse pour nous.

Le cri d'approbation des dames, qui s'étaient lassées des sempiternels récits des aventures et sacrifices de mon oncle, retentit :

— Vas-y, ma fille ! Vas-y, Leyli ! Remets le disque !

Quelques instants plus tard, Tahéreh entama une nouvelle danse. Assis dans l'entrée, presque saoul, Shirali racontait ses bagarres au valet de l'oncle Colonel et à quelques autres domestiques. Profitant de son absence, Asdollah Mirza tournait autour de Tahéreh en claquant des doigts, en caressant du regard chaque détail de sa menue silhouette et en fredonnant :

— "Chérie, comme je te tourne autour… Chérie, que j'adore ta silhouette… Chérie, que j'adore tes yeux… Chérie, que j'adore tes lèvres…"

Et il continuait à glisser de plus en plus bas dans sa description du corps de la jeune femme tandis que Doustali Khan, le visage tendu, lui jetait des regards haineux, et que Leyli et moi applaudissions ou éclations de rire avec toute l'ardeur amoureuse de nos jeunes années.

DEUXIÈME PARTIE

XI

Dans la cour de notre maison, sous la tonnelle de vigne, le samovar bouillait sur la table de bois. Ma mère était en train de nous servir le thé. En attendant son tour, Agha Djan approchait de son nez la soucoupe remplie de pétales de jasmin pour les sentir de près. C'était un vendredi à la fin de l'été 1941. Nous étions assis autour de la table du petit-déjeuner dans nos pyjamas duveteux, car il ne faisait déjà plus très chaud.

Un bruit de pas attira brusquement notre attention. L'apparition de l'oncle Napoléon à ce moment de la journée n'était pas habituelle, surtout qu'il avait l'air très préoccupé. Dépassant de sous sa cape, sa main droite était posée sur son ventre tandis que la gauche égrenait rapidement et nerveusement son chapelet. Je n'avais jamais vu mon oncle aussi abattu et soucieux, comme si le ciel lui était tombé sur la tête. D'une voix étranglée, il demanda à Agha Djan s'il pouvait lui dire deux mots en privé et, en réponse à ma mère qui l'invitait à prendre un verre de thé, il hocha la tête et dit :

— Il n'est plus temps pour moi de prendre le thé, ma sœur !

Inquiet, Agha Djan le conduisit dans le salon à cinq portes près de l'entrée.

Mon Dieu, que se passe-t-il ? Aussi loin que je remonte dans le temps, je ne me rappelle pas avoir vu mon oncle aussi défait et désespéré. Pourquoi n'est-il plus temps pour lui de prendre le thé ? On dirait un condamné à mort qui dans quelques instants va monter sur l'échafaud ! Je n'arrivais pas à comprendre. J'étais perplexe. Un an était passé depuis ce 13 août où j'étais subitement tombé amoureux de ma cousine Leyli.

Pendant ce temps, rien d'extraordinaire ne s'était passé, sauf que j'étais de plus en plus amoureux de Leyli et que je lui avais écrit plusieurs lettres d'amour auxquelles elle avait répondu par des lettres d'amour. Des lettres que nous échangions avec beaucoup de prudence. Tous les deux ou trois jours, elle m'empruntait un roman dans lequel j'avais dissimulé ma lettre et, lorsqu'elle me le rendait, je découvrais sa réponse entre les pages. Nos lettres comme toutes les lettres d'amour de l'époque étaient très romantiques ou même tragi-romantiques. On y évoquait la mort et “l'instant où mon corps inanimé sera confié au cœur de l'obscurité de la terre”. Apparemment, personne n'avait découvert notre secret. L'obstacle principal sur le chemin de notre amour était Shâpour, *alias* Pouri, le fils de l'oncle Colonel, lui aussi épris de Leyli. Mais, Dieu merci, il fut appelé sous les drapeaux et la demande en mariage comme la cérémonie des fiançailles furent reportées à la fin de son service militaire. Dans ses lettres, Leyli m'écrivait que, si un jour on la fiançait de force à Pouri, elle se suiciderait, et, dans les miennes, je lui promettais du fond du cœur de ne pas la laisser seule dans ce voyage.

La situation des autres membres de la famille n'avait pas beaucoup évolué, excepté pour Shamsali Mirza, l'inspecteur en attente d'affectation au ministère de la Justice, qui avait démissionné et s'était converti en avocat.

Les relations de Doustali Khan et Aziz-ol-Saltaneh étaient redevenues normales, mais le prétendant de Ghamar, la fille de celle-ci, avait, grâce à Dieu, changé d'avis et pris la fuite.

Les rapports de l'oncle Napoléon avec Agha Djan avaient pris une tournure étrange. En apparence, ils s'entendaient à merveille et la paix régnait entre eux. Mon oncle s'était même de plus en plus rapproché d'Agha Djan jusqu'à en faire son principal confident. Mais mes doutes concernant la sincérité et la bonne foi de celui-ci s'amplifiaient jour après jour, au point que j'étais presque convaincu que mon père cherchait sincèrement et cordialement à détruire mon oncle. La raison, telle qu'elle apparaissait à l'intelligence d'un adolescent de quatorze ans, en était le préjudice qu'Agha Djan avait subi l'année précédente. Sa pharmacie, autrefois la plus grande et la plus prestigieuse du quartier, mais aussi de toute une partie de la ville, lui assurait d'importants revenus, et elle avait perdu toute sa splendeur à la suite de l'anathème jeté par Seyed Abolghassem, le prédicateur, sur M. Apothicaire, son gérant.

Tout ceci sur l'incitation bien sûr de mon oncle. Le renvoi de M. Apothicaire n'avait pourtant rien arrangé et les gens avaient continué à bouder ses médicaments. Pour redorer le blason de l'établissement, mon père avait même embauché comme apprenti le propre fils du prédicateur, mais les propos de Seyed Abolghassem insinuant que les médicaments étaient fabriqués à base d'alcool s'étaient si profondément ancrés dans les esprits que même la présence du fils du religieux parmi le personnel n'y avait pas remédié.

Après quelques mois de vains efforts, la pharmacie avait fait faillite et les armoires vides et les flacons de sulfate de soude et d'acide urique avaient été jetés derrière le mur de notre maison. Agha Djan se trouvait dans un état singulier. Je l'entendais parfois proférer tout bas injures et invectives et le voyais menacer de vengeance les responsables de cette débâcle. J'étais persuadé que la cible de ses attaques n'était autre que l'oncle Napoléon. Mais Agha Djan n'était pas homme à manifester une si grande haine. Il avait établi des relations très chaleureuses avec mon oncle. Pourtant, tout au long de l'année, je vis comment, jour après jour, il lui montait la tête, exagérait ses états de service et lui faisait gravir les échelons de la bravoure, de la grandeur et de la toute-puissance. Je n'arrivais pas à cerner son but final, mais celui qui un an auparavant tournait en dérision les plus insignifiants affrontements de mon oncle en tant que gradé subalterne de la gendarmerie contre des bandits le hissait aujourd'hui sur le plan du commandement et de l'excellence militaire au rang de Gengis Khan et de Hitler.

Et mon oncle, avec le penchant naturel qui était le sien, montait jour après jour les marches de l'échelle qu'Agha Djan avait dressée sous ses pieds. Ses combats contre les hors-la-loi dans le Sud du pays, qui, avant les événements de l'année précédente, avaient acquis le statut de batailles de Kazeroun et de Mamasani avec toutes les caractéristiques de celles d'Austerlitz et de Marengo, s'étaient transformés, grâce au coup de pouce d'Agha Djan, en des guerres plus amples et plus meurtrières dans lesquelles mon oncle et ses hommes affrontaient les forces armées de l'Empire britannique.

Bien entendu, en leur for intérieur, les membres de la famille aussi raillaient ces chimères, mais aucun d'entre eux n'osait contester l'authenticité des faits. Et si, par malheur, quelqu'un prenait le risque de rappeler que la bataille de Kazeroun n'avait été qu'une confrontation avec Khodadad Khan le rebelle, le cri de fureur et de protestation de mon oncle s'élevait, en même temps que naissait une profonde rancune contre l'insolent.

Une fois, à la réception que donnait le Dr Nasser-ol-Hokama à l'occasion de la fin des travaux dans sa maison, l'intervention de Shamsali Mirza faillit déclencher un immense scandale.

Ce soir-là, évoquant la bataille de Kazeroun, l'oncle Napoléon avait dit :

— J'avais à mes côtés trois mille hommes épuisés et affamés, manquant de munitions, alors qu'en face de nous se trouvaient quatre régiments britanniques entièrement armés avec infanterie, cavalerie, chars et blindés… Ce qui nous a sauvé la vie, c'est la fameuse tactique qu'a utilisée Napoléon pendant la bataille de Marengo… J'ai confié l'aile droite au regretté Soltan Ali Khan… L'aile gauche au regretté Aligholi Khan… Quant à moi, j'ai pris le commandement de la cavalerie… Et quelle cavalerie !… Rendez-vous compte… Au temps de Mohammad Ali Shah, elle n'en portait que le nom… Une poignée de chevaux galeux, boiteux et affamés…

— Mais votre cheval alezan, que Dieu ait son âme, en valait à lui seul quarante… intervint Mash Ghassem. Comme qui dirait la monture de Rostam, le héros légendaire… Un seul coup d'étrier et il s'envolait tel un aigle par-dessus monts et vallées…

— Oui, il était unique… Tu te rappelles comment il s'appelait, Mash Ghassem ?

— Ma foi, à quoi bon mentir ? La tombe n'est qu'à quatre pas… D'après mon souvenir, vous lui aviez donné le nom de Sohrâb…

— Voilà !… Bravo !… Tu as meilleure mémoire que moi. Il s'appelait Sohrâb !

Entre-temps, l'attitude de mon oncle envers Mash Ghassem s'était aussi beaucoup améliorée, car, hormis Agha Djan qui l'écoutait avec un semblant d'attention et d'affection et feignait de croire à chacun de ses mots, ces aventures ne suscitaient aucun intérêt chez les autres qui n'y accordaient pas de crédit et mon oncle éprouvait de plus en plus le besoin de disposer d'un témoin oculaire pour confirmer ses dires. Ce témoin n'était autre que Mash Ghassem qui, dans ce nouveau rôle, planait sur un nuage de bonheur.

L'oncle Napoléon continua d'un air imperturbable :

— A la tombée de la nuit, de derrière la colline, on a hissé un drapeau blanc au bout d'une baïonnette. J'ai ordonné d'arrêter les tirs. Un sergent anglais s'est approché au galop et a demandé à négocier la paix. La première chose que j'ai voulu savoir, c'était son grade. Quand on m'a dit qu'il était sergent, j'ai dit qu'il ne pouvait pas négocier avec moi, et qu'il devait discuter avec un gradé de son rang parmi mes hommes. Je ne sais plus lequel de mes gars j'ai nommé pour parler avec le sergent…

— Comment vous ne vous en souvenez pas ?… C'est vraiment étonnant… Vous oubliez tout, Monsieur !… C'est moi que vous avez nommé.

— Mais non… Ne dis pas de bêtises, Ghassem ! Je crois que…

— A quoi bon mentir ? La tombe n'est qu'à quatre pas… Comme si c'était hier. Les jumelles autour du cou, vous faisiez les cent pas devant la tente… Vous m'avez dit : Ghassem je ne vais pas parler avec ce *sergèmte*… Va voir ce qu'il veut ! Ils ont amené le *sergèmte*. Il s'est jeté à mes pieds et s'est mis à pleurer et me supplier… Je ne comprenais pas ce qu'il disait… Le jeune Indien qui l'accompagnait lui servait de traducteur… Il a dit : Le *sergèmte* dit que notre armée a échoué… Que Monsieur veuille bien nous accorder sa protection… J'ai dit : Demande-lui pourquoi son chef n'est pas venu ? Ce n'est pas digne de Monsieur de discuter avec un *sergèmte* ! Il a dit quelque chose en langue étrangère. L'Indien m'a dit : Le *sergèmte* jure au nom de Morteza Ali que son chef est touché par balle et ne peut bouger…

— Bref !… l'interrompit mon oncle. Je ne connais pas ces détails… La discussion a duré un moment. Quand on a fini de parler et que je leur ai accordé ma protection, je suis allé rendre visite au colonel anglais qui était blessé par balle… Face au commandant en détresse de l'armée ennemie, je me suis mis au garde-à-vous et je l'ai salué militairement… Le pauvre, la balle lui avait tranché la gorge, mais il n'a pu s'empêcher de parler malgré son piètre état : *Mossio*, dit-il, toi d'une famille noble, toi prince… Toi, *very* grand commandant… Nous Anglais donner *very* d'importance à ça…

C'est à ce moment-là que, ayant bu quelques verres de trop, Shamsali Mirza s'en mêla :

— Chapeau ! Quelles capacités respiratoires ! Pour quelqu'un qui avait la gorge tranchée, il a bien parlé !

Mon oncle s'emporta si brusquement que tout le monde retint son souffle.

— La politesse, l'intelligence et l'humanité sont en train de perdre du terrain dans notre famille et se voir remplacées par l'insolence, l'ingratitude et le manque de respect à l'encontre des plus âgés.

Il se leva aussitôt pour s'en aller mais tout le monde se mit à le supplier. Agha Djan, en tant qu'expert en pharmacologie, fit un éloquent discours sur la possibilité scientifiquement prouvée de parler la gorge tranchée et réussit à faire rasseoir mon oncle.

Agha Djan corroborait sans scrupule tous les fantasmes de mon oncle, en concluant immanquablement par la phrase : "Les Anglais n'oublieront jamais !"

Il soutenait les fanfaronnades de l'oncle Napoléon et alimentait sa hantise de la vengeance des Anglais, ce qui avait poussé ce dernier à suspecter tout le monde. Il voyait partout des Anglais en train de l'épier. Mash Ghassem racontait que depuis plusieurs mois, chaque nuit, il mettait son revolver sous l'oreiller. Nous-mêmes nous l'avions entendu à maintes reprises dire d'un air résigné :

— Je sais qu'ils atteindront un jour leur but. Je ne quitterai pas ce monde de ma belle mort !

Cette pensée avait fini par contaminer Mash Ghassem et j'eus l'occasion de l'entendre personnellement exprimer ses craintes au sujet de la vengeance des Anglais :

— Ma foi, fiston, à quoi bon mentir ? La tombe n'est qu'à quatre pas… J'ai porté moi aussi pas mal de coups à Lézanglé. Pas autant que Monsieur bien sûr ! Mais un siècle peut bien s'écouler, ils ne parviendront pas à l'oublier !

Le seul épisode qui pendant cette année compliqua quelque peu les relations en apparence harmonieuses et amicales entre mon père et mon oncle fut l'histoire de Sardar Meharat Khan.

Je crois que son vrai nom était Baharat ou Beharat mais tout le monde dans le quartier l'appelait Meharat Khan. Ce marchand indien louait depuis peu une petite maison appartenant à Agha Djan, située juste en face de notre jardin.

Le jour où l'oncle Napoléon apprit qu'Agha Djan avait loué sa maison à un Indien, il se mit dans une colère noire, mais Agha Djan jura au nom du Prophète et de tous les saints de l'islam qu'il ignorait l'origine indienne de son nouveau locataire. Alors que, présent personnellement dès la première minute de ses négociations avec l'Indien, je pouvais témoigner que mon père lui avait loué son bien en toute connaissance de cause.

Ce jour-là, face à la vive contestation de mon oncle, Agha Djan, qui cherchait toujours à entretenir l'idée que les Anglais, ou du moins leurs préposés, étaient à sa recherche, s'évertua par mille moyens à lui prouver que Sardar Meharat Khan était quelqu'un d'innocent et d'insoupçonnable. L'oncle Napoléon retrouva son calme, mais il était évident qu'il ne cessait de considérer que l'Indien était missionné par les Anglais pour habiter à proximité de sa maison et surveiller de près ses actes.

Plus tard, j'appris que la démarche d'Agha Djan avait été intentionnelle et qu'il avait même baissé le loyer pour l'Indien. Mon oncle avait insisté un certain temps pour qu'Agha Djan renvoie à tout prix son locataire, mais un élément nouveau vint à la rescousse de celui-ci, permettant à l'Indien de rester. Cet élément nouveau était Asdollah Mirza, dont le motif de la médiation en faveur de l'Indien n'était autre que sa jolie épouse anglaise sur laquelle le prince avait jeté son dévolu. Il avait même noué des liens d'amitié avec Sardar Meharat Khan, l'invitant plusieurs fois chez lui en compagnie de son épouse qu'il appelait Lady Meharat Khan. C'était pour cette raison d'ailleurs que mon oncle en voulait à ce point à Asdollah Mirza. Il l'avait menacé devant toute la famille : s'il continuait à fréquenter l'Indien, il n'aurait plus le droit de mettre les pieds chez lui. Avec son air innocent, Asdollah Mirza s'était fait l'avocat de l'incriminé :

— *Moment !* Après tout, nous sommes iraniens… Après tout, les Iraniens sont réputés pour leur hospitalité… Ce pauvre bonhomme est notre hôte… Il est seul, il est étranger… Une fois je lui ai traduit le poème de Hâfiz, "à l'heure de la prière du soir, je commence à pleurer mon exil"… croyez-moi, il s'est mis à pleurer à chaudes larmes… Tuez-moi, chassez-moi de votre maison, mais ne m'empêchez pas de consoler un étranger, qui plus est solitaire sur notre terre… Surtout en temps de guerre… Le malheureux est sans nouvelles de sa famille, de sa mère, de son père…

Quoi qu'il en soit, même si mon oncle finit tant bien que mal par tolérer la présence de Sardar Meharat Khan dans son voisinage, il ne cessa pas une seconde de le soupçonner... Evoquant de temps en temps la vengeance des Anglais, il faisait discrètement allusion à l'Indien.

Ce matin-là, lorsque Agha Djan et l'oncle Napoléon s'enfermèrent dans le salon à cinq portes, ma curiosité fut attisée. J'avais par ailleurs l'intuition qu'un événement important, dont j'allais subir les conséquences, était sur le point de se produire.

J'avais pris mon petit-déjeuner et je me dirigeais tranquillement vers l'antichambre qui jouxtait le salon à cinq portes et dont la fenêtre donnait dans le jardin. La tentation de les écouter était grande. Je me glissai à l'intérieur par la petite fenêtre et me mis à regarder par la fente de la porte.

Debout, sa cape sur les épaules, le grand oncle Napoléon se tenait face à Agha Djan, un long revolver à la ceinture.

— Je n'ai même pas confiance en mes frères et sœurs. Vous êtes le seul à qui je confie ma décision et j'espère que, comme par le passé, vous continuerez à être un frère pour moi et ne me refuserez pas l'aide que je sollicite...

— Ma parole, plus je réfléchis, plus je me dis que vous avez raison... répondit Agha Djan d'un air affecté. Mais d'un autre côté... enfin c'est compliqué. Et qu'allez-vous faire de votre épouse et de vos enfants ?

— Je pars ce soir même. Vous vous occuperez discrètement des préparatifs de leur départ dans quelques jours.

— Réfléchissez tout de même, le chauffeur qui vous conduira reviendra vite. Qui nous dit qu'il ne leur révélera pas votre cachette ?

— Sur ce point, je n'ai pas d'inquiétude. J'utiliserai l'automobile de Dabir Khaghan... Pendant mes longues années de guerre, son chauffeur était à mes côtés. Il est prêt à donner sa vie pour moi. Il est comme Mash Ghassem pour moi...

— Je pense tout de même qu'il vaut mieux attendre quelques jours afin d'étudier tous les aspects de la question.

— Mais eux, ils ne vont pas attendre, s'écria l'oncle Napoléon d'une voix qu'il essayait de ne pas hausser. L'armée britannique est en marche vers Téhéran... Il est fort probable que ce soir ou demain elle arrivera en ville... Croyez-moi, ce n'est pas à moi que je songe... J'ai vécu avec le danger, j'ai l'habitude... Comme dit Napoléon : les grands hommes sont les enfants du danger !... Mais je pense à mes petits... Vous pouvez être sûr que, dès leur arrivée à Téhéran, la première chose que les Anglais voudront faire, c'est régler leur vieux contentieux avec moi.

— Je sais très bien que les Anglais n'oublient jamais leurs contentieux, mais... dit Agha Djan en hochant de nouveau la tête. Est-il possible de les duper ?... Vous croyez être en sécurité à Neyshâbour ?...

Pendant un bref instant, j'eus l'impression qu'Agha Djan craignait de perdre le compagnon de ses parties de jacquet.

Mon oncle écarta sa cape, posa la main sur l'étui de son revolver et dit :

— Premièrement, ils ne m'auront pas vivant... Sur sept balles, les six premières leur sont réservées, mais la dernière est pour moi... Ensuite, je pars d'ici officiellement dans la direction de Qom... Personne, vous entendez, personne, même pas mon dévoué chauffeur, ne connaît ma destination... Même à lui je dirai que je vais à Qom... Dès la sortie de la ville, nous bifurquerons vers Neyshâbour...

— Mais qu'allez-vous faire une fois sur place ? Croyez-vous qu'ils n'ont pas leurs agents à Neyshâbour ?

— Le village de Dabir Khaghan n'est pas Neyshâbour... J'y séjournerai provisoirement sous une fausse identité...

Je n'entendis plus rien de leur conversation. J'eus soudain l'horrible vision de ma séparation avec Leyli. Les Anglais s'approchaient de Téhéran et l'oncle Napoléon cherchait à s'enfuir de la ville. Mon Dieu, comment pourrais-je vivre loin de Leyli ? Qui sait combien allait durer ce voyage ? C'était la première fois que je ressentais l'horreur de la guerre et de l'occupation. Depuis une vingtaine de jours, les Alliés envahissaient tout le territoire. Mais cela n'avait pas de réel impact sur la vie des jeunes, sauf que l'on avait annoncé que la rentrée scolaire serait retardée de quelques jours et que les denrées alimentaires deviendraient de plus en plus rares et chères... Mais nous continuions, comme par le passé, à manger à notre faim et à rire aux éclats...

Le 26 août 1941, l'oncle Napoléon, cape sur le dos et revolver à la ceinture, et Mash Ghassem, fusil à double canon en bandoulière, avaient pris le commandement du jardin, nous interdisant durant plusieurs jours de sortir de nos chambres. Mais, même pendant ces quelques jours, nous n'avions pas pris la guerre au sérieux. Tandis que, à présent, elle était à mes yeux le plus grave des sujets. J'avais envie d'interrompre leur conversation et de crier que toute la famille se moquait de la terreur que les Anglais inspiraient à l'oncle Napoléon. J'avais envie de dire à mon oncle que, en lui insufflant cette idée, Agha Djan cherchait à le ridiculiser aux yeux de tous, que les Anglais n'allaient pas se donner la peine de se venger d'un simple sous-officier cosaque qui au temps de Mohammad Ali Shah avait tiré quelques balles contre des bandits de grand chemin. Mais je savais que non seulement ma parole ne servirait à rien, mais qu'en plus je serais puni par Agha Djan, peut-être même recevrais-je une véritable raclée.

Je ne restai pas plus longtemps sur place et me réfugiai dans une chambre déserte pour chercher une solution à ce problème complexe et douloureux. Il fallait à tout prix dissuader mon oncle d'effectuer ce voyage, mais comment ? Je ne sais pas combien de temps je réfléchis, mais ma réflexion n'aboutit à rien.

A la mi-journée, accablé et malheureux, je me rendis au jardin où j'aperçus Mash Ghassem. Après des salamalecs chaleureux, je lui demandai les dernières nouvelles.

— Ma foi, fiston, Monsieur a l'intention de partir ce soir pour quelques jours à Qom… Quelle chance ! J'ai eu beau insister pour qu'il m'emmène avec lui, il n'a pas accepté… Je voulais faire un saut à Ghiass Abad. Bon, rien à faire ! Sainte Massoumeh ne m'appelle pas, elle appelle seulement Monsieur !

— Comment il y va ? En train ou en automobile ?

— Ma foi, à quoi bon mentir ? Il paraît qu'il y va en automobile… Je l'ai entendu téléphoner à M. Dabir Khaghan pour qu'il lui envoie sa voiture et son chauffeur, Mammad Agha…

Aucun doute, le voyage de mon oncle était bien sérieux. Dieu tout-puissant, montre-moi une issue ! Si je n'arrive pas à empêcher ce voyage, Leyli aussi va partir. Comment vivrai-je sans Leyli ? Dieu, il n'y a personne pour m'aider ! Mais si !… Peut-être… Sait-on jamais !… Une idée me foudroya : Asdollah Mirza !… C'était la seule personne à qui je pouvais confier mon secret. Son regard chaleureux et affectueux me mettait toujours en confiance. Je partis en courant vers sa maison. Je ne savais pas encore ce que j'allais lui dire, mais une lueur d'espoir m'était apparue.

Asdollah Mirza vivait avec sa vieille bonne dans une maison ancienne non loin de la nôtre. Lorsque je demandai à le voir, la vieille me répondit qu'il dormait toujours. Mais je le vis à la fenêtre, l'air encore somnolent.

— *Moment ! Moment !* dit-il dès qu'il m'aperçut dans la cour. Que fais-tu là, mon garçon ?

— Bonjour, tonton Asdollah !... J'ai une chose urgente à vous demander... Excusez-moi si...

— Pas la peine de t'excuser... Allez monte, fiston !

Il enfila sa robe de chambre en soie à fleurs et s'assit au bord du lit.

— Que se passe-t-il ? Tu as l'air préoccupé !

Je mis un certain temps avant de réussir à lui dire que j'aimais Leyli.

— C'est pour ça que tu es venu ? s'esclaffa-t-il bruyamment. Mais, félicitations, fiston !... Dis-moi, il y a eu San Francisco ou pas encore ?

La chaleur que je sentis monter à mon visage me fit comprendre que je rougissais. Malgré toute mon affection pour Asdollah Mirza, je ressentis un instant de mépris envers lui pour avoir souillé si facilement notre innocent amour. Il interpréta mal mon silence :

— Tu as peut-être besoin d'un de ces toubibs qui pourraient te débarrasser du bébé ?... Ne t'inquiète pas ! J'en connais une dizaine...

— Non, tonton Asdollah ! m'écriai-je d'un air énervé. Il ne s'agit pas de ça.

— Alors il n'y a pas eu San Francisco ? Réponds... Allez, vite, et que ça saute ! Il n'y a pas eu ?

— Non, non et non !

— Alors vous êtes tombés amoureux pour jouer ensemble à colin-maillard ?... Un gars de ton âge ? Tu devrais avoir honte !

— Nous voulons nous marier plus tard, quand nous serons grands, lui dis-je tête basse.

— A ta place, j'aurais pas pu attendre... dit-il en ricanant à nouveau. Et puis, le temps de finir tes études, la fille aura déjà mis bas trois fois... Si tu veux la réserver, il faut faire quelque chose.

— Que dois-je faire ?

— Un petit aller-retour à San Francisco !

Au milieu de son rire et de ses blagues, je réussis tant bien que mal à lui raconter l'histoire de la fuite de l'oncle Napoléon à bord de l'automobile de Dabir Khaghan et à lui demander de faire quelque chose pour que mon oncle renonce à ce voyage.

Après une courte réflexion, il dit :

— Ton oncle, même si Churchill en personne lui jurait, sur la tête des cent vingt-quatre mille prophètes que Dieu a envoyés à l'humanité, qu'il n'en a rien à cirer d'un adjudant de l'armée cosaque, il ne le croirait pas… Il est persuadé que les Anglais passeraient l'éponge sur les péchés de Hitler mais pas sur les siens… Dis-moi, il va partir dans la direction de Qom, et bifurquer ensuite vers Neyshâbour ?

— Oui, mais il n'y a qu'Agha Djan et moi qui sommes au courant.

Asdollah Mirza réfléchit de nouveau un instant. Soudain, son visage s'éclaircit.

— *Moment ! Moment !* murmura-t-il. Ça veut dire que, si les Anglais apprenaient qu'il veut aller à Neyshâbour, il y renoncerait !… Donc, il faut qu'on s'arrange pour que les Anglais apprennent qu'il veut fuir à Neyshâbour et que lui-même apprenne que les Anglais l'ont appris.

Il ajouta ensuite d'un ton railleur :

— On sauvera de la sorte les pauvres Anglais aussi… Car sinon ils auraient à affréter un avion spécialement de Londres pour bombarder l'automobile de Dabir Khaghan sur la route sinueuse des Mille Vallées, tout en faisant courir un énorme danger à l'avion et à son pilote… Il se peut que Monsieur, champion de tir, les prenne pour cible avec son fusil à double canon et esquinte l'éminent attribut viril du pilote…

Et tandis qu'il enfilait rapidement ses vêtements, il vociféra, devant mon air défait et anxieux :

— En avant vers les Anglais pour sauver notre héros !… Dernière nouvelle… Collaboration des agents d'espionnage et du contre-espionnage au nom de l'amour… A mes ordres, en arrière !… Marche !…

Je n'arrivais pas à deviner quel était son dessein mais son air tranquille et joyeux me réconfortait.

Dans la rue, il glissa son bras par-dessous le mien et dit :

— Bon alors, raconte-moi mon garçon, Leyli aussi est amoureuse de toi ou pas ?

— Oui, tonton Asdollah, dis-je d'un air innocent. Leyli m'aime aussi, mais jurez-moi de n'en parler à personne.

— Rassure-toi, mais, dis-moi, depuis quand es-tu amoureux ?

— Depuis le 13 août de l'année dernière, dis-je spontanément.

— Tu connais aussi l'heure et la minute, je parie ! dit-il en rigolant.

— Oui, trois heures moins le quart !

Il éclata de rire si fortement que cela me fit rire aussi. Lorsqu'il retrouva son calme, il me tapa sur l'épaule :

— Mais, fiston, je dois te donner quelques conseils ! *Primo*, ne lui montre pas trop que tu l'aimes... *Secundo*, si tu vois que tu vas la perdre, n'oublie pas San Francisco.

Je rougis de nouveau mais je ne dis rien. Brusquement, Asdollah Mirza s'arrêta et dit :

— Je ferai en sorte que tu ne sois pas séparé de cette gamine, mais que faire avec Pouri et sa langue de vipère ? A la fin de son service militaire, ils vont le fiancer à Leyli.

A cette idée terrifiante, un frisson me parcourut tout le corps. Il avait raison. Si une chose pareille arrivait, je ne pourrais rien faire. Voyant mon air maussade et renfrogné, il rit à nouveau.

— *Moment !* Ne t'en fais pas ! Dieu est du côté des amoureux !

Nous arrivions au jardin. Il jeta un coup d'œil autour de lui pour s'assurer qu'il n'y avait personne dans la rue, et il frappa à la porte de l'Indien. Je n'eus pas le temps de lui demander ce qu'il cherchait à faire, car une seconde plus tard l'épouse anglaise de Sardar nous ouvrit. Les yeux d'Asdollah Mirza avaient un éclat particulier.

— *Good morning, my lady !*

Avec mes connaissances approximatives de l'anglais niveau collège, je réalisais qu'Asdollah Mirza ne maîtrisait pas la langue, mais il alignait si bien les mots qu'on se mettait à en douter.

Il prit en tenaille la lady entre ses regards et ses mouvements de bras, au point qu'elle n'eut pas d'autre choix que de l'inviter à entrer. Elle dit que son mari n'était pas là mais qu'il n'allait pas tarder à arriver. Encouragée par les paroles chaleureuses du prince, elle nous invita finalement à nous asseoir en attendant son retour. Une seconde plus tard, Asdollah Mirza et moi, nous nous trouvions dans le salon de Sardar Meharat Khan. La lady lui offrit un verre de vin. Lorsque je repoussai son offre prétextant que je ne buvais pas, Asdollah Mirza fronça les sourcils :

— *Moment ! Moment !* Tu tombes amoureux mais tu ne bois pas de vin ?... Si tu es un enfant, tu n'as pas à tomber amoureux ! Si tu es un adulte, tu n'as pas à refuser le vin... Prends le verre ! Souviens-toi ! continua-t-il lorsque j'acceptai le vin. De la part d'une belle femme, même le pire des poisons est bienvenu !

Et il se mit tout de suite à bavarder avec la femme de Sardar ou lady comme il l'appelait et, sans être gêné par ma présence, lui adressait, au milieu de ses phrases rafistolées en anglais, des mots d'amour :

— *Good wine*... Quelle beauté divine !... *Very good wine*...

Ses gestes et ses regards provoquaient le rire de la lady qui de temps à autre lui demandait le sens des mots qu'il prononçait.

Quelques minutes plus tard, l'Indien rentra. Il fut d'abord surpris et même contrarié de voir Asdollah Mirza dans son salon, mais le prince réussit rapidement à le mettre à l'aise et même à l'égayer. Sardar parlait le persan avec un accent singulier et d'une manière particulière. Après quelques instants de bavardage au sujet de choses et d'autres et surtout autour des dernières nouvelles du front, Asdollah Mirza lui dévoila l'objet principal de sa requête : l'oncle Napoléon allait effectuer un voyage à Qom et il souhaitait que, dès sa montée à bord de l'automobile et avant de se mettre en route, Sardar Meharat Khan sorte lui souhaiter bon voyage, en prononçant dans la foulée le mot Neyshâbour.

Surpris, Sardar lui demanda la raison de tout ceci. Asdollah Mirza répondit qu'il s'agissait d'une blague et, tout en rigolant et plaisantant, fit un tel remue-ménage que l'Indien n'insista plus. Il demanda juste comment il saurait que l'oncle Napoléon allait partir afin de sortir de chez lui au bon moment.

— Très facile, monsieur Sardar ! Notre rue n'est tout de même pas la place des Canons, où passent un millier d'automobiles par jour. Lorsque vous verrez une voiture arriver devant le portail du jardin, vous comprendrez que Monsieur va partir.

— *Saheb*, je souviens justement une chose très bien pour Neyshâbour...

— Je vous remercie Sardar... Vous êtes vraiment aimable !

— *Saheb*, combien de jours, Monsieur à Qom rester *hai* ?

— A vrai dire, je n'en sais rien... Je suppose une dizaine de jours.

— Mais *saheb*, comment loin de madame, Monsieur supporter *hai* ?

Asdollah Mirza éclata de rire :

— A vrai dire, maintenant la nature de Monsieur *very* en berne *hai* !

Asdollah Mirza tenait visiblement cette expression de l'Indien lui-même et, d'après son emploi et les personnes auxquelles il l'attribuait, on pouvait deviner que, en langue indienne, elle désignait celui qui n'a plus les moyens d'effectuer ses devoirs conjugaux.

Tout en continuant à rire, Asdollah Mirza répéta :

— Et lorsque les dames *very* sûres *hai* que la nature de leur mari *very* en berne *hai*, elles ne s'opposent plus à leur voyage !

A la suite d'Asdollah Mirza, l'Indien aussi se mit à rire et la visite prit fin dans une ambiance bon enfant. Nous quittâmes le domicile de l'Indien, sans que le prince puisse détacher ses yeux de la silhouette élancée de lady Meharat Khan. Cependant, avant de sortir, il n'oublia pas de jeter un coup d'œil pour s'assurer qu'il n'y avait personne dans la rue.

Je fis quelques pas pour l'accompagner dans la direction de sa maison.

— Sois tranquille ! dit-il la mine égayée. Ton oncle ne partira pas dans de telles conditions ! Du moins pas à Neyshâbour. Et ta chère Leyli restera à tes côtés. Mais il faut qu'à ton tour tu penses à San Francisco !

— Je vous en prie, tonton Asdollah ! Ne dites pas ça !

— Peut-être que, malgré ton jeune âge, ta nature aussi *very* en berne *hai* ? dit-il en haussant les sourcils.

Le cœur plein d'espoir, je rentrai à la maison. Je cherchai partout Agha Djan, sans trouver sa trace. J'interrogeai notre valet, il m'informa qu'il était en compagnie de l'oncle Napoléon dans le salon à cinq portes.

Je devais me tenir informé en détail de tous les faits et gestes de l'oncle Napoléon. Le départ de Leyli et notre douloureuse séparation ne tenaient plus qu'à un cheveu et je ne pouvais rien laisser au hasard. Je me rendis une nouvelle fois dans l'antichambre. Debout, la mine défaite, mon oncle se tenait face à Agha Djan et lui faisait ses dernières recommandations :

— Je signerai le télégramme du nom de M. Mortazavi... Je n'y évoquerai pas les enfants. Si j'écris "envoyez les produits", vous comprendrez que je parle de mon épouse et de mes enfants. Aujourd'hui plus que jamais, j'ai besoin de votre aide, car j'ai décidé d'emmener aussi Mash Ghassem.

— Pourquoi avez-vous changé d'avis ?

— Je me suis dit que partir à Qom sans Mash Ghassem qui en est originaire, cela attirerait leur attention. Il faut soigner les apparences pour ne pas susciter leurs soupçons. Surtout je vous demande, lorsque nous partirons, de recommander au conducteur d'être vigilant au volant, car la route de Qom est très encombrée ces jours-ci.

— N'ayez aucune crainte !

A l'instar d'un commandant romain sur le point de partir pour le front, l'oncle Napoléon ramassa sa cape, la jeta sur son épaule gauche et posa la main droite sur l'épaule d'Agha Djan.

— Je vous confie le commandement de l'arrière. En mon absence vous serez mon remplaçant.

Et il s'en alla à grands pas.

Une heure plus tard, l'automobile de Dabir Khaghan se trouvait devant le portail. La famille au grand complet était réunie dans le jardin pour faire ses adieux à l'oncle Napoléon. La vieille Belgheis tenait le miroir et le Coran sur un plateau.

La pauvre Leyli ignorait tout des desseins de son père alors que, malgré mes efforts pour rester calme, mon cœur était envahi par une angoisse sans précédent. Même si Asdollah Mirza m'avait assuré qu'avec son plan il était impensable que mon oncle aille à Neyshâbour, ou bien, au pire, qu'il y reste longtemps, j'étais très inquiet. De temps à autre, je jetais un bref coup d'œil à Asdollah Mirza qui, occupé à batifoler et plaisanter dans le cercle familial, me répondait par un regard confiant.

Mon oncle arriva au jardin dans son accoutrement de voyage, mais, avant d'entamer ses embrassades, il demanda où était Mash Ghassem et s'irrita de son absence.

— Pose ce plateau et va voir où est passé cet imbécile de Ghassem à un moment pareil, dit-il d'un ton vif à la vieille Belgheis.

Mais Belgheis n'avait pas encore franchi le portail que Mash Ghassem arriva. Il s'avança droit vers l'oncle Napoléon et, avant que celui-ci ait le temps d'ouvrir la bouche, dit :

— Monsieur, je vous en supplie, renoncez à ce voyage. A l'instant, sur le petit bazar, j'ai entendu dire que Lézanglé étaient arrivés à trois lieues de Qom... A ce qu'on dit, ils ont des canons et des fusils qui portent à plus d'une lieue...

— Les Anglais cherchent en vain à m'impressionner ! dit l'oncle Napoléon en lui jetant un regard méprisant.

Puis il leva les yeux et, fixant la cime du noyer, déclama ce vers :

— "Ne nous plaignons pas de la justice divine, le lion porte ses chaînes tête haute..."

— Mais vous me connaissez, insista Mash Ghassem. Vous savez que je n'ai pas peur de ces choses-là. Mais à quoi bon chercher des ennuis ?... Même sainte Massoumeh n'approuverait pas que l'on tombe dans les mains de Lézanglé.

— Si tu as si peur, reste ici et va te cacher à la cave comme les vieilles femmes !

— Moi, peur de Lézanglé ? s'écria Mash Ghassem vexé, en ramassant rapidement la pile de couettes et de matelas et se dirigeant vers le portail.

Au même moment, arriva à bout de souffle Seyed Abolghassem, le prédicateur.

— On m'a dit que vous partiez en pèlerinage ! A la bonne heure ! Félicitations !

Lors de ses rencontres fortuites avec le prédicateur, Agha Djan s'efforçait de rester calme, mais je discernais toujours dans son regard un ardent désir de vengeance. Il était évident que la blessure provoquée par la faillite de sa pharmacie saignait encore dans son cœur. Ce jour-là, en croisant le prédicateur, il s'efforça de sourire en disant :

— Comment va votre fils, l'*hôdjat-ol-Islam* ?

— Grâce à la bonté de Votre Excellence, il va bien !

— Il a toujours les mêmes sentiments à l'égard de l'épouse de Shirali, ou bien ça lui a passé ?

— Je vous prie d'éviter ce genre de plaisanterie !... dit le prédicateur en jetant un regard effrayé autour de lui. Nous allons dans quelques jours demander la main d'une jeune fille très convenable pour lui... La fille de Hadji Ali Khan, l'architecte...

— Excellent ! Bravo ! Félicitations ! l'interrompit Asdollah Mirza. C'est une fille très bien ! Et une très bonne famille ! Une fille chaste et convenable. Après tout, la femme de Shirali, hormis le fait qu'elle était déjà mariée, n'était pas digne de votre famille. Tandis que la fille de l'architecte est très bien... J'ai eu l'occasion de la voir chez ma sœur...

Mon oncle se mit en route :

— Bon, je vous salue tous, c'est l'heure !

Et il se mit à embrasser les uns et les autres. A cet instant, Mash Ghassem revint précipitamment. Il prit mon oncle à l'écart et lui chuchota en aparté quelques mots à l'oreille. L'oncle Napoléon pâlit de manière sensible, mais finit par se racler la gorge et dit :

— Ce n'est pas grave ! Soit !

Je devinai que Mash Ghassem l'avait prévenu de la présence de l'Indien à proximité de la voiture. Se dirigeant vers le portail, mon oncle promit à voix haute des sucreries de Qom pour les enfants et des prières pour les adultes...

L'automobile de Dabir Khaghan se trouvait devant la porte avec les bagages de mon oncle attachés sur le toit. L'Indien tournait autour du véhicule.

— Heureusement que je vous vois M. Sardar pour vous dire au revoir, dit l'oncle Napoléon en l'apercevant.

— Bon voyage, *saheb* !

L'oncle Napoléon s'installa sur la banquette arrière et Mash Ghassem monta à côté du conducteur. Il continuait à s'entretenir avec l'Indien :

— Cela fait un moment que je n'ai pas effectué de pèlerinage au sanctuaire de sainte Massoumeh...

— Mais *saheb*, l'interrompit l'Indien, toi pas peur de la route avec ces événements ?

— Mais non, ce ne sont que des rumeurs ! Les combats sont bel et bien terminés... Et puis j'ai l'intime conviction que sainte Massoumeh se charge personnellement de la sécurité de ses pèlerins...

La famille au grand complet s'était rassemblée autour de la voiture, mais l'Indien ne lâchait pas prise. Je m'attendais qu'Asdollah Mirza soit le premier intéressé par cette conversation, mais il était au contraire occupé à faire les yeux doux à Lady Meharat Khan qui de derrière le treillis de la fenêtre surveillait la rue. Impatient, je fixais la bouche de l'Indien.

— *Saheb*, reprit-il, toi pas prendre madame avec toi ?

— Non, je ne reste que quelques jours ! répondit mon oncle d'un ton en apparence tranquille, alors que je le soupçonnais de bouillonner intérieurement.

— Mais, *saheb*, même une courte séparation avec la bien-aimée est fort affligeante. Comme dit le poète : "Ma bien-aimée à Lahâvard et moi à Neyshâbour…"

Je ne quittais pas des yeux mon oncle. En entendant le mot Neyshâbour sur les lèvres de Sardar Meharat Khan, il fut comme électrocuté. Bouche bée, il considéra l'Indien un court instant et, d'une voix à peine audible, ordonna au chauffeur :

— En route, Mammad Agha !

Le moteur tournait déjà et, sur un coup de pédale du conducteur, tout le monde recula d'un pas. L'automobile s'ébranla et la poussière envahit la rue. Je rejoignis Asdollah Mirza, lui lançant un regard interrogatif.

— Ton oncle est fichu ! dit-il me prenant par le bras. Tu peux dormir sur tes deux oreilles !

— Je vous dis à ce soir… annonça la femme de l'oncle Napoléon. La marmite de soupe aux vermicelles, l'offrande pour le voyage de Monsieur, est déjà sur le feu !

Asdollah Mirza se précipita vers l'Indien qui s'apprêtait à rentrer chez lui.

— Bravo Sardar, vous avez été formidable ! lui dit-il à voix basse.

Puis il haussa la voix pour continuer :

— Madame a préparé la soupe aux vermicelles en guise d'offrande pour le voyage de Monsieur et vous demande de vous joindre à nous avec votre épouse.

Stupéfaits, tous dévisagèrent Asdollah Mirza, car les relations avec l'Indien n'étaient pas suffisamment proches pour l'inviter à la maison.

— Bien sûr, vous êtes le bienvenu ! confirma la femme de mon oncle devant le fait accompli.

L'indien se mit à refuser par souci de bienséance :

— Non, *saheb*, je pas vouloir vous gêner… Il y aura autres occasions… Une autre fois…

— *Moment*, Sardar ! insista Asdollah Mirza. Vous êtes comme mon frère, de quelle gêne parlez-vous ? Je vous jure que madame sera vexée si vous refusez !

Et il se tourna vers la femme de l'oncle Napoléon :

— N'est-ce pas madame ? Je connais votre caractère… Vous serez certainement vexée…

— *Saheb*, ma femme peut-être occupée… Peut-être moi réussir à venir seul…

— Bon, si madame est occupée, vous ne pourrez certainement pas la laisser toute seule, alors ça sera pour une autre fois… Mais je vous prie de lui demander…

Et il regarda dans la direction de la fenêtre de la maison de l'Indien. Comme la lady s'y trouvait encore, il l'appela :

— *My lady !*… Lady Meharat Khan !

Lorsqu'elle passa la tête par la fenêtre, Asdollah Mirza l'invita, dans un anglais très approximatif, pour le dîner. Lady Meharat Khan répondit avec simplicité qu'elle n'y voyait pas d'inconvénient, si son mari était libre.

— Vous voyez, monsieur Sardar ?… Nous vous attendons sans faute. Ayez l'amabilité de nous honorer de votre présence *hai* !

L'Indien lui promit de venir et nous retournâmes tous au jardin. Je le rejoignis de nouveau et dis :

— Tonton Asdollah…

Mais il m'interrompit :

— Attends une seconde… Hé, Doustali ! Prends garde ce soir ! Ne guigne pas la lady, car Sardar Meharat Khan a deux serpents chez lui, qu'il garde dans une cage, et si quelqu'un regarde sa femme de travers, il place l'un de ses serpents dans son lit… Ne ris pas ! Ne va pas croire que je plaisante ! Tu veux que je t'emmène les voir ?

Il parlait si sérieusement que Doustali Khan pâlit :

— Jure-le sur ma tête, Asdollah !

— Sur ta tête !… Il ne dit jamais pour quelle raison il les garde, il n'avoue même pas qu'il les détient… Mais Lady Meharat Khan me l'a raconté l'autre jour…

Doustali Khan regarda autour de lui et murmura :

— Je t'en prie, ne prononce pas le nom de Lady Meharat Khan devant Aziz, car elle va maintenant penser que je suis amoureux de l'Anglaise ! L'année dernière aussi, ce sont tes blagues qui ont provoqué le scandale !

XII

En début de soirée, parents et proches étaient réunis dans la maison de l'oncle Napoléon. Bien que me réjouissant de la compagnie de Leyli, loin des yeux inquisiteurs de mon oncle, l'angoisse et la stupeur m'envahissaient de temps en temps, lorsque je pensais à son voyage. Quelques heures s'étaient écoulées depuis son départ et je ne savais pas où il se trouvait. Asdollah Mirza m'avait assuré que mon oncle n'était pas allé à Neyshâbour. Je savais aussi qu'il n'irait pas dans la direction de Qom, dont selon Mash Ghassem les Anglais n'étaient qu'à trois lieues. Alors où se trouvait-il ?

A chaque instant, j'avais envie de demander son avis à Asdollah Mirza, mais il était si occupé à faire la causette à Lady Meharat Khan que je n'osais pas le déranger.

Les éclats de rire et les conversations battaient leur plein, lorsqu'on demanda Agha Djan au portail. Dans l'espoir d'obtenir des nouvelles de mon oncle, je le suivis vers la sortie.

C'était le fils du prédicateur Seyed Abolghassem. Il disait que son père demandait à Agha Djan de faire un saut chez lui. D'abord mon père se mit en colère et cria qu'il ne mettrait jamais les pieds chez cet individu mesquin, mais l'insistance du messager, qui prétendait que c'était une question de vie ou de mort, eut raison de sa résistance. Alors qu'il s'apprêtait à partir, je l'implorai de toutes mes forces de m'emmener avec lui.

— D'accord, tu peux venir... Mais, franchement, je ne comprends pas pourquoi tu veux abandonner la fête pour venir avec moi chez le prédicateur !

Lorsque nous arrivâmes devant la maison de celui-ci, le fils de Seyed Abolghassem observa d'abord les alentours, comme quelqu'un cherchant à s'introduire clandestinement dans un lieu, et, quand il eut constaté que la rue était déserte, il frappa à la porte d'une manière étrange. Seyed Abolghassem ouvrit lui-même, se dépêcha de nous faire entrer dans la cour et referma aussitôt.

— Allez-y, allez dans le salon à cinq portes !

Agha Djan entra dans la pièce, je le suivis de près. Nous nous figeâmes tous les deux de stupeur : l'oncle Napoléon était assis par terre adossé aux coussins, dans son accoutrement de voyage. Mash Ghassem était lui aussi installé en tailleur près de la porte.

— Vous ?... Que faites-vous là, Monsieur ? Vous n'êtes pas allé à Qom ?

Mon oncle était extrêmement pâle et tendu.

— Asseyez-vous s'il vous plaît ! dit-il d'une voix étranglée. Je vais vous expliquer... Mais j'avais demandé à vous voir seul... Ce garçon...

— Le fils de monsieur ne m'a rien dit, l'interrompit Agha Djan. Si ce n'est que Seyed Abolghassem voulait me voir.

— Mon garçon, reste une minute dans la cour, me demanda mon oncle. Je dois avoir une conversation privée avec ton père.

Je sortis immédiatement de la pièce. Seyed Abolghassem était en train d'enfourcher sa mule pour sortir.

— Longue vie à toi, fiston ! s'exclama-t-il en me voyant. J'ai envoyé mon fils faire une commission... Il n'y a personne à la maison. Quand je serai sorti, remets le loquet. Dis à Monsieur que je serai de retour dans une demi-heure.

Je refermai la porte derrière le prédicateur. Sa femme et son fils étaient absents. Par conséquent, ma situation était idéale. Je me mis derrière une porte pour écouter leur conversation.

L'oncle Napoléon argumentait :

— Quand je dis que les Anglais ne me lâchent pas d'une semelle, mes frères et ma famille répondent : tu exagères... Vous avez vu qu'ils ont découvert mon intention de me rendre à Neyshâbour ? Vous avez vu qu'il a évoqué Neyshâbour ?

— Ne croyez-vous pas que l'Indien a cité ce poème par hasard ? avança Agha Djan.

— Quel hasard, cher monsieur ? Je partais officiellement pour Qom. Personne en dehors de vous et moi ne savait que ma vraie destination était Neyshâbour. A la toute dernière minute, l'Indien a déclamé "Ma bien-aimée à Lahâvard et moi à Neyshâbour...", et vous prétendez qu'il s'agit d'un hasard ?

— A quoi bon mentir ? intervint aussitôt Mash Ghassem. La tombe n'est qu'à quatre pas... Moi-même je ne savais pas que Monsieur comptait aller à Neyshâbour ! Quelle calamité, ces Lézanglé !... Si Dieu voulait bien m'envoyer rien qu'une fois en pèlerinage au sanctuaire de l'imam Hassan, j'y allumerais un cierge pour qu'il détruise le sanctuaire de l'imam de Lézanglé !... Vous n'imaginez pas les miracles qui se produisent au sanctuaire de l'imam Hassan, que Dieu le bénisse... Je connaissais un gars au village qui...

— Ça suffit, Ghassem ! l'interrompit mon oncle. Laisse-moi parler !... Que dois-je faire d'après vous ?... Tout à l'heure, après avoir quitté la ville, j'ai eu beau réfléchir, je n'ai rien trouvé de mieux que de battre en retraite et revenir par des chemins détournés chez Seyed Abolghassem... Si je rentre chez moi, l'Indien va tout de suite informer Londres... Je suis sûr qu'il est en ce moment même assis à sa fenêtre, en train de guetter aux jumelles ce qui se passe chez moi...

Agha Djan ne le laissa pas terminer :

— Ah mais, vous ne connaissez pas la bonne nouvelle ! Sardar se trouve à cet instant même dans votre salon, en train de déguster la rituelle soupe aux vermicelles, l'offrande de madame à l'occasion de votre voyage !

Mon oncle se figea brusquement, comme foudroyé :

— Quoi ? Comment ?... Sardar... Sardar l'Indien... balbutia-t-il d'une voix sourde. Chez... chez moi ? On m'a donc poignardé dans... dans le dos !

La nouvelle laissa mon oncle dans un sale état. Son teint vira au blanc jaunâtre. Sa lèvre supérieure et sa moustache se mirent à trembler. Il bredouillait des paroles incompréhensibles.

Agha Djan avait l'air de se réjouir de la souffrance infligée à l'oncle Napoléon, même s'il ne manquait pas d'afficher un air soucieux et compatissant. Il retourna le couteau dans la plaie :

— Comme vous dites, ils vous poignardent dans le dos !... Mais, à mon avis, l'Indien n'y est pour rien. Ils disposent de mille autres moyens pour compléter votre dossier.

Il se tut un instant, puis continua :

— Je n'ai jamais soupçonné Sardar Meharat Khan, mais ce soir, dans votre salon, c'est sa femme qui m'a paru suspecte. Cette Anglaise...

Les yeux hagards, exorbités de colère, l'oncle Napoléon lui coupa la parole en marmonnant :

— Alors la femme de Sardar aussi est chez moi ?... A croire que ma maison est devenue le quartier général de l'état-major des Anglais ! Je dois à tout prix découvrir qui les a introduits chez moi.

Agha Djan ne lâchait pas prise.

— Ce qui a attiré mes soupçons, dit-il, l'air pensif et mystérieux, c'est qu'en feuilletant votre album elle s'est longuement attardée sur une grande et vieille photographie de vous en uniforme de l'armée cosaque... Lorsque quelqu'un a déclaré qu'il s'agissait de vous, elle a montré la photo à son mari et lui a dit quelque chose en anglais que je n'ai pas compris, puis ils ont eu une petite discussion.

L'oncle Napoléon qui, bouche bée, les yeux hagards, le dévisageait sans ciller, posa la main sur son cœur, poussa un gémissement et s'affala presque inerte sur le flanc.

Agha Djan courut à son chevet.

— Monsieur a fait un malaise... Mash Ghassem, va chercher le Dr Nasser-ol-Hokama !

Mon oncle se redressa soudain, criant de ses dernières forces :

— Non, non, reste là... Je vais bien. Le Dr Nasser-ol-Hokama est au service des Anglais... Son cousin travaille à la Compagnie britannique du pétrole.

— Va chercher de l'eau ! ordonna Agha Djan à Mash Ghassem en massant les bras de mon oncle.

Mash Ghassem sortit en courant. Je me cachai dans un coin en attendant qu'il revienne avec de l'eau. La première gorgée revigora mon oncle. Adossé aux coussins, il murmura les yeux fermés :

— "Dans les griffes d'un lion sanguinaire, à part me résigner, que me reste-t-il à faire ?"

— Ce n'est pas votre genre de vous résigner ! le tança Agha Djan. Vous qui avez combattu tout au long de votre vie, vous ne devez pas vous laisser abattre si facilement. On reconnaît le brave lorsque l'heure est grave !... "Calamité, désastre et nuisance donnent naissance à vertu, noblesse et magnificence."

Mon oncle releva la tête et dit d'un air pensif :

— Vous avez raison ! Il n'y a pas lieu de reculer ou, plutôt, ce n'est plus possible ! Il faut poursuivre le combat ! Mais pour continuer à me battre, je dois avant tout rester en vie. Vu la terreur que je leur inspire, les Anglais ne me laisseront pas en paix !… Aujourd'hui, à la sortie de la ville, nous nous sommes arrêtés dans une maison de thé pour nous rafraîchir… Ceux qui arrivaient du sud racontaient des horreurs sur les Anglais…

Mash Ghassem, qui n'avait pas ouvert la bouche depuis un moment, hocha la tête :

— Que Dieu miséricordieux nous protège !… Ils ont déjà dépecé cinq fois cinq cent mille personnes !… Que Dieu vienne en aide à Ghiass Abad de Qom !… Ses habitants ont beaucoup nui à Lézanglé ! A eux seuls, ils les ont combattus plus bravement que tout le pays !… Je connaissais un gars au village…

— Laisse tomber, Ghassem ! dit mon oncle impatient. Nous avons assez de soucis comme ça !

Puis il se tourna vers Agha Djan :

— D'après vous, qu'est-ce que nous devons faire maintenant ?

— A mon avis, vous êtes une personne utile au pays, dit Agha Djan en se caressant le menton. Vous devez vous préserver pour le peuple. Dans l'impasse actuelle, le meilleur moyen de vous en sortir est de vous associer à l'ennemi de votre ennemi. A mon avis, les Allemands sont votre seul salut. Vous devez vous mettre sous protection allemande !

— Les Allemands ? Mais ils n'ont plus aucune influence ici !

— Que dites-vous, Monsieur ? C'est en apparence qu'ils sont partis, mais en réalité ils disposent d'un énorme réseau clandestin en ville. Vous devriez leur écrire pour leur demander de vous prendre sous leur protection !

L'oncle Napoléon, les oreilles dressées sur la tête, écoutait avec beaucoup d'attention.

— Il se trouve que je connais quelqu'un qui pourrait transmettre la lettre, continua Agha Djan.

— A qui dois-je écrire ?

— A Hitler en personne !

— Longue vie à vous ! s'esclaffa Mash Ghassem. Je voulais dire la même chose. S'il y a un seul homme véritable dans le monde, c'est bien Hitler !

— Oui, écrivez à Hitler pour qu'il vous protège quelques mois, en attendant l'arrivée de ses troupes… Car il ne fait aucun doute que les troupes allemandes ne vont pas tarder à arriver.

Mon oncle, Agha Djan et Mash Ghassem échangèrent quelques mots confus en s'interrompant les uns les autres, ce qui rendait leur conversation inintelligible. Je n'en compris l'issue que lorsque Mash Ghassem se leva pour aller chercher de quoi écrire. L'encre et la plume du prédicateur se trouvaient dans une petite niche. L'oncle Napoléon se mit à écrire sous la dictée d'Agha Djan :

— Ecrivez : A Son Excellence, monsieur Adolphe Hitler, le guide suprême de l'Allemagne, que soit perpétuée sa grandeur ! Soyez assuré de mon respect le plus noble et veuillez agréer mes salutations les plus distinguées. Votre serviteur est convaincu que Votre Excellence est suffisamment informée de la longue et éprouvante lutte de votre dévoué et de feu mon père contre le colonialisme britannique. Néanmoins, je m'autorise à vous présenter le récit exhaustif de mes batailles… Vous avez écrit ?

L'oncle Napoléon s'appliquait.

— Décrivez maintenant vos batailles à Mamasani et à Kazeroun et les autres combats contre les Anglais, poursuivit Agha Djan. Faites ensuite une allusion à Sardar Meharat Khan et son épouse anglaise qui sont chargés de votre surveillance… Cela dit nous ne sommes pas sûrs que l'Indien soit l'espion des Anglais, mais écrivez quand même que vous êtes convaincu qu'il est l'un des leurs…

— Comment ça nous ne sommes pas sûrs ? l'interrompit mon oncle. J'en suis convaincu autant que de me trouver dans cette pièce à cet instant. Cet Indien est leur agent et il est chargé de ma surveillance.

— En tout cas, décrivez aussi sa situation pour le guide allemand. A la fin de la lettre, n'oubliez pas d'ajouter : *Heil Hitler !*

— C'est quoi cette expression ?

— C'est la mode du jour en Allemagne. Cela veut dire : Vive Hitler !… N'oubliez surtout pas de préciser que vous êtes prêt à toute collaboration et que vous vous tenez à sa disposition, et demandez-lui de prendre rapidement les mesures nécessaires à votre protection.

— Supposons que Hitler décide de me sauver des mains des Anglais, demanda mon oncle d'un air crédule, que peut-il faire ?

— Ah mais, pour une personne aussi exceptionnelle que Hitler, il suffit d'un claquement de doigts... dit Agha Djan. Demain ou après-demain soir, un Junkers atterrira dans le désert, devant la porte de Qazvîn, pour vous embarquer et redécoller aussitôt. Cela s'est produit mille fois dans d'autres pays.

— Où m'emmèneront-ils ? demanda mon oncle d'un air soucieux.

— Ils vous emmèneront à Berlin ! Quelques mois plus tard, vous reviendrez avec les troupes allemandes... Il faudra vous résigner à vous séparer pendant quelques mois de madame et des enfants.

— Je peux leur demander de prendre Mash Ghassem avec moi ?

— Pas de problème... A la fin, écrivez quelques mots sur Mash Ghassem et le danger qu'il court s'il reste ici...

— A quoi bon mentir ? La tombe n'est qu'à quatre pas... dit Mash Ghassem en hochant la tête. Lézanglé m'en veulent aussi... Combien j'en ai massacré dans la bataille de Kazeroun ? Comme si c'était hier ! D'un seul coup de sabre, j'ai fait tomber la tête d'un de leurs colonels à ses pieds... Le coup l'a secoué... Sa tête décapitée gisait par terre et n'a pas arrêté pendant une demi-heure de m'insulter et de m'appeler par tous les noms... J'ai même été obligé d'enfoncer un mouchoir dans sa bouche pour le faire taire...

— Mash Ghassem, voyons, tu permets ? l'interrompit vigoureusement l'oncle Napoléon. Alors expliquez-moi comment vous allez faire parvenir cette missive à Hitler sans perdre de temps ?

— Soyez tranquille ! Je connais un des leurs qui communiquera mot pour mot par radio le contenu de votre lettre à Berlin...

— Que vais-je devenir en attendant leur réponse ?

— A mon avis, vous feriez mieux de rentrer à la maison... Faites comme si de rien n'était... Soyez chaleureux avec l'Indien... Racontez que la voiture est tombée en panne en rase campagne et que vous avez été obligé de revenir...

— Vous ne croyez pas que...

— Les Anglais ne seront pas à Téhéran avant cinq six jours, l'interrompit Agha Djan. Faites comme si vous ne vous sentiez pas concerné... Après tout, il vaut mieux que l'Indien, s'il est vraiment leur agent, leur rapporte que vous êtes chez vous… Comme ça, ils n'entreprendront rien avant l'arrivée des troupes… J'y vais maintenant… Dans environ une demi-heure, rentrez à la maison comme si vous veniez juste d'arriver. En attendant, mettez au propre la missive. Vous me la passerez en douce tout à l'heure et ne vous en faites plus.

Avant de partir, Agha Djan insista encore quelques minutes pour que mon oncle utilise un ton modeste dans la lettre à Hitler, qu'il se déclare prêt à collaborer et à rendre des services et surtout qu'il n'oublie pas de révéler les liens de l'Indien Sardar Meharat Khan avec les Anglais.

Je traversai la cour à la hâte et fis semblant d'être assoupi, l'air innocent, sur la marche de l'entrée.

— Allons, on y va !… Tu ne vas pas dormir chez les gens.

— A propos, pourquoi mon oncle n'est-il pas parti à Qom ? lui demandai-je sur le chemin du retour.

Agha Djan devait réfléchir à son complot, car je dus répéter plusieurs fois ma question avant qu'il ne réponde avec agacement :

— La voiture est tombée en panne. Ils ont été obligés de rentrer.

En marchant à ses côtés, je le surveillais du coin de l'œil. Il soliloquait en silence. Je levai spontanément la tête au ciel et murmurai tout bas : "Dieu tout-puissant ! Empêche Agha Djan de faire un nouveau scandale !"

J'ignorais ce qu'il comptait faire de la lettre de l'oncle Napoléon à Hitler, mais je décidai de ne pas rester les bras croisés et d'agir afin d'empêcher des actes susceptibles de compromettre la paix et de provoquer un nouveau scandale, qui aurait pour moi de graves et malheureuses conséquences.

Le salon de la maison de mon oncle était encore très animé. Les éclats de rire d'Asdollah Mirza résonnaient jusque dans le jardin. La première personne que j'aperçus fut Leyli qui riait de bon cœur et j'oubliai aussitôt mes soucis. Quand je lui demandai la raison de cette gaieté, elle me dit tout bas :

— Si tu savais comment Asdollah Mirza se moque de Doustali Khan !

Doustali Khan avait l'air renfrogné et morne. Il essayait de temps en temps de feindre un sourire, sans succès. Asdollah Mirza, gentiment éméché comme d'habitude, racontait à Sardar

Meharat Khan le souvenir d'une virée nocturne en compagnie de Doustali Khan :

— … Après tout ce remue-ménage, M. Doustali Khan s'est enfin trouvé seul avec la pucelle, mais… Que Dieu vous protège !… Sa nature *very* en berne *hai* !…

Le prince partit d'un nouvel éclat de rire et, alors que ses épaules en tremblaient, il continua :

— A l'époque, il était encore jeune et sa nature était déjà *very* en berne *hai*… Maintenant elle doit être *very very* en berne *hai*…

La dame anglaise, qui, contaminée par l'hilarité d'Asdollah Mirza, riait et le complimentait sans cesse avec des mots comme *lovely*, insista pour qu'on lui raconte l'histoire en anglais. Malgré sa connaissance approximative de cette langue, Asdollah Mirza n'était pas homme à se laisser impressionner par un tel défi.

— *You know my dear Lady Meharat Khan*… commença-t-il.

— Et moi je peux raconter l'histoire du sanctuaire de l'imam Ghassem, intervint Doustali Khan d'une voix sourde.

— Mesdames et messieurs… *Ladies and gentlemen*… déclama Asdollah Mirza d'un air sérieux. Silence ! Notre cher ami, le grand orateur, Son Excellence, M. Doustali Khan va raconter l'histoire du sanctuaire de l'imam Ghassem… La parole est à vous !

Mais, au moment de prendre la parole, redoutant un fiasco dû à la présence d'Asdollah Mirza, Doustali Khan resta muet malgré les encouragements de l'assistance.

— Tu me couvres de honte face à M. Sardar et madame !… lui reprocha Asdollah Mirza. Ils sont mes invités ce soir et tu les prives de ton éloquence !

— M. Sardar et madame sont nos amis à tous… s'emporta Doustali Khan. En vérité, c'est sur mon invitation qu'ils ont accepté de venir ce soir…

— Quel culot, Doustali !

— Mais oui, M. Sardar avait décliné ton invitation, tandis que, quand j'ai insisté, il a accepté…

— Mettons que Mme Sardar Meharat Khan est mon invitée et monsieur le tien ! répliqua Asdollah Mirza d'un air railleur.

— Tu divagues ! s'écria Doustali Khan fou de rage, tel un enfant capricieux qui chercherait à contredire tout le monde. C'est moi qui ai invité ce soir M. Sardar Meharat Khan et madame ! Ce sont mes invités !

A cet instant, les regards hagards des convives fixés sur la porte d'entrée me firent tourner la tête : mon oncle avec sa haute silhouette, ses lunettes en cuir à verres fumés, était apparu dans le cadre de la porte. Il venait sans aucun doute d'entendre la dernière phrase de Doustali Khan, car ses yeux furibonds ne le quittaient plus.

Le silence ne dura qu'un bref instant, car le tumulte foisonnant de questions sur le pourquoi et le comment du retour de mon oncle ranima l'assistance. Un sourire en coin, Asdollah Mirza se tourna vers moi et me fit un clin d'œil. Je le remerciai d'un petit signe de tête. Mon oncle se mit à jouer le rôle qu'il avait appris. Après les salamalecs et les politesses de rigueur et un échange factice avec l'Indien et son épouse, il fit le récit de sa panne de voiture.

— A la grâce de Dieu, fit Agha Djan. On a toujours l'occasion de partir en pèlerinage... Si Dieu le veut, nous irons ensemble le mois prochain !

— Monsieur ne pas supporter la séparation avec madame, et retourner à la maison *hai*... dit l'Indien pour dire quelque chose.

Et comme s'il s'était rappelé la blague sur Neyshâbour, pour laquelle Asdollah Mirza l'avait complimenté le jour même, il ajouta :

— "De Neyshâbour à Lahâvard, notre bien-aimé est de retour..."

Le mot Neyshâbour fit sursauter mon oncle, mais il essaya de se contenir et même de feindre un sourire. Il sortit une enveloppe de sa poche et la tendit à Agha Djan :

— A propos, l'adresse du motel que vous m'aviez recommandé n'a pas servi. Gardez-la !

Tout en m'efforçant de rester tranquille, je ne pus quitter des yeux l'enveloppe ni m'empêcher de suivre sa trajectoire de la main de mon oncle à la poche d'Agha Djan. Grand Dieu ! A quel jeu Agha Djan jouait-il encore avec ce candide oncle Napoléon ?

Ce dernier tentait de dissimuler l'angoisse et la colère que la présence de l'Indien et l'avenir obscur qui l'attendait suscitaient en lui. Il était plus loquace que d'ordinaire et, contrairement à son habitude, non seulement les plaisanteries d'Asdollah Mirza ne l'irritaient pas, mais il essayait de le faire parler encore plus :

— Au fait, prince, comment Doustali Khan a-t-il réussi à plaquer Mme Aziz-ol-Saltaneh, ce soir ?

— Je crois que Mme Aziz-ol-Saltaneh est partie au sanctuaire de l'imam Davoud pour faire un vœu, répondit Asdollah Mirza dans un sourire.

— Quel vœu ?

— Le vœu de remettre la nature de Doustali Khan d'aplomb... Comme dirait Sardar Meharat Khan, malheureusement la nature de Doustali Khan *very* en berne *hai*...

— Moi jamais avoir dit ça ! protesta Sardar.

— Cher Sardar, j'ai dit comme dirait Sardar, pour dire comme on dirait dans votre langue... ajouta Asdollah Mirza. Je n'ai pas dit que vous aviez dit ça... Tout le monde le dit pourtant. On le voit rien qu'à sa tête que sa nature *very* en berne *hai*.

— Je vais t'en mettre une... dit Doustali Khan d'une voix basse mais enragée.

— Qu'est-ce qui se passe ? s'écria Asdollah Mirza. Bon d'accord ! Ta nature n'est pas *very* en berne *hai*... Ta nature *very* d'aplomb *hai*... Comme la nature de Hercule *hai*...

A la fin de la soirée, lorsque tout le monde se leva pour prendre congé, mon oncle fit signe à Doustali Khan de rester... Agha Djan, qui avait deviné qu'il allait le blâmer au sujet de l'Indien, l'en dissuada par gestes. Mon oncle congédia alors Doustali Khan, et lui et mon père restèrent seuls au salon. Je ne pouvais pas partir car je voulais savoir ce qu'ils allaient se dire. Alors je me trouvai une occupation anodine juste derrière la porte.

— Vous l'avez rédigée comme nous en étions convenus ? demanda tout bas Agha Djan.

— Oui, exactement comme vous l'aviez indiqué, mais je vous prie d'agir vite. Ma situation est extrêmement périlleuse.

— Rassurez-vous, demain à la première heure le message sera communiqué à son destinataire.

A ce moment-là, Mash Ghassem entra au salon en grommelant et vint directement trouver mon oncle.

— Monsieur, vous savez ce qu'a fait ce bâtard ?

— Qui ça ?

— Sardar, l'Indien.

— Qu'a-t-il fait ? demanda mon oncle d'une voix inquiète.

— Il y a environ une demi-heure, il est sorti d'ici, il a regardé autour de lui et il s'est dirigé vers le jardin... Je l'ai discrètement suivi...

— Vite... Tu m'exaspères... Que s'est-il passé ensuite ?

— A quoi bon mentir ? La tombe n'est qu'à quatre pas… Il est allé directement au pied du grand églantier… et, honte à son père, il s'est soulagé sur place.

— Au pied du grand églantier ?

— Oui, Monsieur. Au pied du grand églantier.

Les traits tirés, mon oncle serra le bras d'Agha Djan :

— Vous voyez ?… Les Anglais… veulent me porter préjudice de tous les côtés ! Ça aussi, ça fait partie de leur plan. Ils veulent me démoraliser pour que je me livre à eux pieds et poings liés ! C'est le début de leur guerre des nerfs !

Puis, il écarta brusquement sa veste et glissa la main sur l'étui en cuir de son revolver, attaché à sa ceinture.

— Je tuerai cet Indien de mes propres mains… s'écria-t-il. Au pied de mon grand églantier !… C'est une attaque ignoble !… Même si je crève sous la torture des Anglais, je dois me venger de cet Indien pour ce qu'il a fait…

— Restez calme… dit Agha Djan en posant la main sur son épaule. "Une fourmi tombée dans une coupe lisse ne s'en sortira pas par force mais par malice…" Patientez… Quand vos amis arriveront, ils régleront son compte à l'Indien.

— Je le pendrai de mes propres mains à la treille… rugit l'oncle Napoléon à part soi.

— Amen !… dit Mash Ghassem levant la tête au ciel. Je n'ai pas osé tout dire… Le bâtard a fait pire…

— Qu'a-t-il fait d'autre ? demanda l'oncle Napoléon les yeux hagards. Pourquoi me caches-tu des choses ?

— Ma foi, à quoi bon mentir ? La tombe n'est qu'à quatre pas… Non seulement il a fait ça… Sauf votre respect… Que Dieu vous préserve, il a commis une autre insolence que j'ai entendue à quarante mètres.

— Oh ! Mon Dieu ! dit mon oncle en attrapant sa tête dans ses mains. Donne-moi l'occasion de faire payer à ces loups d'Anglais cette ignominie !

Nous étions rentrés chez nous depuis peu, lorsque l'oncle Napoléon apparut de nouveau. Il fit signe à Agha Djan de le retrouver dans le salon à cinq portes.

Ma décision était prise. Je ne pouvais rien manquer de leurs tractations secrètes. Je rejoignis rapidement ma cachette.

— Quand on va trop vite, on oublie toujours quelque chose. Je viens de me rendre compte que dans la lettre je n'ai proposé aucun code ou signalement afin d'identifier leur agent.

Supposons que leur envoyé veuille prendre contact avec moi… Comment se présentera-t-il et comment le reconnaîtrai-je ?…

Agha Djan voulut relativiser l'importance de ce détail mais il comprit vite que la remarque de mon oncle était logique.

— Vous avez raison ! reconnut-il après avoir fait mine de réfléchir un instant. Dans la situation actuelle, il faut penser à tout. Vous devez indiquer un signe ou un code. Que diriez-vous si…

— Je comptais proposer un chiffre comme signe de reconnaissance lors de nos contacts.

— Ce n'est pas une mauvaise idée, dit Agha Djan en se caressant le menton, mais il faudra noter le chiffre, et dans la situation actuelle il vaut mieux ne pas laisser de traces écrites. Pensez aux agents de l'ennemi. A mon avis on pourrait dire…

Il réfléchit quelques instants.

— Et si on prenait le nom d'un parent ? proposa mon oncle.

Les yeux d'Agha Djan eurent un éclat malicieux.

— Pas mal ! Par exemple, le nom de feu le Grand Monsieur, mais il faut qu'il soit inimitable. Disons par exemple… "Feu le Grand Monsieur et Jeanette MacDonald* mangent ensemble leur pot-au-feu." Qu'en pensez-vous ?

— Je ne crois pas que l'heure soit propice aux plaisanteries, protesta mon oncle d'une voix sourde.

— Je ne plaisante pas. Comme je l'ai dit, le code doit être indéchiffrable par les espions de l'ennemi.

— Je suis prêt à monter sur l'échafaud des Anglais, mais je n'associerai pas le nom de feu le Grand Monsieur à celui d'une femme de mauvaise vie, s'écria l'oncle Napoléon tremblant de rage.

— On ne peut pas avoir le beurre et l'argent du beurre !… dit Agha Djan en haussant les épaules. Si c'est votre dernier mot… Alors laissons la providence décider de votre sort… Il n'est pas si sûr non plus que les Anglais vont vouloir se venger de vous ! Après toutes ces années, peut-être qu'ils ont pardonné vos méfaits.

— Vous cherchez à me torturer on dirait ! Vous savez mieux que personne que les Anglais ont des desseins atroces pour moi. La trace du crime de cet ignoble Indien n'a pas encore séché au pied de mon églantier…

* Star de Hollywood dans les années 1930.

— Alors ne vous entêtez pas ! Croyez-vous que si Napoléon avait pu s'éviter les atroces souffrances de Sainte-Hélène en agissant de même, il aurait hésité ? Vous ne vous appartenez pas ! Une famille, une ville, une nation vous soutiennent et attendent de vous courage et sacrifices.

L'oncle Napoléon ferma les yeux un instant et se prit la tête entre les mains :

— J'accepte pour le bien de mon peuple. Donnez-moi la lettre pour que j'y ajoute le code.

Agha Djan lui rendit l'enveloppe et apporta de l'encre et une plume :

— Ecrivez à la fin : Je vous saurai gré de bien vouloir établir le contact avec votre dévoué en utilisant la formule secrète ci-après comme signe de reconnaissance mutuelle… Vous y êtes ?… Ouvrez les guillemets et écrivez : "Feu le Grand Monsieur et Jeanette MacDonald mangent ensemble leur pot-au-feu."

Quand l'oncle Napoléon eut fini d'écrire et leva la tête, son front était couvert de sueur.

— Que Dieu me pardonne de faire trembler l'âme de feu le Grand Monsieur dans sa tombe pour sauver ma tête, marmonna-t-il tout bas.

— Soyez certain que si feu le Grand Monsieur était en vie, il aurait approuvé votre décision.

Après un bref éloge de son courage naturel et instinctif, et quelques exemples tirés de la vie de Napoléon, mon oncle rentra finalement chez lui.

Je me trouvais dans une confusion totale. J'avais beau me creuser la tête pour deviner les plans d'Agha Djan, je n'aboutissais à rien. Je passai une nuit tourmentée et je décidai de m'adresser de nouveau à Asdollah Mirza. Malgré l'heure matinale, il était déjà sorti et ne rentra pas avant une heure tardive dans la nuit. Seul et abandonné, tourmenté par des pensées confuses, la journée me parut interminable. Ce qui ce jour-là attira particulièrement mon attention fut l'expression du visage de mon père. Dans son regard et son attitude, je sentais une certaine satisfaction, un vague sentiment de victoire sur l'ennemi.

Je n'avais pas vu l'oncle Napoléon de toute la journée. Peu avant le coucher du soleil, lorsque Mash Ghassem se mit à arroser les fleurs, je réussis à échanger quelques mots avec lui.

Sous l'emprise de mon oncle, il paraissait lui aussi anxieux et effrayé.

— Ça ne rigole pas, fiston ! Monsieur a bien raison d'être insomniaque. Ces mécréants de Lézanglé vont bientôt arriver. Peut-être même que leur agent est déjà en route pour, à Dieu ne plaise, venir faire la peau à Monsieur... Monsieur et moi, nous n'avons plus longtemps à vivre... J'ai dormi cette nuit devant la porte de sa chambre avec mon fusil. Pourtant il s'est réveillé une dizaine de fois. Et quand il parvenait à s'endormir, il criait dans son sommeil : Ils arrivent !... Ils sont là !... Comme s'il sentait le sabre de Lézanglé sur sa gorge... Moi non plus, je ne vais pas bien, mais je me plie à la volonté de Dieu !... Tu sais, fiston, ils ont aussi raison, Lézanglé... A leur place, si quelqu'un m'avait fait tous ces malheurs, je ne l'aurais pas laissé s'échapper non plus.

— Je ne crois pas tout de même, Mash Ghassem, qu'à ce point...

— Que dis-tu, fiston ? dit Mash Ghassem en posant son arrosoir par terre. Lézanglé et moi, c'est le feu et l'eau !... Admettons qu'ils aient oublié la bataille de Mamasani, que font-ils de celle de Kazeroun ? Et s'ils ont oublié celle de Kazeroun, que font-ils de celle de Ghiass Abad ?... Ma foi, fiston, à quoi bon mentir ? La tombe n'est qu'à quatre pas... Je te jure sur la lumière de cette lampe que je serais d'accord pour leur servir de chair à canon à condition qu'ils laissent Monsieur tranquille !

Mash Ghassem fit longuement l'éloge de ses actes héroïques et des coups mortels qu'il avait portés aux troupes anglaises et évoqua une éventuelle solution de sauvetage.

Le lendemain, Dieu merci, était un jour férié. Je passai à plusieurs reprises chez Asdollah Mirza. La vieille bonne disait que Monsieur avait interdit qu'on le réveille avant une heure de l'après-midi même si le ciel venait à tomber sur la terre. Un peu après onze heures, Son Excellence se réveilla. Quand j'entrai dans sa chambre, il était en train de prendre son petit-déjeuner. Il avait l'air bien reposé, en forme et de bonne humeur, et mangeait avec grand appétit ses œufs brouillés à la tomate. Un disque de la chanteuse Ghamar-ol-Molouk tournait sur le gramophone. Il m'accueillit chaleureusement et m'invita à partager son repas, mais je n'avais aucun appétit.

— Pourquoi tu ne manges pas ? C'est l'amour qui t'a coupé l'appétit ?

— Non, tonton Asdollah ! La situation est totalement confuse et embrouillée.

Quand je lui eus raconté l'épisode de la maison du prédicateur et de la lettre de l'oncle Napoléon à Hitler, il éclata de rire.

— Je ne sais pas ce qu'a ourdi ton père contre ce pauvre vieillard ! En même temps il a un peu raison, car, quand il avait sa pharmacie, il était quelqu'un de riche. Maintenant, il est dans la même situation que nous autres fonctionnaires. Ton oncle lui a porté un coup fatal. Il est à son tour en train de porter un coup fatal à ton oncle. Si au milieu de tout ça tu n'étais pas tombé amoureux, on les aurait laissés se taper dessus pour rigoler.

— Mais, tonton Asdollah, il faut faire quelque chose ! Je ne comprends vraiment pas quel est le plan d'Agha Djan.

— *Moment !* Ne t'en fais pas trop ! Agha Djan n'est pas assez fou pour envoyer la lettre à Hitler, ou même pour la montrer à une tierce personne. Car il sera le premier à devoir en répondre.

— Alors pourquoi a-t-il dicté cette lettre à mon oncle ?

— Il cherche selon moi un moyen de pression pour pouvoir manipuler ton oncle à sa guise, ou bien encore il veut juste s'en servir pour s'offrir la tête du vieillard. Ils ont même fixé un code, dis-tu ?

— Oui, le code qui va servir pour établir les contacts à venir c'est : "Feu le Grand Monsieur et Jeanette MacDonald mangent ensemble leur pot-au-feu."

Hilare, Asdollah Mirza s'écroula sur le tapis. Son rire me contamina.

— En entendant le nom de feu le Grand Monsieur, dis-je en ricanant, mon oncle a failli faire un arrêt cardiaque. Mais Agha Djan a réussi à lui imposer la formule.

— Il n'est pas dépourvu d'humour, ton père ! Ils l'ont tellement bassiné avec le nom de Monsieur et feu le Grand Monsieur… Il s'est bien vengé… Mais c'est étonnant que ton oncle ait accepté !

— Il n'a pas accepté tout de suite ! Au début, il disait préférer être pendu par les Anglais que d'associer le nom de feu le Grand Monsieur à celui d'une femme de mauvaise vie.

Les yeux exorbités, Asdollah Mirza éclata de rire :

— Quel culot ces gens-là !… Jeanette MacDonald est une immense artiste dont le monde entier devrait baiser la main.

— Agha Djan a dit à mon oncle qu'à sa place Napoléon aurait sûrement accepté ce sacrifice. Bref, il lui a fait tellement peur qu'il a accepté que Jeanette MacDonald partage le repas de feu le Grand Monsieur.

— *Moment !* dit Asdollah Mirza en essuyant sa bouche avec sa serviette de table. Ils parlent de feu le Grand Monsieur comme si c'était Victor Hugo ou Garibaldi. Tu sais qui était ce feu le Grand Monsieur ?

— Non, tonton Asdollah !

— Le père du Grand Monsieur, architecte de son état sous les règnes successifs des rois Mohammad Shah* et Nassereddine Shah**, a amassé une fortune grâce à la brique et autres matériaux de chantier. Un jour, il a envoyé cinq cents tomans à Nassereddine Shah. En réponse, le roi lui a offert un titre de noblesse à sept syllabes de sorte que du jour au lendemain l'architecte est devenu quelque chose comme Son Altesse sérénissime le prince de Moinsquerien, et son fils, c'est-à-dire feu le Grand Monsieur qui avait apporté l'enveloppe sur un plateau d'argent, un titre à six syllabes du genre Son Excellentissime le duc de Tartempion… Puis, du jour au lendemain, ils sont devenus partie intégrante de l'aristocratie iranienne… Il va de soi que le fils de l'archiduc de Saint-Léopard devient le marquis de Saint-Panthère, et le fils de celui-ci le comte de Saint-Tigre… Bref, aujourd'hui plus personne n'est digne de leur noble compagnie… Mais *moment* ! Ne va pas répéter ce que je viens de te raconter, hein !

— N'ayez crainte, tonton Asdollah !

— Alors, maintenant il faut que l'on trouve un moyen d'éviter que Hitler n'envoie le maréchal Goering au domicile du sous-lieutenant à la retraite de l'armée cosaque… Au fait, tu sais quel était en réalité le grade de ton oncle qui aujourd'hui prend des airs de maréchal Hindenburg ? Au moment de sa retraite, il n'était que simple sous-lieutenant subalterne. Il a pris sa retraite avant terme. Tu sais pourquoi ?

— Non, je ne sais pas !

— Tu étais tout petit. Tu ne dois pas t'en souvenir. Comme d'habitude, à la maison, ton oncle prenait des airs de grand seigneur et n'arrêtait pas de se vanter auprès de ton père. Alors

* Troisième roi de la dynastie Qâdjâr, qui régna de 1834 à 1848.

** Quatrième roi de la dynastie Qâdjâr, qui régna de 1848 à 1896.

un beau jour, ton père a loué cette même maison qui aujourd'hui est occupée par Sardar Meharat Khan à un jeune lieutenant. Ton oncle, qui à la maison prenait des airs de grand commandeur de l'Histoire, était obligé, chaque fois qu'il croisait dans la rue ce jeune lieutenant de l'âge de son petit-fils, de claquer des talons et le saluer. A l'époque, on ne rigolait pas avec la discipline militaire… Alors il a décidé de demander sa retraite car il était devenu la risée de tous. Son hostilité envers Agha Djan aussi remonte à cette époque-là… Allez, lève-toi, il faut qu'on trouve une solution !

Et tout en s'habillant, il continua à parler :

— Comme nous connaissons le code de reconnaissance entre les agents de Hitler et ton oncle, nous devons le contacter afin de neutraliser les éventuels plans d'Agha Djan… Mais d'où pourrons-nous téléphoner ?… Ni de chez vous, ni de chez l'oncle Colonel… Et si on faisait un saut chez Doustali le Couillon ? Je ne crois pas qu'ils soient à la maison à cette heure-ci.

Nous sortîmes de la maison dans l'espoir de passer le coup de fil de chez Doustali Khan. Sur le chemin, Asdollah Mirza m'apprit une mauvaise nouvelle qui me troubla encore plus. Tous les appelés venaient d'être libérés ce qui voulait dire que Shâpour, *alias* Pouri, le fils de l'oncle Colonel, n'allait pas tarder à pointer son nez.

Face à mon air défait, Asdollah Mirza me tapa sur l'épaule et dit :

— Ne fais pas cette tête ! Dieu est grand. Quand je t'ai dit de ne pas oublier San Francisco, c'était aussi pour ça… N'y pense pas. Il y a trois cas de figure : soit tu te débarrasses de cet amour, soit tu vas à San Francisco, soit cette langue de vipère prend une autre femme.

Mais sa tentative de réconfort ne me soulagea pas pour autant. Arrivés à la porte de la maison de Doustali Khan, nous nous tûmes un instant afin de prêter l'oreille. Aucune trace de l'agitation bruyante d'Aziz-ol-Saltaneh qui d'habitude s'entendait jusqu'à deux maisons plus loin !

— On dirait que la sorcière n'est pas là ! dit Asdollah Mirza. S'il n'y avait que la bonne, ce serait idéal pour téléphoner. On s'en débarrasserait pour faire notre affaire tranquillement.

Lorsque la porte s'ouvrit, une étincelle brilla dans les yeux d'Asdollah Mirza et un sourire s'étala sur ses lèvres. Une jeune fille d'une vingtaine d'années, au joli minois, nous avait ouvert la porte. Elle salua Asdollah Mirza poliment et nous invita à entrer d'un air chaleureux. Le prince glissa à l'intérieur sans se faire prier longtemps et demanda si Mme Aziz-ol-Saltaneh et Doustali Khan étaient là. On apprit que personne à part la jeune fille n'était à la maison.

— On dirait que vous ne m'avez pas reconnue, Asdollah Khan ! ajouta-t-elle gracieusement sous son tchador à fleurs.

Dévorant du regard la jeune fille, Asdollah Mirza, qui semblait avoir oublié notre plan et notre affaire, sourit :

— *Moment !* Comment je ne t'ai pas reconnue ?... Tu es Zahra... Comment vas-tu ?... Ton père va bien ?... Que fais-tu ? On te voit plus du tout !

— Je suis Fati, la fille de Khanoum Khanouma, la nourrice de Mlle Ghamar... dit-elle en ricanant. Vous ne vous souvenez pas ? Quand j'étais petite, vous me disiez toujours : Tes joues ressemblent à des pommes du Khorassan !...

— Ah oui !... La petite Fati ! Très très bien, formidable, superbe ! Tu es une jeune femme maintenant !... Que sont devenues tes lèvres rouges ?... Tu ne m'as pas laissé les mordre avant qu'elles ne pâlissent !... Alors, tu ne me fais pas la bise ?

La jeune fille rougit et baissa la tête en souriant. Asdollah Mirza lui prit la main.

— Je demandais toujours de tes nouvelles à ta mère, dit-il en glissant son regard sur la silhouette de la jeune fille. Je crois que tu t'es mariée, n'est-ce pas ?

— Oui, je me suis mariée, j'étais partie à Ispahan... Au bout de quatre ans, j'ai divorcé... Il était méchant. Il me faisait souffrir.

— Qu'il aille en enfer !... Comment peut-on faire souffrir une fille si mignonne ? Et côté bébé ?

— Rien... Il ne pouvait pas en avoir.

— Très très bien... Formidable... Et que fais-tu maintenant ?

Asdollah Mirza était si occupé par la jeune femme qu'il avait l'air d'oublier pourquoi nous étions venus. Je lui fis signe afin de le lui rappeler.

— Alors nous allons attendre que Doustali Khan et madame reviennent... dit-il sans quitter des yeux les formes de Fati.

— Je vous en prie, l'interrompit-elle avec chaleur. Faites comme chez vous. Passez au salon...

— Chère Fati, aurais-tu quelque chose de rafraîchissant sous la main ?

— Bien sûr. Il y a du sirop de griotte, de la citronnade… Que désirez-vous ?

— Non, ma chérie… J'ai une envie de limonade… Si tu faisais un saut au petit bazar ? Tu nous prends deux limonades ! Tu es un ange !… Tiens ! Prends de l'argent !

— Je vous en prie… Quel argent ? J'ai de quoi…

Asdollah Mirza lui fourra un billet dans la main, équivalent à vingt fois le prix de la limonade. Dès qu'elle mit les pieds dehors, il se précipita vers le téléphone et composa le numéro de mon oncle. Il couvrit le combiné de son mouchoir et attendit la tonalité. Lorsque la voix de mon oncle retentit à l'autre bout du fil, il contrefit sa voix.

— Messié, vous êtes seul ?… dit-il avec un accent de Russe blanc. Vous, écouter bien… Feu le Grand Messié manger pot-au-feu avec Jeanette MacDonald… Compris ?… Vous rassuré !… Les ordres arrivés… Après-demain, nous contacter vous… Si quelqu'un dit fais ci fais ça… Vous ne fais pas !… Vous attendre les ordres… Même si votre beau-frère dit fais ci fais ça, vous pas écouter… Top secret ! Vous, ne fais rien !… Vous attendre nous !… Compris ?… Vous donner parole d'honneur ?… Très bien… *Heil Hitler !*

Contenant un rire irrépressible, il raccrocha.

— Le pauvre n'a pas cessé de trembler, dit-il. Mais bon, maintenant, si Agha Djan lui tend un piège, il ne cédera pas jusqu'à nouvel ordre. Jusqu'à ce que nous trouvions une solution !

Quelques secondes plus tard, Fati, qui avait l'air d'avoir couru pendant tout le trajet, arriva haletante et apporta la limonade.

— Alors, ma chère Fati, quand est-ce que tu viens voir tonton ? dit Asdollah Mirza en dégustant la limonade par petites gorgées, les yeux rivés sur elle. Tu connais mon adresse ?

— Vous habitez toujours la même maison ?

— Toujours la même… Maintenant que tu es revenue, tu dois venir voir tonton.

— Un jour on viendra vous rendre visite avec ma mère.

— *Moment, moment !* Pas la peine de déranger ta vieille mère avec son mal de dos… Je ne voudrais vraiment pas que tu obliges cette femme formidable à marcher… Elle doit se reposer !

— Son mal de dos est passé, Asdollah Khan !

— *Moment ! Moment !* Elle ne doit surtout pas marcher ! On pense toujours que c'est passé, et on se met à marcher… Et puis c'est pire qu'avant… Bon ! J'ai l'impression que Doustali Khan et madame n'ont pas l'intention de rentrer de sitôt. On va y aller !

— Restez ! Ils ne vont pas tarder !

— Au fait, tu ne sais pas où ils sont allés ?

— A vrai dire, vous savez… dit-elle en hésitant.

La curiosité d'Asdollah Mirza était piquée au vif. Il avait senti que Fati savait quelque chose qu'elle ne voulait pas dire. Il prit un air faussement indifférent pour la bluffer :

— Ah oui, j'ai compris ! Ils sont sortis pour cette affaire… L'affaire dont ils parlaient hier… Ah, les pauvres !… Qu'est-ce qu'on ne doit pas endurer ?…

— Alors vous êtes au courant ? fit Fati avec naïveté.

— Qu'est-ce que tu crois ? Ils me l'ont dit avant tout le monde. Presque toute la famille est au courant.

La langue de Fati se délia :

— Madame et monsieur avaient du monde hier soir. Le voisin indien avec sa femme européenne étaient venus dîner. Une heure après leur départ, il y a eu soudain tout un tintouin. J'ai écouté à la porte. Madame interrogeait Mlle Ghamar pour savoir qui était le père. Mais Mlle Ghamar, qui est de plus en plus zinzin, ne faisait que rigoler. Elle donnait des noms bizarres que vous ne connaissez même pas.

Adsollah Mirza tâchait de dissimuler son étonnement. Il me jeta un coup d'œil et, pour encourager la fille à parler, dit :

— *Moment*, vraiment *moment* ! Quel monde de brutes ! Faire ça à une folle !

— Aujourd'hui, ils l'ont amenée chez le médecin pour peut-être la faire avorter… dit Fati en baissant la tête. Madame a pleuré toute la nuit. Elle se frappait le visage, tandis que Mlle Ghamar avait l'air contente, elle riait et disait qu'elle voulait tricoter une brassière pour le bébé.

— Il faut retrouver celui qui lui a fait ça et lui couper la tête ! dit Asdollah Mirza, d'un air ostensiblement affligé.

— Si je vous dis quelque chose, vous jurez de ne pas me dénoncer ? demanda-t-elle, un sourire ironique sur les lèvres.

— Sur ta tête, je ne le répéterai pas ! Sur ta tête qui m'est plus chère que la mienne !

Fati me jeta un coup d'œil. Asdollah Mirza devina sa pensée.

— Ce garçon est comme moi-même. Tu peux compter sur lui. Il est plus fiable que nous tous.

— Ce matin, M. Doustali Khan disait à madame que c'était vous le fautif, dit-elle en hésitant. C'est-à-dire… que c'était vous le père.

— Ah le fils de bâtard !… s'écria Asdollah Mirza en sursautant. Je ferais ça à une débile, moi ?

Une pluie d'injures se mit à tomber de sa bouche :

— Je lui montrerai à ce couillon de quel bois je me chauffe !… Ingrat ! Il invite l'Indien et sa femme à dîner, en plus il ose jaser dans mon dos.

Il réfléchit une seconde puis releva la tête.

— Allez, on y va ! dit-il. Je réglerai son compte à Doustali plus tard.

Fati insista pour que nous continuions à attendre son maître, mais Asdollah Mirza lui promit de repasser plus tard.

— Tonton Asdollah, vous croyez que la fille… lui dis-je une fois dans la rue.

— Fati est dans ma poche, m'interrompit-il. Avec les femmes, soit tu les captes tout de suite, soit tu n'insistes plus ! Celle-là est de celles qui sont volontaires ! Je dois te donner quelques leçons. Pour l'instant, note la leçon n° 1 : avec les femmes, il faut toujours montrer que tu es client, que tu achètes leur marchandise, que tu es connaisseur, ensuite tu peux aller dormir sur tes deux oreilles car elles viendront te chercher. Et puis San Francisco !

— Tonton Asdollah… Je parlais de cette fille…

— La ferme avec tonton Asdollah ! m'interrompit-il avec agacement. Tu vas encore me dire que ton cœur bat d'un amour platonique dans ta poitrine ?… Pendant que tu racontes tes sornettes, ils vont t'enlever la fille et tu n'auras que tes yeux pour pleurer !

Je fermai les yeux m'imaginant la scène : Leyli enlevée par un autre. Mais je n'eus pas le temps de réfléchir à cette hypothèse effrayante, car Fati nous rattrapa :

— Monsieur Asdollah Mirza, votre monnaie ! haleta-t-elle.

Asdollah Mirza feignit de se vexer.

— Tu n'as pas honte ? Depuis quand on rend la monnaie à son tonton ?

Après un petit silence, il sortit un autre billet de sa poche :

— A propos, ma chère Fati… Ma vieille bonne n'a aucun goût pour ces choses-là. Prends cet argent et, dès que tu as un moment, achète-moi quelques bouteilles de cette limonade que tu m'as servie aujourd'hui. A ton choix !

— Vous voulez que j'y aille tout de suite ? demanda-t-elle vivement.

— Non, ma chérie ! Demain, après-demain, quand tu auras le temps… Si je ne suis pas là, donne-les à la bonne. Au revoir, ma fille !

— Tonton Asdollah, il faut du goût pour acheter de la limonade ? demandai-je lorsque Fati s'éloigna.

— *Moment !* Vraiment *moment* ! A ton âge, tu n'as encore rien pigé ! Tu m'obliges à te donner la leçon n° 2 : laisse toujours un prétexte à la femme pour qu'elle puisse s'en servir pour te livrer sa marchandise.

— Et si elle apporte la limonade et que vous n'êtes pas là ? Elle la confiera à la bonne et après ?

— *Moment !* Dans ce cas, je pigerais que je n'ai pas suffisamment montré que j'étais client. Je te donne la leçon n° 3 ou tu es en surchauffe ?… Leçon n° 3 : ne prends jamais cet air innocent. Dès que les femmes verront ton air innocent et docile, tu auras beau être Cicéron, elles diront dans ton dos : Bof, il n'a pas de bagout ! Même si tu es Clark Gable, elles diront dans ton dos : Bof, c'est une beauté glacée. Même si tu es Avicenne, elles diront dans ton dos : Bof, c'est une mule chargée de livres… Tu n'as pas l'air de m'écouter. Laissons les leçons pour plus tard.

— Vous avez raison. Je suis très inquiet. Je crains que cette affaire ne finisse très mal.

— Et que ta chère Leyli ne t'échappe !… Avec ton regard innocent et tes yeux d'ange, il est sûr qu'on t'enlèvera Mlle Leyli et tu seras bon pour soupirer jusqu'à la fin de tes jours…

— Que dois-je faire, tonton Asdollah ?

— San Francisco !

— Je vous en prie, ne dites pas ça !

— Bon, tu ne veux pas aller jusqu'à San Francisco, fais un tour au moins dans sa banlieue. Fais comprendre que tu es un voyageur potentiel !

L'inconvenance d'Asdollah Mirza m'exaspérait. S'il ne m'avait pas été si indispensable, je lui aurais dit tout ce que je pensais de lui et je l'aurais laissé tomber. Mais je ne pouvais pas me permettre de perdre celui qui était mon seul soutien et complice. Alors, je changeai de sujet.

— Tonton Asdollah, êtes-vous sûr qu'Agha Djan ne fera rien avec la lettre de l'oncle Napoléon ?

— Oui, sauf s'il a vraiment perdu les pédales ! Supposons même qu'il envoie la lettre à Hitler ou à Churchill. Eux du moins ils savent qu'il n'y a jamais eu de bataille de Kazeroun, ils vont se dire voilà encore un cinglé laissé en liberté. Et, s'ils sont en forme, ils vont rigoler un moment. En tout cas, si tu en as l'occasion, pique-lui la lettre. Mais, avant de la déchirer, apporte-la pour qu'on la lise ensemble. Nous rigolerons à la place de Hitler et Churchill… Mais tu sais quel est le vrai risque ? Le risque est que ce pauvre vieillard…

Il se mit à rire avant d'ajouter :

— … ne perde complètement la tête de peur de la vengeance des Anglais !

— A propos, tonton Asdollah, qui d'après vous est le père du bébé de Ghamar ?

— J'en sais rien… Probablement un éboueur ou un ouvrier d'un chantier voisin…

— Que vont-ils faire maintenant ? Ils devraient forcer le gars à l'épouser, n'est-ce pas ?

— *Moment ! Moment !* Je vois que tu ne connais pas bien ces gens-là ! Ils seront prêts à couper la tête de cette pauvre folle plutôt que de laisser l'arrière-petite-fille de l'archiduc de Saint-Léopard épouser le commun des mortels… A la réception de ce soir, chez le Colonel, on va essayer de se renseigner pour voir où en est l'affaire… Je crains qu'ils ne mettent la vie de cette pauvre fille en danger.

Après avoir quitté Asdollah Mirza, je rentrai à la maison. Le jardin était paisible et silencieux. Pendant le déjeuner, je tentai de percer le secret d'Agha Djan. Mais il était très calme et très peu bavard.

XIII

L'après-midi, nous nous retrouvâmes avec Leyli et son frère dans le jardin. Ma sœur et le frère de Leyli proposèrent différents jeux. Mais, depuis que nous étions amoureux, Leyli et moi n'étions plus très attirés par les jeux d'enfant. Comme si l'amour nous avait brusquement fait grandir de quelques années. Cependant pour éviter toute curiosité, nous acceptâmes. A vrai dire, nous faisions jouer son frère et ma sœur, tandis que, nous-mêmes, nous bavardions sous la tonnelle.

Quelques instants plus tard, la voix du photographe ambulant s'éleva dans la rue.

— Hé, c'est Mirza Habib le photographe !... s'écria ma sœur se précipitant vers nous. Allons nous faire prendre en photo !

Nous avions déjà à plusieurs reprises fait entrer le photographe au jardin. Avec son appareil en forme de boîte, d'où pendaient des espèces de manches noires, il nous avait déjà photographiés à prix réduit.

Lorsque nous appelâmes le photographe, nous découvrîmes, à notre grande surprise, qu'il ne s'agissait pas de Mirza Habib. Nous reconnaissions son appareil, le même qu'avant avec les mêmes photographies collées sur la boîte, mais ce n'était plus le même propriétaire.

Avant même que l'on pose la question, le photographe devina la raison de notre étonnement enfantin, et s'expliqua.

— Mirza Habib m'a vendu son appareil, dit-il avec son accent arménien. Si vous voulez, je vous prends en photo. Vous savez, en fait, il était mon élève. Je fais de plus belles photos que lui.

Nous nous regardâmes et, comme le prix était le même qu'avant, nous l'invitâmes à entrer.

J'ai toujours la photo datant de ce jour-là. Debout à côté de Leyli, je porte mon pyjama à rayures. Ma sœur et le frère de Leyli sont assis devant nous, tous les deux sur la même chaise.

Mais lorsque le photographe teignit en rouge le négatif en carton et le colla à l'envers sur l'objectif pour prendre la vraie photo, je vis soudain l'oncle Napoléon sortir de sa cour. Il fixa quelques instants le photographe, puis, sans le quitter des yeux, glissa quelques mots à l'oreille de Mash Ghassem qui se trouvait juste derrière lui. Il le regardait comme un agent de police qui observe un meurtrier ou un voleur présumés.

La mine défaite, mon oncle se mit à faire les cent pas, tandis que Mash Ghassem, visiblement en mission commandée, se dirigeait sans hâte vers nous.

D'un signe de la main, il m'appela à l'écart.

— Fiston, ce n'est pas le photographe habituel, chuchota-t-il. D'où sort-il celui-là ?

— Mirza Habib lui a vendu son appareil, répondis-je.

Toujours sans se précipiter, Mash Ghassem alla rejoindre mon oncle et lui murmura quelque chose à l'oreille. Le visage sombre, mon oncle scrutait le photographe d'un œil suspicieux. Il donna de nouveau des ordres à Mash Ghassem.

Cette fois, celui-ci s'approcha lentement du photographe, l'air distrait et indifférent.

— Bonjour, monsieur, comment ça va ? Tout va bien, j'espère !

Après quelques salamalecs et formules de politesse, il lui demanda son nom.

— Votre serviteur Boghos !

— Mais à quoi bon mentir ? La tombe n'est qu'à quatre pas… dit Mash Ghassem, la tête penchée sur le côté pour mieux observer le négatif à l'envers. Tu as l'air de t'y connaître. Tu as bien réussi la photo ! Celui d'avant n'arrivait pas à en faire d'aussi belles.

— C'est moi qui ai appris à Mirza Habib le métier de photographe, répondit-il en bombant le torse. Ça fait vingt ans que je suis photographe. J'avais un atelier de photo. D'abord ici, ensuite à Ahwaz… Mais, par malchance, j'ai été obligé de vendre.

— Donc tu étais dans le Sud aussi, n'est-ce pas ?

— Bien sûr que j'y étais. Tous les gens importants se faisaient photographier chez moi. Tous les gars de la compagnie pétrolière étaient mes clients.

Les yeux écarquillés, Mash Ghassem tâcha de dissimuler son étonnement et sa stupeur.

— Sans doute Lézanglé aussi se faisaient photographier chez toi ? demanda-t-il d'un air calme.

— En fait, la majorité de ma clientèle était anglaise.

Il sortit la photo de l'appareil et la montra à Mash Ghassem :

— Tiens regarde ! En voilà une belle photo !

Nous ne laissâmes pas le temps à Mash Ghassem de la regarder et l'attrapâmes au vol. Leyli courut vers son père en criant :

— Papa, regardez ! Quelle belle photo !

Mon oncle tenait la photo devant ses yeux mais c'était le photographe qu'il considérait avec méfiance. Mash Ghassem lui chuchota quelque chose à l'oreille. Le photographe s'approcha de nous. Il salua mon oncle et dit :

— Avec votre permission, je vous prendrais bien en photo.

— Non merci ! Ce n'est pas la peine, répondit mon oncle d'une voix enrouée.

— Permettez, Monsieur ! Une photo pour le souvenir ! Si elle vous plaît, vous donnerez ce que vous voudrez, sinon vous ne paierez rien.

Mon oncle se tut un bref instant, mais il ne put dissimuler sa rage :

— Pourquoi voulez-vous me photographier ? s'écria-t-il, furieux. Qui vous a dit de me photographier ?

— Pourquoi vous vous fâchez ? demanda le photographe en le regardant avec surprise. Je voulais vous rendre service.

— Ils ont mille photos de moi dans le dossier, hurla mon oncle hors de lui. Va-t'en d'ici ! Va dire à tes patrons que, avec ou sans photo, jamais ils ne me mettront la main dessus.

Il écarta soudain sa cape, dégaina son revolver et, avec la même voix vibrante et furieuse, s'écria :

— Six balles pour toi et tes maîtres, une balle pour moi !...

Les yeux exorbités, le malheureux photographe fixait le revolver. Soudain il se mit à courir. Au passage, il attrapa des deux mains le pied de son appareil et quitta le jardin si précipitamment que nous en restâmes pétrifiés.

Hagards, nous regardions l'oncle Napoléon. Il rangea le revolver dans son étui. La sueur perlait sur son front. Il avança avec peine jusqu'au banc de pierre et s'y laissa tomber, à bout de forces. Contrairement à moi, Leyli et les autres n'avaient rien saisi des paroles de mon oncle et de sa colère soudaine.

— Longue vie à toi ! dit Mash Ghassem en massant ses bras. Au nom des cinq saints, que Dieu te préserve pour le peuple de ce pays. Tu leur as donné une bonne leçon ! Qu'ils sachent à quoi s'en tenir. Sans détour et sans chichi ! Il peut aller le dire à son salaud de patron !

Je courus chez moi prévenir mon père du malaise de mon oncle. Agha Djan arriva précipitamment à son chevet :

— Qu'est-ce qui se passe ? Qu'est-ce qui vous arrive, Monsieur ?

— Ces salauds nous ont envoyé un espion pour prendre Monsieur en photo !... répondit Mash Ghassem à la place de mon oncle. Mais Monsieur a surgi comme un lion et l'a remis à sa place... Il a failli lui tirer dans le ventre... Dommage qu'il ne l'ait pas fait.

Agha Djan prit le temps de le consoler quelques instants d'un ton qui ne m'inspirait aucune confiance.

— N'ayez crainte ! dit-il à voix basse. La lettre est bien arrivée à destination !

Mash Ghassem aida mon oncle à rentrer à la maison et, moi, je suivis mon père chez nous.

Le dîner chez l'oncle Colonel n'était pas une grande réception. A part mon père et ma mère, l'oncle Napoléon et les enfants, il n'y avait qu'Asdollah et Shamsali Mirza.

Doustali Khan arriva un peu plus tard, pour annoncer qu'Aziz-ol-Saltaneh ne viendrait pas parce que Ghamar était souffrante.

En début de soirée, la conversation tournait autour du retour de Shâpour, *alias* Pouri, le fils de l'oncle Colonel.

— Maintenant que, Dieu merci, M. Pouri va rentrer, dit Shamsali Mirza, le Colonel doit retrousser ses manches et penser aux préparatifs du mariage.

— Que Dieu soit mille fois loué ! répondit l'oncle Colonel. Ces jours-ci, avec tous ces événements, vous n'imaginez pas à quel point nous étions inquiets et ce que nous avons enduré... Heureusement que sa lettre est arrivée. Avec la permission de Monsieur et la volonté de Dieu, nous fixerons les fiançailles pour la fête du Sacrifice.

L'oncle Napoléon restait silencieux et renfrogné. Je lançai un coup d'œil à Leyli qui baissait la tête, et un regard accablé et implorant à Asdollah Mirza.

— Et vous avez jeté votre dévolu sur quelqu'un ? intervint ce dernier affectant un air ignorant.

— Tu veux dire que tu n'es pas au courant, Asdollah ? demanda l'oncle Colonel.

— *Moment !* Comment le saurais-je, moi ? Surtout que je ne suis pas convaincu qu'un simple soldat qui rentre de l'armée et qui n'a pas encore de travail puisse se trouver une femme.

— Ne raconte pas de bêtises ! Avec ses études universitaires, ce cher Pouri est très demandé dans l'administration. Ça ne rigole pas. Pendant quinze ou seize ans, cet enfant a trimé pour obtenir sa licence. Tous mes amis fonctionnaires me prient de le prendre chez eux... Ce garçon est un vrai génie !

— Ça se voit sur son visage, dit Asdollah Mirza en ricanant. Mais alors qui avez-vous choisi ?

L'oncle Colonel jeta un regard paternel à Leyli :

— L'alliance sacrée du cousin et de la cousine est scellée au ciel !

— *Moment, moment !* dit Asdollah Mirza en fronçant les sourcils. Je suis absolument contre. La petite Leyli n'a que quatorze ans. Elle doit finir ses études.

— Et Votre Excellence avait fini ses études quand s'est mariée ? intervint Doustali Khan avant que l'oncle Colonel puisse répondre. En plus, cela n'a pas d'importance pour une fille.

Asdollah Mirza sortit de ses gonds :

— Hé toi, Doustali !...

Mais soudain, comme s'il venait d'avoir une idée, il s'interrompit.

— A propos, avez-vous lu les journaux ? demanda-t-il après un bref silence. Les Allemands ont fait couler plusieurs navires alliés !

Doustali Khan n'avait jamais d'opinion précise sur l'actualité, mais, pour énerver Asdollah Mirza, il se mit à le contredire :

— Ils peuvent en faire couler d'autres, ça ne servira à rien. A la fin, ce sont les Anglais qui les écraseront. Pendant la Première Guerre mondiale, les Allemands étaient bien arrivés à quelques kilomètres de Paris, mais ils se sont cassé le nez.

— Je ne sais pas pourquoi tu défends toujours les Anglais… remarqua Asdollah Mirza à voix haute. Ne toucherais-tu pas quelques deniers en retour ?

Je regardai spontanément l'oncle Napoléon. Ses traits tirés m'indiquèrent qu'il songeait aux Anglais.

— Tu es bien payé par les Allemands, pourquoi je ne le serais pas par les Anglais ? s'esclaffa Doustali Khan d'un faux rire.

Asdollah Mirza me jeta un coup d'œil et ses yeux brillèrent d'un éclat singulier. Il avala son verre de vin avant de rétorquer :

— Tu as raison ! Tu es payé pour tes conseils. Sans ton beau et génial cerveau, Churchill se sentirait bien seul !

Doustali Khan n'eut pas le temps de répliquer, car des clameurs s'élevèrent du côté de l'entrée. Quelques secondes plus tard, Ghamar se jetait haletante dans le salon :

— Papa Doustali, sauvez-moi ! Maman veut me tuer…

Tout le monde sursauta.

— Ne dis pas de bêtises, ma fille ! tempéra Doustali Khan en allant à sa rencontre. Où est maman ?

— Elle arrive. Elle me poursuit…

Aziz-ol-Saltaneh surgit dans le salon tel un volcan en pleine ébullition.

— Que le diable emporte cette fille pour toute la souffrance qu'elle me fait subir ! s'écria-t-elle.

— Ne criez pas, madame ! ordonna l'oncle Napoléon en se levant. Qu'est-ce que c'est que ce raffut ?

— Allez, en route pour la maison avant que je ne te casse quelque chose sur la tête ! lança Aziz-ol-Saltaneh à sa fille sans prêter attention à mon oncle.

— Je ne viens pas. J'ai peur de vous… s'écria Ghamar se cachant derrière Doustali Khan.

— Tu ne viens pas ? Attends voir…

Elle regarda autour d'elle et attrapa la canne qui était posée contre le fauteuil.

— En route ! fit-elle en brandissant la canne.

Furieux, l'oncle Napoléon se dressa sur son chemin :

— Posez cette canne, madame !

— *Moment*, madame ! s'interposa Asdollah Mirza. Cette gamine innocente…

— Toi, silence ! l'interrompit mon oncle.

— Mais vous ne savez pas, Monsieur, ce que je dois endurer ? larmoya Aziz-ol-Saltaneh d'une voix étranglée. Laissez-moi l'emmener !

— Posez la canne je vous dis !

Face au ton autoritaire de mon oncle, Aziz-ol-Saltaneh baissa la canne.

— Maintenant, ma fille, rentre à la maison avec ta mère, conseilla mon oncle en se tournant vers Ghamar.

— Non, non, j'irai pas, j'irai pas, s'écria la foldingue d'une voix tremblante.

— Je te dis de rentrer avec ta mère. Dans notre famille, enfreindre les ordres des adultes est un grand péché.

— J'irai pas, j'irai pas.

— J'ai dit rentre chez toi !... s'écria soudain mon oncle d'une voix tonitruante. Chez toi !

Le cri terrifiant de mon oncle fut suivi d'un silence de mort. Stupéfaite, Ghamar le regarda quelques instants et soudain se mit à pleurer et balbutier :

— J'irai pas... J'irai pas... Maman veut tuer mon bébé.

Elle mit ensuite la main sur son ventre et ajouta :

— Ils veulent tuer mon bébé. Je l'aime moi mon bébé. Je veux lui tricoter une brassière.

— Quoi ? Bébé... bébé ?... Brassière ?

Après les aveux inattendus de Ghamar et le cri de l'oncle Napoléon, tout le monde se figea. Le seul bruit qui brisait le silence, c'était celui de Ghamar qui pleurnichait et se mouchait. Soudain Aziz-ol-Saltaneh se frappa la tête :

— Que Dieu m'envoie la mort ! pria-t-elle d'une voix sourde. Je ne survivrai pas à cette honte !

L'oncle Napoléon se tourna vers elle :

— Car vous ne... vous ne... les Anglais...

Mais il ne réussit pas à finir sa phrase. Il posa la main sur sa poitrine, du côté du cœur, fit à peine quelques pas vers le canapé et, le visage pâle, s'y affaissa en fermant les yeux.

Tout le monde courut vers lui et se mit à parler en même temps :

— Monsieur... Monsieur...

— De l'eau !... Que vous arrive-t-il, Monsieur ?...

— Mash Ghassem, un verre d'eau !

Mash Ghassem apporta de l'eau. Mais les mâchoires de l'oncle Napoléon ne se desserraient pas. Ils l'aspergèrent, mais il ne bougeait toujours pas.

— C'est le cœur, dit Agha Djan. L'eau ne sert à rien. Mash Ghassem, cours chercher le Dr Nasser-ol-Hokama.

— Que Dieu miséricordieux nous protège ! dit Mash Ghassem se précipitant vers la sortie. Ils vont finir par tuer Monsieur, ces gens-là !

Je m'approchai d'Asdollah Mirza pour lui raconter l'histoire du photographe et la colère de mon oncle. Tout le monde parlait à la fois et allait et venait dans la précipitation, sauf Ghamar qui avait retrouvé son calme et se goinfrait de gâteaux avec un grand appétit. La pauvre écervelée ne comprenait pas qu'elle était la cause de tout ce tumulte.

— Les enfants, je vous demande d'aller jouer dans l'autre pièce, fit l'oncle Colonel qui, retrouvant ses esprits, s'était souvenu de la présence des enfants.

— *Moment*, Colonel ! s'interposa Asdollah Mirza. Nous n'avons pas d'enfant en bas âge ici ! Ce sont de jeunes adultes. D'ailleurs, ils ont tout entendu. Si c'est pour empêcher la propagation de la nouvelle, il vaut mieux les autoriser à rester mais leur demander de ne pas en parler.

Face au raisonnement logique d'Asdollah Mirza, l'oncle Colonel ne dit mot. Alors, le sourire aux lèvres, le prince se tourna vers les enfants :

— Le Colonel vous prie de jurer sur l'honneur de la famille que vous ne direz à personne ce qui est arrivé à notre chère Ghamar.

— Je jure de ne le dire à personne, dit Ghamar en ricanant à haute voix.

L'intervention de Ghamar fit rire une partie de l'assistance. Et elle-même continua d'en rire encore plus.

Le Dr Nasser-ol-Hokama fit une injection à l'oncle Napoléon. A peine une seconde plus tard, mon oncle ouvrait les yeux. Dès qu'il retrouva ses esprits, la première chose qu'il dit fut qu'il n'avait pas besoin de médecin et que l'on n'aurait pas dû lui faire de piqûre.

Vexé par le comportement de mon oncle, le Dr Nasser-ol-Hokama rangea sa sacoche et se leva :

— Portez-vous bien ! Portez-vous bien !… Mais débrouillez-vous pour que Monsieur ne fasse plus de malaise ce soir, car je suis invité et je m'en vais. Je vous salue, messieurs. Portez-vous bien !

Et, l'air renfrogné, il quitta le salon.

— Ce genre d'accident malheureux arrive à tout le monde, dit Agha Djan. Il ne faut pas le prendre à cœur. A votre âge, une émotion forte peut vous coûter la vie.

— Vous avez raison, dit l'oncle Napoléon après avoir bu une gorgée d'eau. Je ne dois pas perdre mon sang-froid... Et vous, madame Aziz-ol-Saltaneh, cessez de pleurer inutilement.

Ma mère fit sortir ma sœur et le frère de Leyli, sous prétexte de les faire manger.

— Ma chérie, dit mon oncle d'une voix douce en se tournant vers Ghamar. Viens t'asseoir à côté de moi pour qu'on parle un peu tous les deux !... Et vous madame Aziz, je vous prie de la laisser tranquille.

Ghamar, qui était toujours en train de se gaver de gâteaux, se leva sans réticence et s'assit à côté de l'oncle Napoléon.

— Dis-moi, ma fille, comment as-tu su que tu attendais un bébé ?

— Ça bougeait dans mon ventre, dit-elle en pouffant.

— Quand l'as-tu su ?

— Il y a quelques jours... J'ai sorti l'argent de ma tirelire, j'ai acheté une pelote de laine rouge et j'ai tricoté une brassière pour mon bébé... J'en ferai une deuxième aussi.

— Mais, ma chérie, une fille qui n'a pas de mari ne peut pas avoir de bébé. Quand est-ce que tu as pris un mari sans qu'on le sache ?

— Vers le début de l'été.

Malgré tous les efforts que déployait mon oncle pour rester calme, il était clair qu'il bouillait intérieurement. Il serrait les dents, mais, d'une voix toujours douce, continua :

— Qui est ton mari ? Où est-il maintenant ?

Ghamar réfléchit un bref instant.

— Je ne veux pas le dire.

— Dis-le-moi à l'oreille !

— Nous nous sommes tués à le lui demander, mais elle n'a pas voulu nous dire son nom, intervint Doustali Khan. Ne vous fatiguez pas. Il faut trouver autre chose.

— Elle va me le dire à moi, dit l'oncle Napoléon. N'est-ce pas ma chérie ?

Tout le monde avait les yeux rivés sur Ghamar en attendant sa réponse.

— Je ne veux pas le dire, répéta-t-elle avec la même naïveté.

Et elle se leva pour prendre un autre gâteau. Mon oncle aussi se leva d'un seul coup et attrapa le poignet de Ghamar.

— Tu dois le dire ! s'écria-t-il. Tu comprends ? Tu dois me le dire !

Ghamar attrapa le gâteau de sa main libre et, avant de le mettre dans la bouche, répéta :

— Je ne veux pas le dire.

Les yeux de mon oncle sortaient de sa tête. Ses lèvres tremblaient. Il tordit le bras de la jeune femme, l'attira vers lui, la frappa au visage et hurla :

— Tu dois le dire !

La bouche ouverte, Ghamar s'immobilisa, comme une gamine sur le point de fondre en larmes. Une gouttelette de sang coula du coin de sa bouche avec le reste du gâteau à moitié mâché.

— Je ne veux pas le dire, dit-elle la bouche pleine. Si je le dis, ils tueront mon bébé. Je veux lui tricoter une brassière.

Je ne sais pas ce que ressentaient les autres, mais, moi, j'étais retourné par ce spectacle déchirant. Mon cœur se fendait dans ma poitrine. Pourquoi est-ce que personne n'intervenait ? Pourquoi tolérait-on que l'on torture cette innocente ?

— Ça ne se fait pas, Monsieur, protesta Agha Djan en se précipitant vers mon oncle. Laissez-la ! Cette fille n'est pas dans son état normal.

— Ne vous mêlez pas de ça ! fit mon oncle avec fermeté.

Aziz-ol-Saltaneh, qui pleurait doucement, leva brusquement la tête et s'écria :

— Comment osez-vous dire ça ? C'est vous qui n'êtes pas dans votre état normal. Vous insinuez que ma fille est folle ? (S'adressant à Ghamar.) Sois maudite ! Que le feu consume ta vie, puisque tu m'as jetée sous le feu de la médisance de cette famille !

— *Moment*, chère madame, ne criez pas, avança Asdollah Mirza, qui avait trouvé le moment propice pour intervenir. Calmez-vous. On ne règle rien en criant.

Puis il se dirigea vers Ghamar, essuya avec son mouchoir le sang sur ses lèvres et la prit dans ses bras.

— Ne t'en fais pas, ma chérie ! dit-il d'un air très gentil. Personne ne peut tuer ton bébé. On ne tue pas un bébé qui a un papa. Si Monsieur veut savoir qui est le père, c'est pour aller le chercher, pour qu'il vienne vivre avec sa femme et son enfant, c'est-à-dire avec toi et ton bébé.

Ghamar mit la tête sur l'épaule d'Asdollah Mirza et dit d'une voix sereine :

— Mais il n'est pas ici.

— Où est-il, ma chérie ?

— Laissez-la, s'emporta Doustali Khan. Elle ne parlera pas. Nous l'avons interrogée toute la nuit.

— Le conseiller spécial de Churchill, la ferme ! s'écria Asdollah Mirza.

D'un air remonté, Doustali Khan avança vers lui. Asdollah Mirza, qui étreignait toujours Ghamar, le repoussa d'une main et lança :

— Quelqu'un peut faire asseoir ce couillon ou pas ?

Shamsali Mirza et Agha Djan firent rasseoir Doustali Khan.

— Si ce n'était pas par respect pour Monsieur, marmonna Doustali Khan, je lui aurais mis un coup de poing dans la gueule qui aurait enfoncé ses dents au fond de sa gorge.

Sans faire attention à lui, Asdollah Mirza s'adressa avec la même douceur à Ghamar :

— Ma chérie, dis-nous où il est, peut-être que l'on réussira à le retrouver.

— Si je vous le dis, vous me jurez de ne pas tuer mon bébé ?... Je lui ai tricoté une brassière, il reste les manches à faire...

— Je te le jure, ma chérie !

L'oncle Napoléon était livide comme un cadavre. Il ne disait rien mais ses mouvements et son apparence témoignaient d'un grand trouble intérieur.

Un sourire innocent s'étala sur les lèvres de Ghamar.

— Il s'appelle Allahverdi ! dit-elle à voix basse.

Tout le monde avait les yeux rivés sur Ghamar. Elle se pencha légèrement pour atteindre l'assiette de gâteaux. Elle en prit un qu'elle mit aussitôt dans sa bouche.

— Tu veux dire Allahverdi, le valet de ce Sardar indien ? demanda Mash Ghassem en avançant.

— Allahverdi, répéta-t-elle la bouche pleine.

— Hé nondguieu ! Le valet indien qu'ils ont viré parce qu'ils l'avaient pris la main dans la poche de son maître ?

— Oui, Allahverdi.

Les voix de l'assistance s'entremêlèrent. L'oncle Napoléon était sur le point d'exploser de rage, mais Asdollah Mirza lui fit signe de se contrôler. Après quelques secondes d'hébétude, Aziz-ol-Saltaneh se laissa emporter :

— Sois maudite !... Qu'on m'apporte la nouvelle de ta mort !... Avec un laquais indien !... Que Dieu me foudroie !...

L'oncle Napoléon ne put se retenir plus longtemps.

— Le valet de Sardar, l'Indien ! dit-il d'une voix caverneuse. Evidemment... Evidemment... C'est moi leur cible... On cherche à me détruire ainsi que toute ma famille !

— N'allez pas dire que c'est encore la main des Anglais ! protesta Doustali Khan. Pauvres Anglais !

Mon oncle avança vers Doustali Khan, l'air renfrogné et, sans desserrer les dents, marmonna :

— Toi aussi ? Toi aussi, tu prends leur défense ?... Toi, mon cousin ?

Doustali Khan se mit à bégayer :

— Je... je... j... j... je ... je n'ai rien fait !

Asdollah Mirza mit la main sur l'épaule de mon oncle :

— Pardonnez-lui, Monsieur ! Cet homme est un simple d'esprit... Et puis, ce n'est pas le moment non plus... Nous devons avant tout trouver cet Allahverdi.

— Asdollah a raison, intervint Shamsali Mirza. Il faut avant tout se mettre à la recherche d'Allahverdi.

— Trouver Allahverdi pour quoi faire ? s'écria soudain mon oncle. Mettre la main de la fille de mon cousin dans celle d'Allahverdi, le laquais du laquais des Anglais ?

— Si vous avez une autre solution, allez-y, dit Agha Djan.

— Ne vous mêlez pas de ça, je vous prie ! La haute lignée et l'honneur d'une famille noble ne sont pas des choses que...

Heureusement qu'il ne termina pas sa phrase. Mon cœur flancha. Je jetai un coup d'œil anxieux à Agha Djan. Asdollah Mirza se dépêcha de reprendre la parole, comme si, en occupant le terrain, il cherchait à empêcher la confrontation entre mon oncle et Agha Djan.

— Alors tu t'es mariée avec Allahverdi... dit-il en prenant de nouveau la main de Ghamar dans sa main. Un jour où tu étais toute seule à la maison, il est venu te dire : Viens on va se marier ! N'est-ce pas, ma chérie ?

— Non ! dit-elle d'un air enjoué.

— Dans ce cas, un jour où son maître était absent, il t'a proposé de venir chez lui, pour vous marier. N'est-ce pas, ma chérie ?

— Non !

— Alors vous vous êtes mariés sur la place du marché, sous les yeux du boulanger, de l'épicier et du boucher ?

— Non !

Mash Ghassem ne put tenir sa langue et dit en hochant la tête :

— C'est pas Dieu possible ! Quels débauchés trouve-t-on sur cette terre !

— Alors, raconte-nous ce qui s'est passé !

D'un air distrait, Ghamar continua à avaler des gâteaux sans répondre. Par conséquent, Asdollah Mirza reprit l'interrogatoire après avoir recommandé à l'assistance de faire preuve de patience.

— Bon ma chérie, Allahverdi est venu sur le toit de votre maison ?

— Non, il n'est pas venu, répondit-elle du même air joyeux.

— Monsieur, je vous ai déjà dit que l'on ne peut s'attendre à une parole sensée de la part de cette fille, protesta à nouveau Doustali Khan. Laissez-la. Il faut trouver autre chose.

— Laisse-les l'interroger, gémit Aziz-ol-Saltaneh. Je n'en peux plus. Cette nuit encore, comme la nuit dernière, je ne fermerai pas l'œil.

— *Moment !* dit Asdollah Mirza essuyant la sueur de son front. Ça va se démêler petit à petit ! Ne perdez pas patience !

— Tonton Asdollah, dit Ghamar avec chaleur, vous m'aviez dit, vous vous souvenez, que, si j'étais gentille, vous m'emmèneriez à San Francisco... Pourquoi vous n'avez pas tenu parole !

— Peut-être que tonton t'a apporté ce cadeau de San Francisco, glissa sournoisement Doustali Khan.

Asdollah Mirza et les autres convives lui jetèrent un tel regard qu'il baissa la tête.

Asdollah Mirza se tourna alors à nouveau vers Ghamar :

— *Moment !* Allahverdi n'est pas venu chez toi, il ne t'a pas emmenée chez lui, ni sur la place du marché, ni sur le toit... Alors où et quand ça s'est passé ?

— Non ! dit Ghamar naïvement.

— Alors dans une voiture peut-être ?

— Non !

— Ce vaurien d'Allahverdi n'a jamais vu la couleur d'une voiture, intervint à nouveau Mash Ghassem. Ma foi, à quoi bon mentir ? La tombe n'est qu'à quatre pas… Cette fripouille a disparu avec les vingt sous que je lui avais prêtés.

— Mais alors de quelle manière, ma fille ? maugréa Asdollah Mirza à bout de patience. On ne peut pas aller à San Francisco par correspondance tout de même ! Où l'as-tu vu, cet Allahverdi ?

— Je ne l'ai pas vu.

— Sans l'avoir vu ? Il y a le téléphone et le télégraphe, mais le télésanfrancisco n'est hélas pas inventé. Est-ce que tu le connais, cet Allahverdi ?

— Non !

— *Moment !* Sérieusement *moment* ! Alors comment peut-il être le père de ton bébé ?

— Papa Doustali a dit : Le père de ton bébé est Allahverdi, répondit-elle en avalant son gâteau.

Les convives se figèrent comme s'ils venaient d'être électrocutés. Un court instant, tout le monde demeura bouche bée. Les yeux hagards et la bouche ouverte, Aziz-ol-Saltaneh tourna lentement la tête vers Doustali Khan qui, embarrassé, évitait son regard.

— Doustali ! dit-elle d'une voix sourde.

— Je… j… j… balbutia Doustali Khan. Dieu… Dieu m'est témoin… Cette fille est débile… Elle n'a pas toute sa tête… Elle est complètement cinglée… je… j… j… Je n'ai jamais…

Asdollah Mirza ne put retenir son rire.

— *Moment, moment !*… Alors, c'est encore un coup de la sainte Nitouche !

Au milieu de l'assemblée toujours stupéfaite et hébétée, Doustali Khan tenta à nouveau de plaider sa cause :

— Sur la tombe de mon regretté père !… Sur la tombe de feu le Grand Monsieur… Sur la tombe…

Aziz-ol-Saltaneh fit un bond que même une adolescente de seize ans n'aurait pu réaliser, se précipita vers la vitrine qui se trouvait à l'autre bout du salon, tourna d'un geste rapide la clé qui était sur la porte vitrée, attrapa l'un des deux fusils à double canon de l'oncle Colonel qui y étaient toujours exposés, et, avant même que quelqu'un puisse réagir, tourna le canon de son fusil vers le ventre de son mari :

— Dis la vérité, sinon je te criblerai de balles, hurla-t-elle.

L'oncle Colonel, qui avait jailli à sa suite, se figea en chemin.

— Faites attention, madame ! Ce fusil est chargé.

— Asseyez-vous aussi, dit Aziz-ol-Saltaneh, sinon je vous percerai aussi le ventre.

— Sur la tête de Pouri, ce fusil est chargé, madame ! En début de soirée, je l'ai chargé pour le tester. Comme les invités sont arrivés, j'ai oublié d'enlever les balles.

Ni l'agitation générale, ni l'ordre que proféra impérieusement l'oncle Napoléon ne furent efficaces. Les lèvres tremblantes et le teint pâle, la femme furieuse vitupéra :

— Tout le monde la ferme ! C'est à ce singe de parler !

Sa voix contenait une telle rage que personne n'eut le courage de faire un geste. Ghamar voulut se lever, mais Shamsali Mirza la retint d'une main ferme. Debout, les jambes de Doustali Khan se mirent à trembler.

— Sur le saint Coran… fit-il d'une voix saccadée que l'on aurait dit sortie d'une tombe. Sur la tombe de mon père… Permettez-moi juste… juste de parler.

— Accouche !… Allez parle !… hurla Aziz-ol-Saltaneh. Pourquoi tu as dit à Ghamar de dire que c'était Allahverdi ?

— Je… j… j… je… j'ai vu qu'elle… qu'elle ne savait pas le nom… Elle l'avait oublié… Je me suis dit… au moins… au moins… qu'il n'y ait pas de scandale… C'est-à-dire qu'elle aussi a dit… a dit Allahverdi…

— Quel menteur ce papa Doustali ! dit Ghamar en ricanant. Vous n'avez pas dit que vous tueriez mon bébé si je ne disais pas que le père était Allahverdi ?

— Tais-toi !… s'écria Doustali Khan. Croyez-moi… Dites quelque chose, vous, Monsieur ! Comment pourrais-je, avec ma propre belle-fille ?… Ce n'est pas pensable !

Personne n'eut le temps de réagir, car, soudain, Doustali Khan fit un bond vers l'entrée du salon, prit ses jambes à son cou et s'enfuit à la vitesse d'une jeune gazelle. Aziz-ol-Saltaneh le suivit à une vitesse équivalente. Après une seconde d'hébétude et de silence, tous les autres invités firent de même :

— Madame Aziz… Réfléchissez… La balle peut partir… Le fusil est…

Le couple nous devançait de beaucoup et était déjà arrivé au jardin. Nous les poursuivions aussi vite que possible. Soudain l'écho d'une balle retentit dans tout le jardin suivi du cri déchirant de Doustali Khan :

— Aaaah ! Elle m'a tué…

Arrivés sous le noyer, nous ne distinguions toujours pas grand-chose. Mais Mash Ghassem se précipita avec la lampe à pétrole, dont la lumière nous fit découvrir une scène insolite.

Doustali Khan gisait par terre sur le ventre et à l'arrière de son pantalon, dans la région du bassin, on distinguait des taches de sang. Hébétée et immobile, Aziz-ol-Saltaneh se tenait près de lui, le fusil à la main, comme si elle venait de se réveiller.

Notre désarroi était total. Agha Djan fut le premier à se baisser et soulever la tête de Doustali Khan, mais celle-ci retomba de nouveau à terre.

— Il faut faire quelque chose. Mash Ghassem, fonce chercher le Dr Nasser-ol-Hokama.

Au milieu du tumulte des voix entremêlées, Ghamar éclata de rire :

— Maman, tu as tué papa Doustali ?… Bien fait pour lui ! Vous vous souvenez qu'il n'arrêtait pas de dire allons chez le médecin pour avorter ?

— Il faut l'emmener rapidement à l'hôpital ! dit l'oncle Colonel en retirant le fusil de la main d'Aziz-ol-Saltaneh.

— Un voyage à San Francisco et l'infortuné doit jusqu'à la fin de sa vie s'allonger sur le ventre, dit Asdollah Mirza avec le sourire… Car ce… pour ne pas être vulgaire… ce derrière ne lui servira plus à rien.

— Je t'en prie, Asdollah ! dit d'un air renfrogné Shamsali Mirza. Ce n'est pas le moment !

— *Moment, moment !* Vous croyez peut-être que c'est grave ? Quels dégâts pourraient bien causer, dans la masse de viande des fesses de Doustali le Couillon, quatre petits plombs, incapables de tuer une perdrix ?… C'est par peur de Mme Aziz qu'il joue au martyr.

— Au lieu de vous chamailler, pensez à ce malheureux ! intervint l'oncle Colonel avec fermeté. Moi, je dis que le Dr Nasser-ol-Hokama ne servira à rien. Il faut l'emmener à l'hôpital.

— Le docteur a dit de lui amener le malade, dit Mash Ghassem de retour.

Agha Djan aussi était favorable à ce qu'on emmène le blessé à l'hôpital, mais l'oncle Napoléon proclama d'un air autoritaire :

— Il est préférable, dans la mesure du possible, d'éviter l'hôpital.

Evidemment c'est l'avis de l'oncle Napoléon qui fut suivi et le corps inanimé de Doustali Khan fut emporté sur le dos de Mash Ghassem au cabinet du Dr Nasser-ol-Hokama.

XIV

Quelques voisins s'étaient amassés devant le portail. Shamsali Mirza alla les renvoyer, mais, avant que se referme la porte de la maison du docteur, Sardar Meharat Khan se glissa à l'intérieur.

Je jetai un coup d'œil vers l'oncle Napoléon qui, les yeux exorbités et le teint pâle, fixait l'Indien. Je pouvais deviner ce qui se passait dans sa tête.

Le cri du Dr Nasser-ol-Hokama s'éleva :

— Portez-vous bien, messieurs ! Portez-vous bien, mais je ne suis pas chirurgien. Il faut l'emmener à l'hôpital… Mash Ghassem a dit qu'il s'était blessé à la jambe, mais, d'après ce que vous dites, il a été touché par une balle.

— Au nom de l'amitié qui nous lie, en tant que voisins et parents, je vous prie, docteur, d'ausculter Doustali Khan, le pria l'oncle Napoléon à voix basse. Nous devons nous passer de l'hôpital. Je vous expliquerai plus tard.

La voix de l'oncle Napoléon contenait une telle supplication et en même temps une telle fermeté que le docteur cessa de discuter.

— Vous en porterez l'entière responsabilité ! Si, par malheur, il fait une *infaction*, je n'y suis pour rien.

Le docteur craignait toujours l'infection, qu'il prononçait *infaction,* et même pour une simple entorse au bras, il mettait toujours en garde ses patients contre les conséquences terribles d'une éventuelle *infaction.*

Il se dirigea malgré tout vers Doustali Khan, allongé sur le ventre sur la table d'examen et dit :

— A condition, mesdames et messieurs, que tout le monde sorte. Je ne peux l'ausculter en présence d'une telle foule.

Tout le monde s'apprêtait à sortir sauf Aziz-ol-Saltaneh, qui, se frappant frénétiquement le visage, protesta :

— Mais moi, je dois rester... Que ma main soit maudite... Qu'elle soit paralysée... Je dois rester pour voir quel malheur le ciel m'envoie encore...

— Portez-vous bien, mais vous devez sortir aussi, sinon je ne toucherai pas au malade.

— Pour la guérison de ce genre de plaies, l'interrompit brusquement l'Indien, moi j'ai un baume qui agit en un clin d'œil. A tout de suite, je vais le chercher...

Les traits tirés, la mâchoire serrée, l'oncle Napoléon marmonna :

— Ghassem ! N'ouvre pas la porte à ce vaurien expatrié ! Maintenant que leur plan n'a pas fonctionné, il veut achever Doustali Khan avec le baume indien. Doustali voulait sûrement me livrer des informations secrètes au sujet du complot des Anglais.

— L'infâme ! dit Mash Ghassem opinant du chef. Même s'il reste toute la nuit devant la porte, je ne lui ouvrirai pas. Je sais très bien ce que c'est que son baume. C'est un baume noir, qu'on obtient à partir du foie de la vipère noire. Si vous en faites renifler à un éléphant, il est pulvérisé sur le coup. Je connaissais un gars au village...

Je me dirigeai vers le blessé et le docteur pour voir où ils en étaient. Le Dr Nasser-ol-Hokama se tenait à l'écart en attendant que tout le monde sorte du cabinet pour commencer l'auscultation. Mais Aziz-ol-Saltaneh faisait de la résistance. Elle céda finalement à l'oncle Napoléon qui insistait pour la faire sortir.

— Mon domestique n'est pas là, dit le docteur. Que Mash Ghassem reste pour me donner un coup de main.

Mash Ghassem accourut :

— A vos ordres... J'ai moi-même une grande expérience en la matière ! A quoi bon mentir ? La tombe n'est qu'à quatre pas... Je connaissais un gars au village, il avait reçu un coup de couteau dans la rate et c'est moi qui le...

— Porte-toi bien, monsieur Mash Ghassem... dit le docteur d'un air renfrogné. Ce n'est pas la peine que tu restes. Tu parles trop... Sors de là !... Que le monsieur là-bas vienne me donner un coup de main.

Le docteur me désigna et fit sortir tous les autres.

— Rentrez chez vous, dit-il, ou bien mettez-vous dans la salle d'attente. Je ne veux voir personne dans le couloir ou la cour.

Le cabinet et la salle d'attente du docteur se trouvaient de part et d'autre de l'entrée alors que sa maison était au fond de la cour.

— Porte-toi bien, mon garçon… me dit-il lorsque tout le monde rentra dans la salle d'attente et vida le cabinet. Aide-moi à déshabiller le patient. Tu ne crains pas le sang j'espère ?

— Non, docteur, rassurez-vous.

Nous enlevâmes le complet de Doustali Khan. Cela ne me parut pas très difficile, comme si, malgré sa perte de connaissance et son inertie, le blessé n'hésitait pas à nous faciliter son déshabillage. Il n'avait pas la lourdeur habituelle d'une personne sans connaissance.

Le docteur désinfecta les sources de saignement avec du coton et de l'alcool. Les blessures consistaient en trois petits trous. Il mit la main sur les plaies et dit :

— Les plombs l'ont touché de très loin… Ils n'ont pas pénétré la chair, ils se trouvent juste sous la peau.

Je vis la sueur perler sur le front de Doustali Khan. Il ébaucha un mouvement. Je fis signe au docteur. Il approcha sa tête de l'oreille du blessé :

— Doustali Khan, vous m'entendez ?

Une voix étranglée et geignarde sortit de la bouche de Doustali Khan :

— Oui, j'entends…

Puis il ouvrit légèrement les yeux, inspecta du regard le cabinet et d'une voix plus basse demanda :

— Ma femme n'est pas là ?

— Portez-vous bien. Il n'y a personne ici excepté ce garçon et moi-même !

Doustali Khan, qui semblait avoir étouffé ses plaintes depuis un moment, se mit à geindre :

— Je souffre terriblement, docteur !… Qu'est-ce qui s'est passé ? Où est-ce que je suis touché ?

— Portez-vous bien ! Ce n'est rien de grave ! Trois minuscules plombs vous ont touché de loin dans la région lombaire… Sans pénétrer la chair… Si vous tenez le coup, je peux essayer de les enlever… A moins que vous ne préféreriez aller à l'hôpital…

— La douleur est insupportable, gémit-il. Ça fait une heure que je souffre, mais je n'osais pas me plaindre.

— Pourquoi ne vous êtes-vous pas plaint ?

— De peur de cette mégère... De peur de cette meurtrière... Ma femme !... Je vous raconterai plus tard, mais sur la tête de vos enfants ne m'envoyez pas à l'hôpital. Puis-je vous demander de dire à ma femme que mon état est grave, mais qu'à l'hôpital...

— Ici, je ne dispose pas de matériel d'anesthésie, l'interrompit le docteur. Vous devrez supporter la douleur, car je vais extraire les plombs à la pince... Il va falloir faire preuve de courage !

— Oui, docteur, je supporterai... Mais jurez-moi de dire à ma femme que mon état est sérieux et que je n'ai pas beaucoup de chances de survie... Si elle apprend que je ne vais pas si mal que ça, elle va m'étrangler avant le petit matin, elle va me tuer...

Puis il se tourna vers moi :

— Sur la tête de ta mère, toi aussi, promets-moi de ne rien dire... Tu connais Aziz... Tu sais très bien que...

— Rassurez-vous, Doustali Khan. Je vous promets de ne rien dire à Mme Aziz.

Doustali Khan poussa un soupir de soulagement et demanda un verre d'eau.

Le docteur se rendit dans la salle d'attente pour négocier avec la famille. Je le suivis à mon tour, après avoir trouvé à boire pour Doustali Khan au petit lavabo métallique du docteur.

Il insista auprès d'Aziz-ol-Saltaneh pour qu'elle rentre chez elle.

— Rentrez à la maison, madame ! Votre mari ne va pas bien, mais je ferai tout mon possible...

Tout en tenant ce discours à madame, il fit un clin d'œil à l'oncle Napoléon et aux autres pour leur faire comprendre que ce n'était pas si grave.

— Comment va-t-il ? me demanda tout bas Asdollah Mirza en me rejoignant.

— Rien de grave ! murmurai-je discrètement. Il a fait semblant de s'évanouir, car il craint Mme Aziz.

Malgré l'insistance du docteur, personne n'accepta de quitter les lieux. Alors il retourna dans son cabinet et je le suivis.

Doustali Khan mordait l'oreiller et de grosses gouttes de sueur perlaient sur son front pendant que le docteur sortait à la pince les trois petits plombs et pansait les plaies.

L'intensité de la douleur avait fait perdre la voix à Doustali Khan qui implorait tant bien que mal le docteur de couvrir de bandages tout son corps et de prescrire qu'on ne le ramène pas chez lui et qu'on le laisse dormir chez l'oncle Napoléon.

Quand le docteur sortit du cabinet, tout le monde l'entoura.

— Docteur, dites-moi quel malheur m'attend, s'écria Aziz-ol-Saltaneh. Dites-moi comment il va.

— Portez-vous bien, madame ! Portez-vous bien ! Pour l'instant je ne peux rien dire. Cela dépend de la résistance de son organisme. S'il tient le coup cette nuit, il restera peut-être en vie…

En prononçant ces mots, il signifia discrètement à l'oncle Napoléon et aux autres que c'étaient des propos de circonstance.

— Mais ce soir, continua-t-il, laissez-le dormir chez Monsieur pour qu'il soit plus près de moi. Au cas où il ferait un malaise, je pourrais intervenir plus rapidement… Je viens de lui faire une injection de morphine pour qu'il ne souffre pas trop au réveil…

Nous posâmes le corps couvert de bandages de Doustali Khan sur un léger lit de camp afin de le transférer chez mon oncle.

Azizollah Khan, l'agent de garde du quartier qui faisait les cent pas devant la porte, nous accompagna chez l'oncle Napoléon.

— Monsieur Azizollah Khan, lui dit mon oncle, Doustali va mieux. Vous pouvez partir.

— Mais il est de mon devoir de faire un rapport. Une personne a été blessée par balle…

— C'était un accident… Il nettoyait le fusil lorsque la balle est partie. Son état est satisfaisant et personne n'a porté plainte.

— Je vous en prie, Monsieur ! Comment pouvait-il être en train de nettoyer le fusil alors que la balle l'a touché à cet endroit du corps ?… Je ne suis pas un enfant tout de même !

— Qu'est-ce que tu as à chicaner, Azizollah Khan ?… s'emporta Mash Ghassem. C'est la spécialité des habitants de Malayer de chicaner. Le pauvre était en train de jouer avec le fusil quand le coup est parti…

— Dis plutôt que son derrière jouait avec le fusil… l'interrompit l'agent.

— Ma foi, un fusil est un fusil… Une fois ça te touche à l'œil, une fois dans le rein, une fois à ton endroit sensible… Je connaissais moi-même un gars au village…

— Mash Ghassem, puis-je te demander de ne pas te mêler de ça, l'interrompit l'oncle Napoléon, en colère.

Il conduisit ensuite Azizollah Khan dans une autre pièce et réussit à le convaincre, avec de solides arguments, que, quand on jouait avec un fusil, une balle pouvait très bien prendre un raccourci pour vous toucher à l'endroit en question.

Azizollah Khan quitta la pièce :

— Je vous suis reconnaissant, Monsieur ! Je suis votre serviteur !… J'y vais… Je n'ai rien entendu de cette histoire… Mais que Dieu vous protège, s'il arrivait quelque chose à M. Doustali Khan, informez-en le commissariat d'ici à demain matin.

En rentrant dans la chambre où Doustali Khan était allongé sur le ventre, je vis Leyli, en larmes, assise à son chevet. Ne pouvant supporter son chagrin, je l'appelai discrètement et lui dis que le blessé allait bien et que c'était par peur de sa femme qu'il simulait l'agonie.

Aziz-ol-Saltaneh n'arrêtait pas de se frapper le visage et de se lamenter :

— Que ma main se brise… Que Dieu m'envoie la mort pour m'éviter de voir Doustali dans un tel état… Faites quelque chose ! Faites venir un autre médecin… Amenons-le à l'hôpital !…

Et l'oncle Napoléon tentait de la calmer :

— Madame, un médecin ne sert plus à rien… A cette heure de la nuit, à qui pouvons-nous nous adresser ? En plus, il n'est pas recommandé de le déplacer. L'hémorragie vient de s'arrêter… Ensuite, à l'hôpital ils vont sûrement ouvrir une enquête sur l'accident… Vous voulez aller en prison ?

Un bref silence s'installa. Soudain, le blessé émit un gémissement et ses lèvres remuèrent. Comme s'il avait dit quelque chose sans qu'aucun son ne sorte de sa bouche.

— *Moment !* J'ai l'impression qu'il veut dire quelque chose, dit Asdollah Mirza, resté silencieux pendant tout ce temps.

Il s'assit au bord du lit et approcha sa tête de la bouche du malade :

— Parle, Doustali !... Si tu es encore vivant, dis quelque chose. Si tu es parti, transmets notre bonjour à ceux qui sont là-haut.

Les lèvres de Doustali Khan remuaient toujours. Une voix se fit enfin entendre :

— Où est Aziz ?

Se frappant la tête et le visage, Aziz-ol-Saltaneh s'assit à côté de lui.

— Je suis là, Doustali ! dit-elle. Je voudrais souffrir à ta place ! Je suis là !

— Non, non, tu n'es pas Aziz... dit Doustali Khan les yeux fermés et la voix faible. Je... je... je veux Aziz.

— C'est moi, moi-même. Je suis Aziz. Que ta voix m'est douce.

— Tu... tu... tu n'es pas Aziz... Je... je veux Aziz.

— Que Dieu m'envoie la mort !... dit Aziz-ol-Saltaneh se frappant la poitrine. Il ne me reconnaît plus... Doustali... Doustali, ouvre les yeux. Je suis Aziz.

Une seconde plus tard, Doustali Khan ouvrit les yeux et dévisagea fixement sa femme.

— Ah... Ah... Dieu soit loué !... Je te vois à nouveau... Aziz !... Pardonne-moi... Laisse-moi partir la conscience tranquille... De l'eau... De l'eau...

Nous réussîmes avec peine à lui faire boire une gorgée d'eau. Il ouvrit entièrement les yeux et, de la même voix faible, dit :

— Aziz... Pardonne-moi... J'ai péché peut-être beaucoup, mais... à propos de Ghamar, je n'y suis... je n'y suis pour rien... Je suis innocent...

Doustali Khan promena son regard dans la chambre et demanda :

— Où est Ghamar ?

— Elle est dans l'autre pièce, avec les enfants... Qu'on m'apporte la nouvelle de sa mort ! C'est elle qui a causé tout ce malheur !

— Prends soin d'elle... Cette fille est folle... Pour sauver l'honneur de la famille, je lui avais dit... Mais... mais... je n'y suis pour rien... Où est Shamsali Mirza ?

Shamsali Mirza accourut :

— Je suis là Doustali...

— Je te prie de prendre un papier et un stylo et d'écrire mon testament. Je vais le signer tant que j'en ai encore la force… Tous mes biens sont à Aziz…

Aziz-ol-Saltaneh se frappa le visage :

— Que Dieu m'envoie la mort !… Je ne te survivrai pas pour hériter de tes biens.

— Shamsali ! hurla Doustali Khan. Ne me refuse pas cette dernière volonté.

— Ne le décevez pas, nom de Dieu ! intervint Mash Ghassem. Paix à son âme, c'était quelqu'un de bien.

Tout le monde jeta un vif regard à Mash Ghassem. Celui-ci baissa la tête.

Shamsali Mirza apporta de quoi écrire et Doustali Khan se mit à dicter son testament. Il légua à sa femme sa maison, son magasin et ses autres biens immobiliers.

— Au fait, gémit-il, j'allais oublier la propriété de Mahmoud Abad. Ecris : je lègue aussi la totalité de la propriété située à Mahmoud Abad de Qazvîn y compris son *qanat* à ma…

Aziz-ol-Saltaneh se frappa le visage :

— Que je meure ! Après toi, je ne veux pas voir la propriété de Mahmoud Abad… A propos, son caravansérail t'appartient-il aussi ?

— Oui… Inscris aussi le caravansérail.

Asdollah Mirza ne put se retenir :

— N'oublie pas le troupeau de moutons, dit-il d'un air triste.

— Que Dieu abolisse la race des moutons… gémit Aziz-ol-Saltaneh. Il les a vendus l'année dernière.

— Maintenant… dit Doustali Khan en avalant sa salive. Fais-le-moi signer… Vous tous aussi vous devez le signer… Tous… Vous tous…

Shamsali Mirza approcha le papier et le stylo, mais la main de Doustali Khan restait inerte.

— Dieu tout-puissant !… Dieu, donne-moi la force de signer… Redressez-moi… Sortez ma main de sous la couverture !

Shamsali Mirza souleva légèrement son buste et sortit sa main de sous la couverture, mais elle retomba sans vie.

— Mon Dieu !… s'écria Doustali Khan en réunissant toutes ses forces. Mon Dieu, ma main… Ma main !…

Aziz-ol-Saltaneh proposa :

— Tu veux que je t'aide, mon chéri ?

Asdollah Mirza perdit encore patience.

— *Moment !* Même si tout son corps se rétablit un jour, sa main droite ne bougera plus. Le malheureux ! Ça va de soi ! Quand la balle touche les fesses, la main droite est paralysée ! La corrélation entre la main droite et le derrière est prouvée scientifiquement.

Doustali Khan voulut lui dire quelque chose, mais il se ravisa. Il essaya de se redresser tout seul, mais poussa un hurlement et retomba sur sa couche, les yeux fermés.

Agha Djan, qui était resté silencieux jusque-là, se mit en colère :

— Vous êtes en train de le tuer. Laissez-le se reposer !

— Ne vous mêlez pas de ça, je vous prie ! répondit fermement l'oncle Napoléon en lui jetant un regard noir.

Je ne compris pas la raison de sa mauvaise humeur. Peut-être était-il nerveusement éprouvé. Mais, face à son emportement soudain, Agha Djan se renfrogna.

— De toute manière, dit-il, notre présence ici ne sert plus à rien. Moi, je rentre.

Et, l'air morne, il quitta la chambre.

— Il est temps de laisser le malade seul, dit l'oncle Napoléon après quelques instants de silence. Seule madame va rester avec lui. Ghamar viendra dormir chez nous.

En sortant de la pièce, Asdollah Mirza m'appela discrètement et nous traversâmes d'un pas nonchalant la cour intérieure en direction du jardin. Je lui racontai la conversation de Doustali Khan avec le docteur.

— Cette famille est maudite… dit-il en hochant la tête. Dès demain on aura une nouvelle querelle ! Tu as remarqué combien de fois ton oncle a agressé ton père. Chaque fois, je voyais une telle rage dans les yeux de ton père que je suis sûr que, dès demain, il va se venger du vieillard. Ne l'as-tu pas remarqué ?

— Oui, il a taquiné Agha Djan à propos de ses origines.

— Oui, et à la fin aussi, il l'a encore attaqué.

— Moi aussi je suis très inquiet, tonton Asdollah ! Je crains qu'une nouvelle dispute n'éclate.

— C'est déjà fait, mais de manière invisible !… Sans l'histoire de la grossesse de Ghamar, Agha Djan aurait commencé dès le début de la soirée… C'est ridicule ! Ils parlent de leur lignée et de leurs origines comme s'ils étaient des descendants directs des Habsbourg ... Mais, si tu peux, essaie de piquer la lettre de l'oncle Napoléon à Hitler.

— Je n'ai pas encore réussi. Je crois que mon père l'a rangée dans le tiroir de son bureau, qu'il a fermé à clé.

Asdollah Mirza se mit à réfléchir, soudain son visage s'illumina.

— J'ai une idée. Il me semble que demain non plus je n'irai pas au bureau. Viens me voir demain matin.

Le lendemain matin, j'allai retrouver Asdollah Mirza. Nous sortîmes ensemble de chez lui. Il prit la direction opposée à notre maison. Deux rues plus loin, il s'arrêta devant l'étal d'un cireur de chaussures installé dans la rue, posa le pied sur sa boîte et lui demanda de cirer ses chaussures. Sans mot dire, je l'attendis à l'écart.

Asdollah Mirza bavardait avec le cireur qui était un jeune homme robuste, lui posant des questions sur sa situation. J'étais surpris de le voir préoccupé par ses chaussures en plein milieu de tous nos problèmes.

— Je ne crois pas que tu aies beaucoup de clients par ici... Pourquoi ne t'installes-tu pas dans la rue arborée ? Nous devons faire tout ce chemin pour venir jusqu'ici ou bien aller de l'autre côté dans l'autre rue...

— A vrai dire, monsieur, c'est au Tout-Puissant de nous envoyer notre pain quotidien. Peu importe ici ou là-bas !

— *Moment !* Comment ça peu importe ici ou là-bas ? Si tu es à côté, moi-même je ferai cirer mes chaussures deux fois par jour. Tout le voisinage a désespérément besoin d'un cordonnier et d'un cireur.

Asdollah Mirza déploya mille arguments pour prouver au cireur que ses revenus doubleraient s'il s'installait en face de notre jardin.

Le jeune homme accueillit cette proposition avec joie et lui promit de venir l'après-midi même s'installer à l'ombre des grands arbres de notre rue, face au portail du jardin.

Outre le prix du cirage, Asdollah Mirza lui laissa un bon pourboire et nous reprîmes le chemin de la maison.

— Ce cireur va beaucoup nous aider, dit-il comme s'il avait deviné ma question. Plus tard tu comprendras pourquoi. Maintenant nous devons trouver un téléphone pour appeler ton oncle de la part de Hitler… Ah oui, je vois… Allez viens ! Un copain à moi habite tout près d'ici. Il a le téléphone !

Un vieux domestique nous ouvrit la porte. Asdollah Mirza lui expliqua qu'il voulait passer un coup de fil. Il nous conduisit immédiatement à l'étage où se trouvait le téléphone et partit à la cuisine préparer le thé.

Asdollah Mirza composa rapidement le numéro de l'oncle Napoléon. Lorsque celui-ci répondit, il reprit l'accent du représentant de Hitler :

— Feu le Grand Monsieur et Jeanette MacDonald manger pot-au-feu ensemble… Messié, vous bien écouter moi… Très très très important ma parole… D'abord, notre code a changé… Parce que espion anglais peut le découvrir… Quand notre représentant dit feu le Grand Monsieur et Jeanette MacDonald manger pot-au-feu ensemble, vous demander avec quoi, lui répondre avec des condiments à l'origan… S'il ne sait pas répondre, alors vous savoir que c'est l'espion des Anglais. Vous le chasser… Ensuite, nous vous envoyer un agent déguisé en commerçant devant votre maison pour vous protéger… Tant qu'il sera là, vous n'avoir aucune aucune aucune crainte… Vous rassuré qu'il vous protège… Mais vous pas parler avec commerçant à ce sujet… Nous vous contacter plus tard, au moment de votre départ…

Apparemment, l'oncle Napoléon insistait pour connaître les caractéristiques de l'agent en question.

— Je vous dire très très secrètement que c'est un cireur de chaussures… dit Asdollah Mirza. Mais vous rien rien dire à personne… Vous comprendre ?… Au revoir… *Heil Hitler !*

Lorsqu'il raccrocha, un sourire de satisfaction se dessina sur son visage :

— Qu'est-ce qu'il est niais, le pauvre… Mais à partir de maintenant il sera rassuré et ton père ne pourra plus lui tendre de nouveaux pièges… Voilà pour ce qui est de l'oncle Napoléon, maintenant il faut que l'on trouve une solution pour cette pauvre malheureuse… Doustali ou un autre crétin a fait son San Francisco… Maintenant ils voudraient faire passer un bébé de trois quatre mois, même si ça coûte la vie à cette pauvre infortunée…

— Et si on disait à mon oncle que Hitler n'apprécierait pas ?… Il ne va jamais le croire !

— Maintenant il faut qu'on aille rendre visite à Doustali le Couillon et voir comment il va, dit le prince lorsque nous quittâmes la maison de son ami.

— Vous êtes très inquiet ?

— *Moment*, pas du tout ! Trois petits plombs, c'est rien du tout ! Même un shrapnel ne lui ferait rien. Je plains seulement cette pauvre débile.

Mash Ghassem nous ouvrit la porte et, en réponse à la question d'Asdollah Mirza qui demandait des nouvelles de Doustali Khan, il dit :

— Ma foi, à quoi bon mentir ? La tombe n'est qu'à quatre pas... Il n'a pas l'air d'aller mal... Mme Aziz est restée là toute la nuit. Elle vient de rentrer chez elle et ne va pas tarder à revenir.

Lorsque nous entrâmes dans la chambre de Doustali Khan, il était toujours allongé sur le ventre, mais avait redressé le buste et mangeait avec appétit son petit-déjeuner dans le plateau qu'on avait posé sous sa poitrine. En entendant la porte, il tira la couverture sur sa tête et s'immobilisa.

— N'aie pas peur Doustali, s'esclaffa Asdollah Mirza. C'est nous, ce n'est pas Mme Aziz. Remplis bien ta foutue panse !

— Dieu est témoin que je me sens mal... Le docteur a dit que, pour récupérer le sang que j'ai perdu, il faut que je mange quelque chose... Mais je t'en conjure, ne dis rien à Aziz ! Je jure sur ta tête que j'ai une douleur insupportable !

— Jure-le sur la tête de ton père, pas sur la mienne ! Tu paies le prix du plaisir que tu t'es offert. Tu es allé à San Francisco, eh bien tu dois en supporter les conséquences douloureuses.

— Sur ta tête, sur la mienne, si j'ai commis la moindre faute !... Seulement je plains cette fille. Si on pouvait trouver quelqu'un qui accepte le bébé et consente à épouser Ghamar ne serait-ce que pour quelques jours, je lui donnerais tout ce qu'il demanderait... Je lui certifierais même chez le notaire que nous nous occuperons nous-mêmes de l'enfant...

— *Moment !* Tu parles d'une semaine ! Quel nigaud voudrait s'unir à cette fille rien qu'une heure ?

— J'ai pensé, Asdollah... dit Doustali Khan d'une voix calme et d'un air innocent. Je me disais que... Je me suis dit si tu... Si tu pouvais...

— *Moment !* s'esclaffa Asdollah Mirza. Ça va te coûter cher Doustali. Il faudra débourser sans compter.

— Je paierai tout ce que tu voudras… dit Doustali Khan exalté, ne s'attendant pas à une réaction aussi favorable de la part d'Asdollah Mirza.

Mais soudain il se rendit compte que son exaltation et sa voix énergique ne correspondaient pas à son état de blessé agonisant, alors il baissa le ton avant de continuer :

— Asdollah, nous avons grandi ensemble, toi et moi ! Mis à part quelques petites querelles enfantines, nous nous sommes toujours aimés. Il ne me reste plus longtemps à vivre. Accepte mon ultime requête.

Conscient du rôle tragique qu'était en train d'interpréter Doustali Khan, Asdollah Mirza dit d'un air faux :

— Tais-toi, Doustali, tais-toi ! Tu me brises le cœur ! Toi, si jeune ! Tu avais mille rêves à réaliser ! Je te donne ma parole que je déposerai chaque vendredi un bouquet de chrysanthèmes sur ta tombe. Tu me pardonneras de ne pas pouvoir t'offrir des camélias… Ce n'est pas grave… Au lieu de la dame aux camélias, tu seras le monsieur aux chrysanthèmes !

— Je t'en prie, Asdollah, ne plaisante pas ! L'heure est grave. Dis-moi ton prix !

— Tu paies le montant que je veux ?

— Ce que tu veux, Asdollah ! Pour sauver cette malheureuse…

— La propriété de Mahmoud Abad, cher Doustali !

— Quoi ? La propriété de Mahmoud Abad ? Tu es fou ? Pour que tu acceptes d'épouser cette fille pendant deux jours, je dois te céder toute une propriété ?

Asdollah Mirza réalisa soudain ce que lui demandait Doustali Khan. En colère, il se leva et prit un coussin :

— *Moment*, Doustali ! Je t'aimais beaucoup. Tu étais un chic type. Mais pour t'empêcher de dire ce genre de connerie, me voici contraint d'accélérer la tâche de l'ange de la mort !

Puis il leva la tête au ciel et poursuivit :

— Dieu ! Pardonne-moi ! Dans ma vie, je n'ai jamais fait de mal à personne, mais l'humanité gagnera à ce que ce type vienne rapidement Te rejoindre. Reprends-le, s'il Te plaît ! Mauvaise créature renvoyée à l'usine !

Et, faisant mine de vouloir étouffer Doustali Khan avec le coussin, il ajouta :

— Adieu Doustali ! En tant qu'ami, je te rends un dernier service, car, à chaque minute supplémentaire que tu passes sur terre, tu ajoutes un nouveau péché à ton palmarès. Attention ! Prépare-toi à déguerpir, le monsieur aux chrysanthèmes ! Rendez-vous en enfer !… Boulevard du Malin, rue Asghar-le-Tueur, à côté de la charbonnerie Yazid*….

Doustali Khan le regardait d'un air terrifié. Asdollah Mirza jouait si bien son rôle d'homme en colère qui ne contrôle plus ses actes que Doustali Khan était réellement effrayé.

— Asdollah… Asdollah… balbutia-t-il d'une voix saccadée. Je plaisantais… Je te jure… Je te jure que je plaisantais…

Asdollah Mirza frappa de toutes ses forces un coup de coussin sur le dos de Doustali Khan, toujours allongé sur le ventre. Le cri de celui-ci s'éleva :

— Ah, je meurs !… Ingrat, tu m'as frappé sur mes blessures !

— Ça t'apprendra à dire de pareilles bêtises !

— Quelles bêtises ? demanda en gémissant Doustali Khan. Toi-même, tu as dit que, si j'étais prêt à débourser sans compter, tu accepterais de…

— Tête de con ! l'interrompit Asdollah Mirza. J'ai cru que tu me demandais de trouver quelqu'un pour épouser ta belle-fille. Mais, même au seuil de la mort, tu ne cesses d'être perfide et abject. Le monsieur aux chrysanthèmes s'adonne à la débauche et fait scandale, à moi de réparer les dégâts… Pauvre taré, tu as de la chance que ta femme t'ait tiré dessus sous la ceinture, région déjà dévastée, et qu'elle soit maintenant obligée d'étouffer l'affaire, sinon tu aurais écopé de quinze ans ferme.

— Asdollah, crois-moi ! Sur ta tête, je n'y suis pour rien !… Sur ma tête, sur la tienne…

— Sur la tête de ton père, sur la tête de tes aïeux plutôt… répondit Asdollah Mirza debout à côté du lit, frappant d'un coup de chaussure la jambe de Doustali Khan.

Celui-ci poussa un cri de douleur.

Entendant son cri, Leyli, dont la chambre était de l'autre côté du couloir, accourut.

— Qu'est-ce qui se passe ? Qu'est-ce qui se passe ? demanda-t-elle, l'air anxieux.

Asdollah Mirza retrouva son sourire.

* Calife qui donna l'ordre d'assassiner l'imam Hussein et ses compagnons à Kerbela. Dans la culture shiite, son nom est devenu synonyme de cruauté.

— Ne t'inquiète pas, ma fille, dit-il tendrement. Doustali est sur le point de déguerpir… Le regretté doit déjà être en train de flirter avec la femme du portier de l'enfer.

— Prie le ciel que je ne puisse pas me relever, sinon je te donnerai une leçon que tu n'oublieras pas jusqu'à la fin de tes jours.

Leyli m'adressa un regard interrogateur.

— T'inquiète pas ! lui dis-je tout bas. Tonton Asdollah taquinait Doustali Khan !

Sourire aux lèvres, Asdollah Mirza me tapota l'épaule et dit :

— Fiston, va une seconde dans la chambre de Leyli… J'ai deux mots à dire à ce vieux don Juan au sujet de cette pauvre fille.

J'étais ravi de donner la main à Leyli. Ensemble, nous allâmes dans sa chambre. Son regard tendre et chaleureux me fit un instant oublier les mésaventures de la veille. Nous restâmes silencieux un bref moment. La conversation d'Asdollah Mirza et Doustali Khan nous parvenant de la chambre d'à côté me fit de nouveau atterrir dans le monde réel.

— Tu sais Leyli, je suis très inquiet !… Tu as vu hier soir, ils évoquaient à nouveau le retour de Pouri.

Le visage de Leyli s'assombrit. Elle baissa la tête.

— Je n'ai pas fermé l'œil de la nuit, dit-elle à voix basse. J'ai très peur… Hier soir, de retour à la maison, papa aussi parlait de ça !

— De quoi ?

— De la même chose que l'oncle Colonel : les fiançailles ! Si papa me force, je ne pourrai pas refuser, mais il y a une solution…

— Mais pourquoi ? Comment peuvent-ils obliger une fille à…

— Je serai incapable de dire non à papa, m'interrompit-elle. Mais je peux mettre fin à mes jours…

Mon cœur allait s'arrêter de battre, mais j'essayai d'apporter une consolation à Leyli ainsi qu'à moi-même :

— Non, Leyli, nous trouverons une solution… Nous trouverons sûrement une solution…

La voix de mon oncle retentit à l'autre bout de la cour. Il appelait Leyli.

— Reste ici, je reviens, dit-elle.

De la fenêtre, je la suivis du regard. Elle se dirigea vers son père. Mon oncle avait l'air de la charger d'un message, car Leyli jeta un regard discret vers la fenêtre de sa chambre et, après une légère hésitation, se dirigea vers le jardin.

L'oncle Napoléon se rendit dans la chambre où Doustali Khan était alité et croisa sur le pas de la porte Asdollah Mirza qui en ressortait, l'air furieux. J'entendis leur conversation :

— Comment va Doustali ?

— Il flirte avec l'ange de la mort.

— Je ne trouve pas le moment propice aux plaisanteries, Asdollah !

— Je ne plaisante absolument pas, mais il me semble que la balle d'Aziz-ol-Saltaneh a heureusement déglingué son membre éminent… Après tout, c'est notre faute… Si, la dernière fois, on l'avait laissée le couper, cette fois elle n'aurait pas gâché une balle.

Asdollah Mirza quitta la chambre et l'oncle Napoléon entra. Je tendis l'oreille. La porte était entrouverte. Sans les voir, j'entendais leur échange. Après l'avoir salué, mon oncle resta silencieux quelques instants, puis, d'un ton froid et sérieux, dit :

— Doustali, je te pose une question, à laquelle, au nom de tout ce que j'ai fait pour toi, j'aimerais que tu répondes sincèrement ! La faute est humaine…

— Je vous jure… Sur votre tête… Sur celle d'Aziz… Sur la tombe de feu mon père…

— Sois sérieux, Doustali !… Hier soir, j'ai senti que tu voulais me dire quelque chose, mais ceux à qui cela ne profitait pas t'en ont empêché… Dis-moi à présent ce que tu voulais me dire !

— Je… je… C'est-à-dire que… Vous avez peut-être raison… Je voulais dire que, même si je ne suis pour rien dans cette affaire, je serais prêt à tout… De n'importe quelle manière…

— Ecoute Doustali, Napoléon disait : La distance qui sépare un traître d'un serviteur n'est que d'un pas, à condition qu'il soit fait à temps. Si tu comptes te rattraper, je veux bien t'aider… J'ai remarqué ces derniers temps que tu défendais certaines politiques…

La voix d'Aziz-ol-Saltaneh, en provenance de la cour, interrompit leur conversation :

— Comment va mon pauvre Doustali ? Je vous prie d'entrer, docteur…

Aziz-ol-Saltaneh, suivie du Dr Nasser-ol-Hokama, entra dans la chambre de Doustali Khan. Après l'auscultation du blessé, le docteur se dit satisfait de son état et, distribuant des "Portez-vous bien", quitta la pièce.

Leyli me rejoignit et ensemble, à travers la porte entrebâillée, nous nous mîmes à écouter la conversation entre mon oncle, Aziz-ol-Saltaneh et Doustali Khan, dont la voix était redevenue faible et geignarde.

— Dieu soit loué ! dit l'oncle Napoléon. Le danger semble écarté !

— Que Dieu vous entende ! J'ai fait un vœu pour Doustali : quand il sera rétabli, j'irai sacrifier un mouton au mausolée de l'imam Davoud.

— Et quelle solution avez-vous trouvée pour Ghamar ?… Que vous a finalement dit le docteur ?

— Il a dit qu'il était trop tard pour la faire avorter. Ça pourrait être dangereux pour sa santé.

— Les docteurs disent toujours ce genre d'âneries, s'emporta mon oncle. Pourquoi ne vous êtes-vous pas adressée à une sage-femme ?

— A vrai dire, Monsieur, j'ai peur. J'ai peur qu'ils ne mettent en péril la vie de cette pauvre malheureuse.

— Pensez aussi à l'honneur de la famille. Si son infortuné père était vivant, il n'aurait sûrement pas survécu à ce chagrin. Heureusement qu'il est mort et qu'il n'a pas connu cette honte… Demain, la nouvelle va se répandre…

— C'est ce que je crains aussi. Ça doit déjà être sur toutes les lèvres… Cette maudite ne contrôle pas sa langue… Ma main à couper que cette mégère de Mme Farokh Lagha va pointer son nez aujourd'hui même.

Soudain, du côté de la cour, on entendit la voix de l'oncle Colonel qui appelait l'oncle Napoléon d'une voix inquiète. L'oncle Colonel et sa femme étaient très troublés. Ils essayaient tous deux d'informer l'oncle Napoléon d'une même chose. Finalement, l'oncle Colonel réussit à imposer le silence à sa femme et dit :

— Frangin, faites entendre raison à ma femme. Depuis une heure, elle n'arrête pas de pleurer…

— Que se passe-t-il ?

— Si vous vous souvenez, avant de recevoir la lettre de Pouri, j'étais inquiet et j'avais demandé à l'un de mes amis d'Ahwaz d'essayer d'avoir de ses nouvelles et de m'écrire. Nous venons de recevoir sa lettre qui dit que Pouri est tombé malade. J'ai beau dire à ma femme que Pouri nous a écrit personnellement après, elle refuse d'entendre raison.

— Les lettres ne sont-elles pas datées ?

— Non, mais je suis sûr que celle de Pouri est plus récente…

— Je vous en supplie, Monsieur, dit la femme de l'oncle Colonel d'une voix gémissante. Faites quelque chose ! Envoyez un télégramme…

— Et de quoi souffre-t-il ? demanda l'oncle Napoléon. Je veux dire de quoi souffrait-il ?

La femme de l'oncle Colonel devança son mari en répondant :

— Il écrit que le pauvre petit a pris peur en entendant la détonation d'un fusil… Que Dieu me punisse d'avoir laissé cet enfant s'embarquer pour l'enfer de la guerre.

— Pas de bêtises, madame ! dit l'oncle Colonel d'un air remonté. Ce type a écrit des conneries et vous les répétez ! Pouri a dû manger quelque chose qui l'a rendu malade. C'est tout de même mon fils. Sur mille garçons de son âge, vous n'en trouverez pas un qui ait son courage.

Leyli et moi, nous nous regardâmes, en contenant notre rire. Asdollah Mirza, qui venait de quitter le salon de l'oncle Napoléon, entendit la fin de la conversation et s'approcha.

— Le Colonel a raison, dit-il. Sur un million de jeunes, il n'y en a pas un qui soit aussi vaillant que Pouri. Je vois inscrit sur le front de ce garçon un destin à la Jules César.

L'oncle Colonel se tourna rapidement vers lui. Mais Asdollah Mirza prit un air si innocent que le regard furibond de l'oncle Colonel se transforma en signe de gratitude.

— Merci Asdollah, dit-il tendrement. Tu as peut-être beaucoup de défauts, mais tu possèdes un don : tu discernes les qualités des gens.

Puis il se tourna vers l'oncle Napoléon et continua :

— A votre avis, je ne ferais pas mieux d'y aller moi-même pour m'en rendre compte personnellement ?

— Ce n'est pas le moment de voyager !… l'interrompit celui-ci. Envoyez un télégramme à votre ami. L'heure n'est pas au voyage ! Il ne faut pas déserter le front ! C'est peut-être encore une ruse de leur part pour vous éloigner de moi ! Ils cherchent à m'isoler pour mieux m'atteindre… Ils sont arrivés maintenant tout près de Téhéran.

Asdollah Mirza ne put s'empêcher d'intervenir à nouveau :

— Monsieur a raison… Il doit y avoir anguille sous roche… Vous feriez mieux d'envoyer un télégramme.

Les voix furieuses de deux personnes qui se disputaient s'élevèrent du côté de la rue. L'oncle Napoléon écouta attentivement et, sans tarder, se tourna vers moi :

— Va voir ce qui se passe, fiston ! Quel est ce boucan ?

Je courus vers le portail. Le balai à la main, Mash Ghassem menaçait le cireur de chaussures qui s'apprêtait à s'installer face au jardin.

— Ce n'est pas un caravansérail ici, il ne manquait plus qu'un nouveau type y installe son étal.

— Baisse la voix ! Pourquoi tu cries comme ça ?

— Non seulement je crie, mais si tu installes ton étal, je jetterai dans le caniveau ta boîte de cirage et tout ton barda.

Je restai interdit pendant quelques secondes mais, préférant ne pas intervenir, je décidai de prévenir l'oncle Napoléon avant que le cireur ne me voie.

Je courus à la maison.

— Qu'est-ce qui se passe ? demanda mon oncle dès qu'il me vit arriver.

— En fait, mon oncle, il y a là un cireur de chaussures qui voudrait s'installer face au portail, mais Mash Ghassem est en train de le chasser.

L'oncle Napoléon se figea comme électrocuté. Immobile, les yeux écarquillés et la bouche ouverte, il balbutia :

— Quoi ?… Mash Ghassem ?… Cireur de chaussures ?… Imbécile !

Et il se dirigea précipitamment vers la rue. Asdollah Mirza me fit un clin d'œil, sans bouger de sa place. Je suivis l'oncle Napoléon. Arrivés dans la rue, nous trouvâmes Mash Ghassem en train de se bagarrer avec le cireur.

— Tu vas voir, criait-il. Je te bousillerai la cervelle ! C'est moi que tu appelles gros con ?…

— Ghassem ! s'écria l'oncle Napoléon en arrivant.

Mais Mash Ghassem continuait à se battre et à hurler :

— Je ne suis pas natif de Ghiass Abad si je ne te bousille pas la cervelle.

L'oncle Napoléon avança et frappa Mash Ghassem à la nuque :

— Ghassem, idiot ! Je te dis de te calmer ! Qu'est-ce qui se passe ?

— Il veut nous installer une cordonnerie ici. Je lui ai dit de déguerpir, mais il continue à me tenir tête !

J'essayai de me cacher des yeux du cireur.

— Monsieur, dit le cireur, haletant, je suis venu ici pour travailler. Et ce type m'insulte. Comme s'il ne pouvait pas parler normalement ?

Et tandis qu'il se mettait à ranger son étal, il ajouta :

— C'est bon ! Je me tire. Je laisse cette rue à ce natif de Ghiass Abad.

— Fais attention à ce que tu dis, cria Mash Ghassem, fou de rage. La prochaine fois que tu prononces le mot Ghiass Abad, je te mets une raclée qui te fera avaler tes dents.

— La ferme, Ghassem, dit l'oncle Napoléon d'une voix sourde et vibrante de rage, sinon je t'étranglerai de mes propres mains ! De quel droit tu empêches les gens de travailler ? Il ne t'enlève pas le pain de la bouche !

La mine du cireur s'éclaircit, mais Mash Ghassem regarda mon oncle d'un œil hagard :

— Mais, Monsieur, c'est vous qui m'avez dit de ne pas laisser ces marchands ambulants poser leur étal par ici. C'est vous qui m'avez dit que c'étaient des voleurs déguisés qui épiaient les maisons du voisinage pour venir les cambrioler la nuit ?

— Imbécile, j'ai dit ça à propos des gens suspects, pas d'un pauvre commerçant qui veut gagner son pain.

— Ma foi, à quoi bon mentir ? La tombe n'est qu'à quatre pas… Je n'ai jamais vu quelqu'un de plus *suxpet* que ce type… Ses yeux me disent que c'est un sale voleur, un dépravé et un terrible *suxpet* !

— Fais gaffe à ce que tu dis, menaça le cireur de chaussures, exaspéré.

Puis il souleva sa boîte et ajouta :

— Je me tire, mais je vous plains, Monsieur, d'avoir un valet si bête !

Mash Ghassem s'apprêtait à se jeter sur lui, mais l'oncle Napoléon le repoussa en lui donnant un coup dans la poitrine.

— Monsieur le cireur… Comment vous appelez-vous ?

— Houshang, pour vous servir.

L'air étonné, l'oncle Napoléon le fixa un instant dans les yeux et répéta tout bas :

— Tiens ! Tiens ! Houshang !

Le cireur retira son tablier et le jeta sur son épaule :

— Si vous avez besoin de quelque chose… cirage, semelles, demi-semelles, retouche de pantoufles… Je suis à deux rues d'ici, à côté de la charbonnerie.

Et, sans tarder, il se mit en route.

— Comment ça, où allez-vous ? dit l'oncle Napoléon inquiet. Ici, c'est très bien… Du matin au soir, nous avons mille affaires de cirage et de réparation de chaussures. Avec tous les parents et les voisins, vous n'aurez plus besoin de personne.

— Non, non ! Je ne reste pas là ! Le jeu n'en vaut pas la chandelle.

Et il reprit son chemin. L'oncle Napoléon bondit et lui saisit le bras :

— S'il vous plaît, monsieur… Je vous assure que Mash Ghassem sera comme un frère pour vous.

— C'est ça, mon œil ! marmonna Mash Ghassem de manière que mon oncle n'entende pas. Je vais t'en montrer moi une chandelle !

— N'est-ce pas Mash Ghassem ? fit mon oncle. N'est-ce pas que tu seras comme un frère pour Houshang ?

Mash Ghassem baissa la tête et dit :

— Ma foi, à quoi bon mentir ? La tombe n'est qu'à quatre pas… J'exécute vos ordres… Mais rappelez-vous le photographe !…

En voyant le regard furieux de l'oncle Napoléon, il se rétracta :

— Ma foi, on dirait que je l'ai confondu avec le cireur du petit bazar.

Le cireur de chaussures reposa sa boîte à terre. L'oncle Napoléon poussa un soupir de soulagement et dit :

— A midi, Mash Ghassem t'apportera ton déjeuner… Ghassem, si le repas est prêt, dis à madame d'envoyer un plateau à Houshang… N'oublie pas d'y ajouter des herbes, du yaourt et du pain.

La mine joyeuse, le cireur de chaussures installa son étal :

— Que Dieu vous rende votre générosité, Monsieur ! Mais je me contenterai de ma miche de pain et de ma grappe de raisin !

— Non, non, pas question !… Aujourd'hui vous êtes mon invité. Vous viendrez prendre le déjeuner au jardin.

En revenant vers la cour intérieure, Mash Ghassem, contrarié, essaya de faire entendre raison à mon oncle, mais il constata une telle fureur sur le visage de celui-ci qu'il renonça et ne dit mot.

Dans la cour, Asdollah Mirza m'adressa un regard interrogateur. Je lui fis signe que tout allait bien.

La discussion à propos de la maladie de Pouri reprit mais fut interrompue par Leyli qui entra en courant pour annoncer à Aziz-ol-Saltaneh que la brigade criminelle du bureau de la Sûreté la demandait au téléphone.

Aziz-ol-Saltaneh prit l'appareil tandis que l'assistance l'entourait dans la stupéfaction générale.

— Allô oui ! Monsieur... qui ?... Bonjour, monsieur... Je vous remercie, grâce à vous. Comment avez-vous trouvé le numéro ?... Téléphoné chez nous ?... Oui, oui, non, c'est Fati la fille de la nourrice de Ghamar... Comment ? Que Dieu m'envoie la mort, qui vous a dit ça ? Et vous l'avez cru ?...

L'oncle Napoléon demandait par signes ce qui se passait.

— Ne quittez pas une seconde, dit Aziz-ol-Saltaneh à son interlocuteur... Il y a du bruit dehors, je vais fermer la porte !

Puis elle mit sa main sur le combiné et dit à voix basse :

— C'est le chef de la brigade criminelle... Celui à qui je m'étais adressée la dernière fois, l'ami du regretté Monsieur... Il dit qu'il a reçu aujourd'hui un appel anonyme l'informant que j'avais tiré sur Doustali et que nous avions caché le blessé à la maison...

Les yeux de l'oncle Napoléon s'écarquillèrent et ses lèvres se mirent à frissonner.

— C'est encore un de leurs sales coups !... fit-il après un bref silence d'une voix à peine audible. Répondez !... Dites-lui que vous allez passer le téléphone à Doustali en personne !

— Allô ?... Oui, qu'est-ce qu'on disait ?... C'est sûrement une plaisanterie... Ne quittez pas, s'il vous plaît... Je vais vous passer Doustali en personne... Non, non, vous devez absolument lui parler. Je vous en prie.

Aziz-ol-Saltaneh transféra précipitamment le téléphone dans la chambre de Doustali Khan, lui expliqua l'affaire en deux mots et ajouta :

— Allez parle, mais ne geins pas !

Doustali Khan, qui n'avait d'autre choix que d'obéir aux ordres, salua le chef de la brigade criminelle d'une voix forte et dynamique et le rassura avant de repasser le téléphone à

Aziz-ol-Saltaneh. Entre-temps, l'oncle Napoléon avait donné quelques instructions à celle-ci.

— Allô ? Vous avez entendu ?... Vous voyez bien qu'il s'agit d'un canular. Hier, Doustali était en train de charger des cartouches, la poudre lui a brûlé la peau des jambes... Je vous en prie... Toute ma reconnaissance...

L'oncle Napoléon lui fit signe de poser la question qui le préoccupait. Aziz-ol-Saltaneh acquiesça pour lui montrer qu'elle n'avait pas oublié. Après quelques échanges de politesses et la promesse d'une rencontre prochaine, elle ajouta :

— A propos, monsieur, je voulais vous demander... Pouvez-vous me dire quel genre de personne vous a appelé ?... Je veux dire n'avait-elle pas un accent particulier ? L'accent indien par exemple ?... Non ?... Alors... Comment ? L'accent de Chirâz ?... En êtes-vous sûr ?... Ah oui ! Bien sûr ! Vous avez longtemps vécu à Chirâz ?... Bon, je vous remercie de votre gentillesse... Bien sûr... Quelqu'un d'autre à votre place nous aurait créé des problèmes !... Merci encore pour tout !...

Je n'osais pas regarder l'oncle Napoléon. Sans lever la tête, je devinais la mine que faisait l'assistance. Je finis par lui jeter un bref coup d'œil. Le visage tendu et le teint terne, il était dans un état de bouillonnement intérieur qui dépassait tous mes pronostics. De stupeur, je manquai défaillir. "Dieu miséricordieux ! Aie pitié de nous !" pensai-je tout bas, car, dans toute la famille et l'entourage, la seule personne qui avait l'accent de Chirâz était Agha Djan.

XV

Debout, les traits tirés, l'oncle Napoléon s'était figé.

— C'est probablement quelqu'un de proche qui voulait faire une blague… dit finalement Asdollah Mirza. Depuis que ces téléphones automatiques existent…

Mon oncle l'interrompit d'une voix sourde :

— Madame Aziz, vous avez noté le numéro de téléphone de ce monsieur ?

— Celui du chef de la brigade criminelle ? demanda-t-elle surprise. Oui, pour quoi faire ?

— Appelez-le tout de suite et dites-lui que vous allez le voir aujourd'hui même pour une affaire très importante.

— Pourquoi devrais-je aller le voir ?

— Appelez-le tout de suite, répéta mon oncle d'un air ferme. Je vous expliquerai après.

Aziz-ol-Saltaneh n'avait d'autre choix que d'obéir à ce qui était un ordre. Elle sortit le numéro de son sac et appela le chef de la brigade criminelle. Le rendez-vous fut fixé à quatre heures et demie de l'après-midi.

— Nous irons le voir ensemble, dit mon oncle lorsqu'elle raccrocha.

— C'est de Ghamar que vous voulez lui parler ?… Je vous implore de…

— Non, l'interrompit mon oncle. Nous parlerons de Ghamar plus tard. L'affaire est autrement plus importante. Je dois savoir qui est l'auteur de ce coup de fil. Pour moi, c'est primordial…

Il fit quelques pas dans la pièce avant d'ajouter :

— Ce soir, je vous invite tous à venir dîner chez nous… Nous devons parler de plusieurs choses, notamment du problème de Ghamar et de la maladie de Pouri.

— Je vous en prie, Monsieur, je crains qu'il ne soit trop tard !… geignit la femme de l'oncle Colonel. Je crains qu'il ne soit arrivé quelque chose à mon pauvre petit !…

— Non, il ne sera pas trop tard ! dit mon oncle d'un air sévère. Ce soir, nous allons en parler… Ensuite nous ferons le nécessaire…

L'oncle Colonel et sa femme rentrèrent chez eux. Je sortis à la suite d'Asdollah Mirza pour lui parler de ce nouvel événement, c'est-à-dire du coup de fil anonyme au bureau de la Sûreté. Les ennuis n'en finissaient pas. Chaque jour, chaque heure apportait son lot d'obstacles entre Leyli et moi.

— Tonton Asdollah, c'est quoi encore cette histoire de coup de fil ? demandai-je inquiet en sortant de la cour. Vous croyez que…

— *Moment !* Aucun doute à avoir… C'est encore un coup de la sainte Nitouche ! A l'instant même où ton oncle a agressé ton père, je m'attendais à une riposte.

— Pourquoi l'oncle Napoléon veut-il aller voir le chef de la brigade criminelle ? Vous pensez qu'il a reconnu la voix d'Agha Djan ? Vous pensez qu'il va le dénoncer ?

— Je ne crois pas qu'il connaisse Agha Djan et même s'il le connaissait…

Asdollah Mirza hésita un moment…

— De toute manière, dit-il, je passerai voir le chef de la brigade avant quatre heures et demie pour le prier d'arranger le coup, histoire d'éviter un nouveau scandale.

J'aperçus Mash Ghassem qui sortait de la cour intérieure en portant une assiette de riz sur un plateau. Quelques mètres plus loin, il jeta un coup d'œil autour de lui, mais il ne nous vit pas, car nous étions cachés par les arbres. Alors, il mit la main dans le plat et en sortit quelque chose que de loin je devinai être un morceau de viande, puis il baissa la main et héla les chats. En un clin d'œil, deux des chats qui erraient d'habitude dans le jardin accoururent. Il jeta à l'un d'eux le morceau de viande. Les deux bêtes se jetèrent dessus et se mirent à se bagarrer dans un concert déchaîné de miaulements.

— Vos gueules !… les gronda Mash Ghassem d'une voix qu'il essayait de ne pas trop élever. Mangez sans faire de raffut !

Mais comme les chats continuaient à se quereller, il se pencha et attrapa une pierre :

— Je vous emmerde, putains de chats sans vergogne ! Psittt…

L'oncle Napoléon devait épier Mash Ghassem de loin, car au même instant il sortit dans le jardin et, l'air furieux, se dirigea vers lui. Les chats ne tardèrent pas à s'enfuir.

— Ghassem, tu as jeté la viande de ce plat aux chats ?

— Non, Monsieur, dit Mash Ghassem d'une voix craintive, quelle idée ! Je ne suis pas un mécréant pour donner la précieuse viande aux chats !

— Tu veux dire que ce plat ne contenait pas de viande ?

— Je ne sais pas !... Apparemment pas.

— Retourne chez madame demander pourquoi elle n'y a pas mis de viande.

L'air hésitant, Mash Ghassem baissa la tête :

— A quoi bon mentir ? La tombe n'est qu'à quatre pas... Je crois qu'il y avait bien un morceau, mais j'ai eu un mouvement et la viande est tombée par terre.

— Va au diable avec ta maudite tête de menteur ! cria l'oncle Napoléon en serrant les dents de fureur.

— Mais, Monsieur, à quoi bon mentir ? La tombe n'est qu'à...

— Si Dieu le veut, je te mettrai moi-même dans ta tombe ! Retourne vite demander un morceau de viande pour le gars ! Pourquoi es-tu si vilain ?... Qu'est-ce qu'il t'a fait ce malheureux cireur ?

Mash Ghassem retourna dans la cour intérieure en marmonnant :

— Je lui aurais bien donné un coup de couteau dans le ventre ! Il ne mérite même pas de manger du chien, ce sale voleur !

A sa suite, l'oncle Napoléon aussi rentra à la maison. Je demandai à Asdollah Mirza de me tenir au courant de sa rencontre avec le chef de la brigade criminelle et rentrai sans plus attendre chez moi.

Quelque temps après le départ de l'oncle Napoléon et Aziz-ol-Saltaneh, Asdollah Mirza pointa son nez. Il était de bonne humeur.

— J'ai tout arrangé, dit-il dans un sourire en me voyant. Le chef de la brigade criminelle est quelqu'un de bien. Dès que je l'ai vu, je l'ai reconnu. On s'était plusieurs fois croisés chez le regretté ex-mari d'Aziz-ol-Saltaneh... Lorsqu'il a appris l'affaire, il a promis d'empêcher à tout prix le déclenchement d'une nouvelle querelle.

— Au téléphone, il a parlé d'une personne ayant l'accent de Chirâz. Il ne pourrait pas dire que c'était l'accent d'Ispahan ?

— Nous avons beaucoup réfléchi ensemble. Il s'est souvenu finalement qu'il avait parlé d'un appel anonyme sans préciser s'il s'agissait d'un homme ou d'une femme… Alors, il va raconter à l'oncle Napoléon que c'est une dame à l'accent de Chirâz qui l'a appelé.

— Mais qui ça pourrait être, une dame à l'accent de Chirâz ? Ils ne vont pas le croire…

— *Moment !* dit Asdollah Mirza, l'air espiègle. Tu as oublié que Mme Farokh Lagha est l'ennemie jurée d'Aziz-ol-Saltaneh ?… Alors, l'accent de Chirâz ou l'accent de Hamadân, ça revient au même…

— Bravo, tonton Asdollah ! Bien vu ! Sans vous, je suis sûr qu'un conflit cent fois plus terrible se serait déclenché. Ils nous auraient encore séparés, Leyli et moi… Je ne sais pas comment vous remercier…

— Tu veux savoir comment ?

— Oui, tonton Asdollah !

— Fais ton San Francisco pour qu'on soit tous les deux tranquilles… A ce soir !

Il n'attendit pas ma réaction et disparut.

Une demi-heure plus tard, un fiacre s'arrêta devant le portail du jardin et l'oncle Napoléon et Aziz-ol-Saltaneh en descendirent. J'étais si angoissé que je n'osais pas lever les yeux. Mon oncle vint vers moi. Je le saluai et aussitôt baissai la tête, mais je fus soulagé dès qu'il ouvrit la bouche :

— Bonjour, fiston… Tu es seul ? Où sont les enfants ?… Papa est à la maison ?

— Oui, mon oncle, dis-je d'un ton chaleureux. Vous avez besoin de lui ?

— Je vais venir le voir… Je me change et j'arrive.

De toute évidence, l'intervention d'Asdollah Mirza avait été efficace et Agha Djan n'était plus suspecté par mon oncle. Les insultes proférées plus tard par les proches à l'égard de Mme Farokh Lagha, la femme en noir, langue de vipère et porte-malheur de la famille, le confirmèrent.

Je traînai un peu dans le jardin, puis je décidai de profiter de la bonne humeur de mon oncle pour rendre visite à Leyli, mais le vacarme qui se leva du côté de la rue m'attira vers le portail.

L'Indien Sardar Meharat Khan se disputait avec Houshang le cireur de chaussures. Il le sommait avec violence de ramasser son étal et de déguerpir. Je filai informer mon oncle, mais, au même moment, je le vis sortir vêtu de sa tenue d'intérieur et de sa cape.

— Qu'y a-t-il ? Que se passe-t-il ?

— Cher oncle, l'Indien veut renvoyer le cireur de chaussures.

Les yeux hagards et la bouche bée, mon oncle se pétrifia.

— Quoi ? L'Indien ?... balbutia-t-il les dents serrées. L'Indien ?...

Il ferma les yeux et continua à murmurer :

— C'est bien normal !... Tout à fait normal !... J'aurais dû m'y attendre !... Soit il l'a repéré, soit il a eu une intuition ! Qu'ils soient maudits ces Anglais !...

Puis, subitement, il se ressaisit et se précipita vers la cour intérieure pour appeler Mash Ghassem :

— Ghassem... Ghassem... Viens ! Dépêche-toi ! Va voir ce qu'il veut, ce traître ! Pourquoi veut-il chasser ce pauvre commerçant d'ici ?... Cette rue n'est pas la propriété de Chamberlain que je sache ?... Vas-y, vite !... Ghassem, tu auras affaire à moi si tu ne fais pas le nécessaire !... Mais tu ne parles pas de moi... Je ne suis pas au courant.

Mash Ghassem mordit le bout de sa moustache et se dirigea vers la rue.

— Qu'est-ce qui se passe ? Qu'est-ce qui se passe, monsieur Sardar ?

— Ce cireur de chaussures veut élire domicile ici... Je lui dis de décamper, il ne veut pas m'obéir.

— Toute la rue longe le mur du jardin de Monsieur, contesta vivement le cireur, et ce Sardar avec sa ridicule maison veut y faire la loi...

— Je suis un habitant de cette rue et je vous dis clairement que nous n'avons pas besoin de cireur.

— Bien sûr ! Vous marchez pieds nus ou en sandales. Vous ne savez pas à quoi sert un cireur de chaussures !

— On ne t'a pas sonné toi, quand M. Sardar parle... lui dit Mash Ghassem en fronçant les sourcils. Monsieur Sardar, faites comme si c'était une offrande pour vos morts, laissez-le rester ici et gagner son pain.

— Qu'il garde ses offrandes pour les mendiants de son pays, s'écria le cireur, fort du soutien de l'oncle Napoléon. Moi, je travaille et je n'ai besoin ni d'offrande ni d'aumône !

Je me tenais dans l'entrebâillement du portail, pour guetter d'une part la querelle dans la rue et de l'autre l'excitation de mon oncle qui, à l'intérieur, marchait le long du mur, et bouillonnait de colère.

— Qu'il aille au diable ! l'entendis-je murmurer. Il n'est même pas fichu de remettre à sa place cet espion d'Indien.

Et je voyais sous sa cape sa main se crisper sur l'étui en cuir de son revolver.

— Monsieur Sardar, dis-je en m'avançant dans la rue, nous avons besoin des services d'un cireur et cordonnier à tout moment de la journée. Si vous préférez, il peut s'installer de ce côté-ci de la rue, près de notre portail.

L'apparition d'Asdollah Mirza qui arrivait au loin me réconforta.

— *Moment ! Moment !* s'écria-t-il dès qu'il vit la scène. Qu'est-ce qui se passe, Sardar ? Pourquoi êtes-vous en colère ?

Il jeta un coup d'œil vers la fenêtre de la maison de Sardar. Ses yeux brillèrent et un léger sourire apparut sur ses lèvres. Je suivis son regard. Ses longs cheveux blonds sur les épaules, Lady Meharat Khan était apparue sur son balcon et scrutait la rue. S'adressant à Sardar, Asdollah Mirza changea de ton :

— Cher Sardar, pourquoi vous énerver ? Vous qui êtes le symbole de la bonne humeur et du bon cœur… Je n'aurais jamais cru que vous puissiez vous mettre en colère… Je connais ce jeune homme. Ce n'est pas un mauvais garçon. Souvent, dans la rue du bas…

— Excellence, si j'ai élu domicile dans cette rue, c'est pour son calme et sa tranquillité. Si les canailles viennent s'installer ici…

Le mot "canaille" heurta fortement le cireur. Malgré les signes d'Asdollah Mirza qui l'invitait à garder son calme, il s'écria :

— Canaille toi-même… Canaille ton père… Ton grand-père… Ta femme…

Sur ces mots, Asdollah Mirza jeta un coup d'œil vers le balcon et je l'entendis dire tout bas :

— L'adorable petite chérie !… Calmez-vous, monsieur ! Calmez-vous !… Vous aussi, monsieur Sardar…

Le visage en feu, Sardar s'approcha du cireur :

— Répète un peu !

— Je répète : celui qui m'appelle canaille est canaille lui-même comme son père et son grand-père !

Sardar flanqua aussitôt une gifle au cireur. Ce dernier, qui était un jeune gaillard bien baraqué, se jeta sur l'Indien et la bagarre commença. Les cris d'Asdollah Mirza qui leur demandait de s'arrêter restèrent vains. Mash Ghassem, qui s'était interposé comme médiateur, portait lui aussi dès qu'il en avait l'occasion des coups à la tête du cireur. Posté entre les deux battants du portail, l'oncle Napoléon ordonna à Mash Ghassem de les séparer. Inquiète, Lady Meharat Khan quant à elle implorait Asdollah Mirza d'intervenir. Au même instant arriva, Dieu merci, l'impressionnant Shirali le boucher.

— Shirali, sépare-les ! cria mon oncle en l'apercevant.

Shirali courut vers l'Indien et le cireur en plein pugilat, confia à Mash Ghassem le gigot de mouton qu'il avait à la main, attrapa chacun des deux belligérants par le collet et les sépara :

— Qu'est-ce qui se passe ? Pourquoi vous vous tapez dessus ?

Le turban de l'Indien était tombé par terre et sa longue chevelure noire flottait jusqu'à sa taille.

— Ce salopard de voleur… cria haletant l'Indien, essayant de le frapper, mais son cou était coincé entre les griffes puissantes de Shirali.

— Que se passe-t-il, Sardar ? demanda Shirali. Tu ferais mieux d'arranger ta belle chevelure !

L'Indien avait probablement une susceptibilité particulière concernant sa longue chevelure, car soudain il s'écria :

— Tais-toi ! Ma chevelure ne te regarde pas !

Dans un état d'irritation avancée, il continua sa phrase en indien et, parmi les mots qu'il prononça, il répéta plusieurs fois un terme qui ressemblait à "clown". Les yeux exorbités, Shirali l'interpella d'une voix étranglée :

— Quoi ? C'est moi que tu appelles clown ?

Et il lâcha subitement le cou du cireur, attrapa de ses deux bras l'Indien par la taille, le souleva comme un fétu de paille et fit quelques pas jusqu'à la porte entrouverte de sa maison. D'un geste rapide, il le jeta à l'intérieur et referma la porte, la retenant par le heurtoir pour l'empêcher de l'ouvrir de l'autre côté.

— Un Indien qui m'appelle clown ! Je ne me permets pas de jurer sur votre tête, je le jure sur la mienne… Je ne lui ai rien dit parce que vous me demandiez de le lâcher, sinon je lui aurais déchiré l'entrejambe.

Un sourire de satisfaction se dessina sur les lèvres de l'oncle Napoléon, debout entre les deux battants du portail.

— Merci Shirali… dit Asdollah Mirza en dépoussiérant sa veste. Je n'ai pas eu le temps de demander de vos nouvelles !… Comment allez-vous ?… Ça roule, j'espère ! Comment va madame ?

— Jusqu'à la fin de ma vie, je resterai votre serviteur… répondit Shirali qui tenait toujours la porte de l'Indien. Mais qu'est-ce qu'il fabrique ici, ce garçon cireur ?

— C'est un jeune homme très bien, se dépêcha de dire Asdollah Mirza. Je le connais… Il est là pour gagner son pain… Nous avons pas mal de travaux de cirage et de cordonnerie… Lâche la porte, Shirali ! Je ne crois pas que Sardar se risquera à sortir en ta présence…

Asdollah Mirza avait deviné juste, car l'Indien n'osa plus pointer son nez. Avant de s'en aller, Shirali ramassa son turban, tombé dans le caniveau, en fit une boule et le jeta pardessus le mur à l'intérieur de sa maison.

Asdollah Mirza consola le cireur :

— Ce n'est pas grave, mon cher… Partout où tu t'installes, les premiers jours il y a toujours un peu de grabuge… L'essentiel c'est que tu aies plu à Monsieur !

Le cireur s'était calmé.

— D'abord j'ai Dieu, ensuite j'ai vous ! dit-il d'une voix paisible.

Puis il s'adressa à Mash Ghassem :

— Mais toi aussi, gredin, tu m'as donné un coup à la tête en pleine bagarre !

— Moi ? dit Mash Ghassem d'un air innocent craignant l'oncle Napoléon. A quoi bon mentir ? La tombe n'est qu'à quatre pas… Je jure à la lumière de cette lampe que, s'il ne t'avait pas lâché, je l'aurais moi-même réduit en bouillie… Mais je ne veux pas lever la main sur les gens, sinon je battrais cent Indiens comme lui… Je connaissais un gars au village…

— On s'en fout de ton gars au village, l'interrompit l'oncle Napoléon. Va chercher un verre de sirop à Houshang, pour qu'il se rafraîchisse !…

Ensuite il se tourna vers le cireur :

— Ne vous en faites pas. Dès demain, tout le monde sera calmé.

— Non, Monsieur, je n'irai pas. "Qui trop regarde quel vent vente, jamais ne sème ni ne plante..." De là-haut on m'a dit de rester là, alors je reste là.

L'oncle Napoléon le regarda bouche bée.

— De là-haut on te l'a dit ?... murmura-t-il.

— Oui, Monsieur, celui qui décide là-haut où t'envoyer travailler t'y fera aussi gagner ton pain.

Mon oncle lui jeta un regard de connivence.

— Oui, oui, vous devez bien sûr rester là où on vous a dit de rester... répéta-t-il en lui faisant un petit signe. Pourquoi ne venez-vous pas à l'intérieur, cher monsieur ?

Avant de rentrer, il demanda au cireur où il dormait la nuit. Lorsqu'il entendit qu'il passait la nuit dans la maison de thé du bout de la rue, il fut rassuré.

Nous allions regagner le jardin, lorsqu'un fiacre s'arrêta et l'oncle Colonel en descendit précipitamment :

— Bonne nouvelle, frangin, bonne nouvelle !... Je viens du central des télégraphes, d'où j'ai envoyé un câble à mon ami Khanbaba Khan. Il m'a dit que Pouri allait beaucoup mieux et que tous les deux rentraient demain soir en train... Je cours apporter la bonne nouvelle à madame. La pauvre est folle d'inquiétude.

— Jules César rentre demain soir... me dit Asdollah Mirza tout bas en faisant quelques pas à mes côtés dans le jardin. Fais gaffe à toi, Marc Antoine ! Ne reste pas les bras croisés, ils vont t'enlever Cléopâtre !

— Mais que puis-je faire, tonton Asdollah ? me lamentai-je au comble du désarroi et de l'inquiétude.

— Je te l'ai déjà dit !

— Qu'avez-vous dit ? demandai-je sans avoir le courage de me référer à ma mémoire.

— Ouvre bien tes oreilles : San... Fran... cis... co !

— Tonton Asdollah, je n'ai vraiment pas la tête aux plaisanteries.

— *Moment !* Dis plutôt que tu n'as pas la tête à ça... Comme dirait Sardar, ta nature *very* en berne *hai* !

Un cercle restreint de parents se réunit chez l'oncle Napoléon afin de discuter des problèmes familiaux, réduits depuis le rétablissement de Pouri au seul cas de la grossesse de Ghamar.

Asdollah Mirza, Shamsali Mirza, l'oncle Colonel, le blessé Doustali Khan, ainsi que les dames étaient présents. Agha Djan les rejoignit un peu plus tard.

L'ambiance qui régnait à la maison, surtout ce soir-là, me fit comprendre que plus personne ne cherchait à découvrir l'identité du géniteur du bébé de Ghamar.

En raison de la faute qu'elle avait commise en poursuivant son mari avec une arme chargée qui avait failli lui coûter la vie, ou encore parce qu'elle ne voulait plus susciter de scandale, Aziz-ol-Saltaneh, la première protagoniste de l'affaire, s'était résignée à l'idée que le perfide criminel Allahverdi, qu'elle maudissait de temps en temps et insultait à loisir, était bien l'auteur réel de l'acte.

Grâce à l'indulgence de sa femme, Doustali Khan éprouvait lui aussi moins de remords. Celui qui cependant se considérait comme le plus grand perdant de l'histoire était l'oncle Napoléon.

Dès son arrivée, Aziz-ol-Saltaneh lui fit abandonner l'espoir de faire appel à une sage-femme, prétendant que même la célèbre sage-femme Zivar avait refusé d'intervenir.

— A mon avis, il n'y a pas d'autre solution que de trouver quelqu'un pour épouser Ghamar ne serait-ce que durant quelques jours, dit Doustali Khan allongé sur le ventre. Mammad, l'électricien, n'est pas marié… Peut-être…

— Tu n'as pas honte, Doustali ?… réagit l'oncle Napoléon en lui jetant un regard furieux. Tu veux que Mammad devienne notre gendre ? Comment subir un tel déshonneur ?

Aziz-ol-Saltaneh se mit à se lamenter :

— Que Dieu m'envoie la mort ! Quand je pense aux espoirs que je nourrissais pour cette maudite fille !

— Oubliez Mammad, fit Mash Ghassem qui faisait le service.

— Pourquoi, Mash Ghassem ? demanda Asdollah Mirza.

— Parce qu'il est malade.

— Quelle maladie, Mash Ghassem ?

— Sauf votre respect… Sans vouloir vous offenser… Le pauvre n'est pas un homme.

— Comment le sais-tu ?

— Homme ou pas homme qu'il aille au diable, cria mon oncle. N'en parlons même pas !

— *Moment !* dit Asdollah Mirza. On a le droit d'enquêter quand même. Peut-être qu'on sera finalement obligé... Bon, dis-moi Mash Ghassem, comment tu sais que Mammad n'est pas un homme ?

— Ma foi, à quoi bon mentir ? La tombe n'est qu'à quatre pas... Je ne l'ai pas constaté de mes propres yeux, mais je l'ai entendu de la bouche du frère d'Ebrahim l'épicier qui lui-même le tient de la femme du mitron qui le tient de Réza le mercier qui le tient de la femme de Shirali, qui elle-même le tient du fils de Seyed Abolghassem le prédicateur, qui le tient de quelqu'un que je ne peux nommer...

— Pourquoi tu ne peux le nommer ?

— Coupez-moi en morceaux, je ne le dirai pas, car quelqu'un de votre parenté s'y trouvera mêlé.

— *Moment !* La question de sa virilité ne se pose même pas, car quelqu'un d'autre a déjà fait le travail à sa place !

— Par contre, moi, je connais quelqu'un de très bien pour cette affaire... A condition qu'il accepte, car c'est un personnage de renom qui a beaucoup de qualités... Je veux dire qu'il est natif de notre Ghiass Abad.

— C'est qui, Mash Ghassem ?

— Vous vous souvenez de ce Ghiass Abadi qui l'année dernière accompagnait le lieutenant Teymour Khan à la recherche, Dieu vous protège, du cadavre de Doustali Khan ?

— L'aspirant Ghiass Abadi ?

— Oui, lorsqu'il a vu Mlle Ghamar, il a eu l'eau à la bouche... J'aimerais beaucoup avoir une femme comme elle, disait-il. Les natifs de Ghiass Abad ont un faible pour les femmes charnues et rondelettes.

— Tais-toi Ghassem ! s'écria mon oncle. L'aspirant Ghiass Abadi deviendrait notre gendre ? Un peu de pudeur, s'il vous plaît !

— Et ce Ghiass Abadi serait un vrai mâle ? demanda Asdollah Mirza avec le sourire.

— Ma foi, à quoi bon mentir ? La tombe n'est qu'à quatre pas... Je ne l'ai pas constaté de mes propres yeux, mais à Ghiass Abad vous ne trouverez pas un homme qui ne le soit pas... Les femmes de Qom, de Kashan, d'Ispahan et même parfois de Téhéran raffolent des hommes de Ghiass Abad… Je connaissais un gars au village…

Les nerfs de l'oncle Napoléon ne supportèrent pas plus longtemps la conversation. Il cogna son chapelet si violemment sur la table que la ficelle craqua et les grains explosèrent dans tous les sens :

— Ayez du respect au moins pour moi ! Votre insolence dépasse les limites !

— *Moment !* De quelle insolence parlez-vous ? demanda Asdollah Mirza d'un air sérieux et d'une voix ferme. Une innocente débile mentale est en difficulté. Soit c'est Allahverdi, le laquais de l'Indien Sardar, qui lui a fait ça, soit un autre salopard véreux. La faire avorter pourrait s'avérer fatal. Il ne reste plus qu'une solution : lui trouver un mari. Surtout pour sauver votre honneur à vous, sinon, personnellement, elle ne s'en fait pas. Elle est prête à avoir un bébé et à s'en occuper toute seule, sans mari. Et vous voudriez que le fils de l'archiduc de Saint-Léopard ou celui du marquis de Saint-Tigre lui demande sa main ?

— Vous devez savoir que…

— Oui, je sais… Je sais… Vous voulez dire que la fille du prince de Trucmuche et petite-fille du duc de Tartempion ne peut épouser un simple aspirant. Si vous connaissez le baron de Rothschild, envoyez-lui un télégramme pour qu'il dépêche une délégation avec sa demande en mariage officielle.

Tout le monde regardait mon oncle avec stupéfaction mais, contrairement à l'attente générale, il ne se mit pas en colère, ou, s'il se mit en colère, il prit soin de la dissimuler.

— Vous avez peut-être raison, dit-il à voix basse. Je ne devrais pas m'en mêler. Sa mère et son beau-père sont là. Qu'ils décident.

Les lèvres d'Asdollah Mirza retrouvèrent leur sourire habituel :

— Le beau-père, quel homme respectable et attentionné ! Il dort tranquillement, comme si ça ne le concernait pas !

Muet depuis le début de la soirée, Doustali Khan leva la tête de son oreiller et s'écria :

— Sur la tombe de mon père, si encore une fois tu…

— *Moment, moment !* l'interrompit Asdollah Mirza. Je m'excuse d'avoir perturbé le sommeil de la sainte Nitouche !

— Asdollah, je te prie d'arrêter la plaisanterie, dit avec fermeté l'oncle Napoléon. Je n'ai aucun doute sur le fait que cet épisode fait partie intégrante du plan global de ceux qui cherchent à me nuire. Un plan concocté par ce vaurien d'espion indien, exécuté par son laquais, mais dont les ficelles sont tirées de plus haut.

— Donc, d'après vous, chaque fois que les Anglais détestent quelqu'un, ils envoient un grand gaillard pour déshonorer son arrière-petite-cousine ! s'esclaffa Asdollah Mirza.

A bout de nerfs, l'oncle Napoléon laissa finalement éclater sa colère :

— Ne dis pas de bêtises et ne déforme pas mes propos ! Tu ne connais pas assez ce vieux loup d'Angleterre !

— *Moment !* Alors, l'arrière-petite-cousine de Hitler et celle de Mussolini doivent déjà en être à leur troisième grossesse.

— Asdollah !

— Je vous demande pardon, mettons que je n'ai rien dit ! Seulement l'idée me paraît assez bonne. Sauf qu'avec cette méthode les Anglais devraient remplacer leurs usines d'armement par des usines de production de pilules de virilité du Dr Ross. En tout cas, je suis prêt à m'engager de tout mon cœur dans cette troupe d'élite vengeresse.

Toute l'assistance était effrayée, car Asdollah Mirza ne s'arrêtait plus et Agha Djan riait aux éclats. Fort heureusement, l'intervention de Mash Ghassem interrompit le fil de la conversation :

— Il reste à voir si Ghiass Abadi accepterait…

La colère de l'oncle Napoléon se reporta sur Mash Ghassem :

— Quoi ? Comment ?… Tu te rends compte de ce que tu dis, Ghassem ?

— Ma foi, Monsieur, à quoi bon mentir ? La tombe n'est qu'à quatre pas… Mon concitoyen languissait après Mlle Ghamar l'année dernière, mais n'oubliez pas que, pour les habitants de Ghiass Abad, l'honneur est autrement plus précieux que partout ailleurs dans ce pays… Je connaissais un gars au village…

— Tu connaissais un gars au village ! l'interrompit mon oncle. Ça va durer encore longtemps Ghassem ?…

— Frangin, laissez-le parler, intervint l'oncle Colonel. Nous devons tout faire pour sortir de cette impasse.

— Oui, je disais, continua Mash Ghassem, je connaissais un gars au village qui avait marié ses deux fils. Un jour, il a entendu dire que bien avant même qu'il épouse sa femme, celle-ci avait perdu son tchador pendant un pèlerinage dans un sanctuaire… Eh bien, il l'a tout de suite renvoyée et a demandé le divorce… Mais les habitants de Ghiass Abad l'ont blâmé de ne pas l'avoir tuée. Son nom a été souillé à jamais. Et le chagrin de ce déshonneur l'a fait crever… Je l'ai dit pour que vous sachiez qu'il ne sera pas si facile d'imposer Mlle Ghamar à mon concitoyen…

Shamsali Mirza prit la parole pour la première fois de la soirée :

— Mais on n'est pas obligé de lui dire que Ghamar est enceinte.

— Vous prenez les natifs de Ghiass Abad pour des nigauds ? Sauf votre respect, je connaissais un gars au village qui…

— *Moment*, si nous nous taisons, comment il le saurait ? l'interrompit Asdollah Mirza.

— Ma foi, à quoi bon mentir ? La tombe n'est qu'à quatre pas… Dieu me pardonne, mais il y a une différence entre une femme et une fille.

— Merci Mash Ghassem de m'avoir apporté cette information totalement neuve et inattendue ! Je croyais qu'il n'y en avait aucune !

Le cri d'indignation de l'oncle Napoléon s'éleva à nouveau :

— Pas devant les enfants, Asdollah !

Asdollah Mirza ricana et dit :

— *Moment*, il s'agit d'un débat savant : la méthode tout à fait scientifique permettant de distinguer une femme qui a été à San Francisco d'une autre qui n'y a pas été.

Puis il se tourna vers Mash Ghassem :

— Je te remercie pour les informations scientifiques que tu viens de me fournir, mais je dois te dire que j'imagine volontiers qu'après San Francisco… je veux dire après le mariage, l'aspirant Ghiass Abadi se rendra forcément compte des dégâts subis, mais, vu le sens de l'honneur des natifs de Ghiass Abad, il n'ira certainement pas le crier sur les toits. Au pire, il demandera le divorce. Et c'est exactement ce que nous souhaitons : quelqu'un qui épouse Ghamar et divorce ensuite sans trop de bruit. Après tout, une fois qu'il aura signé l'acte de mariage, nous commencerons peu à peu à lui expliquer l'affaire et à lui graisser la patte pour qu'il ne fasse pas de scandale.

Doustali Khan leva la tête :

— C'est indigne et déshonorant ! Il faut lui dire la vérité en toute conscience dès le début !

— Il faut choisir, dit Mash Ghassem se grattant la tête, soit le gendre, soit la conscience.

— Votons ! dit Asdollah Mirza en levant la main. Personnellement je choisis le gendre ! M. Doustali Khan, *alias* Sa Majesté la Conscience, va sûrement voter pour sa conscience. Mais, pour défendre mon point de vue, je dirai qu'il n'y a là rien qui la contredise. L'aspirant Ghiass Abadi arrive les poches vides, profite pendant un temps de la belle vie, devient le gendre de Mme Aziz-ol-Saltaneh sans dépenser le moindre sou, et empoche un aller-retour gratuit à San Francisco. Qu'est-ce qu'il veut de plus ?... Que Dieu m'envoie un tel cadeau !

— Asdollah, s'écria Doustali Khan, ton cordon ombilical te servait déjà du vin et de la vodka...

— Et le tien de l'eau bénite et de l'essence de rose... Dis-moi, à sa place tu n'aurais pas aimé qu'on te prenne en charge, qu'on te supplie, qu'on te nourrisse, qu'on t'envoie quatre cinq fois à San Francisco avec une compagne de voyage bien potelée ? Tu aurais dit non ? Toi, même sans te faire prier, tu es déjà partant pour ce genre de...

Soudain le cri d'Aziz-ol-Saltaneh déchira l'air :

— Allez au diable tous les deux ! Depuis quand ma chère fille doit supplier ce Ghiass Abadi ?

Grâce à la médiation de Shamsali Mirza et de l'oncle Colonel, on évita de justesse une nouvelle dispute.

— Je dois tout de même m'assurer que Ghiass Abadi voudrait bien d'elle, dit Mash Ghassem. Même si la fille était intacte, il faudrait savoir si l'autre est disposé à prendre femme...

— Et même si lui veut bien d'elle, peut-être qu'elle ne voudra pas de lui... A mon avis, il faut d'abord s'assurer des cinquante pour cent de notre côté, et s'occuper du reste seulement après... Mme Aziz-ol-Saltaneh doit avant tout parler avec Ghamar. Si elle est d'accord, Mash Ghassem ira voir le futur marié.

Après quelques échanges de points de vue à ce sujet, Aziz-ol-Saltaneh s'en alla trouver Ghamar qui jouait et bavardait dans une autre pièce avec Leyli et ma sœur.

Elle lui parla un long moment en tête à tête. Quand elle revint au salon, tous les yeux étaient rivés sur elle.

— Alors ? Que dit-elle ?

— La pauvre malheureuse ne se rend pas compte, dit Aziz-ol-Saltaneh le visage fermé. Elle divague complètement.

— Vous permettez, madame, que je l'interroge ? demanda Asdollah Mirza.

— Tu n'aboutiras à rien. Que Dieu m'envoie la mort ! Depuis que ce malheur lui est arrivé, elle a l'air d'avoir complètement perdu la tête…

— Appelez-la, je vais l'interroger !

Après une brève hésitation, Aziz-ol-Saltaneh partit chercher Ghamar. La pauvre fille avait un léger sourire sur les lèvres. Asdollah Mirza la fit asseoir auprès de lui, lança quelques compliments à la poupée qu'elle serrait contre elle et commença :

— Dis-moi ma fille, on t'a trouvé un bon mari… Ça te plairait de te marier ?

La grassouillette Ghamar rougit et baissa la tête.

— Non, ça ne me plairait pas, dit-elle tout bas. C'est mon bébé qui me plaît. Je veux lui tricoter deux brassières rouges.

— Moi aussi, je lui achèterai une jolie brassière, ma fille. Mais le bébé doit avoir un papa. Si tu n'as pas de mari, ton bébé va être triste. Parce qu'il a besoin d'un papa.

Elle le regarda quelques instants d'un œil hagard, puis elle s'écria :

— D'accord !

— Alors, on peut commencer à organiser le mariage ? Une jolie robe blanche avec un joli voile de mariée…

— Avec des fleurs d'oranger ! dit-elle joyeusement.

— Oui, ma chérie ! Avec une couronne de fleurs d'oranger.

Ghamar réfléchit un instant :

— Il est où maintenant, mon mari ?… Vous savez, tonton Asdollah, j'aimerais qu'il ait beaucoup de cheveux noirs pour que les cheveux de mon enfant soient comme lui… beaux et noirs !

Asdollah Mirza se retourna et jeta un regard chagriné à l'oncle Napoléon :

— Bon va jouer, ma chérie !

— C'est une gentille fille, la pauvre petite ! murmura-t-il lorsque Ghamar sortit.

— C'est mal parti !… commenta Mash Ghassem qui se tenait silencieux dans un coin. L'affaire est mal partie.

— Pourquoi Mash Ghassem, qu'y a-t-il ?

— Mais vous n'avez pas entendu ? Elle a dit qu'elle voulait un mari avec beaucoup de cheveux noirs.

— Les cheveux de l'aspirant Ghiass Abadi ne sont-ils pas noirs ?

— Ma foi, à quoi bon mentir ? La tombe n'est qu'à quatre pas... Les quelques fois que je l'ai vu, il avait son chapeau enfoncé jusqu'aux oreilles, mais une fois qu'il l'avait enlevé, j'ai vu que son crâne était totalement lisse... Au milieu, c'était vide avec deux trois mèches autour et beaucoup de taches...

— Mais ses cheveux étaient noirs ou pas ?

— Ma foi, à quoi bon mentir ? La tombe n'est qu'à quatre pas... Il y en avait de toutes les couleurs... Il y avait des mèches blanches, des mèches noires, des mèches au henné...

Aziz-ol-Saltaneh se frappa le visage :

— Que Dieu m'envoie la mort ! Ma fille va crever de chagrin si elle voit un crâne pareil sur son oreiller.

— Bon madame, dit Asdollah Mirza, il s'appelle aspirant Ghiass Abadi, pas Rudolph Valentino. On lui achètera une perruque pour qu'il cache sa beauté.

Mash Ghassem hocha la tête :

— Je ne pense pas qu'il accepte... Les natifs de Ghiass Abad tiennent beaucoup à leur honneur.

— *Moment !* Leur honneur se trouve sur leur tête ou quoi ?

— Ma foi, à quoi bon mentir ? La tombe n'est qu'à quatre pas... Il ne se trouve pas sur leur tête, mais un homme n'y met pas de perruque. Je connaissais un gars au village...

— Bon bon... Nous résoudrons le problème des cheveux plus tard. Quand est-ce que tu peux discuter avec ce M. Ghiass Abadi ?

— Quand vous voudrez... J'irai le voir demain matin...

Renfrogné et silencieux, l'oncle Napoléon sortit soudain de ses gonds :

— Même un enfant ne dit pas des bêtises pareilles ! Vous vous rendez compte de ce que vous racontez ? Que Mash Ghassem aille à la Sûreté chercher M. Ghiass Abadi pour lui demander de venir épouser mon arrière-petite-cousine ? Qu'est-ce qu'il y avait dans ce vin, Asdollah ?

— On ne peut tout de même pas demander la main de l'aspirant au téléphone !

Une discussion générale, confuse et désordonnée se déclencha alors. Finalement, l'oncle Colonel dit :

— Je trouve que Mme Aziz-ol-Saltaneh devrait téléphoner au chef de la brigade criminelle et prétendre par exemple que quelque chose a été dérobé, mais qu'elle ne veut pas porter plainte officiellement. Qu'elle souhaite seulement qu'un agent vienne enquêter discrètement auprès des domestiques, et à la fin elle demandera s'il est possible d'envoyer cet aspirant qui était venu l'année dernière... On peut toujours arranger ce genre d'affaires à l'amiable... Quand il viendra, vous lui direz que l'objet a été retrouvé...

— Et si le chef de la brigade envoie quelqu'un d'autre ? Au cas où il accepte !...

— Tant mieux ! ricana Asdollah Mirza. Car je ne crois pas que, parmi les agents de la Sûreté, il y ait quelqu'un de plus moche que cet aspirant. Qu'ils envoient n'importe qui, on lui demandera sa main ! Dès qu'il arrive, on l'enferme et, tant qu'il n'a pas signé l'acte de mariage, on ne le laisse pas sortir.

— Asdollah !

Après quelques minutes de discussion, la proposition fut unanimement adoptée.

Le lendemain matin, la maison de l'oncle Colonel était en grande effervescence. Les préparatifs de la réception du soir en l'honneur de l'arrivée de Pouri battaient leur plein. A la fin de l'après-midi, parents et proches devaient se rendre, à bord de plusieurs fiacres, à la gare pour l'accueillir. J'étais très anxieux. Je priais impitoyablement Dieu de retarder son rétablissement. Dès que l'occasion se présenta, je fis part à Leyli de mon inquiétude. Elle répéta calmement qu'elle ne pouvait pas enfreindre les décisions de son père, mais que, si elle devait épouser Pouri, elle mettrait fin à ses jours le soir de ses noces. Ceci n'était pas une consolation pour moi et je me creusais la tête à la recherche d'une solution. Malheureusement, mon seul complice et ami, Asdollah Mirza, n'était pas chez lui pour me réconforter.

Mash Ghassem m'apprit qu'Aziz-ol-Saltaneh avait appelé le chef de la brigade criminelle et s'était fait promettre qu'on lui enverrait l'aspirant Ghiass Abadi avant midi. Il me précisa aussi qu'il avait été décidé de ne pas le montrer à Ghamar pour l'instant et d'attendre un éventuel accord de mariage pour tenter de lui imposer l'idée de porter provisoirement une perruque.

— Je lui donne raison, fiston ! Laissons de côté les habitants de Ghiass Abad qui sont exemplaires en matière d'honneur... Prenons les habitants de Téhéran qui se pomponnent du matin au soir... Sur cent mille hommes, pas un n'accepterait de porter un postiche comme les femmes.

— Quel rapport y a-t-il, Mash Ghassem, entre le postiche et l'honneur ?

— Toi qui es savant et qui vas à l'école, tu ne dois pas dire ça, fiston !... Quel déshonneur plus grand pour un homme que de porter un postiche comme une femme. Une fois, j'ai vu de mes propres yeux... Une troupe était venue à Ghiass Abad pour le *tazieh**... Une des femmes du harem de l'imam martyr devait faire tomber son tchador et s'arracher les cheveux en signe de deuil... Ils ont dit qu'il fallait un homme qui porte un postiche... Ils ont cherché pendant vingt jours et vingt nuits, dans toute la région de Ghiass Abad personne n'a accepté de le porter...

— Vous voulez dire que l'aspirant Ghiass Abadi n'accepterait pas de porter une perruque ?

— Ma foi, fiston, à quoi bon mentir ? La tombe n'est qu'à quatre pas... Comme ce gars a passé quelques années dans le pays de Téhéran, peut-être qu'il a changé de nature et accepterait ce déshonneur.

J'étais en pleine discussion avec Mash Ghassem lorsque j'aperçus l'oncle Napoléon qui sortait précipitamment de sa maison et se dirigeait vers la nôtre. Il était étrangement pâle. Le voyant dans cet état je pris peur et courus à sa suite vers notre maison.

Il demanda où était Agha Djan et se rendit directement dans sa chambre. Je me cachai derrière la porte.

— Vous avez entendu ? Vous avez entendu ?

— Qu'est-ce qui se passe ? Pourquoi ne vous asseyez-vous pas ?

— Je vous demande si vous avez entendu la radio ?

— Non, qu'est-ce qui se passe ? Quelque chose est arrivé ?

* Théâtre religieux iranien qui a pour sujet principal la tragédie de Kerbela et la mort de l'imam Hussein.

— Ils sont arrivés… Ils sont arrivés… Ils viennent de lire le communiqué du gouvernement… Ils disent que les Anglais sont arrivés à Téhéran… Que les gens doivent leur ficher la paix et ce genre de balivernes…

Agha Djan tenta de le consoler :

— Vous vous faites du souci pour rien… Vous n'avez aucune raison de vous faire du mauvais sang comme ça… Vous connaissez les Anglais mieux que moi… Ils n'attaquent jamais frontalement et devant témoin…

— Je suis inquiet justement parce que je connais bien ces loups rusés, l'interrompit mon oncle d'une voix sourde. Je sais, je sais bien qu'ils n'attaquent pas frontalement. J'ai passé ma vie à les combattre.

— Mais ne vous en…

— Mais, monsieur, si je suis inquiet, ce n'est pas pour moi. Mon sort est scellé. Je ne pourrai plus les fuir ni maintenant ni plus tard… Je ne suis pas inquiet pour moi-même. Que des milliers comme moi soient sacrifiés pour ce pays. Mon seul souci c'est ce pays… "Quel dommage que l'Iran soit livré au saccage, en proie aux lions et aux bêtes sauvages !"

Il avait des trémolos dans la voix. En regardant par l'entrebâillement de la porte, je le vis essuyer une larme du bout du doigt.

— Que peut-on faire ? demanda Agha Djan. Comme vous le dites souvent… "Dans les griffes d'un lion sanguinaire, à part me résigner, que me reste-t-il à faire ?"

— Rien à faire… Mais… Mais je voulais vous demander, comme il n'y a pas de mur entre nos maisons, veillez à ce qu'on ferme bien la porte d'entrée. Je recommanderai aussi à Mash Ghassem de ne pas ouvrir le portail aux inconnus… Ne laissez surtout pas sortir les enfants… Cela dit je ne crois pas qu'ils embêteraient vos enfants à vous. Leur cible, c'est moi et mes pauvres petits.

L'oncle Napoléon demeura pensif, puis sortit de la chambre.

— Fiston, tu es un grand garçon… me dit-il d'une voix douce, m'apercevant dans les parages. Il se passe des choses autour de nous… Peut-être que tu ne les saisis pas en profondeur, mais, je t'en prie, si un inconnu demande après moi, ne réponds pas… Dis-le à ta sœur aussi… N'ouvre pas la porte aux gens que tu ne connais pas !

— Mais que se passe-t-il mon oncle ?

— Que veux-tu qu'il se passe ? L'ennemi est arrivé...

Puis il mit la main sur mon épaule et, d'une voix affligée, ajouta :

— Chaque fois que tu me vois, c'est peut-être la dernière fois... Mais bon, c'est la règle du combat !

Il me fixa quelques secondes encore, comme si ses pensées étaient ailleurs. Soudain il s'élança vers l'entrée. Je le suivis discrètement. Il se précipita sur le portail, mais, dès qu'il l'entrouvrit, il resta pétrifié.

Je m'approchai doucement. A quelques pas de lui, j'entendais le rythme de sa respiration. Il se retourna soudain vers Mash Ghassem, qui était en train d'arroser les fleurs.

— Ghassem, Ghassem, où est-il ? Où est-il passé ? dit-il d'une voix enrouée.

— Qui, Monsieur ? Qui ça ?

— Le cireur de chaussures !

— Il est là, Monsieur ! Ce matin quand je suis allé chercher le pain, il était là !

Mon oncle attrapa Mash Ghassem par les épaules et le secoua :

— Où est-il je te dis ? Où est-il passé ?

— Pourquoi, Monsieur ?... Si vous avez des chaussures à faire cirer, je fais un saut rapide au petit bazar et les fais cirer. Ce gars n'était pas un très bon cireur.

— Imbécile ! Où est-il passé je te dis ? Qu'est-ce qu'il est devenu ?

— Ma foi, Monsieur, à quoi bon mentir ? La tombe n'est qu'à quatre pas... Je ne l'ai pas vu de mes propres yeux... Il faut que j'aille le chercher pour voir dans quel trou il s'est fourré...

— Qu'est-ce que tu attends ? File, dépêche-toi ! Renseigne-toi et reviens vite m'informer ! N'oublie pas de fermer le portail en sortant !

Ses mains tremblaient. Il se mit à aller et venir d'un pas nerveux. Il faisait les cent pas comme un ours en cage. Mash Ghassem sortit sans se précipiter. Mon oncle m'aperçut et d'une voix troublée me dit :

— Fiston, Ghassem est un peu bête. Va te renseigner, va demander à l'épicier ou aux passants où est passé le cireur...

Puis, comme s'il s'était rendu compte qu'il n'était pas bon de se montrer si anxieux, il s'inventa un prétexte :

— Vas-y, fiston !... Je lui avais confié une paire de chaussures européennes toute neuve.

Je retournai à la maison pour ôter mes pantoufles et enfiler mes souliers. Arrivé au portail, je croisai Mash Ghassem qui était de retour. Je l'accompagnai jusqu'à l'oncle Napoléon.

— Où est-il ? Où est-il, Ghassem ?

— Ma foi, Monsieur, à quoi bon mentir ?... commença Mash Ghassem d'une voix lente.

— Va au diable avec à quoi bon mentir... Parle ! Où est-il ?

— Ma foi, Ebrahim était à côté... Je lui ai demandé... D'après ce qu'il a dit, un agent est venu l'arrêter et l'a embarqué au poste.

— Au poste ? Pourquoi ? Qu'a-t-il fait ?

— Ma foi, Monsieur, à quoi bon mentir ? La tombe n'est qu'à quatre pas... Je ne l'ai pas vu de mes propres yeux... Mais, d'après Ebrahim, il a volé une montre... Je voyais dans son regard que c'était un voleur et un dépravé...

— Une montre ? La montre de qui ?

— L'Indien Sardar est allé porter plainte au commissariat... Il a affirmé qu'hier, dans la bagarre, le cireur lui avait volé sa montre ! Une montre de gousset entièrement en or...

L'oncle Napoléon s'affaissa subitement. Ses bras tombèrent le long de son corps. Il resta bouche bée. Pour éviter de perdre l'équilibre, il s'agrippa à un arbre, ferma les yeux et murmura :

— Les salauds ! Ça y est ! C'est parti ! Ils ont démarré leur plan ! Dieu miséricordieux, je m'en remets à Toi !

XVI

Fortement ébranlé par la nouvelle de l'arrestation du cireur, l'oncle Napoléon restait les yeux fermés et les lèvres tremblantes.

— Qui a démarré, Monsieur ? demanda Mash Ghassem, inquiet.

— Ces loups rusés... Les Anglais... dit-il d'une voix faible sans ouvrir les yeux. C'est le plan des Anglais.

— Vous voulez dire qu'ils veulent faire croire que nous avons encouragé le cireur à voler la montre de l'Indien ? avança Mash Ghassem, l'air pensif.

— Non, non, tu ne comprends pas... Il y a certaines choses que tu ne comprends pas, Ghassem. Les subtilités de la politique sont trop compliquées pour toi.

— Ma foi, à quoi bon mentir ? La tombe n'est qu'à quatre pas... Ce n'est pas que je ne comprends pas... Mais, à vrai dire, il faudrait...

Sa phrase fut interrompue par l'arrivée d'Aziz-ol-Saltaneh au jardin :

— Ce type n'est pas encore là ?... A Dieu ne plaise, que vous arrive-t-il, Monsieur ? Pourquoi êtes-vous si pâle ?

— Ce n'est rien... Ce n'est rien... Un commandant doit savoir encaisser l'échec. Comme disait Napoléon : A l'école de la guerre, un chef doit retenir la leçon de l'échec, avant celle de la victoire.

— Que se passe-t-il ? Qui vous a contrarié ?... Mash Ghassem, qui a contrarié Monsieur ?

— Ma foi, à quoi bon mentir ? La tombe n'est qu'à quatre pas... Le cireur de chaussures a volé la montre de l'Indien et il a été arrêté...

— Ne dis pas de bêtises, Ghassem ! s'écria mon oncle. Tu es vraiment naïf ! Tu ne vois que les apparences, parce que tu ne connais pas les Anglais.

— Moi, je ne connais pas Lézanglé ?... protesta Mash Ghassem, visiblement vexé. Que Dieu vous bénisse, Monsieur, si moi je ne les connais pas, qui les connaît ? Je les ai élevés comme mes enfants, Lézanglé. Je les connais mieux que leurs pères et leurs mères, Lézanglé !... Les combats que j'ai menés contre eux sous votre commandement ne comptent-ils pas ? Dans la bataille de Kazeroun, qui a parlé à ce *sergèmte* au drapeau blanc qui était venu vous voir ? Qui lui a dit que c'était trop pour sa gueule de parler à Monsieur ? Qui a surgi comme un lion face à eux ?... Lézanglé m'en veulent à mort et vous dites que je ne les connais pas ? Je connaissais un gars au village, paix à son âme, il me disait toujours, si Lézanglé t'attrapent un jour, Ghassem, sauf votre respect, sauf votre respect, que Dieu me pardonne, ils...

— Ça suffit, Ghassem ! s'impatienta mon oncle. Laisse-moi réfléchir à une solution.

— L'énervement n'est pas bon pour votre cœur, dit Aziz-ol-Saltaneh en le prenant par le bras. Allez vous reposer.

Et elle le conduisit vers l'intérieur de la maison. Soudain, l'oncle Napoléon se ressaisit et se redressa.

— Je vais bien, affirma-t-il en libérant son bras. Je n'ai pas besoin de votre aide. Un commandant doit quitter le champ de bataille debout.

Et il se tourna vers Mash Ghassem :

— Va voir, Ghassem, si M. Asdollah Mirza est chez lui, demande-lui de venir... Je crois qu'il n'est pas allé travailler aujourd'hui...

Et il se dirigea vers sa maison d'un pas en apparence ferme et solide.

— A Dieu ne plaise, qu'est-ce qu'il était pâle ! remarqua Aziz-ol-Saltaneh en se tournant vers Mash Ghassem et moi. En quoi est-il concerné par la montre de L'Indien et l'arrestation du cireur de chaussures ?

— Ma foi, à quoi bon mentir ? La tombe n'est qu'à quatre pas... répondit Mash Ghassem spontanément. Vous ne connaissez pas Lézanglé. Même la femme qui accouche chez elle ne le fait pas sans que Lézanglé y soient pour quelque chose... Je connaissais un gars au village...

— Vous ne connaissez pas l'histoire, chère Aziz ! l'interrompis-je. C'est pour se venger de mon oncle, qui voulait que ce pauvre cireur reste dans notre rue, que l'Indien a accusé ce dernier de vol. C'est la méchanceté de Sardar qui a mis mon oncle hors de lui.

Puis je me retournai vers Mash Ghassem :

— Je crois que Monsieur vous a demandé d'aller chercher Asdollah Mirza.

Mash Ghassem se dirigea vers la cour intérieure et appela la vieille Belgheis pour qu'elle s'en charge. Apparemment il ne voulait pas manquer la suite des événements. Il s'approcha ensuite d'Aziz-ol-Saltaneh qui, impatiente, faisait les cent pas.

— Madame, sans vouloir vous offenser, je voulais vous dire... quand mon concitoyen arrivera, laissez-moi faire ! Entre habitants de Ghiass Abad, on se comprend mieux.

— Quoi ? Que le diable l'emporte ! Il faut en plus convaincre cette ignoble tête de lard d'épouser ma chère fille !... Que le diable emporte cette fille qui m'a mise dans un pétrin pareil !

— Vous avez dit à Mlle Ghamar de ne rien dire ?

— Je le lui ai répété mille fois, mais elle est obsédée par les cheveux noirs.

— On trouvera bien un moyen de lui arranger ça. Vous ne connaissez pas ces natifs de Ghiass Abad. S'il soupçonne qu'on mijote quelque chose, il n'acceptera jamais... Ce n'est rien comparé au gars que je connaissais au village et qui...

Le bruit de la porte l'interrompit.

— Ce doit être lui ! dit-il en courant vers le portail. Ne dites rien, laissez-moi faire...

Dès que Mash Ghassem ouvrit le portail, il fut frappé de stupeur et recula d'un pas.

— Hé nondguieu ! C'est vous ?... Mais...

— Oui, oui, moi-même... C'est bien moi... Pousse-toi ! Silence !

Une main se posa sur la poitrine de Mash Ghassem et l'écarta. Aziz-ol-Saltaneh et moi, nous restâmes pétrifiés.

Le lieutenant Teymour Khan, l'inspecteur de la Sûreté venu l'année précédente enquêter au sujet de la disparition de Doustali Khan, entra dans le jardin. Il était suivi de près par l'aspirant Ghiass Abadi portant un chapeau fripé enfoncé jusqu'aux oreilles.

— Lieutenant, vous ? s'exclama Aziz-ol-Saltaneh.

— Bonjour, madame !… Oui, moi-même ! Vous êtes surprise. Vous ne m'attendiez pas, on dirait !… Silence !

— C'est-à-dire que… Si si… Mais on ne croyait pas que… On ne pensait pas qu'ils vous dérangeraient personnellement…

— Silence ! Le temps est d'or… Dites-moi, qu'est-ce qu'on vous a dérobé ?… Répondez ! Allez, vite, dépêchons, et que ça saute !

Le lieutenant Teymour Khan aligna si rapidement ces mots que, surprise, Aziz-ol-Saltaneh se mit à bredouiller :

— Je… comment… c'est-à-dire…

— Comment ? Vous quoi ?… Qu'est-ce qui a été volé ? Parlez ! Allez, vite, dépêchons, et que ça saute ! Hein ? Quoi ?

— Un machin… C'est-à-dire… Un truc… Une montre de mon regretté père…

— En or ?

— C'est-à-dire… Bien sûr… Oui, oui…

— Avec une chaîne ? Allez, vite, dépêchons, et que ça saute !

— Oui… C'est-à-dire que la chaîne… Oui, avec sa chaîne…

— Silence !… Vous ne soupçonnez personne ? Hein ? Comment ? Silence !

Pris au dépourvu par la visite du lieutenant Teymour Khan, Mash Ghassem le regardait bouche bée. Le lieutenant bondit vers lui :

— C'était quoi ton nom ? Comment ?

— Ma foi, à quoi bon mentir… mentir…

— Tu as menti ? Pourquoi tu as menti ?… Avoue ! Allez, plus vite, et que ça saute !

— Je n'ai pas menti. A quoi bon mentir ? La tombe n'est qu'à quatre pas… Mon nom : votre serviteur Ghassem !

— Ah oui ! Ah oui ! Je me rappelle ! Le suspect n° 2 dans le crime de l'année dernière… Silence !

Je voulus m'écarter de quelques pas, mais le cri du lieutenant retentit :

— Stop ! Qui vous a autorisé à partir ? Restez là !

Mash Ghassem entreprit de saluer l'aspirant Ghiass Abadi.

— Silence ! l'interrompit le lieutenant. Tu veux acheter mon adjoint ?… Pourquoi ? Hein ? Réponds ! Vite, dépêche-toi ! Silence !

Il approcha ensuite son énorme tête de Mash Ghassem :

— Alors, Mash Ghassem, tu disais que… Tu vas bien ?

— Dieu soit loué ! Je remercie le ciel… Je vous suis reconnaissant…

— Dis-moi Mash Ghassem ! Tu as déjeuné ?

— A Dieu ne plaise ! s'esclaffa Mash Ghassem, il reste deux heures avant midi…

— Comment tu sais qu'il reste deux heures avant midi ? hurla le lieutenant. Tu as regardé la montre ? Quelle montre ? La montre en or du regretté Monsieur avec sa petite chaîne ? Hein ? Oui ? Réponds ! Allez, dépêchons, et que ça saute ! Où l'as-tu cachée ? Allez, dépêchons, réponds ! Silence !

Mash Ghassem se mit à rire, puis, comme s'il venait de saisir ce qu'insinuait le lieutenant, il protesta :

— On dirait que vous êtes en train de me faire dire… Dieu m'en garde !… que la montre…

Aziz-ol-Saltaneh sortit de ses gonds :

— Ne racontez pas de bêtises ! Nos domestiques travaillent chez nous depuis vingt ou trente ans. Ils sont plus blancs que la neige. Mais qui vous a dit de venir ici ? C'était à M. Ghiass Abadi de venir.

L'oncle Napoléon qui avait entendu des voix sortit de la maison :

— Que se passe-t-il, madame ? Ce monsieur…

— Quel sac de nœuds ! s'écria Aziz-ol-Saltaneh. J'ai demandé à M. le directeur de m'envoyer M. Ghiass Abadi… Mais c'est ce monsieur qui est arrivé pour nous faire la morale.

— Comment ? s'emporta le lieutenant. Répétez un peu ! Offense à agent dans l'exercice de ses fonctions ?

— Ne le prenez pas mal, l'apaisa l'oncle Napoléon. Elle ne voulait pas vous offenser. Madame a perdu quelque chose et elle a pensé que…

— Vous, taisez-vous ! Une montre d'homme ce n'est pas quelque chose que madame mettrait dans son sac à main et irait perdre dans la rue. Je suis convaincu qu'elle a été dérobée. Vol, cambriolage, trahison.

— Pourquoi cette certitude ? Qui vous l'a dit ?

— Mon intuition ! L'intuition du lieutenant Teymour Khan, inventeur de la méthode internationale du flagrant délit !

Hébété, mon oncle regardait fixement Aziz-ol-Saltaneh. Ils avaient oublié de se concerter à propos de l'objet volé. C'était normal car, d'une part, ils ne s'attendaient pas que le lieutenant vienne en personne, et, de l'autre, une fois l'aspirant

Ghiass Abadi sur place, ils devaient lui dire que l'objet avait été retrouvé. Mais, avec sa méthode du flagrant délit, le lieutenant avait poussé Aziz-ol-Saltaneh à parler sans réfléchir. En tout cas, le lieutenant constituait un sérieux problème dont ils devaient se débarrasser d'une manière ou d'une autre. Mais Teymour Khan n'était pas de ceux qui abandonnent facilement leur enquête.

Son panier à la main, le valet d'Agha Djan passa à côté de nous.

— Stop !… s'écria le lieutenant dès qu'il le vit. Dis-moi, qui t'a autorisé à sortir ? Qui ? Hein ? Réponds ! Allez, vite, dépêchons, et que ça saute !

Apeuré, notre valet le dévisageait la bouche ouverte.

— N'aie pas peur, intervint Mash Ghassem. C'est l'habitude du lieutenant… Il est envoyé par la Sûreté pour voir qui a volé la montre.

— Silence, Mash Ghassem ! s'écria le lieutenant.

Il se dirigea vers notre valet et approcha sa tête de la sienne :

— Toi ! Toi ! Si tu avoues tout de suite, tu auras une remise de peine. Avoue-le ! Avoue ! Allez, dépêche-toi, vite, et que ça saute ! Avoue ! Où l'as-tu cachée ? Parle !

Le valet se mit à frissonner.

— Au nom de Morteza Ali, je l'ai trouvée. Je ne l'ai pas volée, je l'ai trouvée.

Nous nous figeâmes tous, comme foudroyés. Personne ne comprenait ce qui se passait. Le terrible éclat de rire du lieutenant marqua sa satisfaction.

— Ha ha ha ! Aspirant Ghiass Abadi, les menottes !

— Ne m'envoyez pas en prison ! l'implora le malheureux valet, étrangement pâle. Au nom de Morteza Ali, je ne l'ai pas volée, je l'ai trouvée !

— Tu l'as trouvée ? Où ? Quand ? Avec qui ? Comment ? Réponds ! Allez, vite, dépêche-toi, et que ça saute ! Silence !

Puis il nous lança un regard fier et ajouta :

— La méthode internationale du flagrant délit du lieutenant Teymour Khan est implacable !

Soudain, le portail s'ouvrit et Asdollah Mirza et Shamsali Mirza rentrèrent. Dès qu'on entendit la voix d'Asdollah Mirza s'élever, sans même les regarder, le lieutenant leva les bras et s'écria :

— Silence ! Entrave à l'enquête !

A l'aide de quelques grimaces, Asdollah Mirza demanda ce qui se passait. Mais tout le monde était si troublé que personne ne put lui répondre. Le lieutenant approcha de nouveau la tête de notre valet :

— Où se trouve la montre ?

— Dans ma chambre…

— Aspirant Ghiass Abadi ! Tu accompagnes cet homme, sous haute surveillance, jusqu'à sa chambre pour chercher la montre !

L'aspirant Ghiass Abadi prit le valet par le bras et ils se mirent en route. L'oncle Napoléon, Aziz-ol-Saltaneh et les autres échangeaient des regards interrogatifs faute de comprendre de quoi il retournait. Asdollah Mirza adressa deux mots en français à mon oncle pour lui demander ce qui se passait.

— Ah ! s'écria le lieutenant. Qui a parlé russe ? Silence !

Finalement, Mash Ghassem expliqua la situation aux deux nouveaux venus de manière plus ou moins claire. Mais le lieutenant n'autorisait personne à parler. Notre valet revint en compagnie de l'aspirant Ghiass Abadi.

— Silence ! Où l'as-tu trouvée ? Allez, vite, dépêchons, réponds, et que ça saute !

— Dans le caniveau ! Au nom de Morteza Ali…

— Silence ! Quand ?

— Hier.

Au bout de sa petite chaîne, la montre de gousset passa de la main de l'aspirant Ghiass Abadi à celle du lieutenant.

— Hé nondguieu ! s'écria soudain Mash Ghassem. On dirait la montre que l'Indien Sardar a perdue dans la bagarre d'hier… Et c'est le cireur de chaussures qui a été arrêté.

Le lieutenant se précipita vers Mash Ghassem :

— Comment ? Indien ? Bagarre ? Cireur de chaussures ? Que s'est-il passé ? Réponds ! Allez, vite, et que ça saute !

— Ma foi, monsieur, à quoi bon mentir ?

— J'ai dit allez, vite, et que ça saute !

— Excusez-moi, vous ne seriez pas né prématuré ? Vous ne me laissez pas parler…

— Parle ! Allez, vite, et que ça saute !

— J'ai oublié ce que vous m'avez demandé…

— J'ai dit Indien, bagarre, cireur, que s'est-il passé ?

— Ma foi, à quoi bon mentir ? La tombe n'est qu'à quatre pas… Hier, Sardar Meharat Khan, notre voisin, s'est battu avec le cireur de chaussures du quartier et ce matin il est allé l'accuser du vol de sa montre... En fait, en pleine bagarre, sa montre était tombée dans le caniveau et c'est ce garçon qui l'a retrouvée...

L'explication de Mash Ghassem éclaira les esprits. Le visage de mon oncle s'illumina.

— Ghassem, dit-il précipitamment, cours apporter la montre au commissariat pour qu'ils libèrent ce pauvre malheureux.

— Comment ça ? fit le lieutenant en fronçant les sourcils. Apporter la montre volée au commissariat, comme ça, sans aucune formalité ? Selon quelle loi ? La vôtre ? Ou bien la vôtre ? Répondez ! Allez, vite, et que ça saute ! Silence !

— *Moment ! Moment !* Lieutenant !... intervint Asdollah Mirza pour la première fois.

Le lieutenant Teymour Khan qui n'avait pas fait attention à lui jusqu'ici se retourna et le dévisagea. Soudain il haussa les sourcils :

— Dites-moi ! Vous ne seriez pas l'assassin de l'année dernière ? Répondez ! Allez, vite, et que ça saute ! Silence !

— Lui-même, l'assassin de l'année dernière ! répondit Asdollah Mirza d'un air mystérieux.

Et tandis qu'il formait une boucle invisible de ses deux mains, il s'avança vers le lieutenant et dit :

— Et je voudrais aujourd'hui me venger de celui qui a découvert mon crime. Le meurtre de l'inspecteur de la Sûreté par l'assassin diabolique !...

— Aspirant Ghiass Abadi ! Les menottes ! cria le lieutenant en reculant.

Shamsali Mirza prit le bras de son frère :

— Ce n'est pas le moment, Asdollah ! Laisse monsieur faire son travail et s'en aller !

— Vous, silence !... M'en aller ? Aussi facilement ? Aussi facilement ? Et la montre que l'on a volée à madame, alors ?

— Vous savez quoi, cher monsieur, dit Aziz-ol-Saltaneh, je ne veux pas que vous retrouviez la montre de mon défunt père... D'ailleurs, faites voir celle-là...

Elle attrapa presque de force la montre que tenait le lieutenant et la confia à l'oncle Napoléon. A son tour, l'oncle Napoléon la passa rapidement à Shamsali Mirza :

— Shamsali, porte au commissariat, s'il te plaît, la montre de l'Indien pour qu'ils libèrent le pauvre cireur.

Shamsali Mirza prit la montre et se mit en route, mais le cri du lieutenant retentit :

— Stop ! Comment ça, porter la montre ? Rendez-la-moi, monsieur ! Allez, vite, silence ! C'est moi qui commande ici.

— Après tout, en quoi ça vous regarde ? demanda Aziz-ol-Saltaneh d'un air remonté.

— Silence ! Vous n'avez pas le droit de parler, madame.

Exaspérée, Aziz-ol-Saltaneh jeta un coup d'œil autour d'elle, ramassa une branche sèche par terre, la brandit d'un air menaçant en faisant quelques pas vers le lieutenant :

— Répète un peu que je n'ai pas le droit de parler !

— Vous avez entendu, lieutenant ? s'esclaffa Asdollah Mirza. Madame voudrait que vous répétiez ce que vous venez de dire. Politesse exige. Exécutez les ordres de madame.

— Tiens, tiens ! Félicitations ! Outrage à agent dans l'exercice de ses fonctions... Tentative de coups et blessures sur un agent...

— En avant ! s'écria Aziz-ol-Saltaneh après avoir donné un coup au lieutenant. Allez, en marche, je vais tirer les choses au clair avec toi !

— Où ça madame ?

— J'ai deux mots à dire à ton chef !

— Mais je n'ai rien dit, fit le lieutenant d'un air humble... Si vous-même... Si vous ne portez pas plainte, nous allons vous laisser... Aspirant Ghiass Abadi ! En route !

— Comment ça en route ? l'interrompit Asdollah Mirza. Attendez, monsieur... Il faut tout de même tirer au clair l'affaire de la montre... Il faut que quelqu'un mène l'enquête.

Et il fit signe à Aziz-ol-Saltaneh de mettre sa menace à exécution.

Aziz-ol-Saltaneh confia le bâton à Mash Ghassem.

— Mash Ghassem, surveille monsieur, dit-elle, le temps que j'aille donner un coup de fil.

Quelques instants plus tard, Leyli sortit de la maison et s'écria :

— Lieutenant, on vous demande au téléphone.

Le lieutenant, suivi de l'oncle Napoléon, se précipita dans la maison. Asdollah Mirza entreprit de saluer amicalement l'aspirant Ghiass Abadi. Quant à moi, comme d'habitude, l'apparition de Leyli me fit oublier momentanément mes soucis, un oubli, hélas, de courte durée car perturbé par l'image de Pouri qui devait rentrer le soir même. Nous nous regardâmes un instant, avec tristesse. Je ne trouvai rien à lui dire.

Un peu plus tard, le lieutenant Teymour Khan, suivi d'Aziz-ol-Saltaneh et de l'oncle Napoléon, sortit de la maison.

— Aspirant Ghiass Abadi, dit le lieutenant, le visage fermé, tu restes là pour poursuivre l'enquête et retrouver la montre de madame ! Le chef m'a convoqué. Silence ! L'accusé est libre pour le moment.

— Oui, chef !

— J'y vais, mais on se reverra sûrement, fit-il d'une voix sourde en passant devant Asdollah Mirza. Pour le moment j'ai à faire… J'aimerais vous mettre moi-même la corde autour du cou !

— Vous, monsieur, je vous prie de retourner vite, dépêchons, et que ça saute, au bureau. Vous y êtes attendu.

Dès la sortie du lieutenant Teymour Khan, l'aspirant Ghiass Abadi se mit à imiter son chef :

— Bon, commençons les investigations… Où se trouvait la montre, madame ? Allez, répondez, vite, et que ça saute !

— *Moment*, aspirant ! dit Asdollah Mirza avec le sourire. Ne soyez pas si pressé, prenez le thé d'abord. Ensuite, nous allons la chercher tranquillement. Je suis sûr que madame l'a rangée quelque part et l'a oubliée. Et même si elle a été dérobée, grâce à votre extraordinaire intelligence, nous la retrouverons rapidement. Votre visage montre que vous êtes une personne très perspicace.

— Je suis votre obligé…

— Si, si, c'est la vérité ! Je m'y connais. Je suis convaincu que c'est grâce à votre brillant esprit que sont élucidées toutes ces énigmes criminelles. Mais comme d'habitude, c'est le supérieur qui en récolte les honneurs. Sur le plan de l'intelligence et de l'esprit, vous dépassez de loin ce lieutenant, ça saute aux yeux mais le hasard de la vie a voulu que vous soyez sous ses ordres.

— Vous êtes trop indulgent, dit l'aspirant Ghiass Abadi rougissant de timidité et de jubilation. Tout dépend bien sûr si vous êtes pistonné ou pas.

— Si vous le souhaitez, il n'y a vraiment aucun problème. Il y a bien une centaine de personnes de notre connaissance, parmi les ministres et les personnalités haut placées, qui sur un seul signe de nous pourraient régler l'affaire… Vous nous avez beaucoup aidés. Nous vous sommes réellement reconnaissants…

— Vous êtes très aimable… Je suis confus.

— Avec votre sagesse et votre perspicacité, il est vraiment dommage de rester les bras croisés à ne rien faire pour grimper les échelons. Depuis le temps, je vous croyais promu directeur de la brigade. Pourquoi votre épouse et vos enfants devraient-ils subir les conséquences de votre humilité ?

— Je ne suis pas marié… A vrai dire, je l'ai été, mais on s'est séparés… J'ai un enfant qui vit avec sa mère mais qui est à ma charge.

— Tiens donc !… Alors, Mash Ghassem ! Tu ne sers pas le thé à l'aspirant ?

— Il est le bienvenu !… Je t'en prie, cher ami… Allons dans ma chambre prendre un verre de thé pour te rafraîchir la gorge.

— Et l'enquête à propos de la montre ?…

— On a le temps… Allons d'abord prendre le thé dans ma chambre.

Mash Ghassem et l'aspirant Ghiass Abadi qui portait toujours son chapeau fripé sur la tête se dirigèrent vers la maison.

— Ça a l'air de marcher, dit Asdollah Mirza à l'oncle Napoléon muré dans le silence.

Ils échangèrent quelques mots à propos de tout et de rien. Dans l'attente du retour de Shamsali Mirza, mon oncle ne quittait pas le portail des yeux et Aziz-ol-Saltaneh allait et venait d'un pas nerveux. Asdollah Mirza me fit un clin d'œil et partit d'un pas nonchalant vers la cour intérieure. Je le suivis.

— Où allez-vous, tonton Asdollah ?

— Je veux voir où en est le fiancé ? C'est oui ou c'est non ?

La chambre de Mash Ghassem se trouvait au sous-sol. Sans faire de bruit, Asdollah Mirza devant et moi à sa suite avançâmes sur la pointe des pieds, dans le couloir qui donnait accès à la porte du sous-sol, et nous nous mîmes à écouter. On entendait Mash Ghassem qui d'une voix inquiète et déconcertée demandait :

— Tu plaisantes j'espère ! Jure-le sur ma tête !

— Sur ta tête je le jure !… J'ai été blessé par balle dans la bataille du Lorestan. J'ai passé six mois à l'hôpital. Ma femme a divorcé à cause de ça…

— Tu veux dire qu'il n'en reste rien ? Rien de rien ? Pas même un bout ?

Asdollah Mirza me regarda avec effroi.

— Quelle poisse !… chuchota-t-il. Tout tombe à l'eau.

— Mais tu n'as pas cherché à te soigner ? demanda Mash Ghassem.

— Soigner quoi ? Il faudrait qu'il y ait quelque chose à soigner.

— Hé nondguieu ! C'est la faute à pas de chance ! Il fallait que cette maudite balle atterrisse justement à cet endroit ! Et moi qui racontais des légendes sur la virilité des habitants de Ghiass Abad !

Mash Ghassem voulait apparemment laisser l'aspirant Ghiass Abadi seul quelques secondes afin de rapporter le résultat des pourparlers à la famille, car nous l'entendîmes dire :

— Reste là mon ami, je fais un saut à la cuisine… Le temps de finir ton thé, je serai de retour. Prends des fruits secs. Ne fais pas ton timide… Mange mon garçon !

Asdollah Mirza et moi quittâmes notre cachette pour regagner la cour. Asdollah Mirza avait l'air songeur. Les voix de mon oncle et d'Aziz-ol-Saltaneh l'attirèrent vers la chambre de Doustali Khan. Je le suivis.

Aziz-ol-Saltaneh était assise sur le bord du lit et l'oncle Napoléon arpentait la chambre.

— Que se passe-t-il, Asdollah ? Tu ne sais pas s'ils ont fini ou pas ?

— Eh bien, comme dirait Mash Ghassem, à quoi bon mentir ? La tombe n'est qu'à quatre pas… J'ai l'impression que l'affaire pose problème du côté de San Francisco.

— Même dans la tombe, tu n'arrêteras pas tes conneries, Asdollah ! maugréa Doustali Khan en redressant la tête.

— *Moment, moment !* Pour l'instant le héros blessé est plus proche de la tombe que moi !

La querelle n'eut pas le temps d'éclater car Mash Ghassem fit son apparition. Il avait l'air déçu.

— Alors, Mash Ghassem ? demanda l'oncle Napoléon. Tu lui as parlé ?

— Oui, Monsieur ! Nous avons beaucoup parlé.

— Et alors ?

— Ma foi, Monsieur, à quoi bon mentir ? La tombe n'est qu'à quatre pas… Je n'ai pas encore eu le courage de lui parler de la grossesse de Mlle Ghamar. Sans ça, il est d'accord, mais le malheureux a un défaut.

— Quel défaut ?

— Ma foi, Dieu me pardonne, sauf votre respect, sans vouloir vous offenser, on dirait que mon compatriote n'est pas mon compatriote !

— Comment ça ? En quoi il n'est pas ton compatriote ?

— Il s'appelle Ghiass Abadi, mais il ne doit pas être né là-bas. Puisque, dans la bataille du Lorestan, il a été blessé par balle.

— Et alors, les natifs de Ghiass Abad ne peuvent pas être blessés par balle ?

— Si, mais pas à l'endroit où ce malheureux l'a été... En tout cas, sans vouloir vous offenser, excusez mon inconvenance, mais ce malheureux n'a plus ni tripes ni boyaux.

— Comment ça il n'a plus ni tripes ni boyaux ? s'exclama Aziz-ol-Saltaneh... Que viennent faire tripes et boyaux là-dedans...

— Madame, Mash Ghassem est réservé, dit Asdollah Mirza. Par tripes et boyaux, il entend la fameuse tour de San Francisco.

Aziz-ol-Saltaneh se griffa le visage :

— Que Dieu te maudisse ! Que racontes-tu, Asdollah ?

— Lorsqu'on n'a aucune pudeur, continua Doustali Khan, aucun respect pour...

— *Moment ! Moment !* l'interrompit violemment Asdollah Mirza. Dites-moi, s'il vous plaît, monsieur le symbole de la pudeur et du respect, comment vous appelez le magnifique membre que l'on vient d'évoquer ?

— On ne le nomme pas...

— C'est une réalité qui existe. Il faut soit l'appeler par son nom, soit l'évoquer par des allusions. Pour ma part, je ne pourrais tout de même pas l'appeler le nez, l'oreille ou les sourcils...

— Je vous en prie, messieurs, ne vous chamaillez pas, tempéra l'oncle Napoléon. L'absence de cette chose ne change rien ! Vous ne comptez tout de même pas les laisser passer leur vie ensemble ?

— Quelle horreur ! Loin de nous une telle calamité ! dit Aziz-ol-Saltaneh en se griffant la joue.

— Le problème, c'est que l'on ne pourra pas mettre le bébé sur son dos, dit Mash Ghassem. Il faut lui dire la vérité !

— Une quinzaine de jours au maximum… dit Doustali Khan. Après il doit divorcer. Il ne manquerait plus que ce vaurien d'aspirant Ghiass Abadi devienne notre gendre à vie !… Il faut lui faire comprendre qu'il empoche une somme d'argent pour épouser la fille, et que, quelques jours plus tard, il divorce et n'aura plus rien à faire ici.

— Va lui parler, Mash Ghassem ! Nous sommes obligés de lui dire la vérité. Lorsqu'il apprendra pourquoi on le marie, il comprendra que son défaut est sans importance. "Celui qui n'a pas à courir, peu importe s'il a des jambes ou s'il claudique."

— Ma foi, Monsieur, à vrai dire… dit Mash Ghassem en hochant la tête, je n'ose pas le dire à mon compatriote. Si vous saviez combien les habitants de Ghiass Abad sont vertueux, vous n'oseriez jamais leur…

— Fais-le-lui comprendre au compte-gouttes !

— Au contraire, il vaut mieux lui dire d'un seul coup et l'attraper par les pieds et les mains pour l'empêcher de faire un malheur.

Après une longue discussion, il fut finalement décidé, sur demande de Mash Ghassem, qu'Asdollah Mirza et moi lui donnions un coup de main : il s'agissait de nous asseoir de part et d'autre de l'aspirant Ghiass Abadi et, dès que Mash Ghassem nous ferait signe, d'attraper l'éventuel futur gendre par les bras pour qu'il ne se fasse pas mal ou encore qu'il n'attaque pas Mash Ghassem.

— Mais ne lui dites rien sur la richesse personnelle de Ghamar, implora Doustali Khan en se redressant, alors que nous allions partir… sinon il va exiger plus.

— T'inquiète ! dit tout bas Asdollah Mirza, lui jetant un regard méprisant. On ne t'enlèvera pas le pain de la bouche. Couche-toi, héros !

Arrivés dans la cour, Mash Ghassem nous fit ses dernières recommandations :

— Soyez sur le qui-vive ! Si je tousse deux fois, c'est que j'arrive dans le vif du sujet. Alors, attrapez-le fermement par les bras pour que je puisse parler. Et ne le lâchez pas tant que je ne vous ai pas fait signe.

L'oncle Napoléon et Aziz-ol-Saltaneh s'approchèrent sur la pointe des pieds de la fenêtre du sous-sol pour écouter le déroulement des épineux pourparlers.

A notre arrivée, l'aspirant Ghiass Abadi, son chapeau enfoncé jusqu'aux oreilles, se leva.

— Asseyez-vous, aspirant !... Ne faites pas de manières... Mettez-vous à l'aise !

Sur l'insistance d'Asdollah Mirza, l'aspirant Ghiass Abadi s'assit dans un coin sur le tapis, entouré d'Asdollah Mirza et de moi-même. Mash Ghassem observa les lieux, ramassa un casse-sucre et une grosse pince oubliés par terre pour les cacher derrière le rideau.

— Eh bien, aspirant, notre demoiselle vous a vu et apprécié, commença Asdollah Mirza. Ses parents ne sont pas contre non plus. Vous êtes encore jeune. Vous ne devez pas rester seul.

— Je suis votre dévoué, dit l'aspirant en baissant la tête. Mais j'ai dit à Mash Ghassem que je... Je veux dire, je lui ai dit mon secret.

— *Moment*, aspirant ! Ça n'a aucune importance. Beaucoup de gens ont connu ce genre de difficultés et se sont soignés... Avec les moyens de la médecine moderne...

— Mais, moi, je ne suis pas guérissable, l'interrompit l'aspirant sans lever la tête. Malheureusement, il n'en reste plus rien... Si vous m'acceptez en l'état, je ne suis pas contre. Mais il ne faut pas que demain mademoiselle dise : Tu ne m'avais pas dit ! J'accepte uniquement pour vous rendre service.

— Ses parents sont d'accord, aspirant !

— Oui, ils ont accepté, confirma Mash Ghassem. La fille est d'accord, ses parents aussi... C'est toi maintenant qui fais des chichis ?

— Mais j'aimerais bien savoir pourquoi ils veulent me donner leur fille ? Ils n'ont pas trouvé mieux que moi en ville ?

Mash Ghassem nous jeta un coup d'œil à Asdollah Mirza et à moi et se mit à tousser. Nous posâmes chacun une main sur l'un des bras de l'aspirant.

— Parce que la fille est enceinte, dit Mash Ghassem et il ferma aussitôt les yeux en attendant la réponse de l'aspirant.

Nous serrâmes ses bras plus fermement. Contrairement à notre attente, un large sourire s'étala sur son visage.

— Je me disais bien, s'esclaffa-t-il. Alors le fruit est véreux, sinon on ne me l'aurait pas offert.

Nos visages inquiets s'éclaircirent. Nous lui lâchâmes les bras.

— Oui, aspirant, c'est la vérité ! dit Asdollah Mirza tendrement. Cette malheureuse est allée une fois au hammam des hommes et, par malchance, elle est tombée enceinte…

— C'est vrai que le hammam des hommes n'est pas recommandable !

— Va au diable, couille molle ! marmonna Mash Ghassem.

— Que dis-tu, Mash Ghassem ?

— Rien du tout… Eh bien voilà !

— Et vous voulez que j'épouse cette dame et que je divorce quelque temps après, n'est-ce pas ?

— Oui, aspirant ! Une quinzaine de jours plus tard, répondit Asdollah Mirza.

— Quinze jours, ce n'est pas possible. Les gens vont se douter de quelque chose. Je tiens à ma réputation. Nous devons attendre au moins trois mois. Ensuite nous trouverons un prétexte…

— Ce n'est pas grave… dit Asdollah Mirza. Oh là là, j'ai oublié. Je devais passer un coup de fil… Continuez s'il vous plaît, je reviens tout de suite…

Il sortit et je devinai qu'il était allé solliciter le feu vert d'Aziz-ol-Saltaneh concernant la durée du mariage.

— Alors, où en était-on ? demanda-t-il de retour quelques minutes plus tard… Ah oui, la durée… Eh bien, ce n'est pas un problème. Vous divorcerez trois mois plus tard.

— Mais, monsieur, je dois vous dire que je n'ai pas de quoi assumer les dépenses de…

— Je vous en prie, aspirant ! Vous faites une bonne action… De quelles dépenses parlez-vous ?… Tous les frais seront à la charge de la mère de la mariée… Mettez-vous d'accord avec Mash Ghassem. Nous nous occuperons des frais…

Asdollah Mirza me fit signe et nous quittâmes le sous-sol. Aziz-ol-Saltaneh et l'oncle Napoléon avaient l'oreille collée contre la fenêtre. Asdollah Mirza voulut dire quelque chose mais Aziz-ol-Saltaneh l'invita à se taire. Elle écoutait attentivement la conversation de Mash Ghassem avec l'aspirant.

— Quel pingre !… marmonna-t-elle. Il exige deux mille tomans en liquide, le salaud !…

— C'est une bonne affaire, madame ! chuchota Asdollah Mirza. Vous ne trouverez pas moins cher.

Aziz-ol-Saltaneh continuait à écouter à la fenêtre.

— Que le diable l'emporte ! Il est en train de dire du mal de moi, s'emporta-t-elle soudain à voix basse. Attendons que l'affaire se conclue, ensuite je lui montrerai qui est la sale mégère ! Qu'il aille au diable avec sa bille déplumée !

Quelques minutes plus tard, la réunion se poursuivit dans la chambre de Doustali Khan. Assis par terre sur le tapis, l'aspirant Ghiass Abadi baissait la tête.

— Aspirant, dit l'oncle Napoléon, j'espère que vous êtes conscient que vous vous unissez à une famille noble et respectable et que votre apparence et votre comportement pendant cette période ne doivent aucunement nuire à notre réputation.

— Je suis votre dévoué. J'exécuterai vos ordres.

— Qu'avez-vous décidé à propos du logement ? demanda Asdollah Mirza à mon oncle.

— Il faut évidemment penser à une maison… répondit celui-ci.

— Comment ça ? s'exclama Aziz-ol-Saltaneh. Je ne peux pas me séparer de ma fille. L'aspirant viendra vivre chez nous… Les chambres du premier étage sont vides. Je les aménagerai pour eux.

— Ma foi, j'ai une vieille mère que je ne peux abandonner… dit l'aspirant sans lever la tête.

— Eh bien, vous prendrez madame votre mère avec vous ! dit Asdollah Mirza.

— Ne dis pas de bêtises, Asdollah ! tressaillit Doustali Khan. Comment peut-on chez nous…

— Ça ne se discute pas, Doustali ! fit Asdollah Mirza d'un air malicieux, M. Ghiass Abadi ne peut tout de même pas abandonner sa vieille mère infirme.

— Oui, monsieur… Dans ce bas monde, je n'ai qu'une vieille mère invalide… poursuivit l'aspirant, et aussi une sœur qui est veuve…

— Vous avez aussi une sœur ? releva Asdollah Mirza, les yeux étincelants… Quel âge a-t-elle ? Que fait-elle ?

— Ma foi, on l'a mariée il y a deux ans, mais l'année dernière son mari a eu un accident de voiture… Maintenant elle chante dans les bars…

— Quoi ? Les bars ? demandèrent presque en chœur l'oncle Napoléon, Doustali Khan et Aziz-ol-Saltaneh.

Mais Asdollah Mirza ne les laissa pas continuer :

— Bien, très bien, félicitations !... Il est clair que, sous le ciel de cette ville, vous ne pouvez pas laisser une jeune veuve seule... M. Ghiass Abadi a tout à fait raison !

— Asdollah, tu ne peux pas tenir ta maudite langue ? s'écria Doustali Khan.

— *Moment ! Moment !* Vous êtes en train de dire que l'aspirant doit abandonner sa mère et sa sœur pour venir habiter sous votre toit et jouer au gendre idéal ?... S'il le peut, tant mieux... Après tout, ça ne me regarde pas !

L'aspirant se leva :

— Je crois que je ne plais pas assez à ce monsieur... Je ne peux pas abandonner brusquement une mère infirme et une jeune sœur délaissée... Je prends congé...

Mash Ghassem et Asdollah Mirza se précipitèrent sur lui :

— Où vas-tu, mon garçon ? Assieds-toi !... Ce que dit l'autre monsieur ne compte pas. C'est madame qui décide !

— Je suis prête à tout pour cette maudite malheureuse, dit Aziz-ol-Saltaneh faisant mine de fondre en larmes.

— Tu comprends ce que tu dis, madame ? hurla Doustali Khan. L'aspirant, sa vieille mère et sa chanteuse de sœur sous notre toit ?

— Avec votre permission, messieurs, je prends congé ! reprit l'aspirant s'apprêtant encore une fois à partir. Je ne peux tolérer que l'on diffame ainsi ma mère et ma sœur.

Ils le firent de nouveau rasseoir.

— Ferme ta gueule, Doustali ! cria Asdollah Mirza. Tu préfères peut-être que nous reprenions l'enquête pour savoir qui est le père du bébé et l'obliger à venir épouser la fille ?

— Faites comme bon vous semble ! marmonna Doustali Khan, les mâchoires serrées.

La date des noces fut fixée pour la veille du vendredi, mais, par respect pour sa mère, l'aspirant exigea qu'on attende sa venue pour demander officiellement la main de Ghamar.

— Tout à fait ! dit Asdollah Mirza. Il faut absolument qu'elle vienne aujourd'hui même. Faites venir madame votre sœur aussi. Dorénavant, nous formons une famille.

L'aspirant se mit en route, mais, après quelques mètres, il revint sur ses pas :

— Mais je dois vous dire, monsieur, que ce que j'ai raconté à propos de la bataille du Lorestan doit rester entre nous. Personne au monde n'est au courant de mon défaut. Si jamais il y avait des fuites, cela déshonorerait aussi bien votre fille que moi-même... Pas un mot non plus de la grossesse de la demoiselle devant ma mère, car, si elle l'apprenait, jamais elle n'accepterait notre union.

Après avoir obtenu la promesse qu'il souhaitait, l'aspirant s'en alla.

Asdollah Mirza et Mash Ghassem l'accompagnèrent jusqu'au portail.

Asdollah Mirza rentra quelques minutes plus tard et annonça d'un air joyeux :

— Le problème de la perruque est réglé. Il va venir cet après-midi pour que je l'emmène à Lâleh Zar* pour lui acheter une belle perruque. Comme ça, Ghamar ne sera pas choquée... Pensez aussi à son costume. Hé Doustali, donne-moi de l'argent pour la perruque !

— C'est à moi de payer la perruque ?

— Tant pis, ne paie pas si tu n'as pas envie... Mais alors, Ghamar n'acceptera pas d'épouser l'aspirant et nous serons obligés de reprendre nos recherches pour retrouver le vrai père et qu'il vienne épouser la mère.

— Sur la tombe de mon père, Asdollah, s'écria Doustali Khan, frissonnant de rage, si tu recommences tes bêtises, je t'anéantis !

— *Moment ! Moment !* Je ne comprends pas pourquoi tu te vexes ? Je dis qu'il faut trouver le père ingrat, ignoble et sans vergogne du bébé. Pourquoi tu rougis comme ça ?... Serais-tu...

Tous se mirent à protester contre Asdollah Mirza et Doustali Khan lui jeta à la tête le flacon de médicament qu'il avait à portée de main, lequel s'écrasa avec fracas contre le mur tandis qu'Asdollah Mirza s'enfuyait en ricanant.

Quand je rentrai à la maison, Agha Djan, absent depuis le matin, était de retour et arpentait la cour. Il m'appela et me conduisit dans le salon à cinq portes.

* Rue commerçante, haut lieu de promenade et de loisirs dans le Téhéran de l'époque.

— Qu'est-ce que c'était que tout ce tapage, aujourd'hui ? On m'a dit qu'en mon absence le lieutenant Teymour Khan était venu !

Je lui racontai tout. Lorsqu'il apprit que l'aspirant Ghiass Abadi avait accepté d'épouser Ghamar, il éclata de rire :

— C'est du joli ! Le fleuron de l'aristocratie du pays dans les bras de l'aspirant Ghiass Abadi ! Que Dieu soit loué ! Ils ont trouvé encore moins noble que nous ! Toutes mes félicitations !

Agha Djan riait jaune. Après avoir été pendant des années la cible de tous les blâmes, il dégustait le goût exquis de la vengeance. Une vengeance que la nature infligeait à mon oncle et sa famille. Le regard vague, il marmonna :

— Ce mariage ne doit pas passer inaperçu… Ils doivent inviter tous les dignitaires et les nobles.

Puis, sous mes yeux hagards, il se mit à arpenter la pièce et à crier :

— Le journal du soir… Le journal du soir… Dernière dépêche… L'honneur de la noblesse est souillé…

Il réfléchit quelques secondes. Puis, comme s'il venait de prendre une décision, il sortit sans faire attention à moi et se dirigea vers la porte de la cour.

— Où allez-vous, Agha Djan ?

— Je reviens.

Inquiet, je fis quelques pas à sa suite. Puis je le regardai s'éloigner vers le coin de la rue. Quelques instants plus tard, Shamsali Mirza et le cireur de chaussures revinrent du commissariat. Ce dernier se remit au travail.

Mon oncle l'accueillit d'un air joyeux :

— Nous sommes très heureux de voir le malentendu dissipé.

— Que Dieu vous rende votre générosité… Ce bâtard d'Indien m'avait accusé de vol. Ils n'ont ni foi ni loi, ces gens-là.

— Ne vous en faites pas. Dieu punit Lui-même ce genre d'infamie.

— Je vais lui régler moi-même son compte, continua le cireur en étalant ses affaires. Attendez voir. Le moment venu, je sais ce que j'ai à faire.

Les yeux de mon oncle brillèrent.

— Le moment venu… répéta-t-il tout bas. Le moment venu…

Après un bref silence, il dit d'un ton allusif :

— Ne prêtez pas attention à eux. Vous avez mieux à faire. Au travail !

— Oui, Monsieur ! dit le cireur sans comprendre l'allusion de mon oncle. Au travail.

— Au travail ! répéta mon oncle en hochant la tête avec satisfaction. C'est normal qu'on vous mette des bâtons dans les roues.

— Mais oui, dit le cireur sans lever la tête. Si je dois baisser les bras devant un Indien, je suis fini. Les autres bâtards vont me manger tout cru.

— Oui, les autres bâtards... répéta mon oncle, un sourire de satisfaction aux lèvres. Ils sont autrement plus importants... Hé, Mash Ghassem ! Apporte un verre de sirop frais pour que M. Houshang se désaltère !

Mash Ghassem se trouvait à côté de moi.

— Qu'il crève ! l'entendis-je dire tout bas.

XVII

Ce jour-là, au crépuscule, l'oncle Colonel et quelques-uns de nos proches prirent un fiacre pour se rendre à la gare afin d'accueillir Pouri, qui arrivait par le train de neuf heures. L'oncle Colonel n'était pas content de voir que toute la famille ne faisait pas le déplacement. Mais les circonstances exigeaient que l'oncle Napoléon, Asdollah Mirza et surtout Aziz-ol-Saltaneh restent à la maison pour recevoir l'aspirant, sa mère et sa sœur qui venaient demander la main de Ghamar.

Asdollah Mirza arriva quelques minutes après le départ de l'oncle Colonel. Il était de bonne humeur.

— Nous sommes allés en compagnie de l'aspirant lui acheter une jolie perruque, dit-il dès son entrée. Il ressemble maintenant comme deux gouttes d'eau à Rudolph Valentino... Vous allez voir tout à l'heure !

Aziz-ol-Saltaneh faisait ses ultimes recommandations à Ghamar :

— Je t'en prie, ma petite chérie... Tu restes assise comme une vraie dame, et tu ne dis rien... C'est nous qui répondons à leurs questions.

— Oui, ma fille ! Ne dis rien ! ajouta Asdollah Mirza en caressant la joue de Ghamar. Les gens aiment bien les filles qui ne parlent pas. Ils préfèrent les timides. Si tu parles, ton mari va s'en aller et ton bébé restera sans papa. Tu comprends, ma chérie ?

— Oui, j'ai compris, dit Ghamar d'un air innocent, dans sa jolie robe verte. J'aime beaucoup mon bébé. Je veux lui tricoter une brassière.

— Mais, ma chérie, si tu parles de ton bébé devant les gens qui vont venir, ils vont partir et tu resteras toute seule... Ne dis rien du bébé. Ils ne doivent pas savoir que tu attends un bébé. Tu as compris ?

— Oui, j'ai compris, tonton Asdollah ! Je ne parle pas de mon bébé devant eux.

Ensuite elle se rendit au salon en compagnie d'Aziz-ol-Saltaneh et de l'oncle Napoléon. Doustali Khan les suivit clopin-clopant et s'allongea tant bien que mal sur le canapé. Asdollah Mirza et moi étions encore dans la cour, lorsque soudain Mash Ghassem arriva en courant :

— Hé nondguieu ! Ils arrivent, mais mon compatriote n'a pas de perruque sur la tête.

— Quoi ? Pas de perruque sur la tête ? s'exclama Asdollah Mirza. Mais alors qu'est-ce qu'il a sur la tête ?

— Sa chapka habituelle.

— Quel imbécile ! Mash Ghassem, va t'occuper des dames et envoie-moi l'aspirant pour que je voie ce qui lui arrive…

— Sa mère aussi est patraque… Je crains qu'elle ne fasse peur à Mlle Ghamar !

— Comment ça ? Elle est mal fichue ?

— Elle porte le tchador, mais sa tête…

— Qu'est-ce qu'elle a sa tête ?

— Ma foi, monsieur, à quoi bon mentir ? La tombe n'est qu'à quatre pas… Que Dieu me pardonne… Celle que j'ai vue de mes yeux vue a autant de barbe et de poils que Seyed Abolghassem, le prédicateur.

— Il fallait absolument qu'il fasse venir cette reine de beauté ? s'exclama Asdollah Mirza en se frappant le front de son poing. File, Mash Ghassem, envoie-moi ce nigaud pour que je voie pourquoi il n'a pas couvert sa bille.

Mash Ghassem se précipita vers la sortie et, la seconde d'après, l'aspirant mit les pieds dans la cour. Il avait enfilé sa chapka jusqu'aux oreilles. Asdollah Mirza jeta un coup d'œil vers la fenêtre du salon, le prit par le bras et l'entraîna dans un couloir :

— Qu'est-ce que c'est que ça, aspirant ? Où est la perruque ?

— Je vous demande pardon, monsieur, dit-il en baissant la tête, ma mère a dit qu'elle me renierait si je portais la perruque.

— Eh bien maintenant, c'est l'autre qui va vous renier. Où est la perruque ?

— Là ! dit-il en montrant sa poche latérale.

— Aspirant, dit Asdollah Mirza après un instant de réflexion, je vous prie de retenir quelques minutes mesdames votre mère et votre sœur au jardin… J'arrive tout de suite.

Puis il se tourna vers Mash Ghassem :

— Mash Ghassem, sers le thé aux dames… Installe-les sous la tonnelle, le temps que j'arrive.

Dès que l'aspirant et Mash Ghassem furent sortis, Asdollah Mirza fit signe à Aziz-ol-Saltaneh de le rejoindre dans la cour.

— Nous avons un nouveau problème, madame ! annonça-t-il d'un air grave. La mère du jeune marié a menacé de le renier s'il portait la perruque. D'après vous, s'il vient tête nue, Ghamar sera…

— Mon Dieu, je t'en supplie, Asdollah, fais quelque chose ! l'interrompit Aziz-ol-Saltaneh. Cette malheureuse n'a pas arrêté de parler des cheveux de son fiancé… Qu'il mette cette foutue perruque sur sa maudite tête juste pour aujourd'hui !

— Je vais faire de mon mieux… *Inch'Allah*, si Dieu le veut, il acceptera peut-être.

— Oui, je t'en supplie, fais quelque chose. Tu sais parler aux femmes. Il n'y a pas de femme que tu ne saches amadouer. Fais quelque chose.

— D'après Mash Ghassem, la mère du fiancé n'est pas une femme puisqu'elle a autant de barbe et de poils que Seyed Abolghassem, le prédicateur.

— Mon cher Asdollah, fais quelque chose. Tu sais aussi apprivoiser les vieilles femmes. Tu séduirais même Mammad le barbu.

— *Moment, moment !* Je n'ai pas encore eu affaire à une femme à barbe. J'y vais, on verra bien !… Mais n'oubliez pas de ne pas laisser Ghamar s'éterniser au salon. Après quelques minutes, faites-la appeler et ne la laissez plus rentrer. Ma crainte, c'est qu'elle dise un mot de trop.

Asdollah Mirza se dirigea vers le jardin. Je le suivis.

— Tu dois me donner un coup de main, fiston ! dit-il dès qu'il me vit. Si ma lame ne coupe pas, la tienne doit trancher… Les femmes poilues aiment bien les jeunes garçons.

— Qu'est-ce que je peux bien faire, tonton Asdollah ?

— Fais-lui les yeux doux… Complimente la beauté de sa peau.

— Complimenter la beauté de la peau d'une femme barbue ? Elle va penser que je me moque d'elle.

— *Moment !* Vraiment *moment* ! Quelle andouille tu fais ! Alors ouvre bien les yeux et apprends !

Lorsque nous aperçûmes de loin la mère de l'aspirant, nous fûmes tous deux comme foudroyés.

— O Morteza Ali ! D'où sort cet hippopotame ? Dans aucun zoo, je n'ai vu une bête pareille !

Nous étions frappés de stupeur, bien que ne voyant que le profil de la vieille sous son tchador noir. Il avait raison. Nous n'avions pas souvenir d'avoir jamais vu une bête si hideuse. Même le surnom d'hippopotame était trop indulgent pour elle. Sa barbe et sa moustache noires étaient visibles de loin et le bruit de sa respiration rappelait celui des vieux appareils de pressing. Malgré cela, Asdollah Mirza prit son courage à deux mains et avança :

— Je vous salue madame… Soyez la bienvenue.

L'aspirant Ghiass Abadi fit les présentations :

— Mère Radjab – ma mère… Et Akhtar, ma sœur…

Un éclat brilla dans les yeux d'Asdollah Mirza. La sœur de l'aspirant était une jolie brune à la peau mate, un peu dodue avec une très grosse poitrine et des lèvres maquillées d'un rouge vif.

Dès que l'on s'assit sur les bancs de la tonnelle, mère Radjab termina son verre de sirop et dit d'une voix éraillée :

— Je dois vous dire que je n'aime pas ces manières. Mon fils a toutes les qualités : un travail, une bonne réputation, le certificat d'études primaires… Sa calvitie n'est pas une tare… Toutes les filles lui courent après… Je ne veux plus entendre parler de ces histoires de perruque ou je ne sais trop quoi.

Le ton qu'elle employait était si violent et désagréable que je crus que l'affaire allait tomber à l'eau. Mais Asdollah Mirza continua d'un air doux :

— *Moment*, madame ! Ça me fait rire de vous entendre dire "mon fils". Sur votre tête ou sur la mienne, je vous jure que je n'arrive toujours pas à croire que vous êtes la mère de M. l'aspirant… Vous voulez plaisanter, j'imagine.

La vieille barbue, sans doute complexée à cause de son apparence masculine, roula de gros yeux.

— Comment ça ? dit-elle d'un air sévère. Je ne suis pas née avec six doigts pour ne pas mériter d'avoir un fils.

— Ma chère dame, vous méritez bien d'avoir un fils, mais pas un fils de cet âge… Vous êtes trop jeune pour cela !

Les dents rares et jaunes de la vieille apparurent sous sa barbe et sa moustache. Elle minauda et détourna la tête :

— Dieu vous garde, quel beau parleur !... J'étais bien sûr très jeune quand on m'a mariée. Je devais avoir dans les treize quatorze ans quand j'ai mis au monde Radjab Ali... Le malheureux n'est pas bien vieux non plus. Il est marqué par les aléas de la vie.

— Ça n'empêche... Même si l'aspirant avait vingt ans, on ne l'aurait pas cru... En plus, vous ne vous pomponnez pas à la poudre ou au rouge à lèvres...

— Mon mignon, quel charmeur vous êtes ! dit la vieille femme tout sourire en donnant une tape coquine sur la poitrine d'Asdollah Mirza. Au fait, quel est votre lien de parenté avec la fiancée ?

— Elle est mon arrière-petite-cousine.

Quelques minutes plus tard, la situation avait totalement changé. Mère Radjab entra dans la cour intérieure, suivie de son fils et de sa fille, Asdollah Mirza et moi fermions la marche. L'aspirant portait sa perruque sur la tête et son chapeau à la main.

Lorsque les invités pénétrèrent dans le salon, l'oncle Napoléon et surtout Doustali Khan se figèrent un instant. Doustali Khan ferma même les yeux, comme si la laideur de la vieille lui était insupportable. En revanche, Ghamar fixa l'aspirant sans prêter attention à sa mère et sa sœur.

Ils venaient à peine de s'installer, lorsque arrivèrent à leur tour Agha Djan et ma mère, invités sans doute par l'oncle Napoléon.

En réponse à la première question de la mère de l'aspirant sur Ghamar, Aziz-ol-Saltaneh se lança dans l'éloge de sa fille. Mon oncle et Doustali Khan ne disaient mot. Ce dernier couvait des yeux la silhouette de la sœur de l'aspirant. Comme s'il mettait mentalement en balance le calvaire que représentait la cohabitation avec la mère et le plaisir que garantirait la proximité de la sœur. En revanche, la mère de l'aspirant ne détachait pas son regard de Doustali Khan qui s'était allongé sur le côté.

Vint ensuite le tour de l'oncle Napoléon qui discourut sur le prestige social exceptionnel de sa famille. Mais il avait à peine prononcé quelques mots que Mash Ghassem entra, haletant :

— Monsieur, Mme Farokh Lagha arrive !

L'assistance pâlit, surtout l'oncle Napoléon et Aziz-ol-Saltaneh. L'arrivée imprévue de la femme en noir à la langue bien pendue les paralysa brusquement de frayeur.

— Ghassem, nous avons des invités... dit l'oncle Napoléon en s'efforçant de garder son calme pour ne pas éveiller les soupçons de l'assistance... Va lui dire qu'il n'y a personne à la maison.

— Cette dame est un vrai trouble-fête... dit Agha Djan. Vous rendre visite juste au moment où nous sommes en train de discuter des affaires privées de la famille... Qui a bien pu la prévenir ?

Cette remarque d'Agha Djan le trahit. Je n'avais désormais aucun doute sur le fait que c'était lui qui avait alerté Mme Farokh Lagha. Une manière pour lui de s'assurer qu'en vingt-quatre heures toute la ville n'ignorerait plus rien des détails des noces et des caractéristiques de la famille du futur marié.

— C'est une de nos proches, dit mon oncle à l'aspirant, mais elle porte malheur.

La voix de Mash Ghassem retentit dans la cour intérieure :

— A quoi bon mentir, chère madame ? La tombe n'est qu'à quatre pas... Tout le monde est parti accueillir M. Pouri... Vous feriez mieux aussi de faire un saut à *l'ascenscié**.

Mais au même moment Mme Farokh Lagha s'écria :

— Pousse-toi... Je viens d'entendre leurs voix...

De la fenêtre, je jetai un coup d'œil dans la cour. Mash Ghassem fut repoussé et Mme Farokh Lagha, vêtue comme d'habitude de noir avec un fichu noir sur la tête, entra, l'air remonté.

Son arrivée suscita un silence de mort dans le salon. Elle mit un morceau de sucre candi dans sa bouche et dit :

— Toutes mes félicitations !... J'ai appris qu'il y avait une heureuse affaire en cours... Cette dame doit être la mère du futur marié ?

— Oui, oui, madame est la mère du futur marié, finit par dire l'oncle Napoléon. Vous avez bien fait de venir. A vrai dire, monsieur et mesdames sont venus sans prévenir. Alors nous avons demandé à Mash Ghassem de... C'est-à-dire qu'on a pensé que la personne qui arrivait n'était pas de la famille... On avait dit à Mash Ghassem que s'il y avait quelqu'un d'extérieur...

* Déformation de "station", pour désigner la gare.

— Ce n'est pas grave, l'interrompit-elle.

Puis elle se tourna vers la mère de l'aspirant et poursuivit :

— Toutes mes félicitations, madame. Dans toute la ville, vous ne trouverez pas une fille aussi bien. Bonne, jolie, maîtresse de maison accomplie, vertueuse… Au fait, quelle est la profession de monsieur ?

— Monsieur est l'un des hauts gradés de la Sûreté, répondit mon oncle à la place de la vieille femme.

— Bien, très bien, félicitations !… J'ai l'impression d'avoir déjà vu monsieur quelque part… Bon, combien gagne-t-il par mois ?

— Ce n'est pas digne de nous de poser ce genre de questions, madame ! fit sèchement l'oncle Napoléon.

— Au fait, madame Farokh Lagha… intervint Asdollah Mirza pour changer de sujet. J'ai entendu dire que ce pauvre malheureux monsieur est décédé…

Il avait trouvé là un bon moyen, car ce qui intéressait le plus la femme en noir, c'était la mort et les veillées funèbres.

— Vous parlez de M. Mobayen Hozour ? répondit-elle, affectant un air triste… Oui, le pauvre a fait un infarctus. Vous savez qu'il avait un lointain lien de parenté avec nous… Ses obsèques auront lieu demain… Vous devriez y faire un saut… Monsieur aussi devrait s'y montrer…

Tout le monde poussa un ouf de soulagement, mais Mme Farokh Lagha revint aussitôt sur le sujet des noces.

— Le père du futur marié n'est pas en vie ? demanda-t-elle en se tournant vers la mère de l'aspirant.

— Non, ma chère dame, les enfants étaient petits lorsque leur père est décédé.

— Quelle était sa profession ?

— Il était propriétaire terrien à Qom, répondit mon oncle à la place de la vieille. Il possédait un domaine à Ghiass Abad…

— Non, Monsieur, je dirai aujourd'hui la vérité pour ne pas avoir de reproches demain. Son défunt père était tripier.

L'oncle Napoléon ferma les yeux et posa la main sur son front. Aziz-ol-Saltaneh serra les dents et émit un grondement sourd. Je regardai dans la direction d'Agha Djan. Une étrange lueur brillait dans ses yeux. Je le sentis aux anges, mais il ne laissait rien paraître.

Affolé, tout le monde cherchait la parole magique qui pourrait clouer le bec à Mme Farokh Lagha. Mais celle-ci, ayant remporté la première offensive, ne leur en laissa pas l'occasion.

— Eh bien, il était commerçant ! dit-elle en hochant la tête. Ce n'est pas une mauvaise profession. Pourquoi ne pas dire la vérité ? Il ne volait personne, que je sache.

Aziz-ol-Saltaneh implora du regard Asdollah Mirza, comme si elle lui demandait de trouver un moyen de se débarrasser de Mme Farokh Lagha. Mais celle-ci ne l'entendait pas de cette oreille.

— Plus je réfléchis, plus j'ai l'impression de vous avoir déjà vu, poursuivit-elle en dévisageant attentivement l'aspirant, silencieux dans son coin.

Ce dernier voulut dire quelque chose mais, alerté par mon oncle et Asdollah Mirza qui lui faisaient signe, il renonça.

— Ah mais, ce n'était pas vous qui... s'écria soudain Mme Farokh Lagha.

A cet instant, Asdollah Mirza se jeta sur elle et, la frappant violemment dans le dos, s'écria :

— Souris !... Minable petite souris !...

Le cri aigu de Mme Farokh Lagha déchira l'air, elle bondit vers le couloir. Tout le monde se leva. Aziz-ol-Saltaneh et la sœur de l'aspirant s'enfuirent à leur tour.

Tout était sens dessus dessous.

Tandis que, au salon, tout le monde était debout et que Mash Ghassem, le balai au poing, cherchait la souris, dans le couloir Asdollah Mirza rattrapa Mme Farokh Lagha par le bras.

— Venez chère madame, j'ai quelque chose d'urgent à vous dire.

Et il l'entraîna presque de force dans une des pièces du rez-de-jardin pas loin de la sortie. Je les suivis. A ma grande surprise, j'entendis Asdollah Mirza faire l'éloge passionné de certaines parties du corps de Mme Farokh Lagha. S'efforçant de se libérer de son étreinte, la femme en noir criait :

— Dépravé... Insolent... Je pourrais être ta mère ! A l'aide !... Ce dévergondé... A l'aide !...

Ensuite la porte s'ouvrit avec fracas et Mme Farokh Lagha, pâle comme un linge, et frissonnant de colère, surgit et courut vers la sortie...

— Infâme... Insolent... Dépravé... Voyeur...

Une seconde plus tard, Asdollah Mirza, ne tarissant toujours pas d'éloges, la suivit à l'extérieur. Lorsque Mme Farokh Lagha quitta la cour en courant, Asdollah Mirza ferma la porte et revint sur ses pas.

— Je n'avais pas le choix… expliqua-t-il, le sourire aux lèvres, rajustant sa cravate et son complet. Il fallait l'achever.

— Tonton Asdollah, avec la passion que vous y mettiez, si jamais elle avait consenti, qu'auriez-vous fait ?

— Eh bien, un petit tour à San Francisco !

— Avec cette vieille mégère ?

— Elle n'est pas mal du tout !… Je ne l'avais jamais palpée… Elle est encore bien ferme.

Lorsque nous retournâmes vers le salon, tout le monde était encore debout en train de chercher la souris. Asdollah Mirza se jeta soudain par terre, attrapa à l'aide de son mouchoir une souris imaginaire et s'écria dans le couloir :

— La voilà !

Il courut vers la sortie, faisant mine de jeter la souris dans le jardin.

Les convives retrouvèrent leur calme. L'oncle Napoléon tenta de rétablir la situation :

— Je vous demande pardon, madame… Comme vous venez de le voir, cette femme est cinglée et dérange toujours tout le monde.

— C'est une vieille fille… renchérit Asdollah Mirza. Les vapeurs du bas ont détérioré l'étage du haut… Elle n'a plus toute sa tête !

— Ce n'est pas grave, Monsieur, dit la mère de l'aspirant… Il y a des abrutis dans toutes les familles. Une épine parmi toutes ces fleurs, ce n'est pas grave ! ajouta-t-elle, en jetant un regard aguicheur à Doustali Khan.

J'étais assis sur le canapé, aux côtés de Doustali Khan et Asdollah Mirza. J'entendis le premier dire discrètement au second :

— Asdollah, tu te souviens de mon fusil belge à double canon qui t'avait plu ? Je te l'offre si tu réussis à convaincre l'aspirant de louer une chambre pour sa mère n'importe où ailleurs. Je suis prêt à payer le loyer pour ne pas l'avoir chez moi… A quoi bon abandonner son logement et faire déménager sa famille pour deux ou trois mois ?

— *Moment, moment !* répondit Asdollah Mirza à voix basse. Tu veux dire qu'il viendrait avec sa sœur habiter chez vous et se débarrasserait de sa mère ?

— Qu'il y envoie sa sœur aussi. Imagine un peu : je crèverai si tous les matins pendant trois mois je dois supporter la vue de cette sorcière poilue. Réfléchis Asdollah, tu ne trouveras nulle part en ville un fusil pareil !

— Je ferai de mon mieux, mais ça m'étonnerait qu'il accepte. Cette Jeanette MacDonald s'imagine déjà dans tes bras.

D'un signe de tête, Asdollah Mirza fit sortir l'aspirant, mais, quelques secondes plus tard, tous deux regagnèrent le salon.

— Je suis désolé, Doustali, dit-il à voix basse lorsque la conversation générale reprit. Il ne veut pas entendre parler de séparation d'avec sa mère. J'ai eu beau insister en lui expliquant qu'il ne servait à rien de déplacer sa mère pour deux trois mois, il a refusé d'écouter. Il dit qu'ils étaient à la recherche d'un logement et allaient de toute façon déménager ces jours-ci.

— Tu n'y as pas mis du tien, Asdollah ! Je connais ta mauvaise foi !

— *Moment !* Je suis peut-être de mauvaise foi, mais je ne déteste pas ton fusil belge. Il ne veut vraiment pas en entendre parler… Ne fais pas ton difficile… Elle a une barbe, mais sa barbe est douce. En plus, à l'occasion du Nouvel An, je compte lui offrir un rasoir et un blaireau pour te faciliter la tâche.

— Que le diable t'emporte avec ta tronche de vilain prince ! grommela furieusement Doustali Khan.

— *Moment*, Doustali ! C'est toi qui fais preuve de mauvaise volonté ! Si tu continues, je vais dire à l'aspirant de ramener aussi son gosse qui vit avec son ex-femme !

La mère de l'aspirant avait retrouvé sa verve :

— Croyez-moi, Monsieur, je rêvais de voir Radjab Ali se marier avant ma mort. La dernière fois, il l'a fait dans mon dos. Que le diable m'emporte, je l'avais maudit et il a été blessé à la guerre. Il a failli y laisser sa peau ! Dieu m'est témoin, combien d'offrandes j'ai faites, combien de prières et de vœux pieux… Que Dieu soit loué, loin de nous le mauvais œil ! Après quatre longs mois d'hospitalisation, finalement le ciel me l'a rendu…

— Que Dieu soit mille fois remercié… dit Asdollah Mirza. Que Dieu l'ait en Sa bonne garde !

— Il bénéficie de la protection divine, car il a un cœur pur !... Et maintenant, Dieu soit loué, il va s'établir et bâtir une famille... *Inch'Allah*, si Dieu le veut, il va se marier et sous la houlette de M. Doustali Khan perdre ses mauvaises habitudes.

Après cette allusion, l'aspirant Ghiass Abadi s'efforça de faire taire sa mère, mais la vieille ne l'entendait pas de cette oreille :

— Je sais que Radjab Ali n'aime pas que j'en parle... Mais je suis quelqu'un de franc. J'aimerais qu'il n'ait aucun secret pour vous qui lui donnez votre fille...

— Rien de grave, j'espère ! fit Asdollah Mirza avec le sourire. Quelle est sa manie ? Il fait trop de branlettes ?

— Votre bagout est irrésistible ! ricana la vieille.

Après un long rire affreux, elle ajouta :

— Non, il n'a pas de ces vilaines manies. Mais, depuis deux trois ans, les mauvaises fréquentations l'ont rendu accro...

— Accro ? répétèrent l'oncle Napoléon et Doustali Khan presque en chœur.

— Oui, mais il ne fume pas beaucoup. Une dose par jour... Parfois, quand il est en surchauffe, le double... Une fois, il a fait une cure chez le médecin, mais il a rechuté.

— Mais ce n'est pas une tare, madame ! s'esclaffa Asdollah Mirza. M. Doustali Khan lui-même a parfois cette faiblesse... Il vient de trouver un bon compagnon de pipe.

Doustali Khan se redressa si brusquement qu'il émit un cri de douleur :

— Aïiee... Arrête tes bêtises, Asdollah !... Quand est-ce que j'ai touché à l'opium ?

Aziz-ol-Saltaneh, qui au début de cette conversation était partie raccompagner Ghamar, revint seule. J'aperçus de nouveau un éclair de joie dans les yeux d'Agha Djan. Il découvrait peu à peu les défauts du fiancé et son cœur se remplissait d'allégresse. L'air innocent, il posa quelques questions au sujet de l'enfant de l'aspirant né de son premier mariage.

— Dites donc, où est ma bru ?... demanda la mère de l'aspirant en regardant autour d'elle. Ma petite Ghamar, viens ma chérie !

L'air timide, Ghamar revint au salon. La vieille la fit asseoir à côté d'elle et l'embrassa sur la joue :

— Quelle adorable jolie bru !

Ghamar se leva, s'approcha de sa mère et lui murmura quelque chose que presque tout le monde entendit :

— Maman, sa barbe m'a piquée !

Pour couvrir la voix de Ghamar, Asdollah Mirza se mit à parler fort :

— Si Dieu le veut, après ces noces, nous goûterons aussi au festin de noces de Mlle Akhtar.

Un large sourire fendit la bouche de la mère de l'aspirant :

— Akhtar est votre servante... *Inch'Allah*, si Dieu le veut, nous la marierons aussi grâce à votre générosité...

— Vous savez, les jeunes ne manquent pas dans notre famille... Grâce à Dieu, nous allons retrousser nos manches pour Mlle Akhtar... Tant que je serai là, je ne la laisserai pas seule.

Après avoir discuté des préparatifs de la cérémonie des noces, et autres menus détails, il fut convenu que la mère de l'aspirant irait le lendemain au domicile d'Aziz-ol-Saltaneh pour discuter du déménagement et de la disposition des chambres.

Lorsque le fiancé et sa famille repartirent, le silence régna quelques instants dans le salon. Doustali Khan se tortillait comme une bête blessée.

Mash Ghassem, debout, immobile dans un coin, brisa le silence :

— Ma foi, à quoi bon mentir ? La tombe n'est qu'à quatre pas... Mon compatriote est bien, mais sa mère me fait peur... Que Dieu vous protège, vous n'avez pas vu comment elle ronronnait ?

Asdollah Mirza lui fit signe de se taire. Il se tourna ensuite vers Ghamar qui, silencieuse et timide, était assise dans un coin :

— Ma chérie, tu l'as bien regardé ? Ton mari te plaît ?

— Oui, tonton Asdollah !

— Tu l'aimes bien ?

— Oui, tonton, je l'aime beaucoup... Je peux maintenant parler de mon bébé ?

— Oui, ma chérie... Bravo ma fille de n'avoir pas parlé de ton bébé devant eux.

— J'aime mon bébé même plus que mon mari. Je veux lui tricoter une brassière rouge.

— Sa mère et sa sœur aussi te plaisent ?

— Oui, tonton Asdollah, mais sa maman a de la barbe. Elle m'a piquée.

— Ce n'est pas grave, ma chérie ! La prochaine fois, je lui dirai de se raser… Papa Doustali veut lui acheter un nécessaire de rasage !

On frappa au portail du jardin.

— Ça doit être M. Pouri ! s'écria Mash Ghassem. N'oubliez pas mon pourboire pour cette bonne nouvelle, Monsieur !

Et il se dépêcha d'aller ouvrir.

Accablés, Leyli et moi n'arrivions pas à nous quitter des yeux. Heureusement, ce n'était pas Pouri… Mash Ghassem revint avec le journal du soir. Agha Djan, qui était le plus proche de la porte, le prit et donna lecture du titre de la une : "Les forces alliées sont arrivées à Téhéran et occupent les chemins de fer…"

L'oncle Napoléon tressaillit.

— Les chemins de fer ?… répéta-t-il d'une voix sourde. Pourquoi les chemins de fer avant tout ?… Que Dieu vienne en aide à mon frère, le Colonel !

— De toute façon, il faut bien qu'ils commencent par quelque part ! remarqua Asdollah Mirza pour rassurer mon oncle.

— Asdollah, répondit mon oncle en hochant la tête, tu es diplomate, mais tu es loin de comprendre les subtilités de la politique britannique.

— *Moment ! Moment !* Vous voulez dire que, comme monsieur votre frère est allé ce soir à la gare, les Anglais ont décidé d'occuper les chemins de fer ?

— Pas seulement pour cette raison, dit mon oncle d'une voix faible, mais ce n'est pas sans rapport non plus…

Puis il se mit à bredouiller tout bas :

— Je m'inquiète pour cette pauvre famille… Mon pauvre frère le Colonel n'a jamais rien fait de travers dans sa vie et maintenant il va subir les conséquences de mes combats !

— Supposons qu'ils veuillent lui faire subir les conséquences de vos combats, s'enquit Asdollah Mirza en essayant de garder son sérieux, comment savaient-ils que ce soir votre frère irait à la gare ?

— Il vaut mieux ne pas en parler ! dit l'oncle Napoléon, avec un sourire méprisant. Tu crois qu'ils n'ont pas repéré Pouri ?… Tu crois qu'ils ne savent pas qu'il est mon neveu ?… Tu es trop naïf ! Je te fiche mon billet que le dossier de l'aspirant Ghiass Abadi avec le chapitre intitulé mariage de Ghamar est en ce moment même sur le bureau du chef de l'Intelligent Service ! Tu crois que cet Indien et des milliers d'agents anglais sont restés les bras croisés ?

Mash Ghassem en profita pour prendre la parole.

— M. Asdollah Mirza ne connaît pas bien Lézanglé ! dit-il en dodelinant de la tête. Même Monsieur et moi qui les avons massacrés pendant plus de trente ans ne les connaissons pas bien... C'est dire ! Je connaissais un gars au village...

— Si je vous racontais tout ce que je sais des Anglais, l'interrompit mon oncle, vous ne me croiriez pas. Pendant la bataille de Kazeroun, lorsque le commandant anglais a jeté son sabre à mes pieds, je me rappelle comme si c'était hier, il a dit : Bravo ! Avec mille quatorze hommes vous avez tenu tête à plusieurs régiments d'Anglais et cela sera marqué en lettres d'or dans l'Histoire... Croyez-moi, je suis resté coi... Car la veille j'avais compté mes hommes, ils étaient exactement mille quatorze...

— Mille quinze ! l'interrompit Mash Ghassem.

— Ne dis pas de bêtises, Ghassem ! Je me souviens très bien que le colonel anglais a dit mille quatorze hommes et on était justement mille quatorze.

— Ma foi, à quoi bon mentir ? La tombe n'est qu'à quatre pas... Je me souviens que...

— Tu la boucles ou pas, Ghassem ?

— Mais, Monsieur, je dis la vérité ! Ce Lézanglé a dit mille quatorze hommes et il avait raison. Et vous, vous avez compté mille quinze et c'était juste aussi...

— Arrête tes âneries, Ghassem !

— Que Dieu vous bénisse, vous ne me laissez pas finir ! Celui qui manquait, c'était Sultan Ali Khan qui le jour même avait été blessé par balle.

— Oui, oui, tu as raison... Bref, je veux dire que, en pleine bataille, ils connaissaient précisément le nombre de mes effectifs...

— Au nom des cinq saints, que le diable les emporte ! soupira Mash Ghassem. Pauvre Sultan Ali Khan... C'est-à-dire que, si Monsieur n'était pas là, votre serviteur serait poussière depuis belle lurette... Que sa générosité soit toujours plus grande !... Sous une pluie de balles, pour me sauver, moi qui suis moins que rien, il a jailli comme un lion, m'a pris sur son dos et m'a sorti de sous les balles... Même Lézanglé n'en revenaient pas... J'ai vu de mes propres yeux vu que les larmes sont montées aux yeux bigleux de Lézanglé... Car ils louchent pour la plupart, Lézanglé...

— Mais tu vois Ghassem comment la roue tourne ? dit mon oncle en secouant la tête. Ils ont attendu le temps qu'il fallait pour reprendre à nouveau le contrôle des affaires. Aujourd'hui, je dois payer pour mes principes d'humanité...

Soudain plein de fougue, il s'écria :

— Salauds de vauriens ! Venez vous venger de moi ! Pourquoi vous vous en prenez à mon innocent frère ?

— Ne vous en faites pas, dit Asdollah Mirza d'un air sérieux. Même s'ils occupent les lignes de chemin de fer à cause de votre frère, il n'est pas sûr que dans le va-et-vient de la foule ils puissent le repérer. Le Colonel non plus n'est pas un enfant au point de se mettre en danger...

Et il ajouta, pour changer de sujet :

— Allez-vous inviter des gens pour jeudi soir ? La famille proche doit être présente tout de même.

— Ces noces doivent se dérouler dans la plus grande discrétion, l'interrompit Doustali Khan.

— Ça va faire jaser. Les gens vont se dire qu'il y avait sûrement quelque chose qui clochait, sinon on n'aurait pas fait des noces en catimini.

Aziz-ol-Saltaneh fit sortir Ghamar de la pièce.

— On peut le faire discrètement en prétextant qu'un proche est décédé et qu'on porte son deuil, suggéra-t-elle après le départ de sa fille.

— Mais qui ? Ces jours-ci, Dieu soit loué, tous les proches sont en bonne santé.

— Touche du bois, Asdollah ! Que tout le monde reste sain et sauf.

— *Moment !* Ce Mobayen Hozour, dont Mme Farokh Lagha disait qu'il était décédé, n'avait-il pas un obscur lien de parenté avec nous ?

— N'y pensez pas ! objecta l'oncle Napoléon. Mobayen Hozour était un lointain parent du beau-père de Mme Farokh Lagha... En plus, avec son attachement aux Anglais...

— De toute manière, il faudra trouver quelqu'un, dit Asdollah Mirza. A propos, Doustali, comment va ton oncle Mansour-ol-Saltaneh ?

— Tiens ta langue ! hurla Doustali Khan. Qu'a-t-il fait mon malheureux oncle pour que tu souhaites sa mort ?

— *Moment !* Qui a souhaité sa mort ? Je viens juste de me rappeler que ça fait un bail que je n'ai pas de ses nouvelles. J'ai juste demandé de ses nouvelles. Il a quatre-vingt-quinze ans. Pourvu qu'il vive encore autant, malgré tous les maux de bronches, de reins, d'estomac et autres, dont il souffre. Je ne suis pas mesquin !... Si vous n'aviez pas offensé Mme Farokh Lagha, elle aurait pu nous aider. Elle nous aurait forcément trouvé un cadavre.

— Rassurez-vous, dit Agha Djan, s'il y avait des obsèques prévues ces jours-ci, Mme Farokh Lagha nous l'aurait annoncé même pendant les quelques minutes qu'elle a passées ici.

— Et si on demandait à la mère de l'aspirant d'aller en pleine nuit au chevet de l'oncle Mansour-ol-Saltaneh... ricana Asdollah Mirza. Peut-être que la peur ferait...

A peine lancé, le cri de protestation de Doustali Khan fut aussitôt interrompu par Aziz-ol-Saltaneh :

— Quels imbéciles nous sommes ! On peut toujours dire que la famille du fiancé est endeuillée.

L'idée fut unanimement adoptée.

Ce soir-là, jusqu'à une heure tardive, tout le monde attendit le retour de l'oncle Colonel et de sa femme.

Aux alentours de minuit, ils finirent par rentrer. L'oncle Colonel avait le visage grave et sa femme les larmes aux yeux. Le train était arrivé, mais Pouri n'était pas à bord.

L'oncle Napoléon essayait de consoler son frère, avançant qu'il n'avait sans doute pas réussi à partir à cause des événements extraordinaires qui étaient survenus. Mais son intime conviction était tout autre.

Au matin, je croisai Mash Ghassem.

— Monsieur a fait les cent pas toute la nuit, dit-il. Il a bien raison ! Lézanglé ont dû faire disparaître ce jeune homme... Quand Lézanglé en veulent à quelqu'un, ils s'en prennent à ses descendants jusqu'à sept générations. Que Dieu crève leurs yeux bigleux !

— Pour quelle raison les Anglais en voudraient-ils à cette couille molle de zozoteur ?

— Il te faudra du temps, fiston, pour apprendre à connaître Lézanglé... Je n'ai pas été aux nouvelles... Mais je suis sûr que, à Ghiass Abad, ils ont dû faire un malheur parmi les miens...

Je connaissais autrefois un gars qui avait insulté Lézanglé… Figure-toi que l'apprenti de la boutique de son beau-frère a été attrapé à Kazemeïn, puis attaché à un cheval et lâché dans la brousse… Tu n'as encore rien vu de Lézanglé ! Que Dieu nous protège ! Monsieur et moi, ça va de soi… Mais qu'Il vous protège vous aussi, les membres de sa famille…

L'oncle Colonel, qui tôt le matin s'était rendu au central des télégraphes, revint rassuré. Il raconta que, en raison des événements, Pouri et Khanbaba Khan n'avaient pas trouvé de place à bord du train pour lequel ils avaient un billet, et qu'ils rentreraient à bord d'un autre train dès que possible.

XVIII

Des noces de Ghamar, je n'ai, hélas, aucun souvenir concret puisqu'un incident déplorable occupa tout mon esprit. Je me rappelle seulement que, du côté de la mariée, une vingtaine de personnes étaient là et pour le marié, hormis sa mère et sa sœur, seul le célèbre inspecteur, le lieutenant Teymour Khan, avait fait le déplacement. Ce qui s'est gravé dans mon esprit, c'est avant tout l'image de l'aspirant Ghiass Abadi qui, dans le complet un peu ample qu'Aziz-ol-Saltaneh lui avait fait faire sur mesure et avec le nœud papillon qu'Asdollah Mirza lui avait mis autour du cou, paraissait aussi propret que grotesque. A part la famille proche, Shirali le boucher et sa femme aussi étaient de la fête et se chargeaient du service.

L'incident déplorable qui m'arriva ce soir-là fut le suivant :

Pouri, qui était rentré la veille en compagnie de Khanbaba Khan, me croisa dans la maison de l'oncle Napoléon, où les noces devaient avoir lieu. Assis sur les marches, ce bourricot à la gueule de cheval me fit signe de le suivre au jardin.

— J'ai deux mots à te dire, chuchota-t-il.

Il sortit de sa poche un papier plié en quatre qu'il déplia en le tenant loin de moi. Mon cœur faillit s'arrêter de battre. C'était la lettre que quelques jours plus tôt j'avais écrite à Leyli et avais dissimulée au milieu des pages d'un livre pour lui envoyer.

— Depuis quand monsieur est tombé amoureux ? demanda-t-il en zozotant.

— Moi... je... moi...

— Oui, toi !

— Je n'ai jamais écrit de lettre, dis-je sans réfléchir. Je n'ai pas du tout...

— Pardi ! Monsieur n'a jamais écrit de lettre !...

Et, la maintenant hors de ma portée, il commença à lire ma lettre à voix basse :

— "Ma chère Leyli, tu sais combien je t'aime. Tu sais que sans toi la vie n'a plus de sens pour moi…"

— Sur le Coran, Pouri… murmurai-je.

— Permettez ! Ecoutez la suite : "… depuis que j'ai appris que Pouri, ce pur-sang arabe zozoteur, serait de retour…" Si ce n'était pas un soir de noces, dit Pouri relevant la tête, le pur-sang zozoteur t'aurait donné une telle raclée que tes dents auraient atterri dans ta gorge ! Le pur-sang zozoteur te donnerait une leçon que tu n'oublierais plus jusqu'à ta mort !

— Pouri, sur la tête de mon père…

— Ta gueule ! Ton père est un vaurien va-nu-pieds comme toi !

Je ne réussis pas à me contrôler et de toutes mes forces le frappai à la tête. Je tentai de récupérer la lettre, en vain. Il me flanqua une grosse gifle. Le sang me monta à la tête et je me jetai sur lui comme un tigre blessé, mais j'encaissai une nouvelle raclée. Désemparé, je lui donnai un coup dans le bas-ventre et me mis à courir vers ma maison à la vitesse du vent. Ses hurlements et le tapage qui s'ensuivit me firent comprendre que le coup avait fait mouche.

Je me calfeutrai dans le grenier sous le toit, la cachette de mes années d'enfance, et je n'en bougeai plus. Les uns après les autres, les proches vinrent me rechercher, sans succès. Mon père et ma mère m'appelèrent, d'un air tantôt menaçant, tantôt suppliant. Mais je restai toujours dans ma cachette, sans bouger et sans faire de bruit. Ils disaient : "Il s'est caché quelque part… Il finira par sortir…" Le calme revenu, j'entendis soudain la voix d'Asdollah Mirza qui fouillait les chambres à ma recherche. Quand il fut tout près, je murmurai :

— Tonton Asdollah, je suis là !

— Comment t'es monté là-haut ?… Descends voir… N'aie pas peur, je suis seul… Chapeau, fiston ! lança-t-il quand je redescendis. Tu as bousillé le bonhomme. Ce n'est pas une mauvaise idée. Comme tu ne vas pas à San Francisco, autant en barrer la route à ce malheureux !

— Qu'est-ce qu'il lui arrive ?

— Eh bien, il est tombé dans les pommes en plein milieu de la cour. Le Dr Nasser-ol-Hokama est venu… Il va un poil mieux… Pourquoi vous vous êtes accrochés ?

— Il a volé une lettre que j'avais écrite à Leyli, il a aussi insulté Agha Djan. Au fait, est-ce qu'il l'a raconté à mon oncle ?
— Non, mais il a parlé un long moment avec ton père.
— Que dois-je faire maintenant ?
— Ne sors pas tant que les esprits ne se sont pas calmés. Le Colonel a menacé de te faire la peau ! Tu commences à comprendre que ma solution était la plus facile.
— Quelle solution ?
— San Francisco !
Cet incident m'empêcha de participer aux noces de Ghamar. Tard dans la nuit, lorsque mes parents rentrèrent à la maison, j'étais dans ma chambre. J'avais pris la précaution de verrouiller la porte de l'intérieur. Agha Djan vint frapper et m'ordonna d'ouvrir d'un ton grave et furieux. Transi de peur, j'ouvris la porte. Il entra et s'assit au bord du lit métallique. Je baissai la tête.
— On m'a dit que tu avais une liaison avec Leyli !
— Il ment ! Je vous jure…
— Ne dis pas de bêtises ! Pouri m'a montré la lettre que tu avais écrite.
Je n'avais d'autre solution que de me taire. Agha Djan aussi resta silencieux quelques instants.
— Mon garçon, tu sais que, si ton oncle l'apprenait, tu risquerais ta vie… dit-il d'une voix douce qui me surprit.
Je repris du poil de la bête.
— J'aime Leyli ! soufflai-je.
— Depuis quand ?
— Depuis le 13 août de l'année dernière.
— Bravo ! Quelle précision ! Tu dois aussi connaître l'heure ?
— Oui, trois heures moins le quart !
Agha Djan posa sa main sur mon épaule et dit tout bas :
— Dis-moi, tu as peut-être commis des actes ?
— Je lui ai écrit des lettres, dis-je sans comprendre le sens de sa question.
— Elle aussi est amoureuse de toi ?
— Oui, Agha Djan, elle m'aime aussi.
— Bon, dis-moi la vérité, qu'est-ce que vous avez fait ?
— Vous voulez dire les promesses que…
— Mais non, patate ! dit-il impatient. Je veux savoir, comme dit Asdollah Mirza, s'il y a eu San Francisco ou pas ?

Je restai sans voix. Entendre cette expression de la bouche d'Agha Djan qui ne faisait jamais de telles plaisanteries et entretenait une relation distante et froide avec moi me coupa le souffle. Après quelques secondes de stupeur, je me sentis soudain honteux. Je baissai la tête.

— Comment pouvez-vous dire ça, Agha Djan ?

— Pas de chichis, s'il te plaît ! Je demande si tu as commis l'acte ou pas ?

Il n'avait pas l'air de plaisanter.

— Agha Djan, j'aime Leyli ! dis-je furieusement. Jamais des idées obscènes ne me sont venues à l'esprit !

Je commençais à comprendre. Pour nuire à l'oncle Napoléon, Agha Djan avait trouvé une nouvelle perspective. Je sentis qu'une réponse positive de ma part ne lui aurait pas déplu. Il resta silencieux un moment. N'ayant plus rien à espérer de mon côté, il essaya de sauver les apparences :

— Je plaisantais bien entendu ! Mais, mon garçon, cette fille est la fiancée de son cousin, elle n'est pas pour toi ! Tu dois finir tes études… Evidemment, s'il s'était passé quelque chose entre vous, tout serait différent… Oublie ces enfantillages… Dieu merci, ce n'est pas le cas et tu dois penser uniquement à tes études !… Va te coucher, fiston !

Agha Djan s'en alla et me laissa seul. Malgré la rancune et le désir de vengeance que j'avais ressentis chez lui, pour la première fois, de nouvelles idées commençaient à me titiller.

Il était tard lorsque la voix d'Asdollah Mirza retentit dans la maison. Il était venu prendre de mes nouvelles. Je l'entendis discuter avec ma mère dans le couloir :

— Ce garçon n'est pas venu au mariage, ce soir. Ne serait-il pas malade par hasard ?

Une seconde plus tard, il poussa ma porte :

— Ne t'inquiète pas, fiston ! J'ai arrangé le coup avec le Colonel… La pauvre Leyli était également très triste… On sent bien qu'elle déteste ce garçon !

— Tonton Asdollah, Pouri n'a rien dit à l'oncle Napoléon ?

— Apparemment, il veut régler le problème discrètement. Je ne crois pas qu'il en ait soufflé mot à Monsieur.

Je gardais le silence. Asdollah Mirza se mit à rire.

— Mais ça m'étonnerait qu'il puisse de sitôt la demander en mariage, car tu l'as bien esquinté… Pendant deux trois semaines, il doit mettre de la pommade sur son San Francisco.

— Tonton Asdollah, je voulais vous poser une question, dis-je sans lever la tête.

— Vas-y, mon garçon !

— Je voudrais savoir... Si je... je... C'est-à-dire... si...

— Si quoi ?

— C'est-à-dire... Je... Si je... Comme vous disiez... Si Leyli et moi...

— Si tu quoi ? Si tu te maries avec Leyli ?

— Non, c'est-à-dire... que dois-je faire pour me marier avec Leyli ? Pour qu'ils ne la donnent pas à Pouri ?

— Je te l'ai dit cent fois : San Francisco !

— Si je... Si San Francisco...

Asdollah Mirza éclata d'un rire joyeux :

— Bravo !... Bravo !... Tu commences à piger...

— Non, tonton Asdollah... Je veux dire...

— *Moment !* Tu as déjà changé d'avis ?

— Non, mais comment ?...

— Ah ah ! Le comment, je te l'apprendrai. Mets-toi là... Je vais te faire un dessin... Donne-moi un crayon de couleur violet et un crayon de couleur rose.

Je n'eus pas le temps de protester, car des voix s'élevèrent du côté du jardin :

— Va chercher la pelle... Vite !... Un seau !... Non, de l'autre côté...

Je suivis Asdollah Mirza qui se précipitait vers la sortie. Il croisa Mash Ghassem qui courait :

— Que se passe-t-il ? Qu'est-ce qu'il vous arrive, Mash Ghassem ?

— Ma foi, monsieur, à quoi bon mentir ? La tombe n'est qu'à quatre pas... Lézanglé ont attaqué !... Que Dieu crève leurs yeux bigleux !

Il expliqua alors les raisons du vacarme qui nous avait attirés dans le jardin : alors que les noces battaient leur plein, que tout le monde s'affairait, une main inconnue avait retiré la serpillière de la conduite d'eau de la citerne de l'oncle Napoléon et l'eau était montée, inondant la surface de trois sous-sols communicants.

— Tu ne sais pas qui a retiré la serpillière ? demanda Asdollah Mirza.

— Monsieur y voit la main de Lézanglé. Mais moi, je ne crois pas que, à peine arrivés, Lézanglé foncent directement sur notre conduite d'eau… En plus, s'ils voulaient saboter le tuyau de chez nous, comme ils sont bigleux, ils auraient certainement saboté celui de la maison de l'Indien à la place.

A ce moment-là, le regard de Mash Ghassem s'arrêta sur moi.

— Tu n'as pas froid aux yeux, fiston, pour rôder par ici !… dit-il à voix basse. Si Monsieur ou le Colonel t'attrapaient, ils te mettraient en mille morceaux.

— Ils sont vraiment très en colère, Mash Ghassem ?

— Ma foi, à quoi bon mentir ? La tombe n'est qu'à quatre pas… Avec le coup de pied que tu as planté dans sa virilité, le bonhomme a de la chance s'il survit. Si je ne me trompe, tu as complètement bousillé l'un des deux adjoints de sa virilité… J'étais là, quand il le montrait au docteur. Sauf votre respect, il avait gonflé comme une citrouille…

— Il a raison, mon garçon ! dit Asdollah Mirza en me faisant reculer. Cache-toi jusqu'à ce que les esprits se calment. Ce n'est pas rien, un "adjoint de virilité" !

— Le Dr Nasser-ol-Hokama a appliqué une pommade dessus… Il a recommandé de l'emmener à l'hôpital demain matin… Tu l'as si bien arrangé qu'on dirait que sa virilité et ses adjoints ne font plus qu'un.

Je n'avais d'autre choix que de me cacher dans les buissons. Asdollah Mirza partit rejoindre l'oncle Napoléon qui, le fusil en bandoulière, sortait de sa maison.

— Qu'est-ce que tu attends, Ghassem ? s'écria-t-il. Va aider à vidanger l'eau.

— Ma foi, Monsieur, j'étais en train d'aller demander un seau à madame votre sœur.

— Heureusement que les invités étaient déjà partis ! s'écria l'oncle Napoléon.

— Le marié aussi est parti ? demanda Asdollah Mirza.

— Lui aussi, que le diable l'emporte. Demain, il emménage avec sa mère et sa sœur chez Doustali. Si le lieutenant Teymour Khan était là, peut-être qu'il aurait pu élucider l'énigme de cet acte criminel.

L'oncle Colonel et Agha Djan les rejoignirent.

— C'est vraiment incroyable ! dit Agha Djan. Quel vaurien a pu faire ça ?

— Votre question est enfantine… l'interrompit l'oncle Napoléon. Je connais la stratégie des Anglais… Ce n'est pas la première fois qu'ils ont recours à cette astuce militaire. Une autre fois dans le Sud, quelques heures avant de nous attaquer, ils ont dévié le cours de la rivière pour inonder nos campements.

A ces mots, Mash Ghassem, qui s'éloignait, revint sur ses pas.

— Que le diable abolisse leur lignée sur terre ! s'exclama-t-il. Vous vous rappelez, Monsieur, comment ils ont fait couler l'eau sous nos pieds ? C'est ce qu'a fait Shemr à l'imam Hussein et sa famille, sauf que, lui, il a coupé l'eau, tandis que Lézanglé l'ont répandue... Dieu a voulu que je sois un nageur de premier ordre, sinon on aurait tous bu la tasse.

— Mais, Monsieur, dit Asdollah Mirza afin de consoler mon oncle, dites-vous bien que les Anglais viennent d'arriver en ville avec leurs divisions blindées. S'ils voulaient vous nuire, se contenteraient-ils de vous inonder ?

— Asdollah, Asdollah ! Ne m'apprends pas, s'il te plaît, les nuances de la politique anglaise !

— *Moment ! Moment !...*

— Ta gueule !... s'écria mon oncle. Tu insinues que les Anglais sont des gens nobles ?... Tu crois qu'ils m'adorent, moi et ma famille ?... Peut-être même que Shakespeare a écrit *Roméo et Juliette* en l'honneur du grand amour des Anglais pour moi ?...

— Que Dieu vous épargne cela !... dit Mash Ghassem qui n'avait pas bien saisi le sens des propos de mon oncle. A Dieu ne plaise que Lézanglé tombent amoureux !... Avec leurs yeux bigleux, comment pourraient-ils s'enticher de qui que ce soit ? Je connaissais un gars au village qui, sauf votre respect, disait que Lézanglé n'ont pas de virilité... Et ceux qui en ont louchent tellement qu'ils se trompent et vont trouver la femme du voisin.

— Ghassem, s'écria mon oncle, au lieu de raconter des âneries, va à la maison de thé, chercher ce garçon cireur... Je veux le voir... Peut-être qu'il a vu, lui, qui a ouvert la conduite d'eau ?

— Mais, Monsieur, le cireur était déjà parti à cette heure-là...

— Pas de bêtises ! Fais ce que je te dis !

Mash Ghassem se précipita vers la sortie. Notre valet et le valet de l'oncle Colonel ainsi que tous les autres domestiques étaient occupés à vidanger les sous-sols avec des seaux.

A ce moment, j'entendis Agha Djan demander à l'oncle Colonel :

— J'espère que Pouri n'a plus mal ?

— Demain matin, nous l'emmènerons à l'hôpital… répondit-il froidement. Pour l'instant, le docteur lui a injecté de la morphine pour atténuer la douleur.

— Je suis vraiment navré pour ce qui s'est passé. Je donnerai une telle leçon à ce garçon qu'il ne l'oubliera pas de sa vie.

— Pas besoin d'une grosse punition, dit d'un air étonnamment doux l'oncle Napoléon. C'est un enfant. Il ne comprend pas.

Le ton de sa voix témoignait de sa volonté d'éviter tout sujet en dehors de l'offensive des Anglais. Mash Ghassem rentra à la hâte dans le jardin et vint retrouver mon oncle.

— Monsieur, le gars de la maison de thé a dit que ce soir le cireur n'y avait pas mis les pieds…

Bouche bée, hagard, l'oncle Napoléon le considéra quelques instants, puis porta la main à son front et murmura :

— Le plan est parfait ! Ils ont aussi supprimé ce garçon.

— Qui l'a supprimé ? demanda Asdollah Mirza.

— Rien, rien… De toute façon, nous devons rester sur le qui-vive et veiller toute la nuit.

— Oui, il y a anguille sous roche, confirma Agha Djan.

— Et quelle anguille ! renchérit Mash Ghassem… Ma parole, je ne croyais pas Monsieur, jusqu'à ce que j'aie compris qu'il était vraiment un homme savant… Il n'y a que lui pour connaître Lézanglé.

— Que veux-tu dire, Mash Ghassem ?

— Ma foi, à quoi bon mentir ? La tombe n'est qu'à quatre pas… Monsieur a dit c'est la main de Lézanglé, mais je ne l'ai pas cru… Maintenant, je sais qu'il a raison, c'est encore un coup de ces bâtards. Que Dieu leur crève les yeux !… J'ai demandé au gars de la maison de thé s'il n'avait pas vu dans les parages un blond bigleux, il a répondu que, en début de soirée, il avait vu un marchand de poisson devant sa boutique, avec des yeux et des cheveux clairs, et en plus ce cochon biglait…

— Mais c'est exactement le portrait du général anglais Wavell, fit Asdollah Mirza en étouffant son rire.

— Bonne nuit, à demain ! dit l'oncle Napoléon d'un ton sec.

Le lendemain matin, vendredi, je n'osais pas sortir de ma chambre. Agha Djan ne vint pas me voir, mais ma mère m'apporta le petit-déjeuner. Elle m'apprit que toute la famille était allée accompagner Pouri à l'hôpital. Une heure plus tard, Asdollah Mirza s'annonça. Moi qui avais passé une nuit d'angoisse, je me sentis réconforté au son de sa voix. Il entra dans ma chambre.

— Les choses ne s'arrangent pas. J'ai parlé à ton père, nous sommes convenus de t'envoyer quelques jours chez les enfants de Rahim Khan à Dézashibe, jusqu'à ce que le calme revienne.

— Qu'est-ce qui se passe, tonton Asdollah ? demandai-je avec inquiétude.

— Le Colonel a juré de te tirer deux balles dans la tête... Parce que Pouri doit se faire opérer et se faire enlever l'un de ses bidules.

— L'un de ses bidules ?

— Tête de couillon ! Comment dire... L'un des piliers de sa tour de San Francisco... Ou, comme dirait Mash Ghassem, l'un des deux adjoints de sa virilité...

— Vous dites que l'oncle Colonel veut me tirer deux balles dans la tête ?

— Eh bien oui, pas dans la mienne que je sache !

— Deux balles de revolver !... répétai-je spontanément, stupéfait.

— Ça m'étonne aussi, me coupa-t-il. Pourquoi, alors qu'on n'enlève qu'un des deux piliers de San Francisco, veut-il dépenser deux balles ?

L'arrivée d'Agha Djan interrompit notre conversation.

— Espèce d'andouille !

— Ça ne sert à rien de l'engueuler, dit Asdollah Mirza calmement... A sa place, si on avait insulté votre père, vous auriez aussi perdu votre sang-froid. Comme je vous l'ai dit, à présent, il faut l'envoyer chez Rahim Khan, le temps que les esprits se calment.

— Je viens de lui téléphoner... Il a dit qu'il serait ravi.

— Laissez-moi rester... les implorai-je. Je veux rester près de Leyli.

— Ta gueule ! lança Agha Djan d'un air méprisant, en se jetant sur moi. Va au diable avec ton histoire d'amour !

Heureusement qu'Asdollah Mirza s'interposa sinon j'aurais eu droit à un bon coup de poing ou de pied.

— Au fait, je suis invité à déjeuner à Shemiran*, dit Asdollah Mirza. Je vais me changer et, ensuite, je l'accompagnerai moi-même.

Puis il se tourna vers moi :

— Obéis, mon garçon ! Nous savons mieux que toi ce qu'il faut faire.

Ils n'eurent pas pitié de moi, et refusèrent que j'attende le retour de Leyli de l'hôpital. Une heure plus tard, assis côte à côte à bord de l'autobus, Asdollah Mirza et moi roulions vers Shemiran.

— Tonton Asdollah, qu'est-ce qui va se passer maintenant ? demandai-je après un long silence.

— Tu parles de quoi ?

— De Pouri !

— Son corps va perdre son équilibre.

— Pourquoi ?

— Si on lui en enlève l'une des deux, son corps sera plus léger d'un côté…

— Ne plaisantez pas, s'il vous plaît ! Je suis très inquiet.

— *Moment*, vraiment *moment* !… Pourquoi tu t'inquiètes ? C'est à cette tête de bourrin de s'inquiéter d'être interdit de séjour à San Francisco !

— C'est vrai qu'il ne pourra plus jamais…

— Plus jamais quoi ?

— C'est-à-dire que… que San Francisco…

— Bravo ! Bravo ! C'est la première fois que tu prononces le mot San Francisco… Tu mérites vingt sur vingt en géographie !… Est-ce qu'il peut encore mettre les pieds à San Francisco ou pas ?… Les avis médicaux divergent… Certains médecins pensent que…

— Tonton Asdollah ! Je vous en supplie, ne plaisantez pas. Je n'ai pas fermé l'œil de la nuit tellement j'étais inquiet.

— Tu veux dire que tu étais inquiet que Pouri ne puisse plus aller à San Francisco ?

— Non, mais, s'il lui arrive quelque chose, je serai moralement responsable.

— Non seulement moralement, mais aussi pénalement… Mais n'y pense pas. Ils ne vont jamais porter plainte. Une famille noble ne pousse jamais la porte de la Justice.

* Lieu de villégiature au nord de Téhéran, rattaché depuis à la capitale.

— Que va devenir Leyli, tonton Asdollah ?

— Pour quelque temps encore, elle va être en sécurité. Mais lorsque le zozoteur sortira de l'hôpital, après quelques mois de convalescence, la question reviendra sur le tapis.

— D'ici à quelques mois…

— Quoi, tu crois que d'ici à quelques mois on te donnera ta Leyli ? Si Pouri est interdit de séjour à San Francisco, tu n'en verras pas non plus la couleur !

— On verra bien… J'ai un service à vous demander. Dites à Leyli que j'étais forcé de la laisser seule. Qu'elle m'appelle si elle peut à deux heures de l'après-midi, quand mon oncle fait sa sieste. Vous aussi, tenez-moi au courant de tout ce qui se passe. J'ai votre parole ?

— Parole d'honneur !

Il me donna le numéro de téléphone de son bureau.

— Mais fais attention à ce que tu dis au téléphone… recommanda-t-il.

Une heure plus tard, je faisais mes adieux à Asdollah Mirza et entamai ma première longue séparation avec Leyli.

Mon séjour chez Rahim Khan, dont le fils était mon ami, dura à peu près deux semaines. Pendant ce temps, j'appelais régulièrement Asdollah Mirza et me tenais informé des événements. Pouri avait été opéré. On lui avait enlevé l'une de ses jumelles, et on craignait de devoir enlever l'autre. Vers le dixième jour, lorsque j'appelai Asdollah Mirza, il m'annonça :

— J'ai une bonne nouvelle pour toi ! Tu t'en sors avec les deux balles que l'oncle Colonel voulait te tirer dans la tête. Il n'a pas doublé la mise !

— Comment ça, tonton Asdollah ?

— Le second pilier de San Francisco est apparemment hors de danger. Maintenant, nous pouvons entamer les négociations en vue de ton acquittement. A condition bien sûr que la ville tienne sur un seul pilier !

— Maintenant il peut se marier ?

— Pas tout de suite, peut-être dans quelques mois. Mais, comme dirait l'Indien Sardar, sa nature serait *very* en berne *hai* !… Pour l'instant reste là où tu es… Leyli va bien… T'inquiète !

Quinze jours après l'accident de Pouri, à la veille d'un vendredi, je fus amnistié à l'occasion du festin que donnait Agha Djan en l'honneur du couple Ghamar et l'aspirant Ghiass Abadi. Asdollah Mirza en personne vint me chercher.

Il m'apprit la nouvelle dans l'autobus :

— Je crois qu'il va y avoir du grabuge ce soir. A ce qu'il paraît, hier soir ou ce matin, Doustali Khan et Aziz-ol-Saltaneh ont appris que l'aspirant Ghiass Abadi, qui prétendait avoir perdu son vénérable membre à la guerre et être sans le sou, a littéralement menti. D'après ce qui se murmure chez les femmes, il est riche, il est même très riche.

— Alors pourquoi avoir dit que…

— Probablement parce qu'il pensait que, s'il disait qu'il ne manquait de rien, on lui donnerait moins d'argent pour le mariage.

— Quel malin !

— Pas si malin que ça. Il est même un peu idiot. Mais je vois derrière tout ça la main de la sainte Nitouche.

— Vous voulez dire…

— Je veux dire ton père… Ça m'a tout l'air d'être encore l'un de ses coups montés.

— Qu'en dit Ghamar ?

— Elle a l'air très en forme ! Elle voulait garder son bébé, elle le garde… Elle ne cherchait pas à avoir de l'argent, le ciel lui envoie un homme friqué, et même très friqué… Bref, ce soir on va bien rigoler… A condition que la dispute n'éclate pas avant.

— Tonton Asdollah, et que fait l'oncle Napoléon ?

— Il semblerait que Pouri ne lui ait pas encore raconté l'histoire de tes lettres à Leyli… Et même s'il le lui a dit, l'oncle Napoléon s'en fiche, tellement il est préoccupé par les Anglais.

— Encore les Anglais ?

— Oui, le cireur de chaussures a disparu. Ton oncle pense que les Anglais l'ont tué. Il porte de nouveau son revolver et Mash Ghassem dort avec son fusil devant sa porte. Et ton père n'arrête pas de jeter de l'huile sur le feu.

— Et qu'est-ce qu'il en dit, mon père ?

— Il invente et rapporte au pauvre vieillard une disparition par jour des soi-disant "ennemis" des Anglais… Heureusement, depuis quelques jours, l'Indien Sardar est parti en voyage…

— Tonton Asdollah, vous devez essayer de faire comprendre à mon oncle que les Anglais n'en ont rien à faire de lui.

— *Moment*, mais il ne veut pas entendre raison. Si par malheur quelqu'un lui disait que les Anglais n'en ont rien à faire de lui, il lui en voudrait jusqu'à la fin de ses jours. Il y a quelque temps, mon pauvre frangin Shamsali a voulu dire quelque chose, il lui a cloué le bec... Mash Ghassem non plus n'arrête pas d'en rajouter aux crimes et délits des Anglais.

— C'est la galère alors, tonton Asdollah !

— La grande galère... Mais le plus important, c'est l'affaire de l'aspirant Ghiass Abadi : l'enfoiré n'a non seulement rien perdu à la guerre, mais il a même récupéré le pactole de quelques-uns de ses camarades tombés sous les balles et il n'a fait qu'élargir sa fortune.

— Que devient Doustali Khan ?

— Il est sur le point de faire un infarctus. Car cette tête de lard d'aspirant a mis Ghamar dans sa poche, et Doustali craint que les biens de Ghamar ne lui échappent. D'autre part, la sœur de l'aspirant, dont Doustali espérait les faveurs, sort avec un loubard surnommé Asghar Diesel qui est la copie conforme de Shirali le boucher.

— Elle a ramené son copain aussi chez Doustali Khan ?

— Non, mais, un soir sur deux, le type se saoule la gueule et vient frapper chez eux et, s'ils ne lui ouvrent pas, il défonce le mur.

— Tonton Asdollah, tout ça a l'air de bien vous amuser !

— Je n'ai jamais été d'aussi joyeuse humeur de ma vie. Qu'ils en bavent un peu. La famille aristocratique des rejetons de l'archiduc de Trucmuche et le marquis de Saint-Bidule, qui disaient à leur propre cul : Ne me suis pas, tu pues !, a affaire maintenant à Asghar Diesel et à l'aspirant Ghiass Abadi.

— Il va y avoir beaucoup de monde alors chez nous, ce soir ?

— Oui, ton père a organisé un véritable festin... Je crois qu'il va mettre en scène un vrai spectacle, car, hier soir, je l'ai entendu dire à l'aspirant, “si madame votre frangine souhaite inviter quelqu'un, qu'elle n'hésite surtout pas”... Et qui serait l'invité de la frangine, à part Asghar Diesel ?... Bref, Agha Djan n'est pas près d'oublier de sitôt l'injure proférée par Pouri.

— Vous ne pouvez pas trouver quelque chose pour empêcher la venue d'Asghar Diesel ?

— *Moment ! Moment !* Au contraire, je vais encourager la sœur de l'aspirant à ramener ce M. Asghar. Doustali me doit beaucoup plus que ça... Et même si je l'embêtais jusqu'au jour du Jugement dernier, il me serait encore redevable !

Arrivés à la maison, Asdollah Mirza me quitta avec le sourire :

— On se voit ce soir. Je dois faire un saut chez l'aspirant et sa sœur… Sans Asghar Diesel, notre festin n'en sera pas un.

Ma mère me conduisit chez l'oncle Colonel. Je lui baisai la jour et lui demandai pardon. Ensuite, elle m'ordonna d'aller dire bonjour à l'oncle Napoléon.

Je pris le chemin de la maison de mon oncle tandis que, de joie, mon cœur cognait dans ma poitrine. Je croisai Leyli dans la cour. C'était la première fois que je la voyais après cette longue séparation qui m'avait paru interminable. L'euphorie de cette rencontre me rendit muet. Elle me dévisagea quelques secondes puis, les yeux larmoyants, courut dans sa chambre. Je n'eus pas le courage de la suivre.

L'oncle Napoléon me fit asseoir près de lui et m'asséna une longue leçon de morale. L'essentiel de ses recommandations tournait autour de l'idée que les plus âgés avaient vécu leur vie et que c'était à nous autres, les jeunes, de préserver l'union et l'entente sacrées de la famille. Dieu soit loué, ajouta-t-il, Pouri est hors de danger et va bientôt quitter l'hôpital. Il m'ordonna, pour finir, de rendre visite à ce dernier le lendemain pour lui présenter mes excuses.

XIX

Une grande effervescence régnait dans notre maison. Tout autour de la cour, on avait disposé des chaises et des tables basses. Le soir n'était pas encore tombé, mais la lumière des quinquets éclairait déjà une grande partie du jardin. Le joueur de *târ*, Ahmad Khan l'instituteur, et le joueur de percussion étaient arrivés avant les autres et picolaient et grignotaient à leur aise.

Soudain, j'aperçus Asdollah Mirza qui entra dans son beau complet bicolore avec son nœud papillon de couleur rouge. Ses yeux brillaient de malice. Je me précipitai vers lui.

— *Momento ! Momento ! Momentissimo !*... Frotte-toi les mains, car ce soir nous allons nous régaler. La sœur de l'aspirant vient accompagnée non seulement d'Asghar Diesel, mais aussi de son frère, c'est-à-dire M. Akbar Grande Gueule. J'aimerais avoir un appareil photo pour immortaliser la tête que va faire Doustali.

Quelques minutes plus tard arriva Doustali Khan. Le visage fermé et l'air grave, il demanda après Agha Djan et alla le voir sans tarder.

— Je crois qu'il est au courant... dit Asdollah Mirza en dégustant du raisin muscat. Va jeter un coup d'œil pour voir ce qu'il raconte.

Doustali Khan retrouva Agha Djan dans le couloir.

— Qu'est-ce que c'est que cette fête, monsieur ? demanda-t-il d'une voix tremblante et éraillée. Je viens d'apprendre que cette mégère a invité l'autre colosse.

— Que voulez-vous que j'y fasse, monsieur Doustali Khan ? répondit Agha Djan posément.

— Vous ne devez pas accueillir ces loubards à votre soirée !

— Réfléchissez un peu. Je ne peux tout de même pas chasser l'ami de votre parente. Pourrai-je fermer ma porte à l'ami de la sœur de votre gendre ? Réfléchissez un peu, bon sang !

— Et si j'invitais n'importe qui à venir ce soir, vous apprécieriez ? rétorqua Doustali Khan d'un air enragé.

— Il serait le bienvenu… dit Agha Djan avec le même calme. Personne n'a moins de valeur qu'un autre. Comme dit le Prophète : “Est plus proche de Dieu celui qui est le plus dévot !…”

— D'accord ! D'accord ! Eh bien, moi aussi je vais inviter l'un des “plus dévots” ! Si Asghar Diesel est invité, pourquoi n'inviterai-je pas du monde moi aussi ?

Je rejoignis Asdollah Mirza et je lui rapportai l'altercation de Doustali Khan avec Agha Djan.

— A votre avis, quand Doustali Khan dit qu'il va inviter du monde, qu'est-ce que cela signifie ? Il veut inviter qui ?

— Je n'en sais rien, répondit-il, son raisin muscat à la main. Il est capable de tout, ce dévergondé ! Il faut attendre et voir comment il va se venger.

— De quoi veut-il se venger ?

— *Moment !* Apparemment tu n'as pas pigé la raison de la fête de ce soir !…

— Y a-t-il une raison particulière, tonton Asdollah ?

— Tu es assez naïf pour croire qu'Agha Djan donnerait une aussi grande fête juste pour les beaux yeux de l'aspirant Ghiass Abadi ? Réfléchis un peu ! Là où aucun des parents proches, même ton oncle qui est le doyen de la famille, n'a donné de réception en l'honneur des jeunes mariés, ton père décide de le faire !

— En fait, il y a eu tellement d'événements, tellement de choses se sont mêlées dans ma tête, que je ne peux plus réfléchir. Expliquez-moi, s'il vous plaît !

— Pourquoi ton père déteste-t-il ton oncle ?

— Parce qu'il n'arrête pas de l'humilier et de lui reprocher ses origines roturières.

— Bien ! A son tour, pour porter un coup fatal à ton oncle et à tous ceux qui prétendent être attachés à cette noble et haute lignée, Agha Djan voudrait exposer au vu et au su de tout le monde l'aspirant Radjab Ali Ghiass Abadi, fils de tripier et frère de danseuse de bar. C'était ce qu'il voulait faire aux noces de Ghamar, mais il a loupé l'occasion…

— Mais toute la famille sait que Ghamar a épousé l'aspirant Ghiass Abadi !

— Oui, et ce soir, hormis la famille, il a également invité un certain nombre de personnalités... Par exemple M. Salar.

— M. Salar ?

— Oui, un des gros bonnets de la ville. C'est quelqu'un dont la puissance et le pouvoir ne connaissent pas de limites... En invitant M. Salar, il fait d'une pierre deux coups. D'abord, il humilie à ses yeux l'oncle Napoléon, Doustali Khan et toute la famille, ensuite il effraie encore une fois ton oncle, car Salar est connu pour son anglophilie.

— Alors il y a aussi un risque d'affrontement entre Agha Djan et l'oncle Napoléon ?

— Oui, c'est d'ailleurs ma seule inquiétude. J'ai pitié de toi, sinon j'aurais tout de suite fait front avec Agha Djan pour leur montrer de quel bois je me chauffe... Tiens, on a encore quelques minutes, dis-moi, qu'est-ce que tu veux faire ?

— C'est-à-dire ? Je ne vois pas où vous voulez en venir, tonton Asdollah ?

— Je veux dire, tout d'abord, que ton cher oncle ne te donnera jamais Leyli en mariage, car il ne peut pas piffer ton père. Deuxièmement, même s'il voulait te la donner, tu dois attendre au moins six, sept ans avant de pouvoir te marier, et troisièmement, que fais-tu de ce garçon toujours hospitalisé ? Bref, c'est pas simple... En plus tu n'es pas foutu d'aller à San Francisco... Quand j'y pense, je me dis que l'aspirant Ghiass Abadi se débrouille mieux que toi...

— Tonton Asdollah...

— La ferme !... Regarde comment il les a roulés... Il devait empocher une petite somme pour épouser Ghamar et divorcer aussitôt. Maintenant, il est si bien installé qu'il serait capable de chasser Doustali Khan de la maison pour y rester... Et Ghamar est tellement entichée de lui qu'elle abandonnerait sa propre mère pour ses beaux yeux...

— Les voilà ! Regardez, tonton Asdollah ! L'aspirant Ghiass Abadi et Ghamar arrivent...

L'aspirant Ghiass Abadi fit son entrée au bras de Ghamar suivi d'Aziz-ol-Saltaneh. Il avait une apparence bien soignée. Rien de comparable avec le traîne-misère d'autrefois. Ghamar l'étreignait amoureusement.

— Où est passée sa perruque, tonton Asdollah ?

— La question de la perruque est close... Il en a parlé à Ghamar, et depuis c'est comme si elle avait toujours eu un faible pour les têtes luisantes... Elle lui prépare même chaque soir sa pipe à opium... On dirait que la cure de San Francisco lui a même rendu sa raison. Il faut avouer que San Francisco est la meilleure cure possible contre les maladies mentales !

Asdollah Mirza fit quelques pas à la rencontre de l'aspirant :

— Bonjour, monsieur l'aspirant... Comment allez-vous ?

L'aspirant salua Asdollah Mirza avec beaucoup d'humilité :

— Je suis votre dévoué... Je vous remercie, Votre Excellence... Ce matin même, je disais à Ghamar que ça faisait un moment qu'on n'avait pas vu Son Excellence. Il faut que, un soir, on lui demande de nous honorer de sa visite.

— Monsieur l'aspirant, dit Asdollah Mirza, pourquoi madame votre mère n'est-elle pas venue ?

— Elle va venir... Elle attendait Akhtar pour l'accompagner...

Asdollah Mirza embrassa Ghamar sur la joue :

— Tiens, quelle belle femme tu es devenue... Une jolie petite demoiselle !

Ghamar le regarda en souriant gentiment :

— Regardez tonton Asdollah, quelle jolie robe je porte ! C'est Khanoum Djan qui me l'a cousue.

— La merveilleuse Mme Aziz-ol-Saltaneh a des doigts d'orfèvre.

— Non, tonton Asdollah, ce n'est pas maman Aziz qui me l'a confectionnée, c'est belle-maman, la mère de Radjab...

Aziz-ol-Saltaneh se renfrogna, mais les compliments d'Asdollah Mirza sur sa toilette et sa bonne mine la décrispèrent aussitôt.

Les invités s'avancèrent vers Agha Djan. Le valet de l'oncle Colonel s'approcha de nous avec le plateau de sirops.

— Merci monsieur, je ne bois pas de ce sirop-là... dit Asdollah Mirza en examinant les verres. Dis à Mash Ghassem de m'apporter du sirop spécial.

— Mash Ghassem ? chuchota-t-il. Vous n'êtes pas au courant, monsieur ?... Il y a une heure, ils l'ont embarqué au commissariat.

— Quoi ? Au commissariat ? Pourquoi, qu'a-t-il fait ?

— Gardez-le pour vous, car Monsieur nous a interdit d'en parler... dit-il en regardant autour de lui. Plus tôt dans la soirée, il a jeté une brique du haut du toit sur la tête de Lézanglé !

— Tu plaisantes ? Une brique sur la tête des Anglais ?

— Non, monsieur, c'est la vérité... La tête du gars était en sang... Monsieur vient de partir au commissariat...

— Viens, on va voir ce qui se passe, dit Asdollah Mirza en se levant rapidement. Je crains encore un coup de ton père.

Dans le bureau du gradé de service du commissariat, nous aperçûmes avant tout, assis sur le banc, un homme plutôt jeune au visage ensanglanté avec un bandage autour de la tête. Ses cheveux blonds et bouclés portaient des traces de sang coagulé.

Tête basse, Mash Ghassem se tenait debout à côté de la porte, en face de l'oncle Napoléon et du gradé de service. A côté de lui, un policier était au garde-à-vous.

L'oncle Napoléon parlait d'une voix sourde :

— Je le punirai moi-même. Je suis sûr qu'il ne l'a pas fait exprès...

L'homme blessé, dont les yeux louchaient légèrement, protesta avec un fort accent de Rasht :

— Comment il ne l'a pas fait exprès ? Supposons que la brique lui ait échappé et qu'elle ait atterri par hasard sur ma tête... Mais les injures déshonorantes qu'il hurlait de là-haut, ça lui a échappé par hasard aussi ?

— Bon, tu as accepté un dédommagement, intervint le gradé de service. Si Monsieur veut punir lui-même son valet, ce n'est pas tes oignons. Allez, retourne à tes poissons !

— Serviteur !...

Le marchand blessé ramassa son panier de poissons fumés et s'en alla, tandis que nous prenions le chemin du retour en compagnie de Mash Ghassem. Dès la sortie du commissariat, l'oncle Napoléon se mit à traiter ce dernier de tous les noms.

— Vous pouvez dire ce que vous voulez, grommela Mash Ghassem sans lever la tête... mais je sais ce que je sais... Si cette ordure n'est pas un Lézanglé, il est sûrement un de leurs espions... Cela fait trente ans que j'habite dans ce quartier... Pourquoi je n'avais jamais vu ce bâtard ? Qu'est-ce que vous croyez ? Après trente ans de combat, je ne reconnaîtrais pas Lézanglé ?

— Tais-toi Mash Ghassem, sinon je t'étrangle de mes propres mains ! s'écria l'oncle Napoléon d'une voix tremblante de rage.

— Je me tais !… Mais ce pauvre cireur de chaussures dont le sang a coulé injustement vous interpellera le jour du Jugement dernier… Ce malheureux attend dans l'au-delà que vous le vengiez de Lézanglé.

Nous retournâmes à la réception. La fête battait son plein. La plupart des invités étaient arrivés et le son du *târ* d'Ahmad Khan, l'instituteur, résonnait dans l'air. Tout le monde était aux petits soins pour M. Salar, lui témoignant respect et déférence, au point que son siège s'était transformé en place d'honneur de toute la réception. Même l'oncle Napoléon, malgré toute la haine et l'horreur qu'il éprouvait pour les Anglais, s'assit poliment à côté de lui.

Agha Djan surveillait d'un œil la porte d'entrée.

— Tonton Asdollah, vous avez vu comme Agha Djan est anxieux ? glissai-je à l'oreille d'Asdollah Mirza. Je crois qu'il attend des invités autrement plus importants.

Asdollah Mirza but une gorgée de vin et sourit.

— Il attend *His Excellency* Asghar Diesel and Lady Akhtar, murmura-t-il.

Craignant mes oncles, surtout l'oncle Colonel qui me foudroyait du regard, je n'osais pas m'approcher de Leyli. Mais, partout où j'allais et quel que soit mon interlocuteur, mon regard passionné était toujours tourné vers elle. Depuis mon accrochage avec Pouri, la pauvre Leyli non plus n'osait plus m'aborder. Comme si nous éprouvions, l'un et l'autre, un sentiment de culpabilité.

Quelques minutes plus tard, l'attente d'Agha Djan prit fin. Akhtar, la sœur de l'aspirant Ghiass Abadi, sa grosse poitrine débordant du décolleté de sa robe couleur sang, entra en compagnie de mère Radjab et d'Asghar Diesel. Plus que le maquillage extravagant de la sœur de l'aspirant, ce fut Asghar Diesel qui attisa la curiosité. C'était un grand gaillard avec plusieurs balafres sur son crâne rasé. Il portait une cravate verte, que l'on devinait appartenir à la garde-robe de Doustali Khan et qu'il avait du mal à supporter. Le ton sur lequel il salua les convives révéla sans tarder ses origines sociales.

Leur arrivée réjouit autant Agha Djan qu'elle consterna l'oncle Napoléon et l'oncle Colonel.

Dès la fin du solo de *târ*, Agha Djan se mit à faire le maître de maison :

— Monsieur Asghar, que désirez-vous ? Du thé, du sirop ou du vin ? Faites comme chez vous… Sans façon, je vous prie !

— C'est aimable à vous ! Je vous remercie, je viens d'en boire, dit M. Asghar à voix très basse, apparemment mal à l'aise.

— Ne faites pas de manières, insista Asdollah Mirza… Il y a aussi de la bière.

— Je suis reconnaissant !… S'il y avait du…

— Excellence, notre Asghar est un peu timide… pouffa la sœur de l'aspirant… Il boira ce que vous lui servirez.

— *Moment ! Moment !* Entre nous, pas de manières ! Sur la tête de Mlle Akhtar, ne faites pas votre timide. Je vous en prie.

— Puisque vous insistez, dit Asghar Diesel en baissant la tête, s'il y avait une goutte d'alcool de raisin sec… Mais s'il n'y en a pas, ce n'est pas grave… Une bière fera l'affaire…

— Je vous en prie, comment n'y en aurait-il pas ? s'exclama Asdollah Mirza en se levant… Hé ! Mash Ghassem ! Apporte la bouteille d'eau-de-vie.

D'un air renfrogné et aigri, Mash Ghassem apporta les verres et la bouteille d'eau-de-vie qu'il posa sur la table basse, à côté du plateau de fruits.

— Santé !

— Santé ! A la vôtre !

Asghar Diesel vida d'un trait son verre d'eau-de-vie.

— Goûtez-y, madame ! proposa Asdollah Mirza à la mère de l'aspirant.

— Par le sang de Dieu ! Vous êtes un amour, prince ! s'esclaffa la femme à barbe avec sa dentition clairsemée et noircie. Moi, toucher à l'alcool ?

— Où est le mal, un soir pareil ?… Après tout, vous venez de marier votre adorable fils, que Dieu le garde !

Et il servit un petit verre à la femme à barbe.

J'entendis Mash Ghassem murmurer à côté de moi :

— C'est pas Dieu possible !… C'est vrai alors que l'assassin de l'imam caché* sera une femme à barbe !…

Pendant ce cérémonial, l'oncle Napoléon tremblait comme un volcan avant éruption. Hébétés, tous ceux qui entouraient M. Salar écoutaient cet échange en silence, à l'exception de Salar lui-même qui, l'air radieux, avait le regard rivé sur la

* Douzième imam shiite qui, bien que vivant, vit à l'écart des hommes et n'apparaîtra que le jour du Jugement dernier. D'après une croyance populaire, son assassin serait une femme barbue.

poitrine de la sœur de l'aspirant. Asdollah Mirza proposa aussi un verre à celle-ci.

Agha Djan profita de l'occasion pour dire d'une voix posée :

— Monsieur Salar, ce soir, nous nous réjouissons du fond du cœur… Notre cher gendre, M. Ghiass Abadi, est l'un des hauts responsables de la Sûreté !

L'oncle Napoléon qui avait deviné le dessein d'Agha Djan bouillait de rage mais se retenait.

— Fort bien ! Nous nous réjouissons aussi !… répondit M. Salar d'un air enjoué après quelques verres de cognac. Toutes mes félicitations !

Puis il se tourna vers l'aspirant :

— Monsieur Ghiass Abadi, dans quelle section de la Sûreté travaillez-vous ?

— La section de la brigade criminelle, monsieur.

— Avec qui travaillez-vous ? Je veux dire votre supérieur…

— En fait, mon supérieur est M. Teymour Khan, qui d'ailleurs ce soir sera des nôtres. Je ne sais pas pourquoi il a du retard…

— Quel Teymour Khan ? Celui qui était autrefois le directeur de la Sûreté de la région du Khorassan ?

— Non, monsieur, il n'a jamais été directeur…

Voyant arriver le Dr Nasser-ol-Hokama, l'oncle Napoléon sauta sur l'occasion pour interrompre la conversation :

— Tiens, tiens ! Bonjour, docteur… Par ici, je vous prie… Pourquoi si tard, monsieur le docteur ?… Monsieur Salar, je ne sais pas si vous connaissez le Dr Nasser-ol-Hokama ?

Les salamalecs entre M. Salar et le docteur, qui s'étaient apparemment déjà rencontrés, furent plus longs que prévu.

— Que fait Doustali le Couillon ?… s'interrogea tout bas Asdollah Mirza. Tiens ! Quand on parle du loup… ! Monsieur Doustali Khan… Je vous en prie ! Voyons !… Où étiez-vous tout ce temps ?

Doustali Khan avait le visage grave et fermé. Je devinais son plan tombé à l'eau

— J'étais allé chercher des musiciens, répondit-il en affectant un air faussement joyeux.

— Dans l'ensemble musical d'Abbass Khan, il y a un certain Abdollah qui joue un bouffon noir à mourir de rire… continua-t-il en articulant bien chaque mot.

Je devinai son plan. Abdollah le Bouffon, dont il parlait, était le petit-fils de la demi-sœur d'Agha Djan. Ce garçon, cancre et flemmard depuis son plus jeune âge, s'était retrouvé dans sa jeunesse dépendant à l'opium et avait fui son domicile. Un an plus tôt, lors d'une fête de mariage où musiciens et saltimbanques donnaient un spectacle burlesque, nous avions soudain reconnu Abdollah dans le rôle du bouffon noir.

Doustali Khan avait recherché Abdollah le Bouffon partout en ville afin de le ramener à la soirée d'Agha Djan et de se venger, mais le sort avait voulu qu'il ne le retrouve pas et que son plan tombe à l'eau. Alors il avait décidé de lui cracher son venin oralement.

Il ingurgita un verre d'eau-de-vie et continua :

— Eh bien, c'est un bouffon réellement très drôle ! Il est bien sûr drogué, et c'est un voyou, mais il est très drôle… Dommage que je ne l'aie pas retrouvé.

— Vraiment dommage en effet ! l'interrompit M. Salar. J'adore ces bouffons noirs… Si vous savez où il est, mon chauffeur peut aller le chercher en voiture.

Asghar Diesel, qui descendait verre d'eau-de-vie après verre et était bien éméché, éclata d'un rire fracassant :

— Sur votre tête, je vous jure que moi aussi j'adore ces bouffons noirs… Si je savais où il se trouve, j'irais moi-même le chercher.

Doustali Khan se gratta l'oreille et se tourna vers Agha Djan :

— Vous ne savez pas où on peut le trouver ?… Parce que… Il me semble que… Il a un lien de parenté avec vous… Il paraît qu'il est le petit-fils de votre frangine…

Agha Djan serrait si fortement les dents qu'on les entendait grincer. Il ouvrit la bouche pour dire quelque chose mais il n'y arriva pas.

Asdollah Mirza surgit en plein milieu de cette guerre froide :

— Nous avons bien un gramophone ! Pourquoi ne mettez-vous pas un disque ?… Il y a aussi M. Ahmad Khan… Monsieur Ahmad Khan, pourquoi restez-vous les bras croisés ?… Allez, mon frère… Joue !

Et le pauvre, pour mettre fin à la querelle, se mit à bondir, à se dandiner et à fredonner :

— "Quel soir est ce soir, c'est le soir de la fête, ce soir… La mariée et son mari sont déjà sous la couette, ce soir… Félicitations, mon ami… Toutes mes félicitations, mon ami…"

L'instituteur Ahmad Khan se mit à jouer la mélodie de la fameuse chanson du mariage et à chantonner la bouche pleine.

Les cris de joie, la chanson et les claquements de doigts s'entremêlèrent et la fête repartit de plus belle, permettant à Agha Djan de ravaler sa colère.

Lorsque, à bout de souffle et couvert de sueur, Asdollah Mirza revint s'asseoir et que le calme se rétablit, Agha Djan, qui pendant ce temps avait récupéré ses forces et préparé sa riposte, remplit le verre vide d'Asghar Diesel et se tourna vers la mère de l'aspirant :

— Que Dieu ait son âme, le père de l'aspirant est en train de nous regarder de là-haut. Tout père rêve de participer aux noces de son fils.

La mère de l'aspirant, qui, encouragée par Asdollah Mirza, avait bu quelques verres d'eau-de-vie, et dont le teint pourpre témoignait malgré sa barbe d'un début d'ivresse, partit d'un rire fracassant :

— Que Dieu ait son âme !... Un jour vers la fin de sa vie, il avait eu trop chaud devant le fourneau. Alors en rentrant à la maison il a fait un malaise. On a appelé le médecin. Il m'a dit : Tu sais, mère Radjab, je n'ai qu'un rêve en ce bas monde... Marier Radjab avant ma mort... Mais ce garçon s'est tellement entêté que son regretté père s'en est allé sans avoir vu son rêve se réaliser...

— Devant le fourneau ? Mais que faisait votre regretté mari dans la vie ?

— Que Dieu ait son âme !... Vers la fin de sa vie, il était tripier... En fait quand il était plus jeune, il était cureur de *qanat**, puis...

Mère Radjab se rendit soudain compte qu'elle en avait trop dit, alors elle caressa sa barbe et, d'un air contrit, ajouta :

— Il faut m'excuser, hein... C'est la faute à ce prince qui m'a fait boire de l'alcool de vin... Je suis confuse... Ça faisait des années que je n'avais pas touché à cette saloperie...

— Je vous en prie madame, dit Agha Djan qui ne ratait pas une occasion d'en rajouter, vous voulez dire que vous êtes confuse parce que votre regretté mari était tripier ?... De nos jours, ça ne veut rien dire. Ne dit-on pas "Est plus proche de Dieu celui qui est le plus dévot !"... Le métier ne compte pas. N'est-ce pas Doustali Khan ?

Agha Djan interpellait Doustali Khan, mais en réalité il s'adressait à l'oncle Napoléon qui était pâle comme un cadavre et dont le visage crispé lui donnait un air terrifiant.

* Système d'irrigation souterrain.

Doustali Khan, qui tremblait de fureur et dont l'artère jugulaire avait enflé, jeta un regard à mon oncle. Celui-ci lui fit signe de garder son sang-froid. Après avoir porté son coup, Agha Djan s'était mis à éplucher un concombre. Asdollah Mirza voulut changer de sujet, mais Doustali Khan commença sa riposte :

— Avec vos idées d'égalité et de fraternité, pourquoi interdisez-vous à votre propre petit-neveu de mettre les pieds chez vous ? Souvenez-vous de la fois où il est venu frapper à votre porte pour vous demander de l'aide, et où vous l'avez chassé en appelant le commissariat ?

— Ce n'est pas à cause de son métier. C'est parce qu'il a renoncé à ses qualités humaines… Parce qu'il est toxicomane… Parce qu'il est opiomane… Parce qu'il me déshonore…

Fou de rage, Doustali Khan perdit le contrôle de ses nerfs et se mit à hurler :

— Votre honneur à vous est important, mais l'honneur d'une famille noble de haut rang dans ce pays n'a aucune importance…

L'oncle Napoléon essaya de l'inviter au calme, mais la colère lui fit perdre la voix. D'ailleurs, Agha Djan ne lui en laissa pas l'occasion :

— Vous voulez dire que vous mettez sur le même plan le respectable aspirant Ghiass Abadi et ce garçon opiomane ?

— Et ce type-là n'est pas un opiomane, peut-être ? s'écria Doustali Khan, qui ne se contrôlait plus.

Les invités qui avaient été les témoins stupéfaits de cet échange n'eurent pas le loisir de s'en mêler, car brusquement la mère de l'aspirant Ghiass Abadi renversa le plateau de fruits et poussa un terrible cri :

— Tu te rends compte de ce que tu dis ? Toi et ta famille ne seriez même pas dignes d'être les laquais de mon fils… Répète encore cette saloperie et je t'en foutrai une dans la gueule qui te fera avaler tes dents… Salaud de crapule ! Allez, Radjab ! Ce n'est pas notre place ici !

— Ta gueule, vieille sorcière ! s'écria Doustali Khan qui ne se contrôlait plus. Que le diable t'emporte avec ta barbe et ta moustache !

Mère Radjab bondit comme un pétard et, avant que quelqu'un puisse la retenir, flanqua une belle raclée à Doustali Khan. A son tour, Doustali Khan envoya dans le ventre de la vieille un coup de pied qui atterrit sur sa cuisse et lui arracha un cri de douleur.

— Tu vas tuer ma mère, sale crapule ! s'écria la sœur de l'aspirant avant de se jeter sur Doustali Khan.

Une bagarre inouïe se déclencha. Asghar Diesel, l'ami de la sœur de l'aspirant qui avait retenu sa rage toute la soirée, bondit sur Doustali Khan, le souleva par-derrière et se précipita vers le bassin, au milieu de la cour. Il jeta dans l'eau le corps de Doustali Khan avec une telle force que tous les invités furent aspergés de la tête aux pieds.

Il m'est impossible de décrire l'agitation, le trouble et le scandale qui s'ensuivirent.

Une demi-heure plus tard, notre maison était totalement déserte. Les tables, les chaises, la vaisselle, les fruits et les gâteaux jonchaient le sol, dans un amas indescriptible. Ma mère pleurait doucement dans son coin et Agha Djan, les mains dans le dos, allait et venait dans la cour d'un pas rapide et nerveux, s'arrêtant de temps en temps face au jardin et proférant des paroles inaudibles.

Je passai une des nuits les plus tristes et les plus noires de ma vie. Tôt le matin, je suppliai ma mère de me laisser partir chez l'un de nos proches qui habitait à l'autre bout de la ville.

J'avais besoin de m'éloigner quelque temps de ce milieu.

De retour à la maison, deux jours plus tard, ma surprise fut grande lorsque je découvris quatre rangées de fils de fer barbelés d'une hauteur d'un mètre cinquante qui tout le long du jardin séparaient notre maison de celle de l'oncle Napoléon, de sorte que même un chat, avec toute la prudence du monde, ne serait pas parvenu à le franchir.

TROISIÈME PARTIE

XX

— Bonjour, Mash Ghassem !

— Bonjour, fiston ! Tu es encore tombé du lit !... Fiston, toi qui te lèves de si bonne heure, fais la prière du matin ! Ce bas monde n'est rien, pense aussi à l'au-delà !

— D'accord Mash Ghassem !... J'ai pris la résolution de faire les cinq prières quand je serai grand, c'est-à-dire quand j'aurai fini mes études...

— La prière ne connaît pas d'âge, fiston ! Je connaissais un gars au village...

Si je le laissais commencer son récit, je n'aurais plus le temps de lui dire ce que j'avais à lui dire.

— Mash Ghassem, je peux vous demander de donner cette lettre à Leyli ?

— Des idées romantiques t'ont encore visité cette nuit ?... Ce n'est pas sans conséquence, tu sais... Donner de l'espoir à une fille en âge de se marier, sans être en mesure de tenir parole... Je voulais te dire quelque chose, mais à vrai dire je ne sais pas si...

Mash Ghassem réfléchit quelques secondes. L'expression de son visage me fit comprendre qu'il s'était passé quelque chose.

— A propos de Leyli et moi ? demandai-je d'un air excité.

— Non, non, c'est rien... Comme qui dirait...

— Je t'en prie, Mash Ghassem ! Je t'en prie, dis-le !

— Nom de Dieu !... Si je pouvais tenir ma... c'est-à-dire qu'au fait... A quoi bon mentir ? La tombe n'est qu'à quatre pas... C'est rien.

Je l'implorai. Il finit par avoir pitié de moi, ou bien il ne put surmonter sa tendance naturelle au bavardage.

— En fait, le mariage de Mlle Leyli avec M. Pouri va se faire, dit-il en hochant la tête.

— Quoi ? Mariage ? Comment ça, Mash Ghassem ? Je t'en prie, ne me cache rien ! Sur la tête de ceux que tu aimes, dis-moi tout ce que tu sais.

— Il paraît que M. Pouri est complètement guéri… dit Mash Ghassem en remontant sa toque et en se grattant le front. Je veux dire que le traitement du Dr Nasser-ol-Hokama a fait de l'effet…

— Mash Ghassem, je t'en supplie, parle franchement ! Qu'est-ce qui s'est passé ? Qu'est-ce que tu sais ?

— Ma foi, fiston, à quoi bon mentir ? La tombe n'est qu'à quatre pas… Il paraît que les électrodes que le docteur accroche aux tripes et boyaux de M. Pouri ont fait leur effet… Ils veulent maintenant le tester…

— Comment ça, ils veulent le tester ? Est-il possible de…

— Mais oui, fiston… Ils ont trouvé une femme… Mais tu dois me jurer de le garder pour toi.

— Je le jure, sur la tête de mon père !… Sur le saint Coran… Sur la tête de Leyli…

— Ce garçon, dont la virilité était hors service, a apparemment… C'est-à-dire que… Bref, ça s'est arrangé… Ils veulent lui jeter une femme dans les bras pour le tester. S'il n'est pas recalé à l'examen, ils mettront le mariage avec Mlle Leyli en route.

Je n'avais pas très bien compris, mais j'en avais le souffle coupé. Hagard et bouche bée, je regardais Mash Ghassem. J'attendais ses explications.

— Attends, fiston, je vais chercher du lait, puis je te raconte tout, lança-t-il en partant.

Mash Ghassem sortit du jardin, me laissant stupéfait et figé.

C'était un vendredi matin du printemps 1942. J'avais confié mon secret à Mash Ghassem depuis déjà un bon moment.

Plusieurs mois s'étaient écoulés depuis la réception d'Agha Djan en l'honneur de l'aspirant Ghiass Abadi et j'avais enduré une terrible détresse et beaucoup de privations.

Après la fameuse soirée qui avait fini en bagarre générale, plusieurs rangées de fils de fer barbelés s'étaient élevées entre Leyli et moi et, pendant plusieurs mois, toutes les frontières m'étaient restées infranchissables.

L'oncle Napoléon avait séparé nos maisons par des barbelés et interdit tout contact non seulement entre Leyli et moi, mais aussi entre les autres membres de sa famille et ceux de la famille d'Agha Djan.

Par ailleurs, convaincu que les Anglais ne se priveraient pas de se venger de ses proches et qu'ils leur infligeraient toutes sortes de supplices et de souffrances, il avait obligé l'oncle Colonel à embaucher une ordonnance.

L'ordonnance, un grand gaillard un peu rustre, était azéri et ne connaissait que quelques rares mots de persan. Il accompagnait Leyli à l'école le matin, et allait la rechercher à midi. Il faisait de même l'après-midi, par conséquent je n'avais aucun moyen d'approcher Leyli et de lui parler sur le chemin de l'école comme j'avais envisagé de le faire. Les rares fois où, dans l'espoir d'échanger quelques mots avec elle, je l'avais attendue sur le trajet, l'ordonnance avait retiré sa grosse ceinture de cuir et s'était rué sur moi, de sorte que, si je n'avais pas pris mes jambes à mon cou, il m'aurait sans doute écrabouillé.

Le téléphone aussi était sous contrôle strict. Après plusieurs tentatives infructueuses pour établir le contact avec Leyli, j'en étais finalement arrivé à la conclusion que la seule solution était de mettre Mash Ghassem, qui avait deviné l'histoire, dans la confidence de mon amour et de lui demander de m'aider. Il m'avait écouté avec intérêt et attention avant de baisser la tête et de dire :

— Que Dieu ait pitié de toi, fiston ! La vertu et la pudeur de Monsieur sont sans équivalent dans toute la ville. Il arracherait les entrailles de celui qui tomberait amoureux de la fille de son voisin, que dire de sa propre fille ?

— Mash Ghassem, mon oncle doit être au courant. Car il est impensable que Pouri et l'oncle Colonel ne lui aient rien dit.

— Tu es vraiment un enfant, fiston ! Le Colonel et Pouri ne sont pas fous, ils n'iraient pas dire une chose pareille à Monsieur ! Ils tiennent à leur vie !

Ce jour-là, Mash Ghassem me fit le récit des souffrances atroces que mon oncle avait infligées aux amoureux des jeunes filles de la famille. Mais mon cas était autrement plus grave et mon cœur débordait d'un tel amour pour Leyli que ces menaces ne m'impressionnaient plus. Je réussis finalement à convaincre Mash Ghassem de servir de messager entre Leyli et moi. Il accepta à condition que mes lettres ne contiennent pas de paroles inconvenantes. Cependant, chaque fois que je lui passais une lettre, il me demandait :

— Tu n'écris rien d'impudique là-dedans, fiston ?

— Je te donne ma parole, Mash Ghassem, qu'il n'y a aucun terme déplacé.

Durant une longue période, hormis cette correspondance limitée à une lettre par semaine, car Mash Ghassem refusait de faire le messager plus souvent, et les deux ou trois fois où j'avais vu Leyli par hasard, le contact entre nous fut totalement interrompu et je dus supporter un chagrin et une souffrance inouïs.

Fort heureusement, le dernier affrontement entre Agha Djan et l'oncle Napoléon ne dura pas plus de trois ou quatre mois et, grâce aux efforts incessants de la famille, la paix se rétablit. Aujourd'hui, je n'ai aucun doute quant à la raison réelle de cette réconciliation.

Dès le début du conflit, la crainte de mon oncle à l'égard des Anglais et de leur vengeance avait pris chaque jour plus d'ampleur, au point qu'il avait fini par s'enfermer dans sa chambre. Il ne se séparait plus de son revolver même pour dormir. Mash Ghassem couchait dans le couloir d'en face avec son fusil. Mon oncle avait barricadé sa fenêtre avec des barres de fer. Sur l'insistance de sa femme, qui trouvait son existence et celle de ses enfants insupportables dans ces conditions, le conseil familial, constitué de l'oncle Colonel, Asdollah Mirza, Shamsali Mirza et quelques autres, s'était plusieurs fois réuni. Asdollah Mirza m'informait du détail des conciliabules. Chacun avait tenté individuellement de raisonner l'oncle Napoléon qui avait acquis une nouvelle conviction : il faisait désormais l'objet d'un arrangement entre les Anglais et les agents de Hitler, c'est-à-dire que les premiers avaient cédé du terrain sur d'autres affaires, pour que les seconds leur laissent le champ libre dans leur vengeance contre l'oncle Napoléon. C'était aussi la raison pour laquelle Hitler avait retiré son agent secret, c'est-à-dire le cireur de chaussures, Houshang.

De sa propre initiative et sans prévenir les autres, Asdollah Mirza avait plusieurs fois téléphoné à mon oncle de la part de Hitler et, après avoir prononcé le code secret, avait tenté de le persuader que le cireur avait été retiré parce que le danger s'était dissipé et qu'il avait été chargé d'une autre mission importante. Mais l'oncle Napoléon n'avait pas voulu entendre raison et avait envoyé de fâcheux messages à Hitler et Goering. Il avait même traité Hitler d'opportuniste et de laquais des Anglais, ajoutant qu'il ne pourrait regagner sa confiance que s'il chargeait à nouveau le cireur de chaussures de sa sécurité.

Par conséquent, Asdollah Mirza se mit à rechercher tous azimuts le cireur. Après avoir mené une vaste enquête, il apprit qu'il avait fui le quartier par peur de Shirali le boucher, avec lequel il avait eu une altercation le jour même de sa disparition. Pour tout dire, le cireur avait lancé un quolibet à Tahéreh, la femme de Shirali, et celui-ci l'avait pris en flagrant délit. Il lui avait alors asséné un coup de gigot sur la tête et, bouillonnant comme un volcan, s'était précipité chez lui pour chercher sa hache. Cette offensive avait suffi pour que le cireur prenne la poudre d'escampette de toute la force de ses jeunes jambes et se sauve, sans plus jamais remettre les pieds dans le quartier.

Asdollah Mirza se donna beaucoup de mal pour obtenir de Shirali l'acquittement du cireur. Ensuite, grâce à des efforts soutenus vingt-quatre heures sur vingt-quatre, il réussit à le localiser avenue Amiryeh, assez loin de chez nous.

Après trois mois d'absence, le cireur de chaussures revint à son ancien lieu de travail, c'est-à-dire juste en face du portail de notre jardin. L'oncle Napoléon retrouva son calme pour quelques jours. Mais, une quinzaine de jours plus tard, il recommença sa rengaine : les Anglais ne lui pardonneraient jamais sa conduite !

Aujourd'hui, je peux analyser les raisons de la réconciliation de l'oncle Napoléon avec mon père. Chaque membre de la famille avançait mille arguments pour lui démontrer que les Anglais avaient passé l'éponge sur ses méfaits. Mais cette hypothèse n'avait sa place ni dans le cœur ni dans l'esprit de mon oncle. Dans cette assemblée où personne ne voulait admettre le danger qu'il courait, l'oncle Napoléon avait besoin d'une personne qui croie comme lui que les Anglais n'absoudraient jamais des actes aussi graves que le massacre de divisions et de troupes entières, et qu'ils n'auraient de cesse de faire payer celui qui leur avait valu toutes ces défaites.

Et cette personne n'était autre qu'Agha Djan.

Grâce à cette vision des choses, celui qui avait fait le premier pas sur le chemin de la paix avait été en réalité l'oncle

Napoléon lui-même. Et, bien sûr, Asdollah Mirza, dont j'avais imploré les efforts, avait joué un grand rôle.

Par conséquent, après quelque quatre mois de conflit, ils se réconcilièrent : une partie des barbelés fut enlevée et je réussis à revoir Leyli. Cependant, pas avec la liberté d'antan, car cette fois Pouri nous guettait avec assiduité.

Pouri m'avait menacé de montrer à mon oncle la lettre d'amour que j'avais écrite à Leyli et qu'il détenait toujours si jamais il me voyait rôder autour d'elle. Pour gagner sa confiance, avec le concours de Leyli, je faisais comme si tout était fini entre elle et moi et qu'elle n'occupait plus mes pensées. Heureusement, Pouri n'avait encore entamé aucune démarche pour le mariage. Ce n'était évidemment pas pour épargner ma susceptibilité. Je l'appris plus tard : à cause du choc émotionnel que, lors de l'offensive des Alliés, des coups de feu lui avaient infligé et aussi à cause du complexe d'infériorité que la perte d'une partie de ses organes génitaux avait provoqué, il avait perdu la forme nécessaire pour se marier et se soignait en toute discrétion chez le Dr Nasser-ol-Hokama.

Le retour de Mash Ghassem interrompit le cours de mes pensées :

— Attends fiston, je porte ce bidon de lait à la cuisine et je reviens.

Mash Ghassem réapparut au jardin et, alors qu'il retroussait les jambes de son pantalon et se préparait à arroser les fleurs, il dit :

— N'oublie pas fiston, tu m'as juré que ça resterait entre nous !

— Mash Ghassem, je suis prêt à le jurer encore cent fois. Je vous donne ma parole d'honneur que, même si on me met en pièces, je ne dirai pas que c'est vous qui me l'avez dit. Pourquoi vous ne parlez pas ? Je meurs d'impatience. Qu'est-ce qui s'est passé ? Qu'est-ce que c'est que cette histoire de test ?

— Ma foi, fiston, à quoi bon mentir ? La tombe n'est qu'à quatre pas… D'après ce que j'ai entendu de mes propres oreilles…

Mash Ghassem jeta un coup d'œil autour de lui et baissa la voix :

— Hier, le Colonel est venu voir Monsieur… Ils sont allés dans sa chambre et ont fermé la porte. Mon oreille est tombée par hasard sur le trou de la serrure et j'ai entendu ce qu'ils disaient. Ils parlaient de M. Pouri…

— Que disaient-ils, Mash Ghassem ?

— Ma foi, à quoi bon mentir ? La tombe n'est qu'à quatre pas… Tu sais que, depuis qu'on a enlevé l'un des deux adjoints de sa virilité, Pouri n'est plus en forme. On dirait que sa virilité a perdu la pêche, qu'elle manque de souffle. Le Dr Nasser-ol-Hokama lui fait un traitement à l'électricité…

— Je suis au courant, Mash Ghassem !

— Pas possible ! Comment tu le sais ?

— Le fils du docteur me l'a confié… Un jour sur deux, Pouri se rend chez le docteur pour se faire poser des électrodes.

— Punaise ! Et moi qui croyais que personne à part le Colonel, Monsieur et moi n'était au courant. Bref, le docteur essaie de lui faire comprendre qu'il est guéri, mais le bonhomme ne veut pas le croire. On dirait qu'il a perdu courage… Alors le docteur a dit au Colonel que la solution était de lui faire faire, sauf ton respect, un de ces mariages provisoires pour tester sa virilité. Mais M. Pouri a répondu qu'il n'épouserait personne d'autre que Mlle Leyli.

Je le dévisageai bouche bée.

— Alors le Colonel a eu une idée… continua-t-il. Ils ont conclu un accord avec Akhtar, la sœur de Ghiass Abadi, pour qu'elle teste Pouri contre une bonne somme d'argent.

— Quoi ? Avec la sœur de l'aspirant Ghiass Abadi ? Comment est-ce possible ? Ces choses-là ne sont-elles pas… ?

— Eh si, fiston ! Cette garce n'a pas refusé non plus…

— Et qu'a dit mon oncle ?

— Eh bien, au début Monsieur hésitait, mais il a fini par accepter…

— Et l'aspirant Ghiass Abadi ? Il est au courant lui aussi ?

— Ma foi, à quoi bon mentir ? La tombe n'est qu'à quatre pas… Depuis que Mme Ghamar a accouché, et comme, par la volonté divine, l'enfant ressemble à la sœur de l'aspirant, mon compatriote ne reconnaît ni Dieu ni diable… Il ne veut plus entendre parler de rien : ni humanité, ni vertu… Tu as vu comment il a chassé le pauvre Doustali Khan et Mme Aziz de la maison ?… Alors s'il est question d'empocher de l'argent, il avalera la couleuvre !

— Et quand est-ce qu'ils veulent faire le test ?

— Ma foi, à quoi bon mentir ? La tombe n'est qu'à quatre pas… Ils l'ont dit tout bas, je n'ai pas bien entendu… On dirait bien que ce sera aujourd'hui ou demain, le Colonel et madame doivent sortir pour laisser Pouri seul à la maison… Ils vont trouver une excuse pour ne pas l'emmener avec eux… Car il ne faut pas qu'il soit au courant… A ce moment-là, Akhtar trouvera un prétexte pour y aller et lui faire son affaire.

— Mash Ghassem, d'après vous… C'est-à-dire, vous croyez que l'examen… Vous croyez que ça va marcher ?

— Ma foi, fiston, cette garce est capable de tout… Que Dieu me pardonne, elle peut même faire durcir, sauf son respect, sauf son respect, sauf son respect, feu le Grand Monsieur dans sa tombe… Moi-même, si je l'avais laissée faire, que Dieu me pardonne, elle m'aurait poussé au péché…

— Mash Ghassem, et si on la surveillait pour l'empêcher de rester seule avec Pouri ? lançai-je sans réfléchir.

— Eh bien, la fois d'après elle échappera à ta surveillance et ira le retrouver… Trouve autre chose… Il ne faut pas qu'on sache que tu es au courant… A part Monsieur, le Colonel et cette salope d'Akhtar personne n'est au courant… Monsieur me mettrait une balle dans la tête, si le bruit se répandait… Monsieur dit que si Lézanglé apprenaient l'existence d'une telle affaire, ils le déshonoreraient dans toute la ville… Et c'est vrai ! Lézanglé en sont capables !

— Je ne sais pas quoi faire, Mash Ghassem ! Il faut trouver une solution. Mais promets-moi de me tenir au courant si jamais tu apprends quand ils comptent passer à l'acte.

— Ne t'inquiète pas, je te préviendrai… Mais tu n'entreprends pas quelque chose qui me mettrait en difficulté… Moi non plus je n'ai pas envie que ça se fasse… L'honneur d'une fille de Ghiass Abad est comme mon propre honneur… Dans tout le pays, il n'y a pas un endroit où les gens vénèrent autant qu'à Ghiass Abad leur honneur.

Il me fit à nouveau jurer de garder ce secret pour moi et de ne rien entreprendre qui le compromettrait. Il insista surtout sur le risque d'intervention des Anglais.

Déconcerté et confus, je retournai dans ma chambre. Je réfléchis un long moment sans aboutir à une solution. Ou plutôt, les solutions que je trouvais se heurtaient toutes à des obstacles.

Désespéré, je pris le chemin de la maison d'Asdollah Mirza. Je savais qu'il était en voyage. Arrivé devant chez lui, ce fut comme si on m'avait ouvert les portes du paradis, car j'entendis le son de son gramophone.

— Dieu soit loué, vous êtes là, tonton Asdollah ! Quand est-ce que vous êtes rentré ?

— Hier soir, mon garçon... Que se passe-t-il encore ? Pourquoi tu es si pâle ? L'oncle Napoléon et Agha Djan se sont chamaillés ou le général Wavell a attaqué la maison de ton oncle ?

— Pire encore, tonton Asdollah... Vraiment pire !

Asdollah Mirza souleva l'aiguille du phonographe et arrêta le disque.

— *Moment ! Moment !*... Laisse-moi deviner ! Vous avez fait un tour avec Leyli à San Francisco... Et tu as mis un cadeau dans la valise de Leyli !

— Ne plaisantez pas, tonton Asdollah ! L'affaire est beaucoup plus grave !

— Zut ! Va au diable, bonhomme ! Alors ça ne concerne pas du tout San Francisco ? Los Angeles est juste derrière. Là-bas aussi c'est pas mal.

— Non, tonton Asdollah ! Mais vous devez jurer que ce que je vais vous dire restera entre nous.

— *Moment !* Alors ça n'a rien avoir ni de près ni de loin avec San Francisco ?

— Si, ça a un rapport, dis-je impatient. Mais ça concerne Pouri.

— Que le diable t'emporte ! Tu as traîné jusqu'à ce que Pouri emmène Leyli à San Francisco ?

— Non, non et non... Vous ne m'écoutez pas. Pouri voudrait en emmener une autre à San Francisco...

— Et qu'est-ce que ça peut te foutre ! Tu veux fermer les portes de tous les San Francisco de la ville ? Tu veux faire de San Francisco une ville interdite ?

Asdollah Mirza avait un tel entrain qu'il était impossible de lui parler.

— Mais écoutez-moi une seconde ! m'écriai-je avec impatience.

— Entendu, entendu, je suis tout ouïe... La parole est à toi !

Après l'avoir conjuré au nom de tous les ancêtres, tous les prophètes et tous les saints du paradis, de garder le secret, je lui racontai l'histoire. Il fut pris d'un tel fou rire qu'il dégringola du lit et se roula par terre. Lorsque son hilarité se calma, il essuya ses larmes et, d'une voix encore saccadée, dit :

— Pour ainsi dire, afin de tester le résultat de son traitement, le docteur a prescrit un détour par San Francisco... Quel formidable docteur ! J'ai toujours su que Nasser-ol-Hokama était un génie ! J'aurais voulu être son patient ! Bien que, si c'était moi, j'eusse acheté le médicament dans une autre pharmacie !

— Parce que vous l'avez déjà consommé, ce médicament-là ? ricanai-je malgré ma mauvaise humeur.

— Pas du tout, Dieu m'est témoin que je n'ai pas touché à Akhtar, la sœur de l'aspirant.

Il jura avec une telle ardeur que je fus certain qu'il mentait.

— D'après vous que dois-je faire maintenant ? demandai-je après un bref silence. S'il réussit son examen, la semaine prochaine ils iront demander la main de Leyli et la suivante auront lieu les noces... Je dois à tout prix faire en sorte qu'il rate l'examen...

— *Moment !*... Comment tu sais qu'il va réussir ? Un cancre comme lui...

— Tonton Asdollah, il paraît qu'Akhtar est très...

— C'est vrai, m'interrompit-il. C'est une très bonne examinatrice. Personne ne rate son examen avec elle... Que le diable m'emporte ! Pourquoi n'ai-je pas pensé à te faire passer l'examin. Tu es nul en géographie. Tu ne connais ni San Francisco, ni Los Angeles !

— Tonton Asdollah ! Ne plaisantez pas, s'il vous plaît ! Je me suis tourné vers vous pour que vous trouviez une solution.

— Qu'à cela ne tienne ! Tu lui as mis un coup de pied, tu lui as... comment disait Mash Ghassem, tu as esquinté l'un des deux adjoints de sa virilité... Tu n'as qu'à lui flanquer un second coup de pied pour bousiller le second adjoint. Alors, il deviendra Son Excellence Pouri l'Eunuque... Et tu seras peinard pour le restant de tes jours !

— Tonton Asdollah !

— Mais demain un autre prétendant pourrait se présenter... Et après-demain, un troisième... Alors tu serais obligé de tout laisser tomber et, du matin au soir, tu passerais ton temps à envoyer des coups de pied dans la virilité des gens !

— Tonton Asdollah, j'ai pensé à Asghar Diesel, le copain d'Akhtar...

— Bravo, bravo ! Monsieur a des idées de génie ! Il ne manquerait plus que cet ivrogne invétéré surprenne sa maîtresse pour que ça se termine en bain de sang… Il y a plus simple : tu prends Leyli par la main et tu la conduis sur le lieu de l'examen…

— Je ne peux pas faire ça, car j'ai donné ma parole de ne pas dévoiler ma source… Et puis, comment pourrais-je laisser Leyli…

— Tu as bien tenu parole !

— Je ne vous ai pas dit qui était ma source !

— Tu crois que je n'ai pas deviné… C'est cousu de fil blanc !

— Vous pensez à qui, tonton Asdollah ?

Asdollah Mirza ouvrit les quatre doigts de sa main droite et dit :

— A quoi bon mentir ? La tombe n'est qu'à quatre pas !

— Non, tonton Asdollah ! Je vous jure que Mash Ghassem ignore tout de cette affaire.

— Bon, bon, très bien… Ce n'est pas la peine de jurer ! A mon avis, il faut soit le dire à Leyli et causer un scandale, soit inviter Asghar Diesel et verser le sang de l'élève et celui de l'examinatrice à la fois… Ou encore, à partir de maintenant, tu guettes du matin au soir Pouri et Akhtar, et, dès qu'ils font mine de démarrer l'examen, tu te mets à hurler à tue-tête.

Nous discutâmes encore un long moment. Il proposait, tantôt sérieusement, tantôt en rigolant, diverses solutions à l'affaire. Nous arrivâmes à la conclusion que, même si on se débarrassait d'Akhtar, ils feraient appel à une autre. Finalement Asdollah Mirza alluma une cigarette et dit :

— A mon avis, tu dois laisser l'examen avoir lieu. Puis tu fais un tel tapage que l'élève en perdra à nouveau l'envie pour un certain temps… Alors tu feras tourner le générateur électrique du Dr Nasser-ol-Hokama pendant encore six mois, et après Dieu est grand… Peut-être que, entre-temps, les Anglais auront supprimé ton oncle, ou pourquoi pas Pouri lui-même afin de se venger de ton oncle et de tous les supplices qu'il leur a fait subir.

J'eus soudain une idée.

— J'ai trouvé, tonton Asdollah ! m'écriai-je triomphant. Si je connais l'heure de l'examen, je tire un coup de feu pour faire peur à Pouri… Vous savez, le Dr Nasser-ol-Hokama a dit à l'oncle Napoléon que le problème de Pouri n'était pas uniquement dû à mon coup de pied. Le choc émotionnel qu'il a subi lors de l'offensive des Alliés a joué un rôle aussi… C'est-à-dire que les coups de feu lui ont filé la trouille.

— Mais prends garde à ce que le pétard ne lui crève pas les yeux… Tu l'as déréglé en dessous de la ceinture, fais gaffe à ne pas le dérégler au-dessus… A l'avenir, la nation aura besoin de ce grand génie. Surtout qu'il est maintenant agent des impôts.

— N'ayez crainte… Je sais ce que j'ai à faire.

— Mais je t'en supplie, pas d'imprudence. Lorsque ton espion anonyme te préviendra que la date de l'examen approche, tiens-moi au courant…

— Entendu, tonton Asdollah !

— Mais n'offense pas l'examinatrice, s'il te plaît… ajouta Asdollah Mirza d'un ton railleur. J'aimerais lui demander de te faire passer un examen final pour apprendre au grand gaillard que tu es que San Francisco est un merveilleux endroit avec un superbe climat et que Los Angeles est encore mieux.

— Au revoir, tonton Asdollah !

— Au revoir, empêcheur de San Francisco !

— Vous permettez ?… Avec votre permission !… Bonjour.

La porte de la classe s'ouvrit en grand et Mash Ghassem entra. Hagards, tous les regards y compris le mien, le quittèrent pour se tourner vers le professeur.

Notre professeur d'algèbre était très strict et sévère. Même le surveillant général n'était pas autorisé à entrer dans la classe pendant son cours. Le visage crispé, il fixa l'intrus à travers ses épaisses lunettes à la monture noire. Les élèves, qui le craignaient tous comme le diable, étaient effrayés. On devine ma stupeur dans ces circonstances.

Mash Ghassem jeta un regard aux élèves et se tourna à nouveau vers le professeur :

— Je vous ai dit bonjour… Les anciens disaient que dire bonjour est nécessaire, mais y répondre est obligatoire. Une cinquantaine d'érudits sont réunis dans cette pièce… En arrivant, je leur dis bonjour, il n'y en a pas un pour me le rendre.

— A qui ai-je l'honneur ? demanda le professeur d'une voix sourde.

— Votre serviteur, Mash Ghassem… Je vous salue, monsieur…

— Qui vous a autorisé à entrer en plein milieu du cours ?

— Ma foi, à quoi bon mentir ? La tombe n'est qu'à quatre pas… J'ai demandé votre permission. Vous n'avez pas dit non. Alors je suis entré. Et puis j'ai dit bonjour, mais vous n'avez pas daigné me répondre.

— Bonjour à vous… dit le professeur d'une voix sensiblement énervée. Qui êtes-vous à la fin ? Qu'est-ce que vous êtes venu faire ici ?

Mash Ghassem pointa son doigt vers moi qui, transi de peur, étais assis dans la deuxième rangée.

— Je suis le valet de l'oncle maternel de ce jeune homme… dit-il. Son père a fait un malaise, on m'a envoyé le chercher…

En prononçant ces mots, Mash Ghassem me fit un clin d'œil qui n'échappa pas aux élèves, mais que le professeur ne vit heureusement pas.

Les traits du visage du sévère professeur se décrispèrent et il me fit signe de me lever.

— Ton père est souffrant ?

— Mon père… C'est-à-dire… Non monsieur… C'est-à-dire…

— Alors comment se fait-il qu'il soit subitement tombé malade ? demanda-t-il à Mash Ghassem.

— Ma foi, monsieur, je ne sais pas non plus… Je veux dire que l'infortuné était tout simplement assis, en train de fumer son narguilé… Tout d'un coup, comme qui dirait quelque chose lui a fait lever le cœur… Il s'est tortillé, a poussé un cri et s'est roulé par terre…

Mash Ghassem me fit à nouveau un imprudent clin d'œil que le professeur n'aperçut pas cette fois-ci non plus.

— Bon d'accord, tu peux rentrer chez toi… Et vous, monsieur, la prochaine fois, ne foncez pas dans ma classe tête baissée.

Je me dépêchai de ramasser mes affaires, mais alors que je me dirigeais, le cartable à la main, vers la sortie le professeur m'interpella :

— Voyons voir… Mercredi dernier aussi la mère d'un élève a soudain fait un malaise et on est venu le chercher… Peut-être que c'est une ruse parce que tu ne connais pas ta leçon ?… Va au tableau pour voir !

Mash Ghassem voulut protester, mais je lui fis signe de se taire. Le professeur me donna un problème à résoudre. Mais ma tête ne fonctionnait plus. J'étais persuadé que Mash Ghassem était venu m'informer d'un nouveau rebondissement concernant l'examen de Pouri. Puisque je l'avais moi-même supplié de venir me chercher à l'école en prétextant un événement inattendu si jamais quelque chose arrivait en mon absence.

Inutile de préciser que je fus incapable de résoudre le problème.

— J'avais deviné juste, s'écria le professeur… Petit crétin, écris la formule tout en haut : $(a + b)^2 = a^2 + b^2 + 2ab$… Maintenant, résous ton équation !

— Excusez-moi, monsieur… Je… C'est-à-dire que je suis perturbé… Je m'inquiète pour mon père… Je n'arrive pas à réfléchir.

— Pardi ! Approche-toi un peu… Approche… Encore un peu… Je vais te dégager les méninges…

Transi de peur, je m'approchai de lui. Il me colla une gifle qui me fit siffler les oreilles. Je portai la main à ma joue et baissai la tête, mais soudain Mash Ghassem s'avança.

— Pourquoi frappez-vous ce garçon, monsieur ? s'écria-t-il. Si demain votre père tourne de l'œil, vous n'oublierez pas votre leçon ?

— Ça ne vous regarde pas ! Sortez d'ici !

— Comment ça, ça ne me regarde pas ? Je dois savoir si c'est une classe ici ou si c'est la boucherie de Shirali. Qu'est-ce que vous attendez alors ? Allez chercher votre hache tant que vous y êtes… Comme Shirali…

J'eus envie de crier pour faire taire Mash Ghassem, mais aucun son ne sortit de ma bouche.

Blanc de rage, le professeur, dont le menton frissonnait, s'écria :

— Que quelqu'un aille chercher Hadj Esmaïl pour qu'il vire ce type.

— J'y vais moi-même, ne vous inquiétez pas, rétorqua Mash Ghassem furieux. Je ne vais pas rester ici… Dieu merci, je ne suis pas allé à l'école pour apprendre ces mauvaises manières. Que Dieu ait son âme, je connaissais un gars à Ghiass Abad…

Le cri du professeur fit trembler les vitres :

— Dehors !

J'attrapai la main de Mash Ghassem et le tirai de toutes mes forces vers la sortie.

Quelques secondes plus tard, ayant embarqué Mash Ghassem sur mon vélo, je pédalais dans la direction de la maison.

— Mash Ghassem, tu m'as mis dans un sale pétrin. Le professeur va m'en faire voir de toutes les couleurs maintenant !... Allez, raconte vite, qu'est-ce qui se passe ?

— C'est à cause de professeurs dans ce genre-là que ces petits voyous d'écoliers traînent et se chamaillent dans la rue à longueur de journée.

— Dis-moi ce qui se passe, Mash Ghassem !

— Ma foi, fiston... Après le déjeuner, j'ai aperçu le Colonel à côté de la maison, en train de bavarder avec Akhtar... Une heure plus tard, lorsque j'ai vu le Colonel et sa femme sortir, alors que, auparavant, ils s'étaient débarrassés des domestiques, je me suis dit qu'il se passait quelque chose... Il y a une demi-heure j'ai vu cette garce, maquillée et pomponnée... Je me suis dit qu'il se passait quelque chose aujourd'hui... Sans tarder, j'ai couru te chercher... Je suis venu parce que je te l'avais promis... Mais sur la tête de ton père... Sur la tête de Mlle Leyli, ne va pas faire quelque chose qui me mettrait dans le pétrin...

— Parole d'honneur, Mash Ghassem !... Quoi qu'il arrive, il est exclu que je dise que tu m'as dit le moindre mot...

— Mais, fiston, ne lui donne pas de coups de pied ! Car sinon cette tribu ne te lâchera pas tant qu'elle n'aura pas versé ton sang.

— Non, rassure-toi. Je te donne ma parole que je ne toucherai même pas Pouri... Mais, Mash Ghassem, pourquoi ont-ils décidé de le faire à ce moment de la journée... ?

— Parce que la maison est calme... Les enfants sont à l'école... Les fonctionnaires au travail...

— Pouri aussi est fonctionnaire.

— Ma foi, je ne sais pas pourquoi aujourd'hui le Colonel ne l'a pas laissé aller travailler... C'est ce qui m'a mis la puce à l'oreille !

Fort heureusement, la distance qui séparait l'école de la maison était courte et nous arrivâmes rapidement. A force de pédaler, j'étais à bout de souffle. Je fis descendre Mash Ghassem au coin de la rue.

— Mash Ghassem, je dois d'abord savoir si Akhtar est bien allée chez l'oncle Colonel ou pas.

— Dis-moi ce que tu veux faire, fiston !… Je suis très inquiet.

— Je te promets, Mash Ghassem, de ne pas faire de mal à Pouri. Mais si je vois que l'affaire est sérieusement engagée, je ferai du tapage pour qu'il ne puisse attenter à la pudeur.

— Bravo, fiston !… Que Dieu te protège ! Je suis content de voir que tu aimes la pudeur… Il n'y a rien ici-bas qui soit plus précieux que la vertu et la pudeur… Je connaissais un gars au village…

— Tu me raconteras plus tard, Mash Ghassem… Maintenant va aux nouvelles… De mon côté, je vais faire un saut sur le toit, pour voir ce qui se passe dans la maison de l'oncle Colonel !

XXI

Lorsque je rentrai à la maison, Agha Djan et ma mère s'apprêtaient à sortir.

— Pourquoi tu rentres si tôt ?

— Notre professeur était malade aujourd'hui. On n'a pas eu cours. Où allez-vous ?

— Mme Farokh Lagha est souffrante, dit ma mère. Nous allons prendre de ses nouvelles. Tu peux venir si tu veux.

— Non, j'ai beaucoup de devoirs.

— J'ai mis du raisin au frais. Prends-en, si ça te dit !

Mon père et ma mère sortirent et c'était une heureuse coïncidence. De la fenêtre de ma chambre, je pouvais grimper sur le toit de la salle de bain, enjamber le rebord étroit du toit et atteindre un endroit d'où j'avais tout loisir d'observer la cour de la maison de l'oncle Colonel.

Contrairement à mon attente, Akhtar n'y était pas. Pouri se baignait dans le bassin, une serviette nouée autour de la taille. Je retournai dans ma chambre.

La veille, l'un de mes camarades de classe m'avait donné quatre pétards, chacun gros comme une noix. Je ne savais pas comment ils étaient fabriqués, mais je savais que, pour les faire exploser, il fallait les lancer contre le sol. Pour obtenir une plus grosse détonation, je les emballai tous les quatre dans le même torchon et les ficelai avec du fil à coudre. Puis je sortis faire un tour au jardin.

J'entendis la voix de Mash Ghassem qui me hélait de derrière les arbres.

— Fiston, je suis venu te prévenir. J'étais à l'instant même au portail, à côté du cireur de chaussures, et je surveillais d'un œil la porte du haut. Akhtar, maquillée et pomponnée sous son tchador à fleurs, s'est glissée dans le jardin… Je l'ai suivie et j'ai vu qu'elle est allée chez le Colonel…

— Merci, Mash Ghassem… Merci…

Je voulus retourner dans ma chambre, mais Mash Ghassem me saisit par le bras.

— Sois prudent, fiston ! Si le Colonel te prend sur le fait, il fera couler ton sang.

— Je serai prudent, Mash Ghassem. J'ai un service à te demander. Va chez Asdollah Mirza et essaie de le faire venir. Comme ça, si jamais il se passe quelque chose, il veillera sur moi.

— Je ne crois pas qu'il soit rentré.

— Quand il sera rentré.

A peine avais-je prononcé cette phrase, que je me précipitai dans ma chambre. Je mis les pétards dans ma poche et je repris le chemin de ma cachette.

Akhtar portait une robe décolletée de couleur verte. Son tchador blanc à petites fleurs avait glissé sur ses épaules. Elle était assise sur une chaise au milieu du jardinet en fleurs. Pouri était vêtu de son pyjama à rayures, qui rendait sa silhouette et son visage chevalin encore plus longs que d'habitude. Le ton de la conversation était pour l'instant officiel.

— Je vous serai très reconnaissante, monsieur Pouri, si vous me rendez ce service !

— Et l'année dernière ? demanda Pouri en zozotant. L'année dernière aussi on lui avait réclamé le même montant d'impôt ?

— Mais non. L'année dernière, il connaissait quelqu'un qui lui a tout arrangé. Il a payé beaucoup moins.

— Bon, demain ou après-demain, venez me voir au bureau, je verrai ce que je peux faire. Il faut qu'on examine son dossier.

Akhtar prit des deux mains le tchador sur ses épaules et se mit à s'éventer :

— C'est vraiment incroyable cette chaleur !

Il était clair qu'elle voulait attirer l'attention de Pouri sur ses bras nus et sa poitrine plantureuse. Mais Pouri n'y prêta pas attention et dit :

— Vous souhaitez peut-être un verre de sirop de griotte bien frais ?

— J'avais envie d'une bière ou d'un verre de vin bien frais… Un de ces vieux vins de votre père que nous avons goûtés l'autre fois.

— A vrai dire, mon père conserve son vin à la cave et la ferme à clé.

— Parce qu'il craint que vous n'en laissiez pas une goutte ?

— Non, je ne bois jamais d'alcool.

— C'est ça, et vous voulez que je vous croie ! ricana Akhtar... Quand vous donnez rendez-vous aux filles, dans les cafés, vous ne commandez pas une glace tout de même ?

Le visage chevalin de Pouri rougit. Il rit timidement et baissa la tête :

— Je ne fais jamais ce genre de choses !

— Ça va, c'est bon, arrête de mentir ! Un jeune homme grand et beau comme toi ne ferait pas ce genre de choses ? Même si tu n'en avais pas envie, les femmes ne te laisseraient pas tranquille !

— Je vous en prie !

— Va jeter un coup d'œil, peut-être qu'il reste du vin de ton père quelque part.

Pouri se leva et, se dirigeant vers l'intérieur, répondit :

— Je sais qu'il n'y en a pas.

Dès qu'il disparut, Akhtar ouvrit le bouton de son décolleté. Mash Ghassem avait raison. C'était une femme vraiment désirable. Même perché sur le mur, dans la position inconfortable qui était la mienne, je sentis ma bouche s'assécher. Je me rappelai ce qu'avait dit Asdollah Mirza et je me réjouis à l'idée que ce n'était pas à moi de passer l'examen. J'essayai de me ressaisir et de chasser ces idées de mon esprit. J'avais la main dans la poche, et je jouais avec les pétards, qui étaient gros comme une mandarine. Je n'avais aucune idée du moment où je devais les lancer. La voix de Pouri retentit :

— C'est vraiment bizarre, il y avait justement une bouteille sur la table !

— Je le savais ! dit Akhtar en riant. Pourquoi ne viens-tu pas par ici ?

— Je cherche le tire-bouchon... Le voilà !

Pouri revint auprès d'Akhtar avec un petit plateau portant un verre et une bouteille de vin.

— De grâce ! Pourquoi un seul verre ?

— Je vous ai dit que je ne buvais pas !

Akhtar servit le vin, le dégusta et dit :

— Hmmm ! Quel délice !... Comment peux-tu ne pas en boire ?... Trempe tes lèvres juste pour goûter.

— Je ne peux pas… En fait, une fois j'ai essayé… Ça ne me réussit pas… Ça me donne mal à la tête.

— Fais-le pour moi ! Pour Akhtar !

Et elle appuya le verre contre les lèvres de Pouri :

— Encore une gorgée !… Pour ta petite Akhtar !

Elle fit avaler à Pouri presque tout le verre et s'écria soudain :

— Oh ! Diable ! Ça a souillé ma robe…

Et elle souleva sa jupe de manière à dévoiler complètement ses cuisses blanches et charnues. Pouri éclata de rire :

— Je vous avais bien dit de ne pas insister ! Voilà, Dieu vous a punie !

Ce garçon était si niais et idiot que, mis à part nos problèmes personnels, j'avais envie de lui faire exploser les pétards sur la tête. Il sortit un mouchoir de la poche de son pyjama, le trempa dans l'eau du bassin et le tendit à Akhtar :

— Tenez, essuyez-vous !

— C'est du crêpe Georgette. C'est très délicat. Je le tiens et c'est toi qui vas l'essuyer.

Akhtar tenait les deux pans de sa robe de sorte qu'une grande partie de ses jambes était dénudée. D'autre part, la tête de cheval de Pouri était presque collée à ses seins. Je devinais facilement quelle ébullition il devait subir en son for intérieur.

Et Akhtar continuait à attiser le feu.

— Et si je racontais que M. Pouri a taché ma robe, minauda-t-elle, je ne mentirais pas.

Pouri éclata d'un rire répugnant qui ne ressemblait pas à son rire habituel.

— Heureusement que mon père n'est pas là, dit-il, sinon il y aurait un vrai scandale !

— Si ton père était là, je ne serais pas restée ici toute seule avec toi, beau gosse… Oh là là ! Ces moustiques ! Ils m'ont piquée derrière le genou… Zut ! Ça enfle !… Touche pour voir comment ça a enflé !

Akhtar prit la main de Pouri et la posa derrière son genou dénudé.

— Vous n'avez pas d'eau de Cologne à la maison ? demanda-t-elle aussitôt.

— Si, attendez, je vais en chercher.

Pouri se dirigea vers l'intérieur de la maison. Akhtar le suivit. Je les perdis de vue, mais je les entendais parler dans la chambre du rez-de-jardin, dont la porte était ouverte.

— Ouf ouf ! Qu'est-ce que ça brûle ! Mets-en encore un peu mais n'en profite pas… Dis-moi, et tu disais que tu ne donnais pas rendez-vous aux femmes ?

— Ah ! Arrêtez… Mon papa et ma maman pourraient arriver.

— Non, ils ne viendront pas de sitôt. J'ai croisé le colonel à l'entrée, il m'a dit qu'ils ne rentreraient pas avant ce soir.

— Et si notre valet…

— Tais-toi chéri… Personne ne viendra.

Le silence soudain de Pouri et la suite incompréhensible de ses paroles prononcées la bouche pleine me firent comprendre qu'Akhtar avait usé de ses prérogatives pour lui fermer la bouche. Ciel, devais-je lancer les pétards ou pas ?… J'aurais voulu qu'Asdollah Mirza soit là pour me donner l'ordre de faire feu !… Le grincement des ressorts du lit prouvait qu'ils s'y étaient tombés tous les deux. Un, deux, trois… Je lançai de toutes mes forces les pétards vers le point le plus proche de l'entrée de la chambre…

Le bruit de la déflagration dépassa les limites de mon attente et de mon imagination. Ce n'était pas juste un bruit de pétard. C'était comme si un gigantesque rocher avait atterri au milieu d'un dépôt de verre. Les éclats de verre qui explosèrent m'effrayèrent tant que je perdis l'équilibre et mon pied glissa sur une brique, mais je ne tombai pas, car j'eus le réflexe de m'accrocher au rebord du toit. Fort heureusement, je m'étais retourné vers le mur pour lancer les pétards, sinon, ce jour-là, je me serais cassé au moins les deux jambes. Je restai suspendu quelques secondes par les mains, avant de réussir à caler mes pieds. Cependant, la distance qui me séparait du sol était presque de deux mètres.

Le cri d'Akhtar s'était mêlé au bruit étrange qu'émettait la bouche de Pouri.

— Monsieur Pouri… Monsieur Pouri… Comment vous sentez-vous ? C'était quoi ? Que le diable m'emporte ! Parlez, pour l'amour du ciel !

— Non… Je n'ai rrrr… rrrr…. rien ! balbutia Pouri d'une voix saccadée et tremblante sans desserrer la mâchoire. Ce brrr… bruit… balles… explosion…

— Je me sauve ! s'écria Akhtar.

Et elle enfila son tchador et courut vers la sortie. Plusieurs personnes se mirent à marteler la porte et des clameurs s'élevèrent. Mais Pouri n'avait apparemment pas la force de se ressaisir, puisque sa voix était toujours aussi étranglée et saccadée :

— J'arrr… rrr… rrr… ivvvve !

J'étais dans une mauvaise position. Mes pieds n'avaient pas d'appui solide et mes mains ne pouvaient plus supporter le poids de mon corps, mais, avant qu'elles lâchent, une brique se détacha et me fit chuter. Je sentis une forte douleur, mais je réussis à me relever. Avant de penser à m'enfuir, j'aperçus la longue silhouette de Pouri, qui sortait de la chambre. Il était pâle comme un cadavre.

En me voyant, il recula, peut-être de peur ou de colère. Il retrouva à peu près la faculté de parler et se mit à hurler :

— Alors, c'était toi !… Ce bruit… Ce bruit, c'était toi ?

— Non, non, Pouri, sur la tête d'Agha Djan… Sur la tête de mon oncle, ce n'était pas moi !

Mais mon affolement et ma précipitation suffirent pour qu'il ne croie pas à mes dénégations. Je profitai de son hésitation pour jeter un œil à l'endroit où j'avais fait exploser les pétards. Apparemment, ils avaient atterri au milieu d'une grosse bonbonne de verre à col large qui se trouvait par hasard dans un coin de la cour et l'avaient pulvérisée. Le fond conique de celle-ci était encore sur place tandis que des débris de verre tapissaient le sol. Au milieu des clameurs qui provenaient de l'extérieur, Pouri se jeta sur moi et se mit à me frapper. En l'espace d'une seconde, l'instinct de conservation prit le pas sur ma volonté et je faillis lui donner un coup de pied dans les jambes. Mais la promesse que j'avais faite à Asdollah Mirza et à Mash Ghassem de ne pas lui faire de mal m'immobilisa. La pression extérieure sur la porte de la cour était si forte que la clenche finit par céder. L'oncle Colonel entra suivi de plusieurs de nos proches.

Le hurlement de mon oncle couvrit les autres voix :

— Qu'est-ce qui se passe, Pouri ?… Quel était ce bruit ?

— Ce bâtard a lancé une grenade dans la maison.

Je me débattais pour me défendre :

— Sur la tête d'Agha Djan… Sur votre tête à vous mon oncle, ce n'est pas moi…

L'oncle Colonel me libéra des griffes de Pouri et se mit à m'étrangler à sa place :

— Avoue, misérable petit bâtard !

— Sur votre tête... Sur la tête d'Agha Djan... Moi aussi j'ai entendu le bruit... Je suis monté sur le toit pour voir... et j'ai glissé...

Je surveillais désespérément la porte d'entrée. J'espérais voir arriver Mash Ghassem ou Asdollah Mirza à ma rescousse, mais il ne se passait rien.

— Je vais t'attacher les jambes et les flageller jusqu'à ce que tes ongles en tombent, ensuite je te jetterai en prison... Pouri, passe-moi un bâton !

Pouri se dépêcha d'arracher une branche d'arbre et de la mettre dans la main de son père. Je continuais à me débattre pour lui échapper. Avant que je reçoive le premier coup de bâton sur la tête, une voix s'éleva du côté de la porte :

— Arrêtez-moi ça !

Tout le monde s'immobilisa, mais moi je fus pétrifié de stupeur. L'oncle Napoléon était apparu sur le pas de la porte. Au milieu des plis de sa cape, je reconnus l'éclat métallique du revolver qu'il tenait à la main. Fort heureusement, il y avait à ses côtés le visage serein de Mash Ghassem qui portait à l'épaule le fusil à double canon.

L'oncle Colonel et Pouri voulurent dire quelque chose, mais le cri de l'oncle Napoléon les fit taire :

— Vous êtes devenus fous ? Dans une situation aussi périlleuse, au lieu de consolider nos positions défensives, vous vous acharnez sur cet enfant !...

— Mon oncle, cette canaille de mauvaise graine a bombardé la maison... Il a lancé une grenade... Il voulait me tuer !

— Silence ! Votre bêtise dépasse les limites ! Vous avez tellement perdu de temps que le véritable auteur de l'attentat est déjà arrivé chez lui !

Pendant ce temps, le fusil en bandoulière, Mash Ghassem avançait et reculait dans la cour afin d'examiner le mur du fond, qui se trouvait derrière la maison de l'oncle Colonel et donnait sur une ruelle étroite.

— Que Dieu leur crève les yeux !... Ces salauds se sont sauvés en prenant cette rue-là, ou encore le ballon dirigeable...

Toutes les têtes se tournèrent vers lui. Comme s'il parlait tout seul, il continua à haute voix :

— Comme qui dirait que j'ai aussi entendu le bruit d'un ballon… Que le diable les emporte, ces Lézanglé !

Soudain, tout le monde se mit à s'exclamer et protester, surtout l'oncle Colonel et Pouri :

— Encore les Anglais ? Les bêtises de Mash Ghassem recommencent…

L'oncle Napoléon demeura un instant sans voix. Il lui était insupportable que l'on attribue l'affaire des Anglais à quelqu'un d'autre. Il explosa comme un volcan :

— Oui, les Anglais… Les Anglais… Vous croyez que la haine des Anglais pour moi, c'est de la rigolade… Que je suis fou ?… Que toutes ces histoires sont des fables ?… Que je raconte des mensonges ?… J'en ai assez de vous… Nuit et jour, je me donne un mal fou pour vous protéger des Anglais… Je joue avec ma vie, mon honneur, ma réputation… Vous voulez une meilleure raison ? Il ne vous suffit pas de les voir nous bombarder de tous les côtés : la rue, le ciel ou je ne sais où ? Comment vous le faire comprendre, bande de crétins ? Dieu, envoie-moi la mort pour me délivrer de cette famille !

L'oncle Napoléon avait une mine effrayante. Il frissonnait de tout son corps. Il porta la main à son front et s'appuya contre le mur puis se laissa glisser lentement sur le sol. Ses yeux se fermèrent et son revolver tomba à terre.

Mash Ghassem courut auprès de lui.

— Hé nondguieu ! Vous avez tué Monsieur, s'écria-t-il peut-être avant tout pour les empêcher de me malmener. Avec une telle famille, pourquoi Lézanglé se donneraient-ils du mal ?

— Je suis convaincu que c'est un coup de ce bâtard, dit Pouri. Je le prouverai !

Mash Ghassem, qui était en train de masser les épaules de l'oncle Napoléon, se leva brusquement, pointa le canon de son fusil vers Pouri et s'écria :

— Vous avez tué Monsieur… Je vais vous tuer tous !… Dieu, pardonne mes péchés, mais je n'ai pas le choix !… Faites votre prière !

Pouri, l'oncle Colonel et les autres pâlirent à vue d'œil.

— Mash… Mash… Mash Ghassem… Cher Mash Ghassem… Ne perds pas… la tête ! balbutièrent-ils en reculant pas à pas sans quitter des yeux le canon de son fusil.

J'éprouvais une certaine angoisse, même si je savais que Mash Ghassem ignorait que, pour faire partir la balle, il fallait appuyer sur la détente, et que j'étais quasi certain que le fusil n'était même pas chargé. A ce moment-là, une voix retentit à la porte :

— *Moment, moment, moment, momentissimo !*

Haussant les sourcils d'étonnement, Asdollah Mirza entra.

— Faites quelque chose, tonton Asdollah !... gémit Pouri. Mash Ghassem veut tous nous tuer.

— Bravo Mash Ghassem ! s'esclaffa Asdollah Mirza. Je ne savais pas que tu étais aussi chasseur d'animaux domestiques !

— Ils ont tué mon maître et je vais le venger ! l'interrompit Mash Ghassem. Une balle à chacun et la dernière sera pour moi !

Asdollah Mirza compta rapidement tout le monde :

— Un, deux, trois, quatre, cinq, six, sept, avec moi huit... Mash Ghassem, combien de balles tu as dans ton fusil pour vouloir les tuer tous et te garder en plus la dernière... Bon, trêve de plaisanteries ! Dis-moi ce qui se passe. Qui a voulu tuer ton maître ?

— Ma foi, à quoi bon mentir ? La tombe n'est qu'à quatre pas... tonna Mash Ghassem. Ils ont tué mon maître !

— Pardonne-leur !... Que dis-tu ? Ils ont tué Monsieur ? Où est-il, Monsieur ?... Qu'est-ce qu'il a, Monsieur ?

Il aperçut soudain le corps inanimé de l'oncle Napoléon et courut auprès de lui :

— Au lieu d'aller chercher le docteur et des médicaments, tu ne penses qu'à te venger... Que se passe-t-il ?... Monsieur ! Monsieur ! Comment vous sentez-vous ?

Asdollah Mirza s'assit par terre et se mit à masser les épaules de l'oncle Napoléon. Mash Ghassem remit son fusil en bandoulière et se précipita pour l'aider.

— Que s'est-il passé ?... demanda Asdollah Mirza inquiet. Mash Ghassem, approche ce petit tapis pour qu'on y allonge Monsieur... Hé garçon, file chez le voisin chercher un flacon d'ammoniaque... Vas-y, grouille-toi !

L'émotion d'Asdollah Mirza fit son effet sur les autres et chacun se mit à s'affairer et s'agiter dans tous les sens.

— Personne ne peut m'expliquer ce qui s'est passé ?... s'écria Asdollah Mirza en continuant à masser mon oncle. Pourquoi Monsieur s'est-il évanoui ?

— Tout est la faute de ce bâtard… zozota Pouri en pointant son long doigt vers moi. Il a lancé une bombe dans notre maison… Il voulait me tuer…

— *Moment !* La bombe a touché Monsieur ?

— Non, mais elle a fait un bruit incroyable… Les vitres se sont brisées, mais je n'ai rien eu.

— Et Monsieur est tombé dans les pommes à cause du bruit ?

— Non, mon oncle est arrivé après, répondit Pouri en hochant sa tête oblongue. Je lui ai dit que c'était ce bâtard qui avait balancé la bombe, et mon oncle a dit non, ce sont les Anglais.

— Ce garçon ou les Anglais, ça ne sert à rien de s'évanouir. Peut-être…

— Parce qu'il était très en colère, l'interrompit Pouri.

— Il n'est pas improbable d'ailleurs qu'il s'agisse des Anglais, avança Asdollah Mirza en tapotant doucement la joue de mon oncle. Pourquoi veux-tu que ce pauvre innocent détienne une bombe ?

— Tonton Asdollah, ne vous fiez pas à son apparence innocente. C'est un redoutable voyou. C'est bien lui qui l'année dernière…

Pouri se tut, car il venait soudain de réaliser qu'il en avait trop dit et que l'évocation du coup de pied de l'année précédente n'était pas à son avantage.

— Croyez-moi, tonton Asdollah ! intervins-je profitant de l'occasion. Je ne suis même pas au courant. Vous n'avez qu'à demander à Mlle Akhtar qui était là.

Asdollah Mirza haussa à nouveau les sourcils :

— *Moment, moment*, que vient faire Mlle Akhtar là-dedans ?

— Ma foi, à quoi bon mentir ? intervint Mash Ghassem. Moi non plus, je n'ai pas compris ce que cette femme-là faisait ici. Quand la bombe a explosé, je l'ai vue sortir de la maison et rentrer rapidement chez elle…

— Akhtar, la sœur de l'aspirant, était venue pour que Pouri aide l'un de ses proches auquel les impôts réclament de l'argent, l'interrompit l'oncle Colonel.

— Si j'étais vous, je ne la laisserais pas seule avec M. Pouri… dit Mash Ghassem en hochant la tête. Elle saute sur ce genre d'occasions pour débaucher les jeunes hommes.

J'en profitai pour ajouter :

— Surtout que, si Asghar Diesel apprenait qu'Akhtar est venue chez Pouri, il lui mettrait les tripes à l'air et le découperait en mille morceaux.

L'affolement de l'oncle Colonel et de Pouri était flagrant.

— Ne dis plus jamais ça, fiston, fit l'oncle Colonel en me donnant une petite tape sur l'épaule. Si jamais ce voyou l'entendait, il pourrait penser que...

On apporta le flacon d'ammoniaque. Asdollah Mirza l'ouvrit et le mit sous le nez de l'oncle Napoléon. Au même moment, Leyli arriva. Lorsqu'elle vit son père dans cet état, elle fondit en larmes :

— Papa... Cher papa... Papa...

Ses yeux larmoyants et ses cris faillirent me faire pleurer. Heureusement, mon oncle entrouvrit les yeux. La voix d'Asdollah Mirza retentit :

— Je l'avais bien dit !... Dieu soit loué ! Ce n'était rien de grave... Juste un coup de chaleur... Monsieur, Monsieur... Comment vous sentez-vous ?

Pendant quelques secondes, l'oncle Napoléon jeta des regards hagards autour de lui avant de se rappeler ce qu'il s'était passé. Il tourna la tête du côté où les débris de verre étaient dispersés et, soudain, il écarquilla les yeux et hurla :

— N'y touche pas, imbécile !... Qui t'a dit de balayer ?... Retirez le balai à cet idiot !

Le domestique qui s'apprêtait à ramasser les débris de verre se figea. Je me précipitai pour lui ôter le balai. En me penchant, je ramassai un morceau de tissu cramoisi qui restait du pétard et le cachai dans ma main.

— Envoyez chercher l'aspirant Ghiass Abadi, ordonna l'oncle Napoléon en se redressant péniblement.

Des traces d'angoisse réapparurent sur le visage de l'oncle Colonel et de son fils.

— Frangin, pourquoi déranger l'aspirant, demanda-t-il avec empressement. Vous ne prenez pas les bêtises de ces gens-là... C'est-à-dire qu'en fait nous sommes maintenant convaincus que cet enfant est innocent...

— Je veux solliciter l'avis de l'aspirant en tant que professionnel, l'interrompit l'oncle Napoléon.

— Pourquoi l'aspirant ?... Je pourrais mieux que lui...

— Ne dis pas de bêtises ! le coupa à nouveau mon oncle. Tu as travaillé toute ta vie dans la section financière. Tu n'as aucune notion de ces choses-là.

Mash Ghassem profita de la faiblesse de mon oncle pour poursuivre son raisonnement :

— Après tout, Monsieur sait mieux que vous tous... Monsieur et moi, nous avons grandi au milieu des canons, des fusils et de la poudre. Quel bon vieux temps ! Lézanglé euxmêmes, quand ils avaient un pépin qui bouchait le canon de leurs chars, envoyaient chercher Monsieur... Quelle belle époque, ma parole !... Comme si c'était hier... Je me souviens, à la bataille de Mamasani, nous avions un artilleur qui, si on lui disait de viser l'est, sauf votre respect, visait l'ouest. Il avait gâché presque toutes les munitions, il ne restait qu'un seul obus de mortier... Monsieur, que Dieu le protège, a sauté comme un lion derrière le char... et s'est mis à viser luimême... Soudain, tout le campement de Lézanglé avec drapeaux, bannières et étendards est parti en fumée... Nous nous sommes approchés et nous avons vu que l'obus avait atterri en plein milieu de la table du déjeuner de Lézanglé... Leurs bols de pot-au-feu et le plat de riz étaient pulvérisés...

— Tu dépasses les limites de la bêtise, Mash Ghassem, gronda l'oncle Colonel d'une voix étranglée de colère.

— Vous insinuez que Monsieur ne sait pas tirer au canon ?... s'écria Mash Ghassem, fort du soutien de son maître. Vous voulez dire que Monsieur n'est rien ?... Que le combat de Monsieur contre Lézanglé n'est que mensonge ?...

— Est-ce que j'ai dit une chose pareille ?... balbutia l'oncle Colonel. Je voulais juste dire que ce n'était pas le moment...

Heureusement, la querelle n'eut pas le temps de se poursuivre, car l'aspirant Ghiass Abadi arriva, son enfant dans les bras, suivi de Ghamar.

L'aspirant ne ressemblait plus au misérable agent qu'il était un an auparavant. Même s'il continuait plus ou moins à consommer de l'opium, il avait meilleure mine et meilleure allure. Il portait un costume rayé bleu marine, et le col amidonné de sa chemise blanche était éclatant de propreté. Il avait masqué sa calvitie en tirant ses longues mèches de cheveux de ses tempes vers son crâne. Ghamar aussi avait embelli. Elle avait légèrement maigri et un éclat de joie et de bonheur brillait dans ses yeux.

— Monsieur, Monsieur… dit Asdollah Mirza en secouant l'oncle Napoléon. L'aspirant est arrivé. Ouvrez les yeux.

— Monsieur l'aspirant, souffla mon oncle d'une voix faible en ouvrant les yeux, aujourd'hui, une explosion s'est produite dans cette maison… Peut-être même que la détonation s'est fait entendre jusque chez vous… J'aimerais que vous examiniez les lieux en tant que professionnel pour m'indiquer de quel type d'explosif il s'agissait.

— C'est étrange que je n'aie rien entendu… En même temps notre maison n'est pas tout près d'ici et je faisais un somme…

— Que le diable les emporte avec leurs yeux bigleux… s'exclama Mash Ghassem. Que Dieu nous protège de Lézanglé !…

Comme s'il cherchait à suggérer une piste à l'aspirant. Mais celui-ci contesta vivement :

— Silence !… Je ne m'en occuperai que si personne ne se mêle de mes affaires… Ghamar chérie, prends Ali.

L'aspirant passa l'enfant à Ghamar, sortit une loupe de sa poche et se mit à examiner les débris de verre. Le fils de Ghamar était un très joli bébé. Malgré les efforts que déployait toute la famille pour témoigner de mille façons qu'il ressemblait, notamment grâce à son visage rond, à la sœur de l'aspirant, sa ressemblance avec Doustali Khan restait frappante.

Doustali Khan était absent ce jour-là. Deux ou trois mois après le mariage de Ghamar avec l'aspirant Ghiass Abadi, l'infortuné Doustali Khan avait supplié ce dernier de respecter sa promesse et de divorcer, mais Ghamar était si éprise de son mari que rien au monde n'aurait pu les séparer, surtout que l'aspirant Ghiass Abadi avait découvert le montant de l'héritage de Ghamar et refusait de laisser échapper un tel pactole.

Même s'il avait été grassement payé pour tenir sa parole, à la dernière minute, Ghamar avait fait scandale et le plan avait échoué. La malheureuse s'était profondément éprise de l'aspirant. Touché par la grande affection de Ghamar, celui-ci avait commencé à s'attacher à elle à son tour. Par ailleurs, la présence de la mère et de la sœur de l'aspirant avait poussé Doustali Khan et Aziz-ol-Saltaneh à quitter leur maison pour emménager dans une autre qu'ils possédaient à proximité. Cependant, Aziz-ol-Saltaneh avait conservé des relations normales avec sa fille et son gendre, mais Doustali Khan éprouvait une haine farouche à l'égard de l'aspirant et de sa famille. Surtout que l'aspirant, qui au début avait feint d'être infirme et impotent, s'était en fait avéré au meilleur de sa forme. Non seulement Ghamar avait l'air comblée, mais certaines femmes du voisinage, qui d'habitude faisaient partie de l'écurie de Doustali Khan, paraissaient elles aussi satisfaites des performances de l'aspirant. On entendait même dire de-ci de-là que l'aspirant avait de bonnes relations avec Tahéreh, la femme de Shirali.

L'apirant s'arrêta subitement et leva la tête :

— Voyons voir !... Qui a entendu la déflagration le premier ?

— Quel rapport avec l'affaire ? grommela l'oncle Colonel tel un ours blessé, assis silencieusement sur les marches.

— Je demande : qui était le plus proche du lieu de l'explosion et a entendu le bruit le premier ?

— Ma foi, à quoi bon mentir ? La tombe n'est qu'à quatre pas... répondit Mash Ghassem en nous montrant du doigt Pouri et moi. Je n'ai pas vu de mes propres yeux, mais j'ai entendu... On dirait que ces deux jeunes gens ont entendu avant moi...

L'aspirant se retourna vers Pouri :

— Quel bruit avez-vous entendu ? Ça ressemblait à un bruit de pétard ou c'était différent ?

— Ça ressemblait à un bruit de pétard mais...

— Pas du tout ! l'interrompis-je. Ça ne ressemblait pas du tout à un bruit de pétard. On aurait dit une bombe...

L'aspirant courut vers moi :

— D'où est-ce que tu reconnais le bruit d'une bombe ?... Réponds ! Allez, vite, dépêchons, et que ça saute !

— Dans les films que l'on montre au cinéma sur la guerre... Vous savez, les actualités...

— Il raconte des bêtises ! contesta vivement Pouri. Ça n'avait rien à voir avec le bruit de...

Je ne le laissai pas finir sa phrase :

— Mais non, il ment ! Vous n'avez qu'à demander à l'autre, là, celle qui était là... L'autre quoi...

— A qui ? Réponds ! Allez, vite, et que ça saute !

Pouri remarqua mon allusion et, pour me faire taire, s'empressa d'ajouter :

— En effet, ça ressemblait un peu à une bombe... Boum ! Boum !...

Mais l'aspirant ne me lâcha pas :

— Allez, parle ! A qui dois-je demander, tu disais ? A qui ? Allez, vite, dépêche-toi, et que ça saute !

— A Mash Ghassem… dis-je, contraint de me rétracter. Lui aussi était dans les parages…

— Jusqu'à quand cette mascarade va-t-elle durer, Monsieur ? s'écria l'oncle Colonel. Laissez-nous nous occuper de nos affaires !

— Silence ! s'écria l'aspirant imitant son ex-chef, le lieutenant Teymour Khan. Pendant l'enquête, personne ne parle !… C'est-à-dire tant que je ne vous ai pas interrogés… Mash Ghassem ! Réponds ! Quel type de bruit as-tu entendu ?

— Ma foi, à quoi bon mentir ? La tombe n'est qu'à quatre pas… répondit Mash Ghassem en haussant les sourcils. Ce que j'ai entendu de mes oreilles ressemblait à un bruit de… Comme qui dirait un mélange de canon, de fusil et de bombe… Quelque chose à mi-chemin entre le bruit d'un fusil, celui d'une bombe et le rugissement d'une panthère… Avec pardessus tout un bruit de ballon dirigeable, comme qui dirait…

— *Moment*, l'interrompit Asdollah Mirza en ricanant. N'y avait-il pas aussi un brin de musique modale interprétée au *kamantcheh** ?

L'aspirant lui jeta un regard furibond. Mais la sympathie et l'affection que la conduite amicale d'Asdollah Mirza suscitait chez lui l'empêchèrent de crier.

— Votre Excellence, vous permettez que je mène mon enquête ? protesta-t-il tendrement.

Puis il se pencha de nouveau et se mit à examiner le sol à la loupe.

— C'est très clair… dit-il en appuyant chaque mot. Cette bombe est du type de celles que l'on appelle grenade…

— De quelle fabrication ? demanda vivement l'oncle Napoléon, les yeux écarquillés et le dos à moitié redressé.

— Ma foi… hésita l'aspirant se grattant la tête. C'est-à-dire que… Soit elle est de fabrication belge, soit anglaise… Autrefois, les Anglais en avaient d'énormes réserves.

L'oncle Napoléon se laissa tomber à nouveau sur le coussin que l'on avait mis sous sa tête.

— Vous voyez ?… dit-il. Vous comprenez maintenant ? Vous qui êtes persuadés que je ne sais rien, vous avez encore des doutes ? Vous hésitez encore ? La haine des Anglais pour moi

* Vieille tradionnelle iranienne.

est-elle toujours une fable ?… Comme disait Napoléon, il n'y a d'infinie que la bêtise humaine.

L'oncle Napoléon haussait de plus en plus la voix.

— Cher papa, ne vous énervez pas, ce n'est pas bon pour vous… s'écria Leyli d'une voix vibrante. Sur ma tête, ne vous énervez pas !

Mais mon oncle était déchaîné.

— Je le dis, je le crie, je le hurle, mais personne ne veut y prêter attention. Personne ne veut voir la réalité en face, personne ne m'écoute…

Le hurlement de mon oncle faisait trembler les vitres. Il écumait de rage :

— Mais… Mais… Les Anglais ne pourront pas m'avoir !… Je les écraserai… Je les brûlerai… Qu'ils lancent des bombes, qu'ils lancent des grenades… Ah ah !

Les yeux de mon oncle se refermèrent et, après quelques convulsions, il s'évanouit à nouveau.

Tout le monde s'affola et se mit à s'agiter dans tous les sens. Des voix s'élevèrent de toutes parts. Le cri d'Asdollah Mirza couvrit les autres :

— Quoi ? Qu'est-ce qu'il y a ? Vous voulez tuer le vieillard ?… Mash Ghassem cours chercher Nasser-ol-Hokama…

— J'avais dit : Laissez-moi les tuer… dit Mash Ghassem en courant vers la porte. Ce sont les pires ennemis de Monsieur…

Quelques minutes s'écoulèrent au milieu des clameurs de l'assistance et les sanglots de Leyli, avant que le Dr Nasser-ol-Hokama arrive, la sacoche à la main :

— Portez-vous bien… Portez-vous bien… Que se passe-t-il ?…

Il ausculta mon oncle pendant quelques minutes. Tout le monde attendait son verdict en silence.

— Portez-vous bien, finit-il par dire en levant la tête. Le cœur est irrégulier. Il faut l'emmener tout de suite à l'hôpital…

— Dans son état, ce n'est pas dangereux de le transporter ?

— C'est moins dangereux de le transporter que de rester les bras croisés et ne rien faire. Je vais lui faire une injection, ensuite nous l'emmènerons… Allez chercher une voiture.

Deux personnes partirent à la recherche d'une voiture. Le docteur entreprit de stériliser sa seringue. Leyli pleurait toujours. La femme de mon oncle qui venait à peine d'arriver se frappait la tête et la poitrine.

Asdollah Mirza s'approcha de moi qui, accablé par un fort sentiment de culpabilité, me tenais à l'écart des autres.

— Va au diable, mon garçon ! dit-il tout bas. Regarde-moi quel scandale tu nous as fait, juste parce que tu n'es pas foutu de partir faire un petit tour à San Francisco !

— Comment pouvais-je deviner, tonton Asdollah, que...

— Débrouille-toi pour trouver une caisse de grenades... chuchota-t-il, un sourire en coin. Car, dans trois mois, notre pur-sang se remettra de ses émotions, et tu devras à nouveau lui balancer une grenade... Trois mois plus tard, encore une autre et petit à petit tu augmenteras la dose et lui en balanceras trois ou quatre à la fois...

— Tonton Asdollah, j'ai fermement décidé de... dis-je en baissant la tête.

— Décider de partir à San Francisco ? Bien, très bien, hourra... Tu ne pouvais pas prendre cette décision deux jours plus tôt et ne pas ficher ce vieil homme dans cet état ?

— Non, tonton Asdollah, je...

— Tu veux dire qu'il y a deux jours les préparatifs de ton voyage n'étaient pas prêts, mais maintenant ils le sont ? Que Dieu soit loué, c'est mieux que rien !...

— Non, non, non, ne plaisantez pas ! Ma décision n'est pas celle-là. Ce n'est pas San Francisco...

— Los Angeles ?

Je faillis pousser un cri. J'eus beaucoup de mal à me retenir.

— J'ai décidé de me tuer, dis-je d'une voix sourde.

— Bien, très bien, très bonne décision ! sourit Asdollah Mirza après m'avoir jeté un regard. A la bonne heure... Ça sera pour quand, *inch'Allah* ?

— Je suis sérieux, tonton Asdollah.

— *Moment, moment !* Alors tu choisis la solution la plus facile !... L'être humain est toujours à la recherche de la solution la plus facile... Pour certains descendre au cimetière de l'imam Abdollah est donc plus simple que d'aller à San Francisco... Bon, à chacun sa nature... On n'y peut rien, comme dirait Sardar, quand la nature de quelqu'un est *very* en berne *hai*, le voyage à San Francisco ne peut se faire... Mais le voyage au cimetière de l'imam Abdollah, ça oui...

— Tonton Asdollah, vous avez en face de vous une personne bien résolue. Ne vous moquez pas.

— Bon, dis-moi, tu as choisi la manière ?

— Pas encore, mais je trouverai bien quelque chose.

— Ce soir, viens me voir chez moi, je te trouverai un moyen qui t'épargnera les complications et la souffrance.

Puis il ajouta d'un air morne et sérieux :

— Paix à ton âme ! Tu étais un bon garçon ! Fais graver comme épitaphe sur ta tombe : "O vous les belles qui habitez sur terre... O vous qui plus tard viendrez à naître... Sachez que, ici, c'est moi qui gis... Moi qui de ma vie San Francisco ne vis... Peut-être que dans l'au-delà on s'arrangera pour t'offrir un voyage à San Francisco !...

Au même moment, la voix du Dr Nasser-ol-Hokama s'éleva :

— Plus tôt la voiture arrivera, plus tôt on le transportera... Cette injection va lui faire du bien, mais il faut agir plus efficacement.

Quelques instants plus tard, on annonça l'arrivée d'une voiture de location devant le portail. Sur l'ordre du docteur, on prépara un lit de camp et on installa prudemment mon oncle dessus. Mash Ghassem et deux autres domestiques soulevèrent le lit.

L'oncle Napoléon fut ainsi transporté jusqu'au portail du jardin. Lorsqu'ils reposèrent le lit par terre, pour soulever son corps et l'installer à bord de l'automobile, il ouvrit soudain les yeux. Hagard, il regarda autour de lui et, d'une voix faible, demanda :

— Où suis-je ?... Qu'est-ce qu'il se passe ?... Où m'emmenez-vous ?

— Frangin, vous avez fait un malaise, répondit l'oncle Colonel approchant sa tête de la sienne. Le docteur a conseillé de vous emmener à l'hôpital.

— L'hôpital ? M'emmener à l'hôpital ?

— Portez-vous bien !... Portez-vous bien ! Ce n'est rien de bien grave, mais il se peut qu'on ait besoin de matériel dont on ne dispose pas ici... Vous aurez peut-être besoin d'oxygène...

L'oncle Napoléon resta muet une seconde, puis il se mit à hurler :

— Je refuse d'aller à l'hôpital ! Qui vous a autorisés à m'emmener à l'hôpital ? Vous voulez jeter une pauvre brebis dans la gueule du loup ?... Vous voulez me livrer aux Anglais ?

La voix de mon oncle et celles des autres s'entremêlèrent. De l'avis général, il fallait emmener mon oncle à l'hôpital contre son gré, quitte à recourir à la force. Au milieu de cette agitation, arrivèrent soudain Agha Djan et ma mère.

— Nom de Dieu ! Que se passe-t-il, frangin ? s'écria ma mère.

Des voix s'élevèrent à nouveau pour leur expliquer l'affaire. Dès qu'il aperçut Agha Djan, l'oncle Napoléon, qui était toujours allongé sur le lit, s'écria :

— Aide-moi, mon frère !... Ces imbéciles veulent me tuer. Dans cette ville où les Anglais me guettent comme des loups, ils veulent m'emmener à l'hôpital.

— Pas question ! dit Agha Djan d'un air ferme. Avec la présence des Anglais en ville, il n'est pas prudent d'emmener Monsieur à l'hôpital. Faites venir le médecin à la maison.

— Portez-vous bien ! dit le Dr Nasser-ol-Hokama, mais il se peut qu'on ait besoin de matériel médical, dont on ne dispose pas ici.

— Faites venir le matériel nécessaire à la maison, je prends tout en charge, continua Agha Djan d'un ton toujours aussi ferme.

Le regard de l'oncle Napoléon débordait d'une reconnaissance infinie. Ses paupières se refermèrent paisiblement.

XXII

— Bonjour.

— Bonjour Leyli, comment vas-tu ?

— Viens, viens par là. J'ai à te parler.

Leyli parlait à toute vitesse. Son visage était pâle et ses yeux noirs imprégnés d'angoisse.

Je me dépêchai de la suivre. Nous arrivâmes sous la tonnelle d'églantines.

— Dis-moi Leyli, qu'est-ce qu'il se passe ? Mon oncle ne va... ?

— Tu as un message de Mash Ghassem.

— De Mash Ghassem ?

— Oui ! Papa, que Dieu me pardonne, a l'air de perdre la raison... Ce matin, le fusil au poing, il s'est mis à poursuivre Mash Ghassem. Il voulait le tuer, le pauvre...

— Le tuer ? demandai-je les yeux écarquillés. Pourquoi ? Qu'est-ce qu'il a fait Mash Ghassem ?

— Il pense qu'il est l'espion des Anglais !

Je faillis éclater de rire, mais le visage tourmenté de Leyli me coupa le souffle :

— Comment ?... Mash Ghassem l'espion des Anglais ?... Tu plaisantes ?

— Non, c'est très sérieux... Il l'a poursuivi le fusil au poing... Si le pauvre n'avait pas fui, il l'aurait peut-être tué.

— Que se passe-t-il maintenant ?

— Mash Ghassem s'est enfui par peur de papa... Il s'est enfermé dans la cuisine et n'ose pas en sortir... De derrière la porte, il m'a priée discrètement de te prévenir pour que tu demandes à ton père ou à Asdollah Mirza de venir à son secours...

— Et toi, tu n'as rien fait ?

— Je voulais dire quelque chose, mais papa a crié si fort sur moi que j'ai eu peur… Le fusil à la main, il fait les cent pas dans la cour et marmonne des paroles incompréhensibles.

— Très bien. Va le surveiller… Je cours prévenir les autres.

C'était un vendredi matin. Agha Djan était sorti avant que nous nous réveillions. Je me mis vite en route pour la maison d'Asdollah Mirza.

Deux semaines s'étaient écoulées depuis le jour où j'avais fait exploser les pétards dans la maison de l'oncle Colonel. L'oncle Napoléon était resté alité pendant quelques jours. Un cardiologue et un neurologue le veillaient à domicile. Le cardiologue était intimement convaincu que la maladie de mon oncle était due à une défaillance cardiaque, tandis que le neurologue prétendait que le cardiologue ne comprenait rien et que le problème provenait du système nerveux. Une semaine plus tard, les calmants et les analgésiques avaient fait leur effet et l'état de mon oncle commença à s'améliorer, mais, hormis Agha Djan et parfois Asdollah Mirza, il ne recevait personne. Lorsque les autres membres de la famille venaient le voir, il faisait semblant de dormir.

En général, tant qu'il était encore sous sédatifs, il restait calme, mais, sinon, il se mettait à crier et à geindre. Il voyait des laquais anglais partout.

Je compatissais pour mon oncle, mais j'étais plus inquiet encore pour Leyli. Car, chaque fois que je la voyais, ses yeux étaient pleins de larmes. Leyli adulait son père et son tourment me faisait oublier mes propres soucis.

Asdollah Mirza dormait encore et sa vieille bonne ne voulait pas me laisser entrer. Je dus longuement la supplier et insister avant qu'elle ne cède.

Lorsque Asdollah Mirza entendit ma voix, il s'écria de la chambre à coucher :

— Assieds-toi une seconde au salon, j'arrive.

— Ouvrez, tonton Asdollah ! C'est urgent !

— *Moment !* Je ne suis pas présentable… Attends que…

— Ce n'est pas grave ! l'interrompis-je. Une vie humaine est en jeu ! Ouvrez cette porte !

— Attends-moi au salon, je te dis !… Le temps que tu vérifies le matériel de suicide, j'arrive.

Asdollah Mirza faisait allusion à ce que je lui avais dit quelques jours plus tôt… Je n'avais plus qu'à obéir. Surtout que son chuchotement m'avait donné à comprendre qu'il n'était pas seul. Je me mis à l'attendre au salon. A ce moment-là, j'étais si préoccupé par Leyli que j'avais complètement oublié que j'avais parlé de suicide à Asdollah Mirza.

Quelques minutes plus tard, il arrivait au salon dans sa robe de chambre de soie rouge. Il ne me laissa pas le temps de dire quoi que ce soit :

— A la bonne heure, j'espère que c'est pour aujourd'hui !… En fait, tu as raison ! Si on ne va pas à San Francisco, on n'a rien à faire dans ce bas monde. Plus tôt on en est délivré, mieux c'est !

— Non, tonton Asdollah ! Leyli est très inquiète… Je ne peux pas penser à…

— Bien sûr ! Cette enfant a des attentes. Un tour à San Francisco, un détour par Los Angeles !… Elle en a marre de cette ville…

— Tonton Asdollah, il s'agit de Mash Ghassem. Pauvre Mash Ghassem…

— *Moment ! Moment !* Mash Ghassem à San Francisco ?… Même ce natif de Ghiass Abad est plus malin que…

— Mais non ! Mon oncle veut tuer Mash Ghassem.

— Il l'accuse de San Francisco ?

— Non, il l'accuse d'espionnage pour les Anglais !

Asdollah Mirza éclata de rire :

— Il a dû trouver dans sa poche le télégramme que Churchill avait envoyé de Londres à Ghiass Abad.

— Je ne sais pas ce qui se passe, mais ce matin mon oncle s'est soudain mis à le poursuivre le fusil à la main. Il s'est réfugié dans la cuisine où il s'est enfermé. A travers la porte, il a supplié Leyli de m'envoyer vous prévenir, Agha Djan et vous… Mon oncle monte la garde dans la cour, le fusil au poing.

— Bon, vas-y ! J'arrive dans une heure !

— Tonton Asdollah, laissez-moi vous attendre pour qu'on y aille ensemble. Agha Djan n'est pas à la maison. Le temps presse !

— Mais je ne peux pas… dit Asdollah Mirza en se grattant la tête. Il faudrait que… C'est-à-dire que l'architecte doit passer voir le toit de la cuisine qui est en train de s'effondrer…

— Tonton Asdollah, dites à "l'architecte" de ne pas bouger et d'attendre votre retour. C'est une question de vie ou de mort.

Une petite voix féminine s'éleva soudain du côté de la chambre à coucher :

— Assi… Assi… Où es-tu passé ?

— Tonton Asdollah, je crois que "l'architecte" vous appelle… Et d'ailleurs, je crois reconnaître sa voix…

— Ne dis pas de bêtises ! s'écria Asdollah Mirza en me poussant vers la porte du salon. Cette architecte n'est pas de cette ville… Va m'attendre dans la cour, le temps que je m'habille.

Il ne tenait visiblement pas à ce que j'entende à nouveau la voix de "l'architecte". Je faisais les cent pas dans la cour, lorsque Asdollah Mirza arriva et nous prîmes ensemble le chemin de ma maison.

— Au fait, que devient notre pur-sang arabe ? Tes pétards ont été efficaces ou pas ?

— Je ne sais pas, tonton Asdollah ! Je sais juste qu'il consulte à nouveau régulièrement le Dr Nasser-ol-Hokama.

— Tant que c'est Nasser-ol-Hokama qui le soigne, tu peux être tranquille au sujet de Leyli. Car ça fait quarante ans qu'il se soigne lui-même, sans aucun résultat… Ses deux premières femmes l'ont quitté… Sans les services de Doustali le Couillon, son actuelle femme serait partie elle aussi.

— Mais, tonton Asdollah, le docteur a eu un enfant avec sa femme actuelle.

— *Moment ! Moment !* Ce n'est pas lui qui a accouché du bébé, non ?

Lorsque nous arrivâmes devant le portail du jardin, j'aperçus Leyli qui nous guettait de l'intérieur.

— Attends un peu, me dit Asdollah Mirza. J'entre en premier. Tu me suivras… Pour qu'on ne soupçonne pas la raison de notre visite.

Asdollah Mirza entra dans la cour intérieure de la maison de mon oncle. Leyli et moi attendîmes quelques secondes sur le pas de la porte. L'oncle Napoléon avait sa cape sur les épaules et son fusil à la main.

Asdollah Mirza fit une entrée fracassante et joyeuse :

— Tiens, tiens ! A la bonne heure, vous partez à la chasse ? De quel côté vous allez ?

L'oncle Napoléon se retourna et dévisagea fixement le nouveau venu pendant quelques instants. Asdollah Mirza prit un air sérieux :

— Cela dit… J'avais oublié que la chasse n'était pas encore ouverte !

Mon oncle plissa les yeux.

— Au contraire, la chasse est bel et bien ouverte... dit-il d'une voix méconnaissable. La chasse aux espions et laquais des Anglais.

Asdollah Mirza affecta un air surpris :

— C'est moi que vous visez ?

— Non, pas toi !... Bien que peut-être... Peut-être que, un jour, on apprendra que toi aussi tu étais à leur service !

Il continua à le dévisager un instant, puis s'écria :

— Mais qui aurait pu imaginer que les Anglais corrompraient Ghassem ?... Qui aurait pu penser que Ghassem me poignarderait dans le dos ?

— *Moment ! Moment !*... Mash Ghassem vous a trahi ?

— Et quelle trahison !... Cent fois pire que la trahison du maréchal Grouchy vis-à-vis de Napoléon... Grouchy aurait pu se porter à Waterloo au secours de son bienfaiteur, mais il n'y est pas allé... Cela dit, il ne l'a jamais poignardé dans le dos.

— Mais, Monsieur, réfléchissez un peu...

Asdollah Mirza allait dire quelque chose mais il changea d'avis. Il venait de deviner qu'il fallait procéder autrement.

— C'est vraiment incroyable ! J'aurais pu soupçonner tout le monde sauf Mash Ghassem pour qui vous avez tant fait.

La compassion d'Asdollah Mirza réconforta légèrement mon oncle.

— Dis-moi, Asdollah... geignit-il. Pourquoi personne n'est-il jamais reconnaissant envers moi ?... Celui pour qui je me suis tant de fois mis en danger à la guerre, pour sauver sa sale vie, me trahit de la sorte... Pourquoi s'est-il vendu aux Anglais ?

— Et comment avez-vous découvert sa trahison ?

— Je le soupçonnais... Ce matin je l'ai surpris et il a avoué... Tu m'entends ? J'ai appris de sa propre bouche qu'il était le laquais des Anglais.

De derrière l'épaisse porte de la cuisine, la voix de Mash Ghassem retentit :

— Monsieur a appuyé le canon de son fusil contre mon ventre et m'a dit : Avoue-le sinon je te tue ! Alors j'ai avoué.

En entendant la voix de Mash Ghassem, mon oncle se mit à frissonner. Il voulait pousser un cri mais aucun son ne sortit de sa gorge. Asdollah Mirza le fit asseoir sur une marche.

— Ne vous fâchez pas, cher papa ! s'écria Leyli en larmes. Ce n'est pas bon pour votre cœur.

— Va chercher, ma chérie, un verre d'eau pour papa !

La cuisine de la maison de l'oncle Napoléon dans laquelle Mash Ghassem s'était réfugié avait une disposition particulière. Une fois la porte qui donnait directement dans la cour franchie, il fallait descendre quelques marches. En bas des marches, il y avait, à droite, les toilettes, à gauche, le robinet de la citerne et, en face, la cuisine. En fermant la porte donnant dans la cour, Mash Ghassem avait en fait condamné l'accès aux toilettes, à la citerne et à la cuisine. Vu l'usage indispensable de ces lieux pour les habitants de la maison, je ne perdais pas l'espoir qu'une rapide solution soit trouvée pour le sauver.

L'oncle Napoléon but une gorgée d'eau et se détendit.

Asdollah Mirza s'approcha de la porte de la cuisine et cria à Mash Ghassem qui se trouvait de l'autre côté :

— Mash Ghassem ! Mash Ghassem ! Sors de là ! Embrasse la main de Monsieur et repens-toi !

— C'est d'accord ! Dites à Monsieur de m'accorder sa grâce ! Je suis son dévoué... Je suis son serviteur...

— Sale espion ! s'écria mon oncle. Fais ta prière car soit tu vas mourir de faim là-dedans, soit je bourrerai de plomb ton cerveau vide...

La voix de Mash Ghassem retentit à nouveau :

— Au nom de Ghamar Bani Hachem*, je vous jure, Monsieur, que, de ma vie, je n'ai jamais vu Lézanglé !... Vous êtes témoin que ça fait cent ans que je me bats contre Lézanglé... Comment voulez-vous que...

— Ça ne sert à rien de nier, Mash Ghassem, intervint Asdollah Mirza. Monsieur a tout découvert. Il vaut mieux te repentir.

— Mais, monsieur, à quoi bon mentir ?... Je n'ai rien fait.

— Ne t'entête pas, Mash Ghassem ! murmura Asdollah Mirza de sorte que mon oncle n'entende pas. Demande pardon !

— Toute ma vie, j'ai combattu Lézanglé... Comment je pourrais dire aujourd'hui que je suis leur espion ? Ça serait contre la volonté de Dieu !... Et demain, comment je pourrais lever la tête devant les habitants de Ghiass Abad ? Eux qui en veulent à mort à Lézanglé !

* Littéralement : la lune de la tribu des Hachémites, allusion à Abbas, le frère de l'imam Hussein.

Les efforts de médiation d'Asdollah Mirza restèrent vains. Agha Djan, l'oncle Colonel et d'autres vinrent à leur tour et menèrent de longs pourparlers, sans succès. L'espion se barricadait toujours à la cuisine et l'implacable oncle Napoléon, le fusil à la main, faisait les cent pas devant la porte et l'invectivait.

Quant à moi, désemparé et bouleversé, je m'agitais dans tous les sens. Dans le jardin, j'interceptai la conversation d'Asdollah Mirza et Agha Djan :

— Je crains que ce pauvre Mash Ghassem ne rende l'âme tellement il a peur… S'il pouvait tenir le coup encore une ou deux heures, peut-être que l'on trouverait une solution…

— Quelle solution, excellence ?… Monsieur a complètement perdu la tête… Si vous pensez qu'ils auront tôt ou tard besoin de la cuisine, vous faites erreur… Car Monsieur a commandé qu'on livre des brochettes au riz pour tout le monde…

— *Moment ! Moment !* A part la cuisine, il y a aussi les toilettes… Il va envoyer toute la maisonnée faire ses besoins chez vous… Quand lui-même aura besoin de se soulager, il sera, comme les autres, obligé de venir chez vous, et nous en profiterons pour faire fuir Mash Ghassem.

— Je suis sceptique… Il est si préoccupé par les Anglais que…

— Depuis ce matin, invoquant son malaise, je lui ai fait boire au moins cinq ou six verres d'eau. Attendons de voir le résultat !

Un certain temps s'écoula. Tout le monde attendait que l'eau fasse effet sur l'organisme de mon oncle, mais il restait assis, le fusil à la main, sur les marches et ne quittait pas du regard la porte de la cuisine. Aux alentours de midi, je jetai un nouveau coup d'œil dans la cour. Mon oncle s'était mis à marcher. Je le sentais trépigner. Avant de courir annoncer la bonne nouvelle à Asdollah Mirza qui attendait chez nous en compagnie d'Agha Djan, il fallait que j'en aie le cœur net.

Quelques secondes passèrent et j'entendis mon oncle crier :

— Belgheis, apporte-moi mon pot de fleurs !

Tous mes espoirs tombèrent à l'eau.

— Il faut trouver autre chose… dit Asdollah Mirza en hochant la tête lorsqu'il apprit la nouvelle. Le geôlier a fait ses besoins sur place… J'ai une autre idée… Ça vaut le coup d'essayer… Venez avec moi… Allons-y ensemble…

— En quoi pourrais-je vous être utile, moi ? demanda Agha Djan.

— Mais, justement, il n'y a que vous qui puissiez vous rendre utile. Car vous êtes la seule personne qui ne l'a pas contrarié. Pour l'heure, Monsieur a besoin que le monde entier reconnaisse que l'Empire britannique n'a d'autre idée en tête que de le détruire, et personne ne pourra le réconforter aussi bien que vous... Après tout, je ne peux m'en sortir seul avec ce fou.

Asdollah Mirza et Agha Djan partirent retrouver l'oncle Napoléon et je les suivis comme une ombre.

Ce fut Asdollah Mirza qui amorça la conversation :

— Figurez-vous, Monsieur, que la trahison n'est pas une nouveauté dans ce bas monde... Le maréchal Ney n'a-t-il pas trahi Napoléon ?

Derrière ses verres fumés, l'oncle Napoléon jeta un coup d'œil furieux à Asdollah Mirza.

— Le maréchal Ney a trahi, mais ensuite il s'est rattrapé... Alors que Napoléon rentrait de l'île d'Elbe et qu'on avait envoyé Ney le combattre, dès qu'il a vu son bienfaiteur, il est descendu de cheval et lui a baisé la main... Il lui a même remis son épée.

— Et il s'est vraiment réengagé auprès de Napoléon ?

— Oui, il s'est vraiment remis à son service... Il a sacrifié sa vie pour lui prouver sa fidélité.

— Paradoxalement, les gens qui regrettent leur trahison sont souvent plus serviables et sincères que les autres.

— Oui, mais c'est grâce au pardon de Napoléon que le maréchal Ney a pu atteindre ce degré d'abnégation.

Un certain apaisement commençait à apparaître sur le visage de mon oncle.

— Oui, je l'ai moi-même souvent vérifié sur le champ de bataille... continuait-il d'une voix douce et le regard vague. Lorsque j'accordais la grâce au commandant de l'armée ennemie, l'animosité cédait subitement la place à une sincère amitié...

— A mon avis, cet homme est semblable au commun des mortels... dit Asdollah Mirza en faisant un clin d'œil à Agha Djan. Il a ses faiblesses... Il a été dupé... Il faut être très solide pour échapper à leurs pièges... Vous-même, sans votre force de caractère et votre personnalité, vous ne croyez pas qu'ils auraient fini par vous duper ?

Le visage de mon oncle s'illumina. Un léger sourire apparut au coin de ses lèvres :

— Que de fois n'ont-ils pas essayé ?... Quelles promesses, quelles duperies... Ils m'ont promis de l'argent, ils m'ont envoyé des femmes... Ils ont tout essayé !

— *Moment !* Eh bien, j'ai une question à vous poser. N'importe qui d'autre à votre place n'aurait-il pas baissé les bras ? Ne se serait-il pas laissé abuser ?

— Il se serait sûrement laissé abuser... Il aurait certainement été dupé...

— Alors, qu'attendez-vous d'un simple valet paysan ?... Le pauvre a été dupé, abusé...

— Mais ce bon à rien refuse de l'avouer sincèrement, répondit l'oncle Napoléon, irrité. Il refuse de demander pardon, de reconnaître ses torts.

— Ben tiens !... Cet infortuné est enfermé dans la cuisine... Et vous montez la garde devant la porte avec votre fusil. Que voulez-vous ?... Laissez-le sortir, je lui dis deux mots, et vous constaterez qu'il regrette vraiment.

— Très bien, faisons un essai ! murmura mon oncle en levant la tête, après un bref silence.

Nous fûmes tous soulagés. On rangea le fusil et Mash Ghassem leva le loquet de la porte après s'être assuré que le calme était revenu. Asdollah Mirza entra dans la cuisine. Quelques minutes plus tard, Mash Ghassem en sortit la tête basse, suivi d'Asdollah Mirza.

L'oncle Napoléon s'était levé et, immobile, fixait un point lointain.

— Monsieur, permettez-vous que Mash Ghassem vous embrasse la main et vous demande pardon ?

— Il doit d'abord répondre à mes questions, répondit mon oncle après quelques instants de silence, sans le regarder.

— Il répondra à toutes vos questions !

Mon oncle ne s'adressait qu'à Asdollah Mirza :

— D'abord, il doit dire où il a été contacté par les Anglais ?

— Tu entends, Mash Ghassem ? Où as-tu été contacté par les Anglais.

— Ma foi, à quoi bon mentir ? La tombe n'est qu'à quatre pas... dit Mash Ghassem sans lever la tête... A... C'est-à-dire... En vérité, à la boulangerie...

— Quand ?

— Ma foi… C'est-à-dire… Mardi dernier… Non, mon Dieu, plutôt mercredi…

— Comment le contact a-t-il été établi ?

Asdollah Mirza répéta à Mash Ghassem la question de mon oncle.

Mash Ghassem fixa un instant son regard désemparé sur le corps figé de l'oncle Napoléon et dit :

— Ma foi, à quoi bon mentir ? La tombe n'est qu'à quatre pas… J'étais en train d'acheter du pain… Soudain, je vois un Lézanglé dans la rue me regarder de travers… De temps en temps, il clignait de l'œil à mon intention. En fait, j'ai d'abord cru, que Dieu m'en garde, que ce Lézanglé me faisait les yeux doux… Comme disait un gars que je connaissais autrefois au village…

— Qu'il ne s'éloigne pas du sujet ! intervint mon oncle d'un ton ferme sans le regarder.

— Ne t'éloigne pas du sujet, Mash Ghassem ! répéta Asdollah Mirza en donnant une tape dans le dos de Mash Ghassem. Dis-nous comment ils ont établi le contact avec toi.

— Ma foi, ils l'ont établi… Dès que j'ai voulu bouger, ils l'ont établi.

— Combien lui ont-ils promis d'argent pour me tuer ?

— Que Dieu m'en garde ! Tuer Monsieur, moi ? Que ma main soit paralysée !

— Non, Monsieur, l'interrompit Asdollah Mirza précipitamment. Pour l'instant, il ne s'agissait pas encore de vous tuer. Il devait juste leur donner des informations sur vous…

— Et maintenant, qu'a-t-il décidé ?

— Ma foi, monsieur…

— C'est-à-dire que tu regrettes, ou bien tu veux servir les Anglais ? précisa Asdollah Mirza en lui faisant signe.

— Ma foi, monsieur, à quoi bon mentir ? Loin de moi l'idée de les servir… Je leur balancerai deux bons gros mots et les enverrai sur la tombe de leurs pères… Je leur dirai que je ne mange pas de ce pain-là… Que je suis le serviteur de mon maître…

— Quand est-ce qu'il va leur donner cette réponse ?

— Au nom de Ghamar Bani Hachem, s'emporta soudain Mash Ghassem, si jamais j'ai…

— Réponds, Mash Ghassem ! l'interrompit Asdollah Mirza en haussant la voix. Quand est-ce que tu vas les renvoyer ? Aujourd'hui même ou plus tard ?

— Ma foi, monsieur… C'est-à-dire que… Aujourd'hui même… Tout de suite même…

— Maintenant, va embrasser la main de Monsieur.

Debout, immobile, du haut de sa taille élancée, mon oncle regardait droit devant lui. Je suis persuadé qu'il s'imaginait dans la même position et la même posture que Napoléon sur le lieu même où la division du maréchal Ney rencontrait l'armée napoléonienne.

Mash Ghassem avança vers lui d'un pas hésitant. Il se pencha et lui baisa la main.

Mon oncle ouvrit grands ses bras et l'étreignit :

— Au nom des services que tu m'as rendus, je te pardonne… A condition que tu regrettes vraiment ton acte et que ton bras reste au service de ton bienfaiteur !

Une larme brilla dans les yeux de l'oncle Napoléon.

Une heure plus tard, Agha Djan et Asdollah Mirza étaient en grande conversation dans notre salon.

— Je suis très inquiet pour Monsieur… Il sombre de plus en plus dans la folie. Il faut vraiment trouver une solution.

— Ma foi, Votre Excellence, je suis stupéfait de voir un homme aussi intelligent et raisonnable en arriver là !

— *Moment !* Il est réellement étonnant que vous ne sachiez pas comment il en est arrivé là ! Bref, c'est une chose qui est maintenant arrivée. Il faut chercher une solution… Vraisemblablement, l'hostilité des Anglais lui est devenue indispensable…

— Tout comme l'existence des espions et des traîtres…

— Je crois que la seule solution pour lui serait que les Anglais le mettent quelque temps en prison.

— Mais comment faire ?… Peut-on forcer les Anglais à arrêter un lieutenant en retraite du régiment cosaque du commandant Liakhov ? Comme s'ils n'avaient que ça à faire !…

— J'ai une bonne idée que je vous exposerai tout à l'heure… dit Asdollah Mirza en changeant de position sur le fauteuil. Fiston, va fermer la porte du salon.

— Et sors ! m'ordonna Agha Djan.

— Non, laissez-le. Votre fils n'est pas de trop ici. Peut-être même qu'il pourra nous aider. Mais, bien sûr, il ne doit en parler à personne.

Pour la première fois, le conseil se réunissait en ma présence.

— A mon avis, il faut rapidement faire quelque chose, dit Asdollah Mirza. Le vieux devient complètement fou. Aujourd'hui, le pauvre Mash Ghassem a failli être victime des affabulations de Monsieur.

— J'ai déjà suggéré plusieurs fois au Colonel, dit Agha Djan, d'organiser une consultation chez des spécialistes des maladies mentales, sinon...

— *Moment !* N'y pensez même pas, l'interrompit Asdollah Mirza. Même si Monsieur se mettait à poil à jouer de la trompette en plein milieu de la place des Canons, le Colonel et les autres chefs de la famille ne consentiraient jamais à s'adresser à un spécialiste des maladies mentales. Est-il imaginable que Monsieur, fils de feu Monsieur et petit-fils de feu le Grand Monsieur, devienne cinglé ?... A Dieu ne plaise, repentez-vous !

— Alors, nous n'avons plus qu'à attendre qu'il tue quelqu'un pour cause d'espionnage pour les Anglais, et qu'on le jette en prison... Rendez-vous compte que, si aujourd'hui Mash Ghassem avait réagi une seconde trop tard, son cadavre se trouverait en ce moment même à la morgue et Monsieur serait derrière les barreaux... L'Etat ne connaît ni feu le Grand Monsieur ni feu le Petit Monsieur ! Il jette le meurtrier en prison !

— De toute façon, je vous le dis, continua Asdollah Mirza en dodelinant de la tête. Oubliez l'idée du spécialiste des maladies mentales. Si on veut lui venir en aide, il faut trouver autre chose.

— Mais quoi, excellence ? Si vous espérez que Churchill vienne demander pardon à Monsieur, je ne crois pas qu'il en ait le temps, ces jours-ci.

— Pas Churchill, mais si un représentant des Anglais venait...

— Pourquoi pas le commandant des armées britanniques en Iran... l'interrompit Agha Djan, ou le ministre de la Marine ?

— Non, permettez ! Si l'on arrivait à monter une mise en scène dans laquelle une personne viendrait négocier de la part des Anglais, peut-être que...

— Vous plaisantez, excellence ? le coupa à nouveau Agha Djan. Il est vrai que Monsieur n'a plus toute sa tête, mais ce n'est quand même pas un enfant : jamais il ne croira à une telle farce !

— Ce n'est peut-être pas un enfant mais il a accepté d'écrire une lettre d'amour à Hitler !

Agha Djan en resta pantois.

— Si feu le Grand Monsieur prend son pot-au-feu avec Jeanette MacDonald, pourquoi le représentant de Churchill ne viendrait-il pas voir Monsieur ? continua Asdollah Mirza en souriant.

— C'est-à-dire que… Vous êtes… Je veux dire… En vérité… bredouilla Agha Djan.

— Oui, je suis au courant ! s'esclaffa Asdollah Mirza.

— Qui vous l'a dit ?

— Monsieur lui-même… Passons.

— C'était une petite plaisanterie… tenta Agha Djan avec un rire factice. Monsieur lui-même n'y a pas cru…

— Au contraire, il y a bel et bien cru… Bon, laissons cela de côté. Au fait, êtes-vous vraiment prêt à aider ce vieillard et à alléger ses souffrances le peu de temps qu'il lui reste à vivre ?

— Sur la tête de mes enfants… répondit Agha Djan d'un air qui me parut sincère. Sur la tombe de mon père, je n'ai plus aucune rancune et j'espère du fond du cœur qu'il retrouvera ses esprits.

— Dans ce cas, je crois que nous pouvons faire quelque chose. Le Colonel est sorti, mais j'ai demandé qu'on nous l'envoie dès son retour, pour qu'on ait aussi son avis. Je pense que, si l'on réussissait à monter une mise en scène où un Anglais viendrait négocier avec Monsieur et lui jurerait que les Anglais ont pardonné ses méfaits, la situation pourrait évoluer.

Agha Djan hocha la tête et dit :

— Je crois que même si Churchill en personne le lui certifiait chez le notaire, Monsieur n'accepterait pas l'idée que les Anglais ont vraiment cessé leurs hostilités. C'est-à-dire qu'il refuse d'y croire. Oubliez la réalité. Imaginez-vous une personne convaincue d'avoir massacré au cours de longues et nombreuses guerres des milliers de soldats anglais, et contrecarré toutes leurs ambitions coloniales… Cette personne pourrait-elle croire du jour au lendemain que les Anglais passent l'éponge sur ses exactions ?

— *Moment ! Moment !* Imaginons que les Anglais aient un autre ennemi, ils pourraient annoncer tactiquement, bon gré mal gré, un cessez-le-feu provisoire par exemple jusqu'à la fin de la guerre... De toute façon, ça ne coûte rien d'essayer.

— Mais, excellence, où allez-vous dégoter le représentant des Anglais ?

— Par l'intermédiaire de l'Indien Sardar Meharat Khan... J'ai entendu dire qu'il rentrait ces jours-ci de son voyage dans le Sud. Je peux lui demander de se débrouiller pour nous trouver un représentant anglais.

Un point s'éclaircissait tout à coup. La voix que j'avais entendue le matin même dans la maison d'Asdollah Mirza et que j'avais cru reconnaître résonna à nouveau dans mes oreilles.

— C'est "l'architecte" qui vous l'a dit, tonton Asdollah ? demandai-je tout bas.

Il me jeta un coup d'œil furibond et se dépêcha de poursuivre la conversation :

— Sardar fait des affaires avec les Anglais, c'est pour ça qu'il se rend souvent dans le Sud...

Sur ces entrefaites arriva l'oncle Colonel. Lorsqu'il apprit les événements de la journée et qu'Asdollah Mirza l'informa de son plan, il s'emporta :

— Est-il indispensable d'évoquer ces questions en présence des enfants ?

— *Moment*, Colonel ! protesta Asdollah Mirza en me donnant une tape dans le dos. Premièrement, ce garçon n'est plus un enfant. C'est un jeune homme intelligent. Deuxièmement, si aujourd'hui nous avons évité une catastrophe, c'est grâce à ce jeune homme. En tout cas, c'est quelqu'un de fiable et on aura besoin de lui.

L'oncle Colonel ne se risqua plus sur ce sujet, mais il se mit à contester le plan d'Asdollah Mirza. Il trouvait qu'une personnalité éminente et de premier plan de la famille ne devait pas être manipulée de la sorte.

— *Moment*, Colonel ! dit Asdollah Mirza. Vous n'étiez pas là aujourd'hui pour voir Monsieur frôler la catastrophe. Soit on le fait hospitaliser dans un centre pour malades mentaux, soit...

— Ne dites pas de bêtises, Asdollah ! l'interrompit vivement l'oncle Colonel. Je préfère me tirer une balle dans la tête plutôt que d'accepter de faire interner mon frère dans un hôpital pour malades mentaux. On ne plaisante pas avec le prestige plusieurs fois centenaire d'une famille noble. Je suis prêt à sacrifier ma vie pour la santé de mon frère, mais trouvez une idée raisonnable !

Après une longue discussion, l'oncle Colonel finit par donner son accord, mais il ajouta d'un air sceptique :

— Le problème, c'est que je ne crois pas que mon frère accepte l'idée que les Anglais pardonnent si facilement et si brusquement ses méfaits.

— *Moment ! Moment !* Si on trouve la personne capable de le convaincre, on étudiera bien sûr tous les aspects de la question. Le représentant en question doit d'abord exiger des conditions draconiennes, puis, grâce à notre médiation, il assouplira ses positions pour finalement promettre que, si Monsieur ne se rend pas coupable de sabotage ou d'entrave aux Anglais, il enverra son dossier aux autorités compétentes avec un avis favorable.

— Sous quel prétexte allez-vous exposer l'affaire à mon frère ? demanda l'oncle Colonel après réflexion. Vous n'allez tout de même pas lui dire que les Anglais ont subitement décidé de le contacter ?

— Nous lui dirons que, vu la situation difficile des Anglais dans la guerre, ils ont décidé de faire la paix avec leurs opposants dans tous les autres pays. Je me charge de le convaincre.

Au même moment, Pouri vint chercher son père en disant qu'il avait de la visite.

— Excellence, je ferai tout ce qui est en mon pouvoir, dit Agha Djan après le départ de l'oncle Colonel, mais je répète que je ne crois pas beaucoup à votre plan. Tel que je le connais, Monsieur a déjà décidé de son sort. Il faut que les Anglais le fassent souffrir et mourir dans la désolation comme ils l'ont fait avec Napoléon. Je vous promets qu'il voit déjà les collines et les plaines de l'île de Sainte-Hélène.

Je raccompagnai Asdollah Mirza jusqu'au portail du jardin. Arrivés dans la rue, il me tira l'oreille et gronda :

— Petit fripon, pourquoi tu as évoqué l'architecte ? Tu cherches à souiller la réputation des gens ?

— Je vous jure que je n'ai pas fait exprès, tonton Asdollah… Je voulais juste…

— Que le diable t'emporte !… Sardar Meharat Khan est un de mes meilleurs amis.

— Mais je ne vous ai jamais vus ensemble…

— Par crainte de ton oncle… Qu'il n'aille pas penser que je suis l'espion des Anglais…

— Mais, l'autre soir, quand vous avez déposé Lady Meharat Khan en fiacre…

— *Moment !* Le commandant est parti en voyage et m'a confié sa femme… Et je devrais la laisser moisir toute seule chez elle ?… Je l'ai emmenée au restaurant et lui ai payé une glace.

— Juste une glace, tonton Asdollah ?

— Oui, juste une glace… L'idée de partir à San Francisco avec une femme mariée ne m'a jamais effleuré. Tu comprends ? C'est rigoureusement impossible ! Dieu merci, on ne peut pas me coller ce genre d'étiquette !

— Tonton Asdollah, ne m'avez-vous pas dit, leçon n° 17 : Lorsque le voyage à San Francisco se présente, mets-toi d'abord en route et regarde ensuite qui est ton compagnon de route ?

— Quel petit chenapan ! Je te l'ai peut-être dit, mais ce n'est pas une raison pour le répéter !… Toute ton énergie est concentrée dans ta langue ! Comme dirait Sardar, ta nature est *very* en berne *hai*, mais ta langue est *very* bien pendue *hai* !

— Mais, tonton Asdollah, croyez-vous que le plan que vous avez concocté pour l'oncle Napoléon va réussir ?

— A toi de prier pour que ça réussisse ! Car, à l'origine, c'est toi et ton père qui êtes responsables de cette affaire. Ton père a rendu fou le vieux parce qu'on l'avait traité de va-nu-pieds de province et toi, comme tu n'as pas été foutu d'aller à San Francisco, tu as fait exploser des pétards. A vous deux, vous avez rendu le pauvre vieux complètement zinzin.

Un soir, quelques jours plus tard, Asdollah Mirza rendit visite à Agha Djan en compagnie de l'oncle Colonel. Il me prit par la main et me conduisit aussi au salon.

— Les affaires ont l'air de s'arranger. Nous avons longuement discuté avec Sardar. Le pauvre est vraiment de bonne volonté, mais il dit qu'il ne pourra pas trouver d'Anglais. Par contre, il a un ami indien qui est caporal dans l'armée britannique et il pourrait le convaincre de prendre part à notre mise en scène. Evidemment, il y aura des contreparties !

L'oncle Colonel ne disait rien.

— Ça m'étonnerait que Monsieur accepte de négocier avec un caporal qui plus est indien, remarqua Agha Djan en hochant la tête. Comment est-il, cet Indien ? On ne peut pas le faire passer pour un Anglais ?

— Impossible même de le faire passer pour un Baloutche. Comme dit Sardar, c'est l'un de ces sikhs café au lait bien comme il faut.

— Même si on parvient à imposer un Indien à Monsieur, comment lui faire avaler son grade ? Il ne voudra pas entendre parler d'un représentant en dessous du grade de général.

— Ce n'est pas grave ! Monsieur ne connaît pas les grades de l'armée britannique, on le fera passer pour un colonel.

— Mais est-ce que vous lui en avez déjà parlé, excellence ?

— Je l'ai moralement préparé. Les deux dernières fois que je l'ai vu, je lui ai raconté que, dans tous les pays amis ou quasi amis ou même occupés, les Anglais cherchaient à gagner la sympathie de leurs opposants.

— Il a réagi comment ?

— Il a bien sûr fait tout un tintouin en disant que, si on le contactait, il n'accepterait pour rien au monde de capituler. Mais, le moment venu, je crois qu'il cédera.

— Alors vous n'avez pas encore évoqué son propre cas ?

— J'y ai fait allusion, répondit Asdollah Mirza. Il dit qu'il n'a aucune confiance dans les Anglais et leurs promesses, et si un jour leur représentant venait le voir, d'abord il ordonnerait qu'on le désarme, ensuite il posterait Mash Ghassem armé derrière un rideau pour pouvoir lui donner l'ordre de le descendre au cas où le représentant voudrait le doubler.

— Vous voyez, excellence ? Je crains qu'on ne se retrouve tous dans un sacré pétrin. Supposons que l'Indien mette la main à la poche pour sortir son mouchoir, Monsieur ordonnera aussitôt à Mash Ghassem de faire feu. Dans ce cas, vous savez ce qui nous arrivera ?

— A mon avis, il faut mettre Mash Ghassem dans le coup, conclut Asdollah Mirza après un moment de réflexion.

Après une courte discussion, Asdollah Mirza m'envoya chercher Mash Ghassem.

— Bonsoir à vous.

— Bonsoir, Mash Ghassem ! Comment allez-vous ? Aucun souci de santé, j'espère !

Asdollah Mirza l'invita à s'asseoir. Après un long cérémonial, Mash Ghassem s'assit finalement par terre, les genoux pliés.

— Ecoute, Mash Ghassem. Je sais que tu aimes beaucoup Monsieur, je sais aussi que sa maladie t'inquiète fort actuellement.

— Ma foi, monsieur, je n'ai pas confiance dans ces docteurs et leurs remèdes. Je crois que Monsieur a dû manger quelque chose qui lui a chauffé le sang. Je connaissais un gars au village…

— Ecoute, Mash Ghassem ! Depuis quelque temps, Monsieur a un peu trop tendance à s'imaginer des choses. L'autre jour, pour une lubie, il a failli, Dieu nous garde, te tuer. Dis-toi bien qu'un sain d'esprit ne t'accuserait jamais d'espionner pour le compte des Anglais… Ça prouve que Monsieur ne va pas bien du tout. Tu n'es pas d'accord ?

— Ma foi, monsieur, à quoi bon mentir ? La tombe n'est qu'à quatre pas… Je ne voudrais pas vous contredire, mais ne sous-estimez pas Lézanglé.

— Mash Ghassem, toi au moins tu sais que tout ça c'est des sornettes ? demanda Asdollah Mirza en le dévisageant avec étonnement.

— Comment le saurais-je, monsieur ?

— Mais Mash Ghassem, même en supposant que les Anglais soient vilains, méchants et perfides, s'impatienta Asdollah Mirza, qui pourrait te soupçonner de fricoter avec eux ?

— Ma foi, monsieur, ce n'est pas tout à fait faux non plus, répondit Mash Ghassem en baissant la tête.

— Alors tu veux dire que les Anglais ont bien pris contact avec toi ? s'agaça Agha Djan.

— Ma foi, monsieur, à quoi bon mentir ? La tombe n'est qu'à quatre pas… Ma parole, oui !

L'oncle Colonel intervint pour la première fois.

— Ghassem, nous ne sommes pas réunis ici pour rigoler ! dit-il d'une voix empreinte de colère. Ne raconte pas de bêtises !

— Bon monsieur, si vous croyez que je raconte des bêtises, vaut mieux que je me taise… Vous permettez que je retourne arroser les fleurs ?

— *Moment ! Moment !* Laissez-le parler, Colonel !

Asdollah Mirza se tourna vers Mash Ghassem et dit gentiment :

— Vas-y parle, mais fais vite car on a beaucoup à faire.

— Ma foi, monsieur, je n'ai rien à dire. Vous m'avez posé une question, j'y ai répondu.

Asdollah Mirza était sur le point de perdre son sang-froid, mais il s'efforça de se contrôler :

— Mais, Mash Ghassem, comment est-il possible que les Anglais aient pris contact avec toi ? Monsieur avait imaginé des choses, il t'avait soupçonné, et tu as juré que c'était faux…

— Ma foi, à quoi bon mentir ? La tombe n'est qu'à quatre pas… Ce n'était pas entièrement faux.

— Comment ça ? N'est-ce pas moi qui t'ai dit d'avouer ? Dans la cuisine, ne t'ai-je pas fait répéter ce qu'il fallait dire à Monsieur ? Maintenant tu viens me raconter…

— Ma foi, monsieur, c'est vrai que vous l'avez dit, l'interrompit Mash Ghassem, mais je n'ai pas menti non plus.

— Tu veux dire que les Anglais t'ont vraiment contacté ? Mais réfléchis un peu, Mash Ghassem ! Tu divagues complètement. Où est-ce qu'ils t'auraient contacté ? Quand est-ce qu'ils t'auraient contacté ? Pourquoi ils t'auraient contacté ?

— Mais vous ne me laissez pas parler, monsieur !

— Va au diable, s'écria l'oncle Colonel. Allez parle, nous t'écoutons. Comment ils t'ont contacté ?

— Ma foi, monsieur, à quoi bon mentir ? La tombe n'est qu'à quatre pas… dit Mash Ghassem en prenant son genou dans les bras. Ils ont cent fois essayé de me tuer… Je me souviens une fois à Ghiass Abad, un Lézanglé voulait me…

— Je t'en prie, Mash Ghassem, le coupa Asdollah Mirza en essayant de conserver son sang-froid. Laisse de côté ce qui est arrivé l'autre fois à Ghiass Abad, contente-toi de cette fois-ci.

— A vos ordres… Cette fois-ci… C'est-à-dire que, il y a quelques jours, j'étais à la boulangerie. J'ai vu arriver un Lézanglé, il est passé plusieurs fois devant la boutique. Avec ses vilains yeux torves, il me jetait des œillades, comme si j'étais une fille de quatorze ans… D'abord, je me suis dit : Bon, il est bigleux, peut-être qu'il regarde quelqu'un d'autre, puis il est entré dans la boulangerie et a demandé quelque chose au caissier. Quand je suis sorti, il m'a suivi… Sauf votre respect, sauf votre respect, comme s'il voulait me draguer… Quand je suis arrivé devant le portail, il m'a demandé d'une voix... Que Dieu vous préserve, une voix, comme qui dirait le ronronnement d'une panthère... Dans une langue... Une langue entre l'azéri, le rashti et le khorassani... Il m'a demandé si j'étais du quartier ?... Je ne lui ai pas répondu, mais j'ai pensé tout bas : Bien fait pour ta gueule de Lézanglé !... J'ai vite glissé à l'intérieur... Mais, de derrière la porte, j'ai continué à l'épier... Il a un peu tourné en rond à regarder les portes des maisons... Ensuite il a frappé chez l'Indien et il est entré en face...

— Tu as fini, Mash Ghassem ?

— Non, monsieur, ce n'est que le début... Plus tard, je l'ai revu encore. Il m'a jeté un regard qui m'a coupé le souffle...

— Bien sûr, bien sûr, ils ont établi des contacts... dit Asdollah Mirza, jetant un regard désespéré à Agha Djan. C'est d'ailleurs pour ça que nous nous sommes réunis...

Et après un clin d'œil à Agha Djan, il se retourna vers Mash Ghassem :

— Tu nous raconteras la suite plus tard, Mash Ghassem... On voit que tu as très bien cerné les plans diaboliques que les Anglais ont ourdis contre Monsieur...

— Contre moi aussi...

— Bien sûr, évidemment... Maintenant nous venons d'apprendre que les Anglais cherchent officiellement à contacter Monsieur en personne, pour essayer de résoudre le conflit et, *inch'Allah*, si Dieu le veut, en finir avec cette histoire dans la paix et la sérénité.

— Mais il ne faut pas sous-estimer la ruse de Lézanglé...

— Bien entendu... Mais nous en appelons à ton aide... Lorsque le représentant des Anglais viendra le voir, Monsieur te demandera certainement de monter la garde au cas où il voudrait le rouler...

Mash Ghassem eut un sourire narquois :

— Lézanglé, me rouler ?... Une fois, à Ghiass Abad, dans le temps, dix de ces Lézanglé m'ont attaqué... Du soir au matin, toute la nuit, j'ai fait tournoyer ma pelle comme une hélice au-dessus de ma tête... Aucun d'eux n'a eu le courage de faire un pas... Finalement, leur chef, qui était originaire du village d'en bas, a dit à ses gars : Allez, on se sauve, je connais Mash Ghassem. Il ne se laissera pas faire... Et ils sont repartis la tête basse. Je leur ai crié : Hé les salopards ! Allez dire à votre chef que Mash Ghassem ne se laissera pas faire... Vous devrez me passer sur le corps pour avoir accès à l'eau !... Car c'était pour l'eau qu'on se bagarrait...

— Mash Ghassem, quel rapport entre l'eau de Ghiass Abad et les Anglais ? s'écria l'oncle Colonel.

— Vous n'êtes pas près de connaître Lézanglé... dit Mash Ghassem en hochant la tête. Chez nous, Lézanglé sont plus que tout hostiles au pays de Ghiass Abad. Ils voulaient nous prendre l'eau pour ruiner et humilier Ghiass Abad...

— Mash Ghassem n'a pas tort, Colonel ! intervint Asdollah Mirza. Il est clair que si on prive d'eau une ville ou une forteresse, la population finit par se rendre.

— Que Dieu bénisse tes bonnes paroles !

— A présent, Mash Ghassem, nous te prions de veiller à ce qu'il n'arrive rien au représentant des Anglais lorsqu'il viendra rendre visite à Monsieur, si jamais ils ne s'entendaient pas. Car l'armée britannique est partout en ville. Si l'un de leurs hommes a un pépin, ils nous extermineront tous jusqu'au dernier... Le représentant viendra négocier. Si les négociations aboutissent, tant mieux... Mais si elles n'aboutissent pas et si Monsieur se met en colère et te donne un ordre quel qu'il soit, tu dois avant tout veiller à ce que le représentant britannique sorte d'ici sain et sauf.

Mash Ghassem avança plusieurs objections, mais il finit par se laisser convaincre de veiller à la sécurité du représentant.

Après le départ de Mash Ghassem, Asdollah Mirza dit :

— Il m'a donné le tournis... Aucun doute, Mash Ghassem se prend quant à lui pour Talleyrand... Le second problème, c'est que, d'après Sardar Meharat Khan, son caporal d'ami n'acceptera de jouer le jeu que si on lui offre un petit tapis d'Ispahan. Personnellement, je n'ai que deux tapis chez moi. Peut-être le Colonel...

— Mon frangin possède de nombreux tapis d'Ispahan, peut-être que l'on pourrait lui en...

— *Moment ! Moment*, Colonel ! Vous comptez expliquer à Monsieur qu'il faut offrir un tapis au colonel de l'armée britannique et représentant personnel de Churchill pour qu'il lui pardonne ses fautes ?...

— Non, mais nous n'avons pas d'autre solution.

Agha Djan s'en mêla d'un air songeur :

— Non, Colonel ! Vous devez faire ce sacrifice. Un tapis n'est rien comparé à l'apaisement que cela apportera à Monsieur.

— Pour l'apaisement de mon frère, je suis prêt à sacrifier ma vie, mais enfin mes tapis sont tous assortis deux par deux, je ne voudrais pas les dépareiller…

L'oncle Colonel mit un certain temps avant de consentir à donner un tapis à Sardar Meharat Khan pour rémunération du caporal indien.

Le résultat des négociations fut examiné le lendemain. Asdollah Mirza, aidé par Agha Djan et l'oncle Colonel, parvint à convaincre l'oncle Napoléon de rencontrer le représentant de l'armée britannique. Cependant, vu tout le mal qu'ils avaient eu à le persuader de recevoir un colonel plutôt qu'un général, ils n'osèrent pas lui annoncer qu'en plus le représentant en question était indien. Les pourparlers au sujet du lieu de la rencontre furent aussi interminables. L'oncle Napoléon estimait que le représentant anglais devait se rendre chez lui, tandis qu'Asdollah Mirza et ses complices maintenaient que c'était à l'oncle Napoléon d'aller au quartier général de l'armée britannique. Finalement, ils tombèrent d'accord pour que la rencontre ait lieu dans un lieu neutre, c'est-à-dire chez nous. Le tapis de l'oncle Colonel fut envoyé au caporal indien par l'intermédiaire de Sardar Meharat Khan. Ils étaient d'abord convenus d'un rendez-vous dans l'après-midi du mercredi entre Asdollah Mirza, Agha Djan et le caporal indien dans la maison de Sardar Meharat Khan afin d'examiner ensemble les détails du plan. L'oncle Napoléon, qui se voyait dans la posture de Napoléon à Fontainebleau juste avant l'arrivée de l'état-major des armées alliées, s'était calfeutré dans sa chambre, dans l'attente de l'instant crucial.

XXIII

Arriva enfin le mercredi fatidique où le représentant des Anglais devait entamer les pourparlers avec l'oncle Napoléon.

Dès la fin de la matinée, prétextant une réunion exclusivement masculine, Agha Djan expédia tous les habitants de notre maison y compris notre valet, chez l'une des tantes de ma mère qui habitait du côté de Tajrish. Quant à moi, je le suppliai de m'autoriser à rester. Le rendez-vous était fixé à quatre heures de l'après-midi. Dès deux heures, Agha Djan et Asdollah Mirza effectuèrent plusieurs allers-retours entre notre maison et celle de l'Indien Sardar, le visage tour à tour radieux ou renfrogné. Comme s'ils étaient en train de résoudre de multiples problèmes. Plus tard, l'oncle Colonel aussi les rejoignit. A la faveur de leurs chuchotis et de leurs conciliabules, j'appris que le seul souci d'importance qui demeurait était le fait que le représentant était indien. Le plus optimiste d'entre tous était Asdollah Mirza qui répétait : "*Inch'Allah*, si Dieu le veut, ce problème trouvera bien lui aussi une solution !"

Un peu après trois heures, l'oncle Colonel fut envoyé chercher l'oncle Napoléon.

Cela faisait deux jours que j'évitais la compagnie de Leyli, car je ne savais que lui raconter. Que lui dire, si jamais elle avait eu vent de la rencontre et m'interrogeait à ce sujet ? Sachant que l'oncle Napoléon s'opposerait à ma présence lors des pourparlers, je m'étais trouvé une bonne cachette derrière l'une des portes de notre salon qui donnait sur une antichambre. Heureusement, l'antichambre donnait également sur le couloir, ce qui me permettait de ne pas me trouver coincé dans mon refuge. Asdollah Mirza m'avait recommandé de rester sur le qui-vive au cas où, au cours de l'affaire, on aurait besoin d'un coup de main.

Lorsque l'oncle Napoléon entra dans notre cour, j'étais posté à l'une des fenêtres de l'étage supérieur. Il avait un complet noir et arborait à sa boutonnière la médaille qu'il prétendait avoir reçue de la main de Mohammad Ali Shah. Sur une chemise blanche, il portait une cravate avec des rayures noires et blanches. Il me rappelait Daladier, le président du Conseil français avant la Seconde Guerre mondiale, lors de son entrée dans la salle de conférences à Munich, tel que je l'avais vu dans les bulletins d'information. Mash Ghassem le suivait. Il avait vraisemblablement enfilé l'un des costumes de mon oncle, car le pantalon et les manches de la veste étaient trop longs pour lui.

Mon oncle répondit sèchement aux salutations chaleureuses d'Agha Djan et d'Asdollah Mirza qui s'étaient avancés pour l'accueillir.

Je me dépêchai de rejoindre ma cachette. Dès son entrée au salon, l'oncle Napoléon se mit à désigner la place de chacun :

— Mon frère le Colonel se mettra ici… Et toi, Asdollah, tu te mets là…

— *Moment !* Moi, je dois être à droite du représentant anglais…

— Qui en a décidé ainsi ?… Non, tu te mets là, je te dis !…

— N'oubliez pas que je dois servir de traducteur et de là-bas je ne pourrai pas le faire… Il faut que je sois à égale distance de vous et du représentant.

— Mais Sardar Meharat Khan ne vient-il pas ?

— C'est vous qui ne l'avez pas autorisé à venir.

— Oui, la présence d'un étranger lors de pourparlers aussi décisifs n'est pas souhaitable, surtout celle d'un Indien.

Asdollah Mirza, Agha Djan et l'oncle Colonel échangèrent des regards désespérés.

— Dans ce cas, mets-toi à la place que tu as choisie, continua l'oncle Napoléon. Et Mash Ghassem se placera derrière moi, sur la gauche.

— Je suis ravi de voir que vous avez renoncé à faire monter la garde à Mash Ghassem derrière le rideau. Ce n'est vraiment pas nécessaire.

Mash Ghassem, mal à l'aise dans ses vêtements trop amples, dit :

— Longue vie à vous, Monsieur !… J'ai tué tellement de ces Lézanglé à la guerre que j'en ai assez… Dieu ne me pardonnera pas de souiller encore ma main avec le sang d'un Lézanglé… Je me souviens d'un gars au village qui…

L'oncle Napoléon l'interrompit en lui jetant un regard furibond :

— Pour cela, on a besoin de quelqu'un de calme et de parfaitement insoupçonnable !

Asdollah Mirza et Agha Djan se jetèrent des regards surpris, mais ils n'eurent pas le temps de réagir car la porte du salon s'ouvrit et Pouri, un fusil à double canon à la main, fit son entrée.

— Pouri, comme je te l'ai demandé, dit l'oncle Napoléon d'une voix ferme, tu monteras la garde derrière la porte, le doigt sur la détente. Dès que j'en donne l'ordre, tu ouvres le feu.

— O sainte patronne ! s'exclama spontanément Asdollah Mirza, dont le regard stupéfait ne quittait pas Pouri.

Puis il se tourna vers l'oncle Napoléon :

— Mais, Monsieur, nous sommes convenus que le représentant viendrait sans arme. Cela est contraire aux règles de la chevalerie, de l'honneur et même de la guerre.

— Je connais mieux que toi les règles de la guerre, répondit l'oncle Napoléon d'une voix sereine, fixant le vide derrière ses verres fumés. Mais il ne faut pas sous-estimer la perfidie de l'ennemi. Pouri ! Exécute les ordres de ton commandant !

— Frangin, cet enfant ne sait même pas tirer, intervint l'oncle Colonel qui jusque-là suivait bouche bée la conversation. Si jamais, ne plaise à Dieu, il…

— Il ne sait pas tirer ?… Qu'est-ce qu'il fichait alors à l'armée ?

— A vrai dire, il travaillait dans les bureaux… Il a aussi tiré quelquefois au fusil mais pas au fusil à plombs !

L'oncle Napoléon se tourna vers Pouri qui, un air idiot sur son visage chevalin et pâle, suivait la conversation :

— Pouri, si tu n'es vraiment pas à la hauteur, reconnais-le sincèrement tant qu'il en est temps !… Comme disait Napoléon : avouer sa faiblesse constitue une force !…

— Je… Mon oncle… Comme vous me l'ordonnerez… zozota Pouri d'une voix saccadée. Je suis prêt à sacrifier ma vie pour vous.

— Alors à ton poste… C'est un ordre de ton commandant !

— *Moment ! Moment !* l'interrompit Asdollah Mirza. Tirer à l'arme de guerre est très différent de tirer au fusil à plombs à double canon… Si vous le permettez, je vais expliquer son fonctionnement à notre cher Pouri.

Et, avant même que l'oncle Napoléon ait eu le temps de répondre, il entraîna Pouri dans le couloir et ferma la porte derrière lui. Je me rendis de l'autre côté pour suivre la conversation.

— Voyons, mon garçon ! dit Asdollah Mirza en ôtant le fusil de la main de Pouri. Nom de Dieu ! Mais ce fusil est réellement chargé…

— Je le crains, zozota Pouri. Mais c'est l'ordre de mon oncle.

— *Moment ! Moment !* Tu es un homme intelligent. Nous avons eu tant de mal à faire venir le représentant des Anglais pour résoudre ce conflit, dans l'espoir, *inch'Allah*, de voir ton oncle recouvrer sa santé… Supposons que les négociations n'aboutissent à rien ou bien qu'il y ait une dispute… Tireras-tu sur le représentant ?… Ne crois-tu pas qu'on viendra t'arrêter et t'exécuter pour meurtre ?

— Mais je ne vais pas tirer réellement, tonton Asdollah !

— Quand il y a des balles réelles dans un fusil, si par mégarde on appuie sur la détente, le tir part tout seul.

Pouri se mit à bégayer :

— N'y a-t-il pas un cran de sécurité ?

— Ce foutu fusil préhistorique n'a pas de cran de sécurité… Et puis, aurais-tu oublié dans quel état tu te trouvais après le choc de la déflagration de la bombe ?… Et si jamais le canon t'explose dans la main ! C'est arrivé récemment à quatre fusils de ce genre…

— Tonton Asdollah, j'ai très peur aussi…

— Tu as raison d'avoir peur… Voilà ce que je vais faire… Vvvoilà… et vvvoilà !

— Mais vous venez de retirer les balles !

— Chuut ! Ne dis rien. Reste là, je te promets qu'on n'aura même pas besoin de tirer… Ces fusils ne rigolent pas. Cinq fois sur dix, ils explosent, surtout dans la partie inférieure du canon. Les plombs déchiquettent souvent le bas-ventre du tireur… Aimerais-tu être infirme à ton âge ?… Perdre ta virilité ?… Moisir loin de San Francisco ?

De stupeur, Pouri s'était mis à frissonner. Il ouvrit la bouche mais fut incapable de dire un mot.

Lorsque Asdollah Mirza retourna au salon, l'oncle Napoléon était assis sur le fauteuil et les autres attendaient debout.

Asdollah Mirza fit plusieurs fois signe à l'oncle Colonel. Après quelques grimaces, celui-ci prit finalement la parole :

— Vous savez frangin, je dois vous informer d'un détail…

L'oncle Napoléon tourna vivement la tête vers lui.

— Pour négocier avec leurs opposants, dans chaque pays, les Anglais font appel à leurs hommes issus du même pays ou de la même région… continua l'oncle Colonel d'une voix qui témoignait de son inquiétude et de son hésitation. Comment dire ?… Ils trouvent que les gens de la région connaissent mieux la mentalité de la population locale…

— Je ne comprends pas où tu veux en venir.

— C'est-à-dire… Je veux dire que… Le colonel qui va venir vous voir… C'est une personnalité éminente de l'armée britannique…

— C'est ce qui était convenu, à ce que je sache… fit sèchement l'oncle Napoléon. Ils doivent remercier le ciel que j'aie accepté de parler à un colonel au lieu d'un général.

L'oncle Colonel jeta un regard anxieux à Asdollah Mirza et Agha Djan avant de continuer :

— C'est-à-dire ce colonel… qui est l'homme de confiance de Churchill… On pourrait même dire qu'il est le bras droit de Churchill et de l'état-major des armées britanniques… il est indien…

Asdollah Mirza ferma les yeux.

Les lèvres de l'oncle Napoléon frémirent. Il pâlit et d'une voix caverneuse répéta :

— Indien… Indien…

— Hé nondguieu ! s'exclama Mash Ghassem en frappant dans ses mains. Que Dieu nous protège des Indiens !…

L'oncle Colonel ne lâcha pas le fil de la conversation de crainte de ne plus oser le reprendre :

— Mais ce colonel Eshtiagh Khan est le conseiller personnel du vice-roi des Indes et celui-ci ne se gratte pas le nez sans l'avoir préalablement consulté.

L'intervention d'Asdollah Mirza empêcha fort heureusement la catastrophe que la mine épouvantée de mon oncle laissait présager :

— *Moment*, Colonel ! N'oubliez pas que le colonel Eshtiagh Khan possède le titre de *sir*. Il faudra l'appeler Sir Eshtiagh Khan.

L'évocation du titre de *sir* exerça un effet magique sur l'oncle Napoléon. Comme si on avait versé de l'eau sur son feu intérieur, il se calma.

— Quelle importance s'il est vraiment le représentant plénipotentiaire des Anglais, conclut-il à voix basse après quelques minutes de silence.

Asdollah Mirza, Agha Djan et l'oncle Colonel furent soulagés. Agha Djan, qui se trouvait à côté de la fenêtre, se pencha vers la cour et appela :

— Monsieur Shirali !... Monsieur Shirali ! Que puis-je faire pour vous ?

J'entendis la voix puissante et éraillée de Shirali le boucher dans la cour :

— Bonjour à vous !...

Mais, avant qu'il réponde à la question d'Agha Djan ou que celui-ci lui pose une autre question, l'oncle Napoléon intervint :

— Laissez-le ! C'est moi qui lui ai dit de venir... Pour, au besoin, servir le thé...

— Faites comme chez vous, monsieur Shirali ! dit Agha Djan dans la direction de la cour. Les domestiques ne sont pas là... Servez-vous le thé... En bas, le samovar est allumé...

Sans broncher, l'assistance échangea des regards discrets. Il n'y avait pas de doute : l'oncle Napoléon avait pris ses précautions. Il avait même demandé à Shirali d'être dans les parages pour intervenir en cas de besoin.

L'oncle Napoléon était toujours assis sur le fauteuil et les quatre autres personnes présentes restaient debout, immobiles. Même Asdollah Mirza, qui ne se taisait jamais, demeurait muet. Finalement, la voix de Mash Ghassem brisa le silence :

— Où est-il alors, ce Lézanglé indien ? Ma parole, je suis très inquiet. Je connaissais un gars au village, que Dieu ait son âme...

— Mash Ghassem ! grogna l'oncle Colonel.

Mais Mash Ghassem ne céda pas :

— Ma foi, monsieur, à quoi bon mentir ? La tombe n'est qu'à quatre pas... Je ne...

Heureusement la voix rauque de Shirali retentit dans l'escalier :

— Monsieur, votre invité est arrivé !

L'oncle Napoléon se leva prestement et, après avoir fait signe aux autres de regagner leur place, il rajusta sa médaille sur son col et se mit au garde-à-vous.

Shirali ouvrit la porte et Son Excellence Eshtiagh Khan entra.

Le caporal Eshtiagh Khan, *alias* le colonel Sir Eshtiagh Khan, était un petit Indien trapu et grassouillet. Il portait un uniforme d'été, composé d'une chemise à manches courtes et d'un short. L'étui vide de son revolver pendait à sa ceinture, son rabat ostensiblement laissé ouvert pour que l'on voie bien qu'il ne contenait rien.

Dès son entrée, il claqua des talons et porta la main à son turban en guise de salut militaire :

— *Good afternoon, sir !... How do you do ?*

L'oncle Napoléon, qui, malgré le teint blafard de son visage, s'était mis au garde-à-vous, porta la main à son sourcil. Mais, tétanisés par le caractère officiel de la réunion, ni lui, ni aucune autre des personnes présentes ne répondit... A l'exception de Mash Ghassem :

— Tous mes respects...

L'intervention de Mash Ghassem incita Asdollah Mirza à se ressaisir et à prendre la parole.

— *Good afternoon, sir Eshtiagh Khan !*

L'Indien dit quelque chose en anglais, à mon avis il contestait le titre de *sir*, car évidemment il n'en avait pas été averti, mais un signe d'Asdollah Mirza l'invita à se taire.

Après la poignée de main de l'oncle Napoléon au caporal indien, suivie d'un claquement de talons, tout le monde prit place comme l'avait auparavant décidé mon oncle, hormis Mash Ghassem qui resta debout.

Bien que bon élève en cours d'anglais, je ne comprenais rien aux paroles de l'Indien, par contre je saisissais tout ce que disait Asdollah Mirza, surtout les fautes qu'il commettait en confondant systématiquement le masculin et le féminin.

Après les formules de politesse d'usage, l'oncle Napoléon retrouva le ton sec et officiel du début :

— Asdollah, je te prie de traduire mot à mot tout ce que je vais dire... Dis-lui que ma vie, mes biens et mon honneur appartiennent à mon pays ! Je préfère mourir, jeté en pâture aux loups et aux hyènes, plutôt que de faire des concessions aux Anglais... Traduis !

Asdollah Mirza se mit à aligner une série de mots en anglais, mettant l'accent plus particulièrement sur le terme *wolf* qui veut dire "loup". Enfin, pour démontrer qu'il traduisait mot à mot, il s'interrompit et dit en persan :

— *Moment ! Moment !* C'est vraiment agaçant. J'ai oublié le mot hyène en anglais !... Hyène... Comment on dit hyène en anglais ?...

La voix de Mash Ghassem s'éleva :

— Comme qui dirait charognard !

— Peu importe… dit l'oncle Napoléon. Dis-lui que je suis conscient de l'ampleur des préjudices que j'ai causés à l'armée britannique… Dans les batailles de Kazeroun et Mamasani et des dizaines d'autres affrontements, j'ai exterminé peut-être des milliers de soldats de l'armée britannique. J'ai porté des coups mortels à leurs objectifs coloniaux… Mais j'ai fait tout cela uniquement pour mon pays… Uniquement parce que les Anglais avaient agressé mon pays… L'un de nos poètes raconte qu'un jour, dans sa jeunesse, il avait mis la main dans le nid d'un oiseau et que l'oiseau l'avait pincé au sang : "Mon père à mes larmes sourit et dit : Apprends le patriotisme que l'oisillon te prescrit…" Asdollah, traduis je te prie, mot à mot !

Asdollah Mirza jeta un coup d'œil désemparé autour de lui et aligna des mots anglais parmi lesquels il répéta deux fois à voix haute le mot *chicken* qui signifie "poulet".

L'Indien, qui apparemment ne comprenait pas un traître mot au discours d'Asdollah Mirza, acquiesçait sans arrêt de la tête :

— *Yes, yes, chicken… Yes chicken… Delicious… Very delicious…*

Notre professeur d'anglais nous avait justement, deux semaines auparavant, appris le mot *delicious* qui signifie "délicieux".

Asdollah Mirza se tourna vers mon oncle :

— Le colonel Sir Eshtiagh Khan me fait dire : Oui, oui, nous sommes au courant de tous ses combats et nous avons beaucoup d'estime pour Monsieur en tant que patriote, mais…

— Asdollah, il n'a prononcé que quelques mots… dit l'oncle Napoléon d'une voix sourde en fronçant les sourcils. Ces quelques mots voulaient dire tout ça ? N'exagérerais-tu pas ses paroles ?

— Que dites-vous, Monsieur ?… s'empressa de protester Asdollah Mirza. Qui parle anglais ici, vous ou moi ?… La langue anglaise, comme chacun sait, est une langue laconique et économe… Il y a certains mots qui pour être traduits en persan exigent un discours d'une demi-heure… N'avez-vous pas entendu le dernier discours de Churchill ?… Il a parlé pendant un quart d'heure devant la Chambre des communes. Les traductions persane, française et arabe furent si longues que toute la salle s'endormit.

Mash Ghassem, qui était muet depuis un moment, perdit patience :

— Si vous demandez mon avis, ce n'est pas impossible... Ces Lézanglé sont capables de tout. La fois où le *sergèmte* de Lézanglé était venu se rendre, il m'a dit un seul mot, puis le traducteur m'a expliqué pendant une heure ce que ça voulait dire.

— Tais-toi, Mash Ghassem ! dit tout bas l'oncle Colonel lui faisant les gros yeux. Tu prétends maintenant connaître l'anglais ?

— Ma foi, monsieur, à quoi bon mentir ? La tombe n'est qu'à quatre pas... Je connais Lézanglé mieux qu'eux-mêmes. Vous insinuez que je me suis battu pendant quarante ans avec Lézanglé sans connaître leur langue ?... Je connaissais un gars au village, que Dieu ait son âme...

— Ferme-la, Ghassem !... grogna l'oncle Napoléon sourdement. Asdollah, dépêche-toi de tirer l'affaire au clair... Demande-lui quel est son message pour moi... Dis-lui aussi que nous avons la lutte contre les étrangers dans le sang... Feu le Grand Monsieur a en fait perdu la vie en combattant les étrangers.

— *Moment ! Moment !* répondit discrètement Asdollah Mirza. Si vous vous en souvenez, feu le Grand Monsieur est mort du choléra l'année de la grande épidémie...

— Ne dis pas de bêtises, Asdollah ! Traduis ce que j'ai dit !

Asdollah Mirza se mit à aligner des mots incompréhensibles en anglais parmi lesquels il répéta à plusieurs reprises *"last Great Monsieur"*.

Hormis ces mots, je ne compris rien à ce qu'il disait, ce qui fut apparemment aussi le cas de l'Indien, puisqu'il prononça quelques paroles sans aucun rapport avec le sujet de la conversation. Asdollah Mirza se tourna vers l'oncle Napoléon :

— Le colonel Sir Eshtiagh Khan se permet de vous dire que son gouvernement est au courant de l'héroïsme de votre famille, mais aujourd'hui si vous donnez officiellement votre parole de ne plus leur porter préjudice, après la guerre, il transmettra votre dossier aux autorités avec un avis favorable...

Il fut interrompu par un vacarme étrange en provenance de la cour. Comme si une bagarre avait éclaté entre plusieurs personnes. L'assistance en demeura figée.

Finalement la voix rauque de Shirali couvrit celles des autres :
— Je vous dis que Monsieur a une réunion privée !
La voix que je reconnus quelques secondes plus tard comme étant celle de Doustali Khan hurla :
— Tant pis pour sa réunion privée. J'ai une affaire urgente !
Le tapage s'approcha de l'escalier ; soudain la porte du salon s'ouvrit avec fracas et Doustali Khan traîna à l'intérieur l'aspirant Ghiass Abadi qu'il tenait par le col de son pyjama :
— Tu vas voir de quel bois je me chauffe ! Crapule !... Je dois tirer cette affaire au clair aujourd'hui même.
— Quel est ce tapage, Doustali Khan ? s'exclama l'oncle Napoléon se levant brusquement. Quelle nouvelle honte vas-tu encore causer ? Ne vois-tu pas que...
Sans prêter attention à l'assistance, Doustali Khan tira l'aspirant jusqu'à mon oncle et s'écria :
— Cette crapule devait épouser notre pauvre fille et s'en séparer deux mois plus tard. Non seulement, il n'a pas divorcé, mais en plus il l'a engrossée... Et maintenant, il est en train de vendre la propriété d'Akbar Abad pour empocher l'argent...
Les salutations chaleureuses et la politesse de Mash Ghassem à l'égard de l'aspirant Ghiass Abadi apaisèrent quelque peu la violence de la rencontre :
— Comment vas-tu Radjab Ali Khan ?... Justement hier, Mash Karim arrivait de Ghiass Abad et demandait de tes nouvelles... Ma foi, nous sommes bien voisins, que je lui dis, mais ce n'est pas pour autant que je vois M. Ghiass Abadi...
L'aspirant Ghiass Abadi libéra son col des griffes de Doustali Khan et poursuivit les salamalecs avec Mash Ghassem, puis il aperçut le reste de l'assistance :
— Je vous salue tous... Je vous demande pardon... Ce monsieur a complètement perdu la tête... Je ne comprends pas... avec sa propre femme, on n'a plus le droit de...
Mais il ne put finir sa phrase, car il fut interrompu par Doustali Khan :
— Ah bonjour, monsieur Eshtiagh Khan !... Quelle coïncidence !... Justement il y a quelques jours, je demandais de vos nouvelles à Sardar Meharat Khan...
L'oncle Napoléon se figea comme électrocuté :
— Doustali, tu connais le colonel Eshtiagh Khan ?
Le regard étonné de Doustali Khan glissa du visage de l'oncle Napoléon à celui de l'Indien et vice versa et, avant

d'apercevoir les grimaces d'Asdollah Mirza et de l'oncle Colonel, il éclata soudain de rire :

— Depuis quand le caporal Eshtiagh Khan est-il devenu colonel ?… Je vous félicite, monsieur Eshtiagh Khan ! La dernière fois qu'on est allés en montagne avec Sardar, tu étais encore caporal…

L'assistance était pétrifiée. Surpris par une rencontre si inopportune, Eshtiagh Khan regardait pantois Asdollah Mirza, Agha Djan et l'oncle Colonel, mais ces derniers étaient eux-mêmes si stupéfaits qu'ils ne lui étaient d'aucun secours.

— Pourquoi tu ne dis rien, Eshtiagh Khan ?… insista Doustali Khan. Que se passe-t-il ?

Affolé, hébété, contrarié, l'Indien ouvrit la bouche pour s'exprimer en persan mais avec un fort accent indien :

— Que puis-je dire… Je venions aujourd'hui pour rencontrer *mister*…

L'oncle Napoléon appuya les mains sur les accoudoirs de son fauteuil. Tout son corps était pris de frissons. Son visage cadavérique faisait peur à voir. Soudain il s'affala dans le fauteuil en répétant :

— Trahison !… Trahison !… L'Histoire se répète !…

Tout le monde se mit à s'agiter. Inquiet, l'oncle Colonel se précipita vers lui :

— Frangin !… Frangin !…

— Trahison !… Trahison !… répétait l'oncle Napoléon d'une voix étranglée et tremblante, les yeux mi-clos. Mon frère… Lucien Bonaparte !

— Monsieur… Comment vous sentez-vous, Monsieur ? s'écria Agha Djan.

— Trahison !… Trahison !… Mon beau-frère… Maréchal Murat !

— *Moment ! Moment !* Qui vous a trahi ? Pourquoi refusez-vous d'écouter ?…

— Tais-toi, général Marmont !

Mash Ghassem ouvrit la bouche pour dire quelque chose.

— Tu ferais mieux de te taire !… dit Asdollah Mirza. Tu dois être le général Grouchy ! Ton cas est pire que tous les autres !

Soudain le hurlement de l'oncle Napoléon retentit dans le salon :

— Trahison !… Pouri… Shirali… A l'attaque !…

L'ordre d'attaque plongea l'assistance dans le désarroi. Quant à l'Indien, même s'il n'avait pas encore saisi le sens de l'ordre proféré par mon oncle, il n'en était pas moins surpris et à grand renfort de grimaces s'enquérait auprès d'Asdollah Mirza et d'Agha Djan de ce qu'il devait faire. J'entrai à mon tour au salon, trouvant désormais inutile de me cacher. Je me tenais, hagard, sur le pas de la porte.

— Sauve-toi, caporal ! entendis-je Asdollah Mirza glisser au caporal indien. La situation *very* orageuse *hai*.

Et il l'entraîna vers la porte. Dans le couloir, il se retrouva nez à nez avec Shirali qui montait l'escalier :

— Attendez, monsieur ! Je vais lui régler son compte !

Et il souleva le gigot de mouton comme un glaive au-dessus de sa tête. L'année précédente, lors de son pèlerinage à Mashad, il s'était repenti et engagé à ne plus attaquer les gens à coups de hache.

— *Moment*, Shirali ! dit Asdollah Mirza à voix basse en attrapant son bras. Tu es devenu fou ?... Dieu recommande que l'on respecte son invité...

— Ma foi, Monsieur avait dit : Dès que j'appelle, tu cours casser la gueule au malfaiteur.

— Reprends-toi, Shirali !... Le commandant est l'ami de Monsieur...

— Sur votre tête, moi ne vouloir aucun mal à Monsieur... dit l'Indien, pâle comme un linge, en levant la tête au ciel pour parler d'une voix épouvantée à Shirali. Monsieur, cher ami à moi... Monsieur, mon bien-aimé à moi...

Shirali dégagea le passage. A ce moment-là, surgit derrière nous Pouri qui, de peur, avait eu besoin d'aller se soulager.

— Tonton Asdollah, laissez-moi régler le compte de cet Indien ! zozota-t-il.

Asdollah Mirza se rua sur lui :

— Toi, on t'a pas sonné !... Ne prends pas tes airs de général Rommel avec moi...

— Tiens-moi ce crétin, Shirali, jusqu'à mon retour ! commanda-t-il, lorsqu'il vit que Pouri s'en prenait toujours à l'Indien.

Tandis que la silhouette fluette et oblongue de Pouri se faisait encercler par les bras de Shirali, Asdollah Mirza dévala les marches quatre à quatre en compagnie de l'Indien. En descendant, il l'insultait à voix haute en frappant dans ses mains : “Tu vas voir, salaud d’escroc !… Tu l’as bien méritée cette gifle ! Je vais te faire la peau !”

Lorsqu’il eut évacué l’Indien, il revint sur ses pas et, en deux mots, éclaira Pouri qui se débattait toujours dans les bras de Shirali.

— Petit crétin, si tu avais levé la main sur cet Indien, demain, au campement des Anglais, tu te serais retrouvé avec deux balles dans ta cervelle pourrie.

— Tonton Asdollah, je ne voulais pas le frapper pour de bon… Je voulais juste que mon oncle m’entende… A vous de lui expliquer maintenant.

— D’accord ! J’expliquerai moi-même à ton oncle… Lâche-le maintenant, Shirali… Et va attendre dans la cour !

Ayant suivi Asdollah Mirza, je revins au salon en sa compagnie. Agha Djan et l’oncle Colonel, aidés de Mash Ghassem, maintenaient le buste de l’oncle Napoléon pour lui faire ingurgiter quelques gouttes de cognac. L’aspirant Ghiass Abadi et Doustali Khan les regardaient, l’air effaré.

— Où en sommes-nous, Asdollah ? s’enquit l’oncle Napoléon en entendant la voix d’Asdollah Mirza. Que lui avez-vous fait ?

— Vous n’imaginez pas… Il s’est enfui la queue entre les jambes !… Une retraite scandaleuse !… Je l’ai anéanti… Je l’ai transformé en bouillie…

L’oncle Napoléon dut se rappeler soudain la trahison de son entourage, car il écarquilla les yeux et, tandis que ses lèvres se remettaient à trembler, il s’écria avec le peu de force qui lui restait :

— Je ne veux plus voir vos têtes de traîtres !

L’oncle Colonel voulut intervenir, mais Asdollah Mirza le devança :

— Sur votre tête, Monsieur… Sur la tombe de feu le Grand Monsieur, il nous a dupés aussi.

— Etes-vous crétins à ce point ?… Etes-vous…

— *Moment ! Moment !*… l’interrompit Asdollah Mirza. Faut-il vous rappeler la ruse des Anglais ?… Ils peuvent rouler n’importe qui dans la farine !… S’ils arrivent à tromper la vigilance de Hitler, croyez-vous qu’ils auraient du mal à tromper la nôtre ?

La phrase aurait pu appartenir à la rhétorique de l’oncle Napoléon et elle eut un effet immédiat.

— Misérables ! dit-il d'une voix sourde. Quand je vous disais de ne pas sous-estimer les ruses de ce vieux briscard, vous me railliez !

L'assistance poussa un soupir de soulagement. Mash Ghassem, qui, face à ces événements insolites, était resté coi, retrouva la parole :

— Non, mais dites donc, quand est-ce que ces messieurs saisiront vos propos, mon bon Monsieur ?... Dieu m'est témoin, si j'étais Hitler, j'aurais embauché Monsieur comme assistant pour qu'il prenne en flagrant délit Lézanglé... et défie leurs ruses !...

Heureusement, pour une fois son intervention tombait à pic, car des signes d'apaisement apparurent sur le visage de mon oncle. Mais Mash Ghassem n'en resta pas là :

— Ma foi, à quoi bon mentir ? La tombe n'est qu'à quatre pas... De ma vie, je n'ai jamais vu un tel déshonneur : envoyer un caporal indien et le faire passer pour le chef suprême de Lézanglé.

L'oncle Napoléon, qui venait de fermer les yeux, les rouvrit à nouveau pour lâcher d'une voix étranglée :

— C'était délibéré !... C'était délibéré !...

Et il continua en haussant peu à peu la voix :

— Ils voulaient m'obliger à négocier avec un caporal pour me déshonorer moi et ma famille... Ils voulaient m'humilier... Ça faisait partie de leur plan de vengeance.

— Frangin... Frangin... calmez-vous ! dit l'oncle Colonel d'un air anxieux. Ne vous fâchez pas, sinon vous allez faire un malaise !

— Comment ne pas me fâcher ? s'écria l'oncle Napoléon. Comment me calmer ?... Comment me taire face à une si vaste conspiration ?... Ils m'ont envoyé un caporal indien pour pouvoir écrire demain dans l'Histoire qu'un brave combattant a été honteusement forcé de remettre son épée à un caporal indien...

— Bon, grâce à Dieu leur complot est tombé à l'eau... tempéra Agha Djan.

— C'était un coup de la providence !... dit l'oncle Napoléon à mi-voix. Mars, le dieu de la guerre, n'a pas consenti à ce qu'un vieux combattant tombe si bas... Si Doustali n'était pas arrivé...

— Nom de Dieu, nom de Dieu, si mon compatriote n'était pas arrivé, que se serait-il passé ? l'interrompit Mash Ghassem. Honneur à Ghiass Abad et à ses habitants !

— Approche-toi, Dousatli… dit l'oncle Napoléon en jetant un coup d'œil dans sa direction. Assieds-toi là !… Si Dieu les a aveuglés, il t'a incité à venir me secourir dans ce terrible tourbillon !… Tu es mon commandant !…

— Vous voyez ? murmura Asdollah Mirza qui, bouche bée, contemplait la scène. A présent nous sommes les vilains, tandis que Doustali le Couillon serait le bras bienfaiteur de Mars, le dieu de la guerre !…

— Ce n'est pas grave… dit Agha Djan à voix basse. L'essentiel est que Monsieur retrouve son calme… Quand bien même il faudrait que Doustali Khan incarne personnellement le dieu de la guerre.

Asdollah Mirza s'empressa de servir un autre verre de cognac à mon oncle. Après la tempête, un calme délectable s'installa. A cet instant, Pouri apparut sur le pas de la porte, mais, avant que mon oncle l'aperçoive, Asdollah Mirza se rua sur lui.

— Sors d'ici… souffla-t-il. En te voyant, Monsieur se souviendra à nouveau de tout. Reste une seconde dehors !

Et il referma la porte. Je me trouvais à une autre porte, hors du champ de vision de mon oncle. Asdollah Mirza me fit signe d'y rester. L'oncle Colonel le rejoignit.

— Asdollah, que devient mon tapis dans tout ça ? demanda-t-il à voix basse.

— *Moment ! Moment*, Colonel ! Vous voulez créer un nouveau scandale ? Vous qui disiez être prêt à sacrifier votre vie pour Monsieur !…

— Mais, prince, ce charlatan n'a rien fait ! Je n'avais tout de même pas fait le vœu d'offrir un tapis d'Ispahan au caporal Eshtiagh Khan !

— Bon, vous le récupérerez, répondit Asdollah Mirza discrètement en haussant les sourcils. Ne vous inquiétez pas !

— Comment je vais retrouver ce gars ?

— A vrai dire, je dois vous informer que… En fait, le caporal a accepté de jouer le jeu car il devait partir ce soir. Mais ne vous inquiétez pas, il m'a laissé son adresse. Demain, vous lui enverrez une lettre adressée au caporal Eshtiagh Khan, 238e régiment de blindés, front d'El-Alamein.

— Que le diable emporte ta vilaine gueule de prince ! grommela l'oncle Colonel.

— *Moment !* J'espère qu'il ne sera pas tué avant l'arrivée de la lettre !… Il y a bien sûr une autre solution : demander à Monsieur de vous dédommager par un tapis d'Ispahan !

— Il ne manquerait plus que ça ! Avouer à mon frère que j'ai offert un tapis au caporal indien pour l'inciter à se faire passer pour le représentant des Anglais dans les pourparlers ! Tu veux m'envoyer au cimetière ?

— La roue tourne, colonel !... Un jour on gagne, le lendemain on perd !

L'oncle Colonel lui jeta un regard haineux et se joignit au reste de l'assistance qui, en formant un cercle autour de l'oncle Napoléon, parlait à voix basse.

XXIV

L'oncle Napoléon, qui avait fermé les yeux, les rouvrit. Son visage avait retrouvé son calme.

— J'en ai vu d'autres… dit-il d'une voix apaisée. Napoléon, qui tout au long de sa vie avait goûté au venin des Anglais, a démissionné après Waterloo, mais ça ne l'a pas empêché de tomber à nouveau dans leurs pièges et de leur confier sa destinée… Ils lui ont promis monts et merveilles… Mais à la fin, le pauvre s'est retrouvé sur l'île de Sainte-Hélène. Je ne suis pas plus privilégié que lui…

Puis, comme pour changer de sujet, il se tourna vers Doustali Khan :

— Bon, Doustali, quel était ton problème avec l'aspirant Ghiass Abadi ?

— Vous êtes le doyen de cette famille… commença Doustali Khan en tapant du poing sur la table d'un air menaçant. Soit vous me débarrassez de cette bourrique, soit vous m'autorisez à m'adresser à la justice pour mettre un terme à sa mainmise sur la vie, la fortune et l'honneur de ma famille.

L'aspirant Ghiass Abadi, qui selon toute vraisemblance venait de fumer une grosse dose d'opium et était très calme, dit avec un grand sang-froid :

— Premièrement, bourrique c'est celui qui le dit qui l'est, deuxièmement, quand est-ce que j'ai abusé de la vie, de la fortune et de l'honneur de monsieur ?

— Ma foi, soit dit sans vous offenser, intervint Mash Ghassem, personne n'a jamais entendu dire qu'un natif de Ghiass Abad ait souillé l'honneur de quelqu'un… A quoi bon mentir ? Aucun pays ne pourra jamais égaler l'honneur et la vertu de Ghiass Abad.

Les efforts de Doustali Khan pour se maîtriser échouèrent, il sortit de ses gonds et s'en prit à Mash Ghassem :

— Toi, on ne t'a pas sonné ! Que le diable emporte les natifs de Ghiass Abad et leur honneur !

Mash Ghassem, qui se mettait rarement en colère, protesta vivement :

— Gardez votre dignité, monsieur ! Appelez-moi par tous les noms si ça vous chante, mais ne badinez pas avec l'honneur et la vertu des habitants de Ghiass Abad.

Mon regard s'arrêta sur Asdollah Mirza. Son visage était redevenu radieux et son sourire espiègle était de retour.

— *Moment ! Moment*, Doustali Khan ! Mash Ghassem a raison ! Pas touche à l'honneur des habitants de Ghiass Abad ! Vous qui êtes un parangon de vertu, vous ne devez pas...

La voix impérieuse de l'oncle Napoléon s'éleva :

— Silence !... Deux personnes ont un différend. Elles le portent devant le doyen de la famille. Il faut examiner leur cas avec équité. Je vous prie de laisser les deux parties s'exprimer. Continue, Doustali, sans t'éloigner du sujet !

La ferveur de mon oncle réconforta l'assistance, car il semblait avoir provisoirement oublié l'affaire des Anglais.

— Nous avons consenti à ce que ce type épouse notre fille afin de préserver la réputation et l'honneur de la famille, expliqua Doustali Khan, tâchant de conserver son sang-froid. A condition qu'un mois plus tard il divorce et empoche deux mille tomans... Ce qui fut fait... Sans parler de...

— Vous avez payé deux mille tomans, l'interrompit l'aspirant Ghiass Abadi qui s'était mis à déguster du nougat, puis nous avons refait les calculs... Il y a encore...

— Qu'est-ce que tu racontes, ingrat ?... Qu'est-ce que tu as calculé ?

— Pendant cinq ans, vous avez habité la maison de ma femme, ce qui représente cent tomans de loyer par mois, poursuivit l'aspirant calmement... Allez, disons cinquante tomans... Sur cinq ans, ça nous fait trois mille tomans... Vous me devez donc encore mille tomans.

Doustali Khan s'étrangla de colère et resta sans voix.

— Non, monsieur, le loyer minimum aurait été de cent tomans... murmura Asdollah Mirza. Le compte est bon ! Ça nous fait un minimum de six mille tomans !

La colère de Doustali Khan se retourna contre Asdollah Mirza :

— Toi, ta gueule, Asdollah !

— *Moment !* Je n'ai rien dit. Monsieur l'aspirant s'est trompé dans son calcul, je n'ai fait que le corriger !

— Silence, Asdollah ! dit vivement mon oncle.

Mais ce fut le tour de Mash Ghassem :

— Au jour d'aujourd'hui, ça dépasserait même les deux cents tomans… Je me souviens très bien d'un gars au village…

— Mash Ghassem, laisse parler M. Doustali Khan, dit Asdollah Mirza. Il était en train d'évoquer le viol de la vertu…

L'aspirant, qui cassait un nougat en deux à petits coups de couteau, dit calmement :

— Alors, expliquez-nous, s'il vous plaît, quelle vertu j'ai violée.

— Il y a des limites à l'insolence, Monsieur ! dit Doustali Khan, frissonnant de colère. Cette fille malade et innocente…

— Malade et innocente toi-même ! l'interrompit l'aspirant… Si tu parles de ma femme, tu…

— Monsieur l'aspirant, vous qui êtes à la Sûreté, vous devez connaître les règles du tribunal, s'écria l'oncle Napoléon. Ici, c'est un tribunal familial. Tant que je ne vous ai pas donné la parole, vous n'avez pas le droit d'intervenir. Vous vous exprimerez le moment venu… Continue Doustali !

— Voyez-vous, cette fille malade et innocente avait été abusée par un gredin inconnu…

— Mais, Monsieur, vous voyez bien qu'il divague ! intervint à nouveau l'aspirant.

Puis, il leva les yeux au plafond et continua :

— Premièrement, gredin c'est celui qui le dit qui l'est, deuxièmement, il n'est pas inconnu du tout.

Doustali Khan prit une posture menaçante et se redressa sur son fauteuil :

— Il n'est pas inconnu ? Tu le connais, toi ?… Tu sais qui a engrossé cette pauvre fille ?

— Bien sûr que je le sais, répondit l'aspirant calmement avant de mettre un nouveau morceau de nougat dans la bouche. C'était votre serviteur !

— Toi ? Sale menteur !

— C'est pourtant la pure vérité !

— *Moment*, monsieur Doustali Khan ! intervint Asdollah Mirza, le visage souriant et enjoué. Il faut être raisonnable ! Monsieur l'aspirant affirme qu'il est le père de l'enfant, alors que vous prétendez qu'il s'agissait d'un inconnu... Ou bien vous connaissez le géniteur, ou bien vous devez vous en remettre à son aveu !

Doustali Khan était devenu rouge comme une tomate et sa voix enragée était à peine audible :

— Mais où ? Quand ?... Ce type ne connaissait même pas Ghamar. Où est-ce que cela s'est passé sans qu'on le sache ?

— Réveillez-vous, mon frère ! répondit l'aspirant avec le même calme. L'an dernier, lorsque, en compagnie du lieutenant Teymour Khan, nous sommes venus chercher votre cadavre, je me suis épris de Ghamar... Nous nous sommes entichés l'un de l'autre... Quelles nuits inoubliables !... Quels clairs de lune !

— Et puis vous demandez quand et où ? dit Asdollah Mirza qui avait du mal à retenir son rire. On ne va tout de même pas à San Francisco devant vous !... Après tout, San Francisco est une ville où on ne laisse entrer que deux personnes à la fois. Si vous êtes trois, vous devez aller à Los Angeles !

— Asdollah, n'est-ce pas devant toi qu'il a prétendu être impuissant ? s'emporta Doustali Khan, sur le point de faire un malaise. Qu'une balle avait atteint son foutu membre exécrable à la guerre ?

— C'est le vôtre qui est foutu et exécrable ! dit l'aspirant la bouche pleine.

— *Moment !* A présent le jury doit délibérer pour savoir lequel des deux membres est le plus propre. Je vote pour M. l'aspirant.

L'oncle Napoléon serrait les dents. Il cherchait à les interrompre avec majesté et élégance, mais il n'en trouvait pas l'opportunité. Asdollah Mirza, qui planait allègrement sur son nuage de bonheur, affecta un air étonné et se tourna vers l'aspirant :

— *Moment*, monsieur l'aspirant ! Vous avez dit une chose pareille ?... Je n'ai absolument pas souvenir que vous ayez dit que votre membre avait été touché par balle !

— Il se trouve qu'il dit la vérité sur ce point, s'esclaffa discrètement l'aspirant. Je l'ai bien dit !

— Vous voyez ? s'écria Doustali Khan à mon oncle. Vous voyez ? Il avoue lui-même !

Mais, avant que l'oncle Napoléon l'interroge, l'aspirant continua calmement :

— A vrai dire, le jour où, prétextant la perte de la montre, vous nous avez fait venir avec le lieutenant Teymour Khan, j'ai cru que vous aviez découvert que j'avais fait un bébé à Ghamar et que vous vouliez me faire avouer avant de me livrer à la justice et m'envoyer en prison… Car je suis moi-même expert en la matière… J'ai arrêté des centaines de criminels… J'ai dit que j'avais été touché par balle pour que vous ne puissiez ni m'accuser ni me faire arrêter et juger…

Mash Ghassem, resté silencieux depuis un moment, lui coupa la parole :

— Hé nondguieu !… Quelle intelligence, quel discernement !… Bravo au pays de Ghiass Abad ! Je vous disais bien que, plus virils que les natifs de Ghiass Abad, vous ne trouverez nulle part…

Asdollah Mirza renonça à se contenir. Il éclata de rire et, la voix secouée par des gloussements, dit :

— Vive l'aspirant Ghiass Abadi !… A partir d'aujourd'hui, tu es nommé citoyen d'honneur de la ville de San Francisco !

— Je vous remercie, excellence ! ricana l'aspirant… Je suis votre obligé.

Le cri de l'oncle Napoléon s'éleva :

— Voyons, messieurs ! La réunion tourne à la plaisanterie !… Asdollah !… Aspirant !… Silence !

Puis il se tourna vers Doustali Khan :

— Continue, Doustali !

Mais ce dernier demeurait muet, comme choqué. Son teint était de plomb. L'oncle Colonel avait baissé la tête et gardait le silence. Je le devinais trop obnubilé par son tapis d'Ispahan pour suivre les débats. Mais Agha Djan affichait une mine déridée et joyeuse.

L'aspirant Giass Abadi entama une forte contre-offensive :

— J'aime ma femme. Ma femme m'aime. Nous avons un merveilleux enfant… Un second est en route. Aux yeux de M. Doustali Khan, c'est contraire à la vertu. En revanche si lui rend visite, comme mercredi dernier, à une femme mariée en l'absence de son mari, ce n'est pas grave…

Doustali Khan sortit de son état d'engourdissement léthargique et s'écria :

— Moi... j'ai rendu visite à une femme mariée ?

— Vous permettez qu'on appelle Fati ? répondit l'aspirant d'un air doux. Fati, la fille de Khanoum Khanouma, la nourrice de Ghamar... On va lui demander qui est sorti incognito de la maison de Shirali le boucher mercredi dernier ?

Doustali Khan se figea à nouveau. La bouche d'Asdollah Mirza se fendit d'un large sourire. Il sortit ses lunettes de vue de sa poche et les mit.

— Doustali ?... C'est vrai ?... demanda-t-il avec un rire malicieux en le fixant dans les yeux. Enfin San Francisco avec la femme de Shirali ?... Jusqu'au centre-ville ?

— Ta gueule, Asdollah !

— *Moment*, Doustali ! *Salve in veritas !*... Avoue sinon l'aspirant va envoyer chercher Fati !

— Asdollah, ne va pas te plaindre si je te règle ton compte !

— *Moment ! Moment ! Momentissimo !*... Toutes mes félicitations !... Tu n'en as pas eu assez avec la femme de Shirali, maintenant tu veux me régler mon compte ?... Quelle pilule prends-tu pour être si diablement performant ?

La voix de mon oncle retentit :

— Asdollah !... Asdollah !...

Sur ce, Doustali Khan prit la boîte de nougat et, d'un geste menaçant, fit mine de la jeter à la tête d'Asdollah Mirza :

— Tu veux que je t'écrabouille la cervelle ?...

— Qu'est-ce que tu viens de dire ? Répète un peu !... fit Asdollah Mirza, essayant de masquer son rire.

Puis, il bondit vers la fenêtre.

— Monsieur Shirali... Shirali... s'écria-t-il en se penchant vers la cour.

— Laisse tomber... Asdollah !... crièrent presque en chœur l'oncle Napoléon et l'assistance.

— Shirali, s'il te plaît, apporte-nous du thé... continua Asdollah Mirza.

Un court silence s'installa dans la pièce. Mash Ghassem en profita :

— Ma foi, à quoi bon mentir ? La tombe n'est qu'à quatre pas... En quarante ans de vie, je n'avais jamais vu pareil déshonneur... C'est pas Dieu possible !... Si Shirali le flairait... Monsieur Doustali Khan, vous savez, aujourd'hui Shirali est arrivé avec son gigot de mouton à la main...

Quelques instants plus tard, la silhouette colossale de Shirali entra au salon avec le plateau de thé :

— Mes respects !

Pendant que chacun sirotait silencieusement son verre de thé après y avoir jeté un morceau de sucre, Asdollah Mirza, l'air sérieux et les yeux railleurs, feignit de poursuivre une conversation factice :

— … Eh bien, comme je vous le disais, ça serait catastrophique… Bon, les gens profondément attachés à leur honneur le prendraient mal… Qu'ils soient haut placés ou non, qu'ils soient riches ou commerçants, ça ne change rien… Par exemple, prenons M. Shirali…

Il marqua une petite pause et se tourna vers Shirali :

— Vous, monsieur Shirali !… Je vous le demande… Si vous avez un ami, un camarade… Et si vous voyez un homme entrer chez lui en son absence… Qu'est-ce que vous ressentez ?

— Sur la tête de Monsieur, ne me dites pas ce genre de choses, Votre Excellence !… rugit Shirali sourdement. Là vous vous contentez d'en parler et, sauf votre respect, j'ai déjà envie d'écraser les murs avec mes poings… J'ai envie d'arracher les portes et les fenêtres…

Sans prendre garde au dernier verre de thé qui restait sur le plateau qu'il tenait à la main, Shirali se tordit les poings de sorte que le thé se renversa sur la tête de l'oncle Colonel qui hurla : "Aïe, je brûle !"

Les lèvres de l'oncle Napoléon se mirent à trembler et son visage pâlit.

— Ça suffit, j'ai dit !… Assez !… s'écria-t-il d'une voix effrayante tout en tâchant de se lever. Voilà encore un complot… Encore un nouveau coup… Ils veulent détruire ma famille… Ils ont peur de moi, alors ils visent mes proches… Dieu, jusqu'où peuvent aller l'infamie et la mesquinerie ?

Et dans l'effarement et le branle-bas général, l'oncle Napoléon s'évanouit à nouveau et s'effondra sur le fauteuil.

— Qui a fait ça ?… Qui a brûlé mon papa ? répétait sans cesse Pouri qui, alarmé par le cri de son père, était accouru au salon.

— Bourrique va ! finit par s'écrier Asdollah Mirza. Au lieu d'aller chercher le médecin, tu restes là à brailler ! Peu importe qui a fait quoi. Qu'est-ce que tu y peux ? C'était un accident !... Shirali a lâché le thé et il s'est renversé sur ton papa. Tu veux peut-être le punir en lui faisant une piqûre ?

— Alors je ferais mieux d'aller chercher le docteur ?

— Oui, vas-y... Sans toi et tes beuglements, les malades se rétabliront tout seuls.

Pouri s'en alla chercher le docteur.

Asdollah Mirza et Mash Ghassem massaient les bras et les jambes de l'oncle Napoléon. Personne ne faisait vraiment attention à la brûlure de l'oncle Colonel. Seul Doustali Khan s'énerva :

— Tout est la faute de ce vaurien. Ce violeur est non seulement un voleur et un escroc, mais il est aussi un meurtrier... Regardez, il a crevé l'œil de M. le Colonel !

— Est-ce que j'y suis pour quelque chose, cher monsieur ? répondit l'aspirant Ghiass Abadi calmement. Vous m'avez...

— Je vais te montrer de quel bois je me chauffe ! l'interrompit Doustali Khan en criant. Tu brûles le visage du Colonel maintenant ?

— J'attends que vous me montriez !

Puis il continua tout bas :

— Quelle affaire ! Quel rapport entre la grossesse de ma femme et la brûlure au visage du Colonel ? Je ne suis tout de même pas équipé d'un robinet de samovar !

— L'aspirant a raison ! reprit Asdollah Mirza. Il ne possède pas de robinet de samovar !... Et même s'il en possédait un, cela ne devrait pas brûler le visage du Colonel. A moins que, sauf votre respect, nous n'estimions que...

— Ta gueule, Asdollah ! hurla Doustali Khan.

Sans lui répondre, Adollah Mirza se tourna vers Shirali :

— Ne partez pas, Shirali ! Nous avons besoin de vous !... En plus, j'ai deux mots à vous dire... Attendez en bas que je vous appelle...

Doustali Khan, qui, en proie à ses émotions, avait oublié la présence de Shirali, pâlit à nouveau.

— Ce n'est pas le moment de plaisanter, Asdollah ! dit-il gentiment. Ne vois-tu pas que Monsieur est tombé dans les pommes... Que le Colonel est brûlé !

Shirali sortit.

— Personne n'aura donc pitié de moi ! geignit l'oncle Colonel. Personne ne pense à mes brûlures !

— Je vous en prie, Colonel ! Tout le monde pense à vous, mais Monsieur est dans un sale état... Il faut d'abord le remettre sur pied.

— Vous voulez dire que je ne souffre pas ?... gémit-il. C'est comme si on avait enfoncé mon visage dans le four du boulanger !

— Retirez votre main pour qu'on voie un peu ce qu'il en est...

Au même moment, Pouri revint, annonçant le souffle court, que le Dr Nasser-ol-Hokama n'était pas chez lui. Tandis qu'Agha Djan et Mash Ghassem versaient du sirop dans la bouche de l'oncle Napoléon, Asdollah Mirza retira presque de force la main de l'oncle Colonel de son visage. Sa joue et son menton étaient légèrement rouges.

— Nom de Dieu ! Regardez-moi ça ! s'écria Asdollah Mirza d'un air sarcastique. Une grosse couche de peau et de chair s'est arrachée !

Mash Ghassem, qui l'avait pris au sérieux, avant même de regarder, s'exclama :

— Hé nondguieu !... Le visage du Colonel, comme qui dirait, sauf votre respect...

Asdollah Mirza, qui avait senti que Mash Ghassem allait comparer le visage de l'oncle Colonel à quelque chose d'incongru, l'interrompit :

— N'en rajoute pas, Mash Ghassem !... Je plaisantais. Regarde, c'est juste un peu rouge.

Mais Mash Ghassem insista :

— Ma foi, monsieur, à quoi bon mentir ? La tombe n'est qu'à quatre pas... Je suis moi-même docteur et expert en matière de brûlure... Il n'y a qu'un remède pour les brûlures.

— Quel remède ? Qu'est-ce qu'il faut faire ? demanda l'oncle Colonel inquiet.

— Ma foi, monsieur, à quoi bon mentir ?... Sauf votre respect, sauf votre respect, sans vouloir vous offenser... Il faut le badigeonner avec le pipi d'un garçon non pubère.

Asdollah Mirza voulut protester mais il se retint et, après un bref silence, renchérit :

— J'en ai entendu parler, moi aussi. Mais où trouver un garçon non pubère ?

— Même s'il est pubère, ce n'est pas grave... Mais il ne doit pas être très âgé... Si vous voulez mon avis, c'est-à-dire je dirais même que le pipi de M. Pouri ferait l'affaire.

— Fermez vos gueules ! s'écria l'oncle Colonel. Maintenant vous voulez appliquer n'importe quelle saloperie sur mon visage… Au lieu de dire des bêtises, va chercher un peu d'huile ! Huile d'amande, de ricin… N'importe quoi…

— J'y vais… dit Mash Ghassem en sortant du salon. Mais rien ne sera aussi efficace que le remède que je vous ai dit.

— Vous ne perdez rien à essayer, dit Asdollah Mirza.

— Ne dites pas n'importe quoi !… protesta Pouri en zozotant. Je n'ai pas envie là tout de suite…

L'oncle Colonel faillit à nouveau se mettre à hurler mais Mash Ghassem revint une cuillère en bois à la main.

— Ma foi, monsieur, on n'avait pas d'huile d'amande ni de ricin… J'ai pris un peu d'huile végétale à la cuisine.

Après que l'on eut badigeonné sa peau avec de l'huile végétale, l'oncle Colonel retrouva son calme et dit :

— Tant pis pour moi… Faites quelque chose pour mon frangin !

La voix d'Agha Djan s'éleva :

— Ne vous inquiétez pas pour Monsieur… Sa respiration est redevenue normale… Il va revenir à lui… Il vaudrait mieux que vous passiez dans l'autre pièce pour le laisser se reposer ici. Il va se sentir mieux.

— Je pense aussi qu'il vaut mieux qu'on aille dans l'autre pièce pour qu'il y ait moins de bruit ici, dit Asdollah Mirza.

— Viens Pouri… Bouge-toi Doustali !

Doustali Khan s'assit sur un fauteuil.

— J'ai juré de ne pas mettre les pieds hors de cette chambre tant que je n'aurai pas clarifié ma situation avec ce type. Je reste là jusqu'à ce que Monsieur reprenne conscience et règle mon problème avec mon honorable gendre !

— Moi aussi !… dit l'aspirant Ghiass Abadi. J'y suis, j'y reste jusqu'à ce que Monsieur nous débarrasse de la présence de son honorable parent !

— Doustali, dehors ! ordonna Asdollah Mirza d'un air autoritaire.

— Je ne bouge pas d'ici, je te dis !

— Tu ne bouges pas ?… *Moment ! Moment !* Holà, Shirali !

— Ne prends pas tes grands airs avec moi !… Appelle-le un peu pour voir si tu oses prononcer le nom de sa femme devant lui ?

— Je vous en supplie, excellence !… intervint Mash Ghassem. Si Shirali n'arrive pas à retenir sa femme, c'est parce que jamais personne n'a osé l'informer de ce qu'elle faisait ! Souvenez-vous d'Ousta Gholam !... Souvenez-vous du mitron !... Non seulement il passerait à tabac celui qui lui apporte la mauvaise nouvelle... mais il mettrait même le feu à la maison dans laquelle il aura appris la chose !...

Avant qu'Asdollah Mirza ait le temps de lui répondre, la bouche fermée de l'oncle Napoléon émit un gémissement étouffé. Tous se précipitèrent à son chevet.

Quelques secondes plus tard, il ouvrit les yeux, regarda d'un œil hagard autour de lui, puis, d'une voix faible, dit :

— Je ne sais pas ce qui m'arrive !...

Ensuite, comme s'il s'était rappelé ce qui s'était passé :

— Le caporal... Le caporal indien à la place du colonel !

— *Moment*, Monsieur !... s'empressa Asdollah Mirza. C'est de l'histoire ancienne... Nous lui avons donné une bonne leçon et l'avons chassé de la maison comme un chien !... Oubliez-le !

Le regard vague, l'oncle Napoléon resta muet quelques secondes, puis se mit à répéter tout bas :

— Vous l'avez chassé... Vous l'avez chassé... Bien fait... Vous avez bien fait... Je... je suis perdu mais, vous, vous n'aurez pas à subir le déshonneur ! Nous nous sommes battus ensemble, côte à côte, dos à dos... et maintenant nous allons être capturés ensemble !

— Frangin !... Frangin !... s'écria avec inquiétude l'oncle Colonel.

Mais l'oncle Napoléon ne semblait pas l'entendre.

— Nous allons être capturés ensemble, mais avec les honneurs... Avec dignité et considération ! On écrira dans l'Histoire qu'un grand chef de guerre a résisté jusqu'au bout...

— Frangin ! Frangin !

L'oncle Napoléon se tourna vers lui. Il le fixa un court instant puis demanda gentiment :

— Pourquoi tu t'es mis de l'huile sur le visage ?

— Ma parole, je me suis brûlé au visage, frangin !

— Brûlé ?... Brûlé ?... Bravo à toi !... Il a brûlé honorablement, pas dans la honte et l'humiliation !

Puis il dévisagea chacun des convives :

— Tu as vu, Doustali ?... Tu as vu comment doit vivre un grand chef de guerre... Tu seras toi aussi capturé avec moi, mais honorablement !

L'oncle Napoléon se tut un instant. L'assistance échangea des regards anxieux. La voix de Doustali Khan brisa le silence :

— Je suis déjà en captivité, Monsieur ! Capturé par ce Shemr sanguinaire... Je suis là pour qu'on règle mon affaire avec cet individu ! Avec Son Excellence l'aspirant Ghiass Abadi !

— L'aspirant Ghiass Abadi ?... Il nous accompagne aussi en captivité ?... Mon cher aspirant !

— Voyons, il a vraiment perdu la tête ! dit l'aspirant Ghiass Abadi qui regardait mon oncle d'un air effaré.

Doustali Khan lui asséna un coup sur la nuque :

— Perdu la tête toi-même, sale crapule !

L'aspirant lui rendit son coup et ils en vinrent aux mains. Mais le cri commun d'Agha Djan et de l'oncle Colonel les sépara. Au même moment, l'oncle Napoléon se leva péniblement. Comme s'il n'avait pas entendu le bruit de la dispute, il se dirigea en titubant vers la porte :

— Allons préparer notre départ !

Toute l'assistance se précipita vers lui.

— *Moment ! Moment !* Monsieur s'en va... Permettez-moi, Monsieur, de vous aider.

— C'est toi, Asdollah ? demanda l'oncle Napoléon sans tourner la tête, avec le même calme et la même douceur. Nous allons faire nos bagages, mais honorablement, Asdollah ! La captivité est notre héritage... Mais la captivité honorable !

Aidé d'Asdollah Mirza et de Mash Ghassem qui le tenaient par le bras, l'oncle Napoléon se mit en route. Tous les convives se mirent à le suivre, telle une procession funèbre suivant une dépouille.

Après avoir raccompagné mon oncle chez lui, Asdollah Mirza retourna auprès d'Agha Djan. Il était silencieux et triste.

Agha Djan amorça la conversation :

— Tout est la faute de cet imbécile de Doustali Khan qui a fait échouer notre plan.

— *Moment ! Moment !* Dites-vous bien que Monsieur, sans en être conscient, rêve d'être capturé... Il est persuadé que la providence lui a tracé un destin à la Napoléon... Dieu merci, Doustali est arrivé à temps et on en est resté là. Je suis sûr que, même si l'Indien lui avait accordé tous les avantages possibles, il aurait trouvé un prétexte pour lui envoyer Shirali le boucher et empêcher l'accord.

— A votre avis, que faut-il faire maintenant ?

— Ma parole, je n'ai plus aucune idée. Il faut attendre et voir.

Trois jours après les pourparlers de mon oncle avec le caporal indien, un matin de bonne heure, Mash Ghassem me fit signe d'aller au jardin et me dit que Leyli souhaitait me voir.

J'aperçus Leyli sous la tonnelle d'églantines. Elle portait son tablier gris de collégienne. Ses yeux boursouflés et ardents me coupèrent le souffle. Comme si elle avait pleuré toute la nuit. Lorsque j'appris la cause de son tourment, l'air me manqua. La veille au soir, son père l'avait convoquée en compagnie de Pouri pour leur annoncer qu'il était certain que les Anglais n'allaient pas tarder à venir l'arrêter et l'envoyer dans un lieu dont il n'avait aucun espoir de revenir. Sa dernière requête était qu'ils se tiennent prêts pour le mariage, de sorte que dès que, les Anglais pointeraient le bout de leur nez, la cérémonie du mariage religieux puisse avoir lieu en présence du chef de guerre déchu.

J'avais du mal à parler :

— Qu'est-ce que tu as répondu, Leyli ?

La pauvre fondit en larmes.

— Qu'est-ce que je pouvais répondre ? sanglota-t-elle. Papa est souffrant. Si je refuse, je suis sûre que, avec son cœur malade, je mettrai sa vie en danger.

— Voyons Leyli, s'il attend que les Anglais viennent l'arrêter pour vous marier, je n'ai pas d'inquiétude. Car tu es une grande fille. Tu sais que c'est de l'affabulation. Les Anglais n'en ont rien à faire de mon oncle.

— Je sais… S'il attendait que les Anglais viennent, ce ne serait pas grave. Mais il a dit qu'il voulait célébrer les noces dans un mois, pour l'anniversaire de l'un des saints imams. Et il a demandé que nous soyons prêts… Car au cas où les Anglais viendraient avant, il enverrait chercher le prédicateur pour le mariage religieux… A ton avis, qu'est-ce que je dois faire ?

— Leyli, si tu te maries, je ne resterai pas en vie… Dis à ton père que tu veux attendre pour m'épouser !

— S'il était en bonne santé, s'il n'était pas souffrant, je lui aurais dit, répondit-elle en larmes. Mais j'ai vraiment peur. Je suis sûre que si je le contredis, que Dieu m'en garde, il rendra l'âme sur-le-champ… Trouve une solution !

Désemparé et bouleversé, alors que ma poitrine éclatait, je lui promis de trouver une solution.

Mais quelle solution ?

Mon esprit se tourna à nouveau vers Asdollah Mirza, la seule personne dans toute la famille dont le sens des réalités et les sentiments humains m'inspiraient confiance. Spontanément, au lieu de me diriger vers l'école, je pris le chemin de sa maison. Il allait certainement reprendre ses blagues habituelles sans me donner de réponse concrète, mais je n'avais pas le choix.

Je devinais à l'avance notre dialogue à venir :

— Je ne sais quoi faire, tonton Asdollah.

— Que le diable t'emporte, imbécile ! Combien de fois je t'ai dit de faire une tournée à San Francisco…

C'était l'unique solution qu'Asdollah Mirza m'avait toujours proposée. Mais j'éprouvais un tel amour pour Leyli que, chaque fois que ce genre d'idées me traversaient l'esprit, je me sentais haïssable et les chassais avec dégoût.

Asdollah Mirza était en train de se préparer pour le bureau. Mon pronostic était juste. Tout en se rasant devant la glace, il s'exclama :

— Va en enfer ! Combien de fois je t'ai dit de faire une tournée à San Francisco…

Ma bruyante protestation ne réussit pas à l'interrompre :

— Je t'ai répété mille fois de ne pas sous-estimer San Francisco… Si tu ne vas pas à San Francisco, va au moins à Los Angeles… Le voyage est une bonne chose en soi… Moi-même je dois partir ces jours-ci en voyage… Sauf que, c'est bien ma veine, au lieu de San Francisco, je dois aller à Beyrouth… Ne sous-estime pas le voyage… Le grand poète Saadi de Chirâz a dit : "Tel un oiseau domestique, tu demeures chez toi en pleurs… Pourquoi ne prends-tu pas ton envol, comme un pigeon voyageur ?…" Tu connais ces vers ?… Ou encore un autre fameux poème de Saadi : "Ne t'attache à aucun amour ni à aucun lieu, car la terre et les mers sont vastes et les gens nombreux…"

Asdollah Mirza se tut brusquement et se tourna vers moi :

— *Moment ! Moment ! Moment !* Voyons… Regarde-moi !… Tu es vraiment en train de pleurer ?… Grosse bourrique !… Au lieu de faire ta valise et de te mettre en route dès ce soir pour San Francisco, tu es là à pleurer comme une fille.

Asdollah Mirza essayait de cacher son émotion, mais on voyait bien qu'il était très peiné… Avec une serviette, il essuya son visage barbouillé de savon et s'assit à côté de moi.

— T'inquiète pas, fiston, dit-il d'une voix étranglée mais sérieuse. Je te trouverai une solution…

Puis il ouvrit sa commode, sortit une bouteille, remplit deux petits verres et se tourna vers moi :

— Bois ça d'abord, on en parle ensuite !… Bois je te dis !… Obéis, nom de Dieu !

Je pris le verre spontanément et avalai d'un trait son contenu. Une sensation de brûlure me traversa jusqu'au fin fond de l'estomac…

— Maintenant, fume cette cigarette !… Je vais t'en coller une, je te dis !… Prends-la !… Voilà !

Il alluma la sienne et s'affala sur le fauteuil.

— Ecoute-moi très sérieusement, s'il te plaît ! dit-il après un bref silence. Je ne plaisante vraiment pas. Sachant que tu as démontré plus d'une fois que tu n'étais pas foutu d'aller à San Francisco… Et sachant que la seule solution possible tourne néanmoins autour de San Francisco… Je crois que tu dois au moins accepter de simuler San Francisco ! Ou même Los Angeles… Bien que… le second ne serve à rien…

— Tonton Asdollah !…

— *Moment !* Ne me coupe pas la parole !… Prenons une université ou une entreprise scientifique dans laquelle la première condition de réussite serait les connaissances et l'instruction par la lecture… Puis, arrive quelqu'un qui veut réussir, mais n'a pas le courage de lire des bouquins. Il est obligé de simuler la lecture et l'instruction. A mon avis, si Leyli l'accepte aussi, sans vous déplacer à San Francisco, vous pouvez affecter la mine du voyageur épuisé et faire semblant d'en revenir… A ce moment-là, l'oncle Napoléon sera obligé soit d'arranger tout de suite votre mariage, soit de patienter et de vous unir dans deux trois ans.

— Tonton Asdollah, c'est une chose vraiment très difficile ! Même si j'étais d'accord, je ne crois pas que Leyli consentirait.

— Eh bien, qu'elle aille épouser ce pur-sang zozoteur.

— Vous n'auriez pas une autre solution ?

— L'autre solution serait que tu m'épouses moi… En tout cas, tu as intérêt à te dépêcher, car il y a un autre événement qui vient de se produire… Hier, je l'ai dit à ton père et aujourd'hui je te le dis à toi… Si ton oncle Napoléon en a vent, il appelle ce soir même Seyed Abolghassem le prédicateur pour le mariage religieux de Leyli et Pouri.

— Quel événement, tonton Asdollah ?

— Cela n'a pas été annoncé officiellement, mais c'est la vérité. Les Alliés ont arrêté et embarqué à Arak un grand nombre de dignitaires qu'ils soupçonnent d'être des opposants aux Anglais et des partisans des Allemands… Si le vent apportait cette nouvelle jusqu'aux oreilles de ton oncle, il ferait tout de suite sa valise et sans plus attendre enverrait Leyli chez son futur époux.

— Tonton Asdollah, vous pouvez me servir un autre verre de cognac ?

— Bravo ! Tu es en train de devenir un homme !… Ce sont les prémices de la maturité !… Des cigarettes, du cognac et San Francisco !… Je prie pour que tu aies envie du troisième aussi !…

— Tonton Asdollah, vous ne pourriez pas parler avec mon oncle et lui expliquer notre cas ?…

— *Moment ! Moment ! Momentissimo !*… Dis-toi bien que, si ton oncle l'apprenait, il ferait descendre s'il le faut Seyed Abolghassem du haut de sa chaire pour unir Leyli et Pouri dans les cinq minutes qui suivent.

Conscient de mon incapacité à réaliser les solutions proposées par Asdollah Mirza et même de simuler San Francisco, comme il disait, je me mis à l'implorer. Finalement, il céda et dit gentiment :

— Comme un médecin qui, à l'issue de l'opération, a interdit de boire à son patient, mais cède face à son insistance, je sais que ça ne va pas arranger ton cas… Bien que… Laisse-moi réfléchir aujourd'hui encore et trouver une solution.

En début de soirée, Asdollah Mirza vint me trouver.

— Vous avez réfléchi, tonton Asdollah ? Vous avez trouvé une idée ?

— Parler à ton oncle à propos de Leyli et toi est malheureusement impossible. Comme je te l'ai dit, s'il l'apprenait, ça serait la fin… Je suis allé le voir exprès et j'ai trouvé un prétexte pour évoquer ton nom… Eh bien, il ne te porte pas dans son cœur…

— Qu'a-t-il dit, tonton Asdollah ? Racontez-moi, s'il vous plaît !

Asdollah Mirza hésita quelques instants puis il dit :

— C'est peut-être mieux que tu le saches pour ne rien espérer de ce côté-là. Lorsque j'ai évoqué ton tom, il a juste dit : "Le bébé loup sera un jour un loup, même s'il grandit en compagnie d'une nounou !..."

— Et qu'est-ce que vous avez répondu ?

— *Moment*, que voulais-tu que je réponde après une telle sentence : je suis venu demander la main de votre fille pour le bébé loup ?... A présent, je crains autre chose ! Pendant qu'il citait ce vers, Doustali le Couillon est entré et l'a entendu. J'ai peur qu'il ne le rapporte à ton père et n'ajoute un problème supplémentaire à nos problèmes. Bref, attends-toi que les choses se compliquent encore plus.

— Encore plus compliqué que ça, est-ce possible, tonton Asdollah ?

— Bien sûr !... Si ton père apprend ce que ton oncle a dit, il l'informera en moins de deux heures de l'arrestation et de l'exil des dignitaires du pays à Arak... Dans ce cas, ils feront démarrer la chanson du mariage sans perdre une minute.

— Demandez à Doustali Khan de ne rien dire !

— Soit tu es encore un enfant, soit tu ne connais pas la perfidie de Doustali le Couillon... Si je le lui demande, il va faire le contraire... Alors que, là, peut-être que le ciel lui soufflera de tenir sa langue de vipère... En tout cas, en attendant, réfléchis à la simulation de San Francisco.

Profondément troublé, je quittai Asdollah Mirza. La nouvelle crainte qu'il m'avait instillée me tourmentait terriblement. Que se passerait-il si mon père apprenait ce qu'avait dit mon oncle et qu'à son tour il l'informait de l'arrestation et de l'exil des dignitaires à Arak ?

Ce n'était pas une vaine angoisse. Il faut croire que Doustali Khan accomplit bel et bien son devoir de commérage, car le lendemain soir, lorsque l'oncle Napoléon et quelques-uns des proches se réunirent pour le dîner chez l'oncle Colonel, Mme Farokh Lagha fit une subite apparition. Comme à l'accoutumée, elle était vêtue de noir.

— Que Dieu vous bénisse tous !... Quelle belle soirée !... Cet après-midi, j'étais aux obsèques du mari de Mme Monir... En passant par ici, j'ai voulu vous saluer.

L'assistance fut plongée dans un profond silence. De retour de son voyage à Hamadân, Shamsali Mirza crut bon de prendre la parole.

— Quelle Mme Monir ?

— La fille d'Etemad-ol-Mamalek... Ces derniers temps, la pauvre n'a connu que des malheurs... Son infortuné mari, qui n'était pas si âgé que ça... rentre à midi à la maison et va se laver les mains... Il fait un arrêt cardiaque et s'effondre au pied du robinet de la citerne... Le temps d'appeler le médecin, que Dieu ait son âme, il avait déjà trépassé... Aujourd'hui, à ses obsèques, on racontait qu'il est mort à cause du chagrin qu'il a eu pour son beau-frère...

— Pourquoi, qu'est-il arrivé à son beau-frère ?

— Mais vous n'êtes pas au courant ?... Son beau-frère a été arrêté par les Anglais avec plein d'autres personnes... On dit qu'ils ont été envoyés à Arak...

Soudain la voix étranglée de l'oncle Napoléon s'éleva :

— Les Anglais ? Pourquoi ?

Asdollah Mirza tenta de faire diversion et de dévier la conversation, mais l'oncle Napoléon s'écria :

— Attends, Asdollah ! Vous dites, madame, que les Anglais ont arrêté tout un groupe de gens ?

— Oui, le pauvre beau-frère d'Etemad en faisait partie... Ce malheureux n'était même pas au courant...

Transi de peur, je regardais le visage blême de mon oncle. Peut-être que certains ne se doutaient pas de la raison de son inquiétude, mais deux trois personnes étaient forcément au courant et deux trois autres la soupçonnaient.

Un court silence s'installa.

— Les Anglais... Les Anglais... ont donné le coup d'envoi ! murmura l'oncle Napoléon.

Et soudain il se leva et s'écria :

— Ghassem... Ghassem... Nous rentrons.

Et, sans prêter attention aux protestations et à l'agitation des convives, il quitta le salon.

XXV

Après la sortie de l'oncle Napoléon, l'oncle Colonel lui courut après. Les convives se jetaient des regards hébétés. Asdollah Mirza fixait Agha Djan mais celui-ci évitait son regard.

— Je ne comprends pas pourquoi Monsieur est si peiné par cette nouvelle ? dit finalement Mme Farokh Lagha. Il n'avait pourtant aucun lien de parenté ni avec le mari de Mme Monir, ni avec son beau-frère !

Asdollah Mirza lui lança un regard furieux.

— Non, Monsieur est chagriné pour Mansour-ol-Saltaneh… dit-il essayant d'affecter un air serein. Vous savez, l'oncle paternel de Doustali…

— Qu'est-il arrivé à l'oncle de Doustali ?

— Vous n'êtes pas au courant, madame ?… Que Dieu ait son âme, il a beaucoup souffert !

Les yeux de Mme Farokh Lagha, qui venait de flairer une odeur de funérailles, brillèrent :

— A Dieu ne plaise ! Pourquoi ne suis-je pas au courant ? Quand est-ce que c'est arrivé ? Où auront lieu ses obsèques ?

— A vrai dire, on ne sait pas encore où les obsèques auront lieu, car c'est arrivé aujourd'hui…

— Que le diable m'emporte ! Je n'étais pas au courant du tout !

— *Moment !* Je crois qu'il vaudrait mieux que vous alliez saluer Doustali.

— Malheureusement, il est tard, sinon…

— Il n'est pas si tard que ça… l'interrompit Asdollah Mirza. D'ailleurs, en arrivant j'ai croisé Doustali qui rentrait chez lui.

Mme Farokh Lagha avait l'air hésitante.

— Vu les relations qu'entretenait madame votre mère avec eux, je croyais que vous aviez vous-même fermé les paupières du défunt, continua Asdollah Mirza.

— Vous avez raison, ce n'est pas bien ! dit Mme Farokh Lagha en se levant. Je vais de ce pas rendre visite à Doustali Khan et Aziz-ol-Saltaneh…

Après le départ de Mme Farokh Lagha, les convives, qui avaient deviné l'intention d'Asdollah Mirza, furent soulagés. Asdollah Mirza se tourna vers l'oncle Colonel :

— L'important, c'était de renvoyer cette chouette à ses décombres… Dites-moi plutôt comment va Monsieur ?

— Mon frère m'a violemment renvoyé, répondit l'oncle Colonel le visage renfrogné. Il a dit qu'il voulait être seul.

Une heure plus tard, il ne restait plus qu'Asdollah Mirza, l'oncle Colonel et Agha Djan. Je me tenais silencieusement dans un coin et écoutais leur conversation.

— A vrai dire, je crains, Dieu nous en garde, que Monsieur n'attente à sa propre vie… dit Agha Djan. Vous vous souvenez, l'autre jour, il racontait que Napoléon avait pris du poison après l'échec des armées alliées ?

— Ce n'est pas ce qui m'inquiète ! dit Asdollah Mirza après avoir bu une gorgée de vin. Si vous vous souvenez, Napoléon a pris du poison la première fois qu'il a été obligé de démissionner, mais la seconde fois, après Waterloo, il a attendu qu'on vienne le chercher pour l'emmener à Sainte-Hélène.

— De toute façon, il ne faut pas s'attendre qu'il répète point par point les actes de Napoléon…

— Asdollah, j'ai une idée, dit l'oncle Colonel, l'air pensif. Et si j'allais parler à Sardar Meharat Khan ?

— Vous voulez parler de Monsieur avec Sardar Meharat Khan ? Est-ce que Sardar…

— Non, lui parler de moi-même… l'interrompit l'oncle Colonel. A propos du tapis que ce charlatan d'Indien a empoché sans broncher… Mais imaginez-vous une seconde !… Une telle escroquerie, c'est du jamais vu !…

— Bravo, Colonel, votre frère est en train de passer l'arme à gauche et vous pensez toujours à votre tapis ?

— Non, je ne suis pas inquiet pour mon frère… Mon frangin est plus solide que ça… Un homme qui a passé sa vie à se battre a l'habitude de supporter les aléas du destin.

— Dans ce cas, nous n'avons plus qu'à dormir sur nos deux oreilles, conclut Asdollah Mirza en jetant un regard sceptique à Agha Djan. Tant que vous êtes là, pas d'inquiétude !...

Alors que nous rentrions à la maison en compagnie d'Agha Djan et d'Asdollah Mirza, j'entendis le second interroger le premier à voix basse et d'un air narquois :

— Vous ne sauriez pas qui a pu informer Mme Farokh Lagha de l'arrestation et de l'exil des dignitaires à Arak ?

— Voyons, prince, vous insinuez que... dit Agha Djan en s'arrêtant pour attraper le bras d'Asdollah Mirza.

— *Moment ! Moment !* Je n'insinue rien du tout. Je pose juste la question.

— Non, non, j'ai l'impression que vous faites une allusion... Si vous croyez que j'y suis pour quelque chose, vous avez tort... Sur la tombe de mon père, je n'y suis pour rien !

Connaissant sa tendance à jurer facilement sur la tombe de son père, je ne fus pas convaincu de la sincérité d'Agha Djan. En revanche, Asdollah Mirza avait appris ce qu'il voulait savoir, car après le départ de mon père, tandis que je faisais quelques pas pour le raccompagner, il me dit :

— Il n'y a aucun doute : ce scélérat de Doustali a rapporté à ton père l'histoire du bébé loup.

— Qu'est-ce qu'il faut faire maintenant, tonton Asdollah ?

— A vrai dire, je suis à court d'idées... Je suis comme un médecin du quartier qui peut prescrire une infusion à la camomille ou une aspirine pour un coup de froid, mais lorsque la maladie s'installe et prend racine, il faut faire appel à un spécialiste... Le premier jour, j'ai prescrit un simple San Francisco, car c'est ma seule spécialité. Mais le patient ne m'a pas écouté... Maintenant, ni San Francisco, ni Los Angeles n'y pourront rien. Il faut envoyer cette famille malade consulter un spécialiste pour qu'il leur prescrive une autre ville !

— C'est-à-dire que vous allez m'abandonner ?

— Non, fiston, mais, pour le moment, je ne peux rien faire... Il faut patienter pour voir d'abord ce qu'il en est de l'expédition de ton oncle sur l'île de Sainte-Hélène, ensuite on cherchera une solution...

Nous étions arrivés dans la rue. Soudain, nous aperçûmes quelqu'un qui courait vers nous. C'était le cireur de chaussures. Après avoir salué Asdollah Mirza et échangé les formules de politesse habituelles, il dit :

— Monsieur, faites quelque chose pour moi !

— *Moment !* Toi aussi, tu me demandes de faire quelque chose pour toi ?... C'est bizarre, tout le quartier s'adresse à moi pour que je trouve une solution à ses problèmes, alors que moi-même je suis dans le pétrin... Bon, que se passe-t-il ? Qu'est-ce qui t'arrive ?

— Ma foi, depuis deux trois jours Monsieur insiste pour que je ramasse mon étal et déguerpisse d'ici. Mash Ghassem m'a apporté plusieurs messages comme quoi il ne veut plus que je reste là.

— Qu'as-tu répondu ?

— Imaginez-vous, monsieur ! J'ai passé du temps ici et j'ai réuni une belle clientèle. Où j'irai maintenant ? On ne peut pas chasser un commerçant comme ça !

— Non mais je veux savoir exactement ce que tu as répondu aux messages que t'a transmis Mash Ghassem ?

— Je lui ai dit : Dis à Monsieur que je reste... C'est-à-dire que je ne peux pas aller ailleurs.

— La pire réponse que tu aurais pu donner ! marmonna Asdollah Mirza en serrant les dents. Maintenant, tu dois vraiment partir !

Puis, il se mit à faire la morale au cireur pour qu'il n'insiste pas, arguant qu'il était dans son intérêt d'obéir et d'aller s'installer deux rues plus loin. Mais le cireur continua à l'implorer d'intervenir en sa faveur.

— *Moment ! Moment !* On dirait que ce que l'on raconte est vrai et que tu t'es entiché d'une femme du quartier ?

Le cireur protesta longuement et jura que ce n'était pas vrai, puis Asdollah Mirza lui promit d'essayer d'intervenir. Quand le cireur s'en alla, il éclata de rire :

— Il ne manquait plus que ça... Voilà un nouveau problème qui s'ajoute à nos problèmes... D'un côté, ce garçon s'est entiché de la femme de Shirali et refuse de partir. De l'autre, ton oncle, qui attend que les Anglais viennent le chercher pour l'expédier à Arak, voudrait se débarrasser de lui pour que sa présence ne dissuade pas les Anglais... On dirait un asile de fous !

— Tonton Asdollah, vous voulez dire que mon oncle croit toujours que ce cireur de chaussures est l'agent secret des Allemands ?

— Peut-être qu'il n'y croit plus beaucoup, mais il doit subsister encore un petit doute dans son esprit !... De toute façon, il voudrait dégager la voie pour la venue des Anglais !

— Tonton Asdollah, je vous ai causé tant de problèmes que je n'ose plus vous…

— Mais non, il faut oser, dis-moi !… m'interrompit-il en ricanant. Au fait, je lis dans tes pensées ! Tu veux dire que, maintenant que ton oncle attend définitivement l'arrivée des Anglais, ta situation avec Leyli est plus que jamais compromise ? C'est possible, mais ne me pose plus de question. Laisse-moi réfléchir jusqu'à demain, peut-être que je trouverai encore une solution…

A nouveau, je passai une des pires nuits de ma vie. Chaque fois que je m'endormais, je faisais des cauchemars dans lesquels tous mes proches s'entremêlaient : Leyli en robe de mariée, au bras de son mari, avançait vers l'entrée d'un château en traversant la haie d'honneur de soldats anglais qui tenaient leurs épées au-dessus de leurs têtes. Son mari n'était autre que Shirali le boucher. Le commandant en chef de l'armée des Anglais, qui portait l'uniforme des soldats écossais avec un kilt au lieu d'un pantalon, c'était Mash Ghassem. Moi, je criais à tue-tête. Pouri, qui marchait derrière le jeune couple, me regardait avec son visage chevalin et éclatait d'un rire effroyable. Derrière eux, l'oncle Colonel portait un tapis sur les bras. L'aspirant Ghiass Abadi, en uniforme de portier, une longue perruque blonde sur la tête et un gros gourdin à la main, criait : "Voilà les mariés !" Le Dr Nasser-ol-Hokama jouait du saxophone. Agha Djan et Asdollah Mirza faisaient la ronde autour de moi en chantant une chanson country de l'Ouest américain dans laquelle le mot San Francisco se répétait et dont l'écho résonnait dans mes oreilles : San Francisco… San Francisco…

Je m'étais mis à crier et à courir. Mash Ghassem en uniforme écossais venait vers moi et parlait le persan avec l'accent anglais : "Vas-y fiston, tu es foutu !" et moi qui hurlais : "Fais quelque chose, Mash Ghassem ! N'étais-tu pas mon ami ?" Et lui de répondre avec le même accent anglais : "Ma foi, fiston, à quoi bon mentir ? La tombe n'est qu'à quatre pas… Ce n'est pas ma faute, demande à l'autre monsieur !" Et je regardais dans la direction qu'indiquait son doigt. Monté sur un cheval blanc, l'oncle Napoléon habillé en Napoléon, un gigot de mouton à la main, hurlait : "A l'attaque ! En avant !" Et ses cavaliers m'écrasaient sous les sabots de leurs chevaux… Et Mme Farokh Lagha, vêtue de noir, psalmodiait la prière des morts à mon chevet.

Le matin, je tentai de me lever, sans y parvenir. J'avais des courbatures dans tout le corps. Epuisé, je restai si longtemps au lit que finalement l'heure de l'école fut passée. Lorsque ma mère vint me voir, elle se mit à se frapper la poitrine. Je brûlais de fièvre. Dès que j'essayais de me lever, ma tête tournait et je retombais inerte sur ma couche.

Plus que par moi-même, je sus que j'allais mal par l'affolement et les allées et venues de ma mère et d'Agha Djan. Ils firent appeler le Dr Nasser-ol-Hokama. Parmi les paroles qu'il prononçait à voix basse, je discernai le mot choléra. Même si, en raison de la fièvre, ma tête ne fonctionnait plus, j'étais persuadé que ma température était due à la terrible nuit que je venais de passer et que le docteur se trompait de diagnostic. Je passai toute la journée dans cet état abominable. Plus tard, j'appris que j'avais déliré à plusieurs reprises. Vers la fin de la journée, je commençai à aller mieux et je reconnus le visage souriant d'Asdollah Mirza. Mais je ne pus lui parler.

Le lendemain matin, j'avais une nouvelle fois la preuve de l'ignorance de Nasser-ol-Hokama et de sa méconnaissance profonde des subtilités de la nature. Ma fièvre était retombée et j'avais presque retrouvé ma forme, mais je me sentais très affaibli. Quand je voulus me mettre debout, le cri de ma mère s'éleva, mais je la rassurai en lui disant que j'allais bien et je me rendis au jardin.

Mash Ghassem était en train d'arroser les fleurs mais, contrairement à son habitude, il portait ses habits de sortie. Il avait retroussé les jambes de son pantalon jusqu'aux genoux et manipulait l'arrosoir avec prudence pour ne pas se mouiller.

— Dieu soit loué, fiston ! dit-il sans lever la tête, alors ta maladie n'était pas bien grave. Je me suis beaucoup inquiété. Hier après-midi, je suis venu prendre de tes nouvelles... Tu étais en plein délire... J'aimerais que ce docteur te voie aujourd'hui ! Ce mécréant disait hier que tu avais sans doute le choléra... Qu'à Dieu ne plaise, ces gens-là ne distinguent pas un buffle d'un violon !

— Dieu soit loué, Mash Ghassem, je vais bien ! Mais pourquoi vous avez mis vos habits de sortie ? Vous voulez sortir ?

— Ma foi, fiston, à quoi bon mentir ? La tombe n'est qu'à quatre pas... répondit Mash Ghassem en me jetant un regard chagriné. Notre départ n'est plus qu'une question d'heures... Peut-être que j'arrose les fleurs pour la dernière fois, peut-être que Lézanglé sont déjà en route. Bénis-moi pour le bien et le mal que je t'ai fait !

— Mash Ghassem, que fait mon oncle ?

— Oh là là, ne me le demande pas, fiston… Que Dieu épargne les musulmans ! Depuis avant-hier soir, on dirait que Monsieur a vieilli de vingt ans… Cette nuit, il n'a pas fermé l'œil. Je crois que le pauvre écrivait son testament.

— Et aujourd'hui, comment va-t-il ?

— Dieu soit loué ! On dirait qu'aujourd'hui il s'est calmé… Il a épuisé tous ses nerfs hier.

— Mash Ghassem, Leyli est partie à l'école ou bien elle est encore là ?… Je voudrais lui dire deux mots.

— Tu n'es pas au courant, fiston ?… Tôt ce matin, Monsieur a envoyé tous les enfants en compagnie du Colonel dans la propriété de son frère à Abe Ali… En fait, il n'a pas tort… Il ne veut pas que les enfants soient là quand Lézanglé viendront lui mettre les chaînes pour l'emmener… Ils seraient capables de leur faire du mal. Rien ne m'étonnerait de la part de Lézanglé…

— Combien de temps vont-ils rester là-bas, Mash Ghassem ?

— Ma foi, fiston, jusqu'à ce que Lézanglé viennent nous chercher.

— Et s'ils ne viennent pas ?

— Tu n'es qu'un enfant, fiston, dit Mash Ghassem un sourire en coin. Tu ne connais pas encore Lézanglé… Depuis avant-hier soir, Monsieur et moi, nous n'avons pas quitté nos vêtements. J'ai même préparé deux fois la gamelle du déjeuner pour qu'on ne meure pas de faim sur la route d'Arak… Car, à leurs prisonniers, Lézanglé ne donnent à manger que de la soupe de brique et de l'huile de serpent. Je connaissais un gars au village qui une fois était tombé entre les mains de Lézanglé…

Il était impossible d'arracher quelque information utile à Mash Ghassem. Je décidai d'aller voir Asdollah Mirza, mais, au moment où j'allais sortir, je le vis arriver. Il était venu prendre de mes nouvelles. Il se réjouit de me voir sur pied :

— Imaginez-vous… Cet imbécile de Nasser-ol-Hokama était sûr que c'était le choléra… Heureusement qu'il n'a pas dit que le petit avait attrapé une maladie vénérienne !…

J'essayai de rester un moment seul avec lui, mais je le trouvai très préoccupé ou peut-être que, entre toutes les difficultés de la famille, il n'avait plus le cœur à écouter mes gémissements amoureux.

Il se mit à discuter avec Agha Djan :

— Quoi de neuf ? Le général Wellington n'est toujours pas venu chercher Monsieur ?

— A vrai dire, je ne l'ai pas encore vu. Mais, ce matin, j'ai demandé à Mash Ghassem, il a dit que, depuis le départ de la famille, il a l'air plus calme… Cela dit, cette nuit encore, il s'est couché habillé…

— Vous ne voulez pas qu'on aille prendre de ses nouvelles ?

Agha Djan et Asdollah Mirza se dirigèrent vers la maison de mon oncle. Spontanément, je les suivis. L'oncle Napoléon ne me jeta pas un regard. Comme s'il n'avait pas eu vent de ma maladie, ou qu'il n'avait pas compris sa gravité. Il portait un vêtement sombre, la médaille de Mohammad Ali Shah à sa boutonnière. Son teint extrêmement pâle et ses yeux cernés m'effrayèrent. Il était calmement assis sur le fauteuil. A l'arrivée d'Agha Djan et d'Asdollah Mirza, il tenta de se lever, en vain. Asdollah Mirza voulut plaisanter, mais, face à la mine défaite de mon oncle, il s'assombrit.

Mon oncle paraissait aussi calme mentalement, qu'anéanti physiquement.

- Vous êtes un peu pâle, dit Agha Djan. Vous n'avez pas dû bien dormir. Mieux vaut vous allonger !

— Je me suis assez reposé dans ma vie, répondit mon oncle d'une voix sereine. Il est temps de veiller à présent.

Je jetai un coup d'œil vers la cour et les chambres. La maison était tristement déserte. A part mon oncle et Mash Ghassem, il n'y restait plus personne. La plupart des pièces étaient fermées par de grands cadenas à leur porte.

— Je pense que vous feriez mieux de vous reposer, si jamais… dit Asdollah Mirza qui se préoccupait de mon oncle.

Celui-ci s'emporta subitement :

— Asdollah, je suis peut-être affaibli par la fatigue, mais je veux qu'ils sachent qu'un guerrier reste un guerrier même sur le point de se faire capturer… Ils ne doivent pas soupçonner ma défaillance.

— *Moment ! Moment !* Un guerrier n'a pas le droit de s'allonger ?… On a pu le lire mille fois dans l'Histoire, même lorsque Napoléon attendait l'arrivée des forces alliées, il n'a pas omis de se reposer.

— Asdollah, ils rêvent de m'arrêter alors que je serai anéanti et à terre, pour souiller ensuite mon nom dans l'Histoire.

— Mais, Monsieur…

Asdollah Mirza ne put terminer sa phrase, car des clameurs se firent entendre du côté de la rue. Les yeux de mon oncle se rivèrent sur la porte.

— Que se passe-t-il ? s'enquit-il d'un air exalté. On dirait qu'ils arrivent !

Asdollah Mirza se leva pour sortir, mais, au même moment, Mash Ghassem entra.

— Qu'est-ce que c'était que ce bruit, Mash Ghassem ?

— Ma foi, Monsieur, c'était Shirali qui se disputait avec le cireur de chaussures.

Mon oncle, qui s'était à moitié redressé sur son fauteuil, s'avachit à nouveau et demanda calmement :

— Qu'en est-il, finalement ? Le cireur est parti ou pas ?

— Que dites-vous, parti ? Dès que Shirali a levé le gigot de mouton, le pauvre a pris ses jambes à son cou et s'est envolé… Il a abandonné son étal et s'est enfui.

Mon oncle se tourna paisiblement vers Asdollah Mirza :

— Ce n'est rien ! Ce voyou profitait de son commerce pour lorgner les filles et les femmes du quartier.

Mash Ghassem dénonça mon oncle :

— Que Dieu vous bénisse, Monsieur ! Vous auriez dû le faire dès le premier jour. Dès le premier jour, j'ai dit que ce type était un goujat.

Le front de l'oncle Napoléon était couvert de sueur. Il avait la main sur le cœur, mais se tenait toujours droit et ferme dans son fauteuil. Le silence dura quelques instants. Mon oncle se tourna vers Mash Ghassem :

— Ghassem, as-tu mis mes guêtres dans la valise ?

— Celles que vous accrochez à vos chaussures ?

— Oui, celles-là mêmes.

— J'ai mis les deux paires.

Agha Djan et Asdollah Mirza échangeaient de temps en temps un regard, mais ils ne trouvaient apparemment rien à dire. Le silence était devenu pesant. Mash Ghassem sortit discrètement de la chambre.

— Asdollah, j'ai mis de l'ordre dans toutes mes affaires, déclara mon oncle d'une voix posée. Je pars l'esprit tranquille. Mais j'ai un service à te demander…

Il n'eut pas le temps de finir sa phrase, car un vacarme s'éleva cette fois du côté du jardin. Mon oncle se redressa sur son fauteuil et se mit à écouter. Au milieu de cette agitation, on entendait Mash Ghassem crier qu'il ne fallait pas déranger Monsieur.

Mon oncle écouta quelques instants, puis d'une voix étranglée dit :

— On dirait qu'ils sont là... Asdollah, va voir ce que fait ce crétin de Ghassem... On dirait qu'il cherche à résister, alors que je le lui ai interdit.

Asdollah Mirza n'eut pas le temps de sortir. La porte s'ouvrit et Doustali Khan entra, comme enragé, la tête couverte de bandages. Il hurlait à tue-tête sans que l'on comprenne un traître mot à ce qu'il disait.

— Calme-toi, Doustali ! finit par exiger impérieusement mon oncle. Que t'arrive-t-il ?

Doustali Khan continuait à vociférer.

— Ta gueule, Doustali ! Ne vois-tu pas que Monsieur est souffrant ?

Doustali Khan, qui jusque-là ne s'était pas aperçu de la présence d'Asdollah Mirza, le fixa un moment et soudain s'écria :

— Ta gueule toi-même, pauvre minable ! Tu n'es pas digne d'appartenir à cette famille !

— *Moment ! Moment*, Doustali ! Que se passe-t-il ? On dirait que celui qui t'a cassé la gueule ne t'a pas raté, car tu as perdu le peu de raison que tu avais ! Qu'as-tu à t'en prendre à moi comme ça ?

— Quel est le salaud qui avant-hier soir m'a envoyé Mme Farokh Lagha bénir l'âme de Mansour-ol-Saltaneh ?... Quelle dent as-tu contre mon pauvre oncle pour souhaiter sa mort à ce point ?

— Ne viens pas chercher des noises, Doustali ! dit mon oncle d'un air vif. Ce n'est pas le moment de se chamailler ! Que s'est-il passé ?

Doustali se ressaisit, jeta sur la table la liasse de papiers qu'il tenait et dit :

— Ou bien toute la famille signe cette pétition, ou bien je ne prononcerai plus jamais vos noms.

— De quelle pétition s'agit-il ? Pourquoi tu as ce bandage à la tête ?

— Demandez au voyou que vous avez déniché pour lui donner notre fille. Cette crapule sans vergogne, cet opiomane, m'a fracturé le crâne avec une pierre… Ce natif de Ghiass Abad de Qom !

Asdollah Mirza se mit à rire :

— Bravo, Ghiass Abadi ! Pour le coup, il mérite des encouragements !

— La pétition est à quel sujet ? demanda l'oncle Napoléon d'un air à nouveau serein.

— Voilà le certificat du Dr Nasser-ol-Hokama qui atteste que Ghamar souffre de maladie mentale… Et voilà la pétition que quelques-uns des habitants du quartier ont signée. Cette malheureuse est complètement folle. Ce charlatan de Ghiass Abadi compte empocher toute sa fortune… Imaginez-vous, il est en train de vendre la propriété d'Akbar Abad… Permettez-moi de vous lire la pétition : "A tous les honorables messieurs qui sont au courant de…"

A cet instant précis, un brouhaha s'éleva du côté du jardin :

— Silence, Doustali ! s'écria mon oncle.

Puis il grommela paisiblement :

— Cette fois, on dirait qu'ils sont bel et bien arrivés !

Il essaya de se lever, mais de grosses gouttes de sueur perlèrent sur son front et il retomba sur son fauteuil.

Plus tard, chaque fois que je lisais l'histoire de Tristan et Isolde ou bien que j'en entendais parler, je pensais toujours à ces instants. Car l'attente exaltée et impatiente de mon oncle était du même ordre que celle de Tristan épiant l'arrivée d'Isolde aux cheveux d'or.

Une seconde plus tard, la porte s'ouvrit et l'aspirant Ghiass Abadi et sa mère, suivis d'Aziz-ol-Saltaneh, entrèrent au salon. Une lueur de désespoir traversa soudain le regard impatient et languissant de mon oncle rivé sur la porte. Il détourna la tête avec mépris. Les nouveaux arrivants criaient et s'invectivaient tous à la fois. Finalement, le cri d'Aziz-ol-Saltaneh couvrit les autres :

— Doustali, je vais te donner une leçon que l'on inscrira dans les livres ! Allez, déguerpis, rentre à la maison ! Tu n'as pas honte devant ton gendre ?

— Qu'il aille en enfer, mon gendre ! Que le diable emporte cet escroc de gendre ! Ce vaurien est en train de profiter de la folie de cette fille…

La mère de l'aspirant poussa un tel hurlement que les vitres en tremblèrent :

— Fais gaffe à ce que tu dis !… Ton père et ton grand-père aussi devraient être fiers d'un tel gendre… Je te préviens, je vais t'en coller une dans la gueule qui te fera avaler tes dents ! Fais gaffe quand tu parles de ma belle-fille ! Elle est beaucoup plus intelligente que toi et que les types de ton espèce !

Pendant que l'aspirant Ghiass Abadi, sa mère et Aziz-ol-Saltaneh insultaient en chœur Doustali Khan, cette dernière donna un coup de sac à main sur la tête fracturée de son mari qui lui arracha un terrible gémissement, tandis que le faible cri de mon oncle se fit à peine entendre :

— Arrêtez ! Cessez immédiatement !... En ce moment... A ces instants, vous trouvez bon de... Mon Dieu, envoie-moi les Anglais pour me libérer des griffes de ces gens-là...

Soudain, on donna un coup de pied dans la porte. Mash Ghassem, les yeux rouges de rage et les lèvres frémissantes, entra au salon et poussa un cri effroyable :

— Jette-moi tout ça dehors, Shirali... Ils vont tuer Monsieur, ces ingrats !

Shirali qui était entré à la suite de Mash Ghassem jeta un coup d'œil à Asdollah Mirza. Ayant reçu son feu vert, il saisit aussitôt Doustali Khan par-derrière et se mit à le faire tournoyer de sorte que ses jambes frappent tels deux gourdins l'aspirant Ghiass Abadi, sa mère et Aziz-ol-Saltaneh.

— Allez au diable tous !... Allez, dehors, avant que je ne vous écrabouille tous !

L'aspirant, sa mère et Aziz-ol-Saltaneh se sauvèrent en criant de douleur sous les coups de pied de Doustali Khan qui se débattait dans les bras de Shirali. Une fois la chambre vidée, l'oncle Napoléon, de plus en plus pâle, la voix gémissante et les lèvres frissonnantes, dit :

— Les Anglais... Les Anglais... Qu'est-ce qu'ils attendent pour venir ?

Asdollah Mirza, dont le regard effaré fixait le visage blême de mon oncle, s'écria :

— Mash Ghassem ! File chercher le Dr Nasser-ol-Hokama ! Vas-y mon cher, grouille-toi !

Et il se précipita à son tour dans le couloir, prit le téléphone, composa un numéro et dit :

— Docteur, envoyez le sirop à la maison... Je n'ai pas pu venir le chercher, envoyez-le-moi... Le malade est dans un sale état.

Ensuite, il se fit aider par Agha Djan pour allonger mon oncle sur le lit et prendre son pouls :

— Le pouls est très faible… J'espère que cet imbécile de docteur sera chez lui !

Le visage de mon oncle était complètement exsangue. De grosses gouttes de sueur perlaient sur son front et son nez. Asdollah Mirza ôta les verres fumés de mon oncle et les rangea. Désemparé, Agha Djan s'agitait dans tous les sens. Sans ouvrir les yeux, l'oncle Napoléon se mit à délirer :

— Tu dois… Tu dois venir avec moi !… J'ai beaucoup beaucoup de choses à dire… Ils vont sûrement venir… Ils vont arriver… Mon Dieu, donne-moi la force d'être debout quand ils arriveront…

Au bruit des pas de Mash Ghassem qui arrivait par la cour, l'oncle Napoléon ouvrit les yeux.

— Ils sont là ?… Ils sont là ? demanda-t-il d'une voix tremblante.

Mais, en voyant Mash Ghassem, il perdit à nouveau espoir et sa tête retomba sur le côté. Le Dr Nasser-ol-Hokama était sorti. Agha Djan envoya Mash Ghassem chercher le cardiologue qui avait quelque temps soigné mon oncle.

Asdollah Mirza scrutait mon oncle avec une angoisse et une frayeur palpables et lui massait les jambes et les bras.

Quelques secondes plus tard, un bruit de pas réguliers s'éleva soudain du côté de la cour. Mon oncle, comme s'il avait réuni ses dernières forces, redressa la tête et demanda d'une voix fluette :

— Ils sont là ?… Ils sont là ?… Soulevez-moi… Ils sont sans doute arrivés…

Asdollah Mirza passa le bras sous ses épaules et souleva son buste.

La porte s'ouvrit. Je fus foudroyé de stupeur : un soldat anglais entra dans la chambre, le drapeau britannique à la main gauche, claqua des talons, porta sa main droite à la visière de sa casquette en guise de salut militaire et, dans un persan approximatif, annonça à mon oncle :

— *Excuse-me !*… Vous devez me pardonner… Moi, agent… chargé de arrêter vous… Je vous prie pas résister !

Le regard morne et inexpressif de mon oncle brilla. Il le salua militairement en portant sa main droite à son front et, d'une voix à peine audible, dit :

— J'ai donné l'ordre… J'ai… J'ai donné l'ordre… que personne ne résiste… Le grand commandant… Le grand commandant est entre vos mains.

Et, dans une paix angélique, il referma les yeux.

Asdollah Mirza le rallongea sur le canapé et dit :

— Je crois qu'il vaut mieux vous reposer maintenant.

Agha Djan prit son pouls.

— Le pouls est très faible et irrégulier... dit-il avec inquiétude. J'espère que le docteur ne va pas tarder... Peut-être qu'il faudrait que je téléphone aussi au Dr Seyed Taghi Khan...

Et il se dirigea vers le téléphone.

Je ne quittais pas des yeux le soldat anglais et je remarquai qu'Asdollah Mirza lui faisait signe de sortir de la chambre. Puis il le suivit.

Je ne comprenais rien à rien dans cette affaire. Je jetai un coup d'œil dans le couloir et j'entendis la conversation d'Asdollah Mirza avec le soldat anglais. Il essayait de lui mettre un billet de banque dans la main, mais l'Anglais refusait avec son fort accent arménien :

— Sur la tête de Son Excellence, n'en parlons plus... Je suis votre obligé... C'est vous qui avez payé la chemise, le pantalon et la casquette...

— Je vous en prie, monsieur Ardavas... Ce n'est pas grand-chose... C'est juste le prix du tissu pour le drapeau britannique... Sans façon, s'il vous plaît !

— J'ai peint moi-même le drapeau sur le tissu. Sur la tête de votre frangin, je n'accepterai rien.

— Sur ma tête, baron Ardavas !

— Pour rien au monde !... Pour un si petit service, vous voulez que je prenne de l'argent ?

— Sur ma tête je vous dis !... Alors vous n'avez pas d'estime pour moi ?

— Je vous en prie... Je suis votre obligé... Je n'ai rien fait. J'ai juste enfilé ces vêtements dans le jardin et je suis venu réciter ces quelques mots ici...

— Ardavas... Je vais me fâcher si tu n'acceptes pas !

— D'accord, si vous insistez, mais je suis vraiment gêné !...

— Très bien !... Mais ça reste entre nous !... Change-toi et vas-y... On se reverra plus tard, si Dieu le veut !

— Tous mes remerciements... Au revoir !

— Je te remercie Ardavas, merci beaucoup.

Agha Djan se tenait sur le pas de la porte et les écoutait.

L'Arménien, qui avait rapidement échangé son uniforme kaki contre un pantalon et une chemise civils, ramassa ses affaires et son drapeau britannique et s'en alla.

— Chapeau, prince ! dit Agha Djan en hochant la tête. Où l'as-tu déniché celui-là ?… Il ressemblait tellement aux Anglais que j'ai cru que tu en avais embauché un vrai.

— Ardavas travaille dans l'un des estaminets de la rue Lâleh Zar… Depuis toujours, tout le monde l'appelle Ardavas l'Anglais… Il habite le quartier… Avant-hier, l'idée m'est venue de faire cet ultime cadeau à Monsieur… Comment va-t-il ?

— Ma foi, je crois qu'il dort, mais il est livide…

— De toute manière, il doit se reposer… Pas de nouvelles du médecin ?

— Si, j'ai parlé au Dr Seyed Taghi Khan… Il ne va pas tarder à arriver !

Quelques instants plus tard, le cardiologue entra en compagnie de Mash Ghassem et le Dr Seyed Taghi Khan se présenta lui aussi juste après.

L'oncle Napoléon était toujours inerte et ne réagissait pas à l'auscultation. Les deux médecins étaient d'accord sur le fait qu'il fallait le transférer immédiatement à l'hôpital.

Mash Ghassem était le plus inquiet de tous :

— Que Dieu leur envoie misère et humiliation !… Au nom de la vertu de la sainte Zahra, tout ce que Monsieur endure est leur faute !

— *Moment*, Mash Ghassem ! dit fermement Asdollah Mirza. Ne recommence pas avec ta vieille rengaine !

— Non, monsieur, à quoi bon mentir ? La tombe n'est qu'à quatre pas… Si vous voulez mon avis, je mettrais ma main à couper que Monsieur a été empoisonné !

Le Dr Seyed Taghi Khan, qui était en train de fermer sa sacoche, dressa soudain les oreilles.

— Comment ?… Il a été empoisonné, vous dites ? dit-il avec son vif accent de Tabriz.

— Ma foi, à quoi bon mentir ? La tombe n'est qu'à quatre pas…

Asdollah Mirza et Agha Djan lui coupèrent la parole :

— Mais Mash Ghassem… Ces sottises…

— Laissez-le parler ! s'écria le Dr Seyed Taghi Khan. En effet, on peut constater chez le patient des indices d'empoisonnement.

— Cher docteur… s'esclaffa le cardiologue. J'ai soigné assez longtemps ce patient… Il avait exactement les mêmes symptômes lors de ses anciennes attaques.

— Vous le connaissez peut-être mieux que moi, répondit vivement le Dr Seyed Taghi Khan qui avait un sale caractère. Mais je suis médecin légiste et, du matin au soir, j'ai affaire à cent cas d'empoisonnement similaires.

— Quand bien même vous en verriez mille, je vous répète que, chez le patient affecté d'*arythmie complète*, ces symptômes sont normaux.

— Ne m'apprenez pas la médecine, s'il vous plaît ! Il est de mon devoir d'alerter les autorités compétentes, si jamais je discerne des signes d'empoisonnement chez un patient. Et c'est ce que je vais faire !

Asdollah Mirza et Agha Djan se mirent à protester bruyamment, mais le Dr Seyed Taghi Khan ne voulait pas entendre raison.

— Comment ça se fait que l'idée vous soit venue après que ce simple valet en a parlé ? demanda Asdollah Mirza, essayant de conserver son calme. Pourquoi n'en avez-vous pas relevé les indices avant ? Et puis, vous n'avez pas écouté Mash Ghassem jusqu'au bout.

Puis il s'adressa à Mash Ghassem :

— Mash Ghassem ! D'après toi, qui a empoisonné Monsieur ?

— Ma foi, à quoi bon mentir ? La tombe n'est qu'à quatre pas... Je n'ai pas vu de mes propres yeux. Mais je suis sûr que Lézanglé ont empoisonné Monsieur.

Asdollah Mirza se tourna vers le docteur :

— Vous voyez, docteur ? D'après Mash Ghassem, c'est l'Empire britannique qui a empoisonné Monsieur.

— Qui ?... L'Empire britannique ?... On élucidera cette affaire à l'hôpital.

Le cardiologue eut un rire espiègle :

— Ils doivent extraire l'opium de l'estomac de Monsieur et le faire analyser par le laboratoire médicolégal. Evidemment si l'opium est de fabrication anglaise, ça prouvera que c'est un coup des Anglais et il faudra envoyer un agent exécutif chercher Churchill !

Le Dr Seyed Taghi Khan jeta un regard furibond à son collègue et, si Asdollah Mirza n'avait pas protesté, il l'aurait sûrement couvert d'injures.

— *Moment ! Moment !*... Messieurs, votre devoir humanitaire et professionnel vous commande de vous préoccuper du malade et non de vous chamailler à propos de détails insignifiants… Mash Ghassem ! Va chercher une voiture pour qu'on transporte Monsieur à l'hôpital.

Une demi-heure plus tard, malgré l'injection qu'il avait reçue, l'oncle Napoléon n'avait toujours pas repris connaissance. On le transféra à bord de l'automobile.

Il fut convenu que Mash Ghassem irait sans tarder, à bord d'une autre voiture, informer l'oncle Colonel de la situation et lui demander de revenir en ville en laissant les enfants sur place.

Asdollah Mirza lui fit ses dernières recommandations :

— Mais, Mash Ghassem, dis-le-lui sans trop l'inquiéter. Dis au Colonel que c'est Monsieur lui-même qui désire qu'il revienne en ville ! Que madame revienne aussi, si elle le souhaite, mais ce n'est pas la peine d'amener les enfants.

Nous prîmes la direction de l'hôpital, le cardiologue au volant de sa propre voiture et nous autres en compagnie du Dr Seyed Taghi Khan à bord de la voiture qui transportait mon oncle.

Vers midi, assis sur un banc, dans le couloir de l'hôpital, je contemplais les allées et venues de nos proches, dont le nombre ne cessait d'augmenter.

Mon oncle était placé sous oxygène et on ne laissait personne entrer dans sa chambre. Le soupçon de l'empoisonnement soutenu par le Dr Seyed Taghi Khan avait été écarté dès les premiers examens et ce dernier avait quitté l'hôpital de mauvaise humeur.

Je songeais à Leyli et mes pensées prenaient parfois des tournures qui me faisaient honte :

“Et si mon oncle… Et si mon oncle, à Dieu ne plaise, ne se rétablissait pas ?… Quel âge a-t-il ?… Lui-même prétend avoir dans la soixantaine, mais, selon Agha Djan, il a bien dépassé soixante-dix ! A soixante-dix ans, on est déjà vieux !… Que Dieu nous en garde !… Qu'il vive encore cent ans !… Mais… Mais… S'il se rétablit, il obligera sûrement Leyli à épouser Pouri… Alors je serai anéanti, Leyli aussi !… Pourquoi je pense à tout cela ?… Est-ce que je souhaite que mon oncle ne se rétablisse pas ?… Non, non, que Dieu me pardonne, qu'il se… Dieu, guéris mon… Mais est-ce que je peux me mêler des affaires de Dieu ?... C'est à Lui de voir... Je ferais mieux de penser à autre chose !... Au fait, pourquoi Asdollah Mirza a-t-il demandé à Mash Ghassem de laisser les enfants sur place ?... Peut-être que Leyli aurait aimé voir son père une dernière fois ?... Pourquoi je dis une dernière fois ?... Dieu, pardonne-moi !"

La famille était rassemblée et les proches se parlaient à voix basse. Ma mère et mes tantes donnaient des signes d'impatience. Les hommes essayaient de les réconforter. Je m'approchai pour aller aux nouvelles.

Selon le dernier pronostic des médecins, si mon oncle tenait jusqu'au soir, on pourrait peut-être le sauver.

L'un des médecins racontait avec étonnement que, la seule fois qu'il s'était réveillé pendant quelques secondes, il avait répété les mots Sainte-Hélène et Invalides parmi d'autres paroles complètement indéchiffrables.

J'aperçus enfin Asdollah Mirza, seul dans un coin. J'allai le rejoindre.

— Tonton Asdollah, que va-t-il se passer d'après vous ? Est-ce que, comme disent les médecins, d'ici à ce soir...

— Oui, c'est ça... dit Asdollah Mirza tout bas. Tu as raison... Ton diagnostic est juste.

— Mon diagnostic est juste ?

Son doux sourire et ses yeux glissant sur mon épaule me firent comprendre qu'il ne m'écoutait pas. Je suivis son regard. Faisant semblant de ranger des instruments médicaux et des flacons de médicaments sur une tablette, une jeune infirmière lui lançait sourires et œillades et occupait toute l'attention du prince.

J'attendis qu'elle disparaisse derrière l'une des portes. Alors, Asdollah Mirza se ressaisit et je pus lui parler :

— Tonton Asdollah, croyez-vous que l'état de mon oncle soit grave ?

— Ma parole, Dieu seul le sait, mon garçon ! Nous ne pouvons que prier.

— Tonton Asdollah, ne croyez-vous pas que... J'aimerais vous demander quelque chose...

— Vas-y, mon garçon, demande...

— J'aimerais vous demander... Lorsque vous avez dit à Mash Ghassem d'aller chercher l'oncle Colonel sans les enfants, vous pensiez à moi ?

— *Moment !* Je ne te suis pas. Comment ça, je pensais à toi ?

— Je me suis dit que vous n'aviez pas voulu que Leyli et Pouri soient présents, pour que, si jamais mon oncle se réveillait, il ne puisse pas, comme il l'avait programmé, envoyer chercher le notaire pour les marier.

Asdollah Mirza me fixa un instant. Son regard était d'une grande tristesse. Il serra ma tête contre son épaule et, après un bref silence, dit :

— En fait, tout le monde est là et ni toi ni moi n'y pouvons rien… Allons déjeuner chez moi…

— Je ne peux pas venir… Je dois rester là…

— Pourquoi ?… Tu es médecin ou spécialiste en oxygène ?…

Puis, son regard se riva sur l'autre bout du couloir de l'hôpital. Il prit ma main et me releva :

— Tirons-nous d'ici… Ça commence à sentir mauvais… Regarde, Mme Farokh Lagha arrive.

En me traînant à sa suite, il dit en passant à Agha Djan :

— J'emmène ce garçon chez moi… Il n'a rien à faire ici… On y va mais on reviendra cet après-midi.

Mon père et ma mère approuvèrent l'idée.

Pendant tout le trajet, Asdollah Mirza parlait de choses et d'autres. Apparemment, il voulait me faire oublier l'oncle Napoléon et les événements du jour.

Lorsque nous arrivâmes dans son salon, il se dirigea directement vers sa commode et en sortit une bouteille de vin et deux verres.

— Prends un verre… Nous sommes très fatigués aujourd'hui… Nous le méritons.

Ensuite il me força à en avaler un deuxième.

— C'était vraiment un bon hôpital… La prochaine fois que je tombe malade, j'irai là-bas sans hésiter… Tu as vu les jolies infirmières bien rondelettes ?… Tu connais ce poème de Saadi qui dit : “A Marve habitait une belle doctoresse, qui dans mon cœur rivalisait avec le cyprès…” Tu connais ou pas ?

— Tonton Asdollah, je n'ai vraiment pas la tête à ça.

— Alors prends un autre verre pour retrouver la pêche… La ferme !… Je te dis de le boire !… Hourra !

Puis il se laissa tomber sur le fauteuil et continua :

— Il fut une époque où j'étais comme toi… Très sentimental… Très mélancolique… Mais la vie m'a transformé… Le corps humain se fabrique dans l'usine de la mère, mais le mental se fabrique dans l'usine du monde... Tu connais l'histoire de mon ex-femme ?

— Non, tonton Asdollah... Je sais juste que vous vous êtes marié puis que vous avez divorcé.

— Aussi simple que ça ?... Je me suis marié puis j'ai divorcé ?... Eh bien alors, assieds-toi pour que je te raconte !

— Pas maintenant, tonton Asdollah !

— *Moment !* Alors tu dois prendre un autre verre.

— Non, je vais être malade... Racontez !

— J'avais dans les dix-sept ou dix-huit ans quand je suis tombé amoureux d'une parente éloignée... A vrai dire, l'arrière-petite-cousine de Mme Farokh Lagha, la dame en noir... La fille aussi était éprise de moi... Tu sais, les amours d'adolescence et de jeunesse naissent souvent à ton insu... Ce sont les papas et les mamans qui font que leurs enfants tombent amoureux les uns des autres... Ils commencent très tôt à rebattre les oreilles des enfants avec des "mon petit gendre" par-ci, "ma petite bru" par-là... Jusqu'au jour où tu arrives à l'âge de tomber amoureux et tu découvres que tu es tombé amoureux de la petite bru de ton papa !... C'est ce qui m'est arrivé. Mais lorsque les papas l'ont appris, ils nous en ont fait voir de toutes les couleurs. Son papa à elle avait déniché un mari plus fortuné pour sa fille et mon papa à moi, une femme plus riche pour son fils... Pas beaucoup plus riche... A l'époque, disons qu'il s'agissait d'une différence de deux cents tomans de rente foncière... Mais nous n'avons pas renoncé... Nous avons supporté les coups, les injures et les affronts jusqu'à ce qu'ils acceptent de nous marier. Ce jour-là, nous avions l'impression d'accéder au paradis. Pendant deux ans, l'idée d'une autre femme ne m'a même pas effleuré... Comme si, dans le monde, il n'existait aucune autre femme à part la mienne... Le monde et l'au-delà, le rêve et la réalité, le passé et le futur, tout se résumait dans ma femme... Elle eut apparemment le même sentiment pour moi pendant presque un an, mais son regard sur moi a petit à petit commencé à changer... Inutile de te raconter la période de transition, mais la deuxième année, quand je me dépêchais de rentrer chez moi après le bureau, elle considérait que c'était parce que je n'avais nulle part où aller. Si je ne regardais pas les autres femmes, c'était parce que je n'étais pas capable de le faire...

Asdollah Mirza remplit son verre et continua :

— Voyons, tu te souviens combien de fois tu m'as demandé à qui appartenait cette photo ?

Il pointa du doigt la photo d'un Arabe au keffieh qui trônait depuis des années sur sa cheminée.

— Bien sûr, je me souviens. Vous parlez de votre ami, n'est-ce pas, tonton Asdollah ?

— *Moment ! Moment !* Je t'ai toujours dit que c'était un vieil ami, mais en fait ce n'est pas mon ami, c'est mon sauveur.

— Votre sauveur ?

— Oui, parce que, un matin, ma femme s'est enfuie avec ce pignouf d'Arabe. Puis, nous avons divorcé et elle a épousé ce même Abdolghader Baghdadi.

— Tonton Asdollah, cet Arabe vous a pris votre femme et vous gardez sa photo encadrée sur votre cheminée ?

— Tu es encore trop jeune pour comprendre. Si au milieu de l'océan, à l'instant ultime où ton dernier souffle quitte ta poitrine dans la douleur, une baleine te sauve la vie, à tes yeux elle ressemblera à Jeanette MacDonald. Ce hideux Abdolghader est cette baleine, devenue Jeanette MacDonald à mes yeux.

— Tonton Asdollah, je trouve que mettre sa photo sur la cheminée est un peu…

— *Moment !* m'interrompit Asdollah Mirza. Tu me donneras ton avis dans quelques années. Je veux juste te dire deux mots sur Abdolghader. Son avantage sur moi, c'était que je parlais tendrement à ma femme, alors que lui le faisait violemment. Je prenais un bain tous les jours, lui le faisait une fois par mois. Je lui récitais du Saadi, lui, il lui rotait au nez… Au final, aux yeux de ma femme, moi j'étais un crétin, lui un sage, moi j'étais un imbécile, lui un homme intelligent, moi j'étais un goujat, lui un être raffiné… Seulement, apparemment, c'était un bon compagnon de route… Un féru de voyages. Il avait un pied ici, un pied à San Francisco et Los Angeles…

Asdollah Mirza continuait à parler, mais je ne quittais pas des yeux la photo de l'Arabe encadrée sur la cheminée. Je n'entendais plus sa voix et ne comprenais plus où il voulait en venir. Finalement je l'interrompis :

— Tonton Asdollah, pourquoi vous me racontez tout ça ?

— Pour t'éclairer un peu l'esprit. T'expliquer des choses que tu vas tôt ou tard finir par comprendre tout seul…

— Vous insinuez que Leyli…

— Non, je n'insinue rien… m'interrompit-il. Je veux juste dire que, si un jour Leyli épousait Pouri, ça ne serait pas la fin du monde… Les amours ardentes de l'adolescence ne durent pas plus de six mois, un an.

— Tonton Asdollah ! Tonton Asdollah !… Vous ne savez pas combien je l'aime ! Vous avez été amoureux, mais mon amour…

— Ton amour est au-dessus de tous les autres… Sans l'ombre d'un doute…

— Mais si le plan de mon oncle réussit, ou bien s'il se rétablit et décide de…

Asdollah Mirza m'interrompit :

— … et décide de faire venir le notaire, tu vas te foutre en l'air… Je sais… On l'a raté de peu car il a fait venir le notaire.

— Quoi ? Mon oncle a fait venir le notaire ?…

— Oui, mais c'était pour autre chose… Hier soir, quand tu étais malade, il a fait venir le notaire à la maison… Le notaire et Seyed Abolghassem ensemble… Mash Ghassem avait confié à ton oncle ses économies d'un montant de cinq mille tomans… En échange, ton oncle lui a vendu un terrain de quarante ou cinquante mille mètres carrés dans un coin perdu, au prix d'un rial le mètre carré, alors que le prix réel n'atteint même pas la moitié d'un rial… Je l'ai découvert hier soir. Mash Ghassem est venu, furieux comme un cochon blessé… Le pauvre, craignant pour la santé de ton oncle, n'a pas bronché pour que l'état du vieux n'empire pas davantage. Ensuite…

— Tonton Asdollah, s'il a fait venir le notaire à la maison, pourquoi alors il n'a pas conclu l'affaire de Leyli et Pouri ?

Asdollah Mirza se tut quelques instants. Impatient, je ne quittais pas sa bouche des yeux.

— Il l'a conclue, dit-il tout bas en posant sa main sur la mienne.

Je ne sais pas combien de temps je restai figé et stupéfait. Mon cerveau ne marchait plus. Ses mots retentissaient dans ma tête comme un disque rayé, sans que je comprenne leur sens.

Plus tard, je réfléchis à ces instants pendant de longs jours et de longues nuits, et je réussis à reconstituer la scène.

Asdollah Mirza m'expliqua que la veille l'oncle Napoléon avait convoqué en douce Leyli, Pouri et l'oncle Colonel et, après un discours exalté et triste, avait obtenu leur accord pour mettre à exécution l'ultime volonté du condamné agonisant qu'il était.

Résultat, ce soir-là, Leyli et Pouri étaient devenus officiellement mari et femme devant Dieu et la loi.

Chaque fois que je me souvenais à nouveau de cette scène et la reconstituais dans ma tête, ce qui restait obscur à mes yeux était ma propre réaction face à cette nouvelle. La seule chose qui était ancrée dans mon souvenir, c'étaient les aiguilles de la vieille horloge d'Asdollah Mirza, sur la cheminée, à côté de la photo d'Abdolghader Baghdadi, sur lesquelles mon regard s'était arrêté un instant. Elles indiquaient trois heures moins le quart de l'après-midi. Et cette heure me rappelait le commencement de mon amour un 13 août, à trois heures moins le quart de l'après-midi.

Ce soir-là, une forte fièvre s'empara à nouveau de moi. Cette fois, elle dura plusieurs jours d'affilée, de sorte que je n'ai conservé aucun souvenir de la période. Je n'ai pas non plus de souvenir marquant des pleurs et du deuil de la famille à l'occasion du décès de mon oncle qui se produisit le soir même. Le troisième jour de fièvre, sur le conseil et l'insistance d'Asdollah Mirza, on me transporta à l'hôpital. Mais aucun médecin ne réussit à diagnostiquer mon mal. Le Dr Nasser-ol-Hokama persistait dans son diagnostic du choléra, mais les médecins de l'hôpital n'étaient pas d'accord sans pour autant identifier autre chose. Asdollah Mirza se préoccupait de moi plus que quiconque. Plus tard, j'appris que, lorsque je dus quitter l'hôpital, il insista auprès de la femme de l'oncle Napoléon pour qu'elle prenne les enfants et parte à Ispahan, chez son frère. Lui-même, chargé par le gouvernement d'une mission à Beyrouth, réussit à convaincre Agha Djan de m'autoriser à l'accompagner pour me soigner d'abord et continuer mes études ensuite.

Vers le milieu de l'été, je partis à Beyrouth en compagnie d'Asdollah Mirza. J'y restai jusqu'à la fin de la guerre. Après la guerre, je quittai Beyrouth pour la France. De longues années plus tard, je suis revenu à Téhéran, traînant toujours avec moi le boulet de mon infortune amoureuse.

ÉPILOGUE

L'histoire de mon amour et de ma vie amoureuse touche à sa fin, mais il est peut-être nécessaire que j'expose le sort des membres de ma famille et des personnages de ce roman.

J'appris plus tard que Leyli avait supporté cet échec beaucoup plus facilement que moi. Bien sûr, sa vie conjugale avec Pouri mit un certain temps à démarrer. Apparemment, le traitement du Dr Nasser-ol-Hokama dura longtemps. Mais, à mon retour, ils avaient trois filles qui, heureusement pour la réputation de Pouri, lui ressemblaient trait pour trait. Ils vivaient dans le jardin aux côtés de l'oncle Colonel, qui avait pris sa retraite avec le grade de major. Ils constituaient les derniers habitants de la dernière parcelle du jardin. Quant aux autres protagonistes, je citerai en premier lieu les plus chanceux d'entre tous, l'aspirant Ghiass Abadi et Ghamar. L'aspirant géra avec habileté la fortune dont avait hérité Ghamar et devint peu à peu un homme riche. Quatre ou cinq ans après mon retour d'Europe, il envoya ses enfants faire leurs études aux Etats-Unis. Comme Ghamar ne pouvait supporter de vivre loin d'eux, après le décès d'Aziz-ol-Saltaneh, le couple partit aux Etats-Unis et je crois qu'ils habitent aujourd'hui quelque part en Californie.

Après la mort d'Aziz-ol-Saltaneh, Doustali Khan s'est remarié et, d'après ce que j'ai entendu, sa nouvelle femme lui en fait voir de toutes les couleurs, au point qu'il regrette mille fois par jour Aziz-ol-Saltaneh.

Un jour, il y a quelques années, parmi les paperasses de mon défunt père, j'ai retrouvé la lettre de l'oncle Napoléon à Adolf Hitler. Dans la marge, Agha Djan avait inscrit ironiquement : "Classée sans suite à cause du décès du destinataire !"

La dernière fois que j'ai vu Asdollah Mirza, c'était aux obsèques du Dr Nasser-ol-Hokama. On ne lui aurait pas donné plus de cinquante ans, alors qu'il avait largement dépassé les soixante. Prétextant les salamalecs et les compliments aux dames, il pavanait au milieu de l'assemblée des femmes. Occupé à flirter avec les plus jeunes d'entre elles, il ne m'accorda pas beaucoup d'attention, mais il dit :

— La malheureuse Mme Farokh Lagha rêvait de voir un jour les obsèques du Dr Nasser-ol-Hokama, mais sa vie a été trop courte.

— Tonton Asdollah, j'ai quelque chose à vous dire.

— *Moment !* Si ce n'est pas urgent, garde-le pour plus tard… Viens me voir à la maison, si tu en as le temps… On prendra un verre ensemble…

Puis il se précipita vers une dame âgée et sa fille :

— Je vous en supplie… Vous m'avez tellement manqué… Dieu soit loué ! Quelle merveille ! La petite Shahla a bien grandi ! Je vous prie de fixer une date et de venir à la maison avec la petite Shahla… Tu viendras ma petite Shahla, chez tonton ?… Quel beau brin de fille !

Parmi tous ceux qui avaient été à tour de rôle soupçonnés d'espionnage pour le compte des Anglais, il n'y avait qu'un seul vrai espion, et c'était l'Indien Sardar Meharat Khan qui informait les Allemands des allées et venues des Anglais et qui fut arrêté par ces derniers avant la fin de la guerre.

Mash Ghassem a disparu de la circulation et personne dans la famille n'a eu de ses nouvelles depuis l'année suivant la mort de mon oncle. Visiblement, cet événement l'avait si fortement bouleversé qu'il ne voulait plus voir les gens de la famille, ou encore, selon certains de nos proches, il avait succombé au chagrin de la disparition de mon oncle. Longtemps après le décès de celui-ci, j'ai appris que, le dernier jour de sa vie à l'hôpital, mon oncle avait ouvert les yeux un bref instant et, en voyant Mash Ghassem à son chevet, un léger sourire s'était dessiné sur ses lèvres. Mash Ghassem et ceux qui étaient près de lui l'avaient entendu dire : "Bertrand, tu viens avec moi !" Et Mash Ghassem avait été longtemps indigné parce que mon oncle l'avait appelé *"Behtaran !"*, c'est-à-dire fantôme.

Pour effacer ce malentendu, Asdollah Mirza lui avait longuement raconté l'histoire du maréchal Bertrand et son départ vers Sainte-Hélène en compagnie de Napoléon.

En 1966, si ma mémoire est bonne, j'effectuais un voyage touristique en province. Un soir de bonne heure, j'allai rendre visite à un ami que je connaissais depuis mes années d'études en Europe et qui était devenu médecin. Après tant d'années, il se montra très heureux de me revoir. Il était habillé pour se rendre à la soirée donnée par l'un de ses amis, et me proposa de l'accompagner car un grand nombre de convives y étaient invités.

Nous entrâmes dans un grand et merveilleux jardin, avec d'un côté, installés sur la pelouse, un orchestre iranien et de l'autre un orchestre européen et des jeunes gens en train de danser. Le nombre des convives dépassait probablement les cent cinquante. La fête des adieux, ou, comme on dit, la *goodbye party*, était donnée à l'occasion du départ du fils de la famille pour l'Amérique où il allait faire des études. La soirée était très animée et chaleureuse et les maîtres de maison très accueillants. J'étais constamment entouré de personnes qui ne voulaient pas que je me sente seul.

Après le dîner, j'étais assis sur un banc, à proximité d'une grande tonnelle d'églantines, non loin de la piscine, et je fumais une cigarette. Un groupe de convives s'était installé sous la tonnelle et un joueur de *târ* qui se faisait appeler maître leur interprétait quelques morceaux. Soudain, l'un des invités se leva et s'écria dans une autre direction :

— Monsieur Salar, faites-nous l'honneur de votre compagnie !

Un vieil homme élégant avec une grande moustache blanche et d'épaisses lunettes de vue arriva sous la tonnelle. Tout le monde se leva pour le saluer. Le joueur de *târ* aussi lui fit la courbette. Au même moment, mon ami me rejoignit :

— Tu boudes dans ton coin ?

— Non, j'étais un peu fatigué. Si tu permets, je me repose un instant.

— Alors, laisse-moi remplir ton verre.

— Merci... Dis-moi, qui est ce monsieur à la moustache blanche ?

— Bah, tu ne connais pas M. Salar ?... C'est le maître de maison.

— Quel est son métier ? On dirait qu'il est haut placé ?

— Ma foi, il n'a pas de métier. C'est un propriétaire terrien. D'après ce que l'on dit, il possédait beaucoup de terres à Téhéran, dans un coin perdu, qu'il avait achetées pour trois fois rien, mais ensuite le prix a atteint les mille ou même deux mille tomans le mètre carré… Bref, en quelques années, il est devenu millionnaire… Mais, c'est un homme très gentil. Viens, je vais te le présenter… Tu vas l'adorer. Il a énormément de souvenirs… Car, tu sais, il était partisan de la Constitution… Il s'est battu de longues années contre les Anglais…

— Contre les Anglais ?

— Oui, il paraît même que les Anglais ont plusieurs fois attenté à sa vie… Allons-y, je vais te le présenter.

— Non, merci… Il est en train de discuter. On ira plus tard.

M. Salar rangea de côté sa canne et s'assit.

— Je n'ai pas de chance ! dit-il au joueur de *târ*. Pourquoi avez-vous cessé de jouer ?

— Dans un instant, j'en serai honoré. Je suis un peu fatigué.

— Vous voyez comment sont les jeunes d'aujourd'hui ? s'esclaffa le vieillard. Ils jouent un morceau, ils sont déjà fatigués.

L'évocation de la révolution constitutionnelle et de la lutte contre les Anglais avait attiré mon attention. Il me sembla que la voix de M. Salar m'était de plus en plus familière.

— Au bon vieux temps… continua le vieillard. Je me souviens en pleine bataille de Kazeroun… Je ne sais pas si je vous l'ai raconté ou pas. D'un côté, les Anglais nous avaient encerclés, de l'autre le bandit Khodadad Khan, qui était leur laquais, avec environ mille cavaliers… J'ai vu qu'il n'y avait d'autre solution que de prendre pour cible Khodadad Khan… J'avais une toque en fourrure que j'ai fichée sur un bâton… Khodadad Khan a relevé la tête de derrière la roche… J'ai invoqué le prince des croyants et j'ai visé le milieu de son front… J'avais un planton, Dieu ait son âme, qui par la suite, lorsque les Anglais ont envoyé leur armée en Iran, a rendu son dernier soupir tellement il a eu peur… A vrai dire les Anglais voulaient m'arrêter, et comme le malheureux n'était pas très courageux, il a eu une crise cardiaque et y est resté… Que disais-je ?… Ah oui !… Bref, je vous épargne les détails : la balle a atteint Khodadad Khan, son bataillon s'est dispersé et nous avons attaqué les Anglais… On parlait des instruments de musique… Je connaissais un certain Doustali Khan qui jouait très bien du *kamantcheh*… Croyez-moi, monsieur ! Il commençait à jouer au coucher du soleil et continuait jusqu'à ce que le soleil se lève à nouveau… Quelques-uns des

Anglais qu'on avait capturés en étaient restés bouche bée… et disaient sans cesse dans leur langue : bravo, formidable, félicitations !…

A cet instant, la fille du maître de maison arriva sous la tonnelle et dit en souriant :

— Papa, vous ne pouvez pas trouver un autre moment pour raconter vos souvenirs ?… Laissez nos invités s'amuser un peu.

Les hommes protestèrent en chœur et dans une profusion de formules de politesse et de compliments exagérés confirmèrent qu'ils écoutaient la plus délicieuse des histoires, tandis que les femmes s'adonnèrent à leurs coquetteries :

— Quel beau bagout, ce M. Salar !

J'avais presque reconnu la voix et l'homme, mais je n'étais pas encore tout à fait sûr. La fille se jeta soudain sur les genoux de son père et dit :

— Mais, papa, est-ce que vous parlez anglais ?

— Ma foi, à quoi bon mentir ? La tombe n'est qu'à quatre pas…

M. Salar se tut subitement. Comme si les mots qu'il venait de prononcer lui avaient échappé malgré lui, il jeta un coup d'œil autour de lui et reprit son récit.

Au même moment, mon ami m'apporta un verre de whisky.

— Tu écoutes M. Salar avec beaucoup d'intérêt ! dit-il. Viens faire sa connaissance.

— J'en serais ravi, lui dis-je, mais je ne veux pas le rencontrer maintenant. Si Dieu le veut, une autre fois !

Et je n'eus plus jamais l'occasion de le revoir.

Ce soir, j'étais en train d'écrire les dernières lignes de cette histoire, lorsque le téléphone a sonné. La communication venait d'un hôtel parisien.

— Oui, j'écoute.

— Bonjour, fiston… Tu vas bien ?… Tu ne demandes pas de mes nouvelles ?… Tu m'as reconnu ?

— Voyons, tonton Asdollah ! Vous êtes où ?

— Ça fait déjà une semaine que je suis à Paris… Et demain matin, je vais descendre dans le Sud de la France… Accompagné de deux demoiselles belles comme deux boutons de rose. Je voulais savoir si tu étais partant pour qu'on passe quelques jours ensemble ?

— Tonton Asdollah, j'ai mille choses à faire… Si j'avais su plus tôt, peut-être que…

— *Moment !* Tu voulais que je te réserve six mois à l'avance ? Moi-même, je ne les connais que depuis hier !… Elles viennent de Suède… Ne fais pas de chichis et viens donc… De là-bas, on partira faire un tour à San Francisco.

— Je vous demande pardon, tonton Asdollah, mais j'ai du travail. En plus, je ne suis pas sûr de pouvoir relier Genève à Paris d'ici à demain matin. Ce sera, si Dieu le veut, pour une autre fois…

Le cri assourdissant d'Asdollah Mirza retentit dans mes oreilles :

— Va au diable ! Enfant, jeune homme ou maintenant, tu n'as jamais été foutu d'aller à San Francisco… Allez, salut ! On se verra à Téhéran !

Genève,
août 1970.

OUVRAGE RÉALISÉ
PAR L'ATELIER GRAPHIQUE ACTES SUD
ACHEVÉ D'IMPRIMER
SUR ROTO-PAGE
EN DÉCEMBRE 2010
PAR L'IMPRIMERIE FLOCH
À MAYENNE
POUR LE COMPTE DES ÉDITIONS
ACTES SUD
LE MÉJAN
PLACE NINA-BERBEROVA
13200 ARLES

DÉPÔT LÉGAL
1re ÉDITION : JANVIER 2011
N° impr. : 78561
(Imprimé en France)